品味无限不循环的人生

战场边缘

窦椋
著

图书在版编目（CIP）数据

战场边缘 / 窦椋著. — 重庆 : 重庆出版社, 2022.6
ISBN 978-7-229-16765-3

Ⅰ.①战… Ⅱ.①窦… Ⅲ.①长篇小说—中国—当代 Ⅳ.①I247.5

中国版本图书馆CIP数据核字（2022）第068489号

战场边缘

窦椋 著

出　　品：华章同人
出版监制：徐宪江　秦　琥
策划编辑：张铁成
责任编辑：秦　琥
责任印制：杨　宁
营销编辑：史青苗　刘晓艳
封面设计：晨星书装

重庆出版集团
重庆出版社 出版
（重庆市南岸区南滨路162号1幢）

投稿邮箱：bjhztr@vip.163.com
北京盛通印刷股份有限公司　印刷
重庆出版集团图书发行有限公司　发行
邮购电话：010-85869375/76转810
全国新华书店经销

开本：880mm×1230mm　1/32　印张：17.875　字数：351千
2022年8月第1版　2022年8月第1次印刷
定价：69.80元

如有印装质量问题，请致电023-61520678

版权所有，侵权必究

目录

第 一 章 / 001

  他时常醉倒在冬日浓雾里，看见飞鸟才有巢穴，惺忪的眼便跨越土地的贫瘠，穿透榆树无章的微距。他从不说豪言壮语，却挺着饥饿的肚皮，站在一垄垄长势旺盛的麦苗中，目睹他的孩子弃笔从戎、披挂上阵，他希望战士所到之处皆无炮火、如履平地。他想，他们归来一定伴有星光，他则站立黄河以北，荣耀已来，苦难尽去。

第 二 章 / 026

  夺命刀口，轻而易举瓦解了胸口，想象中的重重谍影也只是泡影。他倒在西南边陲，也许会随着黎明一起化为白昼，遍寻不见，也许会像那些深扎泥土的兄弟，即使不再高歌，也与那片疆土同在。

第 三 章 / 047

　　他告别呀呀小儿和飘灰的土坯房，华北平原的厚土上炊烟即刻凝结成霜；迷迷瞪瞪的老爹猛然惊醒，佯装亢奋，撑着门抒发迟暮的壮志凌云，没注意烟袋锅早已冰凉；还有很多话只字未提，他去寻找更分明的四季，当个心有猛虎细嗅蔷薇的人，然而前方就是烈火，连冬青也俨然泛黄。

第 四 章 / 068

　　在送你离开的那个清早，我站在冷风里，眺望你就像眺望永远的报春鸟；我告别至亲的兄弟，迎着那条血路再孤独地冲回去，我不会落泪，因为眼中长满了万寿菊和孔雀草，也许我会迷路在黄昏，但只要你把这里的消息带走，我就能长成木棉树或者绿绒蒿，像那些若隐若现的界碑，站着是标志，倒下是路桥。

第 五 章 / 088

　　那时我还是个穿着碎花裙子的姑娘，从古老黄河堤下穿过一片荒芜田野，遇见一个赤诚草莽的汉子，我发现你眼眸中飘过我的梦想与惆怅。你把所有都给我，所以你就是我到过的最远的远方。英雄，我要为你守住英雄的村落；孩子，我要陪伴你的孩子进入甜蜜的梦乡。

第 六 章 / 104

我难以忽视世俗的眼光,因那所谓理想的崇高,其实也源自世俗的模样。我放下了曾无法自拔的夙愿,沿着老路折返回去,去面见她,面见以为回不去的故乡。在这硕果累累的季节里,我的内心却如同寒冬的平原,哪哪都空空荡荡。然而,我听到他诀别时的声音,还在彼岸回响,于是我疾驰起来,疾驰得就像他对归来的渴望。

第 七 章 / 119

从熠熠生辉的星河坠落飞扬的尘土,只需一夜时间。我说服自己继续前行,就像屡次冲进硝烟。我不知归来的契机是否满怀爱意,因为每一个决定都像对待命令,唯有言听计从。从那时起,生活多有苦痛,我依然即刻执行。转身亦是归来,命运的影子会随着胜利去向战场的边缘。

第 八 章 / 139

你从战场撤退,看似逃避,实则是锥心的远征;你伤痕累累地为我去鞭挞现实,说是责任,何尝不是无与伦比的爱;我看见又一轮初升的太阳,挂在我心中重新博远的天空;在古老陈旧的北方,那个关于等待和追寻的故事,会以另一种方式存续。而你我会成为主角,每一个生灵都会在启幕以前就位,并从此幸福地活下去。

第 九 章 / 156

　　我筑起高高的城墙拒绝什么，也能攻破自我的壁垒接受什么，我能和固执纠缠不休，也能和偏见势不两立。当我摘下传统和习惯的面具，所作的任何决定，都是为了心中的英雄。沿着那条大道回到我的家园，我忘记怎样和过往说再见，只看见沿途杨柳栽满了路基，它们建立起的树荫，和当时的我一模一样，既是与彼岸握手言和，又是在审视脚下的土地。

第 十 章 / 174

　　田间地头的种子发芽了，世界就会迎来新生，那是勇士的魂魄又孕育出了小小的英雄。我可以在任何一个寻常的午后，和纷扬的落叶一起归于尘土，铺垫出一条不再颠簸的路，于是，我和我的思念醉卧原处，你和你的风华即日启程。晚夏暮色，初秋朝阳，都会光照你的勇敢，所以连废墟在眼泪的后面，也变成江河在脚下，远山挂彩虹。

第 十 一 章 / 192

　　我现在就出发，因为很早以前已扎好行囊。我心有花朵，它还不曾绽放，有就足够。我眼里有广袤田野，不必在意那困住自我的新房。我跑过一片棉花地，看见遍地残骸，那是自然穿给灵魂的云裳。不惧风雨地远行，就像你告别这个世界，去重塑梦中的天堂。

第十二章 / 209

　　风雨中踩着狂浪，踏入本不属于我的领地，稍有不慎即被中伤，然而，我只记得世界之大，大到来生谁也记不得谁的模样，所以那时你不是荒凉的野草，我也要做入云的白杨，这是接近你最好的方式。初冬的浓雾里打在我身上的露水，像流了整个童年的鼻涕，和我一样摇摇晃晃找不到方向，但即便我只是一根朽木，看不到下个春天的新绿，我站在那里，就重回了少年，在朝霞与河川之间渐次发现追寻的力量。

第十三章 / 227

　　我藏起不安就像藏起还未走远的青春，我为炙热的土地归来，却已看不见它的风貌，深陷它的世俗，但我必须甘之如饴，一如远离了那片战场，但从没放下心中的步枪。一肩挑起家族、一手拉紧亲情，只要传承还在继续，多么复杂的情感终将回归一个主题。我深爱的你们，我可能从此失联，但你们要装作了然我的下落，因为我拥有不变的身份和一个永恒的名字。

第十四章 / 245

　　华北平原的角落总是安安静静，心中的战场几时也悄然冰封，和你一起退居到我的梦境。我伫立在浓雾，仍然知道麦田阔如大海，你也如海天一线，根本无法触及，即便如此我呼出的每一口热气,不是叹息,而是寒冷的风景。我和原来的我渐行渐远,不只是因为苦难和贫穷,还有不期而至的感情。我去开辟新的战场,也许刹那遍体鳞伤,但请你放下成见,也请你保持珍重。

第十五章 / 262

你义无反顾地回来生活,绞尽脑汁编构动人的故事,那一定是当年他离去,没留下只言片语的缘故。我们都曾纯真与美好,在北风狂雪里撒下一把把种子,那将是一簇簇不会开花的树,腐烂于我们的田野,和我们的救赎共生。我以刻薄的名义,向传统宣战,开释你那被撕裂的青春,让你寻回走失了的光荣与绽放。

第十六章 / 280

风云过境,我依然看得见血脉相连的光辉,可我还不知道如何定义你,我也不知道如何爱护你。回望那些纯净灵魂留给这时光的遗憾,我想卑微也是英雄的思想起源,当我和你一起从泥沼中爬上大陆,也就找到了生命的平原,总有一天,你要站在月亮下怀念我,明白光影背后是荒芜,伟大之前是磨难。

第十七章 / 297

我终于知道该怎样与你对话,你却听不见了。当年你的弟兄说走就走后,你是否就做好了准备,准备也像他们一样和我告别。

你避而不见或绝口不提，当我只是一棵绊脚的野草，就能轻易抛开。可是你没有，你在我自以为明白了什么是勇敢的时刻提醒我，英雄的世界没有因果，你们天生只做一种选择。

第十八章 / 315

我穿着粗布衣裳，心里却有一套永远的军装。想过逃离困境，去过自由的生活，可是没有你们，走到绿洲，也还是深陷荒漠。一次次重返不是战场的战场，满心赤忱，如果我不会表达，就把沉默当作告别，就把无言当作诉说。

第十九章 / 333

我还是一个踽踽独行的星际士兵，跌倒了，蠕动着，也是在匍匐前行，失去知觉，周身依然火热。就把那雨雪交加也看成旖旎无限的景色，就把那黑暗序曲也听作灵魂的赞歌。

第二十章 / 351

每当迈出营房，就意味着走向战场。哪怕是一粒微尘，我也要露出耀眼的锋芒。当汇聚万里海疆，登上大雅之堂，那里更暗流涌动，连对话都是角力与较量。我迎风傲视，那所有的欲盖弥彰，所有的无形对抗，权当狼烟蔓延我的眼眶。

第二十一章 / 371

关于生活我有多么理想主义，面对爱情我就有多么青涩。当我靠近梦中的姑娘，才发现我扮演的是卑微的角色。既要掩饰渴望，也要展示坦荡，我假装与她绝无鸿沟，但常常陷入自责。不过，我从无穷的天空下路过，不管是风和日丽还是山雨欲来，我都能看得见她头上的那片云朵。

第二十二章 / 388

背后的动作算不算背叛，未尽事宜够不够遗憾？其实都应心存感激，感激遇见。我在月亮下面注视你，你就披上一层白纱，纯净无瑕，一别两宽；我在春天等你，当你行至冰冷之地，也如有一身铠甲，刀枪不入，倍感温暖。

第二十三章 / 405

生活已如蝼蚁，即使爬行亦会被误解，一无所有之时，我想我还剩下了善良。当我在多雨时节流离失所，每一次大水漫灌我都逆流而上，就算汪洋中洒下一寸极光，我衣衫褴褛，也一如披上人间最美的云裳。

第二十四章 / 424

这一次我彻头彻尾推翻了自己，从守护半生的领地离家出走。

那些奉为圭臬的真理和光辉印记一去不返，我的精神容器也成为一次性的沙漏。我亦无法原谅这天和地的转变，时光肯为我开解，却也无路可回头。沿途繁花似锦，却也如尸山血海，就让我一步一叩首，绝望之后，但愿还能依稀记起当年那一场场血性的战斗。

第二十五章 / 443

乌云遮挡最后一丝光亮，也要保持笑脸度过那至暗时刻，不是为了掩饰我不可泯灭的罪恶，在那苍茫的黄土之上，除却悲凉，我分明还看见一位伛偻着背但矍铄无比的老汉，以及一座荒草萋萋但仍有梦中蝴蝶翩然飞舞的花房。

第二十六章 / 462

我在极端变通中累积可观的财富，却时常为此如芒在背。我往往在固执己见中重返通常意义上的赤贫，而这强烈的痛感并不会令人孤立无援。无从得知多少金钱可以支撑未来，只需要预见，那脚下之路是不是月圆人安的祥宁之所，那眼前之人会否是脉脉含情的美丽生灵。

第二十七章 / 482

我看见了通往出口的微芒，极其短暂，我仍把它当作清晨睁开眼时这世界的第一缕太阳。我们不得不各奔东西，无须寻找，就算一起,也要逆风飞翔。从今天起,放心归去,当我们隐没各自眼眶,那漫山蓬勃的生命,就和彼此的祝福一样一样。

第二十八章 / 500

我还有一个小小梦想,就是不放弃等待,你终究能回来,哪怕我们面目全非,也必然还记得那刻骨铭心的爱。我还残存着一丝高尚,那就是维护我们的约定,谁率先凋零,谁就要在下个季节率先盛开。

第二十九章 / 519

如果是这样的告别,我能不能拒绝出现,那样我还保有一段至死不渝的爱情。如果是这样的久别重逢,能不能别让我知晓,我还会有绚烂如花的后半生。一生都向往欲望丰饶之地,却终究要做回故土的落英,尽管物是人非,而你沉睡于此,我的世界再无那时辰星,只剩下你我、四季,还有清风。

第三十章 / 534

这世界是否如你所愿,这天空总会放晴。来年春天,太阳花儿还会开满这里,那时我再来亲吻你的面容。我只要面朝你的方向,心里就响起动听的歌,那每一个音符都会跳动,每一段旋律都像你在苏醒。

第一章

他时常醉倒在冬日浓雾里,看见飞鸟才有巢穴,惺忪的眼便跨越土地的贫瘠,穿透榆树无章的微距。他从不说豪言壮语,却挺着饥饿的肚皮,站在一垄垄长势旺盛的麦苗中,目睹他的孩子弃笔从戎、披挂上阵,他希望战士所到之处皆无炮火、如履平地。他想,他们归来一定伴有星光,他则站立黄河以北,荣耀已来,苦难尽去。

浑浊的黄河水流经灰白的旷原,北方一隅寂然无声,人们任何一次贸然的打搅,都像进错了房间,惊扰到的首先是自己。周庆绅最后一次回到周集,村子早已大变了样。通往那里的柏油路,被为省高速费绕路而来的大货车,日积月累碾成鱼鳞的形状,糟烂不堪,这样的路在印象中还要更长。周庆绅开着车颠簸的时间不算太久,以为离家还早,直到看到太和庄的牌坊才发现走过了站。是回家的路不经走,还是浮躁的脚步在时光的追赶中,习以为常地失掉了节奏？周集存在于周庆绅的血液里，那些记忆虽艰难却也温情，但如今他却差点儿连家都认不出来，恍若隔世之余感伤在所难免。

把车缓缓倒回周集村口，周庆绅看见昔日大户人家那气派的深宅高院斑驳不已，原本雕梁画柱的门楼竟被流浪狗当作了窝儿，更别提普通人家那些松松垮垮的土坯房，早已雪糕般晾化了，塌陷成一垛一摊。这里毫无生气，全村只有沿街的门市房还带死不活地开张着，半天不见人进出，偶有店主露出百无聊赖的脸，对不远处腿脚不便的留守老人、脏兮兮的孩子，没有张望一下的冲动，对周庆绅的车也提不起兴趣，他们习惯了那些车主，不是问路就是闲谝，不会买他们的山寨货品。周庆绅走过全村唯一的一家理发店，里面早已物是人非，这个让他的人生发生转向的地方，也许在他离开周集的那天起，就彻底改换了模样，带走了他和李羡彤情感的起源密码。

在快要被淤泥流沙堵塞填平的人工河前，周庆绅看见一排排低矮的院落刷满了粗糙的广告，有关复合肥、不孕不育、公牛配种的内容，代替了他小时候随处可见的大字报以及"工业学大庆、农业学大寨、全国学解放军"的标语，他陷入追忆，追忆像墙头上半米多高的杂草，肆意疯长，挡住阳光，挡在他的心头上。

阵风袭来，周庆绅泛白的鬓角随杂草舞动，额头刀刻般的皱纹中夹带着滞重的故事。他已好多年没回来，这次是跟父亲周长河、"妻子"刘诗花告别的，之后他想他应该去自首了。那样的话，真正能实现他父亲当年夙愿的人只剩下孙子周晓盛了。大哥元明、三弟意重，包括自己，与部队的缘分曾灿若烟火，而今再无其他可能，像一段轰轰烈烈的爱情，相守飞沙走石，一别四散天涯，曾经最亲密的人，一朝形同陌路再无交集。说来讽刺，可那才是现实。周庆绅跪在周长河和龚雪娥的坟前，希望他们保佑那些为了逐梦仍然努力生活的人们，这些人可不要和他一样，他的人生没有幸遇，全是遭遇。转念一想，活着的人不能太自私，老爹老妈都入土这么多年了，凭啥还要担负"保佑"子孙的任务。

燃烧的纸钱跳跃在初冬的麦田上，在鲜绿中释放出橘红色的火苗。一瓶高唐州酒洒下去，浓香伴着火焰炙烤着周庆绅的脸，他希望这是周长河在与他对话。他还想周长河能像当年一样勒令、哄骗甚至教唆他应该如何选择，可惜他听不到任何动静。

冬日大地，浓雾里飘浮着细密的水珠，冷空气坚硬犀利，凝固了头顶萧瑟杂乱的榆树枝，一窝老鸹扑棱着翅膀飞出来，天更阴沉，唯有嫩绿的麦苗带来唯一的生机。刘诗花站在麦田的一头，默默地看着周庆绅，就像当年她面对那段畸形的婚姻，也是像今天一样无奈，那段婚姻真实存在，却又和正常的婚姻关系千差万别。

三年大饥荒后，穷困仍是最典型的时代之殇，周家还是吃了上顿没下顿，其实那时何止他家，整个周集乃至固河镇都是如此，人人面如菜色。但周长河和其他庄户人家不同，他有理想，他的理想是如果三个儿子能像后院王四一样，他就不枉此生了。王四超期服兵役八年，兵改工分配到固河镇粮站上班，领工资、吃皇粮，经常骑金鹿牌的自行车回来。头发油光发亮，疑似抹了猪油。并不合身的褂衩是的确良料子的，兜着风，像白马王子的斗篷，惹得村头织毛衣、纳鞋底的大姑娘小媳妇总忍不住多看几眼。千层底的布鞋底边儿白得耀眼，和上身的白褂衩遥相呼应，实属潮流穿搭。物资匮乏的年代，这比现在的任何西装都有仪式感。

不用下地刨食的人活得真体面、真讲究、真得劲啊！周长河常常艳羡地赞叹。那时的他坚定地认为能过上王四这样的生活相当了不起了，他过不成，三个儿子一定要过成，他从没有放弃这个理想。周长河虽然有理想，但在外人眼里没有哪件事做得靠谱，尤其是嗜酒这一条，一顿能喝二斤高唐州酒，没钱买酒，拿地瓜干换，地瓜干造没了，到村卫生室赊医用酒精兑水喝。酒肴不酒肴的无所谓，几瓣蒿巴蒜也能下酒，次序不次序的没关系。连个油点儿也不漂的白面条上落满了苍蝇，用筷子在碗边一敲，苍蝇"嗡"的一声四散飞走，"嘶溜"两口下肚，也能接着吃喝过瘾。医用酒精也赊不来了怎么办？挨家挨户地没事找事干，乡里乡亲的，帮忙干活管顿饭是标配，周长河凭此也能蹭个酒饱儿，但只要有他在的场合，别人在"酒官司"上必输无疑，还得小心被酒后失态的他沾惹上。因此，时间一长大家都和他保持距离，彻底断了他的"酒路"。没酒不行，绞尽脑汁也得弄来，值俩糟钱的家当也卖干净了，他家寒酸的程度连耗子都跳了水缸。有一段时间，周长河做饭、喝水总感觉味道怪，等一缸水吃完了，才发现缸底泡浮囊的老鼠,他忍住没吐,强调这也算荤腥,只是炖法不对。

乡亲们不攀比,但用后脑勺也想得到周长河家是最狼狈的。灌溉庄稼用的都是"引黄水"(引自黄河),引黄水杂质多,不消一年泥沙淤积,河床变高,存在隐患,每年周集最大的工程就是挖河,十八岁以上的劳力谁也别想躲。那年深秋,周集又组织挖河,鲁西人干活有股子蛮力,没有女人在场,所有的男人都只留条裤衩,干得热火朝天,远远看去,河道里全是白条鸡,可队伍中唯独周长河搞特殊,棉裤腰丝毫不松。有好事者找周支书告他偷懒,周支书来找周长河算账,问他是不是出工不出力。周长河满脸绯红,死不作答。周支书从怀里抽出一张《光明日报》,像在抽一把尚方宝剑,他盛气凌人地说,这可是昨天党员大会以后镇长专门塞到我手上的,嘱咐我好好学习,我看了他手上就这一张报纸,为啥偏偏给我呢?这说明我在他心目中的地位。我多灵光啊,对国家的大政方针研究得透彻,可光我透彻有什么用?架不住你这样的愚昧分子捣乱,不教导好你这个后进社员,咱们周集永远先进不了。

周支书指着报纸上的头条文章接着说:"实践是检验真理的唯一标准。是啥意思?"见周长河摇头,周支书拔高了嗓门道:"国家说了出工不出力就是犯罪!"

周长河吓了一激灵,心说,穿棉裤还穿出国家层面的问题来了。他一激动把棉裤解开褪到脚踝处,露出干瘪的屁股,还特意挺了挺胯下那玩意,扯着嗓子说:"俺家就这条棉裤,谁出门谁穿,老子知道害臊,但凡有一个钢镚,好歹也买条裤衩套上。"人山人海中发出一片恼人的哄笑,周支书脸铁青着,又无可奈何,比周长河本尊还要尴尬。

周长河也思变,不是因为穷,乍一看还是因为酒。村里有个大集,据说有两百多年的历史了,五天赶一次。周长河找周支书软磨硬泡,要在集市前后扫大街,不用村里出工钱,只要每个摊位给个一毛两毛的就行。周支书看他这副德行,睁一只眼闭一只眼,没说行,没说不行。周长河心领神会,自封大集环境综合治理办公室主任,虽然是光杆的,但走马上任的时候还是放了一挂炮仗。只是他这一毛两毛的卫生费也把大集祸害了,税务、外乡来的流氓、小偷早已齐上阵,周长河成了压垮大集的最后一根稻草。他这一敛钱收费,大集的名声更臭了,赶集的摊主越来越少,邻村太和庄瞅准时机,办了新集,把周集顶得带死不活。周集人把这笔账全算在了周长河头上。周长河不以为然,越是没人给他好脸,独立思考的能力越强,目标随着周元明、周庆绅哥俩儿的长大更明朗。

老三周意重还小,看不出秉性,而周元明和周庆绅跟他爹则完全不一样,老大老二的自尊心是长在骨子里的,越是被敌视,越不逆来顺受。

周庆绅偷了王七的西瓜,被王七追得满地跑,掉进粪坑差点儿淹死,要不是周元明解救,肯定以身殉"瓜"了。为报此"仇",两兄弟当晚就点了王七屋后的麦秸垛,火光冲天,幸好在火势不受控制之前,兄弟俩把王七从屋里拖出来,否则王七肯定烧成灰了。从此王七心有余悸，第二天还扛着一麻袋西瓜到周家致谢。其实他心里比谁都清楚，这哥俩儿穷得只剩下胆子大，比疯狗还难对付，还是巴结着比较安全。表面上王七偃旗息鼓，实际上心里憋着坏，想着总有机会好好羞辱这两个小子。这个机会后来真被他找到了，这是后话。

老三周意重在学校和周支书家的儿子打架，周支书秘密"会见"了校长，校长让周意重在国旗杆下站了一下午，烈日当头，晒脱了皮。周元明和周庆绅认为这事病根儿在周支书，立刻做好了战斗准备。为避免搏斗中被周支书抓住头发，兄弟俩双双剃了光头，很有仪式感地去找周支书算账。岂料有人为拍周支书马屁加入追打他们的行列。周元明被困，周庆绅从人群里爬出来，回家抄了一把镰刀，见人就劈，单枪匹马把周元明拖了出来。吃了亏不算完，哥俩儿披麻戴孝、吹拉弹唱，躺在周支书家门口不走了，镇上工作组来检查，他们寻死觅活连工作组都给吓跑了。县里让周支书去学习小岗村经验，大会小会不断，没工夫陪他们玩，找周长河求饶："为了搞家庭联产承包责任制，小岗村农民订立了生死状，咱村也不错，为了孩子打架要搞出人命来了，依葫芦画瓢也不是这么画，操他咧！"周长河家和周支书家的关系没出五服，也忌惮周支书的"权势"，不想把事闹大，最关键的是以后孩子当兵还需要周支书的大红印章，于是，他当着周支书的面，胖揍了两兄弟一顿，下手之狠，连周支书也看不下去了，心说，儿子多，也架不住这么打，万一出了人命会影响我的"仕途"。他劝住周长河，给哥俩诚恳道了歉，这事才算平息。

兄弟之间的感情是在历次"战斗"中"枪口"一致对外培养出来的，既是兄弟，又有"战友"特色，堡垒格外坚固。

周元明上学草包一个，但周庆绅会读，可家里没钱供，周庆绅硬着头皮找在县城书画院上班的舅舅龚雪秋。龚雪秋早年听过知名画家孙大石的讲座，和孙大石合过影，便把合影裱起来挂在脖子里，还印了镶着金边的名片。脑袋上顶了不少理事、会员之类的虚衔，出席各大场合一律自诩大师传人，还花钱在高唐县报的夹缝里登了一张印有大头像的个人介绍。这一系列花式操作，在商品还没有包装，牛皮纸卷一切的年代，属实时髦了，轻松博取了眼球。画功一般，装腔作势的本事出众，在书画界竟也混出了名堂。他鸡鸣狗盗，却还不耻周长河的行径，从不愿跟姐夫拉呱扯皮。

而多年不开口的宝贝外甥求上门了，龚雪秋认为还是要区别对待的。"外甥是狗，吃了就走"，舅舅疼外甥是有传统的，他慷慨解囊，资助周庆绅读完高中。那时高中生是高学历，一个村能出一两个就了不得了，所以周元明参军百般坎坷，周庆绅却顺风顺水，没钱没背景还是能中榜，而周元明连续参加了两年体检，也没接到入伍通知。

其实，周元明比弟弟周庆绅更渴望当兵，他觉得身体比弟弟更强壮，打架经验更丰富，要是当了兵，一定能干出名堂。当弟弟从仓库领回被子、挎包、口杯和军装那天，他比弟弟还兴奋，半夜爬起来偷穿军装，点起煤油灯照着立柜上只剩半面的破镜子，嘴里念叨着:"娘嘞,这就是解放军穿的衣裳,打娘胎出来头一回见,了得吗!"他只顾着陷于臆想,没发现煤油灯烧穿了后腰,直到闻到焦糊味,才吓破了胆,要想明早不被收拾,必须马上补救,他到处找绿色的破铺陈打补丁。然而天快亮了,除了藏青色就是黑白的,哪有一星半点儿绿色的布?周元明瘫坐在地上,捧着手里烧破的军装,心突突直跳。他撩开门帘走到院里,想看看有什么趁手的家什,赶紧藏一藏,不然明天周长河发现比命还金贵的新军装被烧破了,少不了一顿暴揍,徒手不足以平爹愤,他肯定见家伙就抄。周元明看见西厢房前的压水井上扣着铁舀子,锃光瓦亮,还很有分量,这玩意砸脑袋上不仅扎实还带声响,可不能让爹抄上了。周元明把铁舀子收好,想了想,也不能让爹啥也抓不着,那样容易导致他到灶棚里取菜刀,退而求其次,换了一把笤帚摆在原位。进一步分析了周长河的脾气,周元明制订了应急预案,周长河打他的时候就往西厢房这边跑,这招儿叫诱敌深入。演练了几遍后,稍感放心,正准备走,看到老黄牛尥了一下蹶子,瞪着茄子大的眼珠子幽怨地盯着他,嘴里嘎吱嘎吱地嚼着草料,水蒸汽从硕大的鼻孔里喷出来,一股酸味来袭,让周元明的肚子咕噜噜不停。他抬头看见磨盘大的月亮从茅房旁的杨树梢里钻了出去,四面八方的公鸡在破晓前开起了第一次晨会,王七大爷家的狼狗可能是被批斗的对象,在众鸡高亢的数落里,凶恶却单薄,很快败下阵来,所剩无几的内力在嗓子眼里打转,呜喽呜喽,像上了年纪的人总也清不干净的嗓子。周元明知道此时已到黎明时分,反正一夜没睡,也到了该喂牛的时候,牛不能只吃草料,还得吃点儿棉仁饼才能健康有力气。周元明对老黄牛说:"看在我自身难保还惦记着喂你的分儿上,明天我挨揍的时候,别忘了'哞哞'两嗓子,提醒我爹悠着点儿,别打得太投入。"

周元明去取棉仁饼,棉仁饼是前天用玉米换的,还装在麻袋里,周元明拆开麻袋口,露出绿色的编织袋。一开始他还不信,怕是有色差,点亮那盏倒霉的煤油灯一照,确信正是他求之不得的颜色,喜极而泣,立刻化身心灵手巧的裁缝,从编织袋上截取一块儿缝到了弟弟的军装上,效果当然惨不忍睹,但没有更好的办法了。伪装妥帖,周元明急不可耐地把弟弟从床上薅起来套上了衣服,把武装带调到最短,紧紧一系,又给他挂上挎包,再一看,正好把破洞挡得严严实实。

送周庆绅的路上,周元明一路心惊肉跳,周长河那天破天荒地没喝酒,坚持以清醒状态送儿子上车,这加重了周元明的恐惧,有那么一下两下的挎包从破洞处移开了,周元明立刻上去拥抱弟弟,衷肠诉说了一遍又一遍,手在后面拉扯挎包的动作娴熟隐蔽。周长河还以为哥俩儿感情真入化境了,没有发现破绽,还洒下了几颗感动的眼泪,幸福地把周庆绅送上了火车"闷罐"。

北风将站台刮得一尘不染,像周元明一片空白的心情,汽笛声带走了他的担忧,当然也带走了他的希冀。"闷罐"的门一关上,周元明站在顿时冷清的站台上放声大哭,他哭自己免遭毒打,他哭弟弟第一天穿军装就穿上了破的,很不吉利,他更哭那天是人生的分水岭。当不了兵，从现在起他要成为家里的顶梁柱，要种地放牛、结婚生子，从此在这块土地上扎了根、定了型，这片土地上有多少穷困潦倒、寒酸落魄的故事，周元明的哭声就有多么惨烈。直到周长河冲上来一巴掌打掉了他的棉帽子，他才吸着鼻涕停下来，跟在周长河的屁股后头往家走。

周长河说："马上娶媳妇的人了，拉稀行，'拉胯'不行。"

周元明问周长河："娶媳妇？没喝酒也能吹出这么大的牛？"

周长河说："他们可以小瞧我，但你要服老子！那些不堪是做给别人看的。"

周元明心说，给别人看？谁看你啊，你死了都不会有人来帮忙抬棺材！

周长河知道儿子不信，全村多少号称活明白了的人都没相信过他，何况一个十八岁没见过世面的孩子。他把周元明拽进牛棚，站在牛槽边深吸了两口气，像是在进行一次深情的祷告，连老黄牛都意识到周长河可能要揭开一个保守多年的秘密，停止咀嚼，后退了两步，亮出场子给兴致高昂的周长河。周长河在那个昏黄的午后，在两个儿子同时面对人生转折的时刻做出一个惊人的举动，他踹翻了牛槽，牛槽下黄泥巴垒起来的小台子本就摇摇欲坠，被他一踹，坍了一地。牛槽滚到了地上，碎成若干。黄土飞扬、干草飞溅中，周长河的老脸壮怀激烈。尘埃落定后，周元明惊掉了下巴，呈现在他面前的是洒了一地的纸币，面值都很小，但架不住多，扑满了整个牛棚，北风透进来，小毛票在地上翻滚着，发出和草料截然不同的哗啦声,听了荡气回肠。

周元明问:"哪来的?"

周长河说:"攒的。"

周元明说:"狗窝里攒得住干粮?咱家窗户纸都被你扯下来卷烟抽了呵!"

这句骂人的话被周元明用得自然,周长河当场要揍他,想了想在这么隆重的足以让孩子记一辈子的节骨眼儿上,还是要克制,孩子大了,从现在开始不能用武力说话了。想到这里,他蹲下来,呼哧带喘地捡着钱,像顾不得疲倦的夸父。

周元明站在原地,看到周长河苍老的背影和激动的神态,有些害怕。从小到大,周长河没有一件事可供他炫耀,不让他丢人现眼就算给面子了。他想,眼前这些毛票,不是偷的就是抢的,老爹一定是喝酒喝神经了。

周长河看出了儿子的慌乱,招手让他过去,周元明像是怕踩到地雷,踮脚尖绕着钱走,和父亲保持在两米的距离蹲下来。周长河盯了他一会儿,说,我不装能行吗?你爷爷是过继来的,本不姓周,是外来户,受尽欺负,所以一口气给我生了八个弟弟妹妹,本以为人多力量大,哪承想还不如他们那一辈,咱家更穷了。我是老大,凡事都要让着你的叔叔姑姑,还要谨防你爷爷生父母家孩子的骚扰,这都没关系,谁让我是老大。可后来,你娘生老三,难产走了,却没有一个人可怜你们哥仨,我认为我的谦让也该到头了。但又能怎么办,我能反抗吗?只能装傻充愣!我装成一个别人躲都躲不及的人,才难得清静。你也以为我烂泥扶不上墙?实话说,我哪喝过一口纯酒,醉了也是我想要达到但达不到的样子,那倒是我希望的样子。这些钱是一口一口省出来的、赶大集蹭来的、被人施舍来的,给你盖房娶媳妇。爹窝囊,但在你们的人生大事上从来不打马虎眼,我过不好日子,可我看得明白时事,以前咱们村也出秀才,后来怎么样,最先倒霉的就是这批有思想的人。我还是只得意当兵这门差事,上一代军人打下江山,大树底下好乘凉,将来是这一代军人的好日子,是你们这帮穷小子的唯一出路,混好混不好都比现在受人待见,你们能当兵的去当兵,实在当不了,我让你们住大瓦房,娶媳妇,别说我偏袒谁,也别说我势利,爹穷怕了!

周元明看见周长河佝偻着背,怀里抱着卧薪尝胆半辈子换来的"财富",他觉得那天的落日,在四处漏风的牛棚后面停留的时间格外漫长,那血色的光辉是父亲的高光,当这一刻过去,他心甘情愿地在感动中沦陷,他认定这是他逃脱不了的命运。他唯一能做的是祈求这狗日的人生中还能有最后一丝惊喜,会有一个不算歪瓜裂枣的姑娘住进他宽敞的大瓦房里,在贫寒的日子里,脸上还挂有隐约盈盈的微笑。

撒下种子就有发芽的可能,这个姑娘还真出现了。姑娘叫刘诗花,太和庄人氏,周元明的小学同学,姑娘长得好看,具体有多好看?周元明只见过一次王四离婚后判给前妻的闺女,从城里回来的,穿着花哨的连衣裙,露出小腿,那双小腿像抹了油一般光洁发亮。从周元明身边经过,连风中都有一股体香,脸上没有晒痕和雀斑，晶莹剔透。周元明看见了，便印在了脑子里，从此夸奖姑娘好看的常用语就是比城里来的还标致。刚五年级，周元明就把刘诗花约到了学校旁边的高粱地里，哆哆嗦嗦地摘下从小佩戴的唯一拿得出手的护身符送给她当信物，可他几个月没洗澡，护身符上的油泥还放着光，并散发出一股花椒大料的味道，刘诗花别过脸没敢接，这让周元明有些许的失望，但这不影响两人互生好感。

学校在离家三公里以外的地方，午饭要在学校解决，学校没有伙房，只在操场架起一个巨大的蒸笼，上午倒数第二节课课间，学生们要把从家里带的午饭放进蒸笼。饭点时，几百个学生饿虎扑食般朝蒸笼跑去，场面颇为壮观。当师傅掀开笼盖，各种饭盒、网兜、搪瓷缸子中不同食物的气味混合在一起，很上头。体面一些的同学会带烧饼、饺子、包子，条件差的孩子一年半载也吃不到这些，有人顶不住诱惑，随便乱拿，善念尚存的会把自己的地瓜干子、玉米饼子、高粱糊糊留在蒸笼里，泯灭人性的干脆全拿走，这时常导致有的孩子没饭吃，但学校声称解决不了这个问题。

天寒地冻，饭菜不热一下没法吃，放进蒸笼可能没得吃，大家每天能不能吃到自己的饭都像在开盲盒。刘诗花家条件也一般，但刘老爹疼闺女，这天，好不容易从牙缝里挤出钱来给刘诗花准备了一斤桂花糕，然也难逃被顺手牵羊的厄运。刘诗花脸皮儿薄，饭被偷了也不好意思拿别人剩在蒸笼里的东西，一下午饿得头晕眼花，临放学时实在撑不住了，从座位上摔下来。有懂行的人说，她这叫低血糖了。众人慌乱着，人群中蹿出一个人，冲到校外的药铺，用全身上下仅有的一毛钱买了瓶葡萄糖，回来给刘诗花喝了下去，危难之处显了身手，救心上人于水火。此等壮举，让同学对周元明刮目相看，更别提当事人刘诗花，当时就情愫暗许。虽然后来有人私下传，刘诗花的桂花糕就是周元明拿的，亲眼看见他躲在操场看台后面，用破袄一遮，不消一分钟，一斤桂花糕全塞肚子里了。

是与不是无须过分考证，重要的是当时周元明还有斥巨资站出来补救的勇气，那一毛钱可是他的全部身家。所以周元明跟着媒婆来到刘诗花家时，刘诗花躲在里屋，捋着小辫儿一脸娇羞。然而，与之形成强烈对比的是刘老爹，媒婆刚一提周长河的名字，他就气急败坏地往外撵人，带去的点心洒了一地，点心上的酥皮像雪花一样洒了周元明一脑袋。周长河这样的人家也敢来提亲，刘老爹感觉受到了侮辱。他恶狠狠摔门的样子吓坏了媒婆，媒婆捂着胸口说，从业大半辈子，这种窘况头一次见。周元明的倒霉模样，让媒婆当时就有了"退役"打算，连牛车也没坐，一双小脚倒腾得飞快，不一会儿消失不见了。周元明在那个备受打击的晌午，站在刘家大门外看到远处的河堤上有一个人风驰电掣地奔跑，那人是要甩掉他这尊瘟神的媒婆，而这个媒婆就在刚刚还像老佛爷一样需要搀扶。周元明流下了屈辱的泪水，再一次痛恨完周长河，灰溜溜地回去了。

过了几天，周元明快要说服自己放弃刘诗花时，刘诗花却主动托人捎来了信儿，意思是说，你走之后我跟爹大闹一场，他再三考虑，又打听了你们家的情况，知道你们家穷，但没干过丧良心的事，我爹也不是贪慕虚荣的人，不惦记攀高枝，可想让他松口，你好歹得有间像样的婚房。

周元明恍然大悟，确实太心急了，周长河早劝他要稳住，他却以为盖房和娶媳妇可同时进行，导致现在被动了。于是抓紧补救，就像当年偷拿了刘诗花的桂花糕，把刘诗花饿晕后他的补救态度一样，这次是倾尽所有来盖房子。盖房置地是千百年来中国人摆在头等位置的大事，现在他更理解了这个概念，决定盖就盖全周集最好的，房子要高，最好从太和庄就能看到屋脊，颜色要鲜艳，白墙红瓦，矗立在村子里要像混进鸭子堆的白天鹅，三间房板板正正，让路过的人都赞叹才好。周长河对儿子较高的心气采取默许态度，他知道此时说什么周元明也不会听，因为自尊心受了打击的人，迫切需要别人的认可，他太了解那种心理了，他无数次也想如此这般挣回丢掉的面子，却不得不把这大胆的想法压抑在心头，为的就是让儿子能有扬眉吐气的一天。

房子竣工了，周元明才突然发现一个大问题，从外面看房子是相对气派，可里面空空如也，钱都花光了，连一锹白灰也买不起了。此时周长河才说，你急着娶媳妇，我急着抱孙子，人生大事不必太按部就班，只要我们的方向是正确的，硬着头皮丢下老脸也要办。这是周长河的处世哲学，以后，他这套理论也改写了老二周庆绅、老三周意重的命运，这是后话。

爷俩儿一合计，在新屋里盘了炕，搬来一张瘸腿的八仙桌，先糊弄着把刘诗花娶进门再说。但喝喜酒那天，有见不得别人好的家伙中途开溜，跑到刘家，把周家父子挂羊头卖狗肉的事添油加醋地说了。刘老爹听完也不顾老丈人的身份，单枪匹马闯周集，大闹婚礼。幸好刘诗花有主心骨，刘老爹无计可施，一个人暴跳如雷，周长河眼见控制不住局面，当着众人，扑通一声跪在亲家面前，用最卑微的动作发着最硬的誓。说，拜了堂，刘诗花就是周家媳妇，只要他还睁着眼，谁也别想把她带走，哪怕他闭了眼，也得先从他尸体上踩过去。我们周家一定让刘诗花过上好日子，当活祖宗供着，将来有了孩子，当小祖宗供着！周长河说这话的时候老泪纵横，他太需要把这个儿媳妇留住，太需要让人看得起一回了。刘老爹看到他的态度，气消了一半，但不可全无底牌，临走撂下话，要周家一年之内把该置办的家什补齐，不然休想拿到户口本领结婚证。周长河磕头"谢恩"，他不仅把刘老爹当亲家，这不单单是一门亲事，他们还是拯救周家的人，是为周家从衰败走向繁荣添柴淬火的第一个贵人，所以他磕头的时候无比虔诚。在场的人没有见过向亲家磕头的人，那天算是都开了眼。

　　事态平息，周元明第一时间套牛车把刘老爹弄回去了，回来的路上才感觉棘手，置办家什的钱不是小数目，对于没有生财之道的农民来说谈何容易。那个夜晚，是周元明的成人礼和婚礼，他也在那个夜晚明白，当意识到尊严需要争取的时候，尊严不是若即若离，尊严渐行渐远。他看到宾客已散去，屋子里清冷萧瑟，正对着门的大红喜字在煤油灯下闪着刺眼的光，刘诗花坐在只有一副被褥的炕头上十分坦然,她撩开盖头,努力微笑,她的笑正如当初周元明梦想的那个女孩一样温柔可人,可周元明却更难承受,说:"欠你的,一辈子好好还。"

那天那个最简陋不过的洞房里,有他们的眼泪,刘诗花不知道这个穷酸小子到底有什么魔力,让她以一生为筹码,义无反顾地嫁到他家。若干年后,她手里捧着周元明的照片,也许仍旧会怀念那段莫名其妙但坚定无比的爱情。有人以为,那个年代哪有什么爱情,由不得自己,人肉机器罢了。那时,刘诗花也许有资格反驳,机器到底有没有感情,那也等机器开口说话才对。

他们凑合着生活在了一起,但他们不是凑合的人,每天尽心让死气沉沉的院子看起来更有生机,栽花养树,种菜喂猪,精心地料理着贫困的生活,随着家里日渐丰满,刘诗花的肚子也显怀了。

周长河脸上泛起红光,这和喝假酒喝出来的红脸蛋不是一个概念。老二顺利当了兵,听说在部队干得出彩。老大成了家,马上能抱孙子。老三还在读书,聪颖好学,将来勒勒裤腰带也许能供出个军校生,他当年的理想就算基本实现了,前半生狗血的日子该结束了。然而,穷命人的算盘打得再响,干的也还是块儿八毛的买卖,距离富贵,还差着行市。

哥哥周元明还在为与岳父的一年之约挣扎,周庆绅参军到了枣庄一个叫官桥的镇上,地方不起眼,但驻扎着一支解放军乙类师,一七七师,彪炳史册的抗日功勋部队。刚进部队,周庆绅参观了师史馆，史馆并不富丽堂皇，由于维护手段简单落后，还有潮湿发霉的气味，他看见一排排、一面面带着弹孔的破旧锦旗，上面绣着年代久远的文字，白色的穗子已经发黄，棉绒的布面褶皱掉色了，却还是能看出它的敦厚，在那个缺衣少穿的日子，用上好的料子、粗糙的手法制作一面旗，它的意义非比寻常，它像将军的战袍，抑或千军万马就在这面旗子的后面，那些人仿佛就在周庆绅眼前把汗水和血水喷洒在上面。他突然明白，原来一进门扑鼻而来的味道正是它们的味道，是战地的味道，周庆绅瞬间震撼了，如同一下子跳进当年的沙场。人群中，他热血沸腾，感觉骨骼和肌肉瞬间臃肿，撑起了肥大的军装，他喃喃道："要是大哥在，一定会哭出来。"

为此感动的人，拥有高贵的精神脉络，哪怕一直在当一只坐井观天的青蛙。周庆绅参观完史馆，到了饭堂就引起了三连连长林展的注意。食堂里，周庆绅被部队的伙食惊呆，他从没见过圆滚滚的白面馒头堆成了小山，红烧肉装在大铁盆里呼呼冒着热气，香味让他的五脏六腑纠结一起，哈喇子砸在了脚面上。参观史馆，让他觉得生在这个年代生对了；进了食堂，他感觉当兵当对了；吃下第一口红烧肉，他认为人生这一趟也来着了；抱着搪瓷缸子，先不急着吃肉，喝下一口肉汤，打了一个幸福的寒战。想，这会儿让我去挨枪子，我也会笑着倒下去。

食堂里没人说话，只有勺子碗筷的碰撞声。林展坐在门口的餐桌前，看似专心吃饭，其实用余光扫着面前频繁加菜拿馒头的新兵。北方军营馒头个儿大，有的兵吃不了掰开只拿一半，而下一个同样吃不了整个馒头的兵，不去拿别人掰剩下的，会重新掰一个，又留下半个，簸箩里半个的馒头越积越多，最后只能倒掉。一个闷罐里的兵，都是穷地方来的，相当一部分人还不能顿顿吃上白面，这刚吃上好伙食没多少时日，就养出坏毛病了。林展正憋着火找机会发作，那时他发现一个细节，周庆绅朝簸箩走来，很自然地拿走了半个的馒头，吃完再来，还是拿半个的。这让林展对周庆绅产生兴趣，他想，也许是凑巧，还是再观察几天。连续几天，周庆绅都是这么干的。林展这才确信这个兵不是作秀，当天就在军人大会上点名表扬了他。半个馒头引起了连长的注意，作为一个总被忽略的孩子，他的一举一动突然被重视，这让他不习惯，但很受用。人是夸出来的，他领先了一步，从此便一路领先。

刺杀术属周庆绅练得最好，课间小会操，不服气的老兵接连上阵挑战，都纷纷被"斩落马下"。一把六七斤重的五六式冲锋枪在周庆绅手里上下翻飞，到了水泼不进的程度，而对手稍不留神，防护服就被刺得千疮百孔，如果这是在实战中，早就一命呜呼了。周庆绅自己分析能够成为这个课目佼佼者的原因，完全源自当年经常挥舞镰刀和哥哥周元明打遍十里八乡的历练，尤其是把哥哥从周支书家门前救出来那次，让他悟到了精髓。刺杀刺杀，刺是手段，杀靠气势，手段是技术，气势是灵魂。周庆绅练刺杀的时候，手段也就平均水平，但那气势，面对假想敌也像狭路相逢杀父仇人，"嗷呜"一嗓子，震颤人心，即使枪刺是橡皮材质的，好几次也吓得假想敌屁滚尿流。

林展越看越喜欢这小子，他的闪光点不止军事训练。连里一栋宿舍年久失修，四处裂纹，大雨天漏雨，大风天掉渣，岌岌可危，没有修缮价值。林展向团后勤处打报告，后勤处长说大项军事行动在即，经费冻结，一分一厘都要花在打仗上，让他们先克服克服，实在不行，看能不能找共建单位争取些支持。林展一边安排战士们从破宿舍里搬出来，两班合一班，两铺睡三人，一边骂娘："前两天还看你们一顿喝掉一箱茅台，给战士盖宿舍没钱了。我军的优良传统没见继承多少，喝茅台不用学便熟稔得很，老革命们好歹是打了胜仗喝，这帮家伙整反了，认为喝了茅台才能打胜仗！"

这话传到后勤处长耳朵里，后勤处长办事有效率，第一时间捅到了师纪委，纪委以"造谣传谣，污蔑同志，破坏内部关系"为名，约谈了林展，关了七天禁闭。钱没要来一分，却惹了一身骚，关键为的还是公事，林展气得七窍生烟，奈何人微言轻，只能听任处置。指导员孙诚劝林展别跟领导过不去，到时全连跟着吃瘪，不值当。林展偏不信那个邪，他说这个后勤处长媚上欺下，眼睛只盯着左右他进退走留的两位团主官，基层的事根本不关心，早惹了众怒，我跟他杠上了，这房子不用他管，自己搬砖和泥也要盖起来，到时候后勤处长别到三连来，来了看他羞臊不羞臊。

孙诚跟林展搭班子好几年，熟悉他的脾气，他大大小小参加打过几次实战，有战场后遗症，把官场也想成了战场，认为后勤处长这样的人早晚被剋。孙诚不这么想,这要是不劝住林展,不一定还捅出什么娄子。后勤处长虽说不讲究,但这次人家的站位准确,按上级要求办事,有理有据。再说了,谁知道他后台是谁,这年头,带病提拔的人不在少数,晋升时万一又成了一匹黑马,林展的前途完了不说,身边人也会被拐带上了。话虽不能如是对林展说,但道理没错。

孙诚张口摆出一个困难,林展果然立刻挠头了。孙诚说,你以为盖房子也像带兵打仗?这不是你家那三间破坏房,这是营房,营房建设有明确标准,别盖出个"四不像",还存在安全问题,好心办了坏事。林展脾气硬,但不顽固,听指导员这么说,也犯了难。争取来的经费有限,请不起建筑设计师,他找过师部营房专业毕业的同学,同学推辞说,毕业后没设计过一座营房,每天净在机关写材料了,"武功"荒废多年,倒是也可以设计,怕设计出来形同碉堡。听同学这么说,林展的眉头彻底展不开了。此时,周庆绅不知道从哪儿打听到消息,找到了连长,自告奋勇要搞这个设计。林展上下打量了他,认为这小子想要表现,功利心太强,心说,你还设计宿舍楼,你们高唐县都没有几座楼房,你跑来跟我讲故事吧。但林展不忍打消他的积极性,哼哼哈哈地把他打发走了。周庆绅以为连长同意了,像接了谕旨的钦差大臣,气宇轩昂地回去了,找了个没人的地方,没日没夜地展开了创作。

林展都快把周庆绅这茬儿忘了,周庆绅捧着厚厚一沓图纸胸有成竹地站在他面前,林展心不在焉地接过图纸,心里却在拼命组织语言，想着怎么讲可以既不伤害他，又能让他知道什么叫术业有专攻，不要拿自己的爱好挑战别人的专业，自信和自负是两码事，太过积极有哗众取宠之嫌。可等他摊开图纸，瞬间瞠目结舌，作为一线指挥官，识图用图是基本操作，虽然作战图、工事图和建筑图不一样，但也有相通的地方，他发现周庆绅这些图纸，有鼻子有眼，要素齐全，他一个门外汉都看懂了大概。林展大喜过望，直呼一不小心挖到了宝藏。为了确认判断，他把同学从师部请来了，同学看了图纸，又勘察了现地以后，直呼周庆绅是天才，羡慕地对林展说："这么牛的兵竟然被你捡了漏！这要是被师部知道了，留不住的。"

林展发现同学图谋不轨，生怕他把周庆绅抢了去，防患于未然地道："只要你不要有什么坏心思我就放心了，敢走漏半点儿风声，有你好果子吃！"

好兵是带兵人的命根子，同学自知此刻在林展心目中的地位不及周庆绅，悻悻地走了。林展稀罕地把周庆绅拉到身边，询问他是在哪儿修炼的绝学。周庆绅说，我上高中的时候是美术生。这几天我到师图书馆啃了好几本建筑学专著，恶补了设计知识，又了解了一七七师整体的建筑风格，对官桥当地的建筑也做了研究，这个过程很艰难，但收获大，我发现了绘画和建筑设计的共通之处。林展怔怔地看了周庆绅许久，陡生感动。这小子算得上千里挑一，可遇不可求，林展深信，周庆绅脑瓜子太灵，将来必有一番造诣。

林展对周庆绅的了解还只是冰山一角，不清楚他还有多大的潜力，但周庆绅清楚，他还有很多绝活，天生对事物有丰富敏锐的感知。比如美术，其实他最擅长画女人，尤其是裸女，这本身就令人匪夷所思。他从小没出过周集，当兵前没出过县城，家乡是一个落后逼仄的地方，民风传统保守，所见过的女人都扎裹得严严实实，可不像那些西洋画一样，袒胸露乳，他所能接触到的书籍和艺术品也极其有限，倒是从王七大爷看瓜地的窝棚里不小心见过几本禁书，但那里面连张插图也没有，应该说一定程度上制约了他的创作。然而，即便涉猎范围如此狭窄，他凭着想象也能把女人画得入木三分，看得美术老师都面红耳热，还以为他早破了处男身，比他当年上美院时的老教授画得还细腻老到。周庆绅由此得出结论，天赋这东西妙不可言。

所以周庆绅趁热打铁，又提出了更"得寸进尺"的请求，他不仅要当"编剧"，还要当"导演"，既要设计，还要监工，林展跟后勤处长杠上了，他跟宿舍楼杠上了，这正是林展需要看到的，他很久没有遇见不用教就这么合心意的新兵了，鉴于他前期的惊人表现，林展没理由拒绝。

一个新兵，指挥全连重建宿舍楼，并且还被他盖成了，各项标准还达到了，成为一七七师史上的神话，关键是这座宿舍楼到今天还矗立在三连的老营区里。周庆绅一炮打响。他的起点之高，超出人们想象，第二年就当上班长，入了党，第三年便进入预提军官序列，周庆绅认为他会成为周集历史上第一个军官。比王四大爷当年还耀眼，越想越按捺不住激动的心情，干脆借来了四个兜的干部装,上衣两只兜里塞上硬纸板、钢笔,三接头的皮鞋用掉了半管鞋油,倒背着手,到官桥照相馆拍了一套照片寄回了家。周长河看到威风八面的儿子,又哭又笑,满院转圈,然后在村头大柳树下放了一挂五百响的鞭炮,举着照片找到周支书,要求周支书在大喇叭上广播广播。周支书不计前嫌,也替孩子高兴,说得口干舌燥。虚荣心得到满足的周长河,此刻的心情比当年倾家荡产从四川"买"回孩子他娘还滋润,他孙子周晓盛前年降世时他都没搞这么大阵仗。周长河这么一折腾,所有人确信,周集出了个人物,周庆绅出息了。

第二章

夺命刀口，轻而易举瓦解了胸口，想象中的重重谍影也只是泡影。他倒在西南边陲，也许会随着黎明一起化为白昼，遍寻不见，也许会像那些深扎泥土的兄弟，即使不再高歌，也与那片疆土同在。

一七七师军营的冬天异常寒冷，屋檐上的冰凌竭力想要融入一米多高的积雪，却不能得逞；哨兵的身子已僵直，艰难地拄着枪托，呼出一口口热气，气管被冲击得生疼；矮舍里的军犬也停止吠叫，躲在角落中保持着能量，所有的一切和这支部队进入一级战备状态之后的氛围极不协调。他们听说西南边陲敌军压境，对峙数日，频有近距离摩擦，战争一触即发。

距离最后一场战争已过去多年，年轻的战士嗅过了火药的味道，却未知死亡的模样，对敌人愤慨之余，更多的是兴奋。从狭隘的层面出发，战争也像某些人的赌局，要么殉职要么擢升，对于没有多少本钱又想出人头地的普通人来说，在恐惧之后，剩下的则是战争带来的亢奋，他们要用这种极端的方式实现跨越，抑或者给干瘪的履历镀上一层金辉。

打仗有牺牲，不过却不是谁想去就去，能不能轮到一七七师，是个未知数，但连里只要有一个名额，林展就会考虑如日中天的周庆绅。那时的周庆绅左右逢源。孙诚都说，这样的战士几年遇不到一个，是连队的荣幸，他也认为周庆绅提干事只是时间问题。

但意外来得猝不及防，猪在风口上能飞起来，也容易摔死，如果周庆绅一直保持谦虚低调，可能会相安无事，但条件已不允许克制了。那个引起轩然大波的大事件，是周庆绅到师部参加四会教练员比武时突然发生的。

说到四会教练员比武，本来一七七师挑选连队指导员、团机关干事参加，但从前几年开始，组织者为了体现境界水平，使比武的涵盖面更广、关注度更高，要求各单位也要选派战士代表参加。不过组织者的目的也仅此而已，从没奢望战士或教员在一众能言善辩、文笔扎实、理论功底深厚的各路政工好手面前能扑腾出什么浪花来，来也是陪练，最后几名的位置显然是给战士代表预留好的，如果是哪位干事或指导员排在最后，回到连队还怎么服众，所以让战士来填坑最好不过，输了也在情理之中，赢了……怎么可能会赢。当时，周庆绅就是在这样的背景来到师部礼堂的，因为前几年战士总是垫底的缘故，没有一个战士肯报名，孙诚征求了周庆绅的意见，周庆绅认为自己是准少尉，有此等露脸的好事，为何不去，保不齐能拿个名次。孙诚知道周庆绅被林展捧得吃不准自身分量了，不知道江湖险恶，多少有些意气用事，但去挫挫锐气对于初出茅庐的他来说不是坏事。

周庆绅在不被任何人看好的情况下参加了比武，出乎意料的是一路过关斩将，挺进了决赛。理论授课，他全程脱稿，还不时掺加个人经历，小故事信手拈来，讲到动情处手舞足蹈，伤心时哽咽失声，幽默与风度并存，活泼与严肃交叉，让听众感慨万千中于无声处听惊雷，比那些要么照稿子念，要么可脱稿但明显无法在稿子与实际之间来回切换的选手强出百倍。这么短的时间他能做到举一反三，他早知道自己有这个功力，之前被哥哥周元明拖累，小错不断，经常当着全校师生的面作检讨，估计作出了经验，把检讨都能念出感情来，何况伟光正、高大全的政治教育课。授课结束，七个评委六个给他打了满分。通信连的小女兵们当场成了小迷妹，话务班长舒悦不愧为通信一姐，在没有安排献花环节的情况下，偷偷跑回宿舍把昨晚一个叫梁聪的追求者送给他的鲜花拿来，勇敢地冲上舞台献给周庆绅。周庆绅虽是连队红人，但来师部的次数有限，没接触过女兵，只有远观的份儿，包括刚才授课，其实全程没敢往人脸上看，努力把台下的人想象成草芥。现在不同了，一个鲜亮亮的大姑娘杵在他眼前，呼吸马上紊乱了。他战战兢兢地接过花，看见舒悦个头高挑，胸脯高耸，白玉无瑕的脸上大眼睛忽闪忽闪，汪汪着水花儿，身上的雪花膏味沁入鼻孔，当场迷醉。舒悦看到他此刻的面瘫脸，还惜字如金，以为是少年老成。被追求得多了，这样没啥表现的表现反而令她春心荡漾。两人短暂的目光相接以后，秋波得到承载，各自脸红心跳起来。

特殊环境，导致两人没太多时间接触，比武还剩两天，也被抢答、笔试、模拟战前动员、任务中的宣传鼓动等环节安排得满满当当，周庆绅无一例外表现抢眼，他一骑绝尘，地位不可撼动。但比武之余，他心不在肝上，满脑子都是舒悦俏丽的小脸，心里痒痒得不行。

其实面对舒悦，周庆绅骨子里是自卑的。他打听了，舒悦的父亲是师参谋长舒泽勇，明里暗里追她的人能挤满师礼堂。而大家普遍认为其中最具"获奖"潜质的是作战参谋梁聪，梁聪长得浓眉大眼、虎背熊腰，非常符合年代审美，更主要的是业务能力强，拿过军区参谋业务竞赛第一名，是司令部有名的青年才俊。听说前一阵子军区司令员乘军机来一七七师考察，下飞机时，突起一股妖风，立在军机旁边的两个系挂条幅的铁架被吹倒了一个，正好对刚走下舷梯的司令员构成威胁，这要是砸上了，一七七师在劫难逃，多年荣耀将涂上阴影。走在最前面的众校官，注意力全在首长身上，边敬礼边研究怎么在最短的时间用最短的语言让首长记住，没人注意险情，负责警卫勤务的官兵关注着被大风吹得东倒西歪的人群，也没观察铁架，千钧一发之际负责引导工作的梁聪扔下手中的引导牌，踩着战友的肩膀飞身跳出重围，扑向司令员，将他扑出该区域，自己则置于危险之中，他还未稳住身形，铁架"哐当"一声砸在了舷梯尾部，还冒起了火花。再看梁聪，正好站在铁架的镂空处，如有神助，毫发未损。现场所有人呆若木鸡，等醒悟过来小腿肚子转筋，冷汗狂飙。梁聪化解了一场天大的事故隐患，师领导由衷赞叹，而且司令员考察结束后特意交代师长，这样的年轻干部一定要重点培养，必要时可破格提拔使用。作为舒泽勇主管部门的下属，梁聪的春天从此开始，军功嘉奖拿到手软，甚至逢年过节舒泽勇还把梁聪请到家里。舒悦是在那时和梁聪有交集的，她知道父亲的用意，前期还迎合着，慢慢懒得敷衍。她给出的理由是梁聪心思缜密得可怕，啰里啰唆的不像个爷们儿，和他相处没有空间，出门约会他都会先拟订一个行动方案，严格对照计划进行，分毫不能差，连几点上厕所、在哪儿上，何时吃点心、吃多少，都安排得一丝不苟，言行举止一板一眼，不会开玩笑还硬开，开完还要舒悦讲出不笑的理由……参谋和保姆不应该是一个性质，梁聪走的是生活管家的路子，本来部队的生活制度已经磨灭了舒悦不羁的性格，现在又跳出个梁聪替老爷子监督她的人生，她觉得如果这么活一辈子简直窝囊死了。

　　舒悦不待见梁聪，梁聪却在感情方面也发扬了革命乐观精神，有恃无恐，认为只要有舒泽勇的支持，再加上个人攻坚克难，早晚能把小红旗插在这座山头上。他雷打不动献殷勤，送衣送药送吃送喝。舒悦上舞台献给周庆绅的那束花是他送的，当时他坐在台下，心思没在舞台，全在舒悦身上，舒悦却一眼也没看他，全神贯注地盯着周庆绅，太过入迷，身体还微微前倾，听到周庆绅讲到一个段子，笑得前仰后合。不小心和梁聪对视了一眼，梁聪正准备放电，舒悦立刻收住了笑容，还白了他一眼，好像梁聪是很煞风景的存在。不得不说梁聪耐受性和排解能力真强，没从自身找原因，忍不住看向周庆绅，看来看去也没看出这家伙哪里出彩。这四会教练员比武是政工部门组织的活动，活动是好活动，但不直接服务于战斗力，他看不上耍嘴皮子的人，认为思想上的事看不见摸不着，没有评判标准，四会教练员的价值形式大于内容，以训练促进管理，以打仗促进素质提升才是硬道理。作为作战参谋，有这样的偏见在情理之中，但对于周庆绅，他已不是单纯的偏见，他此刻的好胜心比在战斗中犹有过之，他暗下决心，要好好会会周庆绅这个不知天高地厚的家伙。作为师部"领导"，怎么能被一个小战士挖了墙脚，他怕传出去有辱师部名声，必须及时遏制事态发展。

周庆绅不知道有梁聪这个绊脚石，在努力调整心态，他认为此时要向哥哥学习，脸皮要比他厚，他五年级就敢约刘诗花进高粱地，现在他要略胜一筹，在戒备森严的师部大院里，在舒泽勇和梁聪的一亩三分地上，他要约舒悦到操场边的杨树林里，想想就刺激。

那晚是周庆绅住在师部招待所的最后一晚，明早就要回三连了，师部在官桥，三连在村子里，虽然相聚只有四五里地，但对于有情人来说，那是天与地的距离，但凡要是回去了，再想表达心意就难上加难了。三连仅队部有一部座机，只用于上传下达，不可私用；写信也不靠谱，负责盖邮戳的文书眼睛非常毒辣，这么近还往师部寄信，他一定会多心……周庆绅认为只有面对面才最靠谱。面对舒悦,他的争取意识不是无迹可寻,和他的原生家庭有关,哥仨面对有限的资源,一次不争两次不争,逐渐就被遗忘了。在屡次和周元明、周意重的斗智斗勇中,周庆绅每每败下阵来,这要归咎于周长河有偏向。元明、庆绅年龄相当,打打闹闹,他从来不管,但两人在周意重面前都不能没哥哥样儿。这便导致周庆绅两头受气,被老大欺负了没人管,被老三占了便宜无处伸冤,于是周庆绅的领地意识越来越强,别人的东西他不要,自己的东西拼了命也要护住。

干就要干得大气磅礴,周庆绅径直来到通信连,找到舒悦直抒胸臆,明确意思后扭头便走。舒悦看着周庆绅的背影,脸上泛起红晕,这不拖泥带水的风格,难免让舒悦把他跟梁聪作比较,梁聪让人窒息,而周庆绅给足了她选择的权利。

情感很复杂,情感又如此简单,是否有叛逆的成分在里面不得而知,舒悦为了一面之缘的周庆绅,一向当表率的她竟违反纪律,鬼使神差地赴约了,她在熄灯后蹑手蹑脚地溜出了通信连宿舍。哨兵是她带的兵,不会出卖她,她以为神不知鬼不觉。

通信连长也是女的,倾慕梁聪,芳心暗许,对他追求舒悦耿耿于怀,但敢怒不敢言,给舒悦穿小鞋也没那个实力。晚上,她亲眼看到周庆绅来找舒悦,心中窃喜,心说老天怜我,要成全我的缘分,白给的机会可算来了。熄灯后,她集合指导员、副连长、排长和各班班长查铺查哨,查铺查哨由值班员单独开展就可以了,她突然搞这么大动静,显然有鬼。果然,舒悦不在铺上,谁也说不清去哪儿了。女连长表现得很愤怒，她没有第一时间向值班首长汇报，却派人向梁聪报信。梁聪赶来确认了情况，心急如焚。女连长安排全员出动寻找舒悦，她把自己和梁聪分在一组，目的是一会儿能亲眼看到狗血剧情，场面越尴尬，她今晚的活动组织得越有意义。

那晚，月朗星稀，天气清冷，没有夜生活的乡里人熄灯上床了，偶有蝈蝈声和几下狗吠，显得四周更万籁俱寂，远处沂蒙山余脉的轮廓若隐若现，微山湖的潮气没有沁染于此。在干燥的杨树林里，周庆绅把树叶踩得沙沙作响，石桌石凳设置在一处人工池塘旁，池塘里结着冰，在月夜中闪着银白色的光，使得山下笼罩着一层深沉的阴影，让周庆绅所处的位置十分隐蔽。周庆绅围着石桌来回转圈，他能听到心脏怦怦跳的声音，零下几度的气温，秋衣里头湿漉漉的，他甚至有些后悔，他想舒悦如果不来也挺好的，她的身份在那摆着，这要是聊得开心还行，万一出点纰漏，肯定吃不了兜着走。男女关系、作风问题、思想不纯，每一条都是天条，这是一个闭塞环境，这是一个需要三缄其口的时代，任何一种尝试都有可能令人万劫不复，大好的前途将毁于一旦。但舒悦热烈的犹如炭火一样的眼神烙烫着他的大脑，及时浇熄他逃跑的冲动。

时间似流水，薄雾像一层透明的薄纱轻拂过月亮，柔软得像情人的手，一阵凉风吹来，铺满落叶的树林里，如有人潮人海簇拥而来。等动静消失，他忍不住打了个寒战，清醒几分，他看见来时的小路上有一个人影缓缓靠近，虽然还有一段距离，但似乎闻到了她的香气，那是一个久不近女人，全身血液奔涌，荷尔蒙激迸的男人特有的功力，像饿狼闻到了血腥鲜肉。他捧着一盒杏园酥，包装盒被他捏得咔咔作响。舒悦移动得也很迟疑，这里她来过几次，但这么晚四周阴森得可怕，女兵首先是女人，她抱紧了臂膀，走走停停，他们约定的地点漆黑一片，她不确信周庆绅是否来了。此时周庆绅压低声音喊了一声："嘿！"舒悦顿时长舒了一口气，继而感觉这个声音是最磁性最浑厚的，那一刻那里不再漆黑，头顶的星空一瞬间也闪烁活泛起来，她身边的树木不再死气沉沉，那些曾流传于官桥民间的师部一隅关于鬼神的故事也如笑话一般，她作为一个无神论者的定位才更清晰，她像找到了梦中经常出现的故乡原野和那座飘浮在心中的小屋，这一切都源于周庆绅那一声怯生生的呼喊。幽会的人，"幽"时已超脱于俗世，游离于众生，"会"时已达高潮，是亚当和夏娃附体，是他们肾上腺素分泌最旺盛的时刻，他们快走几步，甩开手中的束缚，没有酝酿就紧紧地拥抱在一起，上一秒还是陌生人，这一刻就双双感受到了纯粹的幸福。

那时，那里不再是哈气成冰的严冬，他们呼出的热气缠绕在一起，如同锅炉里持续翻滚的水，舒悦先是贴在周庆绅的胸膛上，任由他紧紧地摁住自己的头，她能听见他长满老茧的手，摩挲在她的头发上，发出嗞啦嗞啦的声音，她听到他的心脏像官桥农民刚刚启动的拖拉机，杂乱而铿锵，接着两个喘不过气来的年轻人寻找到彼此的嘴，周庆绅笨拙地探索她的舌头，却不费吹灰之力，即便舒悦热切迎合，甚至想成为这场亲吻的主宰，但周庆绅在这方面的稚嫩，还是影响了他们的体验，不过人在这方面都有天赋，几分钟前他们还一无所知，现在就要知道对方的一切，那些对待感情喜欢先熟悉熟悉的人，往往也错过了陌生的快感，周庆绅找到了这个法门，进入了状态，只是他还不懂得放松才会有更好的发挥，越是疯狂越是战栗，在这个寒夜里享受一起比十公里武装越野还要艰苦却更容易分泌多巴胺的差事。

他们像两个挣脱束缚冲破藩篱的野人，跟随世纪的洪荒奔向野性的天堂，他们才懂自由的宝贵，之于时代，他们永远都是自己的年轻人，所以他们也有那时他们所认为的青春渴望，什么规则纪律，什么号令指示，都在夜色的掩护下，沦为赤诚相见的下脚料。周庆绅的手灵蛇一般在舒悦的身上四处游走，舒悦浑身紧绷，那冰凉也似炙热，那冒犯也像恭敬。他们穿着相同的衣服，只是女式的扣子与男式的相反，周庆绅总算解开了它们，把手抓向她的胸脯，并逐步转移着阵地。舒悦闭着眼睛，她在想，这世界很慢很慢，慢到永远也想不明白爱的来由，周庆绅在想这人生很快很快，一眨眼就要各奔东西，如果留不下什么，就什么也留不下了。他们统统在说服自己，媾和是他们最快的直达对方心灵的通道，他们没有时间可以浪费，唯有做爱可以交融。

虫鸣声传来，兔子或者黄鼠狼也发出窸窸窣窣的声音，它们也不甘寂寞，来阻止宁静侵蚀这良宵的美妙，来增添这野合的情调，做他们的天然屏障和自然红娘。这片树林里充斥暧昧的味道，寒气也随之被驱离，周庆绅把舒悦放在石桌上，展开激烈

"交锋"，忘乎所以地说着羞走月亮的情话，他感觉自己雄壮不已，像一个跨上战马的骑兵，在他从未领略过的战场驰骋，他认为豪气不过如此，如果战争来临，他也要像这样义无反顾。

凡事先苦后甜，偷尝禁果除外。周庆绅和舒悦冲上云霄，而女连长的手电筒把他们拉回现实，强光照在周庆绅饱满的屁股上时，他还没有停歇的意思，他以为那是生命之光，是造物主馈赠给相爱男女的礼物。直到梁聪发出一连串撕心裂肺的咒骂，周庆绅和舒悦才从云端跌落。女连长手稳极了，手电筒死死照在他们的隐私部位丝毫没有晃动，射击训练端枪的时候，也不见得她有这么好的定力，同时她嘴里还发出啧啧的声音，为气急败坏的梁聪捧哏。周庆绅的裤子还没来得及提上，即挨了梁聪重重一套组合拳，当时便失去知觉。再醒来的时候五花大绑蜷缩在一间昏暗的禁闭室里，他吐了一口血唾沫，脑袋还是迷糊的，跟刚才高潮带来的眩晕是两码事。他知道捅了天大的娄子，但他一点儿也不后悔，他回味与舒悦的欢愉时刻，一丝笑容浮上面庞，并且在这一刻他才知道到底有多喜欢她，因为从一个要靠舅舅得以过活的人好不容易混到今天，他有太多理由保持这蒸蒸日上的态势，可此时他觉得也没太所谓，被如何处置也无须怨言，这都是舒悦给他的力量。

梁聪把周庆绅千刀万剐也不解恨，又找机会进来把他暴揍一顿，最后勒住他脖子，周庆绅的脸涨成了猪肝色，三五秒后就瘫软了，梁聪对着神志不清的周庆绅说，不要再做白日梦，提前体验濒临死亡的感觉吧，比之还要痛苦的感觉以后会如影随形，我需要你适应。以后你会知道，你们是两个世界的人，即使你玷污了她，她也一刻不曾属于你。别指望她替你求情，她不在乎，她爸要脸，那么多双眼睛都看到了，风言风语很快将传遍全师，他不会允许眼皮子底下发生这样的丑闻。我只替你想到了一种结局，明天会有保卫处的人来调查你，你会被以强奸罪名带走，也许舒参谋长不会那么绝，最终军事法庭会以证据不足释放你，你将从一七七师彻底消失，而舒悦也马上要被保送入学，这件事将永久尘封，不会留下任何痕迹。我奉劝你配合好，少说话，对你对舒悦都最好不过，不然我不敢保证是否会有更坏的情况发生。

周庆绅听得清楚，他没有意见，也不憎恨梁聪，还很佩服梁聪的办事能力，他也认为这是最好的办法，这样的确保护了舒悦，他甚至想站起来给梁聪敬礼。他只是还有一个遗憾，想在被带走之前再看一眼舒悦，很少有人能体会，昨夜还彻骨温存，今晨就被生生撕裂，这样的分别带来强烈的思念。转而一想，如何得知是被拆散的呢？也许舒悦也没想到会被发现，并带来这样的后果，此时可能她也赞同他们的想法，就让这些往事随风而去。纯真年代，可以为爱情赴汤蹈火，同样，也会有很多事可以打败爱情。他绝望地缩了缩脖子，等待命运的裁决。

周庆绅是被保卫处的人连推带搡扔进审讯室的，在审讯室里又接受了一波余孽一般的人带来的折磨，即使他一言不发，而在那些人眼里一言不发比满嘴谎话问题更严重，原因是他们更愿意把人性摆在案板上蹂躏，喜欢欣赏一个看起来光明磊落的人牛头不对马嘴地编故事，可比看别的什么场面更讽刺，他们会哈哈大笑，其实被讽刺的主角从来不擅长对号入座。显然，周庆绅没有满足他们的恶趣味，只在摁手印的环节主动了一把，表示同意他们的一切指控，他放弃了最后一个反抗的机会，那帮人想要攻破一个棘手的案子，以此来标榜他们的功力，取得办案履历上的光彩，却碰到了周庆绅这样的演员，他们无聊透顶，他们索然无味，一个个吊着脸子出门，留下周庆绅无人问津。审讯室安安静静，他透过小窗户，看到外面光秃秃的杨树枝伸进了铁丝网，似是舒悦的手，似是情人来。良久，他看见雪花簌簌落下来，不一会儿便压歪了枝头，舒悦的手一闪也不见了。雪让外面更光亮，审讯室更昏黄，他的眼前浮现着舒悦清秀的眉目，他相信她不出现绝非本意。于是他抛了一个飞吻，以此怀念他们这一对无因无果的露水夫妻。

　　还没走所谓的程序，军事法庭庭审就开始了，周庆绅被押上了被告席，他百无聊赖，什么都没听进去，只在等待法官列举完罪状之后，说出一句请求从轻发落的话，因为梁聪向他保证过，舒泽勇会悄悄替他斡旋。然而，等来等去，马上快结束了，他也没等到无罪判决，他像是还没喊价就流拍的夜壶。他有些着急了，想要申辩，但座席上的梁聪恶狠狠地注视着他，意思是不管发生什么，你都要好好掂量轻重。

　　法官问周庆绅还要不要作最后陈述，周庆绅动了动嘴唇，没有发出声音，人僵在那里，现场所有人盯着他，他虽然还说不出话，但抬着头，这是他留给自己的唯一尊严，他如果翻供，就会有军区级的办案组下来调查，到时候事情会越传越凶，越来越可怕，直到谁也不可控。他在周集就明白人言可畏，体会过那种被落井下石的滋味，反正从小就是土里滚、泥里爬，没落下个好模样，被任何人轻视也无关痛痒，但舒家不可以。可是不申辩，他的人生旅程就要拐一个大弯，这对已经把他当成骄傲的周长河不公平，他身体本来就不行了，万一急火攻心再出了情况……两相比较，周庆绅竟然能够做到客观，如果他说出真相，对舒悦的伤害是最直接的，其他还都属于臆想阶段，唯有把舒悦放在第一位，即使她不敢爱、不能爱。这算是对她的诚意和祝福吧。

法官连问了三遍，见周庆绅无动于衷，准备对案件宣判，梁聪的脊梁离开了椅背，双手撑着扶手，准备在宣判之后跳起来庆祝了。

那时，法庭的大门被推开了，寒风嗖嗖地灌进来，煞白的雪光盖过房间内的灯光，众人齐刷刷地回头看，舒悦站立在那块亮堂堂的缺口中央，周身散发着光芒，她穿着臃肿的棉衣，但仍然亭亭玉立，她红肿的双眼不影响她的美貌，她目光坚定，径直而冷静地望着周庆绅，仿佛要穿过长长的走廊，不顾众目睽睽依偎在他身旁。周庆绅最后一个回头，他还以为是要将他投入大牢的警卫提前进来做准备了，可当法官也发愣时，他才警觉，他又闻到了她独有的体味，那味道可以穿越空间，穿越阻隔。

没等法官开口，舒悦说："我不是证人，是当事人，你们面前的周庆绅不是犯人，是我的恋人，恋人在一起连作风问题都不算,何来触犯军法。反倒是那些触犯我们隐私的人,应该受到处置!"舒悦的声音洪亮,字正腔圆,法官听来也熟悉,也难怪,凡是打过一七七师军线的人,都听过这位话务班长的腔调,现在这个腔调在法庭上余音绕梁。现场哗然,大家交头接耳,嘤嘤嗡嗡的像苍蝇。

周庆绅看见了舒悦,舒悦不是救世主,却是及时雨,他顿时泪湿眼眶。

梁聪恼羞成怒地站起来:"要脸吗?还有理了?我们这支部队组建以来也没发生过这种事,我替你臊得慌,一七七师的指战员也接受不了,你爸接受得了吗?"

舒悦皱了皱眉头,还在绞尽脑汁想怎么解释,法官制止了他们的对话,宣布休庭,梁聪自知一切再难挽回,铁青着脸溜走了。

那晚,舒悦被送回通信连,女连长表示严重关切,炖乌鸡泡人参,忙前跑后,嘘寒问暖,好像舒悦要坐月子,舒悦不知是计谋加暗讽,还感动了一把。女连长这厢稳住舒悦,那厢随时向梁聪报告舒悦的一举一动,城府权谋之术被她运用得炉火纯青,如果梁聪知道这个女人的厉害,想必也要汗颜,可越是这样的人越不会人设崩塌,越是浮躁的环境越能笑到最后。

那几天舒悦属于重点关注对象,她是怎么跑出来的?舒泽勇打过仗,脾气一来,雷霆万钧,痛骂舒悦伤风败俗,发作之后又出奇冷静,开始从自己身上找原因,若不是他一意孤行,硬把梁聪塞给闺女，闺女怎么会饥不择食。男女兵交往不被允许，但也不至于搞得满城风雨，这中间一定有别有用心之人捣鬼，舒泽勇心里跟明镜似的，为了保护闺女，他把她接到师招待所。临走前，舒泽勇要和她谈谈，父女俩面对面坐着，尴尬至极，半宿没有对话。末了，舒泽勇说，我不是封建家长，到了年龄，这些花花绕避免不了，我理解你们，可周庆绅这个兵我了解了，兵是好兵，但不适合你，你们的成长环境、教育背景、行为习惯有着天壤之别，这些看似都可以磨合，但生活中这些就是一座座大山，如影随形。

舒悦说："当年你和我妈的条件匹配吗？"

舒泽勇说："你没看到她这些年受了多少罪。"

舒悦还想说什么，舒泽勇打断她："不要急于决定，明天就是庭审周庆绅的日子，我给你时间考虑，如果你一意孤行，很可能造成更坏的影响，如果你放弃，我会让你们都没后顾之忧，不过不管你如何选择，你都要相信一个父亲的心意。"

舒泽勇给舒悦一个意味深长的眼神后起身出门了，他带来的警卫随即把门从外面锁上，舒悦陷入悲凉，她不因爱的代价而悲凉，也不因一时大意带来诸多麻烦而后悔，她为周庆绅此时的处境要比她更受伤而担忧。她在十平方米见方的小房间里来回踱步，丝毫没有困意，她想破窗而逃，可窗户上是粗壮的钢筋，她拍打房门，却无人回应，她看见眨着眼睛的繁星悄然隐身，黎明前的暗夜已经消散，距离周庆绅庭审没有多少时间了，她对爸爸有些恨，心说，你嘴上让我考虑，实则已经替我作了决定，还跟我商量什么啊？发扬民主吗？全是套路。她绝望地一屁股坐在地上，视线范围内恰巧发现父亲坐过的椅子上有一把亮闪闪的钥匙，她抓过钥匙试了试，正好开那把锁，她瞬间明白父亲的用意。当时，舒泽勇出门后，还在门口站了一会儿，对警卫说，如果她要走，不要拦她，我虽然不愿意，但她这性格不就是随我吗。不管是对待感情还是生活，她的固执，我唯有欣慰。舒泽勇一步步走在空荡的走廊里，他的脊梁有稍许的弯曲，叱咤沙场多年，说一不二，在闺女面前却感到无力，他努力适应这种无力，他庆幸自己所作出的姿态，因为他看到舒悦没有因此放弃自我，眉头渐展。

舒悦出门，警卫装作睡觉，没有阻拦，她玩命奔跑，终于在判决之前出现在现场。多亏她的坦白，周庆绅不久就被释放，但等待他俩的第一件事，仍是分别。他们紧紧相拥，泪湿衣襟，约定早日再见，但他们心里清楚，再见遥遥无期。

周庆绅带着满满的思恋回到三连，而更多的尴尬摆在面前，往日的高光时刻已是明日黄花。梁聪余怒未消，而周庆绅的指导员孙诚正好和他是军校同学，所以他根本不遮掩，明说着让孙诚收拾周庆绅。一个师参谋想要搞一个战士，太简单不过，可幸好林展和孙诚是知兵冷暖的兄长，处处维护周庆绅，尽管如此，他们还是能力有限，不敢再在这个时候顶风而上，周庆绅提干的事算是泡汤了。周庆绅无法接受，现在他能否提干不仅仅是个人愿望，更主要的是舒悦已入学深造，他们的差距将会越拉越大，只有提了干，有了身份加持，才有更多的发言权，那样他才可以和舒悦大大方方交往。但目前来看，这个可能性十分渺茫。他郁郁寡欢，不在状态。林展和孙诚看在眼里，急在心里。

过了几天，林展兴冲冲地对周庆绅说："提干也不是不可能！"

周庆绅以为林展只是在宽他的心，他太清楚自己的处境，断然不会有翻身的机会。而林展一席话让涣散的他瞬间血脉贲张，迎来人生转机的机会就在眼前，唾手可得。西南边陲的那场战争开打多日，广州军区轮战结束，他们终于要隆重登场了。

信息闭塞，又有保密需求，他们无法得知现场情况，不甚知道战争的残酷，一个个摩拳擦掌，以为只要冲上去就是对军人身份最好的诠释，尤其是周庆绅，拼了命想要通过战斗翻盘，而他不知道比拼命还要痛苦的事正一件一件等着他。

军令如山，无须多做思想准备，第二天一七七师全员开拔了，路途上周庆绅难免碰到梁聪，梁聪免不了又戳着周庆绅的脑门一通奚落："雄心壮志有什么用？还是改不了鼠目寸光的毛病，舒悦已经保送军校了，你那点儿小聪明可以支撑你们的未来？"周庆绅并不理会，只在心中进行了蔑视，他自信可以在战场让这样的人闭嘴。

然而，周庆绅想象中的冲锋陷阵还停留在预案上，现实与理想的差距无处不在。到达目的地后，他们驻守的地方距离前线有四五公里，一连多日，躲在工事里，根本无仗可打，甚至连敌人的影子也看不见，只是时刻要防备流弹和敌方特务的袭扰。周庆绅满身尘土，一脸污垢，躺在坑道中。这里的环境潮湿阴冷，大冬天竟然还有花腿蚊子，隔着衣服也能把人叮得鲜血淋漓，浑身奇痒难耐，摸索半天竟然还摸出几只白胖的虱子，他看见头顶的蓝天白云、身边的水秀山清映衬着自己的不堪，若不是有隆隆炮声冷不丁地传来，且身上携带着笨重的全套单兵装备，真以为自己是个讨饭的。

又一个入夜，周庆绅依然担负没有挑战性的警戒任务，他和一名战友游走在工事的周围，这里黑漆漆的，远处的火光无法触及，只有萤火虫在与草尖共舞，悠闲的样子和周庆绅此时的状态如出一辙，枪管上的刺刀闪着寒光，也没有刺激他们的神经，他们麻木着，相互抱怨着，逐渐放松警惕。这里是后方，周围都是兄弟部队的人，几乎不会有敌情。周庆绅甚至嫌弃钢盔太重，摘下来挂在脖子上，拧开水壶盖子咕嘟嘟灌了几口，还没拧紧，身后传来一声响，他懒得看，以为战友小便摔倒了，还挖苦道，你那一身的武艺呢？你那满腔的抱负呢？一个小坑小坎就栽了？

战友没有应答，身后一片死寂，周庆绅感觉不妙，回头一看，"唰"的一声，一把快刀贴着他的面颊飞了过去，他血液顿时涌上脑门，下意识跳闪到一边，移动中看到战友倒在地上双手捂着脖子，抽搐不止。黑暗中他眼睛闪着光，投射出的恐惧格外瘆人，敌人继续追杀周庆绅，周庆绅发现他来不及喊，也忘了手上的动作，枪都来不及拿，引以为豪的刺杀术更没有机会使出来，很快被制服在地，特务用刀抵住他的喉管，用蹩脚的汉语询问他师部指挥所的位置。周庆绅没经历过这个场面，只在孙诚讲的战斗精神教育课上听过抗美援朝、中印战争中涌现的英雄的故事，听的时候热血沸腾，现在终于轮到自己上阵了，他的裤裆处却热气腾腾，这没有让他像洗热水澡一样得到放松，而是面目狰狞起来，颧骨上的肉一弹一弹的，影响了视线，也不知道他真的有种，还是受到惊吓忘了指挥部的位置，他摇摇头，只是骂了一句："滚恁娘的吧！"

特务不懂这句鲁西土语的博大精深，只是从周庆绅的表情来看应该问不出什么东西来了，他俩同时发力，准备结果了周庆绅。周庆绅感受到了一支刀尖的磁场，还听到刀锋发出"噌"的一声，他没有闭眼，他也不准备闭眼，一瞬间他想到了他身边来来去去的所有人，他要记住这短暂而苦涩的一生，他看见一颗流星划过，就像他的陨落。他确信一定有人看得见，一定有人许过愿。这时他的裤裆冰凉，这是他唯一的遗憾。他希望战友在收殓尸体的时候能够忽略这个细节，帮他保守这个秘密……将死的周庆绅大脑飞速倒放，如果曾活过了数光年，他能倒放整个银河系。

刀尖刺破周庆绅的喉结，还差一厘米就割破颈动脉了，同时另一把刀插进了他的左胸口袋，和心室只有一层秋衣的距离。突然，周庆绅听到"嘭嘭"两声枪响，子弹带着火光嵌入特务体内，又从另一头穿出来，留下杯口大的窟窿，发出"噗噗"的闷响，这种声音是他以前所意识不到的，在这里他解锁了太多技能，灵敏的听觉，还有嗅觉，他的鼻子里充斥着血腥，不是杀猪宰牛的味道，是人血，血流到他的身上脸上，逐渐蔓延到他的眼睛里、鼻子里、嘴巴里,一个曾信誓旦旦要视死如归的战士,此刻屁滚尿流着。

林展关了冲锋枪的保险,把周庆绅从地上拽起来,周庆绅露出红色的牙齿,感谢林展的救命之恩。林展盯着他,后槽牙磨得咯咯响,他挥出一拳暴打了周庆绅,把他拉起来竟是要再把他打翻在地,林展指着牺牲的战友对周庆绅咆哮,被孙诚拉住了。

孙诚说:"第一次面对真正的敌人,没有人不怕,他没有出卖情报,至少守住了底线。"

林展说:"守住底线是战士的本分,迎头痛击敌人是战士的使命,我高看他了!"

林展去处理那位战士的遗体,周庆绅挣扎着也想跟了去,被林展一把推倒,他坐在原地直到天亮。眼前人来人往,没人看他一眼,他感到前所未有的空虚,他以为勇敢就是敢于接受挑战,却发现面对生死,连枪也不会拿。他嘤嘤地哭起来,他想,等哭完了,就不再把战争当作达成某种目的的赌局,他要重新校正方向,定义前路。

第三章

他告别呀呀小儿和飘灰的土坯房,华北平原的厚土上炊烟即刻凝结成霜;迷迷瞪瞪的老爹猛然惊醒,佯装亢奋,撑着门抒发迟暮的壮志凌云,没注意烟袋锅早已冰凉;还有很多话只字未提,他去寻找更分明的四季,当个心有猛虎细嗅蔷薇的人,然而前方就是烈火,连冬青也俨然泛黄。

边陲的风土带着魔幻的意味,保家卫国的指战员在这里以最快的速度成长。古老的中国向来拥有强大的民族情结,那时,这种情结很容易到达顶峰。周庆绅从青涩到明白拥有最多的拥趸是什么滋味,他们身上积聚着最多的目光和最大的期待,所以他在面对战场的时候,炮火的冲击波不是压力,站在巨人的肩膀上才有压力。从抗日战争起,先烈们撼天动地,已然丰富了解放军的内涵,他们首先不能从巨人的肩膀上掉下去,其次才能看到世界。周庆绅肯定不知道,从这场战争往后,是改革开放市场经济的时代,在愈发浮躁的社会里，他们当年所带来的感动，依然可以引领人民军队未来多年的精神高度，为后来者赢得足够的地位尊崇。人们只知道他们残酷拼杀、他们无所畏惧，却不知道在那硝烟弥漫的背后，他们生理和心理上所承受的一切，以及那些看似俗套的恩爱情仇，在那个时刻有多么的震颤人心。比如，周庆绅在哭泣之后的那个清晨，留下了又一次终生难忘的战斗记忆，这次他记起了所有习练过的技能，他好像武功尽失之后重新被打通任督二脉的武侠高手，跳将起来就能带来疾风骤雨。然而又能怎样，有些观点还是要被颠覆，有些人还是无法挽留，他把这些际遇，称之为成长的代价。

敌人在想方设法刺探情报，一七七师当然也要抓舌头，掌握先机。他们要临时组建特务组完成这项任务，舒泽勇扔出了杀手锏，让梁聪任各小组总指挥兼一组组长。三连是侦察连，堪当特务主力，林展考虑到周庆绅刚刚受了惊吓，又与梁聪有瓜葛，没让他参加，周庆绅认为受到了歧视，非要参加。

林展劝他："以你目前的处境，名单可以报，但要是让某人打回来了，就没什么颜面了。"

周庆绅说："三连能去的都去了，我为啥不能？您放心，丢命也不会再丢人了！"

林展说："别老把命放在嘴边上，我不是那个意思。"

周庆绅说："您不必顾虑，梁参谋应该有大局观，这个时候还小肚鸡肠，那太没劲了。"

林展其实是试探周庆绅的决心，他当然有自己的想法，周庆绅如果走不出上次的阴影，那就毁了一棵好苗子，通过这场行动历练一下，说不定很快能激发出潜能。见周庆绅十分坚决，林展就坡下驴，同意他去了。

梁聪一看到周庆绅，气不打一处来："又跟我叫板？你这个势利眼在想什么我心里门清儿，我明确告诉你，这不是立功受奖的美差，搞不好要送命的。既然来了，就别想退出，我非用你不可了，我还要把你编入我的小组，你周庆绅有什么看家本事使出来！"

周庆绅本没想跟他扯闲篇，听他这么说心头之火冒起来，心说，我尿过一回裤子了，心理素质应该已经升级了，再被唬住，这辈子就没出息了，只要你梁聪不使坏，说什么也要拿下任务。

梁聪小组的四个人出发了，目标是据守老虎洞的敌军十八营，机动至十八营外围的时候已是凌晨四点，他们端掉了警戒哨，撬开了哨兵的嘴，顺藤摸瓜突入营指挥所，截取了敌军总指挥部刚刚下达的破晓时分偷袭一七七师二团的指令件，梁聪的专业技能过硬，只扫了一眼就破解了他们的密码，分析出了他们的险恶招法。

梁聪骄傲地看了周庆绅一眼说："你会吗？你不会！"

周庆绅没学过这些，躲避着他的眼光，心说，这家伙，火烧眉毛了，还在这儿跟我逗闷子，格局真太大。

梁聪"顽皮"之余，自知事不宜迟，距离偷袭战开打还有短短一个小时，敌人已知密件被截取，他们只剩两个选择，一个是把梁聪小组歼灭，一个是放弃计划，显然前者更现实，代价也最小，朝令夕改是作战大忌，何况这次的命令更急。梁聪准备撤退到安全地带给师指挥所发电报，移动中一名战友误踩敌军诡雷，随即引来足足一个排的追兵。一时间，丛林中枪声四起，四处闪着火光，还伴随着各种鸣里哇啦的"鸟语"和惊叫。双方很久没有打正面遭遇战了，个个烦闷憋屈，现在看到零星猎物，亢奋不已。四人小组被敌人死死咬住，但敌人显然低估了四人的能力，四人变化莫测、千奇百怪，分散但不凌乱，撤退中还兼顾防守反击，且枪法奇准，在不经意的位置打出十分走心的子弹，敌人接二连三地倒下，小组中也有一人中弹，好在未伤及致命部位，还有机动能力。

梁聪透过丛林的缝隙看到天空星辰，判断时间已到临界点，再不把电报发送出去，兄弟团必遭重创。在一处具有隐蔽条件的废弃工事中，他指挥小组成员掩护，周庆绅坚守他的右翼，一边还击，一边目睹梁聪操作电报机。

梁聪摆弄着机器，还不忘又问了周庆绅一句："你会吗？你也不会！"

周庆绅幽怨地看了他一眼，猛抠了一轮子弹，枪管处通红，像他此刻的心情，他通过消灭敌人来缓解被梁聪贬低的心塞。尽管他们能够以一当十，但火力明显式微，后援敌人越聚越多，子弹密密麻麻，工事前被迫击炮和手榴弹炸出了明火和大坑，别说是他们三人掩护，再调来一辆坦克也难以取得优势地位。一颗手榴弹从周庆绅头顶上飞过去，落在了梁聪身边，梁聪还在专心操作电报机，周庆绅立即转身跳下工事，抄起手榴弹扔了回去，手榴弹在空中爆炸，梁聪毫发无伤，周庆绅算是挽回点儿颜面，但哪还有心情较劲，上次的耻辱未消，这次他定要捍卫尊严。四处都是炸点，八面都是弹头，他也不躲，杀红了眼。

再淡定的人预感到灭亡的气息也会头皮发麻，火光刺疼了梁聪的眼，他竭力保持镇定，让身体在阵阵冲击波中不至于左摇右晃，可随着两声惨叫，左翼的两名战友相继中弹，哀号着还要努力擎起虚弱的胳膊，想抬起枪口。其中先前中弹的那位战友身上至少有了七八处枪伤，已经没有血可以再供他流下去，头皮处的一处弹片擦伤让褐色的血顺着脸颊蔓延，在睁不开的眼睛上结痂。梁聪的手指不受控制地抖动起来，错码出现了几次，在即将敲完最后一组代码时，他感到一股令人心焦的烧灼感，抬头观察，敌人的喷火手刚发射的一道火舌打着旋子来到了半路。周庆绅趴在草丛后面，只有两个土麻袋遮挡，梁聪伸手去拽周庆绅的脚踝，周庆绅一脚把他蹬开，挣扎中射出一发子弹。子弹从火心中逆流而去，钻入喷火手的身体，穿出去再嵌入喷火枪的钢瓶中，钢瓶爆炸，十几个敌人顿时陷入火海，满地打滚，一时间竟然阻碍了敌人第一突击排面的进攻，为梁聪争取了时间。而此时的周庆绅也难以幸免，被火舌的尾巴罩住，全身起火。梁聪见状，不得不丢下手里的电报机，脱下上衣对着周庆绅一阵扑打，火灭了，周庆绅的毛发全烧干净了，像一块冒着白烟的烤红薯或刚出炉的烤鸡。这种状态下他仍在问梁聪电报发出去没有，梁聪一边哭一边继续敲密码，此时一枚迫击炮弹落在距离梁聪四五米远的地方，它不像手榴弹有延时，周庆绅回天乏术。梁聪抱起电报机就跑，但已经来不及了，炮弹爆炸了，他连人带机器被掀翻出去，重重地撞击在树干上，一股鲜血从胸腔里涌出，直冲上颚、鼻腔。此时，看到摔下来的电报机，周庆绅一个前扑用身体垫在地上，护住了它。梁聪受伤严重无法站立，周庆绅用腰带把梁聪拴在腰上，抱着电报机、背拖着梁聪狂奔，九曲十八弯的崎岖山路，跑了一会儿便精疲力竭了，他俩重重地摔进一道深沟里，敌人杂乱的脚步声，越来越近。周庆绅暗道今天有可能走不出这里，临死前也要多拉几个敌人垫背。想到这里，他解开腰带，安放好梁聪，沿着沟壁往上爬，刚露出脑袋准备以命相搏，发现有一队友军从后方前来驰援，敌人不敢再贸然前进。在两军阵地中央，他们再次获得片刻宁静，而敌人的喷火手神出鬼没，专搞近前袭击，有三人从三个方向准备喷击梁聪和周庆绅。梁聪无法动弹，呼吸一阵紊乱，他迷离着双眼，命令周庆绅不要管他，抱起机器再跑一段路，赶快发送电报才是当务之急，只剩下不到半个小时的时间了。周庆绅不从，梁聪吃力地取出手枪指着他，嘴里说了一串密码后，命令道："把这组密码发出去就成功了，否则会有更多人死！"

周庆绅不管不顾地去拉扯他，说："我会吗？我不会！"

"嘭"的一枪，一颗子弹打在了周庆绅脚下，梁聪歇斯底里："不要再让人看不起你了，你走，我就拥有过最好的对手和最牛的兄弟。你是想让我成为罪人吗？别让我拖累了你，害了兄弟团的人！永别了，我再不会纠缠舒悦了，她不会再有窒息感，你可以没有阻碍地照顾好舒悦，好好爱她。以后，也许某一天她为我的精神而感动，甚至还有一些惋惜，如果是那样，麻烦你到坟前告诉我一声，我会撑着棺材板舞蹈。去，去输入这组密码吧，这组密码将来就是你功勋簿的开篇……"

梁聪化身一个话痨，重复着那组密码，突然，一道凶猛的火舌席卷了他。瞬间，他和树干相互缠绕交融在一起，在冲天火魔中保持着他所认为的风度，烈火中又发出一次悠远的"嘭"的声音，应该是梁聪提前主动与这个熊熊燃烧的夜晚作别了。

此刻，周庆绅里里外外一片焦糊，特别是脑子，混沌不堪，他说："临走还是没忘这些，你格局还真是不大哩！"说完，周庆绅的眼泪像断了线的珠子，随之他又接了一句，"你格局不大，谁又算得上大呢！早知道这样，我不出现还不行？舒悦还给你，我不要！"

生离死别刚刚过去，周庆绅即刻要面对现实，他绞尽脑汁回忆梁聪刚说的那串密码，那是一串死板的毫无规律可言的数字，并且他刚才压根没去记。这不是他的专业，他一点儿也不喜欢，尤其是死到临头连血肉心肠都是冷冰冰的，谁会在乎那冷冰冰的数字呢，他确信梁聪可以从容应对。可如今只剩下他，这串数字的背后是一条条鲜活的命，他必须要去回忆。梁聪音容宛在，周庆绅记不住那串数字，但记得住梁聪临走前的每个表情和口型，这个人曾给他带来了刻骨的耻辱，让他颜面尽失，现在这个人又在他面前上演了一个感人肺腑的桥段，用牺牲来告诉他，一个男人对待女人的态度，一个参谋对待战场的心胸。

在距离敌军偷袭兄弟团还剩下十分钟的当口，周庆绅试着键入了他根本拿不准的密码，越想淡定越是紧张，那按键重如千钧，难以下手，每摁一下，仿佛梁聪都在他的眼前对着他怒吼，最后一个数字摁下去，世界都安静了，周庆绅顿时没了知觉，一头栽倒在电报机前。他竖起耳朵，等待兄弟团方向的动静，他认为如果有又多又杂的武器声传来，说明是双方对垒上了，那么这次发报失败，如果炮火声较为单调，那么兄弟团应该是顺利撤离了。

现场两队人马好像也和周庆绅一样在等待，尽管他们皆不知内情，却默契地停了火。周庆绅清楚，即使现在负责偷袭的敌军得知指令件泄露，目标部队已经有所警觉甚至作出撤离行动，这个节点他们也不会立即收兵的。虽然来这里时间不长，但作战规律周庆绅还悟得透，大仗开战前的一段时间指挥部一般不再接收指令，就像检票口停止检票一样，即使接收到了，指挥员也有决策权，不会轻易改变初衷。因为临时改变初衷一是会降低信任值，二是时间有限，即使对手临时反应，也还是不够充分，若再遇上脑回路清奇的指挥员，说不定还会有意外收获，放弃偷袭还不如有枣没枣都打一竿子。

蜷缩着的周庆绅抱紧了电报机，那是梁聪留下的唯一物品，那上面还残留着他的血，可就连这个机器，战争结束后可能会被放进史馆陈列柜，抑或者淹没在浩瀚的文物之中，难逃被人遗忘的宿命。周庆绅听到了虫鸣蛙叫，也透着感伤。他曾怨恨梁聪，就在让他独自去发报，不要再管他之前，他仍然鄙夷梁聪的人品。可现在想来，是自己没有做过一件值得梁聪待见的事而已，有什么资格期待他的笑脸呢？如今，他对着异乡的天空祈求能让他再撞一回大运，最后一回也行，至少要告慰梁聪犹在眼前的遗骸。

兄弟团所在的方向炮火连天，震耳欲聋，整个前线都听见了，这一刻终于来了。周庆绅屏住呼吸，侧耳倾听，一分钟后，他号啕大哭，爬向梁聪烧得所剩无几的骨头，喃喃着："我会吗？我会了，我做到了！"

周庆绅喜极而泣，他没有听到友军的任何一声枪响，是敌军的武器在啸叫，敌军幻想中的捡漏没能如愿，兄弟团撤得干干净净。

跪在梁聪牺牲的地方，周庆绅一动不动，许久之后，两方人马相继撤离了，这里重新宁静平和，好像从来没有战争，满身的硝烟味也可忽略不计，他闻不到硝烟，就像医生习惯了消毒水的味道。最后一丝火苗熄灭了，周庆绅的脸上结了一层冷霜，遮盖住了他最后一丝稚嫩。他本该因梁聪而温暖，却因经受洗礼而疼痛。这洗礼伟大无比，此时伟大是一个可以刺痛人的动词。

那场战斗之后，周庆绅洗刷了耻辱，改头换面成为一个有实战经验并且有胜绩的老兵，这一点，在作战部队尤为重要，和周集的男性能娶上媳妇才能被称之为爷们儿一样，很明显，周庆绅免于被阉割，做回了一个爷们儿，但这个称谓却是用好几个战友的生命换回来的。林展和孙诚拍他的肩膀，告诉他一切都在变好，他想要的一切又开始向他招手了，师政治部在研究他火线入党、火线提干的事宜。但他高兴不起来，每天晚上做梦，梁聪临死前叮嘱他的那些话又在耳朵边响起来，一开始还感动泪流，后来是害怕。他觉得如果下一次战斗不奋战到死，活着就是苟且，他宁肯不要这所谓的名誉，这不是失而复得，这是得而未得、失而复失。当周庆绅在思想旋涡中难以掌控自我的时候，他不知道，自己将迎来更大的考验。

一九七九年，中美建交，次年，深圳特区成立，新的经济发展模式兴起，周长河从收音机里得知这叫改革开放。改革开放的春风吹遍大江南北，但周集的人们似乎还没有感知，西南前线的那场战事比任何新闻都牵动老百姓的心，因为前线队伍里有他们的兄弟，他们的子孙。

秋冬之交，距离周庆绅第一次打胜仗过去了几个月，敌军不甘失败，频频骚扰，解放军前线部队持续轮转，纷纷在西南边境以打促建、以战促训，此时解放军总兵员数量也达到一个峰值，并且还在不断增加。一年一度的征兵又开始了，这次征兵活动比照往年规模大、动员力度强、入伍条件也较为宽松，这是全军在大规模作战结束后，利用作战机会有力锻炼各主力部队和适龄青年的绝佳机会。周元明听说，围着固河镇武装部那二分地不到的院子跑一圈，只要不是癫痫就能验上兵。听了这个消息，周元明心中熄灭的希望之光突然又复燃起来，他庆幸还没有和刘诗花领证，刘老爹当年的苛刻竟然变相帮助了他。弟弟频繁从前线寄回来的喜报和军功章也让他平静的心躁动不已，但看见水灵灵的媳妇刘诗花，迎面走来时，那沉甸甸、圆滚滚的胸脯上下左右大幅度地摇晃，让他欲罢不能；又看看刚满周岁的白胖儿子周晓盛，乌黑的大眼睛盯着他，胖成糖葫芦般的小胳膊伸过来，小手攥住他大拇指的时候，心坎坎也是融化的；周长河日渐苍老的鞋拔子脸，走路蹒跚，下地干活也没有力气，那风烛残年的样子，也令他担忧；高考制度刚刚恢复，三弟周意重是周集唯一一个试图用笔杆子逆袭的代表，家里的事是休想指望他了。种种迹象表明，他不具备参军的条件，他和周长河一样，作为老大，要考虑的事情太多。机会转瞬即逝，周元明好像认命了，同龄人一个个梦想成真的消息，也没再让他的眼皮抬一抬，夜晚他从刘诗花的身上软绵绵地爬下来，气喘吁吁地歪在一边，刘诗花叹息一声："我无所谓，你去，我有可能成军官夫人，你不去，我还是孩子他娘。三年，说长也长，说短，和刚才你那两下子一样，一哆嗦就完了！"

周元明骂道："恁娘！"然后，他侧躺着，透过破了洞的窗户纸直勾勾地望出去。天寒料峭，星月也保持着冷冰冰的姿态，一如这世界对待周元明的态度。刘诗花在打呼噜，周晓盛不时哼哼唧唧的，此时的周元明像一个孤独的守望者，不知道在守望什么，蹉跎到天亮。

清晨，周元明一家三口还没起床，武装部长找到了周长河的破院子，有人偷着乐了，想看这个怂种怎么下台。他们断定当初周长河送周庆绅进部队完全是因为虚荣，以为当了兵能鸡犬升天，能吃一辈子公家饭，会有女人愿意嫁到他家来，没想过和平盛世还会有打仗这茬儿，现在边陲战事吃紧，人命关天，这老小子肯定悔不当初，估计会扒个瞎把周元明藏起来。

那帮好事者煽动人群把周长河家的破屋子围住了，他们看见周长河脸蛋绯红地躺在快散架的老头椅上，见武装部长进来也不起身，倒是武装部长点头哈腰地给他的烟袋续了火，这让众人很意外，都只听说别人拍武装部长马屁，没听说武装部长这么殷勤过，况且这次他谁家也没去，到了周集直奔周长河家，难道周元明这小子有什么特异功能，是部队急缺的人才？武装部长说，你家周庆绅在部队干得好，猫耳洞里立大功，前沿阵地入了党，捷报频传啊。还听说他一套刺杀术练得出神入化，十个八个近不了身，抓特务的时候又攮死四五个敌人，据可靠消息，还俘获了师参谋长千金的芳心，前途无量，我们武装部也跟着沾光露脸。这说明什么？说明你们家基因强大，可不能浪费咯，周元明、周意重哥俩天生也是好兵料儿，好男儿，当兵去，我建议把他们全送到部队去，一家三兄弟都是现役军人，这在我镇历史上也绝无仅有，你们家想不发达都难，说句难听的，你周长河腌臜了一辈子，扬眉吐气的日子就是现在！

周长河"吧嗒吧嗒"猛嘬了两口烟，烟雾升腾起来笼罩了武装部长的脸，把武装部长呛的鼻涕一把泪一把，仍坚持微笑，就像生怕谈好价钱的买家突然跑掉似的。

周长河的摇椅不摇了，武装部长身子也不跟着来回晃了，两人脸对脸，对视了好一阵子。武装部长心里清楚，周长河看似平静，此时心里定然覆雨翻云，要稳定他的情绪，要懂得无声博弈。突然，周长河回到屋里，从床底下抱出一坛老酒，坛子上写着"高唐州"，他抱到院子里，拔掉酒塞，浓香四溢，趴在墙头上的看客都闻得如痴如醉，他们疑惑，这周长河穷得连裤衩都穿不起，怎么还有这么大坛藏酒，和想盖房就能盖一样，说不清他到底还有多少绝活没亮出来。只见周长河举起坛子，往嘴里哗哗倒了几大口，把坛子递给武装部长，示意他不要一板一眼，规规矩矩作出来的姿态一定没什么创造性。武装部长被周长河的情绪感染了，听了他的话更是上头。当时，周长河说，喝了这么多年酒，只有这坛酒是真的。为啥今天喝它？我早说过大事面前不能迷糊，送老二参军咱没迷糊，给老大盖房咱没迷糊，供老三上学咱还不迷糊，之前我知道该怎么选，自然要稳准狠。但今天不一样，到了闭眼做决定的时候了，人性如此，不管做什么决定，将来都可能后悔，所以选啥没有对错，这事要看天意，喝了这坛酒，才能搞一把痛快的！老三这狗日的不随我，读书有一套，满嘴酸词，我说服不了他，那就尊重他，让老大去！墙头上的大伙儿，也别研究了，我是个文盲，心里却敞快，咱周集贫穷落后，但出过保家卫国的好汉，谁家辉煌不辉煌的，多少年后也都变了，可谁替国家出过力，族谱里都用毛笔标着呢，村头的牌坊上，他们的名字也刻在最上头，咱爷们儿关键时候得顶上。

看热闹的人都以为周长河魔怔了。周元明家庭幸福美满、媳妇温柔可人、儿子健康聪明，虽然还是拮据，但安安稳稳、有吃有喝，放着这么好的日子不过，要去征战沙场，现在是市场经济时代，不是当年处处封锁只能一条道走到黑的年月了，哪怕让孩子赶个时髦去深圳、海南岛讨生活也比上前线有奔头。在他们看来，周长河要么是脑袋出了问题，要么是被架上去下不来了，思想觉悟这东西也挺可怕，一旦开了窍，命都不要了。

武装部长打了一个趔趄说："征了这么多年兵，今天征出感情来了，这场面也是头一次见。"

他们的对话，闻讯赶来的周元明全听见了，他还没有做好准备，以前他是没机会，现在看似圆梦了，心里却百味杂陈，他不知道"梦想成真"和"身不由己"哪一个滋味更让人好受。

周长河真的有那么高的觉悟吗？他那一番豪言壮语是不是临时起意说给大伙儿听的呢？其实昨天夜里他就得到了武装部长要来的消息，独自到龚雪娥的坟前坐了一夜，有人看见他五更天从东边坟圈子里走回来。

周长河不是盲目之人，西南前线真会死人的，那不是演习、驻训，是真刀真枪地干。周元明万一有个三长两短，刘诗花会改嫁，宝贝孙子周晓盛能不能留在周家也将成为未知数，可当初他夸下过海口，一定会对刘家闺女好，会把这个儿媳妇伺候好，更关键的是他要留住大孙子。而且周长河还有更深层次的考虑，就像老棋手，已经看到了三步棋开外的局势，万一周元明牺牲了，他家必定雪上加霜，之前勉强还有刘诗花被蒙骗过门，后面不会再有人重蹈覆辙，他家可能再也娶不回来媳妇了。那时的鲁西农村，能不能娶上媳妇是摆在吃喝拉撒之后的第一要务。一边是周元明跳出农门改变命运的良机，一边是关乎血脉传承的家族使命，周长河左右为难。

武装部长来前的那天傍晚，周长河躺在院子里的老头椅上，墙外的街道上照例是扎堆拉呱的人，他们的声音或尖利，或沙哑，或含混不清，还不时传来几声奸笑。他闭着眼也知道那些人在聊什么，东家姑娘身材正、西家媳妇搞破鞋、北边妯娌闹别扭、南边兄弟不孝顺，总之，所有不在场的人都可能成为他们的谈资，唯独在场的人是圣洁的白莲花，其余人全不值得尊重，他们只有下流与不堪。以前周长河还听一听，甚至还有插话的冲动，今天他的心思全在周元明身上，他感觉外面的声音令人生厌。他居住在村子中间，推开门就能看到看了一辈子的熟悉面孔，可是他遇到难题却无人商议，他一句话也不能跟他们说，他怕明天又会变成他们偷偷诋毁自己的谈资，他无数次感受到孤独，这次尤甚，这关系到他整个家族的兴衰。

周长河忍不住出门了，他认为这事即使他心中已有答案，也还是应该先让龚雪娥知道，儿子是她生的，如果她在天有灵，也许会给点提示。他现在一片茫然，更应该按照茫然的法子去办。

那时的周集空气中还有芬芳，天更高远但星空却近，夜色更浓郁但人眼更明,周长河按照以往的经验沿着走了几十年的老路往龚雪娥的坟头走,不料接连摔了好几个跟头,假牙磕掉了一排。他认为这是雪娥不想看见他,她还没有梳洗扎裹,即便阴阳两隔,约定神交也总要有个时间节点,这么火急火燎和鬼对话,一定是棘手的难事。周长河蹲在雪娥的坟前,龇着露风的牙说:"来太急了,但不得不来,你儿子出息了,部队抢着要,你要是在啊,也得笑出声来,我这大牙是笑掉的。"

周长河继续干笑了一会儿,发现没人应和的笑都算苦笑,便及时止住了,露出遗憾的表情,从口袋里摸出了用牛皮纸包着的二两红糖,一丝不苟地摆在雪娥坟前说:"以前咱家啥也没有,坐月子连红糖也吃不上,让你遭了老罪,现在日子眼看着好些了,以后能补的全给你补上。"

也许是这迟来的安慰足够真诚,连槐树上的老鸹都爬出窝飞走了,给他们留下一片清净之地,还有一只贼头贼脑的田鼠也不忍心打搅他们的约会,贴着坟根儿溜走了。

周长河坐在地上说:"让不让元明去,你给说道说道。这孩子做梦都想操枪弄炮,他已经完成了传宗接代的任务,是不是应该让他去完成自己的任务呢?我们都有过这样那样的打算,一样也没实现,这种遗憾不能再在下一代身上重演了。"他等待着龚雪娥的暗示。

霜雾蓦然落下,周长河的头发湿透了,脸上也潮湿一片,不知道是眼泪还是露水,他裹了裹夹袄,抬起头也什么都看不见。他揪了一棵没长在垅沟里的麦苗放在嘴里,有一股特殊的味道在蔓延,稍微精神了一些,瞪大眼睛想看看周围有什么变化,然而,一切都是静止的,他有些失望,再有几个时辰,武装部长就来了,他还一无所获。

他喃喃地道:"给我出个主意吧,谁能给我出个主意呢?其实主意不主意的是其次,我是想你了啊,每当孩子们长高了一截、长大了一岁或者有了新成绩,我都无比想你,你要是还活着,咱俩有商有量,该多好啊!"

静悄悄的坟茔,人们无法从这里找到救赎和方向,但人们还是趋之若鹜,也许他们向故人寻求的不是论断,而是描绘一下早已定下的基调、坚定一下想法。那时哪怕是一滴露水砸在脸上,它溅起的水花数量,也能成为那道选择题的参考答案。

终究什么都没有,周长河只好蹒跚地原路返回,快到家的时候,他看到周元明刚刚起床,他年纪轻轻的就显得很苍老,背着一个筐子,用夹蜂窝煤的夹子把大道上的牛粪拾到筐子里,他干什么都像模像样,周长河仿佛看到了困难时期的自己,如同一个模子里刻出来的一样。他站得远远的观望,有穿越的错觉,那就是自己,那也是他曾经干过的活计,若干年后,一点儿也没有改进。周长河突然记起来,这才五更天,周元明怎么会起这么早拾粪呢?最早也得早饭前那一会儿吧,他揉了揉眼睛再看,周元明不见了,那堆牛粪却还在,还冒着热气。周长河吃惊之余,连忙跑到元明家敲门,敲了半天周元明才趿拉着鞋拉开门闩,一脸没睡醒的样子。

周长河问:"刚起床?"

周元明说:"你不来的话我还能睡一个钟头,啥事?"

周长河脑袋"嗡"一下,说道:"哦哦,道边的牛粪很多了,免得被别人拾走了!"

周元明嘟囔着关上门又回屋睡觉了,周长河背着手百思不得其解,明明看到周元明在拾粪,肯定不是眼花。思来想去,他认为这就是龚雪娥给他的暗示,那么这个暗示的谜底是什么呢?直到武装部长进了院,看到他那一身威风凛凛的国防动员制服,他突然琢磨明白了,儿子穿上这样的衣服,比他还要一表人才,比他还要精神抖擞,为什么不穿呢?那些关于不好的设想应该留在这个冬天里,那么多人前赴后继冲往一线,是幸运还是霉运谁说得清楚,让顾虑的人去顾虑,给自由的人以自由吧。于是他大手一挥,替周元明做了决定,把最后一个难题抛给周元明自己。

没有人知道周长河是怎么想的,他自己也无法下定论,他只知道每一个男人都做过同一个梦,这个梦总要有人去延续,心中的城池,总要有人去守护。如果男人的这个梦也彻底化为泡影,那么就没有什么能够得以永恒和安宁。不止家国,包括爱情亲情和友情,他知道,这个梦是出征的梦,这个梦,一直在驰骋,从来未停歇。

那天,周元明从父亲的院子回到家,在想应该如何向刘诗花和咿咿呀呀的周晓盛交代,他甚至和刘诗花只是名义上的夫妻,他还有好多情话没有诉说,好多承诺没有兑现,说走就是千万里。可当他站在刘诗花面前欲言又止的时候,刘诗花平静地说,别婆婆妈妈的,哪个女人不希望自己的男人能成器。大胆地去,听老一辈的人说,冲锋的时候,越不怕死越不会死,你这九头牛拽不住的脾气,肯定适合。再说了,万一你升官了不回来,我们还没领证,老娘也还有余地。说这话的时候,刘诗花笑着,周元明却哭了。他知道依照惯例,要走的人往往比送行的人更难过,而今天正好相反,有种哭泣,是自我感动,有种哭泣,是知道了别人的伟大,才潸然泪下。

到了临走那天,周元明给周长河磕了响头,和送行的人拥抱,在那个还极其保守的年代,当众拥吻了刘诗花。刘诗花推开他,悄声说:"恁娘,不害臊,你是真心亲热不够,还是往我脸上贴封条呢?"

周元明尴尬着,刘诗花说:"放心,我生是周家的人……"周元明阻止他说下去,又是一阵激吻后,他上了车。

刘诗花抱着不谙世事的周晓盛跟车走了一段路,喊着:"早点儿回来,和我去领证,和我一起栽培好你的种!"

当时,那些看热闹的人第一次无法作出评价,实在是没人看得懂周长河和周元明这一次的抉择,除了"有文化、有地位"的舅舅龚雪秋。龚雪秋听闻周元明也要入伍的消息,紧赶慢赶回到周集,在即将离别的那个黄昏,狠狠地骂了周长河。说他是丧门星,他姐跟着他没享过一天福,现在又拿孩子的生命开玩笑,你但凡有点儿心眼,也不应该在这个时候让元明也去冒险,不是谁都像周庆绅有那么好的运气。他的大外甥他了解,这个家伙轴,小时候跟外村的孩子打架都是冲在第一个,何况是真刀真枪的西南战场,他要是有个三长两短,导致他妻离子散,他要活撕了周长河……有人说,龚雪秋是真心疼外甥,有人说,他是怕多年来他对三兄弟的投资打了水漂,总之他的情绪很激动,让周长河也不再盲目乐观,脸上愁云密布。

周元明坐在车上看见舅舅的歇斯底里,看见周晓盛挥舞着小胳膊在挽留他,瞬间情绪有些失控,要不是领兵人员摁着,他忍不住想要跳车,不去则六根清净,但凡决定要去,开弓没有回头箭。事已至此,无人可改写什么,一切都将是新的开始。

周元明的军旅开端颇具传奇色彩,在新兵连没待几天,一枪没开,一弹没投,直接被送到了西南战场。打仗亲兄弟、上阵父子兵,也许是部队领导了解周庆绅的情况,有意为之,周元明所入伍的部队,正是兄弟周庆绅所在的一七七师。唯一尴尬的是周庆绅已是预提干部,哥哥还是懵懂新兵,这样的对比值得玩味。

兄弟俩的见面是在猫耳洞里,当时周庆绅光着脊梁,只穿一条短裤,满身都是虫眼、疙瘩和湿疹,周元明没有见到想象中清爽干练、勇猛刚硬的战斗英雄,而是看到了蓬头垢面的疲惫小伙。而弟弟也没想到哥哥会突然出现在面前,连日穿行在炮火和硝烟中,周庆绅的精神和身体双双突破着极限,哪怕他们是全面碾压对手的一方,他们有足够的信念获胜。可对于个体而言,打仗是最没谱没边的事,伤亡和苦痛才是战争的主题,每个身处其中的人都有极大风险。在这样的阴霾笼罩中，总算看见胞兄了，和生死战友的感情还是不尽相同，在亲哥哥面前他永远有着撒尿和泥的自由，他顷刻间卸下长久以来的伪装，抱着哥哥激动不已。他有多坚强也就有多脆弱，那些不断自我塑造的冷峻形象，其实经不起至亲的推敲，一秒钟他就变成了周集那个穿开裆裤、鼻涕过河的孩子。直到被林展和孙诚拉开，批评他不应该传递负面情绪，应该树立哥哥的信心，给他吃入伍的第一碗面，洗去从军的第一脚泥，向他介绍军营之雄浑之博大，让他以队为家，安心服役。

可这些冠冕堂皇的话，唬不住带着脑子的周元明，这个突然实现了儿时梦想的人，没有任何缓冲，一脚踏入前线，原以为只要勇猛，就能像样板电影里的主人公一样威风八面，然而看到眼下满目疮痍，还不如当年萧条寒碜的周集，当时便后悔了。

接下来的战地之旅会碰撞出怎样的火花，他们边承受边好奇。人生不如意十之八九，那一成的惬意，如同绑在驴头前面引诱驴拉磨的那根胡萝卜，如果舌头伸得足够长或者突如其来一股风，也还是有概率可以吃到的，其实"造化"是个物件，也看得见摸得着。

第四章

在送你离开的那个清早,我站在冷风里,眺望你就像眺望永远的报春鸟;我告别至亲的兄弟,迎着那条血路再孤独地冲回去,我不会落泪,因为眼中长满了万寿菊和孔雀草,也许我会迷路在黄昏,但只要你把这里的消息带走,我就能长成木棉树或者绿绒蒿,像那些若隐若现的界碑,站着是标志,倒下是路桥。

战事明朗,一七七师势如破竹,节节胜利。他们与兄弟单位协作捣毁了敌人的堡垒和军事、工业设施,准备撤离。然而,敌人像是很怂却不老实的倒霉孩子,打一顿消停一阵子,三天不打又上房揭瓦。由于一七七师的职能性质,被上级指派担负长期协作防御任务,和前来轮战的友邻军区共同在了边境线上,短期内似乎还不能归建。军令如山,谁也不知道还要在潮湿的边境丛林里待多少时日,但他们都期盼着多立新功,有消息说他们将被授予大功师的荣誉称号,谁不想当大功师里的头等兵呢。

这里的雨水太过充沛，似乎每天都阴雨不断，溽热沉霾中，人的血液似乎也黏稠着，心情压抑着。周元明正捧着孙诚给他的《西南军事报》看得津津有味，有个调皮的战友一把抢走了，这张半个月前的报纸皱巴巴的还不如一团手纸，却也能成为争抢的对象，可见文化生活之单调。周元明对于抢他报纸的这个不速之客并不生气，他已经和战友们共同执行了两次侦察任务，表现可圈可点，而且他的身体素质不亚于周庆绅，稍加训练则触类旁通，战术、射击水平提升很快，被林展和孙诚表扬了，正在兴头上。他认为假以时日，他一定能迎头赶上这些老兵，有了更高的视野，那时的他除了任务，什么都可以不在意。

周元明的这种性格当然讨身边人欢喜，但周庆绅有不同意见，他认为哥哥太过耿直，不爱动脑子，喜欢靠蛮力，最近几次大的战斗都是呈一边倒态势，还看不出来他的弊端，要是小规模遭遇战，每个人承担的战斗风险直线上升，那样再执迷不悟很容易遭受不可逆转的重创。家里还有嫂子、侄子，这要是一着不慎，他担不起这个责任。他跟哥哥说过几次，劝他要多学战术、多用策略，不能逞匹夫之勇，可哥哥秉性难改。周庆绅有了很大隐忧，只能在每次执行任务的时候兼顾哥哥，一来二去反倒觉得他是个累赘，涌生出诸多不满情绪。周元明不以为然，他觉得弟弟是感受到了压力，心中还沾沾自喜。

防御的日子波澜不惊，又过了一段时间，他们正憋得浑身刺挠，铆足劲准备再大干一场时，林展却带来一个惊天消息，前方再次大捷，西南前线的军事斗争战局已定，彻底进入收尾阶段，保留少许兵力解决不足为患的局部小摩擦绰绰有余。国内经济发展如火如荼，为了服务改革，跟上新型历史条件下的发展形势，不久后，全军将进行一次史无前例的大裁军，不管是后方部队还是前方部队都有可能成为改革的对象，这是时代的需要，大家要一颗红心两手准备，到了那天，必须要服从大局，积极拥护。林展话音未落，不爱动脑子的周元明也听出了端倪，他意识到事情没有那么简单，这场改革将关乎在场的每一个人。

情绪低落之余，周元明还心存侥幸，他认为入伍才半年不到，再怎么裁军，也不会把他赶回家去吧。他想，我应该比那些满服役期的机会要多。而周庆绅和他的观点正好相反，他希望这趟苦旅能尽快结束，早点儿把哥哥送回家，才算得上功德圆满。事情本来是朝着弟弟的预期发展的，因为周元明十分忐忑，到底没有按捺住，去找林展和孙诚了解新兵会不会被裁，他俩的答复出奇一致，他们认为周元明应该问一七七师会不会被裁或者被转隶。别说一个新兵，指挥官都自身难保。但是，和那些牺牲的战友相比，至少我们还活着，走留真的有那么重要吗？话说到这里，两位连主官的意思已经很明朗了，但林展最后说，当然机会与危险并存，说不定还有任务在最后关头等着我们。这句话让周元明保有最后一丝希望，他说，如果有这个任务，请把我排在第一个，我现在就写请战书。

眼看林展的话一句句得到应验，很多部队清点完物资，打点行装，打道回府了。一七七师也接到了回原驻地的通知，即将开拔之时，三连果然受领到了最后一项任务，据称罗家坪的一场战斗还没结束，这场战斗堪称典范，涌现出了一批可歌可泣的感人事迹，《西南军事报》的一位实习记者随部队采访了一天一夜，积累了丰富的第一手素材，需要赶回指挥部发稿，途径一七七师管控范围，上级命令三连派兵护送她安全后撤。一听说是护送记者，没有人不尽心尽力，因为他们传递的不仅是战地新闻，更是烽火家书，祖国人民盼望着前线的好消息，一场场扣人心弦的胜仗，一个个英模的诞生，都是通过他们的镜头和笔端传递出去的，他们是官兵的使者，所以能够承担这项任务，人人踊跃请战。

之于护送记者的人选，林展神秘兮兮地钦点了周庆绅，并保险起见，建议让周元明和他一块去，亲兄弟配合起来会有更多默契。周庆绅对林展的这次安排没有感觉到异常，虽然他的表情耐人寻味，但周庆绅认为林展即便知道改革在即，仍在极力栽培他，不管将来的路何去何从，他希望周庆绅能被保留，能从预备干部提为正式干部，这是他又一次给周庆绅的前程增添砝码。所以，他不愿意哥哥也掺和进来，这个任务看似简单，实则危机重重，任务沿线到处都是敌军埋设的地雷，不排除还有敌军斥候和迷路的散兵游勇，这些都是战场中的漏网之鱼，他们具有很大的威胁。

马上能全身而退了，何必再节外生枝，但周庆绅忍着没有反驳林展，此时每个人都有每个人的视角，不能主观下结论。

稿子催得紧，事不宜迟，哥俩带好武器装备前往罗家坪外围，去接那位带着神秘色彩和使命光环的记者。临走，林展不再和颜悦色，他突然叫住两人，严肃地说："看起来不起眼，这次任务却是收官之战，一定认真对待！"

周庆绅和周元明齐声说："保证完成任务！"

林展说："务必把人送到指挥部，万一记者有个三长两短，你们也不用回来了！"

林展说这话的时候心在隐隐作痛，可他心痛的时候何止这一次，作为连长，他深知从罗家坪到指挥部路途中的艰辛，可在每一个命令面前，他必须要做出足够的姿态。哥俩儿向林展和孙诚敬礼，一头扎进了郁郁葱葱的绿绒蒿中不见了踪影。高大的木棉昂扬的树冠直上云霄，这是它们惯有的姿势，留下的人都知道，这也是它们对于这群年轻造访者的态度，一如他们对战友的态度。壮士出山难以挽留，也无法相送，唯有向天空肃立。

见林展久久凝望，孙诚说："都走了！尸山血海里滚出来的，临了怎么还脆弱了？"

林展说："当他看见保护对象，他一定视死如归。我不知道这项任务派他去是否合适，但如果换作别人，我想也会成人之美吧。"

孙诚和林展肩并着肩往回走，他们突然想让时间慢下来，因为他们和哥俩约定好了，明天的这个时间还在这里相会，如果等不到他们，部队也要开拔了。一天的时间，是他们测算好的，是在一切顺利的情况下肯定足够的时间。可等哥俩儿启程了，林展和孙诚不管怎么盘算，感觉时间都有些不够用似的。

周庆绅和周元明在没有道路的丛林荆棘中跋涉穿行，靠一张军用地图和五用指北针辨别方向。春天的西南边境景色别具一格，有漫山遍野的凤仙花和堇色兰，蝴蝶在欢快起舞，它们的世界里没有战争和暴戾，周庆绅和周元明也是这山间的一景。然而他俩可不这么认为，他们没有嗅到花的芬芳，倒是满眼花刺、虫蚁和马蜂，还有让人鼻腔过敏的粉尘，关键是他们看不到路，每一条路都需要他们现场去开拓。这样长满植被的路虽然难走，但好在可以轻易分辨出有没有地雷，不同于一七七师控制区到指挥部之间的交通，处处是弹坑和焦土，已经被炮火洗礼过数遍，哪里都能埋雷，如果不带地雷探测仪，寸步难行，即便带了也要有足够的好运气。

道阻且长，但只要愿意走下去，天堑也能变通途。兄弟彼此搀扶，深一脚浅一脚，刚开始还一路无话，走着走着聊到了女人和孩子，有了话题，关系破冰，鲁西流行小叔子闹嫂子，周庆绅开着从未见过面的嫂子的玩笑，也能把周元明激出火气来。哥哥也嘲笑弟弟看似聪明实则愚钝，到现在还是处男。弟弟笑而不语，两人你来我往倒也不寂寞，只是愈是离罗家坪外围近，他们愈是灰头土脸、狼狈不堪。

确认坐标方位，他们距离目标方位只有不到一公里，周庆绅停下来喘口气，突然盯着哥哥的脸入神了，随后说道："我们要去见的可是记者，记者手里有照相机，到时候让他给我们'咔嚓'一张，上不了报纸，也能寄给爹，何乐不为啊。"

周元明一拍大腿，万分憧憬地说："这辈子还没照过相！"

周庆绅说："你瞎激动啥，看看你现在这熊样子，除了钢盔就是牙，你这个样子如果被框进镜头里，镜头也得像卡了壳的枪膛。到时候镜头崩了，再让咱赔，可犯不上。"

周元明不懂成像原理，以为样子难看真能摧毁照相机，着实吓了一跳，赶快思考补救办法，他提议到了罗家坪找战友弄点儿水洗一洗，被周庆绅当场否了。周庆绅认为，那里的水多珍贵，我们比谁都清楚，那是战友的救命水，不能拿来洗脸，最好的办法是现在就能找到水源。周元明说，你这个提议更无耻，为了个人利益，浪费任务时间去找洗脸水，能不能找到还不一定，找到了是不是被敌军污染的水源也说不好，所以，断然不能干这种事。

周庆绅认可哥哥的说法，因为上次他们执行任务恰逢一条河沟，几个小伙子忍不住跳了下去，当场挨了处分，一是没有听令而行，二是指挥部专门提过要求，任何一条水源都要经过防化连检测后才能使用，为的是防止敌军在河沟里下毒，或者水源已被尸体、病毒污染，引发疟疾等传染性疾病，那时小伙子们一时兴起忘了这条铁律，被批得体无完肤，现在想起来还心有余悸，再不敢私自找水。这次为了照相，哥俩又斗胆想到了水源，实属不该。但在见记者之前必须梳洗打扮好的理念，所见略同。

周庆绅无奈地从肩膀上摘下水壶晃了晃，见底了。周元明也摘下水壶，倒是还有半壶，但从他们脸上的污渍厚度来看，这点儿水只够一个人清洗。

周庆绅无奈地说:"你洗,你没照过,让你照!"

周元明也安慰自己说:"你寄回家的照片威风极了,咱爹拿着满村炫耀,我做梦都想照一回,这回你让着我,以后我全让着你。"

周庆绅说:"这水本来就是你的,尽管往脸上招呼吧。"

周庆绅嫉妒地接过哥哥的水壶,充当起"人肉"自来水管的角色,周元明三下五除二洗了一把,终于能看出真面目来了。他感觉神清气爽,好像刚刚洗了一个酣畅淋漓的澡,还不忘刺激弟弟:"在战地照一张相片,比你寄回家的那一堆都有意义。"

周庆绅看到他舒爽的样子,心有不甘,快到目的地时,让哥哥等一下,独自钻进了草丛,撒了一泡尿,回来的时候水壶神奇地满了。

周庆绅大大方方地递给哥哥说:"也帮我倒,我也要洗脸,我也要照相!"

周元明说:"至于吗?豁出去了?这还不如不要脸呢!"

周庆绅沉吟一会儿,声音有些发颤:"十分至于!如果我们牺牲了,这是我们留下的最后纪念,就像你说的意义太重大,有了照片,将来我们的墓碑上也不会光秃秃的,到时候有人来看我,一眼就能认出来!"

周元明听完眼里有泪光闪烁,但很快控制住情绪:"别瞎说,不过我真被你这肥水不留外人田的精神震住了。"他一边说,一边捏着鼻子按照弟弟的要求,用别致的"液体"帮助他完成了"露脸"的程序。

这听起来是个不可思议的小插曲,但马上能有照相的机会,肮脏的办法也要试一试,尿用对了地方,也可以焕发容颜,所以哥哥这次破天荒地没有嘲笑弟弟,反而感到一阵心酸。他俩露出苦中作乐的表情怜惜地对望一眼,然后心照不宣,闭口不谈此事,信心满满地去找正等待他们的记者去了。

黄昏,他们要护送的记者出现在眼前,记者背对着哥俩,肩膀上果然挂着一个银光闪闪的照相机,比哥俩当时第一次见到师长腰间挎着的那把手枪还吸睛。那人手里应该拿着速写本,正低头聚精会神地写写画画。他们只看了一眼就如触电般不能自已,因为那人的身形轮廓比照相机更夺人眼球,玲珑有致、凹凸有形。记者,还是个女记者。他们庆幸当时做了洗脸的决定,男人的世界里再丑陋也没关系,但凡出现一个女性,男人比女人更会争奇斗艳,展现欲爆表。

那可是一位女记者。指战员们自打进了这片丛林,就没见过女的,有弟兄曾夸张地说,他连刚爬上树的松鼠长没长乳房都准确地分辨出来了。而现在这位女记者伫立在夕阳里,和木棉树一样清爽可人,没有花枝招展,却拥有让人裹足不前的诱惑。她的脖颈还没有被紫外线灼伤,具有完整的白嫩皮肤,不像那些男兵,晒脱的皮肤龟裂得像干枯河床。她的屁股被合体的军裤包裹得圆润饱满,断然不会松松垮垮,她没有转身,但背影更如含苞待放的花骨朵,让人浮想联翩。

是姑娘,同时是警卫目标,更重要的还是领导,可远观不可再瞎想。周庆绅作为"二人小组"组长,朝女记者大声喊道:"报告记者同志,我们奉命前来护送您回指挥部。一七七师一营三连一排尖刀班侦察员兼突击手周庆绅……"

在周庆绅语速极快的报告声中,记者收起速写本,缓缓回过头,寻声望来,与周庆绅四目相对,一刹那,哥哥化作了空气,远处的狼烟也定格为风景,零散的突兀枪声也如应景的旋律,为这神奇的遇见努力烘托着恰当的氛围。

战地相逢,却笔直站立,失掉警惕,还舒展出身体最具有存在感的姿势,忘却了流弹的存在,这像极了他们的感情,曾经也和流弹一样毫无章法、没有定数。

周庆绅喉结在蠕动,浑身僵直,揉了几下眼睛后,从牙缝里挤出两个字:"舒悦!"周庆绅快走两步来到舒悦面前,一把抓住了她的手。这下把哥哥看得心惊肉跳,心说,弟弟这是想女人想疯了吗?任务途中趁机调戏妇女,会被军法处置的,何况现在他还是调戏妇女领导,必然罪加一等。正准备制止弟弟的荒唐行径,只见那位记者竟热烈地迎合了弟弟,主动敞开了怀抱,还趴在弟弟的肩膀上哭了。不知道是不是被弟弟脸上的尿骚味熏到了,泪眼滂沱,不由控制。

见此奇葩盛景,周元明暗自感叹:"恁娘,真是喜闻乐见,欺负我刚从周集出来不久,让我开了八辈子眼界!"

后来，周元明反应过来，这个叫舒悦的不是弟媳胜似弟媳，他背起她的背包，再不主动看她一眼，照相的事也暂时抛之脑后了，他想等这暧昧的气息淡薄一些再提这个一点儿也不非分的要求。那时他不会想到，有些人一辈子连照一张相的机会都要用生命去交换，就像他记忆中的周集，有人曾经用地瓜换来新娘。

周庆绅和舒悦旁若无人的"亲热"告一段落，他终于理解林展当时意味深长的表情所为哪般，他一定早就知道护送对象是舒悦，并顺水推舟地撮合了他的好事，他默默感谢完林展对他的"关照"，沿着哥哥的脚步，和舒悦走上了来时的路，准备到达并穿越一七七师控制区后直奔指挥部，不出意外的话，他们将在明天上午到达。舒悦的稿子也可以在那时发表、上版，并无缝对接地印刷、发行至全国各地，让每一个人都能了解作战官兵们的英勇事迹。

暗夜里，哥哥为了避嫌，识趣地在前方负责开路，周庆绅紧紧牵着舒悦的手，不时微笑着对视，满满都是爱情的甜蜜，比潮湿丛林的空气还要黏乎。一路上，舒悦也将离别之后自己的经历一五一十地给周庆绅讲了。原来，当时提干制度并不完善，好像基层急需干部充实队伍，进修时限仅设置为半年，舒悦进入陆军政治学院士兵提干集训队后，屁股还没焐热，就到了实习阶段。入校时选择的是新闻专业，结业被分配到《解放军报》实习。实习期间，她得知周庆绅被调往前线，联系无门，思念与日俱增，可她毕竟只是个虾米大的实习生，做不了别人的主，也做不了自己的主。西南战事打响后,《西南军事报》编辑部出现用人荒,从各大报社紧急调人,舒悦意识到这是千载难逢的机会,不假思索主动请缨来了《西南军事报》,她认为这样不仅能实现职业理想,还能见到梦中情郎。

然而,到了地方才得知前线范围之大、保密措施之严,这种局面下,普通工作人员无法得知各部队的具体方位,要和周庆绅相遇等同于大海捞针。几次前线采访之余,她多方打听一七七师下落,可没有人能给她确切的消息,就连亲爹舒泽勇也联系不上。即使知道了他们的位置,部队铁纪如山,不可能允许她自由选择采访对象,她完全放弃了寻找周庆绅的想法,只好试图让繁重惊险的工作完全占据大脑。工作中,她接触到了那些和周庆绅有着相似气质的官兵,他们说着熟悉的话,穿着相同的衣服,乍一看,周庆绅就是他们,他们就是周庆绅。当她目睹子弹打在某个人身上,那人身上生出碗口大的伤疤,眼里流露出对尘世的最后一丝眷恋,她顿觉痛失所爱,所以她经常不能冷静客观,她在屡次被震撼、洗礼之后发现,人们如果深爱着,那么旁观者要比主人公承受更多,活着的人比死去的人更落寞。她常常在写完新闻稿件的深夜陷入悲鸣,那种情绪之中不包括同情、怜悯,是焦虑、担忧,然后思索,最后重新归于无边的等待。

现在舒悦如愿以偿了,她坠入温柔乡,被安全感笼罩,这是她在写实性报道之后想要的虚幻主义的答案,她不再需要讲具体的故事,不用百爪挠心地纠结于每一个残酷的细节,她的灵魂好似立刻得到升华。从她见到恋人的这一刻起。

夜晚的丛林幽深宁静,温度适中,有布谷鸟的声音传来,他们尽情吸吮负氧离子的香甜。氧气充足的地方,人脑活跃,这一活跃就找不着北了,他们不认为会碰到什么倒霉事,因为送完舒悦,他们就可以回到一七七师所在的官桥驻地,再也不用困在此处终日提心吊胆,可以去过正常人过的生活,这个时候哪个不长眼的会来搅局呢?即便他们知道敌军也是在常年战火中滚打出来的,且他们的特务没有伦理纲常,只要能弄死对手,任何手段他们都认为是在职业道德的范畴内。这样的敌人是可怕的,他们做出过很多被国际社会所不耻的举动。周庆绅心里清楚,出于基本的素养和习惯,有所警惕,不时观察与潜听,但这些行为还是偏于形式化了,毕竟和恋人在几千里外的边境战场上都能巧遇,如此好运都能降临在他身上,还有什么理由不沉溺于侥幸思想中。他还向哥哥介绍舒悦,言语中都是炫耀,话里话外表达着一个观点,舒悦比嫂子刘诗花可强多了。

周元明心里替弟弟高兴,嘴上却不饶人:"显摆啥,我和你嫂子已经雌雄同体、合二为一了,还为人类繁衍事业作出了贡献,你们才到哪一步?"

哥哥的话杀伤力挺强,让周庆绅受到暴击,心想,人家说得对,自己还只是个一文不名的人,和舒悦的未来就像现在脚下的路,能不能顺利走下去,还是未知数。而且除了牺牲的梁聪留下遗言让他照顾舒悦,还没听哪个人在明面上祝愿他们修成正果,这也符合常理，古往今来，他们这种关系都不被看好。

舒悦给了周庆绅一个坚定的眼神，为他加油打气，效果似乎并不理想。那时，左前方黑漆漆的灌木丛中突然发出一声响动，周元明距离近，率先警觉，边卧倒边发出信号，可周庆绅还没来得及动作，一发子弹就射了过来，不偏不倚打在了舒悦的照相机上，镜头粉碎，舒悦花容失色。周庆绅将舒悦按倒在地上时，三个敌军溃兵集体朝他们开火，顿时现场火花四起、子弹乱飞。

好在哥俩枪法略胜一筹，一梭子子弹之后，毙敌两人，周庆绅正欲换弹夹，打光子弹的那个敌人不知何时依仗地形优势乘虚而入，从他脚下的绿绒蒿中冒出来，一枪托怼在他的下巴上，令他当即晕倒。他在倒下的过程中，恍惚间看到敌人亮起刺刀，直插舒悦要害。可他什么忙也帮不上，任由身体失去重心，瘫作一团。

也不知道过了多久，周庆绅醒了，撑起身子，看见哥哥坐在地上，脸色煞白，舒悦正背对着他，用三角巾帮哥哥包扎着腹部，而那个敌人以一种奇怪的姿势倒在草丛里，依照经验来看是死掉了。

周庆绅心惊胆战地跪在哥哥面前说："刺杀术厉害又有什么用，根本没机会用，把你害了！"

周元明骄傲地说："不要怕，我虽然军龄不长，但和你一样有战斗天赋，那个小子不是我的对手，只是皮外伤。"

周庆绅这才放下心来，又转向舒悦说："你活着我才能心安理得地活着，你也救了我的命！"

舒悦说："以后不要再向哥哥炫耀什么了，他担得起哥哥这个称呼。"舒悦之所以这么说,是因为当时刺刀距离她的胸脯只有几厘米了,周元明用身体硬生生地把刺刀别开了。关键时刻,他能够以命相搏,抛开执行任务的因素,从他的颇多神态中,他是真把她当亲人了。

经这么一折腾,周庆绅再也不敢掉以轻心,他强迫自己要定位清楚,切不可再把感情和任务混为一谈,卿卿我我只会影响敌情判断。这短暂的相会,他也要控制人之本能,恋人近在咫尺,他却要摆出冷血的模样,像一条极端戒备的毒蛇。毒蛇冷血,但具有足够的攻击力,这也是很多职业军人看起来冷酷的原因,周庆绅以此说服自己。

从那一刻起,一路上,哥俩再也不敢掉以轻心,一前一后,把舒悦夹在中间,像两个人肉盾牌,随时准备挡子弹、蹚地雷。舒悦好几次想向周庆绅凑近乎,都被心有余悸的周庆绅生生拒绝了,他一言不发,其实心里憋了一肚子的话,那是半年多来一并积攒下的;他面若冷霜,其实内心炙热难当,那波涛汹涌的情感,一如火山里在翻滚的岩浆,已呈现喷发之态势。但他不能,他想,只要完成任务,将来有的是机会如胶似漆。

越是如此,危险越是绕着走,周元明负责探测地雷,精神需要高度集中,身上的衣服早湿透了,手越抖越厉害,哥俩只能来回交替。远路无轻载,不久,那杆并没有太大分量的探测装置重如千钧,好在地雷探测器只是偶有响动,不过都是虚惊一场。周庆绅也看到过敌人的踪影,但奇怪的是他们一溜烟消失在丛林里再也没露过面。

凌晨时分,一条大河横亘在他们眼前,天黑、坡陡、岸滑、水急,抛绳器投掷绳索难以精确,带一名女同志挂索过河颇多问题。周庆绅看了看表,保险起见,他们决定黎明时分能见度高一些再行动。于是,三人找了一处隐蔽的地方,稍作休整。

谁也不会想到,这次休整,是他们之间最长的一次对话。

舒悦说:"你们回去一定要注意安全!"

周元明放在膝盖上的手还在抖个不停,他努力压住:"只要把你安全送到了,死也值。"

舒悦说:"别这么说,多不吉利。"

周元明说:"你不懂,哪还在乎这些。"

周庆绅接过话茬儿说:"是的,你是春天的使者,不能伤到一根羽毛。因为这里的人最在乎的是家乡人民能够知道他们的消息,你带走的是他们的精神寄托。"

舒悦说:"最伟大的人却有着最微小的愿望,我替家乡人民谢谢你们。"

周庆绅心说,谢啥啊,要不是哥哥碍事,亲上一口才是最实际的。他向哥哥使了好几个眼色,哥哥心领神会,倒在草丛里鼾声大作起来。可真给他亮出了场子,他却踌躇不前了,因为不远处又有枪声传来,每一声都击打在他的心头,这着实不是恩爱的场所,那些冲锋陷阵的人们,正抛洒着热血,他们的爱此刻也腥味扑鼻。他们只是紧紧地抓着彼此的手,都在祝愿对方能够活着走出这里,直到天边露出了鱼肚白。

周元明尝试了多次,终于把绳子固定在了对面的树上。周庆绅把舒悦绑在身上,挂上索扣,倒挂在绳索上,一寸一寸地往对岸倒腾。以往训练时这个课目只要求一个人完成,现在是两个人的重量,天壤之别,稍微幅度大一些,绳子下坠得厉害,舒悦的背都沾到了水面,发出阵阵惊呼。周庆绅一边安抚舒悦的情绪,一边吃力地移动,回头看看,才捣出去几米不到,信心备受摧残。他几近虚脱,汗也流光了,他用尽力气抓紧绳索,脑门涨得厉害,眼睛一片模糊,手臂开始麻木,但不能松手,更不能后退。

舒悦绝望地说:"把我放下来吧,我们过不去了。"

周庆绅说:"现在什么也不能把我们分开了,你不觉得幸福吗?这是我最幸福的时刻,我从没有这么完全拥有过你。"

对岸的周元明在喊:"快快快,有敌情!"

话音未落,有枪声响起来,子弹在他们的身边嗖嗖飞过。周元明立即开枪掩护,周庆绅紧咬牙关又爬了几米,那本来已是他的极限。突然岸边的周元明发出一声惨叫,他知道哥哥中弹了,而自己却腾不出双手,拿不起武器。一边是他的恋人,更是保护对象,一边是中弹的哥哥,他现在只有赶快到对岸,放下舒悦才能帮助哥哥。周庆绅怒吼一声,加紧了手上的频率,是哥哥的哀号激发了他的潜能,他在激流带来的风中左右摇摆,从河中央跳起来的黑鱼似乎也在为他助威,舒悦每一声不要拖累他,想要让他一个人尽快脱险的声音,仿佛是一声声爱的呢喃,都帮他尽快到达彼岸。

他们实现了,耗尽气力的周庆绅把舒悦放在岸边,倒在地上,回头一看发现哥哥被两个敌军合围射击,他来不及喘气,开枪还击,将敌人击毙,但哥哥腿部中枪,活动受阻,看来是没办法过河了。他在对岸摆手,示意周庆绅独自带舒悦离开。

周元明的枪伤不轻,被扔下长时间得不到救治,必死无疑,撑到指挥部才是最好的办法。周庆绅不顾哥哥的咒骂,重新挂索又返了回去,像刚才背舒悦一样,又把哥哥捆在身上,背他过河而来。这次情况要更糟糕,刚才体力已经透支,现在哥哥的体重要更大,身上还有枪支等物品,说不定还会有敌人前来袭扰,他们面临的明显就是绝境。舒悦在岸上哭得泣不成声,哽咽着为他们加油,这不是前线,前线是大单位作战,然而这一个人的战斗,却让她最终生难忘。

绳子上的周庆绅因过分煎熬自感肝肠寸断,像被吊起来的干尸。一开始哥哥在他的背上还伸出手臂一同抓着绳子,可很快因为失血过多,使不上半点儿力气了,脑袋也支撑不住了,不由自主地耷拉了下来。周庆绅停滞在半空中,舒悦在岸上喊哑了嗓子,那些丰富的鸟类突然吵吵嚷嚷起来,奔腾的河水仍在咆哮不止,但在三个人的耳朵中,那时的现场却陷入一片死寂。

几秒钟后,濒临昏厥的周元明却倏地打起精神,硬起脖子,断断续续地说:"一个人也要过好这一生……一个人去完成我们一大家子的理想吧,我实在撑不住了。"

周庆绅说:"放屁,你想干什么?!"

周元明说:"对岸有你的女人,你要独自保护好了……家里有我的女人,我这一走,她应该更金贵……答应我,保护好你的女人之余,如果还有空,对你嫂子好点儿,别让她受欺负!如果她要嫁人,别拦着,但是你侄子太小了,他是周家的种,要在周家长成参天大树!"

周庆绅生怕哥哥做傻事,伸手去抓他的衣服,周元明果断拔出了枪管上的刺刀,把绑在他们身上的绳子挑断了,继而淡定地一根一根掰开周庆绅抓在他身上的手指。周元明"扑通"一声掉进了湍急的河水中,连浪花都没有激起来一朵。

周庆绅还挂在绳子上,他只能眼睁睁地看着哥哥离去,哥哥抛弃了自己,减轻了他身体上的负重,却给他的心上压了一块天大的石头,那是永远割舍不掉也解释不清楚的重量。

那是一个无比普通的战地清晨,这个见过战火却还没享受过生活的年轻人也是那般地普通,他甚至不知道在分别的时刻,应该用什么样的语言去表达爱,可是他却敢于用身躯去换取灵魂和希望,他愿意当"精卫填海"里的石子,愿意做"愚公移山"里的锄头,他所知道的匮乏不已的寓言故事,已经能表达他的心意,不论他是什么角色,他不认为这是葬身异处,他存活的地方就是他的故乡。因为周庆绅从震惊中反应过来,爬向了彼岸,向着下游奔跑出去几米的舒悦,又默默地折返了回来,守在最接近周庆绅的地方,和他拥抱在一起。

半晌后,舒悦擦干眼泪,用那部被子弹击穿了镜头的照相机,对着面前一望无边的河流数次按下快门,因为这是周元明临终前最后一个愿望,可那是一部神仙也修复不了的照相机,也不可能照出任何影像,但她的心中瞬间洗出了一张硕大的照片,这张照片遮天蔽日,像那丛林一样,包裹着所有的壮烈与悲伤,像远处蓦然和云彩汇聚的硝烟,舒展成鲜艳高贵的朝霞。

第五章

那时我还是个穿着碎花裙子的姑娘,从古老黄河堤下穿过一片荒芜田野,遇见一个赤诚草莽的汉子,我发现你眼眸中飘过我的梦想与惆怅。你把所有都给我,所以你就是我到过的最远的远方。英雄,我要为你守住英雄的村落;孩子,我要陪伴你的孩子进入甜蜜的梦乡。

周元明坠河牺牲在那个陌生的南方水域,那里四处湿漉漉的,似乎没有不返潮的角落,到处淌着恼人的水珠,包括那些听说过烈士姓名的人,他们的心窝和眼眶也不例外,也和那不干爽的天气一样愈发阴沉苦闷着。而周元明撒手人寰之时,远在周集的周长河正带着孙子周晓盛在玩耍,那里正是鲁西北平原最美的季节,麦苗由严冬时候的深绿焕发出新绿,在明媚阳光中蓬勃生长,清风拂过,麦苗齐刷刷地作揖,万亩的平整,千顷的坦荡,视线无阻隔,心里但凡有什么芥蒂也会飞到九霄云外吧。在村头几户院子的中间,那湾难得一见的池塘水象征着勤劳的村民对于财富的企望,虽然若干年后那池塘随同回回挖回回淤积的人工河一块干涸了,可一代代周集人,还是保留着它们的遗迹,就像保留着关于故人的传说。

周晓盛走路还不稳,却在模仿军人队列动作,模仿得不好也是咯咯地笑,银铃般的嗓子,和枝头的麻雀互动起来毫无违和,他无时无刻不在蹦蹦跳跳,笨拙但可爱。周长河抽着旱烟蹲在湾边的石头上,看见细皮嫩肉、生性活泼的孙子,不像他这个榆木脑袋,心里头痛快,哼起了古老歌谣,并抬头望见垂柳掩映的湾中荷叶茂盛、蝴蝶飞舞。他听见蛤蟆在应和他的歌声,仿佛在开乡村音乐会,阳光再次从树荫中倾泻下来。已是临近晌午,他准备起身去抱孙子,周晓盛伸出胳膊要投入爷爷的怀抱,一个没注意,周晓盛左脚绊右脚,咕噜咕噜顺着斜坡滚进了湾里,水面上立刻冒出一串气泡。

周长河大叫着"妈呀",扔掉旱烟,一个猛子扎了进去,摸索了半天终于摸到周晓盛的小腿肚子,费尽气力把孙子鼓捣上岸。周晓盛喝饱了水,肚子圆鼓鼓的。周长河翻了一下他的眼皮,全是白眼球。他给孩子做心肺复苏,持续了足足十几分钟,周晓盛才吐出几口浊水,但不哭也不叫,偏不睁眼睛。

周长河心说,这要是把宝贝孙子看没了,我也别活了,对不起列祖列宗,对不起儿子儿媳,这么好的孩子给作践了,谁知道了也要疼丢半条命。该用的方法都用了,没有效果,他只能对着孙子

"嘭嘭"地磕起了响头,脑门磕出了血,眼看要磕出脑震荡了,周晓盛蹬了蹬腿"哇"地哭出声来,并叫嚷着什么。

周长河趴在他嘴边听了一会儿终于听明白了,周晓盛说的是:"追爸爸,追不上,我找爸爸,要爸爸!"

周元明当兵走了这么久,孩子从来没提过爸爸一次,他所会的不多的语言中,还没有爸爸这个词,今天却一连说了好多个,看那样子确实像是在寻找什么,周晓盛醒过来了,周长河却更加心神不宁。

周长河问:"哪里找爸爸?"

周晓盛挥舞着手臂说:"在水里,在水里!"

周长河说:"胡说,你爸爸在西南丛林,他是光荣的战士,他在扛枪打仗,敌人见了他闻风丧胆!"

周晓盛说:"在水里打仗,敌人在水里!"

周长河装作没听见,抱起周晓盛往家走,不顾周晓盛前所未有地不配合。

荷花塘里本就遍布黑泥,糊满了周长河全身,破衣烂衫贴在他身上,鞋掉了一只,他怀抱孙子,无比凄凉地走在大道上。那时是农忙时节,若不是看孩子、做饭,此时周长河也应该在地里忙活,大道上没有人,只有孤零零的爷孙俩,老的瘦骨嶙峋、穷气寒酸,少的哭闹不止、惹人心烦。骄阳把路面晒得干燥了,周长河光着一只脚板蹚在上面,尘土呼呼地升腾起来,他们行走其间,一下子从当下又回到了逃荒的旧社会,像是风尘仆仆的远方流浪者。周长河越走感悟越深，上次他拥有这样凄苦的境遇，还是在周元明结婚之前。他边走边思考刚才周晓盛的话，他强迫自己认为那是孩子淹迷糊了，脑子不作准了，胡言乱语的。

可他的这个猜测不一会儿就得到了验证，孩子大小便失禁了，还时有抽搐，身体温度失常，冷一阵烫一阵。送到诊所，赤脚医生给孩子打了针，说是脑袋缺氧时间过长，伤到了脑神经，要好好观察、疗养，不然容易留下后遗症，甚至引发智力缺陷。为避免周长河难过，赤脚医生安慰说，恢复得好也有可能痊愈，和正常人区别不大。

闻听赤脚医生的话，即便有痊愈的可能性，那仍算不得正常人，何况痊愈的概率又有多少呢？周长河自责羞愧，在卫生室门前的空地上，又蹦又跳，来回跑圈。

正午阳光正烈，他蹲在地上正准备哭泣，却发现几双眼睛戏谑地盯着他，并不会关心他可怜的孙子，只想看他的窘态。他想这人间看似拥挤不堪，其实每条路上各有各的萧瑟，他不清醒，没人帮他摆脱厄运，他是军人的父亲，伪装，也要足够坚强，这才止住发癫，默默地站起来，下一秒就恢复到了正常状态，抖落掉身上干硬了的泥巴，径直抱起孙子对众人说："都他娘的别看了，以后只要我还活着，谁也别想看我家的笑话，就算我们承包了全村的笑料。"

人群中有声音传来："是块窝囊废，还想当梧桐枝，谁落生在你家可倒血霉了。"

周支书闻讯赶来，一脚踹开了冷嘲热讽周长河的人，上前帮他抱孩子，却被他甩开了。周长河现在只记得一件事，给还在地里打药的刘诗花送饭，顺便给刘诗花磕头谢罪，哪怕被她一锄头砸死也无所谓。他心里最清楚，儿媳妇之于中国传统家庭的意义，只要刘诗花能挺过这一关，他们全家就都没事，她接受不了，这个家却要支离破碎。

周长河掏出兜里的一沓零钱，到卫生室旁的熟食铺要了几个烧饼夹肉，又到熟食店旁的小卖铺买了两瓶橘子汁，这些"奢侈品"他无福消受，他要给他儿媳妇送去。

周元明魂落西南，儿子跌进池塘，这些刘诗花都不知道。那时，她背着喷雾器，将一定剂量的敌敌畏洒向田野，杀死杂草。她头戴草帽，脖子里挂着一条泛黄白毛巾，为防止肩膀被喷雾器背带勒出血印，虽然热，身上却披着一件摆满补丁的粗布衣裳，肥大的裤子遮住了她的腰身，满腿的泥污看得出这一上午来来回回蹚过了不少路。现在她体能所剩无几，露出倦容，频繁地停下来擦汗、捶腰、眺望远处。她素面朝天的脸上即使饱受紫外线的摧残，即便有了晒痕，还是能看出精致的底子。黄金比例的身材，不管穿什么都是衣服架子，最主要的是举手投足干净利索，是那些拖泥带水的邋遢农妇决然没有的气质，她对得起周集"村花"的美誉。

地头上陆续有收工回家的人，他们在招呼刘诗花，刘诗花热情地婉拒了。不到日头偏西，她还不能回去，家里就她和周长河两个劳动力，不加班加点把活干完，怕越积越多，到时庄稼长得乱七八糟，对农民来说是件很丢脸的事。

和刘诗花家麦田紧邻着的是王七家的西瓜地，这个时节嫩绿的西瓜秧从维持湿度的薄膜中奋力往外钻，有的生来顽强，有冲天的神力，但大部分后劲不足，需要王七主动抠开薄膜，帮助它们实现破壳而生。王七在地里侍弄那些瓜秧半天了，但这老家伙醉翁之意不在酒，不时瞟一瞟不远处的刘诗花，眼神在刘诗花的身上游弋，哈喇子流到了胸口。发现地里的人越来越少了，他磨磨蹭蹭地蹲在地上，等着刘诗花再次经过他身边，吹了两声口哨："元明家的，打药就打药，屁股别扭来扭去，晃得头晕！"

刘诗花知道他不怀好意，周元明刚当兵走的时候还好一些，但时间一长，周元明连封信也没寄回来，村里那些心怀不轨的男人终于绷不住了，丑态百出，迎面撞见了，免不了说些不着头的话调戏一番。刘诗花见怪不怪，一开始沉默应对，任由他们自娱自乐，后来发现他们变本加厉，甚至还有动手动脚的倾向，逐渐也练出了见招拆招的本事，她板着脸说："王老七，晕是因为中风了，年纪大了早点儿回家，万一再出点儿啥事，七婶可不惯着你这老东西。"

王七不仅不生气，脸上还浮着讪笑，心说，就怕你不搭腔，只要肯跟我撩扯就行，谁家小娘们儿还没点儿脾气，谁在关键时刻不保有一丝倔强呢。

王七说："别看脸上褶子不少，方方面面咱不服老，尤其是那方面，正值壮年。"

刘诗花说："你就浪吧，有你后悔的那天。"

王七说："那天是哪天，怕是等不到咯。"

刘诗花说："你说啥？再说一遍！"

王七说："我啥也没说，啥也没干，你激动个啥？即使你当家的回来，又能拿我怎么样？"

刘诗花不再看他一眼，专心干活。王七拧开水壶，水壶里不是水，是他自己酿的地瓜烧，咕咚咚灌了几口说："他家怎么跟我比，何德何能敢娶你这么正的媳妇，你要是想得开，要啥七叔给你买啥。"

刘诗花犯恶心，但人家至少说对了一半，在周集，王七的日子过得最有声有色，去年到海南、深圳跑了两趟，带回来不少钞票，回家又承包了几十亩地，种草药、棉花、西瓜，种啥都种出了名堂，算得上村里大能人。饱暖思淫欲，有点儿花花肠子也就是人性本能。但他把这点儿歪门邪道都用在了刘诗花身上，连个老头子都来作践她一番，这让她对丈夫的价值产生了质疑，第一次觉得委屈极了，想让他抓紧回来。

刘诗花喷着雾走到了地头，还没见公公的身影，又折返回来一趟，这一趟不管公公来不来，她都干不动了，但就这一趟出了幺蛾子。刚才王七就没挪地方，等她走过来，趁着酒劲儿走到了刘诗花那一垅地里来，伸手去卸她身上的喷雾器，并说："如花似玉的孩子，干活咋没个轻重哩。别人不心疼你我心疼你，咱不干了。我带了饼卷驴肉、牛腱子、羊尾巴,都是硬菜,陪七叔喝一杯。"

王七给刘诗花卸喷雾器是假,伸出咸猪手揩油是真,一只手摁在喷雾器上,另一只手顺着背带就伸到了胸口。这还得了,刘诗花掌掴王七,王七皮糙肉厚,加上酒后麻痹,来势凶猛,两人在地里撕扯着。刘诗花不是王七的对手,三两下就被推翻在坷垃地上,王七噘起一张臭嘴,猪拱槽一般亲向刘诗花。刘诗花拼命反抗,连呼带喊,这惹恼了王七,双手掐住了刘诗花的脖子,刘诗花感受到了死亡的恐惧。

恰好,周长河抱着孙子来了,张望了一圈,看到地中央的情景,把孙子放下,抄起刘诗花放在地头的镰刀,往事发地跑去。到了近前,对着王七的后脑勺挥了一镰刀,怎奈脚下一滑,失去平衡,镰刀贴着王七的头发梢劈了下去,削掉了他好大一撮头发。王七松了手,连滚带爬地逃跑,周长河穷追不舍,镰刀把王七的后背割开了花,王七发现短期内这老头是不会放弃的,光跑有可能丧命,还不如争取主动,想办法把他绊倒了,夺下镰刀,和他徒手搏斗。周长河年纪大,不是王七的对手,被打得很惨,刘诗花前来支援,也被扯住头发,像丢玉米秸秆一样丢了出去。儿媳妇被欺负了,不仅没替她出气,还被羞辱一番,周长河羞愧难当,急火攻心,吐出一口鲜血来。

王七逃跑了,他知道这叫强奸未遂,不跑肯定被抓起来。那天他躲到了邻村亲戚家,惶惶不可终日。可他没想到,一两天了,他做过的这件混蛋事好像被人遗忘了,无人提起。让亲戚到周集来打听,知道了原委,那是一个天大的好消息,听到这个消息他都笑出了眼泪,他认为老天都稀罕他这个人才,要助他一臂之力。那个消息是周元明牺牲了,那天他逃跑后没多久,一七七师的电报就送到了周长河手上。

那是周集的不堪,而在前线,又是另一番景象。也是在那个正午,哥哥牺牲了,弟弟周庆绅却什么都不能做,还要继续踏上任务之路。不久,周庆绅和舒悦站在了指挥部气派的大门前,有报社外派到指挥部的领导早早出来,手捧鲜花迎接了凯旋的舒悦。他不知道来时是三个人,而现在只剩下两个人,他也不知道这个战士为何目光呆滞、举止怪异,他提醒自己要不拘小节,喜笑颜开地表扬了周庆绅。随后他要求舒悦尽快进屋写稿,并拿了干粮和水,让周庆绅抓紧回去复命。舒悦没有机会和周庆绅多说一句话,在领导的连拖带拽的催促中一步三回头地向周庆绅投以复杂的目光。

周庆绅向舒悦敬了军礼,转身要走,舒悦终于顾不得领导,忍不住折返回来几步说:"一定要活着,等你来娶我。"

周庆绅停下脚步,略微迟疑了一下,但没有回头,继续大步流星地往前走。

舒悦说:"我非你不嫁!"

周庆绅渐行渐远,舒悦的身后站着目瞪口呆的领导,他确认自己一个字也没听错,他以职业的敏感性揣测,战士和女战地记者因为护送搞出了绯闻。在那个条件下这种事是难以想象的,他说:

"这是新闻，这是天大的新闻。"他奉劝舒悦要冷静，特殊环境中，情感会被放大，这里只有感激，没有爱情温床，即便尝到了甜头，一到现实就悔，一见光就死。

舒悦不想再听领导啰唆，只得把前前后后的事汇报了，他好半天没回过神来，最后火急火燎地说："这更是新闻，你专心写这个稿子，别的稿子我找人弄。"

舒悦去写新闻了，她不忍回首的新闻，那又何止是新闻，是带着泪的讣告和祭文，是沾染着鲜血的烈士证明，是代表着一支部队一群士兵献身精神的挽歌。她心有万言，手里却只有一支发抖的笔。

舒悦进屋后，报社领导第一时间用电台和一七七师取得联系，通知了护送完成情况与周元明牺牲的消息。通信兵叫来了作训参谋，参谋又汇报给了参谋长舒泽勇。舒泽勇这才知道女儿也来了前线，并且还经历了这样的波折，但他没空和女儿寒暄，电话里询问了舒悦事情的具体经过，又揭了一遍舒悦新鲜的伤疤。舒泽勇确认了这个噩耗，不能怠慢烈士半分，第一时间向烈士父母致哀。

电报传回周集时，刘诗花右手抱着孩子，左手搀着被王七打得满脸是伤的公公周长河，从地里往家走。前一秒姑且是伤口在滴血，可电报一到，他们的心被撕裂了。电报在周长河手里，一天来他已经接连受到三次打击，一次比一次骇人听闻。一天内三次被晴天霹雳劈中，绝无仅有。他浑身筛糠，眼前阵阵发黑，胸口针扎般疼痛，他要倒下了，倒在春意盎然的时节里，他认为他再多走两步就可以直接死在自己家的祖坟里，省事极了，刘诗花都不用张罗葬礼，直接两锹土把他埋在那里再好不过了。虽然他早料想过两个儿子在前线发生意外的可能，可是他没想过灾难像会瞄准一样精确地击中了他们，连孩子的遗体也留不下。甚至他想过，哪怕死的是二儿子周庆绅也好，他孑然一身，还没有太多牵挂。

周长河的虚汗大把大把掉下来，喉头一腥又有一口血想吐出来，他忍住了，仅剩的力气难以支撑他的脚再迈半步，可他还有残存的意志，来对抗刘诗花对电报的抢夺。机械动作或者肌肉记忆顶不住刘诗花，这个身体和内心都伤痕累累的老人出于对家的维护才表现得如铜墙铁壁。因为他上午还向看热闹的人抒发过豪言壮志，他认为他是这对可怜母子的一道防线，现在更成了最后一道防线。

周晓盛适时地哭闹起来，他又叫起了爸爸，这几声怪叫，刘诗花没在意，但周长河哆嗦着嘴角，攥住了孙子的手，他似乎立刻明白了上午孙子差点儿淹死的事与周元明的死紧密相连，这不是巧合，而是冥冥中老天的安排。他想，孙子可能感应到了爸爸的眷恋和呼唤，用这样的举动来提醒他，让他能够预知、缓冲和尽量坦然接受现在更大的打击。是不是这样，最短的时间，他又说服了自己，他要对得起这磁场的玄机，儿子走了，但还有很多很多事情要做，他果断把电报塞进了嘴里。

刘诗花声音发颤："为啥不让我看？有什么不可告人的！"

周长河说:"你别管了,我们走,王七那死孩子跑不了的,我一定给你出这口恶气。"

不等刘诗花说话,周长河为转移注意力又把周晓盛上午掉进池塘,进了卫生室的事和盘托出了,他想用小事故掩盖大事故,却不知道大事故才会淹没一切。他做好了任由儿媳妇处置的准备,可刘诗花一动未动,平静得瘆人。

周长河说:"只要你能舒服些,怎么着都行,你动换动换吧。"

刘诗花说:"我能怎么着?平时你待我不薄,刚才还拼命救我,你像我的亲爹啊!"

刘诗花眼神空洞地把孩子递给周长河,摆摆手让周长河先走,周长河接过孩子,一瘸一拐地走出去,刘诗花没有跟上来。因为周长河把电报塞进嘴里的时候,不用看,她已猜到了电报的内容。周长河躲在一处柴火堆后面,看到刘诗花蹲在道路中间,旁若无人地哭起来,肩膀耸动着,像提线木偶。

周长河怕她想不开,准备上前相劝,还没动身,他看见刘诗花站起身来,用力擦拭了眼睛,深吸几口气后朝他这边走来,她努力控制着身体的平衡以及走路的姿势,她希望看起来更自然一些,她希望能看清面前的一切,但眼睛里其实只有周元明活着的样子。

周长河把孩子送到儿子儿媳的住处,不敢离开,怕刘诗花趁没人的时候寻短见,可刘诗花像没事人一样生火做饭,饭做好了,端到周长河面前,劝周长河吃两口,别饿坏了。她越这样,周长河越摸不着头脑。日子还得过,两个人都尽量扮演好坚强的角色,掩护着同为弱者的尊严。

舒悦一夜没睡,流干了眼泪,写出了字字扎心的文章。第二天《西南军事报》以头版头条刊发了周元明牺牲的故事,随后被各大报刊转载,在全军和地方都引起了轩然大波。一七七师打了半年的仗也没有受到如此大的关注,却因为一篇个人报道被世人瞩目,周庆绅一时间伫立于舆论风暴中心。大大小小的官员、认识不认识的人都来慰问他。林展和孙诚最为难过,他们本想成人之美,现在却像刻意为之;舒泽勇从师部赶来,带着师长、政委的命令来的,火线正式提拔周庆绅为排级干部。与其说这是一种奖赏,不如说是一种弥补,周庆绅分得清楚,这是哥哥用命提早让他实现的"荣耀",他不想让一个身份、称谓被添加如此沉重的属性,即便他靠自己,提干的时机也快成熟了,可当梦寐以求的提干命令到来时,他第一个念头是抗拒。

周庆绅心乱如麻地回到一七七师原驻地官桥镇,老百姓敲锣打鼓、夹道欢迎,很多人呼喊着周元明、周庆绅兄弟俩的名字,把一筐筐水果和罐头往他乘坐的卡车上扔。看到热忱的人群里,个个笑逐颜开,他不能再哭丧着脸了,想报以笑容,咧开嘴却不小心掉起了泪。

当人潮散去,对哥哥的思念深入骨髓,他始终认为哥哥的牺牲本可以避免,和他的行动决策失误有直接关系。他想找到哥哥留下的蛛丝马迹，哪怕一张照片，对着实实在在的物件说声对不起。可惜哥哥只是个入伍不到半年的新兵，除了一床被子、几双胶鞋，什么都没留下，空空如也的铺位再也等不到主人。像这样的铺位，一七七师还能找出来好几个，每一个铺位的主人都不会再回来了，又好像他始终沉睡在上面。周庆绅趴在了铺位上，压塌了哥哥的"豆腐块"，他把脑袋深埋进了哥哥的被子，嗅到了哥哥的味道，顿时也看到了哥哥鲜活的身影，那时的哥哥没有临走时的惊慌和恐惧，泰然自若，一切如昨。那晚，他在哥哥的铺位上睡着了。睡梦中，他听见哥哥在他的耳朵边念叨了一夜，重复的是落水之前的嘱托，让他能力范围内照顾好嫂子和侄子。

周庆绅睁开惺忪的眼睛，摆弄着军装上的四个口袋和新配发的排级军官标志符号，他不知道这个本可以光宗耀祖的身份，到底能有多实惠的效果，起码应该能替哥哥完成遗愿，照顾好嫂子和侄子吧，可目前来看这个芝麻绿豆的小官是无法实现的，毕竟连随军条件也不符合，即使符合，也要媳妇才可以，要想把嫂子和侄子接到身边照顾照顾，简直痴人说梦。那天周庆绅焦躁不已，他第一次发现一直引以为傲的军事技能、政治素养、思想品德在这个困难面前，一无是处。

林展告诉周庆绅，周元明的抚恤金是按最高等级算的，师里还组织了捐款，很快就送到周集了，让他不要担心。

周庆绅说："多少钱能换回我哥？"

林展说："你冷静点儿，你是干部了，要有觉悟。"

周庆绅说:"多少觉悟能换回我哥?"

林展说:"心情可以理解,但牺牲的人不能复生,你哥给你添砖加瓦,你别自己拆自己的台。反调唱多了,事情也就没谱了。"

周庆绅没再言语,林展灰头土脸地出来,找孙诚商量怎么引导周庆绅走出来。孙诚认为,这事没有更好的办法,除非喜事临门,他家少了一个人,如果再添一个人的话,说不定会峰回路转、柳暗花明。

林展直呼妙计,与孙诚异口同声喊出一个名字:"舒悦!"

这边林展和孙诚的妙计还没施展,周庆绅还没有走出来,那边周长河已经强迫自己先不能顾丧子之痛,他眼下最应该干的是操心儿媳和孙子的将来,他赖在儿媳家不走,就是想知道她的想法。他知道天要下雨娘要嫁人,除非当事人想得通,否则拦是拦不住的,如果她真的一走了之,他的天可就真塌了,尤其是他的宝贝孙子,他疼也疼不够,现在又有溺水后引发的各种症状,以后但凡有点儿小毛病,到谁家谁家能待见呢?周长河像条尾巴一样跟在刘诗花后头,露出乞求的表情,好像跟在大人屁股后头希望得到玩具的孩子,而刘诗花面无表情,忙里忙外,无法表态。

入夜时分,周晓盛又发起烧来,胡言乱语,周长河和刘诗花忙活了一头汗,终于把体温降下来,把孩子哄睡了。周长河还是没走的意思,他走出屋门,蹲在了门口。天下起雨来,不一会儿周长河就淋湿了,刘诗花出来给干柴火盖毡子,这才看见落汤鸡般的周长河躺在茅草搭起来的灶棚里，躺在一堆玉米瓤子上，身上盖着几棵玉米秸秆，半寐半醒。刘诗花看见了，一阵心酸，劝他回去。

周长河惊醒，像士兵转角撞上首长，倏地站起来，弓着腰，急赤白脸地咳嗽了一阵说："我不能走，元明活着的时候，你是元明媳妇，还有名分，元明走了，你一个人了，一个人的日子……"

刘诗花说："元明在不在，我都还是元明媳妇，你放心，爹，我不会走，我答应过元明，要等他回来，他没回来，我就一直等。"

周长河说："明知道等不来了。"

刘诗花说："你明知道婆婆什么也不会再听见，为啥还要到她的坟前？你明知道上战场就意味着会死，为啥还要放他走？这世上明知不可为偏要为之的事情还少吗？"

周长河怔怔地看着刘诗花，雨越下越大，溅湿了他们的衣服，如同泪水浸湿眼眶，他看见刘诗花身上闪耀着高贵色彩，这种高贵不是因为披红挂绿、珠光宝气，这种高贵是因为曾经人微言轻，当下忍辱负重，但眼睛里依然没有丧失光芒。小家之中也有大义，这大义不是女德班标榜的服从，相反却是担当。

周长河消失在雨幕里，从儿媳家到他的破院子只有几步路，他却感觉走了一个世纪。看样子儿媳暂且是不会有他心的，自己可以放心了，然而，他的苦恼才刚刚开始。

第二天周长河刚下床准备去儿媳家，就有急促的敲门声传来，他已经不起任何打击了，捂着胸口去开门，唯恐心脏出了毛病。打开门，发现门口站着气急败坏的小舅子龚雪秋。

第六章

我难以忽视世俗的眼光,因那所谓理想的崇高,其实也源自世俗的模样。我放下了曾无法自拔的夙愿,沿着老路折返回去,去面见她,面见以为回不去的故乡。在这硕果累累的季节里,我的内心却如同寒冬的平原,哪哪都空空荡荡。然而,我听到他诀别时的声音,还在彼岸回响,于是我疾驰起来,疾驰得就像他对归来的渴望。

龚雪秋进门先找水缸,直接趴在水平面上灌了个水饱后,质问周长河:"你心咋这么大?还睡得着觉?"

周长河说:"心稍微再小一点儿,昨天就紧随元明一块去了。"

龚雪秋看到周长河花白的头发稀稀疏疏,瘦削的脸上挂着两只硕大的眼袋,眼睛里遍布着血丝,那血丝像洪水过后被冲洗得十分干净的树根,赤裸裸地暴露在一片狼藉的天地之间,生长得歪七扭八,仍要故作顽强。看到小舅子,他习惯性地露出讨好的笑容,妻子雪娥活着的时候经常警告他,对她弟弟要客客气气,弟弟是文化人,理应受到尊重。周长河不认为文化人比土老帽在人格上有多大不同,忌惮龚雪秋是因为他跟雪娥的眉眼相似度极高,看到他就像看到了龚雪娥,这辈子和雪娥半路诀别,那么小舅子是他们婚姻的见证,也是一种别样的延续。周长河龇着一口烟袋锅子熏出来的黄板牙,把龚雪秋往院子里让,龚雪秋推开他的手问:"你对我那个外甥媳妇啥评价?"

虽然这是句没头没尾的问题,但周长河不假思索地说:"没得挑!元明不在,她家里家外一把好手,带孩子、干农活、孝敬老人、恪守妇道,十里八乡难找,千里挑一的好儿媳。"

龚雪秋接着问:"周晓盛呢?"

周长河说:"这么小就知道心疼娘,从不哭哭啼啼;也有灵气,好像知道他爹不在了,因溺水生着大病,还是硬挺着,是个爷们儿;周家祖上应该是积德了,这孩子一看就有出息。但凡有点儿小毛病,也是我对不起他,我不能当这个罪人,儿子我没看住,孙子我要拼了老命对他好。"

龚雪秋点点头说:"既然你是这样的态度,我更要管管了。元明没了,外甥媳妇长得俊,他俩又没领证,孩子还嗷嗷待哺,这世界日新月异,千变万化,一眨眼功成名就,一眨眼鸡飞蛋打,你再不动动脑子,鸡毛都没了。"

周长河说:"诗花跟我承诺了,她不是出尔反尔的人。"

龚雪秋说:"她的确不是那样的人,可男人什么揍性,有一个算一个,你我心里还没数吗?不怕贼偷就怕贼惦记,三天两头到你家上眼药、吹邪风、招猫逗狗,谁顶得住?村头土地庙往年香火多盛啊,后来还不是破四旧给拆得稀巴烂?周集最后一点儿文化传承都断了根儿,别跟我讲传统,别跟我提惯例。"

联想到昨天王七的所作所为,周长河对龚雪秋这句话感同身受,而且以他现在的身体状况,能撑到哪一天也说不定,到时候刘诗花找了下家不足为怪,他的孙子未来是什么处境,想想就胸闷气短。那天清晨,周长河站在自己院子门口,却如同站在荒漠之中,看不见边际,辨别不清方向。而戴着金丝眼镜的龚雪秋仿佛带来了关于坐标的信息,他能指引他沿着正确的路线走下去。

龚雪秋神秘兮兮地把周长河拉到门楼里面,胸有成竹地耳语一番,周长河脸上的表情开始来回转换,复杂难解,嘴里一会儿说着:"不行,不行!"一会儿不自觉地点着头道:"也是,也是。"

当时龚雪秋出的主意是让周庆绅从部队退役,回来娶自己的嫂子,这样既不亏待刘诗花,又保住了孙子,更稳固了一个家庭。龚雪秋想这一招棋想了一宿,他认为这是最妥帖的办法。

周长河蹲在门楼里,手指插进头发,来回搓了几下说:"对庆绅不公平,诗花比他大几岁先不提,他在部队的发展正处于上升阶段,这么一来,他没前途了,一夜回到解放前,不,比解放前还他娘的不堪!"

龚雪秋好像早就料到周长河有这样的顾虑,耐心地说:"你呀你，做人都没做明白，还做一家之长。要全盘考虑问题，不要陷入死胡同。三个儿子你怕什么？还有意重啊，你那可笑的理想让意重去实现吧，踩着大哥二哥的肩膀，他会有更大的发展。再说了，大的就要让着小的，否则，元明为啥敢去割那根绳子，还不是为了让庆绅活下来，经历过生死的人，还在乎那点儿名利？他巴不得早点儿救赎自己吧！"

周长河摇摇头说："咱都没当过兵，咱不知道他有多在乎。"

龚雪秋抬高了嗓门说："他在不在乎都不重要，他一定要回来，我知道元明的性格，这事我们不帮他处理好，他死不瞑目。"

周长河还在犹豫，他舍不得破坏儿子的大好前程，又找到一个逃避的理由："就算庆绅愿意回来，诗花难说同意啊。"

龚雪秋说："你再磨磨唧唧，没人管你了。南院顺财腿脚不利索娶不到媳妇，用妹妹换回来个盲人姑娘，现在过得和和美美；西院存义脑子不好也娶不到媳妇，花三千块到外地淘来个媳妇，现在生了一窝孩子，个个聪明伶俐，这样的例子在高唐县都不少哩，何况是郎才女貌的重组家庭。就你家现代化？咱这不是搞封建社会那一套，咱这合理合法！"

小舅子举的这些例子跟周长河家的情况不一样，但那时的周长河唯有沉默，他生长在那样的环境中，听过也看过比小舅子说的更残酷的现实。仅能维持温饱的生活让人们别无选择，闭塞逼仄的地域观让人们不得不活在他人的声音里，他知道当年他穿不起裤子，大家笑话两天也就不笑了，而只要一涉及到盘根错节的乡村关系，这背后注定隐藏着一场没有硝烟的战争。最关键的，他知道一个带着孩子的寡妇有多难，走到哪儿都有人指指画画。为了死去的元明，他也要拼了命给这对母子好的待遇，但如果没有名正言顺的关系，即使搭上命也只是画蛇添足或自作多情，那命半毛钱也不值。他没有更好的办法来驳斥龚雪秋，尽管他史无前例地想大发雷霆一场。

　　破损严重的木头大门透进来的微光打在周长河脸上，一条条的阴影如斑纹加重了他的沧桑。龚雪秋目不转睛地盯着他，两人陷入长久的沉寂。门外有人三三两两地经过，是吃罢早饭的人又去一天的劳作了，周而复始。这日子像黄河水一样奔腾而去，听说会在与渤海交界的地方呈现黄蓝不融、泾渭分明的奇观，周长河听说过那个地方，但没见过，所以他搞不清楚是否有一天人们的生命也和那片神奇之地一样，会和原来的苦痛告别，永不两掺。可不管怎么样，只有往前走，才能看到真相或者远离过往。

　　周长河蹲着抽了三袋烟，脚不麻，舌头先没了知觉，烟雾把整个门楼笼罩起来，像点了潮湿的柴火。焦躁的知了声此起彼伏，龚雪秋终于忍无可忍，准备拂袖而去之时，周长河扶着墙站起来，把烟袋锅别在裤腰带上去找刘诗花了。

　　龚雪秋敲着边鼓说："对谁都好，除了庆绅一时难适应，其他人都是受益者。大胆地去，她就坡下驴也就认了。"

　　周长河鼓起勇气推开了刘诗花的家门，此时这个不幸的女人搭建了一个简易的祭台，祭台上连张照片也没有，只在一块木板上写着周元明的名字，纸钱烧起，火光在她苍白的脸上跳跃，她嘴里念念有词，仔细听，讲的都是他和周元明曾经的故事，哪怕是埋怨，也带着思念的味道。人走了，没有遗体，也没有墓碑，周长河只能在飘浮的灰烬中，朝着西南的方向深鞠三个躬，而后低着头立在旁边，不敢打扰，又不能离去，他毕恭毕敬地等待着刘诗花完成这场孤独的仪式。

刘诗花早发现了他，忍不住问："有事您就说，不用这么拘束。"

周长河吞吞吐吐，刚才脑子里罗列组织的语言全像微风中的纸灰，凌乱不堪。

刘诗花说："还有什么比元明的走更让您难以启齿的？怕我不孝敬您？怕我勾搭男人？担心这个家养活我们娘俩儿负担太重？趁着这股热乎气，都可以提出来，过期不候！"

"让庆绅回来跟你结婚！"不做解释，平铺直叙，周长河脱口而出这句话的时候怕先吓到自己，又率先捂住了胸口。他在等待刘诗花疾风骤雨般的数落甚至怒骂，他认为刘诗花脾气再好，此时也一定会觉得这老不死的伤风败俗。这些他都预想到了，他做了打持久战的准备，如果她当下就能接受，他反倒会吃惊不小。

果不其然，刘诗花听了脸上青一块紫一块，因为这句话比洞房花烛夜掀开红盖头后，映入眼帘的是一个面目可憎的家伙还要让人心惊肉跳。

此时，周晓盛从屋里跌跌撞撞地跑出来，摇晃着刘诗花的肩膀,哭喊着饿。刘诗花一把将他按倒在祭台前,让他给爸爸磕头,并说:"我是给周家留下了你这个种,可我不是配种的牲口。今天在你爹牌位前,你也给他带个话,这辈子我只认他一个男人,我留是因为他,如果有一天我被逼无奈要走,也是因为他!缰绳只能拴牲口,别往我脖子里套!"

周晓盛哪里懂发生了什么,被刘诗花的力道掐疼了,只顾哇哇大哭。周长河看了心疼但不敢上前干涉,手足无措。

僵持之际,从门外进来一个人,周长河回头一看,心里咯噔一下,心说,完了,雪上加霜,来人是他最不敢面对的刘老爹。周长河以为刘老爹肯定是来劝闺女回娘家的,这里没有了顶梁柱,闺女要受几倍的苦,傻瓜才会让她年纪轻轻就守一辈子活寡,还不如早些了断。

刘老爹没有和周长河客套过,那时更如火烧腚似的,直奔闺女而去,他说:"都怪我当年松了口,知道是火坑,还把你往里推。你也跟喝了蜜一样地往前凑,真不知道他们家给你灌了什么迷魂汤。事情到了这个地步,你想咋办?"

刘诗花看到形容枯槁的老爹,心里不是滋味,可她哪有办法表态,刘老爹是地道的庄稼汉,犟脾气一来浑身蛮力,闺女的想法他不在乎,他现在只有一个念头,把刘诗花弄回家,直接上手就抓扯起来。周长河怕他没个轻重,再伤到孩子,上前解围,却越帮越忙,场面乱成一锅粥。

龚雪秋听闻刘诗花院子里吆五喝六的好不热闹,知道出了状况，连忙跑过来，看到这一幕也搭一把手，这下更糟糕了，刘老爹血压上来了，当场昏厥了。送到卫生室好一通抢救，终于苏醒。经过这么一折腾，刘老爹对周家的最后一丝隐忍消失殆尽，和他们势不两立了，要刘诗花立刻作出决定，要么跟他回家，要么断绝父女关系。

刘诗花为了稳定老爹的情绪，只能表示愿意跟他回家，周长河和龚雪秋当即傻眼。为了挽回刘诗花，龚雪秋说出了让周庆绅回来娶了嫂子的想法。刘老爹听了愣了片刻，但也只是片刻而已，他说："当年还答应我一年之内置办齐家当，现在还是家徒四壁，咋解释？而且庆绅那孩子我知道，名声在外，如今他还会听你这两个老梆子的？我信你们的邪才怪！"

刘老爹拔下输液针头，拉起刘诗花、抱着周晓盛理直气壮地走了，周长河和龚雪秋再没敢动一下。周长河天旋地转，被龚雪秋扶住，龚雪秋信心满满地说："他没有拒绝我的提案，他只是不信庆绅能回来，我看这事有戏，只要庆绅能回来，事情就迎刃而解了。"

孙子、儿媳一离开，周长河不再踌躇半分，急切地说："我马上发电报。"

龚雪秋比他更着急："发啥电报，现在启程去官桥。"

周长河和龚雪秋满怀希望地赶往部队驻地官桥镇，那时周庆绅正被各路记者簇拥着，他胸前挂着好几块亮闪闪的勋章，连轴转地接受采访,说来说去都是同一段故事,都不胜其烦了,可媒体仍然乐此不疲,想从有限的故事里,挖出更多博眼球的线索来。周庆绅打心眼里抵触,他觉得牺牲的人那么多,他们才是英雄,他们的故事才感人。可有记者说,接下来会有各种宣讲会、报告会、英模表彰会,我们需要你这样既有真材实料又历经生死考验,并且能说会道的人,你不用有负担,你是他们的代言人,使命光荣。

周庆绅听明白了,这位记者说得婉约,其实一定程度上,他更像一个花里胡哨的外壳或保护罩,他存在的价值就是为了捍卫逝去的兄弟的价值,不管是出于情理还是心理,他都应该保持充沛的精神状态,这确实是他接下来的责任。

舒泽勇最先了解周庆绅的事迹,对于这个兵他有了新的认识,几次致电舒悦,旁敲侧击,表明他可以接受周庆绅的立场。舒悦写信告诉周庆绅这个好消息,试图冲淡周庆绅的悲伤情绪,周庆绅当时确实颇感振奋,也幻想了迎娶舒悦之后的幸福生活,鸟枪换炮,平步青云,破格提拔晋升指日可待。有了资本,就能照顾好嫂子和侄子,不枉哥哥的临终嘱托。

当周长河和龚雪秋风尘仆仆地站在他面前,他才知道那些幻想只是幻想,他对现实的认知有多单纯就有多肤浅。

龚雪秋把带来的高唐州酒塞给林展和孙诚,并说明来意,林展和孙诚目瞪口呆,他们表示,劝刚提干的军人退役,这事前无古人后无来者,他们做不了主,而且绝不赞同,龚雪秋失望之余很自然地把酒装回了书包里。龚雪秋又找到了舒泽勇,舒泽勇见多识广,对农村之事也多见少怪,但这个路子他也无法接受,尤其是涉及舒悦的情感问题,他理应回避。最终周长河和龚雪秋跪见师长、政委,两位主官见他们可怜兮兮,给他们足够的时间阐明来龙去脉,但听来听去还是认为此乃无稽之谈,他们没有直接拒绝,以发扬民主的名义,推说要尊重当事人周庆绅的意见。他们觉得周庆绅受教育几年了,是个与时俱进的年轻人,应该懂得追求自己的幸福,他会作出正确的决定。酒一瓶也没送出去,球传回了周庆绅自己脚下。

熄灯号吹响了,夜晚的官桥营区静谧安然,而周长河与龚雪秋坐在操场上,与周庆绅正面相对,他们个个内心波澜起伏。龚雪秋心里有姐姐,龚雪娥是因为生周元明大出血,才落下的病,现在周元明驾鹤西去,他要为姐姐留住最后的骨血与星火。他自诩是个文化人,可他这个文化人的思想空间和维度,与书本、艺术作品毫无瓜葛,全来源于他这些年的钻营之中,他甚至比周长河的观念更腐朽陈旧,却毫无察觉,因为在他那个圈子,他所能深交的人也基本上都是与之相同的风格与认知。

那时,周长河刚看到二儿子马上要打退堂鼓,周庆绅完全变了样,不再文弱稚嫩,他寸头平脸、五大三粗、举手投足间尽显军人气质,他蜕变成了他所期望的模样,现在他又要亲手把他装回原来的笼子里吗?他不敢想。但儿媳和孙子的脸在他眼前一跳跃,便左右了他的判断,他只好对周庆绅说:"我把你送上火车那天起,就知道你要活成你自己了,那天是你的成人礼,以后都要靠自己往前走。"

龚雪秋受不了周长河如此婆婆妈妈的态度，面色生硬地表明立场，周庆绅要是不同意回去也行，以后不要回周集了，他会想办法把他的名字清出家谱。周集人都知道，自从有家谱以来，犯了死罪的人才会被清出家谱，那是天大的骂名。龚雪秋这一招不可谓不狠毒，但这不是他的本意，他还像得道高人似的把周庆绅拉到障碍墙下，背着周长河，分析得很露骨："你哥哥走了，你爹身体一天不如一天，贫寒之家，将来总要有一个人承担起当家人的角色，带领一家人抓住改革开放的红利发家致富，不再走父辈的老路。意重还小，小伙硬性条件更棒，学习成绩出类拔萃，又是烈士的兄弟，高考还加分，他将来的发展前景比你开阔。你没有文凭支撑，几斤几两一眼看穿，定然后继乏力。掂量吧，要么离经叛道，大路朝天各走一边，独享你的清福，要么揽下这个责任，落个深明大义的好名头。"

周庆绅焦头烂额，好说歹说把二位长辈劝进了招待所，独自往宿舍走。星空浩瀚，大地悠远，空旷之中，周庆绅在那个夏日里感到莫名的寒冷，三接头的皮鞋踩在跑道的沙粒上，嗤嗤作响的声音宛如刀割在心肠上。当兵的动机，往大了说是实现男儿之志，往小了说是出人头地，现在倒好，马上要出人头地，头却先着了地。舒悦的影子在眼前晃动起来，听说她战地采访有功提前转正，还当上了主编助理，有才有貌，追她的人一大把，这样打着灯笼也难找的人，他与她往前一步是坦途，往后一步灰飞烟灭，这一路他走得荡气回肠。他也可怜自己，为什么投胎在这样的家庭，他也自怨自艾，为什么优柔寡断，他这样一个不服输的人，明明可以坚持主张，越是被"将军"越要逆流而上，而现在却英雄气短了。部队多年的教育就是坚持到底，他现在却背道而驰，选择放弃了？太多未尽事宜等着他去继续，可最终他迎着朦胧的夜色，向着面前这座楼房里对他寄予厚望的众人敬礼致歉。他以为谁也看不见，一个人的遗憾需要独自承担，但林展和孙诚像"哼哈"二将一样站在他的门口，地上是林展扔下的一堆烟头，看样子已等候多时了。林展见他回来了，眼里闪着光亮，又告诉他一个他所认为的好消息，但对周庆绅来说，这个消息犹如在老虎凳上又加了一块砖，指甲缝里又添了一根竹签。

林展说："裁军的文件刚刚到了，涉及我们。一七七师要转隶为内卫部队了，职能任务由对外作战改为对内防卫，兵力缩减，每九个人当中只有一个人能留下来，我们连的重点保留对象已经报上去了，支部报了你。"

周庆绅吃惊地看着林展，孙诚接过话茬说："支部全票通过，保你留下来，连长……连长也为你让路，他把自己的名字撤下来了。"

林展倒背着手，转过了身，仰头看向走廊上的灯泡，那是他为下属做了实事之后一贯的动作。

周庆绅问："你们都疯了吗？"

林展说："是你疯了！我和指导员都是有老婆孩子的人，作战部队的规矩严，精兵强将多，提拔路径窄，岁数大了，就算没有裁军这档子事，也该回去照顾家庭了。你不一样，他们不理解你熬到今天这个地步有多难。你是全军典型，是师里的骄傲，是舒参谋长的准乘龙快婿，这个时候，你可别受他们蛊惑，千万不能犯迷糊！"

周庆绅想解释什么，但两位老大哥没有给他机会，转身走了。周庆绅像被扼住了喉咙，死死地架在空中。那是一个漫长的夜晚，周庆绅打开窗子，看见了一片漆黑，尽管有风吹来，带着植物的香气，但他嗅到的是现实的血腥。这偌大的世界，还没来得及对他微笑，从来都是苦笑，曾经的少年无路可走，现在摆在面前的是像毛细血管一样的分岔，然而，再多的分岔终究还是要与大血管连接，输送与交换才是它们的宿命。

周庆绅把按义务兵复员申请书交给孙诚时，全连的人都摁着林展，林展的眼泪和吐沫星子一并淹没了周庆绅。

龚雪秋带着周长河心满意足地走了，周庆绅放弃了全师，更放弃了梦想中的自己，但他不后悔，他对战友们说，我永远和一七七师在一起，就像我无法收殓我哥哥的遗骸和骨灰，但烈士的荣誉将洒遍他战斗过的每一个角落，他最终总会有一个栖息之地，那里面不止安葬着他的灵魂，还有他无边无际的自由。

舒悦得知周庆绅要复员的消息，专门请假从昆明到达官桥。舒悦穿着时髦的衣裳，楚楚动人地站在周庆绅面前，周庆绅眼皮也不敢抬一下。

舒悦还未开口,眼泪啪啪地掉了下来:"狠心啊!我们的未来,还不如一个封建家长的荒唐决定?明眼人都能看出来,你也不是傻子,那怎么会幸福?"

周庆绅张不开嘴,舒悦接着说:"我是哥哥牺牲的导火索,现在我又成了这件事的直接受害人,这因果报应来得太快了。哥哥泉下有知,也不想看到这悲剧吧。我想过了,嫂子和侄子我来养,每个月的津贴,全给他们寄去,将来也竭尽所能帮助他们。让每段关系都处在该处的位置上,好不好?不要扔下我不管,行不行?"

周庆绅说:"那次不管保护的是谁,他都会那么做,你不要自责。周集的事,也和你无关,你不懂最好。"

舒悦说:"周集人的观念还很落后,难道你要去适应他们?一个农村妇女,需要断送你这样的优秀人才去维系?家庭关系如果这样才能存续,那么忠诚的定义到底是什么?"

周庆绅说:"别那么说她,哥哥如果知道有人这么说她,会难过的。"

舒悦心里百味杂陈,她不知道家乡那个未曾谋面的女人是恩人的老婆还是情敌,她不知道该对她尊崇有加,还是应该痛恨。整场谈话周庆绅大概说了一百多个"对不起",可他觉得一万个也不能弥补什么。当舒悦要亲吻他,他原本炸裂的荷尔蒙也躲进了爪哇国,像个提线木偶,任由"回家"这条线把他拽得东倒西歪。

那次见面,舒悦留不住周庆绅,结尾,周庆绅倾尽温柔地说:"他是大哥,又因为保我的命丢了他的命,这超越了生命的范畴，我得回报。我不是不渴望爱情，相反爱你爱到了心尖上，可越是这样的爱越不敢掺杂别的情绪，那就为了完美而承受不完美吧。"

舒悦说："去你大爷的完美！"

舒悦气冲冲地离开他，走出去一段路，回头说："我等着你后悔的那天，到时候你还可以来找我。我等着！"

周庆绅看着舒悦的背影越来越小，像花朵在枯萎，他呜呜地哭起来。哭得墙外的麦苗都弯了腰，薄皮的西瓜都咧开了嘴，露出了红彤彤的瓤。他要把这些天压抑的情绪一股脑全发泄掉，纠察站在他面前都红了眼眶，不忍干涉。

哭得头晕眼花，周庆绅又从意气风发的军人变回邋里邋遢的土鳖，他摇摇晃晃地从远处走过来，一群麻雀"嗡"地飞走了，阳光也一寸一寸地躲进云彩里，用一片阴霾来覆盖他脚尖前面的路。林展再也不待见他了，气急败坏地把他的被子从二楼扔进花圃里，松松垮垮堆进排水沟里，掉下来的时候还殃及绽放的月季，花瓣四散着飘落一地。

第七章

从熠熠生辉的星河坠落飞扬的尘土，只需一夜时间。我说服自己继续前行，就像屡次冲进硝烟。我不知归来的契机是否满怀爱意，因为每一个决定都像对待命令，唯有言听计从。从那时起，生活多有苦痛，我依然即刻执行。转身亦是归来，命运的影子会随着胜利去向战场的边缘。

三个月后，周庆绅和大批战友一起复员，他挤在人堆里毫不起眼，他以为没人看见他，他就可以走得悄无声息。

周庆绅要走，林展获得一个名额，留了下来。他躲在窗子后面盯着这个因为逃避而显得贼兮兮的家伙，他提着一个可怜巴巴的包，那是他四年军旅所有的家当。孙诚用力推了林展几把，林展顺势朝着马上要登上解放牌卡车的周庆绅走来。周庆绅看到了他，钻头不顾腚地往车上爬，车马上要开了，林展没想起来要说什么，喊了几声周庆绅的名字，没有听到应答，愤恨地骂了几声。每一声都像铁锤夯在周庆绅心坎上，他是林展的得意"作品"，这些天，却咣咣打了他的脸。没有人想知道周庆绅为什么放弃，就像没有人想知道流星到底去了哪里，只关心它划过的轨迹，即使漂亮得不得了，但面对过客，人们除了一笑了之，不会真的认为许下的愿望都能实现，关注过的人就会留在记忆深处。

周庆绅忍不住看向林展，林展伸着脖子站在那里，他身后的一切变得昏黄，曾夜以继日奋战过的训练场射击场、自己设计建造的宿舍楼都变得模糊起来，落叶纷飞，沙尘打着旋子，仿佛都要挤占周庆绅眼界中本不开阔的临别场景。

车子缓缓启动了，林展的脸放大了许多，他的不舍、怨恨和迷惑都在冲击着周庆绅的感官，周庆绅不得不笔直站立，敬最后一个军礼。

那时的林展也不再故作矜持："蠢蛋，你要是长着心，抽空回来看看老子！即使一七七师全解散了，老子站在这里，一七七师就还在。"

周庆绅扯着嗓子说："连长，还有仗打，还有人要我护送，招呼一声，我爬着也要上！"这是他最后一次表决心，所以有些用力过猛，把身边的人吵得翻白眼。

林展说："卫国你没掉链子，到了保家的时候，可以放心滚了！"

周庆绅眼泪"唰"地一下掉下来，他知道，如果现在跳车下去的话，也不会再有机会在军装上贴上那两枚能够代表还是现役的领章。做一个决绝的人,让背叛也从容,那是他认为的成熟的因素之一。可强迫而来的成熟,终归表里不一,做糖不甜,做醋也不酸,所以当时他的眼泪尽管汹涌,却也淡如白水。

那次,周庆绅坐了一天的卡车,又倒了拖拉机、牛车总算回到高唐县。在牛车上,他把胸前写着"光荣退役"的大红花甩进了人工河,彻底把自己贬为庶民,老牛也很应景地排出了几坨硕大的牛粪,啪啪地拍在地上,像给大地打上了钢钉。

周庆绅第一件事去看了弟弟周意重,意重还在上高三,十七八的年纪嘴上绒毛已经很厚了,有些少年老成,眉宇中带着忧虑,可能即将面临高考,课业繁重,也可能是周家接二连三地出事,让他不堪重负了。

哥俩在校门口吃了一顿烧饼、老豆腐,就算聚了餐。周庆绅认可舅舅的分析,所以来看弟弟的目的是让他认真备考,争取考上军校,直接到部队当军官,比战士提干要省去不少环节。周庆绅刚提起这茬儿,弟弟就表现得很不耐烦,他不想上什么军校,他只想上地方大学,他没有当兵的愿望,他的目标是搞周庆绅根本听不懂的金融。

周庆绅说:"金融?金子都熔了,还能有好儿?咱家跟'金'这个字发生过关系吗?踏踏实实从军,还能享受我和大哥留给你的一些资源。"

周意重说:"什么资源?一个牺牲、一个下放的资源吗?"

当时，周庆绅狠狠地打了弟弟一巴掌，弟弟捂着肿脸委屈地说："当兵有用吗？有用的话，嫂子为啥都被那狗娘养的王七欺负了还不敢声张，爹都气吐血了，享受到你啥资源了？这事全高唐县都知道了，就你不知道吧！"

一席话，五雷轰顶，周庆绅连忙往周集赶。周意重自知话说得草率，惶惶不可终日。可即便他不说，周庆绅也要面对回家后的第一次考验，一两个回合下来，周庆绅明白，和很多人打交道，还不如和鬼子打交道，要么宣战要么停火，要么好死要么赖活，能够那么单纯地作出选择的机会，他不知道什么时候还能够再遇到。

周庆绅先去了嫂子家，大门紧闭，透过门缝看，院子里干枯的荒草还凌乱地杵在那里，一看就很久没打扫了。门前两棵槐树，枝杈缠绕在一起，难舍难分，编织成网，覆住一片光亮，在那个灰蒙蒙的午后，周庆绅对比临走时这里的温馨场面，后背一阵阵发凉。他又来到周长河的院子，爹也不在。邻居说他去镇卫生院打针了，村卫生室已看不了他的病，他的身体每况愈下，经常一咳咳一宿，整个周集都能听见。

周庆绅心里噌噌冒火，他把这笔账都算在王七头上，他对王七再熟悉不过了，王七是王四的弟弟，家里的老末，虽然比周庆绅大一辈，但年龄相差并不悬殊。小时候他和哥哥没少跟这老小子斡旋，不过周庆绅没想到，王七真记仇，这么多年一直没忘当年的"恩怨"，憋着坏趁这两年攒在一块发作，典型的乘虚而入，道德败坏也分三六九等，这小子算极品。周庆绅回忆着旧事，赤手空拳踹开了王七家的大门,当时王七正在宴请客人,屋子里猜拳行令,吵吵嚷嚷,好不热闹,没有察觉到周庆绅的"光临"。周庆绅透过北屋的门玻璃,映入眼帘的是主宾、副宾,主陪、副陪、三陪、四陪各类角色围满了八仙桌,齐整圆满的山东酒局。桌子上摆着双鸡、双鱼、双驴肉,还有那个季节难得一见的油炸金蝉,规格之高,不过如此。王七坐在主陪的位置上,正端着酒杯一只脚踩在主宾的凳子上,吆五喝六、比比画画,那动作表情和当年把周庆绅追进化粪池,站在池边居高临下对着他一顿数落的样子如出一辙。家里拜他所赐一片凄凉,他却置身事外,潇洒痛快,周庆绅当时七窍生烟,"哐啷"一声,他猛地一推门,玻璃稀里哗啦碎了一地。王七忙乱中看见是周庆绅,魂飞魄散,一脚没踩稳,一个趔趄差点儿摔倒在地,所有人齐刷刷地起立,看着面前这个黝黑精瘦的小伙子铁打一样的身板,嘴里的东西嚼也不是吐也不是。

周庆绅逐个指了一遍在场的人,厉声说:"今天我来找王七算账,有不服气的,一块放马过来,不想惹麻烦的,给我靠边站好喽!"

王七扫了一圈刚刚还气势汹汹地与他勾肩搭背、称兄道弟的人,竟没有一个吱声的,尽管他们看起来皆是膀大腰圆。阳光越过周庆绅刚毅的"军秃"发型照进来,那个并不伟岸的身躯犹如一把利刃立在中间,悬在心头,他们从未见过一个人眼里会聚拢着那样的光芒,拥有令人胆寒的力量,他们想,那可能就是所谓的杀气。上过战场的人,哪怕并没有到了拼杀的程度,只是稍加重些情绪，那也是普通人不能承受的威慑了。所以，他们不敢直视周庆绅，纷纷找好各自的墙根，像是前些年村里那些习惯了被批斗的人，用什么姿势迎接下一轮的狂风骤雨，他们轻车熟路，丝毫不需要调教。

酒囊饭袋，就算不服气，也不是障碍，周庆绅不由分说冲上去就要暴打王七，王七像只老鼠，左冲右突，上蹿下跳，屋里一片狼藉，但还是被周庆绅摁在了地上，挥拳就打。那是一双掐断敌人喉咙的手，七斤重的钢枪常年在这只手上虎虎生风，王七怎么挺得住一回合。只一拳，刚还像个翻不过身来的王八在手舞足蹈的王七，瞬间消停了，颧骨上肿起一个紫薯般的大包。

那名主客预感要出人命，从墙根底下往前上了一步，说："好汉，我是县农业局的高主任，听我一句劝，留人一条命，他是周集的致富带头人，是县里的劳动模范，你把他打出个好歹来，你的日子还过不过了？不是说人才就高人一等，我是说这不是解决矛盾的办法，有冤有仇，咱得走法律程序！"主客怕周庆绅不把他放在眼里，说完又赶紧后撤回去，恢复原来的姿势，生怕引火烧身。

周庆绅不是个莽夫，高主任的话有鼻子有眼，能听能信，让他暂时收住拳头。

周庆绅说："他欺负我嫂子，没留下证据，法律管不了了，我自己来解决。"

高主任听周庆绅这么说，神情明显放松下来，龟缩着的姿势也舒展开来，他捏了捏僵直的脖子说："你是周长河家的老二？刚当兵回来的？你是战斗英雄！"

周庆绅说："我不是战斗英雄，我哥是。我们家的事你咋知道？"

高主任说："农业局的，天天扎在村子里，谁家的事我都略知一二。哎呀，既然你是军人，刚才的行为更不应该了。人民的守护神，怎么能把拳头对准人民的头颅？人民内部矛盾，不能下死手啊。你是党员吧？党员更要通过组织解决问题嘛！"高主任像是在教育下属，十分地语重心长，与之前判若两人。让周庆绅一刹那感觉又回到了部队，在接受林展和孙诚的批评。

周庆绅看着墙根底下站着的那些人押胳膊蹬腿，舒筋活血，内心都恢复了平静，但他那口气还憋在嗓门处，发作不出来，他想说，我是个兵，我就要用武力说话。可局势急转直下了，他还要保持强硬，所有人知道他的身份后，都要来挠他的胳肢窝，他像个忍住不笑场的演员或者小丑。

过了一会儿，躺在地上的王七也满血复活了，他揉了揉肿块，"哎哟哎哟"叫唤了两声后，对周庆绅说："我冤枉，那天我是和你嫂子扯闲篇来着，但没动什么真格的，只是走得近了些，你爹大老远的哪能看得真亮，我百口莫辩啊！"

高主任站出来充当和事佬，劝周庆绅从长计议，周庆绅一时难辨真伪，呆立不动。高主任往三两杯里斟了满满两大杯酒，给两人一人递了一杯，劝他们给他这个县局领导一个面子，喝了这杯酒，暂且做朋友，将来王七是赔偿是请罪，他都会给周庆绅一个公道。高主任慈眉善目很蛊惑人,周庆绅稀里糊涂把酒喝了。王七心说周庆绅当了几年兵确实纯粹了,和以前那个难缠的捣蛋鬼大相径庭,以为这事大事化小小事化了了,心情一高兴也一饮而尽。不知王七的酒量太差劲,还是周庆绅刚才那一拳伤到了他的脑干,总之,不着调的人总能在最关键的时刻往枪口上撞。

周庆绅才走出门几米,他便说起醉话来了:"他到底是回来了,他家真是肥水不流外人田,爷仨可着一个人不放。说良心话,那小娘们是不错,可不至于这么护食吧。"

气没撒出来,周庆绅正纳闷自己为什么迷迷瞪瞪出来了,听了王七这作死的话,他重新找回了方向。不知是战后应激障碍还是什么原因,周庆绅似乎又被拉回了战场,和敌军特务搏命的感觉全被触发了。那天,王七的家遭到血洗狂砸,除了院子里的石榴树没有倒下,那些古董玩器、锅碗瓢盆、衣物家什,没有一件还是完好的,更别提王七,若不是周长河及时赶来,给周庆绅连鞠躬带作揖,王七已经被活剐了。那次之后,王七在床上躺了两个多月。

周庆绅很清楚回来是干什么的,打完王七就去了太和庄,想把嫂子和侄子接回来。可到了之后才知道没他想的那么简单,刘老爹已经在给刘诗花寻下家了。莫说刘诗花年轻貌美,即便她长得像地磅,在光棍满地跑的农村也还是有市场的。打开刘家大门迎接他的,不是刘诗花也不是刘老爹,竟然是来提亲的媒婆。论口舌,周庆绅哪里是媒婆的对手,三言两语就把周庆绅臊得满脸通红,灰溜溜地要逃跑。

那个深秋的下午，周庆绅蹲在刘家邻居的门楼里，看见那条布满错落车辙的胡同，他不知道该如何涉足进去。掉光了最后一片叶子的柳枝无精打采地垂在那里，萧瑟着也坚韧着，就像他对哥哥的承诺，当初言之凿凿，如今却无从做起。他还以为他披着金盔铁甲，冲锋于硝烟，一声嘶吼就能豪情万丈，他身体里积聚着炸药包一样的力量，暴捶王七不过小菜一碟，更高的高地等着他展露雄风。然而，那时刻，他却佝偻着背，手里拿着一截小树枝在地上鬼画符，不时瞅瞅嫂子家的大门，像个等待施舍的流浪汉。

一阵风吹来，鲁西北干燥的天气中飘满了扬沙浮尘，能见度降到低点，周庆绅吐着嘴里的沙子仍在辨别着什么，生怕错过刘诗花，可比错过更心酸的是从未出现，所以那时他心里的世界比现实更荒凉。但他还是决定等下去，因为这不是他一个人的事情，也不是一个家族的事情，他认为这是一个群体的事情乃至一个国家和民族的事情，是所有上过战场的人都甘愿为之牵肠挂肚的事情。告慰英灵，才足以警醒世人。如果当时牺牲的不是他的亲哥哥，而是任意哪个战友，他也会铭记他的话，并不计代价、义无反顾地去完成，哪怕活着的人并不接受，他也会想尽办法，寻找到更妥当的方式。这不是他的高尚，而是每一场战争的背后，都流落着无数个这样令人唏嘘的故事，他听过，他看过，直到他正经历。

天黑下来，刘诗花家的大门纹丝不动，周庆绅蹑手蹑脚地走过去，心说这媒婆在里面待的时间越长情况越不妙，聊着聊着就聊出了眉目，聊出了感情。这和推销是一个道理，无心接受推销的人是不希望和推销人员多相处一分钟的。他走到刘家大门偷听,但什么也听不见。他注意到大门上贴着褪了色的、比较另类的对联"竹杖芒鞋轻胜马,一蓑烟雨任平生",横批是"乐哉逍遥"。字写得很业余,周庆绅认为这是刘老爹所为,从对联中他领略到刘老爹的不羁任性,以及对现状的不满和对枷锁的反抗,所以他知趣地躲回了原处,想趁媒婆走时能够抓住机会和刘诗花说上话。

这个机会还是被他等来了,但刘诗花并没有给他说话的机会,只是瞥了一眼,就关上了大门,表情毫无波澜,好像看到的不是小叔子,而是要饭的。

周庆绅不甘心,隔着大门说:"嫂子,是我,庆绅,从部队回来了。"

周庆绅的声音像极了哥哥,刘诗花倚着大门,头皮发麻。不仅是嗓子,刚才刘诗花看到了周庆绅已手脚不听使唤。几年不见,庆绅变化太大了,唯一不变的是那张神似周元明的脸,仿佛她朝思暮想的人降临到身边,只隔着一道大门,触手可及,可她又逼迫自己清醒,回娘家以来她很快习惯了这里的生活,每天都在说服自己要忘记,她原本以为思念应该也是一种武功,不经常习练就会荒废。但就在刚刚,周庆绅一开口,一把又打通了她的经络,让她的所有努力付之东流。

周庆绅透过门缝得知她没有走,接着说:"我回来就不走了,我带回来了哥哥的遗物,带回了他的嘱咐,我……"

刘诗花泪如决堤:"你回去吧,别再来了。"

之后，不管周庆绅再如何煽情，刘诗花一言不发。周庆绅只看到她的肩膀一耸一耸，高频而持久。

周庆绅说："我就在门外等着，你不跟我回去，我一直等着。不用担心我会冻死，野外生存是我的强项。"说完，周庆绅干脆找了个地方和衣而卧。

刘诗花骑虎难下，突然门外传来警笛声，一辆搭着篷布的绿色吉普车呼啸而至，从车上下来四个大盖帽，都拿着五四手枪、手铐，呼啦一下把周庆绅围上了。

一个上身占比五下身占比四，身材和手枪名比较契合的人，龇牙咧嘴地问周庆绅："叫啥名字？"

周庆绅毫无惧色地回道："你找谁吧？！"

有人认识"五四男"，这小子叫刘满水，人如其名，流一肚子坏水，前几年就是个造反派头子，后来走后门进了治安队混成了正式工，由于派出所人手有限，严打开始，他又被借调去当了严打行动组副组长，以心狠手辣著称。刘满水还没受过这样的"礼遇"，骂道："真给你脸了，再废话，小心挨枪子！"说着，刘满水真的把枪顶在了周庆绅太阳穴上。

周庆绅噗嗤笑了，凝视着刘满水说："老子尝过枪子的味道，你尝过吗？枪子可没有火药味，也不烫，是凉的，透心儿凉。刚钻进骨头的时候，麻酥酥的，可舒服了。一两秒后，中弹的人要么当场死，要么吱哇怪叫，为什么叫呢？是五脏六腑在舞蹈，是稀碎的骨头在唱歌，在叫敌人的魂，在诉说中弹者的信仰……"

周庆绅的声音像是从地狱传出来的，把刘满水听得毛骨悚然，又不敢打断这个神经病似的怪物，像听鬼故事的人，既害怕还兴奋。刘满水正一脸茫然，突然，周庆绅反手夺过了他的枪，顺势朝天开了一枪。四个人以各种姿势趴在了地上，半天没敢动。

长久的沉默之后，四人中的组长鼓起勇气从地上爬起来，努力压住发颤的喉咙，正色说："周庆绅，我知道你厉害，但不要再闹了。听我一句劝，放下枪跟我回去接受调查！"

周庆绅吃软不吃硬，把枪在食指上转了一个圈，交还给刘满水，对组长说："狗日的王七告了我的状！"

组长说："聪明人不干糊涂事。"

周庆绅说："到底啥时候你们才能分清谁才是恶人！"周庆绅主动伸出了手，刘满水颤巍巍地给他戴上了手铐。

周庆绅说："我跟我嫂子交代几句就走。"

组长说："请！"

周庆绅对着空空的大门说："嫂子，我去去就回，你好好想想，如果实在不愿意回去，我也不强求，我回来就不会再走，我会替我哥守护家园，你有空就回去看看吧。"

大门内还是无人应答，周庆绅失落地上车。

刘满水最后一个上车，同事说："路上组长给我们三令五申，说这人不是等闲之辈，你还不听。"

刘满水一脸丧气，但咬着牙说："这是我们的地盘，既然回来了就要遵守这里的规矩，他早晚得受受教育。"

车启动了,警笛长鸣,安静的村庄沸腾了,这是太和庄的大事,一年半载也来不了一辆警车,胡同里挤满了人,孩子们跑来跑去围着吉普车看个稀奇,唯独没有刘诗花和周晓盛的影子。越是喧嚣,周庆绅越是感到孤独,他在想,如果哥哥知道会有这样的场面,他在天堂也会寂寞。他把头埋进腿弯里。

组长遗憾地说:"走吧。"

车子刚要起步,"哗啦"一声大门敞开,刘诗花牵着周晓盛出现在众人的视野中,她站在北风呼啸的门洞里,无惧所有人的凝视,挺着高傲的头颅,美丽而自信,一如周元明牺牲后她一贯的神态。是英雄的妻子,不是失爱的寡妇,她坚信如此,她坚持为自己喝彩。周晓盛也神采奕奕地站在那里,他溺水后走路不稳、言语不清的后遗症减轻了许多,刘诗花对他不遗余力的训练起了明显的作用。

周庆绅抬起头来,看到了久违的亲人,却和嫂子的表现反差极大。经历过风浪的人,此刻像个孩子般毛躁,他双手把车窗玻璃抠开更大的缝隙,努力把脑袋伸得更长,刘满水拽住他的裤腰,生怕这个眼中钉从自己身边溜走。

刘诗花紧走两步来到车跟前,两人对视了几秒,她情不自禁地伸出手触碰了周庆绅的脸,眼泪啪嗒啪嗒地掉下来,她说:"刚刚回来,就要被带走,老天是几个意思。"

周庆绅努力挤出笑容说:"放心吧嫂子,我去去就回。"

刘诗花说:"王七那个畜生!打得好!打恶人,不算犯法。"

人群中响起两声呼哨,刘诗花才意识到,她把手抽了回来,周庆绅狠狠地瞪了一眼人群。

车轮缓缓滚动,一直捏着刘诗花的衣角的周晓盛,鼓起勇气站出来说:"爸爸,我可找着你了,你不能再走了!"周晓盛近乎乞求。

周庆绅不敢确信他叫的是"爸爸",伸出手去抚摸侄子的头发,还未实现,车子行驶了,越开越快。那时,那个昏暗的傍晚,人们看到一个美丽的女人领着一个哇哇哭喊的孩子,奔跑在黄土飘扬、泥泞坎坷的乡间小路上,身后还跟着要把他们追回去的刘老爹。但母子俩情感的闸门打开了,就停不下来了,尽管周庆绅也一直摆手让他们回去。母子俩终于消失在周庆绅的视野里,两人张望他的样子,就像在回顾过往,渴望未来。

刘满水把周庆绅拉回车厢里,组长惋惜地说:"太冲动了,刚回来就打人,部队是这么教育你的?不要跟我说啥战场后遗症,那都是借口。"

周庆绅平静地反驳:"我代表不了我的部队,说话别刮连上它,你也没见过战场,你可以对我说三道四,其他的一概没资格。"

刘满水说:"就你当过兵?我们组长也当过!"

组长制止刘满水:"行,当兵的有骨气,有骨气也得有脑子,全国都在开展轰轰烈烈的严打运动,所里正愁指标完不成,你算是送上门来的。"

周庆绅说:"啥意思?"

组长说:"偷只鸡都得坐半年牢,你把王七打得下不了床,你算算要蹲多少年!"

周庆绅眼前一黑,窒息感强烈。失去自由的时候,周长河、刘诗花和周晓盛,尤其是哥哥周元明,在他心里无限放大起来,他们的脸像刮花了的电影胶片,带着刺耳的声响,在他的头脑中翻来覆去地闪现。

周庆绅被带进审讯室,把事情的前因后果,王七的所作所为一五一十地全说了。他以为一码归一码,打人固然不对,但王七有错在先,"运动"在基层执行得再邪乎,面上也要过得去。

岂料,刘满水首先给周庆绅上了复员后的第一课。他想尽办法全权接手了周庆绅,成为这个案子的主要负责人,不让吃饭睡觉,连打带骂都只是常规操作,他还要把周庆绅往死里整,诬陷周庆绅是眼馋王七家的钱,入室抢劫未遂,狗急跳墙,故意杀人。周庆绅当然不会屈服,又是一阵惨无人道的刑讯逼供,刘满水抓着有气无力的周庆绅的血手,摁在笔录上。

刘满水拍着周庆绅的脸:"再跟我装蒜,再跟我牛掰,有上天入地的本领请你到战场上使,到我这一亩三分地还有你发挥的余地?你还有啥要说的?"

周庆绅喘着粗气说:"有种把组长叫来。"

刘满水说:"要找靠山?组长当过兵就会为你出头?实话告诉你,没有他的暗示,我还不至于这么弄你!"刘满水边说边笑的样子，和烧杀抢掠的鬼子没什么区别，甚至还要狰狞几分。

周庆绅说："至少他比你像个人！"

刘满水说："扛枪打仗你可能有一手，识人社交你懂个屁！和你说了几句客套话，你就拿人家当亲人了？再给你透露一点，按道理我应该尊重你，毕竟是条汉子，但我收拾你没有别的动机，单纯是你的气场太强，你这个气场不在我这吃亏，将来也要遭殃。我提早收拾了你，你年纪轻轻的，从号里出来还不至于太沧桑。"

周庆绅忍不住"噗嗤"笑出来："没有倒在战场上，让你们这帮驴日的给涮了，我还得感谢你们。"

刘满水自然不能允许周庆绅再有说狠话的权利，劈头盖脸又是一顿毒打。周庆绅不感觉疼，身上的血只是一洼红水，心里的血却奔腾不息，比西南边境那条卷走哥哥的河流更为凶猛。那条河流在远方，这条河流就在近旁。

周庆绅被扔进了看守所，里面乌泱乌泱挤满了人，那味道好像发酵了的绿肥，带着一股沼气，直辣眼睛。他们都等待着被审判，殊不知，根本没有审判，他们的命运和这里的味道一样，积蓄已久，但无处发泄。周庆绅躺在最角落，只有那个靠尿桶的位置最适合他这个新人，即便是这样逼仄的场所，也有江湖。

周庆绅睡不着觉，倒不是条件恶劣，此起彼伏的呼噜声也没有战场上猝不及防的流弹的呼啸声让人心惊，只是他必须思考他的人生，他刚要走上另一条车道，还未起步，发现并不是走错了，也不是人潮汹涌或者别人背道而驰，而是所有人都是木然的面孔。他看不到星火以及生机,即使是一队节节败退的伤兵,他们的身上也会背着沉重的武器,哪怕武器中并没有弹药,可那都是随时准备还击的表征,或者还有还击的欲望,而现在莫说还击,起夜的人在他的头顶上撒了一泡尿,那个人从始至终都没有睁开眼睛。在那个湿漉漉的酷暑深夜,他周身冰冷,在横七竖八躺着的一堆人中,只看到形单影只的自己。

周庆绅身陷囹圄,周长河急得团团转,他拎着礼物去求王七放弃追究责任。王七正在为刘满水办事利索感到身心愉悦,得意扬扬、满面红光,怎么可能急流勇退,做戏就要做到底,免不了对周长河又是一顿居高临下的侮辱,周长河有求于人,低三下四,只会正中恶人下怀,全然不起半点儿作用。

周长河灰头土脸地被王七从院子里骂出来,鸡鸭也被王七摔出来,扑棱着笨拙的翅膀,和周长河一样狼狈。周长河在一片凌乱的鸡毛鸭毛中奋力挺了挺腰杆,又是艰难地干咳了几声,踽踽地走向周支书的家。周支书可不像王七,他热情地接待了周长河,对周庆绅以往的调皮闭口不谈,只关心他的处境,给周长河带来些许的温暖。

尽管如此,形势还是很不乐观,现在是严打的关键阶段,莫说报案人不撤案,就是他松了口,派出所那里也难说能痛快放人。周支书最后研究出以毒攻毒的一招,让刘诗花去报案,咬死了王七强奸这一条,可比打人要严重得多,虽然事情已经过去几个月了,但只要有目击证人,还是有坐实机会的。

最难的还是寻找目击证人这一环上,周支书和周长河找到了所有当时也在附近下地干活的人,磨破了嘴皮子,可迫于王七的淫威,没有一个人敢站出来。事情陷于僵局。周长河急火攻心,气色越来越差,但他硬挺着不倒下,他知道,如果连他也倒下了,一切努力前功尽弃。

周长河眼巴巴地看着周支书,昏暗的灯泡下周支书一筹莫展。那时,刘诗花比他们更焦急,她也打听到了周庆绅的情况,知道他替自己报仇雪恨打了人,王七落井下石,要置他于死地。

周长河前脚从王七家离开时,她不顾刘老爹的劝阻刚好从太和庄赶到了,她绕过了刘老爹的围堵,趁他到别处寻找她,又悄悄潜回。她在王七院子外徘徊了许久,还没有勇气敲门,她知道要想让王七改变主意,肯定要付出代价。在尤为传统保守的周集,这样的代价很可能让一个人万劫不复。

刘诗花坐在王七门口的石头上努力使自己平静下来,她现在可以离开这里,再不要和周家有任何瓜葛。她可以接受媒婆的建议,尽快和另一个闯荡南方的同学结婚,远渡海南岛,再无人知道她的过往,体面地过好新生活。她为何要纠缠于此,她自己也想不明白,今天可以认真全盘考虑这个问题的机会,赤裸裸地摆在她面前,她还是想不明白。蝈蝈唱着歌,星星眨着眼,夜里的风带着玉米的甜味,像刘诗花突然涌现的笑容。她有无数个离开的理由,可一想起和周元明的过往,她随即变回少女的模样。不是一家人不进一家门，那个敢于牺牲的人，也必然应该有一个痴情的新娘。所以那一刻，那个世界又清晰起来，那里又重新化作幸福的殿堂，她重新披着红盖头，她还是被他用金鹿自行车刚驮回来的样子。她满身芬芳，心里也格外明亮，周庆绅为了她身陷囹圄，她也可以为他豁出去，不在乎手段不手段、肮脏不肮脏，义是广义的"义"，不分男女，她潇洒地这么认为。

刘诗花抓起一块砖头，从墙头上扔进去，制造出了响动，不一会儿，王七嘴里叼着烟卷，手中拎着锄头骂骂咧咧地从门里走出来，看到是刘诗花扭头就想跑，刘诗花叫住了他。

刘诗花说："放过我兄弟，我们的恩怨既往不咎，而且今天你想怎么着都行，别等我改了主意。"

王七受宠若惊，他有点儿不相信这话是从刘诗花嘴里说出来了，垂涎已久的美娘子今天送上门来了，他却没有把握了，说："太感人了，我以为周集不会再有你这口子人了，你小叔子有多大的魅力能把你勾搭回来。你们这家人真是找对了，不只是他们爷俩护食的问题，原来是男盗女娼啊！"

刘诗花说："随你怎么说，今天你说啥，我都应着。但凡你还算个带'把'的，拿走你想要的，还给我我想要的，公平公正，老娘可能还会高看你一眼。"

院子里，王七的婆娘在骂人了，刘诗花指了指院南的玉米地。风吹的秸秆沙沙作响，摇摇晃晃，好像无数个人在为她见证什么又或者质疑着什么，刘诗花站得大气凛然，像视死如归的人，虽千万人，吾往矣。

王七激动得手足无措，猛嘬一口烟卷，暗红的火光闪现，刘诗花看到了他肌肉抖动的脸。她一个传统的良家女子，却要面对如此残酷的自我麻痹，转瞬间，她要把恐惧转换成"放荡"，不得而知经历了怎样一番挣扎，却还要表现出足够的主动，她的文弱映衬着她的坚强。她只是怂怂地看了一眼，王七的口舌被燃烧到尽头的烟蒂烫得滋滋作响，他把烟头狠狠地摔在地上，还用脚碾磨了几下。

第八章

你从战场撤退,看似逃避,实则是锥心的远征;你伤痕累累地为我去鞭挞现实,说是责任,何尝不是无与伦比的爱;我看见又一轮初升的太阳,挂在我心中重新博远的天空;在古老陈旧的北方,那个关于等待和追寻的故事,会以另一种方式存续。而你我会成为主角,每一个生灵都会在启幕以前就位,并从此幸福地活下去。

一轮明月穿过槐树纷杂的树梢,斑纹一般的影子洒在路上,刘诗花怯生生地走在前面,脸上一黑一亮,心里一明一暗。她一抬头,乌云从远处快速飘来,遮住了她即将躲藏的地方。王七紧随其后跟了过来,带着粗重急切的喘息,像只又饿又燥的土狗。

王七媳妇跑出来寻摸了一会儿,没有发现他,骂骂咧咧地回去了。王七拽起刘诗花的手,又往玉米地里走了几步才停下来,猴急地去捏她的屁股,解她的扣子,臭嘴也不甘寂寞,一通乱啃。动作之麻利,身体各器官配合之娴熟,根本不像被周庆绅暴打过的人,还能做到轻伤不下火线。

刘诗花警告他慢着,先签字画押才行。因为她清楚得很,即使高看他一眼,他也不算个带"把"的。王七推说没有纸笔,刘诗花备好了一切,从挎包里取了出来。王七起先磨磨蹭蹭不肯写,刘诗花扭头就走,沦陷在欲望里的王七立即服从,摁上手印之后,王七正要施展拿手好戏,一贯退让的刘诗花变了脸,朝王七的胯部猛踢一脚,准备逃窜,可王七早有防范,躲过了刘诗花的攻击,一拳抡在刘诗花下巴上,刘诗花满嘴喷血,眼前一黑,失去知觉。王七撕烂了刘诗花的碎花褂子,绑住她的手脚,又脱下她的胸罩塞进嘴里,让她彻底无从反抗。他这一套动作没费多少力气,轻松得好像收拾了几棵棉花杈子,一看就是老手。收拾妥当,他可不用急于求成了,搓着手,黑暗中眼睛冒起了绿光,把刘诗花白花花的肉体一览无遗,然后从头摸到脚,又原路返回,流连并酝酿着情绪。他认为刘诗花已是案板上的肉,可以随时任意宰割。

当王七完成脱衣的最后一道工序,马上可以有实质性进展时,刘诗花醒了过来,眼里满是绝望,那时她流下了眼泪,后来她对周庆绅说过,她想过被糟蹋的后果,那是她最后的筹码,但目的如果能达成,即使失去贞洁,她心中的贞洁仍在,可当时她估计连不追究保证书也会失去,她将一无所有。

王七聒噪的性欲正要得到释放,天大亮起来,密密麻麻的玉米秸秆瞬间被踏平了,四周通透敞亮。风刮在刘诗花赤条条的胴体上,她感觉阵阵寒气袭来,身体忍不住筛糠,像只冰雪中跌入陷阱的小白兔。此时，一件一件的衣裳突然从天而降，覆在她的身上，随即她听到众人的咒骂。她睁开眼，看到聚集的人群，个个手里拿着家伙事，一起朝王七涌来，把他摁在地上摩擦来摩擦去，他发出阵阵鬼叫，这个过程持续了十几分钟，直到他发不出声音，被抬起来吊在村口的槐树上。

刘诗花是被几个妇女带回家里给她梳洗了一番，那时她才知道是老爹找到了周长河的家，周支书和一大堆人正好也在，大家一碰头，立刻意识到刘诗花凶多吉少。

当时那一堆人正围着周支书嘘寒问暖，原因是周支书咬咬牙，使出了一招做通目击证人工作的笨法子，免去目击证人三年的提留，由村委和他个人负责。这个涉及切身利益的措施可太奏效了，真正的证人之外又冒出来十几个假证人，其中还有几个人连田地都没分在出事点，非说当时路过也看见了。他们一听说要去抓王七现行，个个义愤填膺起来，唯恐落后了，生怕打王七打得不够狠，让他有翻身之后再报复自己的机会。人群浩浩荡荡地出发了，周支书嘱咐大家去可以，要服从命令，不要声张，在抓住王七之前谁也不能出声，也不许打手电。这个明智之举，促使他们更快抓到王七。

至于怎么知道人在玉米地里，还要感谢王七那倒霉的亲媳妇。第一次她出门没有发现王七人影，越想心越慌，她不知道周庆绅在外面混了几年，到底有多少能量，结交了多少人，万一有真狠的人知道了王七的行径，把王七剁碎喂了狗也说不定，于是她打着手电又出门寻找，她很快看到了王七扔下的烟头和一大一小几对混乱的脚印。女人第六感精准无误，那时候她仿佛闻到骚味就在鼻腔边，正欲跟着脚印往里走，大队人马恰好赶到了，她看到黑压压的人群，想往家跑，抓奸，她抓可以，外人不行。一起生活了这么多年，她早知道自己男人的德行，要想把王七怎么样，她早就去做了。搞破鞋也不至于离婚，是那个年头周集人可以接受的观念。不想暴露王七，可她怎么掩饰得了，没等周支书动怒，已有妇女扑上来薅住了她的头发，钢钎般的手指头撑住了她的嘴。她本是一个凶悍的人，在更为凶悍的力量前，面如死灰，无奈地朝玉米地里指了指。法不责众，都出手的时候，分不清谁是压垮骆驼的最后一根稻草，所以现场一个比一个下手重，周支书拦都拦不住。周长河怕弄出人命来，儿子在里面更说不清楚了，他苦苦哀求，众人才给王七留了一口气。

　　第二天乡亲们给王七插上写着"流氓、强奸犯"的杨木牌子，开着村里唯一一辆东方红拖拉机，带上王七没工夫销毁的保证书意气风发地向周庆绅的关押点进发。到了地方，他们看见农业局的高主任和几个干部模样的人刚从里面出来，身后还跟着卑躬屈膝的刘满水。

　　没人认识刘满水，但周支书认识，他更认得高主任，他打眼一瞧，就知道发生了什么。高主任是王七媳妇的父亲的表姨的亲侄子，和刘满水在这个时候出现在这里，一准儿是相互勾结。那天高主任在王七家喝完酒说的冠冕堂皇的话，都是缓兵之计，就连让王七在"严打"的节骨眼上狠狠地戳周庆绅一刀，也全是他的主意。面对看不惯的敌人，他当面还能站在道德和法律的高度去说教，可背后是决然不同的一副嘴脸。周支书不知道前前后后的一些细节，但用脚后跟也猜了个八九不离十。

果然不出所料，高主任看到被绑成肉粽子、打成猪头的王七，脸顿时黑青了，第一念头是冲上去解救，但伸了伸手又稳住了，和那天周庆绅怒闯王七家，此人选择靠墙老老实实站好的样子如出一辙。有人说，这样的人才是干大事的料子，大厦将倾还能巍然不动，周支书倒觉得这样的人只比魔鬼多长了一副人脸。他心里害怕得很，但不得不屁颠屁颠地走上前去打招呼，并简要地汇报了高主任已经心知肚明的情况。

高主任故作镇定："周集最近不太平啊，你这个当支书的有责任，抓紧处理吧，切勿再牵扯领导精力，别吃不了兜着走。"

周支书赔着笑，高主任压低声音说："你是当官的，是他们的主心骨，你应该知道怎么做，这事板上钉钉了，别等我找你。"

高主任看似扬长而去，其实远远地盯着这边的情况。刘满水接待了周支书，说的话比高主任还难听，周支书也是有血性的人，里面关着的毕竟是他的侄子，他回头看见周长河这个饱受摧残的老兄弟已经快没了人形，烈日把他黢黑的皮肤晒得更显沟沟壑壑，像是洪水漫过之后的田埂和荒地。他刚刚失去大儿子，还要经受二儿子被诬陷入狱的打击，并且刘诗花越是无惧无畏，他越是心如刀绞，拖拉机的前盖滚烫不已，他却背倚着、手撑着，能体会到他心境和身体的冰凉。周支书扭过头来,再看看眼前这个油头粉面的家伙和刚刚那个肥头大耳的东西,火气一下子蹿上来:"所长呢?我要见所长!"

刘满水说:"这个阶段,一个人掰成八瓣使,所长不在很久了,在的话也没工夫搭理你们。"

周支书说:"所长不在,我就去找镇长,镇长不在我就去找县长,总有地方说理。"

刘满水听了有触动,他想过"明白人"早晚会来,但没想到这么快,明天就是把周庆绅押解转运的日子了,到了别的地方,不管是不是错抓都和他没关系了,他又完成一个指标,又要受一次嘉奖,还讨好了高主任,他已经被架上去了,此时不可能妥协。且之前他办的都是铁案,也有不服的人,但关注的是轻判还是重判,今天却不一样了,来了一堆人要求不判,看架势要蒙混过关是不可能的,他问周支书有什么诉求。周支书说,群众的诉求就是我的诉求,释放周庆绅,把王七绳之以法,早先的和现在的人证物证俱在。周支书拿出了集体摁手印的证明书,还有那张刘诗花差点儿"牺牲"自己换来的保证书,他又把刘诗花推到了刘满水面前。刘诗花杏眼圆瞪,死盯着刘满水,想要看穿他的骨头。刘满水做贼心虚,答应把王七收进去,但不答应把周庆绅放出来。

刘满水说:"说放人就放人是不可能的,凡事要讲究个过程。"

周支书说:"那我们要好好监督这个过程。"

刘满水说:"耗着呗?"

周支书说:"耗到底!"

大门"哐当"一声关上了,一整天再也没见大门开过。周支书也杠上了,不放人他就不走,组织大家伙静坐,一开始大家还拧成一股绳,像模像样,时间一长,倦怠之色挂在脸上,这个嚷嚷家里有老老少少需要照顾,那个吵吵着有鸡鸭牛羊还饿着肚子,七嘴八舌,各有理由。

周长河也理解大家,向乡亲们深深作揖说:"你们仁至义尽,让我这辈子受了一次最大的关照,老少爷们儿,我周长河记下了。都散了吧,庆绅这孩子没在家给你们做什么贡献,你们能来,就是天大的恩情,是凶是福,看他造化了。"

周长河这么一说,在场的人反而不好意思走了,这些年周长河见惯了村里人心中的小九九,看遍了那些尔虞我诈,知道他们经常会耍小聪明,也会小算计,动不动就你争我抢,可是今天他们的表现着实出人意料,形势一点儿也不明朗,但他心里有些许的温暖。

温暖之余,他更清楚这样耗下去不是办法,他站起来说,都散了吧,我这身体也撑不住了,我在镇上找个旅馆住下,你们各回各家吧。

主角都不在了,大家顺理成章地逐渐散去。周支书劝说周长河跟他一起去旅馆,周长河顺从地跟着去了。入夜时分,周长河又一个人孤零零地走了回来,依然坐在白天坐过的地方,他只有坐在这里才心安,他觉得看不见儿子,守在离儿子很近的位置上也是一种爱。他其实大概已经知道了结果,周支书再是官,在镇上也只是个可有可无的人物,那点儿权力还不如县政府烧锅炉的,他是很努力,也改写不了结果。但他还是不能走,他希望儿子离开这里的时候,能够第一眼就看到他,并能听到他说的话,他不会喊冤,他只会像当年送儿子参军入伍一样,舞动着手臂,笑眯了双眼,那可以是鼓励,可以是褒扬,可以是又一次离别前的嘱托。

远处的店面有招牌灯在闪烁,身后的省道上不时有卡车的轰鸣声传来,周长河一个人坐在那里,身上没有一处不疼痛,没有一处不寒冷,月光下他的影子很长,他的人愈显瘦削。他看着自己的影子,佯装依然强壮。大门里刘满水偷偷打探过外面的情况,看见只剩下一个老头,长舒了一口气,心说,我还不知道你,谁肯为你一个没有任何地位的穷命人熬油费蜡。我就不一样了,我为高主任办好一件事,明天他就有可能给我办三件事,调进县城工作也不是没可能,反正之前我也是这么混进革命队伍的。只要天一亮,押解的车到了,那时活案也成了死案,活人也成了活死人。

刘满水以为精通人性,"造反有理、造反光荣"那几年,他轻松革了不少人的命,亲眼看过儿子写老子的揭发信、媳妇贴丈夫的大字报、子孙后代破了老祖宗的"四旧",祖坟都能亲自挖掉,还有什么不能背叛。"运动"面前,没有人靠得住,人这一生,单枪匹马才是常态。

刘满水安心地回屋睡觉了,他熄灭了小楼里的最后一盏灯,夜随即进入深夜。周长河的世界更黯淡下来,他看着露着大脚趾的鞋子,揉着身体上的伤痛,听见来自心底的哀叹。

那时，他在祈祷黎明不要那么快到来，可随即他听到身后有轻微的脚步声，转头一看，刘诗花悄然来到他的身边，她一言不发，只是从怀里拿出热乎乎的烧饼，动作和表情与往日无异，她还是他的儿媳妇，看不出他们其实已经分别许多天；继而周支书也来了，手上拎着一瓶八二年的高唐州酒；再往后看，刚才嚷嚷着回去的那些人，一个个重又出现在他的视野里，他们的周身似乎发着光，晃得周长河睁不开眼睛。他们三三两两、稀稀拉拉，可以想象得到不是经过谁统一发动，是不约而同地想到了回来。他们带着各自关怀的方式，有的挥着蒲扇，有的提着马灯。周长河看见乡亲们越聚越多，甚至还有一些从开始就没掺和这事情的乡亲们，把整条街道都围满了。他们并没有群情激愤，默默地陪在周长河身边，想要看看恶贯满盈的刘满水，到底要怎么处置这个刚从战场上撤回来的孩子。

一传十、十传百，亲戚叫来了朋友，朋友引来了兄弟，大队人马举着灯笼、火把，从四面八方涌来，他们都知道有一个当兵的被非法拘押了，拘押他的人叫刘满水。四人帮早被打倒了，这个余孽反倒越混越风生水起。

周长河正被感动得不知所措，那时，他突然听到了疑似庆绅的声音，"爹、爹"叫了两下。周长河四处寻找，看见二楼最角落一个布满铁丝网的小窗口里露出一个巴掌大的脸。马灯、火把的照射中，人们看见他的眼里闪着碧波涟漪一样的光亮，只是他的样子太让人心酸了，血在脸上一条条的已经结痂了。

周庆绅是被一个叫吴恩峰的人叫醒的，关在里面的日子，吴恩峰看周庆绅这么受折磨都没低一下头，脖颈子比谁都硬，是个爷们，对他有好感。吴恩峰本身是镇上的，进来得早，岁数也大，号里的人给他面子，有了他的加持，周庆绅再也没受过欺负，铺位也从尿桶边上搬到了窗户底下。晚上吴恩峰起夜，看到外面亮如白昼，连忙把周庆绅拍醒了，踩着他的肩膀往外看，发现大部分都是周集的人，一想就是奔着周庆绅来的，马上让周庆绅踩着他的肩膀和外面打招呼。

周长河看到儿子，电打了一般从地上跳起来，走得尽可能近一些，爷俩对望着，都红了眼眶。刘诗花看到周庆绅人不人鬼不鬼的样子，嘤嘤地哭上了。

周庆绅说："别哭，我练过，骨头硬着呢！"

听了他这话，刘诗花哭得更伤心了，那哭声让人心里泛酸，队伍里总会有暴脾气的，不知谁喊了一声："不能让当兵的寒了心。死了哥哥、差点儿赔上嫂子，现在又受这样的罪，弄死这些驴日的。"

好汉一"煽动"，人群一阵骚乱，铁门被砸得哐啷啷响，静谧之夜瞬间闹腾起来。刘满水当时是从床上吓滚下来的，边提裤子边朝外看，外面的场景让他眼前一黑，虚汗直流，赶紧把子弹压进枪膛，朝外面的人喊："都给我退后！再胡闹我开枪了。"这个招数屡试不爽，但上次抓周庆绅的时候，被破了功，所以现在他还是怕，不敢确定能不能镇住底下的人。

那些人不是周庆绅,知道挨枪子会死,万一刘满水走火了,说不定谁就一命呜呼了,他们怔在原地,不敢再贸然行动。刘满水认为这不是长久之久,群众家里也有兔子枪,万一哪个不要命的持枪跟他对峙,就全完了。他准备趁大家都发蒙的时候,开上吉普车,夺门而逃。

那时,人山人海中又挤进一个人,大家一看,是周庆绅的弟弟周意重,他还有几天就要高考了,但在县城听说了哥哥被抓的消息,放下书本,借了一辆自行车连夜蹬了三十多公里赶回来,周长河可不想让象牙塔里的他也卷进来,他心有余悸,自然是劝退。可一家人都是倔脾气,周意重怎能例外,问题没解决他就没想过回去。他瘦瘦干干的,宽大的衣服套在身上像戏服,脸上稚气未脱,但表现出的却是一副壮志未酬的样子。如果能为哥哥出头,他将第一个扑上去。这种犟劲有遗传、有基因,不然不会出奇一致。

当刘满水举着枪从门里出来,有人想上前围堵,刘满水朝天开了一枪,瞬间再无障碍,一片坦途。周长河要上前拖住他,也被周支书一把拉住,但周支书没拉住周意重,周意重毫不犹豫地跃入圈中,像古代战场上独自打马应战的将军,立在了刘满水跟前,如两马一错镫,直面敌手,威风凛凛,势在必得。

刘满水打开了枪保险,发出"卡拉卡拉"的金属声,黑洞洞的枪口顶在了周意重的脑门上,周意重刚才的豪情顿时烟消云散,换作腿肚子转筋。那枪口像五分钱一块的冰棍,来上一口脑仁生疼。

周意重怕了，但那时他听到二哥的声音传来，让他抓紧滚蛋，大人的事用不着他管。他一百个不愿意，心说，打小你和大哥就没瞧得上我，每次都是你俩救我，这次我也替你们出一回头。

他嗓门打着颤对刘满水说："你知法犯法，要畏罪潜逃，你以为跑得了吗？群众的眼睛多么雪亮。毛主席说，一切反动派都是纸老虎，老师告诉我，要敢于和恶势力作斗争。今天你要么乖乖回去，要么从我身体上踩过去。"

刘满水收了枪，上去打了周意重一巴掌："办你都不需要枪，小崽子，你会个啥！"

这一巴掌力道之狠，周意重脸上当时便凸起一个五指印，声音之清脆，比刚才刘满水冲出来时放的空枪都响亮，把周意重扇得晕头转向。周意重好不容易站定之后，左右看了看，周支书和爹也不敢轻举妄动，只是使眼色让他回来，告诉他别跟有枪的人过不去。于是，周庆绅自信心受到前所未有的打击，哭着败下阵来，躲在墙角里抽噎不止。

刘满水解决了"小崽子"周意重，准备离开，闻讯赶来的孟镇长和派出所所长又挡在了他面前。刚还趾高气扬的刘满水态度大转弯，满脸堆笑，添油加醋地解释着前因后果，就差磕头作揖了。

所长之前不一定没和刘满水沆瀣一气，但碍于镇长在，瞪了刘满水，冲上去下了他的枪。

孟镇长说："不管是谁的责任，引发了群体性事件性质就太恶劣了。我已经致电县里,明天就会有工作组下来,谁也别想跑。"

所长说:"镇长放心,我亲自抓这件事。"

孟镇长意味深长地看了所长一眼,踱步到周支书面前,和他耳语了一番。

镇长当时说:"他亲自抓也有可能会包庇刘满水的。我只是个镇长,没有权限管他们,明天县里来人,他们照样能把红的描成黑的。如果可以,找找周庆绅的老部队,或许有用。"

周支书说:"可是他都复员了。"

镇长叹口气走了。

周支书知道镇长的意思,如果不死马当活马医,希望寥寥。没有选择也是最好的选择,周支书抱着试试看的心态差人到县城给一七七师打了电话。

第二天一大早,县里的工作组确实来了,但很快就走了,总计在里面谈了没超过一小时。门外等待的人大失所望,更让人心塞的是押解车随后就来到了,周庆绅和吴恩峰等人马上要被带走,投入县城的大牢。

周庆绅从大门里五花大绑被押出来了,刘诗花冲过去抱住了他的腿。刘满水用手枪托砸了刘诗花的头,血流如注。刘诗花咬住了刘满水的胳膊,周庆绅脚踹刘满水,但也是杯水车薪。众人上前拉扯,刘满水衣服被撕成了布条,身上挨了无数拳脚。刘满水撑不住了,再次朝天开了枪。除了周长河、周意重和刘诗花,人们又如鸟兽散。

混乱中，周庆绅说："嫂子，事已至此，就这样吧。你回去，如果有对你好的人，嫁了吧。"

刘诗花说："你既然是回来娶我的，就要有娶我的样子。我不逃避了，你也做个敢为敢当的爷们儿。别像你哥哥，答应我回来，但根本做不到，别像他！"

听了这话，周庆绅边哭边说："不知道又要几年，人，等着等着就老了。"

刘诗花抹了一把脸上的血，目光坚毅地说："只要不死我就等，我只要你不死！"敢说这话，刘诗花一是想让周庆绅振作起来，二是她确信周庆绅这次可能真的要蹲进去了，蹲过监狱的人以后是不好找对象的，她心里的最后一个包袱放下了。

人群还未回拢之际，刘满水等人把周庆绅塞进了押解车，完成了移交，汽车发动了，大局已定。

然而，千钧一发之际，车前出现了四个人，三男一女，除一个男子穿着中山装，其他人身着崭新的军装。那军装好看极了，有一排金色的纽扣，肩膀上多了肩绊，肩绊上有国徽，头上戴着大檐帽，有黄色的麦穗和红色的车缝线。群众和刘满水等人根本没见过这么漂亮的军装，他们对军装的概念还停留在红领章阶段。

周庆绅看直了眼，只有他知道，这三个军人所穿的军服样式，出自八三年刚组建不久的内卫部队。这三个人他都认识，一个叫林展，一个叫孙诚，那位沉鱼落雁般的美女，叫舒悦。这几位都是他朝思暮想的人，他们融入进他青春时代的点滴之中，如同涓涓细流汇聚成他五光十色的军旅生涯。

周庆绅趴在车窗上呆呆地看着，很快回过神来，他猛地滑落到座位中，把最后一撮头发隐没在车厢内壁里，他不想让昔日的领导和女友看到他这落魄的样子，哪怕一眼都是一种亵渎，对自己，对他们，对部队，都是。

可是舒悦还是远远地看见了他，拍打着车窗呼喊他的名字。这个女军人长得如花似玉，刚还优雅从容，大方得体，让群众不敢接近，不由自主地让开了一条宽阔的路。而下一秒仙女却为了周庆绅失控了，大家看傻了眼，尤其是刘诗花，看看人家的高贵气质，再看看自己满身血污，自惭形秽。

林展站在汽车前，对着押解人员亮出了一张盖着三四个印章的公函，抬头写着：关于妥善处理复退军人家庭涉法问题的函。穿中山装的男子向押解人员和所长表明了身份，代表政法委与一七七师共同来调查周庆绅事件，要当场提走周庆绅。

所长、刘满水和押解人员看见林展等人腰间的牛皮枪套里露出闪亮的军用手枪，看见他们不容置疑的神情，吓得呆若木鸡。但几个人凑近交头接耳了一会儿，决定再坚持一下，这几个人看起来还很年轻，说不定就知难而退了。于是派刘满水站出来和林展交涉，刘满水以没接到上级命令为由，拒绝打开车门。林展只用了一招擒拿，刘满水立刻像条被捆住四肢的家猪，倒在地上，"准儿准儿"地叫个不停。随后这小子恼羞成怒，去摸枪，所长制止也来不及，但林展不慌不忙，开枪套、提枪、推保险、拉枪机、击发，嘭的一声,精准地打在刘满水刚刚亮出来的枪体上,他那把破枪打着旋子飞出去老远,挂在柳树枝上。刘满水虎口震裂了,捂着胳膊在地上翻滚。

刚刚被刘满水挫伤的周意重看到这样精彩的场面,毛孔张开,震撼不已,那时林展就是他心目中的英雄。他知道死去的大哥是英雄,可活着的英雄,能当场给他出口恶气的英雄,非林展莫属。

舒悦也不是摆设,亮出了记者证件,用照相机对着几个管事的人咔咔一通"扫射",这东西在某种意义上比枪还能瓦解人的意志。

舒悦道:"胆大包天,强盗行径,明天等着见省报吧。"那年月,这帮社会渣滓连县里的板报都没上过,明天竟然有机会上省报,在自己一亩三分地上,出了问题四下好通融,而上了省报就有可能被省领导盯上,成为省"典型",几个人的心理防线彻底崩溃,一边求饶一边打开车门,求着周庆绅赶快下车,抓紧跟这几个祖宗走。而周庆绅没有响应他们,吴恩峰也劝他不要再磨叽,远离这些人,去奔赴幸福生活。但周庆绅置若罔闻、无动于衷。

舒悦率先上车,在众人地注视下找到藏在前后座夹缝中的周庆绅,他戴着手铐的双手挡住了脸。舒悦歪着头看着他,在一群长久不近女色的鲁莽之徒热辣的眼神中,聚精会神地看着他,她的眼里只容得下这个脏兮兮的男人,她的白衬衣从常服领子露出来,白得耀眼,而这个男人身上的每一寸,找不到任何亮点。

舒悦红了眼眶,说:"这还是那个战场上不要命的人吗?你在逃避什么呢?"

周庆绅说:"谁让你们来的?我不想给部队添乱。"

舒悦说:"照顾好参战老兵的生活是全社会的责任,你要是蒙冤,是一七七师的耻辱、全部队的悲哀。"

周庆绅说:"我自己能处理好。"

舒悦说:"你是说让车外面的那些父老乡亲,都跟着你看这灰暗混沌的一面?让女人、孩子哭哭啼啼,不得安宁?这从来不是你处理问题的方式,如果是,你不会打那些漂亮仗啊。"

舒悦伸出手,她希望他可以像以往一样,用长满厚厚老茧的手握紧她,勇敢而霸道。车厢里安静极了,大家都等着周庆绅把手递过去。没有人不喜欢逆袭或者复盘的故事,当差距遥远,幻想成为故事中的主角,是普罗大众学会享受的又一层境界。

第九章

　　我筑起高高的城墙拒绝什么,也能攻破自我的壁垒接受什么,我能和固执纠缠不休,也能和偏见势不两立。当我摘下传统和习惯的面具,所作的任何决定,都是为了心中的英雄。沿着那条大道回到我的家园,我忘记怎样和过往说再见,只看见沿途杨柳栽满了路基,它们建立起的树荫,和当时的我一模一样,既是与彼岸握手言和,又是在审视脚下的土地。

　　"起立!"一声震耳欲聋的口令声出自林展之口,周庆绅条件反射般从座位下爬起来,毫无延迟。有人为他打开了手铐,深深的勒痕触目惊心,他来不及舒活一下手腕,马上手贴裤缝,昂首挺胸,目不斜视,站出标准的军姿来。舒悦也听到了口令,自觉面向"指挥官",和周庆绅保持一样的姿势。再看其他人,有的一激灵,有的如坐针毡,有的甚至没听清这声极具作战部队风味的口令到底是哪两个字。他们都没有起立,都在看个稀奇。

下一秒，周庆绅就意识到自己不是一个兵了，他不必延续这种机械动作，但他仍然为自己的表现感动不已，似乎重回一七七师，他的所有羞赧和执拗，只需要"起立"两个字就可以土崩瓦解。舒悦和他同向站立，侧着脸看了看他，也好像看到了过去那个周庆绅的归来，脸上浮过明显的笑意。

"下车！"林展又是一声发自丹田的吼叫。舒悦拉着周庆绅的手，周庆绅顺从地下车了，车厢里发出阵阵欢呼。吴恩峰的声音最大，嘱咐周庆绅要好好过日子，将来他出来后要找他喝大酒。那些同样失意的人，却还在发自肺腑地祝福别人，难能可贵。被林展瞬间洗礼了的周庆绅，又被赋予了军人的能量，穿不穿军装，他都要向祝福他的人敬礼。

快走到车门台阶处时，他突然想起来刘诗花就在下面看着他，匆忙甩开了舒悦的手，这令舒悦很不悦。她这次要求回来，就是因为过不了周庆绅抛弃她那道坎，她认为是自己努力不够，或许通过这件事他能认识到现实艰难，还有回心转意的小冲动。然而，舒悦很快知道，她想得太简单了。

下车后，周庆绅和父老乡亲依依惜别。中山装男子把周庆绅带上面包车，他们要去往省城，一方面是为了保护周庆绅，一方面是镇上抑或者县里，人与人之间都有千丝万缕的联系，会干扰正常办案，所以他们要离开这里，把涉案人员一个个传唤到省城审，为了还复员军人的清白，他们可以不惜代价。

车子起步，可刘诗花和周意重两个人跟着面包车跑，他们不舍周庆绅离开，生怕再出幺蛾子。不论孙诚怎么劝，他们都不愿意停下来。

周庆绅请求说："车子还能坐下人，要不把他俩也带上吧？"

孙诚说："我们是去配合查案，不是去旅游。"

周庆绅说："那你们定，我不发表意见。"周庆绅了解这两位亲人，想要他们妥协太难了。

果不其然，磨破了嘴皮子也没用。最后孙诚妥协了，但只答应带一个。刘诗花马上不言语了，能让她妥协的，唯有情感。想到周庆绅和周意重的兄弟情，她选择不争。

但沉默的舒悦发话了："带上这个女的！"这么选择，因为有私心，她想知道到底是一个什么样的女人，可以让英雄毫不犹豫敢于成为英雄，可以让自己的男友放弃功利，承受坎坷，还甘之如饴。她一边好奇，一边想要较量。

周意重不如嫂子成熟，他坚持要去。林展被吵得不耐烦，厉声对他说："你嫂子去还能洗衣做饭照顾他，你能干什么？听你爹说你过几天就要高考了，别因为你这多余的担心，耽误了前程。你这个样子，和你的两个哥哥比起来差老鼻子了，你要是我的兵，我修理你不会有够！"

林展说话很管用，毕竟是周意重心里刚刚树立起来的偶像，现在偶像说他不行，除了伤心，只剩不服。

周意重说："谁说的？我成绩好，老师说我可以上一等一的好大学，你们谁可以？"

林展说:"等上了再说吧!不过等你上了,国家要想等来你的贡献,我看也遥遥无期,瞧瞧你这个样子。"林展替周意重整理了皱巴巴的衣服,摸了摸被刘满水扇肿的脸。

周意重甩开林展的手说:"我刚还把你佩服得不得了,没想到你也是个武断专行的人,不值得尊敬。"

林展毫不客气地道:"干得过别人的时候再说别人的不是,手无缚鸡之力却说着撬起地球的话,你觉得还挺有道理?"

周意重说:"那我就干你了,我早晚能干得了你。"

林展指着周意重的鼻尖说:"我指定在部队等你!不见不散哟。"

林展坐进了车里,他丝毫没有因为周意重的不敬感到不爽,相反还很心满意足。面包车开出去后,他还透过车窗玻璃看了看后面气鼓鼓地挥舞着拳头的周意重,差点儿乐出声来。

周庆绅知道他为何跟一个十七八的孩子"置气",说道:"挖苗子又挖到我这里来了,你跟我们家算是没完了。我弟弟志向是学金融,要是因此改了志愿,我爹活剥了你的心思都有了。"

林展说:"怎么着?你之前不是口口声声说,你爹最大的愿望就是把你们全培养成军人?"

周庆绅苦笑一声,没有作答。一阵沉寂之后,他察觉车内氛围有些异样。这辆七座面包车里,当时坐了六个人,两名女同志坐在最后一排,尽管最后一排还剩一个空座,且她俩身材都较为纤细,但周庆绅发现后面的气场已满满当当,水泼不透,针插不进。很明显,是较上劲了。

那天,几人顺利到达省城,住进了专案组安排的招待所,周庆绅接受着一轮轮的审问。林展等人要避嫌,待在房间等待消息。尤其是舒悦,本来她这次受报社委派,跟随林展和孙诚来做好新闻线索收集,回去要写一篇关于部队大抓保卫工作的长篇大论,但目前她认为迫在眉睫的任务不是搞新闻,连人与人之间的感情之事都搞不清楚,搞别的也不会有情感,没情感的东西就没多大价值,记在心里浪费空间,印到纸上污染屁股。所以她先要理顺自己,再来分析别人,她要勇敢起来,和刘诗花当面锣对面鼓地谈一谈。到底谁退出,最好在她赶回部队之前马上就能有个确切的说法。

舒悦来到刘诗花的房间,门虚掩着,透过门缝,她看见刘诗花正蹲着搓洗周庆绅那身带血的衣服。她受伤的额头处包着一圈纱布,有斑斑血迹渗出来,但这不影响她的美貌。她挽着高高的发髻,落地扇摇着头将风送过去,那几绺因为粘了香汗贴在脸上的头发被撩动了,露出不施粉黛的俏脸。她的肌肤里带着阳光的颜色,她的体格不是那中看不中用的摆设,因为长期劳作、疏于打扮的原因,淡化了她的曼妙,使她略带北方农村女子特有的丰腴。但舒悦否认不了,那已是这个年纪的女性中绝佳的身材。可即便她是美人,岁月的痕迹不会欺骗,她和周庆绅站在一起,一眼就能看出来不只是差三两岁。但那时,舒悦没有看到她会自卑,她专心干活的样子,也看不出来她曾遭受苦难,苦难造就不了她那种踏实和干练、清净与自我。

刘诗花还在搓着衣服,可那恼人的血迹似乎永远也清洗不干净,她加快了速度也无济于事,长久的尝试之后,刘诗花无奈地放弃了。到底有多无奈?反正她用手背擦拭了眼角,可泡沫不小心弄进了眼睛,她捂住了脸,继而扭头望向窗外。看到这样的刘诗花,舒悦突然不忍打扰她了,抛去怜悯,眼前这个人只有遥不可追的高贵。那是救命恩人的遗孀,她在世俗之间承受了太多意想不到,她是一个了不起的女性。与之相比,舒悦的履历耀眼,而她面对生活困局的能力还甚为浅薄,她做出来的那一点点成绩似乎也和舒泽勇不能完全脱开关系,她活动的半径也都在父亲的辐射范围中。而刘诗花看似在一个闭塞的空间里,头顶只有巴掌大的天空,可实则她已经和整个世界对峙过了。没有周庆绅这个主角在场的时候,舒悦觉得没有资本和刘诗花抗衡,不管是在道义上还是在情感上,那些浮于表面的呻吟,听起来都是起哄罢了。

舒悦犹豫着要不要走,要走,就输得一干二净,不走,她觉得自己很不堪。蹉跎之际,屋里传出来刘诗花的声音:"别傻站了,进来吧。"

舒悦惊了一下,原来人家早知道她在门口,这一声召唤,立刻把她从主动变为了被动,一般敢找上别人家门去的人气焰都挺嚣张,可舒悦认为她不仅没了气焰,连气都快没了。

舒悦不是拖泥带水的人,说:"既然如此,开门见山。周庆绅在部队有女朋友,我们很相爱,我们的感情经受过世俗和战火的考验,但是因为你们家的事,他一时想不开,没和任何人商量,说回就回了。我不恨他,我放不下他,这次我是来争取他的,希望他能重新审视我们的关系。他没有了军人身份也没关系,他有文化基础,离开这里还会有发展。但留在这里,一眼就能望到头,你们在一起,只会埋没他的才华……"

舒悦说话的时候,看见刘诗花缝缝补补,一刻也没停下手中的活儿,好像在听,又好像充耳不闻,等她滔滔不绝阐述完观点,她才注视着舒悦的眼睛。

她用平和而温润的语气说:"你要知道,在今天以前,我差点儿成为别人家的媳妇,虽然我从没答应过,可我怕哪一天再也抵挡不了铺天盖地的闲言碎语,我能抵挡,孩子也不行。那是元明的孩子,我答应过他,要照顾栽培好他,我不能食言啊。这不是我一个人的事,是周家所有人的事。如果元明还活着,哪怕是他不要我了,我们都不至于如此,可他不在了,他的话就成了圣旨,就成了碑文。你是独生子女吧,不需要分担什么,可他们这种感情的兄弟,你让他置身事外,是对他的折磨啊。我知道,你是受害者,可谁不是受害者呢,这件事之中有一个人得到好处了吗?我从来没和你抢什么,我们是不同世界的人,我的下半生也许只能像个守财奴一样,守住元明所留下的可怜的一切,而庆绅只是和我想法一样,守财奴有时候守的也不只是金元宝,有时还有名义上的东西,这是落后村庄赐给我们的枷锁,我们要自己戴上。如果你想带他走,请把周家的一切带走,我能想象到用不了几年将会是怎样一副场景，那才是对你更大的不公平。这是元明走后我说过最多的一次话，再多我也不会说了，如果你还坚持自己，我也不会阻拦，请自便，我还有好多事要忙。"说着，刘诗花拿起桌上的饭盒走了出去，很快消失在走廊尽头。

舒悦呆愣原地，她似乎触及"相爱容易相伴难"的内核。正如刘诗花所说，她只看到了周庆绅，周庆绅在她眼里像朵花儿，并且大部分时间都在绽放，然而那些跟夏天有关的事情，她一概不知。她不知道那些生长着美丽植物的周边，往往也留下数不胜数的荆棘，它们相互依存，又互不干扰，乱入者才会叨扰它们。舒悦觉得，她正是那个乱入者。

几天后，周庆绅的事情调查清楚了，他打人有错，有可能造成王七轻伤，但高主任为了洗脱责任，在领导面前留下遮羞布，统一现场证人口径，不承认王七有轻伤这回事，王七迫于压力也放弃硬扛，表示没条件做伤情鉴定，且只是皮外伤，也没那个必要。调查组想定周庆绅的治安责任也没办法了，周庆绅被当场释放。而当初和周庆绅纠缠的那帮人就没那么好运，调查组不追究他们严刑逼供周庆绅的罪责，从侧面入手，找到他们其他的犯罪证据，并挖出萝卜带出泥，一个利益链上人全被控制了。这些都是其他人的戏码，总之，周庆绅重获自由。

周庆绅挨个敲林展等人的房门，无一响应，面对空荡荡的房间，周庆绅热泪盈眶。当真正要发自肺腑地感激谁，却无处感激的时候，才是最落寞感伤的，不过这之后，"感激"没了固有的目标，感激的幅面将会延展到生命的角角落落。林展和孙诚，并不是为了获得感激，他们的任务、他们的私人情感都得到了安放。唯有舒悦，她还飘在空中，他们不属于一个单位，任务结束，他们本就要各奔东西，但当林展和孙诚要把舒悦先送上火车时，舒悦拒绝了，推说省城有战友相约，要叙旧之后再回去。林展和孙诚没有多想，先行离开。

临走孙诚还纳闷："我们为什么不等周庆绅出来之后，告个别再走？"

林展说："没有告别，就从来没有离开，我不想人为地为我们的关系再画上一道'三八线'，我想让他明白，我们永远是他的连长、指导员，当有困难的时候，我们还会即时出现。那时，我们的相聚也应该像现在，不说再见，也不必迎接。无为而有为，最好不过了。"林展说完，孙诚向林展竖大拇指，自叹不如。

周庆绅当然明白他们的心意，但他不明白舒悦的心意，她一个如花似玉的女孩，孤身一人去向不明，太让人担心，可担心又能怎么样，他当初选择离开，心里已经滴过血了。他想，我斩断了情根，还有什么斩不断的？可这不是他曾经可以耍得眼花缭乱的那把刺刀，能够斩断敌人的头颅。这是他的青春，他穷极一生，都要追寻在这个时期亲手埋葬下的灵魂日记。

周庆绅趴在窗口上眺望着，此时刘诗花站在了他的身后。周庆绅转身过来，那是他第一次近距离直面嫂子，紧张到大汗淋漓。而刘诗花也是第一次能够走近了端详，眼前这个人到底和元明有什么不同，元明没有留下一张照片，不过刻在脑子里的那个人与眼前这个人绝无二致。

刘诗花是个强人，但首先是个女人，凝视之后，出现幻觉，突感莫大的空虚，而周庆绅的胸膛像是拥有巨大的磁场，能给她力量，她不由自主地冲进他的怀抱，死死抱紧，脸贴在他的胸口上，她听到了温暖的乐章。但周庆绅还未进入角色，只闻到了刘诗花的发香，他的手尴尬地张开着，高高仰着头，盯着门口的方向，生怕有人喊他耍流氓。刘诗花压抑已久的情绪，在那一刻得到释放，但眼泪流个差不多之后，眼睛像白酒上头前的片刻，看什么都尤为清晰，所以她察觉到自己的失态，赶忙松开周庆绅，胡乱撩了几下头发，抛出话题引开注意力："意重明天就高考了，我们得抓紧回去，看见我们平安无事，他就不会分心。"

周庆绅圆滑地接上话茬："晓盛也挺长时间没见到妈了，可遭罪了。"

回乡的路上，两人时而相视无语，不用说他们也知道接下来将会有一连串超越认知的操作。

果不其然，他们乘坐的破烂巴士在距离周集还有三两公里的地方改道而行。他们只好肩扛手抬着行李，深一脚浅一脚地往回走，远远看见村头的大树上张灯结彩、披红挂绿，那个年代还很稀缺的充气拱门也被租来了。刘诗花家北房的屋脊上架设着一组比炮筒还大的扩音喇叭，不知是磁带受损了，还是喇叭受潮了，导致音质很一般，播放着听不清歌词的嗨曲，但这不影响现场的气氛。孩子把瓜子和花生装满口袋，满地乱跑，除了灶棚不能去，去哪儿也没人在意；大人们三五成群，妇女叽叽喳喳，男人吵吵嚷嚷，到处都热闹非凡、欢声笑语。

周庆绅和刘诗花一开始还以为是谁家孩子金榜题名了，再一想高考还没开始，或者谁家要办喜事，可是别人家办喜事，为什么要把大喇叭架在自己家房顶上。正想着，有眼尖的人发现了他们，呼呼啦啦冲上来一堆人，簇拥着他们俩往家走。为首的是周庆绅的舅舅龚雪秋，周庆绅看到他这个嬉皮笑脸的舅舅，不能说反感，毕竟有恩于他，可也实在喜欢不起来。

这次的场面，又是龚雪秋自作主张，游说周长河和周支书，让他们趁热打铁，稀里糊涂把事先办了再说。

龚雪秋说："这俩孩子抹不开面子，大人要靠前张罗起来，让他们来不及羞涩，迷迷糊糊就躺进一个被窝里，这叫艺术。"

周支书说："我没看出来啥艺术，你好歹是个文化人，怎么比周集最后进的社员还封建？这事急不来吧，至少要征求他们的意见，万一搞砸了呢？"

龚雪秋说："封建？我一个走在文化艺术前沿的人会封建？这是传统，是国学思想的一部分，你懂啥！听我的，这个时候他们很脆弱，他们那些小性格、小脾气都在收敛期，等过一阵子又回归自我了，想法多起来了就不好说了呀。"

周长河一直不言语，经过这一阵子心惊肉跳的折腾，他是最脆弱的。他像那些战场上活下来的人一样，没有奢求，认为活着就挺好，有没有被高接远迎，有没有被"黄袍加身"，都是浮云。事情到了这一步，他只想看到孩子们脸上能有笑容。他不表态，龚雪秋自然可以全权代表。这是他们的家事，周支书除了在必要时给予人力物力的支持，不敢有别的意见了。

那天，周庆绅和刘诗花像一堆被一群孩子摆弄的玩具，浑浑噩噩中走完了婚礼应该有的所有程序。总算到了晚上入洞房了，这才是全村人最期待的环节。都想看看小叔子和嫂子能碰撞出什么浪花。小叔子乱嫂子的故事本不算新闻，但可以明目张胆、合理合法地窥听如此刺激劲爆的场面，机会不可多得，有可能一辈子也就这一次了。所以那晚，连八十多岁的老爷子，也提着马扎，拄着拐棍，兴冲冲地来了，乐得合不拢嘴，露着空荡荡的牙床；还有太和庄的乡民，骑着自行车，打着手电，赶来凑热闹，蚊虫把他们叮得满身是包，他们也乐此不疲，像七月初七钻葡萄架一样，连神仙的八卦都不放过，何况是人。他们觉得，看这场戏堪比《地雷战》《地道战》之类的大幕电影，甚至更有看头，因为这是看现场，县城里看一场电影几毛钱，但看一场现场表演，哪怕是看马戏团的动物，票价也要贵上不少，这就是现场的价值。

星空下，刘诗花家的小院子被围得水泄不通，周支书料想到人会很多，但远远地看见密密麻麻的全是脑袋。春节时他刚买了一台熊猫牌的十四寸电视，村民都到他家看稀奇，那晚也没有今晚人到得齐。

周支书咳嗽了一声，却没人注意到他，这和他之前一甩烟袋锅子就有人凑上来划火柴的感觉大相径庭，这让他很不享受。他挤进人群，挨个拍了身边人的后脑勺，大家伙以为他是对大家这种行为不满了，有胆小的已经在打退堂鼓了，直到周支书皱着眉头走到窗台下面，拉开一个较年轻的小伙儿，还蹬了他一脚，悠长地白了他一眼，让他离远点儿，然后找了两块砖头，自己心安理得地坐在了窗户底下，大家全都哑然失笑。

连周支书这样德高望重的人都经不起诱惑，可想而知屋子里的场景有多香艳。然而，时间飞逝，月亮下的云彩飘过了一波又一波，屋里始终沉寂着，人们都有点儿不敢确信两个人是不是还在里头。有人捅破了窗户纸，看到周庆绅和刘诗花坐在炕沿上，刘诗花的红盖头还没有被掀开。周庆绅坐姿僵直，双手整齐地摆在膝盖上，背部平顺的像一块预制板，像是在接受首长训话。

那天夜里，周庆绅和刘诗花到了凌晨时分依旧保持那样拘谨的姿势，外面看热闹的人看不懂这种行为艺术，刚开始还以为是在和屋外的人耗，后来他们发现人家是在跟自己耗。而只有他们知道，自己耗的不是时间，是内心深处一座座戒备森严的高墙。即使全天下的人跟他们说吉时已到，到了水到渠成之时了，为了完整的日子，该过去的让它过去，该来的敞开怀抱接受，但他们还是选择用沉默和近乎自虐的形式完成对过往真情的祭奠。

院子里的人陆续走得精光，周支书捶着老腰往家走的时候自言自语地道："生而为人，何苦呢！何苦呢，生而为人！"

周庆绅和刘诗花还在进行内心盛大的"修行"仪式,那时,周长河那个破旧的家里,一个老人,一盏灯,更加地冷清,冷清得能听到夏夜微风的响动,冷清得门外的蝈蝈都不愿意为他唱歌,冷清得那束灯光也如风烛残年的老人,摇摆着接近于熄灭。他的身边整齐地叠放着元明在部队时的被褥,他深深地嗅过之后,把它们放进了枣红色柜子的最底下,犹如那就是元明不可能找到的骨灰,现在亲手把他埋葬了,这是他一个人孤独的葬礼,不管多少人曾经朝着他空荡的坟茔敬礼,并抚摸着他的墓碑祝福天堂安好,在周长河眼里,现在他才算入土为安。所以,他合上盖板、扣紧锁扣的时候,呜呜地大哭起来。

那时,刘诗花似乎也和周长河一样越过了最后一个鸿沟,自己摘下了盖头。她看见周庆绅全身每个部位都在哆嗦,继而是轻微抽搐,他到达了坐姿的极限。她麻利地铺好床,把周庆绅搋倒在床上,逼他躺平,随后大大方方地躺在他身边,中间隔着拳头大小的距离。她看见周庆绅连躺着也像块被刨子刨过的木头,找不出以前的那股机灵劲儿了。

两人的眼睛一个比一个瞪得圆溜溜,刘诗花终于率先说话,她的声音很平静:"表面上看你像极了元明,可那股孩子气瞒不过谁,我年龄比你大不少,所以有些话需要我来说,有些事需要我先做。我不是荡妇,我只是想让日子更快恢复如常,想让晓盛以为他的爸爸只是出了一趟远门,现在平安回来了。"

说着,刘诗花认认真真地一件一件脱着衣服,直到一丝不挂,那时，她竟然还记得把衣服叠成四四方方的形状，摆放得一板一眼。她认为这样做代表她不是为情欲而来，这是她最后的体面和优雅。

月亮洒在她雪白的身体上，反射着朦胧的光，寒酸的屋子里顿时填满了色彩。刘诗花自信而坚定，那不是行男女之事前该有的表情，倒像是在进行一场庄严的祷告。周庆绅闭着眼，下巴冲着房顶，他什么都不敢看，又好像什么都看见了，血直往脑门上涌。他不觉得刘诗花的行为唐突或过激，屋里没有暧昧或邪淫，尽管是赤裸相见，这赤裸中竟带着母性的光辉。血气方刚的男子，第一次发现欲望的背面，正像黎明的前夜，荷尔蒙的"姊妹"其实是心如止水。

周庆绅拉了条被单给刘诗花盖上，侧了个身抱住她，有滚烫的眼泪流下来。他说："这也是爱啊，这不止是两个人的爱。从今天开始，我就是哥哥，哥哥也是我。我们不能忘了他，又必须忘了他。当太阳升起来，我们会迎来新的生活，我希望他在天堂看见凡间的另一个自己。天堂没有侵略和炮火，而我们这里，也会得到永远的安宁。"两个人的事，要由一个人来承担，就像两代人的事也终归要由一代人来承担。

周庆绅心无旁骛地越抱越紧，刘诗花在他的怀里沉沉地睡去。睡梦中，她仿佛站在了西南前线那条湍急的河流前，她看见了周元明沾满泥水的脸，他眼含热泪，却露出灿烂的笑容，他在对岸向她挥手，示意她回去。他仿佛在说，河水不会淹没我，只是我选择了像鱼儿一样生活。于是，他纵身一跃，去往他要栖息的泽国。

刘诗花醒来的时候，看见正对着屋门的条山脊上摆放着一幅周元明的画像，栩栩如生，活灵活现。画像前摆着白酒、烟卷和点心，还有周元明当年用装棉仁饼的袋子为周庆绅补好的军装，那件军装周庆绅到部队后就没穿过，但他一直留着，今天他让它和哥哥一起安眠。

刘诗花走出屋门，看见周庆绅在门口的搪瓷脸盆里搓着黑乎乎的手，才知道他原来还会画画，而且水平比他那个自称专业的舅舅龚雪秋还要高上几个档次。

周庆绅朝刘诗花笑笑，指了指灶棚里烧得正旺的柴火说："准备吃饭了！我啥都会，我能照顾好你。"

看周庆绅状态良好，刘诗花对于昨晚的事不放在心上，她认为一开始生分很正常，行夫妻之实是早晚的事。

她一边说，是我照顾你，一边扎上围裙忙活起来，各处收拾得井井有条，心灵手巧的样子让周庆绅心生欢喜。于是，他们的小日子开始于甜蜜的清晨，他们没有着急去刘老爹家接周晓盛回来。他们家地里的草比玉米苗长得都高了，农村过日子，饭做不熟不会被人议论，伺候出这样的庄稼倒是会被笑话。所以周庆绅和刘诗花商量着先把地里收拾妥当，再去接孩子。

正如周庆绅所说，他生自这片土地，从小耳濡目染，对这里的一切无师自通。小道上，他熟练地挥着鞭子，使着牲口；河沟边，他轻而易举地就装好了灌溉用的水泵；田地中，他卖力地拔着蒿草。刘诗花不离左右,搭得一把好手,两人好似天生的黄金搭档,干什么都不费劲。

那个阳光明媚的上午,空气中到处弥漫着植被和土壤的芬芳,千顷玉米地像绿色的海洋,一圈一圈的大叶杨像严阵以待的哨兵守护着那些随风舞动的玉米苗,高远湛蓝的天空中云彩变换着不同的形状,缓缓而来缓缓而去。周庆绅是个活泼的人,干活时还兼顾着给刘诗花讲一讲他在部队的往事,其中不乏囧事,刘诗花不时传出咯咯的笑声。阳光逐渐浓烈毒辣起来,周庆绅布满汗水的脸像刚掀开的锅盖,哗啦啦地往下嘀嗒着水珠子。刘诗花取下自己的毛巾,细心地为他擦拭,周庆绅乖乖地任由"摆布"。

他俩卿卿我我的时候,没有注意到地头上来了一个人。那是个高挑的女子,戴着米黄色的宽边太阳帽,上身是一件雪白的短袖衬衣,有着宽大的垫肩,下身是一件触及脚面的喇叭裤,鼻梁上架着一副空军眼镜,裸露在外的皮肤白玉一般。她面无表情,也正因为没有表情,那样子和变换的云彩一样无法预测,不知是高冷还是茫然。

站在地头上傻傻盯着周庆绅的这个人,当然不是别人,是舒悦。她让林展和孙诚先走,自己留在了省城,根本没去会战友,而是紧跟周庆绅和刘诗花的脚步来到了县城,先在宾馆住下了。她来的目的是想看看周庆绅到底能不能和自己的嫂子一起生活,对于一个从小拥有严格家教,与三教九流绝缘,接触社会面极其有限的大家闺秀来说,她无法相信这种结合方式能够进行下去。当三观尽毁，震惊之余，作为一个记者，有理由完成考证。当然，这也都是她说服自己的理由，其实归根结底她想知道自己输在了哪里，想知道周庆绅有没有被胁迫，会不会受委屈。

而当她站在地头上，亲眼看见那温馨场面，两颗晶莹的眼泪从墨镜后面滑下来。她忙乱地擦干，吸了一下鼻子，抬头看向了远处，仿佛瞬间释然了，眼里不再只有周庆绅，那广阔的田野更广阔，那辽远的天空更辽远。一队白鸽吹着口哨从她的头顶飞过去，她甚至读懂了那其中关于爱与寻找、爱与出走的旋律。

舒悦从田间小路上走出来，坐上了停在大马路上等待她的出租车。舒悦当时下车的时候，还抱有幻想，递给一路上已经摸清她此行目的的三轮车师傅一张大钞，说："你不要走，我很快回来，而且有可能把他一起带来，一起走。"

三轮车师傅看到她一个人回来，知道她的愿望彻底落空了，安慰道："你长得标致，谈吐不凡，配个市长都绰绰有余，这小破地方能出啥人才，别惦记了！"

舒悦不说话，路边的大叶杨哗啦啦地动起来。她坐在车里，看到远处似乎追过来一个人，越来越近，直到看清楚那人是周庆绅，她慢慢扭转回正身体，笑着对三轮车师傅说："开车！"

第十章

田间地头的种子发芽了,世界就会迎来新生,那是勇士的魂魄又孕育出了小小的英雄。我可以在任何一个寻常的午后,和纷扬的落叶一起归于尘土,铺垫出一条不再颠簸的路,于是,我和我的思念醉卧原处,你和你的风华即日启程。晚夏暮色,初秋朝阳,都会光照你的勇敢,所以连废墟在眼泪的后面,也变成江河在脚下,远山挂彩虹。

当时,刘诗花面朝着舒悦的方向,她要拿水给周庆绅喝,一侧身就看见了地头上有个美丽的女人,尽管隔着百米,但她刹那间就猜到那一定是舒悦。

刘诗花说:"原来痴情这东西不分乡下人还是城里人。快去追吧,免得后悔。"

周庆绅猛地回头,看到舒悦飘飞的白衣,在一片油绿的玉米苗之间,像只翩翩起舞的蝴蝶。周庆绅心颤了一下,怔在原地。他想，她一定全看见了，他心里像被针扎了一下。他可以在名义上说永别，从此形同陌路，他甚至可以当面放弃任何东西，但他不愿意让她看见自己选择之后的表现，然后再一次给予她苦痛，那种痛等同于挑开伤口上刚缝好的线，拿出遗落在里面的手术钳后再缝一遍。

周庆绅咬咬牙说："不了吧，都过去了。"

刘诗花说："即使是个陌生人流落到你的田间地头，你是不是也应该给口水喝？何况……"

周庆绅的目光没有从舒悦的身上移开过，所以他的冷酷绝情显得十分无力。刘诗花用理解的眼神看着他，似乎在告诉他，真正的放下其实是收起来，真正的释然是随时随地可以再提起来，这时不应该漠视，而应该直视。

刘诗花不再看周庆绅，专心地干起活来，她拔了两棵之中那棵长势不旺的玉米苗说："每一棵禾苗都留恋土地，可必须要有取舍不是，不然两棵苗子都长不好。有的退出，有的留下，再正常不过了。去吧，我不担心谁走谁留，我担心这禾苗和草只懂得疯长，不懂得退让。"

周庆绅说："我送她走，我去去就回。"

看见刘诗花拼命点头，周庆绅像脱缰的马奔跑在玉米地里，脚步踉跄，踩倒了一棵又一棵玉米苗，但他不管不顾，眼看离地头越来越近了，却赶不上舒悦离开的速度，他喊着舒悦的名字，声音有些嘶哑了，但是舒悦没有听见。

当他跑到大道上,看着疾驰的三轮车留下一屁股灰尘,他停了下来。三轮车拐上了去往县城的柏油路,他这才伸长手臂,和空荡荡的大道挥手,刚才在奔跑途中酝酿好的笑容持续了很久才慢慢消失。他在心里说尽祝福的话,他知道,和舒悦分别的日子将是一生,所以一动不动,让这孤独的仪式也尽可能地久一些,再久一些。那时,他站在那里,直到黄昏。

他们想要突击干完的农活还差收尾之时,刘老爹把周晓盛送来了,送来时周晓盛还有意识,周庆绅和刘诗花把他抱起来后,孩子开始口吐白沫,紧接着浑身抽搐了几下,紧闭上了眼,周庆绅抱起他就往村卫生室跑。卫生室里只有一个老游医,不管什么病都按头疼脑热来治疗,只会猛开抗生素、止疼药。这位"老先生"一看孩子的情况,发现抗生素、止疼药治不了,脸色铁青地表示无力回天。让周庆绅赶快抱出去,别死在卫生室里,若是死在这里,以后老百姓输液打针要去邻村里。都火烧腚了,这家伙还在担心孩子万一死了会影响他的"生意"。

周庆绅来不及跟他置气,抱起孩子往周支书家跑,借来拖拉机直奔县医院。县医院没有拒收,但医生检查完的第一句话让周庆绅和刘诗花心凉了半截:"谁是家属,治还是不治,抓紧做决定。"

医生告诉周庆绅,孩子因为脑缺氧时间过长,导致呼吸系统、脑神经系统受损,且没有得到正确的检查治疗,其实是按发烧、中暑来吃药维持，现在病情恶化了，必须要进行开颅手术，但即使开颅，也不能保证痊愈，有可能落下偏瘫、半身不遂等终生残疾。

周庆绅说："治，必须治。只要他活着，你要啥我给啥，咋着都行。"

医生并无恶意，实事求是地问："费用高昂，你们能负担得起？即使负担得起，以后的日子还过不过，你们要考虑清楚。"

周庆绅情绪有些激动："我有复员费，他爸爸是烈士，他爸爸有抚恤金，够不够？"

医生震惊地看了看他说："够够够！"

那时，周长河和刘老爹从外面跟跟跄跄地进来。周长河没等说话，扑通一声给医生跪下了，哀求道："救救孩子，这是个苦命的孩子，但就算再苦，他也要苦下去，不能一走了之。"

周长河浑身发抖，脸色比躺在旁边的周晓盛看起来还要苍白，大家搀他起来时，感觉像是在拎一只剔光肉的排骨，硬邦邦的，没有温度，没有重量。

周庆绅看着三岁多的周晓盛，裹着被子躺在床上像只孱弱的小鸡；他印象中能够单手把他提起来的爹，现在也瘦骨嶙峋，感受不到他的生命力；一贯坚强的刘诗花可以在风雪中傲然挺立，却见不得儿子有半点儿闪失，遇强则强遇弱则弱，她跪在床边，捧着儿子的脸，看那样子，好像条件但凡允许，她要将自己化开，把能量全注入孩子体内；而刘老爹吓得半死，正目光呆滞地蹲在走廊的联邦椅上，往日对周长河一家人横挑鼻子竖挑眼的苛刻劲儿不见了踪影。昨天周庆绅还是孑然一身，只是一个回乡再就业的复员军人，而一夜之间站上了风口浪尖，成为顶梁柱，要收拾一切残局，那一刻，他知道什么是家族使命，什么是上有老下有小，这样的转变，对于一个也仅仅只有二十岁出头的年轻人来说应接不暇、措手不及。可一想到战场，一想到哥哥，他不再懊恼，胸脯不自觉地挺起来。他想，即使是赶鸭子上架，也要做一只勇敢的鸭子。

周庆绅咬咬牙在意见书上签下名字后不久，周晓盛被推入手术室，刘诗花却挡在了病床前。她也看了意见书上的内容，医生从来不会模棱两可，只会做最坏的打算，风险预判到了极致，所以谁看了意见书里的内容也会头皮发麻。尽管刘诗花是个通情达理的女人，也同意手术，可一看要动真格的了又"翻供"了，生怕推进去还有呼吸，推出来之后就永别了。

刘诗花拽着病床不撒手，那哭声让人心碎，医生们见惯不怪，比她更夸张的他们见多了，他们十分有经验地站在一边，不插嘴、不表态，静候周庆绅独自解决问题。

最终还是周庆绅来收拾残局，他红着眼圈，一边扒刘诗花紧抓着床沿的手，一边道："晓盛福大命大，他会平安无事。不要无理取闹，这样只能起坏作用。"

岂料刘诗花脱口而出："毕竟不是亲爹，你不知道他有多疼，你不知道我有多疼。"这话把周庆绅噎得翻白眼。

刘诗花接着说："他不单单是他，他身上还带着元明的魂魄和骨血，他万一有事，谁能负得起责任啊！你能吗？你在我眼里其实也还是个孩子啊。"说完这话，连刘诗花自己都呆住了，何况周庆绅，当时他脸上即刻火辣辣起来，心里有了天大的憋屈。

周庆绅松开了刘诗花的手，背转过身去，竭力控制情绪，气氛一度跌至冰点。

主刀医生火上浇油："这手术还做不做，不做还有别人等着救命。"

连周庆绅都想退却了，这死棋似乎无解了，可那时，沉寂中传出一个声音，是周晓盛发出来的，他在迷离中喊了一声"爸爸"。在场的所有人震惊了，尤其是周庆绅像被戳中了一般，刚要冰封的心肠瞬间解冻，他想，这时我拿孩子的命跟谁较什么劲呢，如果别人一句赌气的话就能影响我的决定，那么我算什么战士？他跑过来抚摸着周晓盛的头说："孩子，不怕啊，像你爸爸一样，做一个勇敢的男人好不好？像你爸爸一样，和我一起经历一场火热的战斗好不好？手术室里也有'武器'，当你感觉到'武器'发出来的微光，你要蔑视它、藐视它，害怕的时候，就咧开嘴笑啊，那样，你就不怕了。那年，我也是这么过来的，你的亲爸爸看见过我战胜恐惧的样子，相信他也能看到你战胜病魔的样子。"

周晓盛伸出了小手，摸了摸周庆绅满是胡茬子的下巴说："我不怕，因为爸爸在！"说完这话，床头的心率监测仪报警不止，医生趁这个时机果断把周晓盛推了进去。周庆绅额头顶住墙，眼泪啪嗒啪嗒地滴在走廊一侧的扶手上。

过了一会儿，刘诗花上前拉了拉周庆绅的衣角说："我不该说那样的话。"

周庆绅擦了一把脸，离开墙边，冲刘诗花笑了笑说："你不认我没关系，谁不承认我的存在都没关系，里头那小子……那小子，他太懂事了，懂事得让人难受啊……"周庆绅怕控制不住自己，借口去打饭，走了出去。

那场揪心的手术做得天昏地暗，周庆绅担心两位老人的身体，给他们找了地方休息，可是两人谁也不走。

刘老爹掏出烟卷递了一根给周长河说："你身体没我好，你去。"

周长河接过来，用舌头舔着烟卷说："你年纪比我大，你去。"两人谁也劝不动谁。四个人在走廊里从黑天守到凌晨，医护人员进进出出，助手换了好几拨了。周长河的眼皮一睁一闭，摇摇晃晃地想要倒下去，他感到心脏加速，一阵胜似一阵，但他强撑着，不敢挪窝，好像他离开一秒，孙子就少了一个人精神上的加持，只要他在，孙子隔着墙壁也多一分温暖。

周长河要转移自己的注意力，和刘老爹畅想未来，他对刘老爹说："老伙计，等晓盛的病好了，咱俩好好喝顿大酒。当亲家这几年，没给你留下啥好印象，也没给你添光彩，一个是条件太差，一个是我还没有闲下来过，我多想像人家城里的老头一样，看报下棋、遛鸟逗狗，那才是生活啊。"

刘老爹说:"嘻,都是穷命人,啥条件心里有数,不说那个。以前是我不对,不该那么刻薄,我该早点儿看到你们周家人的好。"

周长河说:"光给您添麻烦了,好啥呀?"

刘老爹说:"乡亲们嘴上不说,心里服气!为国捐躯是不是好?深明大义是不是好?连许愿许的都是国泰民安,是不是比太多人强多了。人总是两面派,事情没摊在自己身上,永远分不出好坏,等自己成了主角,才知道花为啥红,煤为啥黑。晓盛在我手上犯病了,我没听到你们一句埋怨,这是多大的良善啊。我要是再分不出个好歹来,还配活吗?"

刘老爹说完这话,把自己感动得不行,找个地方冷静去了。破晓时分,手术室里传来令人振奋的消息,手术成功,孩子等待麻药药效过了,就可以转入监护室了。听了这个振奋的消息,周长河激动得喘不上气来,张开嘴巴哇哇地叫个不停,虚汗成串地往下淌,心脏跳得乱七八糟,头重脚轻,身体不由打颤,好像地震了,灯在晃,座位在摇,他像一个站在巨大黑洞前的人,随时要被吸走,和这乱成一锅粥的世界永别。然而,那其实是再平常不过的一个清晨。周长河预感到时日无多,对着眼巴巴盯着手术室大门的周庆绅默默地说:"三兄弟里头,最对不起的就是你。我走了,看不见儿孙,也就不操心了,可这一堆烂摊子全靠你了。如果有来生,咱再做父子,爷们儿好好赎罪。"

周长河捂着胸口从椅子上直挺挺地摔下来,发出沉闷的"扑通"声，他躺在地上，双眼紧闭，脸上却挂着疲倦的微笑。

周长河是和周晓盛一起被推进各自的重症监护室的，他倒下的时候，周意重的高考成绩恰好出炉了，他平时的学习成绩虽然在第一阵营，但距离第一名还是有差距的，但这次考试不知受了什么刺激，超常发挥，考了全县第一。一时间他成了众星捧月般的存在，而他却不快乐，这个时候哪怕全世界的人都陷入狂欢，他只是希望他爹能马上知道这个好消息。最能打击他的人应该是最会欣赏他的人才对，他要用全县第一的成绩让爹看到他到底有多么争气。当他兴冲冲地跑回家，家里却空无一人，只有一片狼藉的院子，几只受惊的鸡扑棱着聊胜于无的翅膀，逃得不知去向，只剩几根鸡毛飘在身边，让他成为最落魄的"状元"。

周支书刚好背着手经过他家院子，告诉他是周晓盛出事了，全家人都去县城了，周意重撒腿往外跑。

周支书拽住他问："听说高考成绩下来了，你考得咋样？"

周意重说："第一名！"

周支书说："全班第一名？"

周意重说："全县第一名。"

周支书惊得下巴快掉了，猛嘬了一口烟说："那你他娘的不早说，你知道考上大学啥概念不？考上一个出息一个，莫说大学，就算是个中专，也是咱们村头一个国家正式干部。咱周家的祖坟上冒烟了，好好念，争取回来当个县长，建设高唐县，帮助周集摆脱贫困！天大的喜事，我这就去广播，让乡亲们都听听，谁说咱周集风水不好，一百年不出人才，周集要复兴了！"

周意重忙不迭地说："我不当县长，我要参军！"

周支书像被周意重点了穴一动不动，半晌后追问道："你说啥？再说一遍？按你的成绩，好大学可劲儿挑，出校门就有官位，你还合计啥呢？"

周意重不言语。

周支书换了一副面孔道："魔怔了，脑子锈了，你们家有兵瘾啊？两个哥哥做得还不够吗？他们对得起国家，对得起任何人了，你就别凑热闹了，你爹承受了多少啊，西南的仗还在打，啥时候停战，谁知道呢？现在周晓盛身体又出了问题，你家就你一个可用之人了，别上赶着搞那些不现实的事儿了行不？"周支书说这话时还动情了，周意重家的情况他了如指掌，他实在不希望周意重再重蹈哥哥的覆辙。

周意重急着去找周长河报告喜讯，表明心意，无暇顾及周支书说什么，只回了一句，我所有的志愿填的都是同一所军校，没得选了。说完，转身就走。

周支书大声骂道："操他咧，一家子犟种，谁他娘的管你！"

这句骂人的话周意重听见了，心里回骂了周支书，可当他站在路边等车的时候，却听到周支书屋顶上的大喇叭里传来的声音："周长河家的三小子周意重考了全县第一，是咱周集百年一遇的大新闻，村里的大喇叭要为他连开三天。等他们家处理完了县上的事情，有钱的出钱，没钱的出力，给这小子大摆宴席。我们希望他早日学成归来，光荣乡里，就算……就算他穿上军装，留在外面发展，也祝他平安如意，万事顺遂！他是周长河的儿子，是周元明和周庆绅的兄弟，他们一家人都配得上大写的'人'字，我们帮不上忙，但请一定要为他们祈福！"周支书哽咽了，用力吸了一下鼻子，把话筒关了，喇叭里唱起了欢快的流行歌曲。

周意重远远地看着那组简陋的喇叭，红着眼圈向着周集深深地鞠了一躬，上了一辆三轮车，折返回县城。他到达医院时，周长河已在弥留之际，含着一口气不咽，应该就是在等他这个老幺。周意重像是闻到了味，踩着点兴冲冲地出现在门口，手里捧着那张十分养眼的成绩单。他一露头，室内鸦雀无声，目光都落在他脸上，不知道该怎么解释。

周意重不用听解释，他当即看到病床上躺着的周长河，侄子还生死未卜，爹又病入膏肓，情绪瞬间崩溃。他靠近爹，讨好地说："我考了全县第一，你儿子出息了，以后再也不让你受穷了，以后我供你喝好酒、抽好烟、过神仙般的日子……"周意重以为多说些好听的，能多换回爹几口气。

周长河伸出干枯的手，把周意重拉近，声音细微得像蚊子，但句句入耳，他说："真争气啊，你爹我这辈子算值了。所以，我现在就要去过神仙般的日子，你大哥在那边给我亮开了场子，他打小就皮，我没少拿鞋底抽他，后来不抽了，他倒不习惯了，我要继续去拾掇他。以后，多听二哥的话，他做得好与不好，都要尊重他，你混好了，别忘了拉他一把，咱家欠他太多，为了家，连军装都脱了……"

周意重说:"爹,他脱掉的军装,我再替他穿起来,他没走完的路,我替他走,我报了军校,他们当兵个个当出了名堂,我也不掉链子。"

周意重此言一出,所有人和周支书当时的表现一样,惊掉下巴,尤其是周庆绅,心里有一万个不理解,但在这时没有机会给他多说一句话。周庆绅看见弥留之际的父亲,老人先是有泪水从眼角滑下来,接着,他说:"真是笑话,在这个节骨眼上,我当年送你们三个都去当兵的目标要实现了,可我心里咋高兴不起来呢?不要管我,既然你要走你想走的路,那么听爹最后一句劝,以后碰到难处了,别想着踩在哥哥的肩膀上去求什么,当个顶天立地的汉子。"周长河这话的意思是让他彻底放下依赖,真正长大成人。

周长河又示意周庆绅和刘诗花过来,把他们的手按在一起,笑了笑说:"半路夫妻,以后的磕磕绊绊可能更多,碰到问题,咬牙挺一挺就过去了,实在挺不过去,商量着来,天大的事也有心平气和地解决的办法,千万别起芥蒂,缘分这东西,深浅不靠天意,全靠自己……"

那天,周晓盛苏醒了过来,周长河却与世长辞,好像是一命换了一命。从那一刻起周晓盛的身上背负了更多的精神寄托。他乌溜溜的大眼睛透着灵气,样子很讨喜,不知道当他懂得这世事和他身世的繁杂,是否还能保有纯粹。每个大人都在穷尽所有,维护着他的单纯,希望他不被现实沾染,活出快乐的样子,可是与往事了断,从来都是大人们的一厢情愿。

周支书筹备了好几天的升学宴变成了白事会,他摸着周长河的棺材声泪俱下:"也好,你没有一天为自己活着,所有看上去的享乐,原来只是你这个老小子想象出来的样子。我看过戏,有的人浑浑噩噩,其实潜伏得最深,有人满场跑龙套,到最后散场的时候,才知道他是重要的一环。安息吧,有啥放心不下的,托个梦给我,咱们老交情这么多年,你别唯唯诺诺的了。走了,老伙计,我再送你一程!"周支书半蹲下来,把杠子顶在肩上,吆喝了一声,老少爷们把棺材围了一圈,高高地举起来。

周庆绅回家以来,打击接踵而至,导致他不知道该流露什么表情。当苦笑不足以表达他的情绪时,他想到了哭,而且应该哭得盖过所有声音。但他不能哭,他既是一个受过血与火洗礼的老兵,他也被赋予了周长河的角色,他很少见父亲哭过,所以他也不能哭。不哭,是每一位一家之主心照不宣的秘密。那时,在出殡的人群中,他反倒全程不掉一滴眼泪,高昂着头,似乎在拒绝苦痛留给他的最后一粒尘埃,在迎接新生活带给他的第一缕霞光。

而周意重就不一样了,他哭得死去活来,当邮递员把军校录取通知书塞到他手里的,他的哭声更响亮了。作为老幺,一出生就是重点保护对象,因为他比周晓盛还坎坷,他的命是用母亲龚雪娥的命换来的,大家把他捧在手心里,玉米窝窝剩下最后一块,谁也没人拿,是留给他的;当年周元明和周庆绅大闹周支书家,也是他和周支书家的孩子在学校发生小摩擦造成的,连周支书的门都敢堵,也只有周意重能让两个哥哥不计后果。被爱护得很好的人,总想利用一切机会证明自己,现在这张印着国徽的军校录取通知书就摆在眼前,可他爹根本看不到。无处宣泄的不只是痛苦,还有骄傲,那种失落感让人悱恻。

安葬仪式结束以后,周庆绅叫住弟弟,他还抱有幻想:"既然选了军校,那就去上,但哥哥有个要求,你要报后勤专业,财经管理、基建营房、军需物资都很适合你。另外,据我所知,下一个十年,军队要由摩托化向信息化建设转变,这信息化一听就很高端,你学习能力强,要多往这方面考虑,搞搞材料,弄弄软件。男怕入错行,选对了专业,才能少走弯路,这是过来人的经验。"

周意重说:"我听得懂你的建议,但我不接受。"

周庆绅说:"那你说说你想选什么。"周意重很期待他的答案,又很害怕他的答案。

周意重说:"我只选作战指挥!"

周庆绅的脸马上晴转阴了,扯着嗓子问:"为啥偏要选作战指挥?哪来的自信?瞧你弱不禁风的样子,一个拿笔杆子的,怎么和战士直接提干的学员比,他们身体素质强、军事技能好、部队经验足,而你是一张白纸。"

周意重不以为然地说:"当年黄埔军校,也有很多人从拿笔杆子的改为拿枪杆子,哪个不是人中龙凤!"

周庆绅说:"到底是谁蛊惑的你,是林展吗?你可别被他牵着鼻子走,我和大哥就是因为听他的命令才……"

周庆绅打住不说了,周意重追问:"你后悔了吗?"

周庆绅说:"你见过哪个大男人会因为自己的事耿耿于怀?我只是答应过爹,保你平平安安,可你却对着干。选择了作战指挥,就意味着靠近了战场,你离一线只有一步之遥了。"

周意重说:"要是学那些你所说的香饽饽专业,地方院校也有,虽然略有出入,但总体大同小异,我何必去上军校呢?我上军校就是去打仗,打你们没打完的仗,我要让那些觊觎我们的人付出代价!说得狭隘一些,当年多少八路,是为报家仇才选择加入队伍,如果我连大哥的仇都不敢去报,就算有再大的本事,能指望我为乡亲父老谋福?"

周庆绅说:"要实现理想,也不一定非要学作战指挥。英雄不问出处,哪怕做饭做出名堂,大家吃好了,打起仗来更有劲,也属于间接打了胜仗。"

周意重说:"我能直接,为啥间接。"

周庆绅哑口无言。他如果是个外人,要为周意重的选择击节赞叹,他知道当年"妻子送丈夫上战场,母亲送儿子打东洋"是常态,革命先辈的家属们拥有足够的气节和胸怀,如今他也该抬高站位,不仅不能阻拦,还要发扬风格,让人们看到一名复员军人的觉悟。然而,那一刻他只想到自己是一个接连失去两位亲人的农民,只想到弟弟的鲁莽,他不觉得那是血性,他觉得那是自私。

那时,周庆绅终究没有劝动弟弟,因为反对是万万不可的,军人底色不允许他反对，而且他还要认真拿捏好劝解的分寸和态度。尤其是在哥哥的画像面前，他看见哥哥坚定的眼神，似乎又回到了那个炮火连天的西南，他看见一排排的人倒下去，到处都是残肢断臂，但却没有听到一声惨叫。他知道，在响彻云霄的轰隆声中，在随时可能殒命的境地里，最大分贝的怒吼其实是沉默。

第二天，周意重到学校告别班主任，班主任戴着一副比罐头瓶底还厚的眼镜，当然这副镜片的奇特之处不在于厚，而在于上半部分是近视镜，下半部分是老花镜。班主任听说周意重要参军的消息后，一会儿透过眼镜上半部分看他，一会儿从眼镜下半部分看他，但不管怎么看他，都百思不得其解。以前，班主任最看好的就是他，认为他将来不管是搞学术还是走仕途，都是一把好手，而且他所热爱的金融专业，也很适合他。班主任几次和周意重探讨中国金融的前景，他们都明晰"金融"这个还很少引起普罗大众注意的行业，很快会爆发出应有的威力。那时上海浦东、深圳大湾等特区的开发蓝图还在中南海的办公桌上，股市的建立还要假以时日，但明眼人能够感知到经济时代拐点即将来临。那些从南方回来发了大财的人，还紧紧盯着服装手表、冰箱彩电不能自拔，可他们并不知道这只是改革开放的冰山一角，这个时候谁先开萌，谁就是赢家。周意重正是比那些"倒爷"要高明百倍的天之骄子，是率先开萌的典范。十七八的孩子已能预测国家发展方向，早早地确立目标，实在了不起，班主任逢人就炫耀周意重是他的关门弟子，将来必定出人头地，岂料周意重来了个一百八十度大转弯，一把将他甩出去八丈远。那时，班主任的表情像吃了一碗当年周长河吃过的落满苍蝇的清水面条。

负责任的知识分子，一定是敬仰尊崇军人的人，他们站在三尺讲台上教书育人，走下讲台为人师表，没有道理不同意他们的学生去参军，并且他们每年都鼓励那些名落孙山的学生到部队寻求新的机会。但是像周意重这样的情况，班主任还是第一次见，所以他和周庆绅的反应相同，有太多话想要说，只是到了嘴边又生生咽回去了。

班主任说："你这个性格，适合那么激烈残酷的生活吗？"

周意重说："哪个少年生来是为扛枪打仗呢？还不都是一边憧憬着诗情画意，一边义无反顾地冲上去！"

班主任说："你当初的梦想呢？我听你畅想的那些未来呢？"

周意重说："我的两个哥哥天生就是战士，然而，他们却纷纷过早地离开了他们热爱的地方，那不是他们的解脱，也不应该是结束，所以我分明看到他们满眼的惋惜。我可以视而不见，去做他们希望成为的人，可我不能逃避，我要正视他们所经历的苦难，勇敢地迎上前去，那时候我就能看见我所看不见的风光，他们只剩下一丝暗火的希望，将获得无限的延长。"

班主任让他立刻消失，他不再炫耀周意重是他的关门弟子了，从他选择参军那一刻起，他知道能见面的机会也屈指可数了。他带过一茬茬的学生，那些最不经常见面的，就是那些当兵的学生。既然如此，眼下这可怜的离别，仓促一些又有何妨。

周意重穿着明显不合身的校服,给班主任敬了一个七扭八歪的军礼,毕恭毕敬地退出了门外。班主任掀开一个陈旧的本子,在一排名字后面,用毛笔添上了"周意重"三个大字,随后合上本子,摘下眼镜,望着周意重离开的方向,眼前模糊一片,但仿佛看见他那些当兵的学生排成一队,唱着胜利的凯歌整齐地向他走来,他脸上的惆怅逐渐烟消云散了。

第十一章

我现在就出发,因为很早以前已扎好行囊。我心有花朵,它还不曾绽放,有就足够。我眼里有广袤田野,不必在意那困住自我的新房。我跑过一片棉花地,看见遍地残骸,那是自然穿给灵魂的云裳。不惧风雨地远行,就像你告别这个世界,去重塑梦中的天堂。

周意重走出了学校,来到马路上,一辆崭新的桑塔纳响了几下喇叭。周意重不知道那叫桑塔纳,只知道那种车型刚刚兴起不久,全高唐县也没几辆,比烂大街的鸡屎黄面包车好看多了。他好奇地停下来,看到车窗里伸出一个梳着大背头的脑袋,那个脑袋下面的皮衣也明晃晃的,应该是打过蜡,和他闪闪发亮的头发形成良好互动。周意重走近几步,认出来开车的人是舅舅龚雪秋。龚雪秋不骑那辆车头灯靠车轮摩擦发电的飞鸽牌自行车了。鸟枪换作大炮,可以想象,他现在的知名度不允许他再在报纸夹缝中刊登个人介绍了,最次也混到了二版头条;他的书画作品也不会再流通于地下市场，热衷于"打折促销"，可以论平尺交易了，还极有可能出现在一些送礼场合，或进入了拍卖场，甚至还有机会到荣宝斋里走过一遭，不然，他开不起这样的"豪车"。

龚雪秋摘下墨镜，朝外甥招招手，示意他坐进去。周意重尝试了几下，没有打开车门，于是放弃坐进去的想法，站在车窗边和舅舅寒暄。龚雪秋脸上堆着笑，周意重上次见舅舅这么笑，还是他去画院看舅舅的画展，恰逢县长带孩子来参观。那时，舅舅看到县长也是这个笑法。以前周意重不太理解"伸手不打笑脸人"这句老话，感觉做错了该打还是要打的，就像他爹周长河才不管三七二十一，他打人的时候，若谁敢笑，下手更重才对。但是他看到舅舅的笑以后彻底明白了这句话的神韵，就算他画了一坨屎，只要他露出这样的笑容，县长也不会当场说恶心，保不齐还能夸他画得逼真，逼真的程度有呼之欲出的感觉。

龚雪秋之所以也对周意重这么笑不是没有道理，因为按照正常逻辑，周意重以后很容易能达到县长的造诣，龚雪秋没有把他这个未来县长和现任县长区别对待，说明龚雪秋并不是见风使舵的人，还是能一碗水端平的。

龚雪秋继续笑眯眯地说："你爹笨得像榆木疙瘩，没想到儿子个顶个的优秀，我这当舅的脸上有光啊。"

周意重看了看他的皮衣和大背头说："你身上也有光，头上也有光……"

龚雪秋说："少调侃你舅，说正事，录取通知书拿出来给我瞅睦，北京的大学还是上海的大学？"

周意重说："都不是！"

龚雪秋说："省里的重点也行，宁当鸡头不当凤尾嘛，还是你英明！"

周意重说："是指挥学院。"

龚雪秋愣住了，眼珠子骨碌碌转了几下说："指挥学院？你指挥谁啊？你这驴日的，我让你指挥指挥我……"

龚雪秋那标志性的笑容不见了，变成了气急败坏的面孔，他三步跑到车尾，打开后备厢，取出一支笤帚大小的毛笔，朝周意重打去。周意重在前面跑，他在后面追，追出去有三五百米，周意重会读书，但体能素质着实差劲，喘气喘出了口哨声，被龚雪秋摁在地上，揪住衣领骂："你哥哥猛不猛？一个死了，一个差点儿死了，你说你能行吗！你看看你现在这个熊样，活脱脱一个俘虏，你要是能把兵当好，我管你叫舅！"

龚雪秋满嘴的吐沫星子涂满了周意重的脸，周意重也不敢擦，闭眼承受。龚雪秋以为外甥被他的气势震慑住了，只能听之任之了，接着说："我供你复读一年再考一所地方大学。毕业后搞关系那一套我懂，要钱出钱，要人有人，保你一路绿灯。那时你安心当官，我打外援，咱们来个珠联璧合，你就说得劲不得劲？我在城里混了这么多年，比你们看得远，所以在你们哥仨的问题上，我有说一不二的资格！"

周意重一脸颓态，缩着脖子真看不出和军人风度有丝毫关联，但说出来的话掷地有声:"首先军校是入学即入伍,我现在已经是军校学员身份,说不定还有了军籍,除非人家开除我,不然就算逃兵,所以复读的主意行不通的;其次,我们有血缘关系,您是我和二哥在这个世界上最亲的人了,我尊重您,您咋教训我都行,可是在这件事上,我要自己做主。"

龚雪秋没有被顶撞过,周元明和周庆绅性子再烈也没敢当面让他下不来台,现在却被老三震慑了,他突感身上这套气派的行头,也不能抵消他廉颇老矣的事实,他有气无力地说:"死孩子,真是翅膀硬了!"

周意重说:"我不是为了证明给谁看,所以也不用跟谁解释。您以为您凡事都能主导我们,其实仔细想想,哪件事不是赶巧了?二哥之所以能回来,是因为你到部队闹,他才回来的吗?我以前对您的话言听计从,是因为您的观点有多正确吗?现在我不听您的,也不代表我不再感恩,是因为我长大了,我是新青年,有自由之思想,为啥要画地为牢,做一个合大家心意却不遵从自己内心的人呢?!您比我爹体面,比我爹有见识,所以您也一定不是一个喜欢控制孩子的家长,让我去独自拼搏吧。"

龚雪秋气得嘴唇发抖说:"自由之思想?我看你是狗屁之混账!刚搞出些名堂,就翻脸不认人。从现在起,我不是你舅,自然也不会再干涉你家的事情。不过,明天我还在这里等你,把这些年我资助你们家的钱还我,咱们一刀两断。"龚雪秋最终还是提到了他在乎的钱,他心里清楚,周家给一老一少治病早不剩半个镚子了，周意重肯定筹不到钱，到时候还得哭着求他。用钱威胁孩子，不是龚雪秋的本意，可这是他跌下自己筑建的神坛之后，剩下的最后一招。

龚雪秋等着周意重服软，然后告诉他，虽然拿到了军校的录取通知书，但是想要不去，还是能实现的。作为一个资深的权力掮客，他不认为有走不通的后门。可是，听了周意重的回复，龚雪秋的心凉透了。

周意重不假思索地说："除了父母，没有无缘无故的爱，这句话，我不认同。亲人就是亲人，我永远记得您的好。但一码归一码，借的钱就应该还，我现在回去想办法。"周意重说完走了，留下了一个瘦弱的背影给龚雪秋，那个背影越来越小，肩膀越来越窄，像龚雪秋此时被堵住的心脏。

龚雪秋原地打转，怒踹了爱车几脚，车门上呈现出几个凹坑，他愤愤地说："学习成绩好，不代表不愚昧。新时代来临了，不管谁辩驳，经济效益都是第一位的，这个傻小子却越活越回去了。"

周意重回到周集，周集重新冷清下来。一夜之间，气温骤降，满眼的绿意消失无踪，凋零的落叶铺满了村口的道路，焦黄一片。周意重看见熟悉的乡亲们慢节奏的生活，看见他们十几年不变的精神面貌，他在脑海中搜索着到底谁能借给他钱。他想到了卫生室里那位庸医，人家都说他靠卖假药在县城安了家，村里也盖了好几处瓦房，他有钱，但周意重明白这种钱可不能借，再说，靠骗人发家的老小子能有多少觉悟，不被骂出来都算好的；他又想到了供销社里的周掌柜,他手里常年有大把大把的流水,钱干净得很。但当周意重站在供销社门口,发现周掌柜哭丧着脸在收拾货底子。他告诉周意重,以后村里再也没有供销社了,这里承包给了太和庄的孙老板,他没竞争过人家,眼睁睁地看着干了几十年的店铺成了人家的地盘,这里以后连名字都改了,叫副食品商店。见周掌柜比他还失意,周意重提都没敢提。他绞尽脑汁,终于又想到了一个富户,那就是王七家,他家虽然仍旧有钱,但借谁也不会借给他吧。那时,他意识到要还舅舅的钱,比十年寒窗还难。

周意重魂不守舍地往家走,周支书叫住了他,询问了一番。周意重不敢说舅舅让他还钱,扒瞎说上军校也要交学费和生活费。信息闭塞的年月,周支书无从考证他所说是真是假,嘴上骂着:"操他咧,作难了吧,谁让你不知好歹?你这种人才,上啥学校没有奖学金?上军校却还要交钱!没钱?活该!"

连最有气度的周支书也不搭理他了,周意重绝望了,他没有跟二哥和嫂子说这件事,他知道他们已经够难的了,不忍再骚扰他们。他知道二哥如果向林展等人开口,一定能得到支援,但那是他最不想看到的。林展是他的假想敌,二哥如果因为自己而找他帮忙,相当于战场上他直接投降了。

那天,十八岁的周意重在院子中的石碾子上坐了一夜,露水把他整个人都打湿了,原本蓬乱的头发像西瓜皮一样扣在脑袋上,松垮的校服贴在没穿内衬的皮肤上,让营养不良的他看起来更加瘦骨嶙峋。他思忖片刻,只能死马当活马医,趴在石碾子上给舅舅写了一张高息贷款的借条,想以此挡住舅舅的"攻势"。

清晨,当周意重顶着两个硕大的黑眼圈打开门走出去时,脚下发出"咚"的一声,差点儿被一团黑乎乎东西绊倒,定睛一看,是个铁桶,里面装着一堆面值大小不一的票子,花花绿绿的甚是养眼,有一百的五十的,也有一毛两毛的,有的平平整整,有的皱成一团,它们形态各异地躺在桶中,一看就不是一人所为。周意重想象着乡亲们排着队往里扔钱的场景。他们肯定蹑手蹑脚,生怕被院子里的人听到后走出来拒收。他们做到了鸡犬不惊,因为周意重距离门的位置那么近,且没有挪动地方,竟然丝毫没有察觉。周意重四下寻找,没发现一个人影,回来手里捧着那些钱,眼泪混合着头发上的露水,啪嗒啪嗒地掉进铁桶里。他知道,除了极少数人家里有余粮,其他人莫说存款,没有成百上千赊化肥种子的账,都不好意思说自己是农民,这些钱,可以想象他们是怎么东拼西凑来的。周意重捧着那些钱,如鲠在喉。

东边响起"隆隆"的雷声,像天空在鸣咽,豆大的雨点三三两两地砸在铁桶上,如同擂响了出征的鼓点。上午把舅舅的钱还了,他还要马不停蹄地坐长途车去办入学手续,所以他要即刻启程,先赴还债之约。

倾盆大雨中,周意重没有看到舅舅的桑塔纳,等了好久还是不见踪影。舅舅那么爱财的人,不可能不来,是不是记错了地点?周意重顺着大道往前找,由于时间还早,雨又一阵强过一阵,一路上没有一个行人,周意重走出去很远,在一个丁字路口处,他看到一辆车底朝天的小汽车，那辆车已经面目全非，车玻璃碎了一地，车壳子变了形，而在车子附近，有一根被撞断的电线杆，还有一个被冲掉了井盖的下水口，那上面卡着一个瘪掉的车轮，有脏水咕嘟嘟地从里面冒出来。周意重瞬间明白发生了什么，他祈祷车上不要有人，等冲上去，却发现舅舅就窝在驾驶位上，和车子一起倒立着。他满身是血，油光发亮的大背头乱得像鸭圈。大雨从没有玻璃的车窗淋进去，稀释着他黏稠的血液，把小车内部的积水也染成了鲜红的颜色。

周意重受到了惊吓，连怎么哭都忘了，他哆哆嗦嗦地去拉舅舅，发现舅舅被卡得纹丝不动，他急得在车子边跺着脚、转着圈。龚雪秋的眼皮沉重不已，但听到外甥的呼喊，他露出了艰难的笑，说："送不了你了！"

周意重在雨中大喊救命，可往日还有人烟的地段，那时却邪了门。正叫天天不应之际，一部"大哥大"哐啷一声从某个夹缝里滚出来，周意重摁了几下，竟然还有按键音发出来，他没见过这玩意，还以为是汽车零件。龚雪秋用微弱的声音提醒他，打报警电话和急救电话。周意重没听说过这两个电话，更不知道有什么作用，在龚雪秋拼了老命的指挥下，他终于打通了电话。这是他第一次学会打电话，更是第一次得知这两个报警号码，所以他不抱任何希望，认为当面都办不到的事，通过一个板砖似的东西怎么可能办到，还是靠两条腿去搬救兵更靠谱。周意重准备跑着去喊人，却听到了警笛声由远及近，这才信服了。

周意重握着舅舅的手说:"如果我按您的意思行事,就不会有今天的灾祸,千错万错都是我的错!只要你平安无事,让我干啥我就干啥,行不?!我不去读军校了,我复读,沿着你为我设计好的路走下去。欠您的钱我说还就还,以后挣的钱也全孝敬您!"周意重把乡亲们给他凑的钱拿出来,想吸引舅舅的注意力,让"唯利是图"的龚雪秋好好高兴高兴。

龚雪秋咳嗽了好几下,伸出泡得煞白的手摸了摸周意重的脸,又伸进衣服里,掏出一个塑料袋包着的信封,递给周意重说:"我沽名钓誉、自私自利,没有人能占得了我的便宜,包括资助你们上完高中,也是想让你们念我的好,将来养我的老。我啥都不缺,身边只缺人,你们可以满足我的这些需要,可是昨天你给我上了一课,今天老天又给我上了一课,这人世间难道除了利益,真的没有纯粹的情感了吗?你们本来是我的精神寄托,却也被我自己沾染上了杂质。我想了一夜,在你们年轻的时候,没有能力反抗,我通过要挟达成自己的目的,这超越了亲情的范畴,你娘如果知道,也不会原谅我。其实啊,人到了最后,都会孤独,要么在人群中孤独,要么独自孤独。看破世事的人不会空虚,嚷嚷着空虚的人也无须弥补,因为没有弥补的机会了。如果你是个孝顺孩子,你会跪在这里送我最后一程;如果你心里本就排斥,我强迫你来,即便你来了,又有啥意思呢!去做你自己吧,真正爱你的人,只要你走的是正道,走得越远,他应该更开心才对。所以,我不仅不能朝你要钱,还要再给你梳理一下漂亮的羽毛!"

说话间，龚雪秋从一个一贯春风得意的"文化大家"，苍老成了饱经风霜的样子。他的头发涂了廉价的染发剂，被雨水冲刷得一干二净，露出满头银丝，银光照出了他眼角密密麻麻的皱纹，那些纹路中透着慈爱和安详。周意重想，如果他娘还活着，也许和舅舅的样子一模一样。既是怀念，又是悲悯，心中一阵排山倒海般难过，哭得上气不接下气。

周意重接过了舅舅的信封，不然舅舅会一直举在那里。那时，戴着大盖帽的警察骑着偏三轮赶来了，县医院的面包车也开来了，人越围越多，各种那个年代最先进的破拆手段都用了，最后龚雪秋好不容易被从车里抬出来，放在了担架上。他四肢耷拉着，看起来像一堆烂柴火，已经陷入了深度昏迷。周意重好不容易挤上前去，要送龚雪秋去医院，一位警察拦住了他。

周意重对警察说："不要拦我，我咋可能一走了之，要看着他安然无恙才放心啊。"

警察说："我知道你，大家都知道你，你是高唐县的骄傲。刚才你舅交代过了，今天是你报到的时间，部队有纪律，你尽管放心走，你舅交给我们。"

周意重还要坚持，警察摁住他的肩膀，斩钉截铁地说："你是个战士了，天要塌下来，你也要挺起来，回到你的位置上去！"

面包车呼啸而去，周意重捧着不减反增的钱，蹚着没过脚踝的雨水，他一边哇哇地哭着，一边向车站走去。行进中，他一件一件地脱去身上的校服，再一件一件地把崭新的军装套上，不一会儿，他就从一个读书郎，摇身一变成了一身戎装的人，行云流水一般。远远看去，他如破茧重生，像翻版的周元明和周庆绅。从一个身份到另一个身份，也许靠衣装就能初步实现，但从一种状态到另一种精神的跨越，却需要足够漫长的磨砺。周意重完成了形似，何时才能达成神似，他也茫然不已，可越是茫然，脚上的频率越快起来了。

周意重步入指挥学院之后，沉浸于军事知识的海洋中。那期间，一向琴瑟和谐的周庆绅和刘诗花有了第一次矛盾，起因是周庆绅竟然把周晓盛给打了。那时，周晓盛刚上一年级，随铁了他爸周元明，不是块学习的料，小小年纪没认识几个字，先学会了逃课，经常趁老师不注意从后门溜走，跑到野外下河摸鱼、上树掏鸟，倒也过得开心愉快。被老师发现后收拾了几次，消停了一阵子，都以为他还小，慢慢会回到正轨，要给他时间，谁承想，这小子胆子越来越大，惹的祸也越来越离谱，后来竟发展到了"谋财害命"的地步。

那时，周长河当年最羡慕的王四家道中落了，本来在固河镇粮站上班的他，受不了下海潮的诱惑，也要学着别人停薪留职。粮站站长知道这个老兵太有个性，不适合做生意，到了外面一定后悔，想挽留他，不给他办手续。王四确实硬气，不给办就直接裸辞，还美其名曰为"背水一战"。发财和发病一样，都是有征兆的，他觉得他左眼皮跳了将近一年了，再不出去混世界，这辈子就这样了。他不甘心按部就班地生活，大多数人所羡慕的朝九晚五开始为他所不耻，他认为当大老板才是他的最终归宿。递了封辞职信也不等站长回复，说走就走了，让站长扼腕叹息。

果不其然，站长一语成谶，撺掇王四下海的那帮人都是些酒桌上大放厥词的家伙，目的只是为了让王四看得起，能多照顾照顾他们卖粮的亲戚朋友，根本没想到王四真敢辞职。他们把王四带入坑之后，往日所做的承诺一个也没能兑现。没了靠山，王四没能享受到经济浪潮的红利，把别人都挣钱的买卖成功地干赔了。五十多岁的人了，身家性命差点儿全搭进去。不幸中的万幸，他懂得悬崖勒马，留了点儿棺材本灰溜溜地从南方回来了。粮站是回不去了，站长可怜他，想让他干个临时工，但王四干了一辈子正式工，再让他干临时工，他觉得抹不开面子了。山东老男人的操守被王四遵循得很好，凡事先想到的是合不合乎面子，先要有面子才能有里子，万万不可颠倒了顺序。于是，王四忍痛回到了周集，回来之后他发现，不如听了站长的话，好死不如赖活着，哪怕在镇上当个临时工，也比在周集被戳脊梁骨强。早年间那些朝他抛媚眼的姑娘，如今也成了老娘们，年轻时她们还坚定地认为生活有多种可能，娇羞是要求进步的表现，而随着时间的推移，就算袒胸露乳也没人关注的时候，她们才知道指桑骂槐、嬉笑怒骂也是不向现实妥协的特征。很不凑巧，王四成为她们发泄怨气的活靶子。年轻的时候得不到，老了没人稀罕，她们当着面或者背地里痛快地数落王四，其实，那也是在数落芳华已逝的自己。每当她们叽叽喳喳地埋汰完王四，回到家里总要失落很久。这些王四不知道，王四只知道这个生他养他的村庄还是原来的模样，只是他的心态变了，他堂堂一个复转军人，再怎么不济，也还是要拿出些精神面貌来。他的精神面貌没有体现在吃苦耐劳上，多年来，作为一个公家人，他当惯了座上宾，练就了一身吃请的本事，所以生活再不如意，还是要把架子端起来。他每次赶集都买二斤猪肉挂在车把上，能够次次买二斤猪肉的人，在周集还没有出现过，他算头一个，所以他的车子能骑，他偏不骑，摁着铃铛从村南头走到村北头，再绕个弯，从村西头拐到村东头，确保有十几户人家看到他又买猪肉了之后，这才回到家，把二斤猪肉放进地窖里，用冰块封好，等五天以后，再拎到集上，重复他之前的流程，一块猪肉能用半年，但造成的影响力不可小觑，大家都知道这老小子瘦死的骆驼比马大，虽然做生意赔了，公职也丢了，但几十年"革命生涯"还是攒下了不老少。

　　王四有钱的消息不胫而走，也传到了周晓盛耳朵里，那时买袋方便面仅需几毛钱，王四赶一次集却至少花五块钱，这在他小小的心灵中可是一笔巨款。于是，周晓盛"纠集"小伙伴们一合计，要到王四的院子里"淘"点儿好东西，三毛五毛的不嫌少，三块五块的可发了财。王四喜欢吃肉，吃肉就离不开喝酒，哪怕收获几个啤酒瓶子，也能换些冰糕解解馋。

　　说干就干，这天又是大集，王四把皮鞋擦得锃亮，去开展他的炫富之旅了。周晓盛知道吉时已到，和小伙伴们约好在距离王四家不远的小池塘边会合，岂料小伙伴一个也没来，连比他大的孩子一到关键时刻也没了胆量。虽然王四家的一面院墙因为连日暴雨部分倒塌，是用树枝暂时扎起来的，阿猫阿狗钻来钻去，可外人若随便进去，也够判的了。

周晓盛其实也心虚，但他生小伙伴的气，心说，等我买了冰糕，连冰糕棍也不可能让你们嘬一下。周晓盛壮着胆子钻进了王四的家，并成功从屋门的缝隙里钻了进去，满屋乱转，半天过去了，什么也没发现，正失望之际，看到条山脊上有一个石英钟相当漂亮，这玩意很有分量，他搬不动，只想看个稀奇，毕竟连这个东西他家也没有。打开石英钟的前盖，刚想摆弄一下钟摆，面前六张五十元的大钞晃得周晓盛眼晕。"巨额"财富摆在面前，周晓盛吓傻了，尝试了好几下没敢下手，只碰一下那沓钱，心就跳到了嗓子眼，直接从椅子上摔下来，他想夺门而逃了。可最终虚荣心战胜理智，他要在小伙伴中间获得话语权，就要干一票惊天动地的大事，于是，他拿了钱，但只拿了一张，就这一张也超出了他的心理承受能力，让他接连几天吃不下饭、睡不着觉。周庆绅和刘诗花还以为他旧病复发，正张罗着送他去卫生室，王四脑血栓发作抢先他们几步进了卫生室。

王四被抢救了过来，但是腿脚从此不利索了，说话还流口水，这下彻底没了面子。但造成这个局面的罪魁祸首还是查出来了，矛头直指周晓盛。王四发病正是因为那五十块钱，发现丢了一张后，眼前当时就黑了，因为他那些钱确实够买一口好棺材，丢了五十，相当于直接丢了一副棺材盖。这还得了，周支书分还给他的那二亩三分地只够温饱，他没有别的什么经济来源了，心里一急，多年的积郁一并爆发，躺在地上直蹬腿，要不是王七来给哥哥送馒头，王四抢救过来也得成植物人。

周晓盛进院盗窃的事被小伙伴抖出来了，王四的弟弟王七气冲冲地找到家里来，他出狱后见了周庆绅都是绕道走，今天能鼓起勇气来和周庆绅对峙，也出乎了周庆绅的意料。周庆绅以为他好了伤疤忘了疼，又要和他叫板，拉开架势准备再次迎头痛击他时，听到了他的陈述，立马矮了三分。他把周晓盛叫来，问周晓盛有没有这回事。周晓盛心里有鬼，却故作镇定、仰头向天、满脸傲慢，却说不出个所以然。周庆绅了解周晓盛，能这么表现，他心里就知道了大概。他大喝一声，不仅把周晓盛吓破了胆，也让王七一激灵。

周晓盛只得从砖缝里抠出了那五十块钱，耷拉着脑袋站在一边，像极了藏了几个亿却一分钱没敢花的贪官。看见那张大面值的钞票，周庆绅羞臊不已，多年来和王七明争暗斗中，他每每占据上风，然而今天，却因为周晓盛的一时贪念，将一直以来保持的成果击成了渣渣。王七居高临下地看着他，像是在审视一个罪犯，积压心头的憋闷苦痛，好像在那个阳光明媚的午后宣泄得一干二净，他似乎听到了周庆绅的求饶声。也正如他的想象，他有多高调地庆祝胜利，对立面的周庆绅就有多心碎，他用命抗争来的尊严，在那一刻分崩离析了。他从王七的注视下败下阵来，扭头看见周晓盛吊儿郎当的样子，如同挨了一记闷棍，抬腿就是一脚，周晓盛像个皮球一样，弹了出去，跌倒在石碾子旁边，抱着肚子在地上翻滚，发出一声压过一声的呻吟。

那时，刘诗花刚扼着菜篮子从门外进来，看见儿子的惨状，顿时大惊失色，舌头打了结，呜呜哇哇地怪叫着扑向儿子。周庆绅的拳脚岂是常人可以承受，何况一个刚上小学的半大孩子。王七下意识地捂了脸，心说我只是来讨个说法，没想出人命，你这么搞是想让我二进宫啊。王七趁刘诗花怒目而视周庆绅的当口，抓起那张钞票，偷偷地溜了，他怕再不走，下一个挨踹的肯定是自己了，踹继子都能踹个半死，踹他就更没准数了。他心里还清楚，王四的病，不是五十块钱的事，和他几年来一手好牌打得稀烂有关。王七在监狱天天学法，他懂得这么小的孩子犯的错不构成刑事案件，赖周家，赖不出仨瓜俩枣的，再惹一身骚就犯不上了，挽回点儿颜面，见好就收吧，以后在周庆绅面前还能抬头走路，目的已达到，抓紧脱身才是。

刘诗花骂周庆绅的时候有口水从牙缝里飞溅出来，她狠狠地盯着周庆绅，再也没有了往日温情，那表情里掺着血海深仇，她听说周元明牺牲也没有如此丧失理智。周庆绅从没见过刘诗花这种模样，后退了一步，嘴上却还不饶过周晓盛："咱们家只有英雄，没有小偷，往上查多少辈子也没这么丢人过，王四叔万一出了大事，你这叫谋财害命，你对得起谁？"

刘诗花用嘶哑的嗓子道："他对不对得起谁我不管，你是谁？你有啥权利对他下手这么狠？"

周庆绅说："我是……我是他爸爸，子不教父之过！"

刘诗花说:"爸爸?爸爸会下死手?假的也就算了,还是个害人精,你给我滚!这不是你的家,我们不欢迎你!军人靠武力说话,可你也不是军人了,你只是生性残暴的人而已!"

周庆绅说:"可是……"

刘诗花说:"你走,我不会背叛周家,你不走,我就要另寻出路了!"

周庆绅愣住了,他看见疼痛缓解的周晓盛也怒视着他,和刘诗花一样将他拒之千里,偌大的院落,没有一个他容身之处了,一阵冰凉的秋风跃过墙头直击了手足无措的他,他像一个中弹的战士,眼里有泪,那泪却和弹头一样,无比坚硬,没有温度。那是一个刺骨的秋日,他内心多年来始终森严的城池,一瞬间全然失守。他可以选择苟延残喘下去,装作此地依然是他的疆土,然而他所珍爱的人们,从此与他形同陌路,在他的国度里,他也从来不是自己的国王,所以,别处,更加寸步难行。

第十二章

风雨中踩着狂浪,踏入本不属于我的领地,稍有不慎即被中伤,然而,我只记得世界之大,大到来生谁也记不得谁的模样,所以那时你不是荒凉的野草,我也要做入云的白杨,这是接近你最好的方式。初冬的浓雾里打在我身上的露水,像流了整个童年的鼻涕,和我一样摇摇晃晃找不到方向,但即便我只是一根朽木,看不到下个春天的新绿,我站在那里,就重回了少年,在朝霞与河川之间渐次发现追寻的力量。

周庆绅所有的努力即将因为他愤怒的一脚化为泡影,想到周长河对他的嘱托,他心如刀绞。而身在省城的周意重,他的军校生活也开始得仓促不已,踉踉跄跄。可以说,周庆绅是历经千帆之后的迷茫,而周意重则是出师未捷身先死的绝望。一个专于和书本打交道的文弱学生,突然换了一种截然不同的活法,在一群生猛精壮的年轻人中间像格格不入的羔羊。他本就不是作战部队的苗子,更适合待在办公室里写写算算，或者进实验室搞搞研究，因为他在课堂上和在演兵场上判若两人，而指挥学院以指挥训练为主，他在课堂上的优势可以忽略不计了。

四百米障碍场，别人都在讨论谁比谁快了几秒，而他穿过了矮墙，再跳进一个两米深的坑洞之后，就再也没有爬上来。那个用砖砌成的小方池子，在别的学员眼里是最没有技术含量的，只需纵身一跃，双手摁住坑沿，稍稍用力一撑，一条腿挂上来就成功了，和小时候爬树杈子没什么两样，但周意重待在里面蹦跶了半天，瘦弱的双手使劲抓挠，百般努力，无济于事，直到学员队收操回营了，他还在坑里左抠抠右蹭蹭，耗尽了最后一丝力气，靠在坑角里望天上云卷云舒，像只被夹断了尾巴的兔子，他也不管丢不丢人的问题了，向外面喊了几声"救命"。在确信没有回音后，他认为学员队把他遗忘了。当天是周五，晚上是自由活动时间，如果晚饭时没有人发现他不在，就寝时战友再认为他在阶梯教室自习，夜里区队长再不查铺，他一定会冻死在坑中。他从没想过一个四百米障碍的小坑，是他最终的归宿。和平时期训练也有伤亡，可他这个形式的伤亡，绝对旷古绝今。他想象着学院各级领导一边写他的死亡报告一边拍着大腿骂娘的场景，尴尬到嘤嘤地哭起来了。正哭着，他感觉坑顶的光亮愈发暗淡下来，刚还能看到的星空，此刻消失不见，突然一道闪电好像提前量好了尺寸，必须让周意重分毫不差地看见，所以从坑顶裸露的上空中间劈过去，照亮了坑底瑟瑟发抖的周意重。不一会儿暴雨倾盆而下，雨量惊人，很快蔓延到了腰部，周意重认为冻死还能保持尸体新鲜，淹死却会被泡得满目全非，如果能选，他选冻死。狼狈如斯，还惦记着选个体面的死法，也只有书呆子能干出这事来。直到水涨到了脖子的部位，他发现可以依靠浮力接近坑口，才开始研究怎么逃生的问题。当他爬上地面，透过雨帘，看见学员队的人一个不落，整齐列队站在他面前，淋着雨全程收看了他的"壮举"，他恨不能重新跳回坑里。

大队长梁宇修抓着他的手说："别灰心，你破了学院的记录，曾经有个家伙也跳进去爬不出来，但他没你幸运，那天没下雨，是我们集体往坑里吐口水，把他漂上来的。"

当晚，周意重是怎么回来的他已记不清了，他以为这次经历是他这辈子最没脸的一次。岂料他还是低估了自己，原来还有更多的下限等待他去开掘。打破纪录不足为奇，刷新下限才惊破眼球。

教学法会操，一人模拟当教员，给其他学员讲解军事动作要领，那天会操的内容是队列动作教学法。过目不忘是周意重的强项，不然他文化课成绩不能那么好，所以对于教学法他从不怯场，本想这场会操中找回一些存在感，也正如他所愿，他确实找到了存在感，只是那样的存在，让人想起来就犯膈应。

当时，周意重雄赳赳气昂昂地上场了，一个排的学员陪着他站在场地中央，他们眼巴巴地看着周意重发挥，周意重一开始也不负众望，吐字清晰、要素齐全、条理分明，边讲还边做起示范动作，虽然动作标准还有差距，可好教练不一定都是优秀运动员出身，马马虎虎也说得过去，场边几百个老师和学员也看得津津有味，不时还爆发出掌声。就在大家都认为周意重总算在军事课目上有很大起色之时，倒霉的事情又发生了，周意重一个向后转，用力过猛，把裤腰带绷断了，他瘦削的身材撑不住不系腰带的肥大裤子，裤子很轻松地滑落到脚踝处，露出了他那条从家里带来的红秋裤，这条秋裤好巧又被周意重套在了制式秋裤的外面，在萧瑟的北方，那抹色彩艳丽动人，刺目吸睛。更可悲的是，全校大会操，自然少不了女学员队，她们被周意重的秋裤映红了脸庞，从目瞪口呆到肆意喷笑，一个个牙花子露在了外面，也是红彤彤的颜色，与红秋裤相映成趣。这次事故虽然与周意重太过紧张，把腰带勒得太紧有关，和军事素质本身无关，但还是凸显了他临场反应能力不足的尖锐问题，如果他当时眼疾手快，在裤腰落到胯骨轴时就能一把抱住的话，场面也不至于太过劲爆，效果也不至于太过轰动。周意重没有把"罪责"推给那条秋裤，和他的父亲一样，当年周长河也没有因为棉裤里没套秋裤而羞愧，只是怪命运弄人，所以他认为他生来即苦，将来也好不到哪里去，他愈发郁郁寡欢起来，为当初不听二哥的话选择指挥专业感到了后悔。

　　这些小糗事，还不足以让周意重崩溃，促使他萌生退意的，是一次协助济南支队抓捕重大流窜抢劫杀人犯。九十年代初，经历过几次大规模严打之后，社会治安虽有所好转，但时代毒瘤与改革发展并行衍生，人心浮躁、唯利是图的诟病随着市场经济的节奏也高歌猛进起来，但在那个没有天网、电眼、网络的年月，人们的思维意识却因为国门的打开变得极为丰饶，也极为失衡，侥幸心理便空前高涨起来，犯罪率再次出现反弹。一代内卫军人有一代内卫军人的职能使命，刚刚由解放军乙类部队转隶而来的他们顺应时代成了帮助警方打击违法犯罪、维护社会治安的生力军。周意重正是这其中的一员，即使还是在校学生，但在大规模的临时性抓捕行动中，也往往会被委以重任，因为只要穿上军装，人民就统称他们为守护者，没有人会因为他是学员或者列兵而不对其寄予厚望。

抓捕黄克非的命令下达那天，大队长梁宇修胸有成竹、情绪稳定，因为他经验丰富，这样的任务他执行了不下几十次，可受领任务回来，迎头碰见周意重，他随即心慌起来，战术场上他"半身不遂"，射击场上他"有眼无珠"，这样军事素质的人在以往早被学院开除了，可坏就坏在他文化成绩还出奇地好，开除这样偏科严重的学员容易，但违背"人尽其才"的初衷，也与培育有知识的革命新人的宗旨不符。梁宇修黑着脸想，即便让这样的家伙正面遭遇黄克非，也会白白错过立功机会，更重要的是黄克非手上有支军用八一杠，那是去年他大开杀戒之前从哨兵手上抢来的，至于子弹，当时私有枪弹管控还不严，黑市上的子弹泛滥，不比买玻璃弹珠费事多少，面对这样一个身背八条人命的悍匪，没有人敢保证可以全身而退，何况周意重。所以梁宇修为了保险起见，逐个给参与行动的学员做工作，给别人做的工作无非是提高警惕，确保自身安全的前提下，尽量寻找机会击毙或活捉黄克非，争取到军旅生涯的开门红、满堂彩。可唠叨了一圈最后轮到周意重时，梁宇修认为给他说这些皆是徒劳，别说让他硬杠黄克非了，遇到沟沟坎坎他不掉队就算给足面子了。思来想去，他不知道该怎么向周意重张嘴，面对这个活宝，他彻底哑火了。作为学员的老大哥，梁宇修不忍剥夺周意重表现的机会，但机会也分给谁，给了周意重可能就不是机会了，还有可能是噩梦，是周意重本人的噩梦，也将是他这个一线组织者的噩梦。情报显示，在历经一年多的侦察追踪之后，神出鬼没的黄克非已经被锁定在乐佛山北麓，参加搜山抓捕的几百名官兵只要逐步缩小包围圈、顺藤摸瓜，黄克非虽然颇有杀伤力，但也是强弩之末，长期地逃亡抗争基本耗尽了他的能量，单个普通战士有能力压制住他，这里外里都是白捡的好事。但百分百的成功概率面前，也有居高不下的压力，这万一让周意重搞砸了，整个学院在上级机关和兄弟单位眼中都会成为笑柄。分析到此，梁宇修要做一个情非得已的决定，向学院党委说明情况，不让周意重参加此次任务。他知道，全院除了职工和聘用制老师没有参加，其他现役人员倾巢出动，如果不让周意重参加等于直接否定了他的一切，这对他将是致命一击。可梁宇修还是艰难地说服了自己，他认为与宝贵的生命和至高无上的群体利益相比，让周意重一个人留下来舔舐心灵创伤便显得不再残忍。无情剥夺，有时也和仁义、人道有关。

梁宇修找到周意重三缄其口、欲说还休，周意重并没有领会他的意图，笔直地站在他面前，眼睛也不眨，虽然军事不行，但他还有仅存的信念，他也听说梁宇修找每个人谈过话了，现在就剩下他了，他等待着大队长给他下达指令，失过足摔过跤的人爬起来要跑得更快才能有饭吃，这些他都懂，所以他百倍珍惜每个瞬间。他脸上透着稚嫩，眼里还有纯净，梁宇修越看越于心不忍，可是这不是请客吃饭，这是要真刀真枪地战斗去的。

梁宇修心一横说："这次围捕行动你就不要参加了！"说这话时，梁宇修眼神故作涣散，飘向了除周意重之外的任意角落。

这无疑是釜底抽薪，让周意重瞬间像霜打的茄子，他喃喃地说："我以为别人能做到的事情，我也能做到，是我太天真了。"

梁宇修找补道："这才刚开始，你还有无限可能，着急不得。"

周意重说："从起点往前，再慢也在接近终点，而翻身，却是为了重新面对这难堪的时光，要翻好这个身，和步入正轨还隔着天和地的距离，可能是一年，可能是一生，刚开始就被排除在外的人，你还指望他有什么好心思呢？"

梁宇修有些乱了，他从周意重的眼睛里看到了沉沦，以往他再落魄，也还算个落魄书生，书生自有操守，而现在他再强颜欢笑也只是个行尸走肉了，灵魂移位，欲望成空，对他这个岁数的来说，并不应景。

梁宇修需要及时遏制事态发展，他说："这还只是我个人的想法，说不定还有转机。"

周意重摇摇头说："你能说出来，已既成事实，训练场上，做不到的还能再咬咬牙，可生活里，咬牙有用的话，就不会有那么多心酸的无奈了吧，我不让你为难！"周意重透过梁宇修的肩头看见西南的云彩，接着说，"坚持很容易，也知道方向是对的，但走得越远，错得越多，岂不是给自己和别人增添更多负担和遗憾，原谅我的有心无力,我们的字典里没有放弃,那就换一种方式吧!"周意重把崩溃说出了崩溃的味道。

周意重踽踽而去,连最后一根稻草也被折断了,他要去写退学申请了。梁宇修别无他法,坏人做到底,他甚至认为这对于这个学霸来说,或许也是好的选择。他步履沉重地往院领导办公室走,刚走到半路上,有学员叫住了他,让他不要去院领导办公室了,直接去党委会议室,院长和政委都在等着他。

梁宇修以为他不做这个决定,教导员、政委乃至系主任也会替他做这个决定,在这个集体荣誉大于天的环境中,周意重的呻吟是苍白的,所有不利于行动的呼声终将会被淹没。想到这里,他心里还好受了许多。

周意重行走在空无一人的院区里,所有人都在宿舍打背包,并把胶鞋和平时舍不得吃的饼干、牛肉塞进背包缝隙里,只有他像个没事人似的。他好多次在喧嚣中渴望孤独地休息休息,现在他孤独了,却并没有感觉到是在休息。远处是灰蒙蒙的天空,眼前落下米粒大小的冰碴,打在脸上,他感觉不到疼,还有一股温热传来,他知道严冬真的来了,人在冻死之前,听说也会感到温热。

梁宇修站在党委会议室的枣红大会商桌前,看见院长和政委同样花白的头发和窗外瞬间落满皑皑雪白的颜色毫无违和,他们也以同样的姿势和眼神看着他,让他不由得把贴在大腿上的手贴得更紧了。他听懂了两位主官的意思,这次周意重不仅要参加,还要编在第一梯队,哪怕用一个班的人去保护他,他也要参加。

这种安排激起了梁宇修的逆反心理,本来他还对周意重愧疚万分,现在却厌恶不已了,追问:"就他?我们这是图啥呢?难道他爹是司令员不成?"

院长说:"不该问的不问,不该说的不说!"

政委显然没有这么不可接近,他告诉梁宇修,他也是刚接到一七七师师长舒泽勇的电话,这才彻底得知周意重的背景,原来这个军事垫底的人是烈士的兄弟,是全军标兵的兄弟,现在还是一七七师临时起意决定放在学院的委培生,这个苗子,要么开花结果,要么长成参天大树,怠慢不得。

梁宇修知道周意重的身份有些吃惊,但这不能成为他照顾一个草包的理由,他不忿地说:"这不公平,他属不属于照顾对象先另说,我们可以对每个学员都开这样的绿灯吗?"

院长说:"所有的功勋者,都会被授称吗?都会被铭记吗?我知道你这几年提拔选调不成,心里憋屈,含沙射影地提醒我来了。我也跟你掰扯一下,如今改革刚刚结束,但改革似乎只改了架构,没有改了劣根!为什么有些人躺在前辈的功劳簿睡大觉,到了该提拔的时候还是会优先提拔,甚至带病也能提拔?为什么那些没干一点儿实事,不为下属兄弟谋福,天天在领导家门口遛弯,一门心思钻营奉承、欺上瞒下的家伙总能得到好处,我们还逐渐对这些恶心的事情免疫了?你深恶痛绝,我就悠然自得吗?但我们今天讨论的不是这个问题,有什么意见先保留,这个人必须参与这次任务。做得好，功劳归他，做不好，自生自灭！"院长气呼呼地坐下，不看政委，政委尴尬地抬了抬屁股，想换一个更舒服的姿势，可换来换去发现不如不换。

梁宇修哑口无言，院长的话说到了他心窝里，没有遮遮掩掩，直面积弊，表明了周意重是个关系户，历史遗留下来的潜规则，谁也没办法。糟糕的风气中，没有一个人是无辜的，包括梁宇修，因为他现在竟释然了。

梁宇修刚从会议室出来，周意重与他撞了个满怀。

梁宇修没好气地说："你不用进去争取了，有人替你摆平了，不过不是我！"

周意重取出他的退学申请，递给梁宇修，梁宇修瞄了一眼说："我只是为了你的安全，没有给你下最后通牒。"

周意重说："我给自己下了最后通牒。在这个队伍里，也会有寄生虫，但一定不会是我！"

周意重推开门喊了"报告"进去了，梁宇修看着他怂兮兮的背影，突然觉得竟有些伟岸，他从百般不信到有些相信这个人是具备优良基因的，只是不甚明显罢了。

结果可想而知，周意重的申请断然不可能获批，准许他退学，相当于砸了学院的牌子。英雄烈士带给他的光环无与伦比，学院岂能忘了初心。

政委开门见山："你忘了和一七七师林展的约定了？也忘了为什么选择指挥专业了？你以为我们不知道，别人如果有这样的荣誉恨不能走到哪儿宣传到哪儿，你为什么瞒着我们？"

周意重一头雾水，他哪有什么荣誉，除了一身的不协调外，还偷偷给心仪的女学员写过一封石沉大海的情书，除此，还有什么光彩的，能让领导一反常态，不仅不把他打入冷宫，还寄予厚望。

院长说话可不管艺不艺术，作为一个曾参加过边境作战的战斗员出身的领导，他以对方能尽快准确地明白自己想要表达的意思为准绳，从不迂回、拉锯或者"回手掏"，他从不认为学员需要情感呵护或者爱心感化，杀气都是逼出来的，没有一个人的战斗力是哄出来的，爱护在不经意间，打击才是常规手段。

院长说："要不是听说了你的关系，不用你提出来，我也要劝退你。但是现在不一样了，你有新的价值。收起你那一套没用的情绪，去迎接挑战。想走？没门！你的两位哥哥没丢过人，你也不能当个怂货。"

周意重想申辩什么，院长摆摆手让他出去，一脸不耐烦。周意重退了出来，他听见屋里传来政委的声音："你这是激将法？你看这个兵文弱的样子，他接得住吗？万一出点儿事，舒泽勇可不是个好脾气！"

院长回道："我也不是好脾气！他接不住也得接着，一个哥哥用牺牲为他铺路，一个哥哥放弃所有，给他自由。生在这样的家庭，抗争就是他的命！"

周意重不想让任何人知道他的两位哥哥要么是标兵，要么是烈士。没人知道，他还有退路；有人知道后，他只剩下冲锋。他撕掉了申请书，撒向天空，和那漫天飞舞的雪花一起见证他的又一次回归，在呼啸的风中，他用力抹掉了一滴热气腾腾的眼泪，他的胶鞋踩在雪里，发出黄牛嚼干草的声音，一串长长的脚印，像大地敞开的拉锁，在冰冷的世界里，也要摆出一个酷炫的动作，以彰显对于冰冷的不屑，以及对于难以抑制恐惧的不满。

周意重出现在了围捕现场，梁宇修落实了指令，亲自带着他，在实战中手把手地教他成为一名合格的军人。乐佛山海拔并不高，但怪石嶙峋，地形复杂，山洞接二连三，悬崖层层叠叠，荆棘枯树无处不在。除了指挥学院，还有济南支队、训练基地等多支队伍前来搜山，近千人、几百个小组、一个目标。梁宇修看着周意重认真的样子，有些难过，他觉得自己有些苛刻，说不定连黄克非的影子都看不见战斗就结束了，何来的生命危险，怎么就扯出了临行前那么多令人不舒服的桥段。

天渐渐黑下来，雪还没有停，都说下雪不冷化雪冷，可战斗员们穿着厚厚的棉大衣只坚持了不到三四个小时，身体就冻透了，一味讲求质量和造价成本而忽视了舒适性和实用性的八七式被装，着实是个尴尬的存在，大头鞋不防水，还极易捂汗，时间一长，脚趾头像被割掉了，想弯一下都使不上力气；棉帽也是让人爱恨交加，很快被汗水打湿了，戴紧了闷热，戴松了呼呼往里钻凉风，受热张开的毛孔经过冷热刺激，脑仁都要抽搐了，如果从一开始就不戴又不符合统一的要求，让人吃尽苦头。周意重跟在梁宇修身边，单薄的身体却笨重得像头龟缩的狗熊，爬山过坎的，没见手脚并用,只看到一个硕大浑圆的屁股在蠕动。

在一个陡坡前,梁宇修咬牙托着他,说道:"学院伙食再好,对你不起作用,肉全长腚上了啊。"

周意重好不容易上了坡,回过头来讪笑着感谢梁宇修,不远处发出响动,一个影子倏地闪了过去,被刚刚从坡下露出来的梁宇修看了个正着,一把将周意重从坡上又拽了下去。周意重"准儿"的一声摔出了猪叫。随之一根箭"嗖"的一声擦着梁宇修的脑门射过去,正中他身后的树干,箭尾扑棱棱地摇晃着。梁宇修摸了一下头顶,黏黏的,血呼呼地冒出来了,让他的脑袋看起来像削掉了皮的西瓜,露出红色的瓤子。

周意重傻了,一只手撑在地上,摆出一副贵妃醉酒的姿势,仰望着梁宇修。梁宇修气不打一处来地说:"你是在跟我撒娇吗?出枪掩护!"

周意重这才重新攀爬上陡坡,挑起枪背带,把枪从身后拉到前面,打开保险,拉了一下枪机,幅度很大地寻找着目标,像用烧火棍指着孩子脑门骂祖宗的周长河。梁宇修也不指望他了,血液沸腾起来,身上顿时燥热了,他脱掉大衣,穿着单衣单裤向目标躲藏的方向贴近。黑暗中很难辨别哪里是阴影,哪里是实物,又不能开手电暴露自己,以免打草惊蛇,当下需要战斗员有热成像般的眼睛,虽然那时候还没有那样的仪器。

此时的包围圈还没有缩小到一定程度,小组与小组之间、单兵与单兵之间还没有达到相当紧密的距离。尤其夜晚,虽有雪光映照，他们却无法形成有效的通视，在没有确认目标之前，梁宇修还不能轻易发出信号，集中火力。因为目标的机动能力不容小觑，随时会找到漏洞像黄鼠狼偷鸡一样，在人们最麻痹的时候轻松地跑掉。

当梁宇修的身体冰凉下来，他发现了目标的蛛丝马迹，他看见一枚已经冻结实的脚印，并沿着那枚脚印找到了下一个脚印，一路找到了一处巨石前，那块石头矗立在那里，上面却没有雪，可见它光滑的程度，每当有风掠过，都像轻抚了它的面纱，任何力量无法触及的是石头下面的凹陷处，那个部位连接着一处悬崖，悬崖上有一个摇摇晃晃的吊桥，桥的尽头是一个四通八达的山洞。如果目标冲过吊桥，那边就是另一座山头，包围圈没有达到的地方。梁宇修猜测黄克非就在凹陷的地方埋伏着，等待一个时机，随时都会逃之夭夭。凹陷处前面长满野草，为目标提供了优良的屏障，梁宇修俯卧着，一动不动地死盯着前方，他知道万一有疏忽，近千人的战果将付诸东流。所以直到他头上脸上的血都凝固了，像雪人，像冰雕，也没有动弹一下。而从没经历过这种场面的周意重在稳如泰山的他前面，像只毛毛躁躁的猴子，抓抓挠挠，坐卧不安。

梁宇修悄声说："别动，谁动谁死！"

话音未落，梁宇修发现对面的荒草轻微异动一下，他下意识地侧身踹了周意重一脚，果不其然一根冷箭随之射来，从周意重刚刚驻足的地方穿过，带着瘆人的呼哨声。毫发未损的周意重顷刻像得了帕金森，筛糠不止。

那时，梁宇修想，重新搭弓需要时间，哪怕是几秒钟，他也要抓住时机，一边喊了声"掩护"，一边朝着目标飞奔而去，不到十米的距离，他动如脱兔，眨眼间已经跑到凹陷处，黄克非赫然眼前，不过他没有搭弓射箭的心情了，而是在生死关头，也不怕枪声引来更多人，只好顾住眼前了，梁宇修扒开杂草看到的是一支黑洞洞的枪管，子弹已经上膛，随时准备击发。拥有极高战斗意识的梁宇修不退反进，跃起将黄克非扑倒，慌乱中黄克非竟然没有时间和空间抠动扳机。两人展开了徒手对攻，混作一团。随后赶来的周意重看到这个情况，干举着枪却无从下手，一时竟忘了放下枪去助梁宇修一臂之力，也忘了呼叫支援。

长枪在狭窄的空间里不起作用了，黄克非干脆放开扳机处的手，他的手上戴一只拳刺，那拳刺准确地插进了梁宇修头顶上的伤口，触及头盖骨，并肆意扯弄着，如同在沿着裂缝剥一个诱人的大柚子，贪婪而迫切。黄克非近一米九的个头，两百多斤的体重，满脸疤痕，一身腱子肉，一力降十会，对梁宇修形成碾压式打击，即便再来两个周意重似的书生对他也构不成威胁。梁宇修听到了头骨和金属物体摩擦的"噌噌"声，每一声都牵动着他全身的神经，新鲜的血液散发着浓重的腥气，汩汩地涌出来，他眼球暴突，不由自主地嘶吼。远处的战友听到了声音，开始往这边围拢。近在眼前的周意重却后知后觉，跳下去笨拙地连踢带踹，要对黄克非实施攻击，然而他的动作像是在偷一块拔到一半拔不动的地瓜，那些长期习练的擒敌术，一招不落地全还给了教员。

梁宇修对他不抱什么期待了，拼尽全力，狠勒黄克非的脖子，黄克非奋力挣扎，却无从脱困，只能寄希望于梁宇修伤口的血流量越来越多，直至眩晕。梁宇修也的确越来越力不从心，一波波的灼热感侵袭着他的大脑，那是距离大脑最近的蹂躏，他已不感觉那是血，他一会儿听到水流的声音，一会儿听到百鸟归巢的喧嚣，他感觉有满目的云霞，还有奔腾的牛马，一分钟的时间，他已经过了无数个四季。但是他依然有信心勒晕黄克非，他觉察到黄克非的呼吸越来越微弱，头骨上的声音有渐歇的征兆，他知道就算血流干，也要一直保持这样的姿势。当黄克非手上的力道越来越小，气若游丝的时候，周意重一边抽噎着一边对黄克非进行"击打"，虽然他对人形成的破坏力还不如一只花腿的蚊子，但也算精神可嘉。在大失血的情况下，看到这样的场景，梁宇修竟然还有心情笑，生死之间的笑，或许有更强大的力量，也让人有了更开阔的视野，这是他身边唯一的兄弟，他想到既然来了就不能让他空着手回去，见者有份，功劳不能独揽，磨炼学员是他平时的任务，在这个紧要关头或许更应该成为他的宗旨，梁宇修稍稍放松了一下手臂，让黄克非得以片刻喘息，又蠢蠢欲动起来。

梁宇修从牙缝里挤出"开枪"两个字。周意重得到指令，停下拖泥带水的动作，重新端起了枪。可他只是在射击场上开过两次枪，就那仅有的两次还跑靶若干几发，也许是生他的时候，周长河喝多了假酒，让他没能继承两位哥哥的运动基因。所以现在面对的不是冷冰冰的靶子，而是两个缠绕在一起的人，这两人的眼珠子圆如铁饼、亮如闪电，让他更不敢下手，枪管抖动得厉害，他看不见准星，也看不见目标，眼睛里面好像塞满了蒿草，满世界都是飞蛾。一枪下去，他就翻身了，但烂泥扶不上墙的铁律在他身上得到了良好的验证，刹那间这个年轻人患上了耳鸣、眼花、肾亏等等多种老年病，没有人比他更虚弱，汗水比梁宇修的血流得更肆无忌惮。

黄克非因为有了呼吸的机会，腾出一只手从后腰拔出一支手枪，手枪没开保险，他尝试了几次没有成功，可但凡成功了，梁宇修和周意重谁也别想跑。

梁宇修对周意重说："驴日的死孩子，你倒是开枪啊！咱俩要是完了蛋，我到下面也要收拾你。"

周意重"啊啊"叫了两声，闭着眼开枪，枪却没响，他只是嘴上用力，手上却纹丝未动，颇有掩耳盗铃的意味。

但黄克非却打开了保险，若不是梁宇修夹住他的胳膊，干扰了他的瞄准，他已然得逞了。情急之下梁宇修骂周意重道："臭不可闻的垃圾，你怎么配当周元明的弟弟，他临死也没想到家里出了这么个烂怂货，他要是知道你把他挣来的脸都丢尽了，一定会从烈士墓里爬出来喊冤……"

梁宇修像个恶毒妇人，把麻木不仁的周意重骂得不如粪坑里的白蛆，周意重屡受打击，尚且可以承受，真正令他崩溃的是黄克非竟也嘲讽地笑了一下，这一下让周意重内心全线失守，又"啊呀呀"叫了一长声，眼里只剩下了黄克非放大的嘴脸，那像一个巨大黑洞，吞噬他所有尊严，让他像个牲畜，可怜至极，但还需发出一声叹息，然后抬头看一下眼前，艰难地走下去，即是他脱离苦海的所有策略。

现场只听见"嘭"的一声，沟里爆出一簇蓝火，随之是刺鼻的硝烟味。现场陷入死寂，周边热闹起来，所有小组向枪响处靠近，灯也亮了，口号声、催促声不绝于耳。周意重摸了摸脸，确信自己是完好的，再看向梁宇修和黄克非，黄克非还有动作，而梁宇修却不动了，他认为滑天下之大稽了，他没打中黄克非，而是打中了梁宇修，抑或者开枪的不是他，让黄克非取得了开枪的优先权。

第十三章

　　我藏起不安就像藏起还未走远的青春，我为炙热的土地归来，却已看不见它的风貌，深陷它的世俗，但我必须甘之如饴，一如远离了那片战场，但从没放下心中的步枪。一肩挑起家族、一手拉紧亲情，只要传承还在继续，多么复杂的情感终将回归一个主题。我深爱的你们，我可能从此失联，但你们要装作了然我的下落，因为我拥有不变的身份和一个永恒的名字。

　　仅仅分秒之间，人群潮水般涌来，铁桶般把那里围住了，所有灯光聚集在窄窄的阴沟里，打在落满积雪的梁宇修和黄克非身上，雪白之光也映照着周意重茫然不知所措的脸，他的枪管还有余热，枪口似乎还冒着烟，和他棉帽子下呼呼冒出来的热气一样的颜色、一样的频率。大家不只看到他一脑袋虚汗，还闻到一股奇怪的味道，让人想起了夏天的泔水桶或者落满绿头苍蝇的旱厕，这也不怪大家，因为周意重真的大小便失禁了，并且失禁的时间挺久了，大便在裤裆里待久了本就不合常理，所以给人以更多的遐想实属正常。

有人跳下去，艰难地把梁宇修和黄克非纠缠得密不可分的四肢扒开，下了黄克非的手枪，仔细辨别才发现，周意重没有打错人，子弹穿透了黄克非的胯骨，把那块骨头打得粉碎了，处决之前所剩无几的余生也再不会有何战力了。两人都被担架抬上来，梁宇修却坚持不需要担架，他一只手用三角巾捂着伤口，一只手像裁判员一样高举起周意重的手，一遍又一遍地重复着"比赛"结果："是他拿下了黄克非，是他结束了这场战斗！"

周意重屡次想把手往回缩，还偷偷对梁宇修耳语道："我担不起的，明明是您放的水。"

梁宇修却气愤地说："放屁，你给我记死了，以后不管谁问起来，这个头功都是你的！"

周意重不知道梁宇修为什么对谁是头功这么讳莫如深，但只能像个提线木偶一样听从摆布。当所有人为他鼓掌喝彩的时候，他感受到久违的满足，眼泪唰唰地掉下来，不是为自己能力的展现，而是感激于梁宇修舍身为人的肝胆。他想，梁宇修的大恩大德，他没齿难忘。

那次任务回来，周意重像是变了一个人，玩了命地搞训练，大家以为是他吃到了胜利的甜头，其实是他感受到了落后的危机。当真刀真枪地战斗过之后才知道，哥哥不再是插画一样的存在，是精神的图腾，梁宇修也不单纯再是一个管理者，还成了他的参照系、标志物。

三年以后，周意重脱胎换骨，和那时刚刚进入人们视野的中国股市一样，从空白到建立，从摸索到一发不可收拾。毕业了，要再见了，精神抖擞、满怀希望的周意重去面见梁宇修，准备来一场十分深情的告别，大哭一场，倾诉衷肠，表达一下自己对于学院和恩人的无比留恋。

梁宇修不再是大队长，升级为学院的机关领导了，当周意重深沉地站在他面前，极尽渲染之能事，把现场气氛烘托得很令人动情之时，他以为梁宇修会像以前兴致盎然，勉励他，肯定他的价值，褒扬他的成绩，让他更加勇敢地面对未来，然而这些他都没有等到。

梁宇修劈头盖脸地问："一七七师是你注定要去的，可你为什么选林展、孙诚那个团？因为他们一个是团参谋长，一个是团主任？以前是你哥的顶头上司，去了以后对你的发展最有利，对吗？"

周意重不知道这么选触动了梁宇修的哪根神经，怯怯地说："我在较劲，我当年没来的时候就跟林参谋长较上劲了。"

梁宇修冷眼道："你跟参谋长较劲，你以为这很帅气？我听了会更看好你？"

周意重反驳道："军人怎么能不较劲呢？见红旗就扛，见荣誉就让，这也是较劲的一种，你也曾这么较劲。"

梁宇修说："我给你讲个故事，听懂了是个故事，听不懂就是个笑话。抓捕黄克非，我不只是在帮你翻身、助你成长，我没有那么高尚。"

周意重说:"你把命都豁出去了,还要再怎么高尚?如果那都不算高尚,高尚就不是什么好词儿。"

梁宇修说:"少跟我嬉皮笑脸!那时领导交代我要关照你,我听得明白,所以我不能只顾着自己,如果那天没有那么好的运气,黄克非没有被我们碰到,我还会找别的机会让你出头,因为你有先天的优势,是比较容易树起来的典型,领导有自己的想法,而我也有自己的欲望,我想得到我需要的,就得把你抬起来。除了你的亲人,没人会无私地奉献于你,大家各取所需这才是现实!"

周意重摇摇头,表示没听懂,因为他希望这确实只是个笑话,可梁宇修压根没心情给他讲如此悲伤的笑话。

梁宇修接着说:"以后不要寄希望于别人了,一个人走,一个人做决定,天上不会掉馅饼。即使到了林展的部队,也要保持距离,那是你哥曾经的连长,跟你半毛钱关系也没有!"

周意重说:"从小到大我运气总是那么好,总有贵人相助,怎么能没关系呢?"

梁宇修不再听他说话,转身笑意盈盈地和别的毕业生合影去了,好像他们形同陌路,毫无瓜葛。临了,不是衷心的祝愿和嘱托,临门一脚,把周意重踢出去老远老远。他注定和别的毕业生不一样,一直认为他的身边拥有着无穷的力量,拥有着很多的杀手锏,他不会再跌落那个爬不上来的深坑,然而,那一刻,他再次感到孤独。

周意重认为梁宇修对他是一种抛弃，在最后时刻给他致命一击，让他不得不从长久以来自我筑建的安乐窝里醒来。远在周集的周庆绅却一直都在水深火热之中，他的窘况，似乎是周意重所不能企及的。那次他打了周晓盛后，刘诗花拉着脸就没有再放下来过，她允许他进门，也允许他在家里生活，但总是心存戒备，不再给他单独和周晓盛相处的机会，自己也不再和周庆绅共处一室，更别提同卧而眠，不睡在一起也不是什么大不了的事情，反正结婚以来他们为数不多的房事过得也是稀碎无比，让周庆绅顶不住的是，他无时无刻都感觉到有一股寒气从脚底下往上翻，刘诗花的眼神里带着敌视。他尝试着和刘诗花和解，和周晓盛和解，周晓盛毕竟还是个小学生，小恩小惠就能让他把埋怨忘得烟消云散，但刘诗花不能，她不认为他那次打人只是一时冲动，她认为这个杀过人的男人多少神经有些受刺激，说不定什么时候会旧病复发，身体本就脆弱的周晓盛可再经受不起折腾了。周庆绅理解一个母亲的保护欲，可这样下去好人也会被逼疯。于是，他想要找个人支支招。周集和他差不多年龄的年轻人，要么去了深圳，要么去了天津，一个个为了碎银几两背井离乡，他搜罗了好几圈，竟然没有一个倾听对象。那时，他在看守所时候的老朋友吴恩峰出现了。

这个老伙计有好几个前科，去哪打工都没人敢要，待在家里有一搭没一搭地种地放羊，大部分时间无所事事，他上没有老下没有小，东一榔头西一棒槌，倒还活得起。周庆绅和吴恩峰久别重逢是在赶大集的途中，大冷的天，一个到大集西头的牲口市场打听羊的价格,一个去村卫生室给周晓盛抓药,在十字街遇见了。吴恩峰虽然没有固定经济来源,但在衣着打扮上丝毫不落俗套,穿着一件很多人能叫得上来牌子的皮夹克,那件皮夹克被吴恩峰保养得很仔细,阳光底下熠熠生辉,离得老远便晃眼睛。周庆绅一直梦想有这么一件皮夹克,但为了给周晓盛治溺水后遗症,兜里没多余的钱,只有对穿皮夹克的人羡慕的份,所以多看了几眼,这一看眼神就随着吴恩峰走出去好远。吴恩峰走路大外八,手心朝前,胯部永远领先于肩部,好像裤裆里那玩意是他的触角。他故意把皮夹克的拉链拉到胸口处露出脖子里那包浆了的菩提子,倒背着手,先是到了猪肉摊,又去了熟食店,还去了茶叶铺,包子摊他也没放过,在周集能实现"鸡肉灌汤包自由"的也只有王四了,现在王四行动不便,停止了他的炫富行为,于是吴恩峰就成了大集上最靓的仔。他手里攥着三四个半发面的大包子,把嘴巴塞得鼓鼓囊囊,又转移到了大集上唯一一家理发店,理发店里的妹子近段时间刚从外乡来,没人能说清楚她的具体情况,不过那都不重要,重要的是她虽没有刘诗花漂亮,但也是前凸后翘、风姿绰约,尤其是她拥有一头染着玫瑰红的及腰长发,这种发色在那个年月还十分稀缺,黑白电视机里是看不出玫瑰红到底是怎么个红法,周集人也只是听深圳回来的人说过,大城市的女人都喜欢把头发弄得花花绿绿的,"花花绿绿"已经是他们对于时髦的最好解释,让大家听了既一头雾水,又心向往之。如今,"花花绿绿"近在眼前,让一帮看腻了大辫子的老光棍们垂涎三尺。理发店开始门庭若市,但大家心知肚明，那都不是理发的主儿，他们的头发本就稀疏，像那年异常干旱的麦苗，东一撮西一绺，长势颓败，却还要不分昼夜前仆后继地往里凑，"金花也不炸了，地皮也不炒了，升级也不打了"，他们各自约定俗成地踩着点儿给那间理发店、给那个叫凤妮的女人赋予了新的含义和味道。可自打吴恩峰来了之后，情况急转直下，往日的盛况再难觅踪影，大家都知道吴恩峰身上贴着的标签是什么，他是很难再找到工作，但也侧面说明他没有羽毛需要保护，那时这样的人在农村，很多时候比警察还有威慑力，至少他有大把时间活跃在别人的房前屋后，随时干一些别人不好意思也没有条件干的事情，所以他占有了凤妮，理发店里的乱象得以遏制，不过这小子单身久了，好不容易逮住了凤妮这么个尤物，干柴烈火，怎能善罢甘休，他一个人制造出来的音效比那群人有过之而无不及，所以一支垃圾乐队和一名流氓歌手输出的精神污染是一样的，而一群人放浪形骸和一个人的淫荡在本质上也没有区别。

周庆绅的目光跟着吴恩峰到了理发店就中断了，他好奇地拉住从身边匆忙经过的周支书道："此人是谁，甚会耍洋相哩！"

周支书说："操他嘞，自从这个凤妮来到咱村，这家伙逢集必来，风气全让他弄坏了。不过我没工夫管这些，泥菩萨过江自身难保了，哪里还有心思研究搞破鞋的事。"周支书擦了一下眼角不经意渗出的泪，惆怅地走远了，周庆绅看到这个全村的主心骨瞬间苍老了的背影，感觉到事情没那么简单，从周支书身上，他感觉到一种不祥的预感，虽然到底会发生什么不得而知，但他并不慌，他觉得只要这些人都还在周集，天就不会塌。多少年来，一代一代人喜了怒了、升了落了、打了和了、聚了散了，还不是一样，不赶集的时候，这里还是一成不变的寂静。一茬茬老去的、离开的人，他们总会留下些什么，在年轻后生的眉宇之间，在波谲云诡的周集上空，在融入血液的传统里。

周支书很反常，留下周庆绅一个人站在冷风中，盯着理发店暧昧的粉红窗帘看了一会儿，周庆绅突然被自己这前所未有的高涨的八卦人格吓了一跳。他想，这和墙根底下的那些长舌妇有什么区别？内心的匮乏和生活的不如意才是关心别人的家长里短的动因和起源，我从一个响当当的军官成了这样一个人，说明我不知不觉回到了解放前，陷入了曾费尽九牛二虎之力好不容易爬出去的泥沼。我不断地告诫自己，要永葆军人本色，可要不是林展等人的驰援，估计还不比吴恩峰出来得早，然后，在刘诗花和周晓盛这样的妇孺面前更是黔驴技穷，我把亲情也想简单了，把整个世界都想简单了。周庆绅惊出一身冷汗，他连周晓盛的药也忘了抓，满腹心事地不知道走向何处。

那时，有人在身后喊他的名字："庆绅！"

周庆绅回头一看，虽然那个人的脸被烟雾笼罩着，但架不住距离近，他一眼认出了吴恩峰。吴恩峰一手扶着烟卷，一手提着裤腰，单手也能把解开的卡扣腰带重新系上，他的皮夹克应该是没来得及穿，里面穿了一件毛坎肩，再仔细看其实是一件红毛衣，因为两只袖口的毛线已经散到了肩膀，被吴恩峰胡乱地打成死结，挂在脖子里,像是系了一条围脖,保暖还时尚。他随意地趿拉着他的那双皮鞋,前面一尘不染,后面略有蹊跷,一对后脚跟焦黄地露在外面,但这对后脚跟周庆绅是看不见的,他穿的虽然是双破袜子,但长筒还算完整,西裤的一条裤脚还掖在里面,所以周庆绅不知道他这属于驴粪蛋子表面光,还被他不羁的形象感染了,感觉他是后现代主义的代表人物,阴郁中透着优良的质地。

周庆绅有些激动,吴恩峰在看守所里对他的照顾他忘不了,人在失去自由的时候最容易感念一些人。周庆绅走上前去,一把抓住了吴恩峰没有毛衣袖子的胳膊,兴奋地脱口而出:"巧了,原来是你在搞破鞋……"

说完觉得实属不妥,刚要找补,谁知吴恩峰就喜欢这直来直去的劲儿,爽朗地说:"就是老子!我知道你在周集,可我不能去看你,你是结了婚的人,我是个混子,你知道我在说啥!"

周庆绅说:"别胡说,我还不知道你?心肠火热,是个好人。除了吃喝嫖赌抽,没别的毛病。"

吴恩峰嘿嘿一笑,嘴里冒出一串白色的哈气,说:"这把我夸的!"

吴恩峰邀请周庆绅进理发店一叙,周庆绅脸"唰"一下就红了,比那粉红的窗帘还要红,他扭扭捏捏地说:"这地方我可不敢进!"

吴恩峰说:"你是正人君子,不习惯很正常,不进也罢。"

周庆绅说:"来到了周集,不见面说得过去,见了面我就要款待你，不光是当年的帮助之情，这也是周集人的规矩！走，必须去我家认认门！"

吴恩峰不像周庆绅，几乎没被真心实意地邀请过，看到周庆绅的眼神他也不忍错过，满口答应了，回屋套上皮夹克，也不和凤妮打招呼，掀开棉门帘跟着周庆绅就往家走。路上周庆绅也忐忑，生怕刘诗花不待见，想把吴恩峰往周长河的老宅子里领，但那个宅子自从周长河走了以后没人再住过，落叶杂草满地，没过了脚踝，且宅子里要啥没啥，连灶台都塌了，把好朋友往那里领，太不地道了，他随即打消了这个想法，硬着头皮进了院子。刘诗花刚好提着一篮子白菜、萝卜从菜窖里往上爬，周庆绅一边帮忙一边简要地介绍了吴恩峰，刘诗花不是死鱼眼的人，热情地和吴恩峰打招呼，随即进了厨房麻利地忙活了起来，不一会儿就把张罗的热菜端上了桌。还破天荒地去打了二斤散装白酒回来，烧了开水，把酒壶浸下去，温热了给两人斟满，又说了一些客套话，然后拉着周晓盛进了灶棚吃自己的饭去了。

这一套操作不仅让吴恩峰很受用，连周庆绅也陶醉其中。他以为刘诗花突然回心转意了，或者在外人面前给他留足面子是在向他示好，两人重归于好指日可待了。周庆绅一高兴和吴恩峰推杯换盏起来，不一会儿就上头了，两人腻腻歪歪、骂骂咧咧，历数了往年的"丰功伟绩"，对十里八乡的女人评头论足，毫无顾忌，丑态百出。这些刘诗花在灶棚看得听得一清二楚，但不动声色。而周晓盛就没有这么稳当了，他也盯着两人，他盯的内容是桌上还算丰盛的下酒菜,两人每夹一筷子肉菜,他的心就疼一下,眼看着有些盘子已经精光见了底,他不由得祈祷出了声音:"快走啊,快走啊!"

几个小时后,周庆绅是在桌子底下睁开眼的,那时,吴恩峰已不知去向。周庆绅看见刘诗花站在旁边,直勾勾地盯着他,那眼神和喝酒前截然不同,让周庆绅毛骨悚然。

刘诗花厉声问道:"孩子的药呢?"

周庆绅说:"忘了!"

刘诗花又问:"这人到底是谁?"

周庆绅说:"我介绍过了,镇上一个要好的老朋友。"

刘诗花沉寂了几秒,突然发作,一把掀了桌子,瓶瓶罐罐、盘盘碗碗碎了一地,菜汁溅了周庆绅满脸,当时他的脑袋嗡地响了一下。吴恩峰也从地上爬了起来,但插不上嘴。

刘诗花对周庆绅说:"还瞒着我?你以为我白白在周集混了这么多年?这个人臭名远扬,没干过一件好事,别人都躲着,你却上赶着往家请,这是引狼入室、引火烧身,你把我和孩子当什么人了?我们命苦,但我们不贱,还没有沦落到和流氓共处一室的地步。"

周庆绅想不明白刘诗花的态度为什么大转弯,好奇地问:"既然你知道他是谁,为啥之前还是那样的表现?"

刘诗花说:"为啥?这样的人我得罪的起吗?我生怕他不高兴一把火烧了我们家,拿菜刀砍死我们俩!"

周庆绅嗫嚅地说:"不可能,吴恩峰不像所有人想的那样,我了解他。"

刘诗花说:"你了解他?更说明你居心不良!这人游手好闲、无恶不作,现在还天天和理发店的小浪蹄子鬼混,你找他是不是也想沾荤腥啊?沾吧,我管不着,但别在我们娘俩面前晃悠,龌龊、肮脏、碍眼!"

周庆绅知道刘诗花暴怒是为了保护这个飘摇脆弱的家,所以他还在小声地辩解着,犹如宣判前的最后陈述。他说他和吴恩峰的感情比较特殊,算是患难见真情,吴恩峰本质是好的,就算不好,他也不会有样学样,志同道合的不一定是兄弟,能接受各自安好的一定是朋友,他俩就属于可以一辈子不共事但不妨碍交心的人,所以这次只是久别重逢,要尽地主之谊而已……诸如此类的话,刘诗花根本听不进去,解释到最后,周庆绅口干舌燥,濒临恼羞成怒,本想摔门而去,铆足了劲、拉开了架势,却灰溜溜地钻出了大门,一个人在周集大街上漫无目的地游荡,无处安身。

那时,街上万籁俱寂,除了周庆绅,一个人影也没有。也不过才晚上八九点,大部分人家已拉灭了灯,平房愈发低矮古旧,光秃秃的枣树、杏树、榆树给土黄的外墙和糊满塑料布的窗户蒙上苍老的影子,偶有几声孩子的哭闹或者狗吠鸭鸣,但很快没了下文,更让周庆绅体会到满地的凄凉。他缩了缩脖子,手插进棉袄的袖口里,走在一条深深的车辙里,车辙相对安全,但也布满冻成冰疙瘩的积雪。他歪歪斜斜地走着,不时被绊一下,或者打一个出溜滑,远远地看他,像个俘虏,身后跟着推推搡搡的持枪押解人员,不然不会这么踉跄。他没有要去的地方,也依然不能放慢脚步，依然想找到一面旗帜，或者一个缺口。他想，这可能是他当过兵的唯一印记了，刚要再回忆自己的英雄历史，突然，他摔了一跤，四仰八叉，躺在了硬邦邦的积雪中，凸起了冰疙瘩硌到了他的脊背，让他像只被踩住尾巴的壁虎，把翘头蹬腿翻白眼的流程走了一遍。等痛感渐消，他发现苍穹之上，没有一颗星星，只有毫不浪漫的墨色，摔疼他的是积雪，可那积雪却成了这个时空里光亮他唯一的因素。

躺了一会儿，周庆绅开始想念周长河和周元明，他也不过是个不到三十岁的年轻人，只是爸爸和哥哥离开以后，他要兼并他们的角色，他变成了一个综合体，具备的功能越多越好，唯独不能具备自我，这是综合体天生的定位，恰如现在的商业综合体。周庆绅这个综合体想完死去的人，想活着的人，他最后想到了弟弟周意重，他早知道他不是搞军事指挥的料，所以要受更多的罪，但再难过的日子也比他的日子要好吧。这么想着，心里好受一些，但一股股凉气从地下往骨头里钻，没有呼啸北风，并不会温暖哪怕零点一度，反而让冷来得更皮笑肉不笑，那是一种可以听到灵魂回响的冷。

周庆绅笨拙地从地上爬起来，什么鲤鱼打挺，什么旱地拔葱，以往周庆绅轻而易举可以完成的套路，在这冰天雪地里统统没了存在的必要，那些花里胡哨的东西存在的意义仅限于表演了，而那时的周庆绅最不需要表演，因为他叫破嗓子，也没有观众。这和他后来的境况迥异，他稍微拔拔嗓子，就有人贴上来鞍前马后，这是后话，而那天晚上他还是遭人驱逐、落魄至极的穷酸青年，只愁去哪里对付一晚，没有热炕或者蜂窝炉子的寒冬之夜，是会出人命的。

往别的地方走，会更空荡萧瑟，周庆绅先后去了姨妈家、姑父家，还顺道敲了小学同学家的门，要么没有回应，要么借故家里没有多余的床铺将他打发掉，反正转了一大圈，周庆绅也没找到容身之所，又干巴巴地回到了刚刚摔倒的地方，他站立的位置算是周集的中央核心区了，既有医疗资源，比如村卫生室，也有商业资源，比如副食品店、农资批发部，最关键的还是政治中心，村委会和周支书家就在附近，周支书家宅子大、房间多，应该没有理由拒绝他。周庆绅说干就干，去敲周支书家的门，敲了半天，周支书家的狗狂吠着，一个陌生人终于探出了脑袋，那人戴着近视镜，穿着中山装，符合电视剧里特务的形象，他左右瞄了瞄，没发现其他人，才问周庆绅是来干什么的，周庆绅说明来意，那人露出一副不耐烦的表情说："快走，去别家借宿，这家主人都睡不成了，何况你！"

周庆绅透过门缝往里看，影壁墙挡住了他的视线，但影壁墙旁边停着至少两辆桑塔纳，他还想再往北屋的方向看，大门"哐当"一下关上了，院子里洒出来的灯光也随之消失。周庆绅马上猜到，周支书可能被上级抓捕调查了。他立即想到，前几天村里有小伙子娶媳妇办酒席，周支书坐主桌，周庆绅是村里为数不多的党员，也被请到了主桌。席间上了一道稀罕菜，说是托人从河南巩义带回来的,那是一大盘小王八,每个直径只有杯垫大小。周支书没吃过这玩意,忍着膈应吃了一个,不承想味道极其鲜美,别人劝他再吃一个,他说啥也不吃了。大家纳闷,既然好吃,为啥不吃了?有好事者刨根问底,周支书神秘地说:"这玩意只能吃一个,吃两个那叫双(龟)规!"

大家一听哄堂大笑,既是笑他的比喻有意思,也是笑他拿根鸡毛当令箭,真把自己当政府要员了,被双规那是公务员的"特权"之一,你这个编外人员想被双规还没有资格。大家笑完就转移话题了,只有周庆绅整晚都觉得周支书不像在开玩笑,目光游离,神情涣散。如今,结合实际,周支书一语成谶,他这个芝麻绿豆大的小官,该承受的一点儿不比高级领导少,犯了事,该走的程序也全得走一遍。

可周支书能犯什么事?周庆绅百思不得其解。他想弄清原委,没人给他这个机会,他想帮周支书一把,再看看自己狼狈的样子,连住的地方都没有的流浪汉,拿什么帮别人呢?周庆绅替周支书感到可惜,替自己感到可悲,因为周支书再有错,至少对他们家挺够意思。周长河活着的时候,周支书不仅没为难过他,还不遗余力地帮助过他,周长河下葬的时候,他更是忙前跑后,包括对他们哥仨,确实有长辈的样子,发挥了很大的作用。作为受益者,理应感激人家、回报人家,可人微言轻,能做什么呢?写血书、绝食、静坐,有用吗?不能说没用,但通过这种手段达成所愿的凤毛麟角,适得其反的比比皆是……周庆绅正思索着怎么见周支书一面，刚才那个人从门后勒令道："你这小子是不是打探情报来了，想要串供吗？再不走，叫人连你一块抓起来！"

周庆绅撒腿就跑，跑出去十几米，想到不能让周支书心寒，至少应该把大家聚集起来给院子里的人施加一下压力，让他们在想要打周支书的时候，下手可以轻一些。于是，这次他挑平时和周支书走得近的人家敲门，敲不开门就踹墙。在周集有条不成文的规定，敲门尚可不应，但踹墙表明事情十万火急，相当于一级警报，不可置之不理。这次周庆绅认为周支书的事正属十万火急之范围，便采用了此法。可惜，那晚周集人好像集体失声了，大家约好了一般，没有一个人肯露面，连搭个腔的人也没有。

周庆绅忙活了半宿，却以失望透顶告终，他停止奔走和呼吁，因为他已然发现他的力量甚至比不上一只狂吠的狗。以往周集的死寂是自然现象，而那晚却是人为的，那些平时最会拍马屁的人，关键时候也是最会落井下石的，所以周庆绅唯一感到庆幸的是，此时他们不作就已经是对周支书最大的救援了。

周庆绅踽踽独行，起风了，大道上无遮无拦，吹得周庆绅脸部僵硬发麻，他拐进一个岔路，蹲在转角处避风，眼前却赫然明快了许多，有光传了过来，还有聒噪的音乐声，那光来自一座没有院墙的东屋，东屋的窗户对着胡同，正是凤妮的理发店，那盏橘黄色的灯，罩着精巧带图案的灯罩，可能只有几十瓦，但足以媲美霓虹灯。凤妮有可能从广州或者上海回来，骨子里有着城市情结，即使在贫穷乡村，也要心生繁华，绚烂满目。她这样的女人，不被号称正统的人所接受，可她这盏灯，却讽刺地在那个夜晚撑起了周集冬夜的最后一丝温暖，让周集有了一条名义上的"不夜街"，让周庆绅像扑火的飞蛾，鬼使神差地移动着脚步，一步一晃地凑了上去。他除了感觉到那里更暖和一些外，还想看看这个年纪相仿的、妖娆风骚的女人，她的夜晚是否别有一番风味。

窗户没拉帘子，周庆绅看见屋子里除了凤妮，还有一男两女，男的当然是吴恩峰，他正端着洋酒杯，搔首弄姿地摆弄着一组十分先进的设备，之所以只称之为设备，因为估计很少有人能搞清楚这玩意到底该叫什么，它呈组合式排列，拥有十几二十个按键和旋钮，所以它应该至少有七八种功能，这么神奇的东西，只有伟大中国能造出来，老外肯定没这技术，周庆绅这么想着，他看见这个伟大设备既有九英寸的黑白屏幕、也有收音机的波段标识，又能放磁带，还能放光盘，终极杀招是掀开上面的盖子也能搁唱片，这玩意两侧还带着一对硕大的音响，看上去大气磅礴，很是唬人。周庆绅想，控制原子弹、氢弹试爆的终端设备也没有这么复杂高端。吴恩峰每个功能都试过一遍，发现还是磁带里那首闹腾腾的"的士高"比较符合当下氛围，于是选择了磁带播放。七八个功能，结果最后还是只能使用一个功能，雷声大雨点小，就像他失去那么多换回来的婚姻，本以为能够天长地久，其实稍不注意就岌岌可危一样，令周庆绅十分不甘。

周庆绅趴在窗户上，他目光从吴恩峰身上移开，看见了满桌子美食、美酒、饮料，莫说闻所未闻，就连那些精美的包装纸和瓶子罐子也是初次见，那时，他被强烈地震撼了，就像他第一天到新兵连看到白馒头可以堆成小山、红烧肉能够可劲造一样震撼，他再次明白一个乡下傻小子，在日新月异的新潮环境中与别人的巨大差距，那种滋味，尝过的人刻骨铭心。

第十四章

华北平原的角落总是安安静静，心中的战场几时也悄然冰封，和你一起退居到我的梦境。我伫立在浓雾，仍然知道麦田阔如大海，你也如海天一线，根本无法触及，即便如此我呼出的每一口热气，不是叹息，而是寒冷的风景。我和原来的我渐行渐远，不只是因为苦难和贫穷，还有不期而至的感情。我去开辟新的战场，也许刹那遍体鳞伤，但请你放下成见，也请你保持珍重。

吴恩峰舞动起来十分粗犷下流，扭腰挺胯，甚是浮夸，这么随意的舞蹈周庆绅还是头一次见，屋里明明点着蜂窝炉子，可他们一个个看起来还是冻得不轻，不然不会这么个跳法。与之形成对比的是女人们，她们的动作看起来相对柔媚，不过还是和传统舞蹈有着天壤之别，他在部队看过一次文工团女舞蹈演员慰问演出，虽是女的，跳起来也刚劲有力，有节奏有招式。这几个可好，一通群魔乱舞，好像浑身刺挠，尤其是凤妮，手到处乱摸，虽不是摸的别人,是摸自己,一会儿撕头发,一会儿揪胸带,这种怪异行为也让周庆绅不能理解。他忘记了寒冷,面红耳赤之余,下身也说不出地溽热。

乱花渐欲迷人眼,当时,周庆绅被音乐带动得心浮气躁,插在袄袖子里的手不由地抽了出来,再无人阻止,他也要秀一段了。突然,他发现其中一个女孩算是一股清流,虽说也裹挟其中,但动作明显收敛不少,而她的穿着也较为朴素,没有描眉画眼、染头发、戴杂七杂八的首饰,但长相却是最符合周庆绅审美的,尤其是她那双水汪汪的大眼睛,好像风一吹就能荡起涟漪,在光明与黑暗之间,她可以穿透纷杂,带给周庆绅片刻的宁静,让周庆绅瞬间停止躁动。当然他也无法躁动,因为那个姑娘发现了他,顿时尖叫了一声,那一声穿透力极强,把磁带都吓抖动了,影响了音质,随即她钻进凤妮的怀里。半夜窗外露出一张人脸,没有人不害怕,吴恩峰也哆嗦了一番后,拎着酒瓶子冲了出来。当时周庆绅先是蹲下来,发现这样属于钻头不顾腚,于是才开始逃跑,他跑不是因为惧怕吴恩峰,而是因为怕面对那个姑娘,就一眼,几年来都没有的感觉涌上心头,他不确定那是不是喜欢,如果确定,那他更得跑。依照他的身体素质,按理说他要是一门心思想跑,整个高唐县也没几个人能擒得到他,可那晚他却被吴恩峰摁在了雪地里,眼看着酒瓶子就削脑袋上了,吴恩峰认出了他,欣喜不已,他认为自己宝刀不老,酒后还能活捉战斗英雄,传出去又是江湖佳话。

吴恩峰不知道周庆绅无家可归,以为是来看他的,犟种一般邀请周庆绅必须参加他们的派对。周庆绅也不是推托不了,他心里跟明镜一样,那个小屋似乎有一股魔力,在牵引着他,欲罢不能。周庆绅跟着吴恩峰走了进去,暖流瞬间传遍全身,误会解除后,他知道那个姑娘有一个好听的名字,叫李羡彤,他看到,她冲他歉意地微笑,他也不是个榆木疙瘩,相反其实他有很强的适应能力,那时,他发白的嘴唇红润起来,拘谨感随着派对的继续一扫而光。

吴恩峰陪周庆绅喝酒,周庆绅手上端着酒,眼里却没酒,眼光不时落在李羡彤身上,谁敬酒也来者不拒,不一会儿就喝多了。吴恩峰何等聪明,反侦察有经验,混社会有名堂,察言观色的本事炉火纯青,很快发现了奥秘,笑而不语。

时机成熟,吴恩峰说:"兄弟,这几年你过得不舒坦!"

周庆绅口无遮拦起来:"胡说,老子年轻才俊,媳妇相夫教子,比你强多少倍。"

吴恩峰说:"这固河镇上的事,没有我不知道的。你家什么情况,那在镇上是出名挂号的,都认为你大仁大义、胸怀天下、能担会扛,保家卫国不含糊,其实心里痛不痛快,你自己清楚。"

周庆绅抬高了调门,急咧咧地说:"我不清楚,你提醒提醒我啊!"

吴恩峰眼里闪过狡黠,用中年男人特有的语气和神态展开说教:"娶了个大那么多的嫂子,平白无故还多了个儿子,你年纪轻轻的,就成了别人的翻版,没开始自己的人生,不论过得好坏,过得都是别人的人生。忍辱负重有时候是美德,有时候是犯傻,好不容易来这世上走一遭，全替别人活了，你不憋屈，我看着都他娘的憋屈。"

周庆绅眼眶有些泛红，不知道是酒精的作用，还是受到触动，但他是个尊重信仰的人，长久以来，他的身边不乏赞美，有很多股力量支撑他坚持下去，他不会几分钟就被吴恩峰的几句话破防。

周庆绅说："谁活着不是一边憋屈一边强颜欢笑啊！难过的时候占大多数，但开心的时候总会有的！"

吴恩峰说："很不幸，你没有，刘诗花那一关你过不了，就别提开心这档子事。"

周庆绅惊讶地看着吴恩峰说："你怎么知道的？"

吴恩峰说："这个不用打听，周集人普遍热情，但热情过头了就出问题了，你俩之间就算抱在一起，中间也隔着一座看不见的冰山。"吴恩峰早就感受到了他们之间的疏离，即便不是吴恩峰，只要带着脑子的人都自在不起来。那天吴恩峰在周庆绅家没有喝多酒，所有人之中，只有周庆绅愿意醉而已。

周庆绅说："别瞎白话了，我这好心情全让你破坏了！喝酒！跳舞！老子也会跳！"说着，周庆绅一饮而尽，站起身来，加入凤妮他们的队伍，他胡乱扭动着身体，姿态可怜又可笑，他并不自知，露出下眼白，醉醺醺地走向李羡彤。李羡彤还没表示不满，凤妮挡在了李羡彤前面。

凤妮说："狗日的，血怂还不老实，看你那偷地雷的样子，还想泡妞？！"

凤妮刻薄的骂声，让醉眼惺忪的周庆绅清醒了不少，他一个站不稳，碰倒了一地的酒瓶子，声音刺耳。他尴尬地看了看李羡彤，露出狼狈的笑。

李羡彤没有介意，体贴地把周庆绅扶到沙发上。

吴恩峰说："不痛快就说出来，在哥这里没那么多讲究。"

周庆绅冷眼看了吴恩峰，表示没兴趣倾诉，眼睛闭合了几下，"哐当"一下趴在桌子上，头重重地埋在了一堆包装袋里。

吴恩峰摇摇头说："就这点儿酒量！也好，醉了，也就啥也不想了。"

吴恩峰说完，却看见周庆绅的胸腹一起一伏，身体剧烈地颤动着，他以为是酒精中毒了，也可能是呕吐物堵塞了呼吸道，窒息前兆。赶紧把周庆绅翻起来，然而并不像他想的那样，周庆绅大哭起来，虽紧闭着双眼，但泪还是止不住地往外钻，继而，哇哇地哭出了声。哭声盖过了音乐，哭得大家全没了心情。

一向对吴恩峰言听计从的凤妮来了脾气，骂道："这神经病你是从哪寻来的，赶快给我轰出去，这不是黑我嘛。"

吴恩峰凶神恶煞地骂道："你啥时候白过？你有多黑你心里有数。"

凤妮讨不到便宜，试图让李羡彤和另一个伙伴帮腔，她说："你们评评理，这么个东西谁见了谁不烦！"

伙伴说："就是，我们玩得疯，可人不疯！"说完，她俩集体看向李羡彤，希望她再添柴淬火一番，吴恩峰就能立刻把这个没出

249

息的小伙子扔出去。

岂料李羡彤并没有和她们站在一起，说道："谁没有崩溃的时候，他要是没遇到难处不会这么伤心吧？我们帮不上忙，也别添堵。"

李羡彤竟径直向周庆绅走去，从口袋里掏出带刺绣的手绢，大大方方地递给周庆绅，周庆绅看了一眼，哭得更大声了，这就像一个受了枪伤的人，有人递过来一枚创可贴，明知道人家是好意，心里却更凄苦不已。李羡彤是个走心的人，他没有因为周庆绅不领情而不管不问，她大大方方地坐下来，一把将周庆绅搂了过来，给了他一个意想不到的怀抱。周庆绅嗅到了她的体香，听到了她平和有韵律的心跳，一下一下，清晰如耳，那优美的旋律，带他进入温柔之乡，这下他停止了哭泣，渐渐放下了防备和怨恨，安静得像个熟睡的婴孩，把周围的人看傻了，连吴恩峰也没想到李羡彤能做出这样的举动。

屋里静得只能听到蜂窝燃烧的声音，炉子里蓝色的火苗腾地蹿了上来，让那里温暖如春。半晌，凤妮的脸红了，那肯定不是羞臊造成的。

凤妮问李羡彤："你们才认识这么一会儿，就倒贴上了，这思想，老娘自叹不如。"

李羡彤没有回答凤妮的问题，她看了看睡熟的周庆绅，好像是对着他自说自话："凤妮是外地人，她不认识你，你别怪她。你的名字，十里八乡的人谁没听过！你曾经是个优秀的军人，打过仗，负过伤，你是英雄，回来了，混得不好，也不妨碍你是英雄。我抱一抱英雄，也是我的光荣呐！"

吴恩峰眼圈一下子红了，从桌上摸索出一根皱巴巴的烟，百般点不着，趴在蜂窝炉子上猛嘬一口，吸大了劲儿，半根烟都烧黑了，屋子里烟雾缭绕起来，大家被呛得直咳嗽，好不容易消停下来，再无人言语，和刚才的喧闹相比，那时众人的沉默格外迷人。

周庆绅鼻息浓重，躺在李羡彤怀里心安理得。梦中，他嗅到了官桥营房外一簇簇鲜花扑鼻而来的味道，他就像睡在他设计的兵舍里，那里曾是他最好的归宿，那里的天空永远有静谧的星河，那里的门外不间断有人站岗，那里的饭堂总能飘出饭菜的浓香，他只需要在号音响起时整理好被装，投入火热的演兵场，其他的一概不用担心，一概不用过问。那晚，是他几年来，睡得最香甜的一次。炉子里的蜂窝慢慢燃烧成了灰白的颜色，最后一点红色的火光眨巴了一下眼睛也熄灭了，但周庆绅没感觉到温度有任何变化，和一个人陌生的女人紧紧相拥，他没有欲望的诞生，只是仿佛看见了坦荡的归途。

吴恩峰关了灯，只剩下那台复杂设备的装饰灯，一圈一圈地波纹般从这头到那头，然后再转回来，循环往复，李羡彤眼皮打了一会儿架，胳膊麻木了也没敢抽出来，面部的轮廓在余光中闪闪发亮，莫名熟悉，她也沉沉地睡去。

吴恩峰和另外两个人去了别的房间，他们表情神秘，但透着善意。周庆绅压根不会想到，他裹着满身的露水和风霜，在那个无人问津，形单影只的夜晚，闯入这个领地，这里在很多人眼里很不入流，这些人貌似光鲜，却是风尘弃子，而正是这些游走在边缘的人，打扮得伤风败俗，表现得格格不入，一边跳着暧昧不清的舞蹈，一边说着粗俗放浪的语言，却心怀崇高地接纳了他。那些所谓继承了孔孟思想的人，满口仁义道德的人，却噤若寒蝉。他不认为这是讽刺，这是幽默，是多维度的世界在他失意的时候，再让他更难堪一些，这从另一个角度讲，其实也是笑话的一种。

周庆绅后来想过，不是他太穷酸，不招人喜欢，而是那晚周支书出事了，对经历过连带责任泛滥年代的人来说，对他的避之不及也说得过去，毕竟父老乡亲曾经对他家的关怀大于冷漠。他总这么想，所以他能好受一些，是对自己的救赎，也是对别人的宽恕。

李羡彤先于周庆绅醒来，她必须要回去了，给周庆绅盖了一条毯子，悄悄出了理发店，其实她刚起身他就醒了，保持睡姿是为了避免尴尬。李羡彤出门后，周庆绅马上跟了出去，发现她登上了那辆刚刚运营不久的每天只有一趟的公交车，只能目送她消失在雪地里。

清早天寒地冻，刚从安乐窝里出来的人马上打一个激灵清醒了，周庆绅这才想起周支书的事情还没有了结，连忙往周支书家跑，跑到他家门口时，看见周支书刚好被两个穿制服的人押出来，两只手反铐着。不把手铐在前面，说明是摁在地上铐住的，可能周支书有反抗的动作。走近了看，果不其然，周支书被打得鼻青脸肿，一只眼睛还充血了。

这是周集最有权威的人，竟然被蹂躏成这样，周庆绅上前阻拦。执法人员还没呵斥，周支书制止周庆绅说："别忙活了，我犯的事，跟你当年的冤案不一样，这一夜，他们翻箱倒柜，查了一驴车的材料，确定我这是政治问题，翻不了盘了，操他咧！"

周庆绅终于忍不住说："穷得叮当响的周集，要啥没啥，你屁大个村官，刚解决温饱，哪来的政治问题？"

周庆绅这话是说给执法者听的，但周支书对于周庆绅看不上他的官衔很不满意，他一直认为自己熟读政治读本，理论水平不比县长差，他严肃地说："跟你说的那些没关系，上面盯我不是一天两天了，上次为你出头，我就上了黑名单；为了让你们少交提留，我又瞒报了一些地；帮一些困难户解决个人问题，还动用了公款；本想着学习人家搞村办企业，补上这些窟窿，没想到经验不能复制，周集这些人只认地里刨食，能搞啥企业！违规得来的钱，一分钱没用在我身上，但就算我没花，也是错了，错了就是错了。那些看上去很露脸的事，往往也容易被抓住把柄，那些赚了口碑但不符合制度的事，如果你想走得远，还是不要办了。村里年轻的党员，只有你一个，只要你愿意，将来一定是你补我的缺，你要吸取我的教训。"

周庆绅还没消化他的意思，周支书已经被塞进了车里，小汽车的尾气一路飘洒，一路混进清晨的薄雾里，就像一个意味深长的叹息，再深沉，也很快会消失得无影无踪。那个最像父亲的人，曾说着最狠的话，干着最暖的事，一路陪伴着他，直到不能陪伴为止。周庆绅站在白茫茫的大街上，他以为李羡彤刚认识也将成为过去式，似乎送别才是他的宿命。一个人可以在他的生命里来很多次，但走却只有一次。作为一个天资还算过得去的人，他却在每个送别的关口，说不出一句挽留的话，哪怕是想念之类的词语，也淹没风里，没有着陆条件。

那天他低声下气地回到了家，刘诗花又恢复了不冷不热的状态，他们还在彼此履行着夫妻的义务，却突破不了那道无形的屏障，有心理上的，也有现实矛盾。男的血气方刚，女的也有渴望，当他们试图用爱情说服自己，却发现爱情是最容易过敏的情感，一不小心就会起一身的鸡皮疙瘩。

那时，不管李羡彤会不会再出现，理发店都成了周庆绅喜欢光顾的地方。寒夜里的一次被善待，足以形成强大的磁力吸引他，除了吴恩峰等人，没有知道那股力量的起源。

吴恩峰知道周庆绅醉翁之意不在酒，故意制造了他们俩见面的机会，凤妮说他这是乱点鸳鸯谱，助纣为虐，和拉皮条没啥两样，要把人家战斗英雄拖下水。吴恩峰不这么认为，他自有独到见解："啥年代了？香港明年都要回归了，思想也要解放了，既然不幸福，就别硬挺着，我只关心我兄弟快不快乐、开不开心！"

凤妮无言以对，她本就是这样的人，虽然她有时也会反思自己的所作所为，但她不决定改。自己都放弃坚持原则，何谈底气否定别人。

吴恩峰的努力没有白费，周庆绅又见了李羡彤几次。可见归见，两个人在这方面都不是老手，进展缓慢，让吴恩峰很是头疼。怕只怕有心人，机会还是被吴恩峰争取到了。李羡彤在高唐大酒店当迎宾，她和周庆绅捅破窗户纸是在那年的酒店团拜会之后。那家酒店姓邹的老总一肚子花花肠子，看见标致的女孩就垂涎三尺，想方设法也要得到，和他酒店餐厅的菜一样，他想怎么吃就怎么吃。是官迷的，许以职位；喜欢钱的，巧立名目，多奖重赏；占小便宜没够的最好办，小恩小惠就能收拾得服服帖帖。他看似豪爽大方，实则没损耗一丁点儿个人利益，糟蹋的是国家的"粮食"，国营酒店没几年快被他干成了私企，比家族企业里的关系还要盘根错节，混乱无章，哪还讲究什么公序良俗。不过他用同样的手段哄骗女孩子从未失过手，要不是长相令人心生压抑，加之没什么性格魅力，不然李羡彤也难说抵挡得住他的攻势。她母亲生了重病，需要钱，如果和他做的是一笔买卖，咬咬牙、闭闭眼也豁出去做了，就当不小心被屎壳郎拱了，肮脏腌臜也是暂时的。可错就错在邹总把李羡彤带到了套房里，不急着进入正题，话里话外暗示李羡彤那叫爱情，左边摆着嫖资，右边用臭烘烘的嘴说那叫爱情，妄想还能天长地久，李羡彤在犯了一阵恶心之后，心说，强奸犯都比你这种人实在，明明是狗男女交配，偏要冠上高尚的名头，这种人被抓了以后不仅要定嫖娼的罪，还要加上一项诈骗罪。于是，李羡彤在思忖片刻后，一烟灰缸把邹总的脑袋拍开了花，推开了邹总满身五花肉的躯体从床上爬了起来。外面都是邹总的人，她跑不了，只好先给吴恩峰打了传呼，然后躲进了套房旁边的配电间。

淫邪的人是比较暴力，可邹总本无意伤害李羡彤，却反被她这个柔弱女子伤害了，满脸血腥激起了他的兽性，他气急败坏地爬出房间，让手下对酒店展开地毯式搜索。

那晚，吴恩峰正好带着周庆绅在酒店附近溜达，据说是等李羡彤下班去夜店，其实是吴恩峰的安排。吴恩峰寻呼机响了，他没想到是李羡彤发来的。周庆绅发觉到他神色不对，把寻呼机抢过来一看，大呼不妙，也不管吴恩峰喊叫，撒腿往事发地赶。吴恩峰纠集的人马陆续来了，在周庆绅身后紧追慢赶。直到这时，吴恩峰还认为这只是一个英雄救美的烂俗剧情，这种事在他身上发生过，最近的一次是在几个混混手里解救了凤妮，还挨了几刀，所以凤妮才愿意跟着他，不然凭他这个穷光蛋，凤妮是不会正眼看他一下的，现在跟着他，也不够死心塌地。他认为当时如果再多挨几刀，就能情定终身了。英雄救美这事取决于英雄挨几刀，场面越惨烈，后期效果越好。

这次邹总事件，他不认为能有什么风险，周庆绅定会成为赢家。原来邹总对李羡彤下手，从开始就是吴恩峰安排的，他属于依照以往的经验故伎重演，所以，他叫来的那帮人也属于气氛组，到时主要负责起哄造势。

邹总愿意配合吴恩峰也有渊源，因为他们是故交，邹总可以打酒店任何女人的主意，唯独不会打李羡彤的主意，尽管李羡彤是嘴边最香的一块肥肉,但她更是吴恩峰妍头的闺蜜,所以他万万没想到吴恩峰有朝一日会主动要求他去沾惹李羡彤。

对于吴恩峰这个馊主意,邹总最初是拒绝的,他掌握周庆绅的资料,知道这位可是上过战场杀过敌人的狠人,怕他出手没轻重,到时出了人命,可就赔大发了。

吴恩峰说:"我以人格担保,我会紧随左右,一定监督周庆绅拿捏好分寸。"

邹总说:"免了,没有人格的人就不要惦记着用人格担保了。要不是当年你小子够种,替我平过事,我才不蹚这个浑水。为了成全你兄弟的好事,不考虑我的感受,我知道我在你心里的地位了。"

吴恩峰笑嘻嘻地说:"您是披着官衣的社会大哥,有权有钱有闲,就陪我演出好戏,权当一乐。"

邹总脑子一热便答应了,没想到"好戏"刚"开机",脑袋就遭了殃。李羡彤不知内情,假戏真做了。

周庆绅独自火急火燎地进入酒店,上到出事楼层时,李羡彤刚被"捉拿归案",挨了好几记耳光,披头散发,嘴角被打裂。这还得了,莫说是暧昧好友,就是素昧平生的姑娘受欺负,周庆绅也会见义勇为。他随手拎起电梯边的垃圾桶,朝第一个率先扭头发现他的人猛砸过去,一把放倒。紧接着一个助跑踩着第二位先知先觉者的肩膀,跳进圈中,直扑首恶邹总,精准地抓住了他还在挥舞巴掌的手,一招"折腕跪颈"将他死死地控制在地上,坚硬的膝盖砸在他的颈部大动脉上,让他刚被烟灰缸砸过的脑袋之前是喷血不止,现在是供血不足,整个人脸色蜡白。现场一片大乱,这群乌合之众都是经常打架的,经验丰富,但见周庆绅来势凶猛,刚刚垃圾桶的盖子还被他掰掉了边框,露出锋利的外缘,抵住了邹总的脖子,这个人寸头方脸,目露杀机,让人不寒而栗,谁也不敢贸然前进,有人想退而求其次,去掳李羡彤,可是一撅屁股就被周庆绅猜了个八九不离十,他大喝一声:"谁也不要动,动一下我喇死他!"

周庆绅声若洪钟、余音绕梁,把几个蠢蠢欲动的家伙吓得呆若木鸡、裹足不前。而李羡彤刚被扇得晕头转向,现在满眼的星星消散了,看见邹总像条死狗一样被周庆绅摁在地上,把控好了稍纵即逝的时机,对准其裆部,狠狠踩了一脚,她穿的是细跟的鞋,这一脚的威力不亚于锤子砸钉子,邹总没听说过阉割手术是怎么一回事,不理解其中的酸楚和痛苦,估计现在他体会到了,应该也不过如此。只听他发出一声怪叫,那声音百转千回,里头饱含着屈辱、不甘、悲哀和对未来生活残存的向往,那声音响彻整栋大楼,除了酒店三楼夜总会里莺歌燕舞、把酒言欢的显贵商贾没有听见,其他人都听见了,但能听见的人却连门都不敢出,更别提发声了。姗姗来迟的吴恩峰和他的弟兄们也听见了,邹总眼前一黑的时候,吴恩峰也眼前一黑。邹总的叫声让他明白,只是慢了几步,他的计划不仅全泡汤了,还偷鸡不成蚀把米。好戏和闹剧,是对孪生兄弟,从来都是如影随形、难分彼此,它们之间不存在窗户纸,即使有,不用捅,随时会冒气漏风。

吴恩峰等人叽里呱啦还在走廊上奔跑，周庆绅拖着邹总，李羡彤拽着他的衣角，三人上了电梯。

周庆绅充分展现了临场布局能力，他让李羡彤做好准备，电梯门只要一开，火速出门打车，他刚才上楼前看到至少有四五辆出租车停在大堂门口。李羡彤属于勇敢型的，至少还保持着清醒，在那种情况下多数人脑子已经一片空白了，因为后有大批追兵，那些人有的乘坐旁边的电梯，有的从步梯狂奔而下，她已经听到了杂乱的脚步声和叫喊声，死亡压迫近在咫尺。

电梯下行，总算到达一楼，李羡彤按照"作战"部署率先冲了出去，结果刚还等客的出租车一辆也没了，好像商量好了一般，李羡彤叫苦不迭，痛骂出租车不该在的时候碍眼，该在的时候永远不在。

周庆绅拖着邹总走出大堂，没有看到车，心急如焚，这时李羡彤发挥主观能动性，从花坛里抠出一块砖，拎起来走到了马路中央，把砖头高高举起来，做出砸车的动作，汽车纷纷避让，但仍然没有停下的意思，这时李羡彤看到已经有人从步梯间里冲了出来，逼近了周庆绅。她咬咬牙把砖抛了出去，"嘭"的一声，砸中了众多汽车中的一辆，汽车紧急刹停，司机大声咒骂，李羡彤不管不顾，拉开车门坐了进去，让司机往大堂门口开，司机不从，李羡彤急中生智，三下五除二把上身衣服脱了个干干净净，露着白花花的肉，威胁道："再不开车，可啥都说不清楚了！"同时，李羡彤去扯司机的棉袄，一排扣子，刺啦一声全崩掉了。

司机受到了第二次惊吓，冒出一连串语气助词，一脚油门冲向周庆绅和邹总，车轮冒起阵阵白烟。周庆绅顺利上了车，邹总很自觉地也想上车，被周庆绅一把扔了出去。车子一路飞驰而逃，再看夜幕下的高唐大街，一场盛况空前的车辆追逐大战上演了，此时警车、救护车如期而至。周庆绅和李羡彤往车后看，后面灯光、警笛五彩缤纷，叫骂声、嘶吼声不绝于耳，高唐大街出现了有沥青路以来第一次大堵车。

吴恩峰从后面追上来扶起邹总，邹总一只手捂着裆部，一只手甩开他，骂了他的八辈祖宗，望着周庆绅和李羡彤消失的方向说："这他娘的玩砸了，一群号称纵横高唐无敌手的老妖怪，被两只小虾米挑逗得团团转！我本来准备扇她几下就放了，没想到她反客为主，他想绝我的命根子，别怪我要了她的狗命。这个周庆绅，以后也不要再出现了，我要端了他的狗窝。"

那时，吴恩峰肠子也悔青了，除了讪笑，说不清到底是什么情绪，他看到邹总夹紧的大腿，着实不好意思劝他大度一些。他知道如果这事得不到及时有效的解决，两人不仅无家可归，还得付出别的代价。

逃亡路上，周庆绅对司机说："大哥，委屈你了，你只管开车，我记住你的车牌了，责任我全负！"

司机说："这可是你说的？！"

在得到周庆绅肯定的答复之后，司机如有神助，把私车开出了公车的味道，上大桥下村道、过沟过坎，仍然持续加速。司机心中有翅膀，在哪里都能起飞，还不停地感叹，河是河，山是山，生死关头还得靠板砖。不过拜你们所赐，开了二十来年车，今天才领悟到车的妙处和精髓。

那位被激发了潜能的司机，最终带领周庆绅和李羡彤七拐八绕，"飞"出去足足有几十公里，成功甩掉了所有车辆，在一处盐碱地的砖窑里把他俩放了下来，那个砖窑其实距离周集很近了，能见度高的时候，能从周集制高点看见它的轮廓。

司机临走异常兴奋，他听说他帮助的是一位战斗英雄和一位良家美女，甩掉的是臭名昭著的流氓团伙，脸部肌肉抽动几下，也不提赔偿的事了，周庆绅几次让他留联系方式，他说还是从此各奔前程为好。司机觉得他完成了一项这辈子最扬眉吐气的大任务，既证明了自己，又成全了好人，属于积德行善。于是，事了拂衣去，深藏功与名。

那夜，是个大晴天，月亮像天空的探照灯，这世间的冷暖都会知晓。大地一片雪白，白得泛着耀眼的光，周庆绅和李羡彤依偎在一个未在使用的窑洞里，透过洞口，他们看见救命司机汽车的尾灯消失了，除了闪烁的星星，万物休止。他们能够确信安全，但他们谁也没有提出来要走。隔壁窑洞里正烧着砖，那里一点也不冷，甚至将他们的脸烘烤得红彤彤的，好像窑口里那些被重新塑形后即将迎来新生的黏土，他们滚烫地贴合在一起，将来可能会被垒进同一幢建筑物，他们看似都是独立的个体，好像又会永生在一起，即便那也许只是虚拟的理想状态，但每一个共同的经历，都会留下或多或少的痕迹。

第十五章

你义无反顾地回来生活,绞尽脑汁编构动人的故事,那一定是当年他离去,没留下只言片语的缘故。我们都曾纯真与美好,在北风狂雪里撒下一把把种子,那将是一簇簇不会开花的树,腐烂于我们的田野,和我们的救赎共生。我以刻薄的名义,向传统宣战,开释你那被撕裂的青春,让你寻回走失了的光荣与绽放。

风雪有来路,思念无来由。

还在周集的刘诗花已经两个晚上没有看到周庆绅的影子,表面不动声色,实则心急如焚。她嘱咐周晓盛好好做作业,独自走出了院子,想碰碰运气,看能不能遇见。一共五百口人的周集,现在又是严冬,可供活动的范围太小,她预感到周庆绅就在不远处,就像以前周元明下地干活回来,离家还有二里地,她就能感受到他的磁场。

大街上,很多人看刘诗花的眼神遮遮掩掩,交谈很不自然,全是敷衍的话术，身体姿态中带着抗拒和逃离。只有留着哈喇子坐在轮椅上的王四，说话虽然不利索，但脑子清楚，下半身不好使了，上半身生命力还很旺盛，他朝理发店的方向灵活地扬了扬下巴，含混不清地说："孩儿啊，别找了，那小子变质了，我是身体变质了，他是思想变质了！"王四说得义愤填膺，因为全周集只有两个复员军人，他"报废"了，另一个更不争气，看他那劲头，他要是还像当年一样活跃，他非得亲自去抓奸。

在周集，风言风语早晚会传出来，但传到刘诗花的耳朵里也太快了。人是很怪的动物，明明是她常常用冷暴力把周庆绅逼出家门，却又不希望他滥情。滚出去是为了滚回来的时候保持谨小慎微、谨言慎行的态度，而不是滚出去就真的一去不回了。

刘诗花"嘭"地踹开了理发店的门，把凤妮吓了一跳，破口大骂。刘诗花则气定神闲，没把凤妮当盘菜，环顾了理发店里的陈设，又径直走到里屋，查看了床下以及窗帘后面，没有发现什么。这期间凤妮反而骂着骂着声音越来越小，直到偃旗息鼓，肃立在一旁，任由刘诗花在她的店里如入无人之境。因为自打来了周集，有了吴恩峰这个靠山，还没有谁敢在她面前这么"嚣张跋扈"，这个气质非凡、长相甩她好几条街的女人，让她望而生畏了。

刘诗花没有找到周庆绅的蛛丝马迹，一屁股坐在沙发上，从杂乱的茶几上翻出一包女式香烟，抽出一根叼在了嘴上，动作之娴熟，姿态之潇洒，让凤妮着实摸不清此人的路子，一紧张，竟鬼使神差地取出火柴给她点上了。刘诗花嘬了一口，全吸进肺里，对于一个压根不会抽烟的人来说，那滋味可想而知，可她却强忍着只咳嗽了半下，硬憋回去的。她翘起二郎腿，眼睛一眨不眨地盯着凤妮。那时的凤妮战战兢兢的，她听吴恩峰提过，高唐县的男老大姓邹，还有一个女老大，也是个狠角色。不过不用怕，女老大多少跟我也有些交情，以后你在县城的姐妹遇到什么问题，可以找她，当然也不能临时抱佛脚，有空我把她邀请到咱们这里来，联络联络感情。凤妮记住了吴恩峰的话，现在他看刘诗花这么有派头，推测她有可能就是吴恩峰所说的那位女老大，想到这里，尴尬得直搓手，为了表示歉意，赔笑沏茶倒水上果盘。

凤妮正忙活着，刘诗花表明了身份，说明了来意。凤妮上上下下打量了她三遍，脸上青一阵紫一阵，那心理落差像大陆断层带，一下高原一下谷底，愣了足足一分钟，凤妮恢复了刘诗花刚进门时的态度道："你是真有病！你找男人？我还找男人呢！老吴自从和周庆绅打上交道，天天不着家，你还有脸找上门来。"

刘诗花至少明确了一件事，那就是周庆绅老往理发店跑不是为了风尘女子凤妮，吸引他的另有其人，她不急不躁地问："周庆绅是不是有相好的了？"

凤妮迟疑了一下说："是又怎么样？就算是，也是你一手造成的。"

刘诗花说："那个女的是干啥的？"

凤妮说："我为啥要告诉你，你想干吗？"

刘诗花说："如果是个好女人，我祝福他们！"

凤妮说："如果不是好女人呢？"

刘诗花说："我活撕了她！"刘诗花说这话时，眼神骤然凶悍起来，像火焰升腾起来。

凤妮着急辩解："她在县城当服务员，是正经姑娘，还没搞过对象。"

刘诗花听完起身推门就走，凤妮底气不足地说："我警告你，不要找她麻烦！"

刘诗花站定："如果周庆绅回来了，请告诉他，孩子永远都姓周！"

那时，刘诗花甩掉手里的烟蒂，把披散的头发扎成发髻，继而越走越快，雪路上留下她一串浅浅的脚印。她的鼻尖冻得通红，眼眶里有泪，但她无法做到像刚才抽烟忍住咳嗽一样忍住眼泪，外人在场，她可以无限坚强，踽踽独行，她也倍感孤独。双手抹了一把脸，抬起头，她看见了周庆绅在那晚也看见的月亮，正视月亮，月亮会和太阳一样散发五颜六色的光晕，辉耀大地，辉耀人的胸膛。她在洁白的天地里开导心乱如麻的自己，虽然他们的缘分来的蹊跷，但不会走得莫名其妙，她曾试图像爱元明一样爱上他，但在生活中她发现做不到，既然不能实现，何必把美好沦陷成孽缘。他的出走，是终于学会了解脱的方法，他以为他才是顾全大局、牺牲奉献的人，而她才不会甘于做一个剥夺者、索取者。所以，之前那长久的冷战，为的就是今天，可今天到来了，有什么理由不高兴呢？让还有青春的周庆绅抓住青春的尾巴吧。这么想，她脸上洋溢出久违的自由的神色。

刘诗花刚走进她家所在的胡同里，就听到她家院子里传出"乒乒乓乓"的巨大声响，等她小跑着来到家门前，有十几个彪形大汉，凶神恶煞地从她面前走过去，上了两辆面包车。

最后一个出来的人注意到了刘诗花，说道："你叫刘诗花？想办法告诉周庆绅，千万别回周集，因为下次砸烂的就不只是物件了！"那人说完，扬长而去。

刘诗花慌忙跑进院里，看见周晓盛浑身泥土跪在院中央，面前是撕得粉碎的作业纸，他没有哭，整个身躯却瑟瑟发抖，咬牙重复着："都怪他！都怪他！"

刘诗花再往屋里看，本就寒酸的家一片狼藉，盘子碟子碎成了渣，衣服被子横七竖八堆满各处，为数不多的家具全散了架，那台"倾家荡产"买的十四寸黑白电视机也变成了一地的零件，土炕砸塌，而灶棚里的锅台也被推倒了，黑乎乎的大锅倒扣在地上，当年鬼子过境留下的场面也不过如此。最让刘诗花头晕目眩的是他们连周元明的祭台和画像也没放过，那幅裱好的画像，玻璃框已经不见了，孤零零地躺在房间的一角，上面还有一只大脚印。刘诗花冲过去，把画像抱在怀里，发出悲凉的哭声。周晓盛听见了，从门外进来，娘俩抱头痛哭。

哭到天昏地暗，周晓盛哭不动了，愤恨地说："别让我再见到那个人，他是个害人精！"

刘诗花停止抽噎,严肃地反驳道:"他不是害人精,他跟你有血缘关系,他是你的父亲!"

周晓盛说:"你怎么帮这种人说起话来了?"

刘诗花说:"记住了,我们是一家人!他本来完全可以不用和我们生活在一起的,他图啥呢?他给我们带来的温暖,多于麻烦。现在我们家因为他被砸了,但我们应该反过来想,他要受多大的威胁!要怪得怪那些恶人,要怪只怪我们太卑微。"

周晓盛说:"我不听,我不懂!"

刘诗花说:"不懂也要懂,现在就要懂!不论到什么时候,你都不能怨恨他。"

周晓盛不耐烦地跑开了,那晚他娘俩连睡觉的地方都没有,而周庆绅却整晚激动,沉浸在和李羡彤的二人世界之中,他们都认为有吴恩峰那么响当当的人物在,迟早会摆平邹总,不可能让邹总穷追不舍,现在邹总在气头上,过几天让吴恩峰带着他们,去给邹总当面赔礼道歉就是了。李羡彤也坚信邹总不会乱来,她早就知道他外强中干,再不济他也是有官职的人,还要顾及领导对他的监管和束缚。所以那时,他们有恃无恐,全身心地投入到了谈情说爱中去。

李羡彤说:"要不是你,我就没命了,刚才你镇定自若的样子太爷们了,我早说过,英雄永远都是英雄。"

周庆绅谦虚道:"如果你自己不勇敢,再去十个我,也没用!"

李羡彤试探地说:"你有家有口,为啥为了我奋不顾身?绝大部分的人连围观的念头都没有的。"

周庆绅不说话了，痴痴地看了她一眼，随即把头扭向一边，李羡彤却把他的头掰了回来，一下没掰成，还掰了两下，强迫他听自己说："别躲了，接受现实吧，你对我有意思！"

周庆绅的脸"唰"一下红了，他被言中了，表情却像个孩子一样着急否认："耍了一次匹夫之勇就俘获你的芳心了？就算是，也要斩断这苗头，不然，首先对你不公平，其次像我这样的人，瞻前顾后、如履薄冰地活着就很不容易了，能和你多待一会儿就心满意足了，天亮了，回家吧。"

李羡彤说："你真的想回那个冷冰冰的家？都传开了，她对你并不好，那样生活，就像一种酷刑。"

周庆绅："是酷刑我也得受着，替哥哥受着，替父亲受着，替无辜的孩子受着！我受着，所有人才得以自由。"

李羡彤不再温柔，恨铁不成钢地说："我他妈的不想让你受着！"

周庆绅沉默。李羡彤说："你一身本事，出来下苦力，也比别人赚得多。那冷锅冷灶的，到底有啥吸引力？你是为了一个承诺，可他们都不在了，他们看不见了，在的人也并不享受，这其中没有一个受益人。这种事，你明知道错了，明知道是旧时代的产物，愚昧、封建，为啥还执迷不悟、错上加错呢！能留住的人，不需要你搭上自己，不能留住的人，同床也异梦。"

不管她说什么，周庆绅听得进去，但做不到，因为如果没有一股子犟劲，当年他也不会不顾多方劝阻从部队回来。另外他和刘诗花的亲情不可割舍，即使连亲情也不幸所剩无几，食之无味弃之可惜，可强扭的瓜也解渴，是那时夫妻之间的共识，所以他也不能做出对刘诗花不负责的决定。因为付出过，所以不忍放弃是人的通病，就像投了重金却干了赔本买卖的人，大部分不忍心马上清算关张，还要跟着感觉走一阵子，直至赔光底裤。

两人对视良久，黯淡的砖窑中，他们的脸庞在彼此眼中愈发清晰，周庆绅承受不起那炙热的目光，想要闪躲，李羡彤柔弱无骨的嫩手却好像拥有内力，只需要搭在他的肩膀上，他就没有挣扎的能力了，甘愿成为"画地为牢"故事中的主角，这似乎也是雄性动物的本能。

李羡彤吻了他，他倒是磨磨蹭蹭地回应了，而四肢却像不受神经中枢控制，没着没落的。李羡彤等得心急，也不见周庆绅有更近一步的动作，"紧急关头"，她摒弃矜持，主动扒下了胸罩，白花花的乳房比吴恩峰的皮夹克还晃眼，既然做了，就要彻底，她还拉过周庆绅一只手，按在她丰满的屁股上，果断从容，一看就是见多了风浪的女人。但周庆绅知道，这个女孩虽然与凤妮等人为伍，但面子里子都不是同一个境界的，这也是他最终愿意就坡下驴的原因。或者，一切自我开解和暗示都是多余的，越是事后能掰扯出一些大道理的行为，在当时越不知其然，只是时机蓦然降临的结果。

那晚，在破破烂烂、尘土飞扬的砖窑里，两个人放下外界赋予他们的角色，痛痛快快地做回了人，那原始的冲动，犹如山洪暴发，没有预兆，无法预判，靠挡是挡不住的。周庆绅热烈的喘息毫无节奏，李羡彤每一次抑制不住的呻吟都碰到坚硬的墙壁，带来无尽的回响，给了周庆绅持续的莫大的勇气。砖窑不只是破烂的砖窑，情人不只是负罪的情人，旷野不再是煞白的旷野。

天蒙蒙亮时，两人面色潮红，如胶似漆，但不得不面对现实，还是要回到各自的领地，去履行他们的社会角色，毕竟一次媾和，还不足以构成私奔的筹码，还都没有与过去诀别的强烈渴望。每一对苦命鸳鸯的背后，总有一个全线崩溃的契机和故事，而他们当时都认为没有达到那个程度，尤其是周庆绅，还抱着侥幸心理，他心满意足之后，和李羡彤依依惜别，还高瞻远瞩地和她约好了下次见面的时间。

那时，周庆绅走在回家的路上，一蹦三尺高，还哼起了军歌，好像粉碎了压在身上多年的大山，尽管身上仍然满负禁忌和约束，但他能体验片刻的畅快淋漓，也足够他恢复成那个拥有青春与活力的阳光小伙，那代表着他还有追求幸福的可能，偷偷地追也是追。可是从他进入周集地界的那一刻起，他猛然知道，分岔路再多、再坦荡，也只能选一条走，当头一棒的感觉和他的青春活力一样，袭来得猝不及防。

周庆绅在村口的小河边碰见了早起的王四，王四坐在轮椅上好像专门是在等他，几天不见，王四那当年梳理得一丝不苟的脑袋蓬乱不已，且全白了，一贯考究的衣着品味也荡然无存，取而代之的是皱巴巴的军大衣,满胸襟的油污,眼窝深陷进去,浑浊的老泪挂在眼角,摇摇欲坠,手脚在袖管裤管里显得空荡荡的,没有生机。但当他看到周庆绅时,原来昏昏欲睡的感觉一扫而光,支棱着身子,努力抬手,招呼周庆绅过去。

王四是老兵,怎么论,周庆绅在他面前都要毕恭毕敬,他赶忙跑过去,只见王四嘴在动,却没发出任何声音,他以为自己奋战一夜,肾亏导致耳鸣了,谁知这是王四的策略,他本就只是张了嘴,没出声,引诱周庆绅把头凑过去,周庆绅照做了,那时,王四像绝世的武功高人一样,把所有的狠劲汇聚到右手上,只听"啪"的一声,周庆绅挨了重重的一掌,这下彻底耳鸣了,下巴有脱臼感,角膜都差点甩飞出来,连在轮椅旁边觅食的十几只麻雀都受惊了,四散飞远。王四这一巴掌用了十成的力道,他仅剩下的半条命,耗光了四分之三,他那大开大合的动作,让他找到了当年叱咤战场的风范,也让周庆绅一下子回到了被周东河暴揍的少年时光。

周庆绅趔趄着,疑惑不已,他不认为刚出轨就被揭穿,马上就遭到了报应,那老头真成神人了,他问道:"为啥打我?"

因为打人元气大伤的王四指着周庆绅家的方向,口齿突然清晰了:"孽畜,丢人丢到家了,老窝被人端了。以后不要再进周集,他们宁可难堪,也不想看见你不得好死!"

这没头没尾的话让周庆绅打了个寒战,急忙往家跑。那时,王四安静地闭上眼睛,他的耳边响起了熄灯号音,眼前浮现出当年他从军时的往事，也想到了后来他觥筹交错、如沐春风的模样，还想到了远渡重洋再未相见的妻子，以及在他生命里走来走去的所有人……几只麻雀从树梢顶端折返回来，落在他的轮椅扶手上，跳起来啄他的皮肤，咬他玉米须般的胡子，他都毫无察觉，直到幻听中的熄灯号音结束，他兴奋地睁开眼睛，松开轮椅的刹车，轻轻推了一下轮胎，连人带车从小河岸边骨碌到了河床一米多厚的冰层上，"噗"的一声，异常沉闷。这次麻雀没有跑，也许它们机灵地知道，这个老人再没有攻击力，他也不会再有不屈的抗争，他最后的战斗是与自己的战斗。那是缴械，还是勇气，谁也说不清楚，人们都只是认为现实对王四打击太大，他尝尽了人情冷暖，能在温暖的子宫里诞生，也能在刺骨的冰面上永别。

没有人发现王四不明所以地决绝离去，周庆绅急着回家，他听不见王四摔死的声音。那时，他站在连大门也被拆掉的院门口，连连倒吸冷气。周晓盛从门里出来，哭着往外推他，捶打他，他倒退了两步后便纹丝不动了。周晓盛喊来了刘诗花，她却制止了周晓盛，对周晓盛说："你这么撵他，他是不会走的。"

刘诗花转而对周庆绅说："李羡彤这个人我知道了，你们在县城那档子事我也知道了。救人是应该的，爱上美女也是应该的，但你再回来就不应该了，我留下你更不应该。他们还会再来的，不想再看到我们家鸡犬不宁，那就抓紧走。"说着，刘诗花把周庆绅领进了院子，让他听见晴天霹雳的消息，再看触目惊心的场面。哥哥残破的遗像被她摆在门口显眼的位置，那是当年他画的，他不知道再画，还能不能画得出来哥哥的神韵。忘记哥哥的模样，就像他忘记了初衷，不可饶恕。

更让人跌破眼镜的是，那时，一个熟悉的男人声从北屋传出来，那声音腻甜得不像话："小花儿，花儿，炕头的砖垒成二四的，还是三七的？"连周庆绅都没这么称呼过刘诗花，他疑惑地看向她，她脸上分不清是慌张还是窃喜，于是，他正在脑海里搜索与屋里的角色相吻合的人，王七从屋里大摇大摆地走出来，手里拎着瓦刀，满身黄泥巴。看到周庆绅回来了，瓦刀"啪嚓"掉在地上，撒腿就跑，周庆绅挡在大门前，他只能往茅房边的墙角跑，因为那里停着一辆架子车，他可以踩着架子车上墙头，然后避开周庆绅。但是冤家路窄，周庆绅眼里容不下任何一个在他眼前逃跑的人，不假思索地追上去曾经是他的专业，他只是轻轻扯了一把王七的后腰，王七便摔了个七荤八素，周庆绅骑上去挥拳就打。王七不知道刘诗花为什么叫他来帮忙收拾烂摊子，就像不知道刚才自己为什么逃跑，他"兢兢业业"地清整了一天卫生，盘了一天的炕头，何错之有？王七见了周庆绅大脑一片空白，而周庆绅逻辑却清晰得很，村里那么多壮劳力，她偏偏叫了王七，王七当年和他家那档子事还没凉透气，村里人茶余饭后不时还会拿出来当谈资，他确信刘诗花是故意气自己的，所以他认为必须配合刘诗花，把生气的程度充分表现出来。

刘诗花的意图正如周庆绅所想，是给他添堵，迫使他自惭形秽，趁早解开思想枷锁，去寻找他的自由与幸福。然而，事与愿违,他仍然学不会对别人让步、对自己让步,她看到他还是那副不分青红皂白的愣头青模样。名义上的妻子,又是如母的长嫂,周庆绅如此不长进,她只会对他心生无尽的忧虑。

刘诗花骂道:"住手,他是来帮我的,我愿意让他帮我,就算好上了也合情合理!当年你刚复员回来,我之所以拒绝他,一方面是他还没离婚,一方面是碍于你的情面。现在好了,快水到渠成了,你这个样子更能促成我们的好事。"

当年王七坐监回来,媳妇跟人跑了,周庆绅知道他现在是单身汉,所以刘诗花这话不是空穴来风,有成为现实的可能。

王七护住脸求饶:"我赎罪来了,我赎罪的!"

周庆绅还是火冒三丈,手上的力道又加了几成。周晓盛站在一边,活脱脱一个嬉皮笑脸的旁观者,面对暴力场面,不仅不害怕,还火上浇油,兴致勃勃给爷爷辈的王七出主意:"咬他,掐他大腿根!恁娘,你倒是翻身啊!"

周晓盛正隔岸观火,刘诗花上去拉架,周庆绅一记重拳没收住,殃及了她,正好打中她的嘴巴,她疼得呜嗷了一声倒在地上,周晓盛跑过去一看,她牙被打掉两颗,嘴唇肿大外翻,血流如注。周庆绅瞬间呆住,王七趁机摆脱束缚,翻墙跑了,周庆绅跪爬过去观察刘诗花的伤势,没注意周晓盛抄起水井边的扁担,一扁担抡在了他的后脑勺上,眼前一黑,趴在了刘诗花怀里。他不会想到,那是他最后一次距离刘诗花那么近。

刘诗花来不及呵斥周晓盛,忘了自己身上的疼痛,叫喊着周庆绅的名字，周庆绅迷迷糊糊地听见了，眯着眼硬挤出笑容，摸索着握住了刘诗花的手，然后眼泪簌簌地掉下来说："一家人踏踏实实地在一起，怎么这么难啊！我想做得更好，却越做越差劲，我真的努力过！"

刘诗花说："别说了，天下人都不了解你，我还能不了解？"

这时候大门"哐啷"被顶开了，来人是惊慌失措的李羡彤，她骑着一辆金鹿牌的二八大杠，用车前轮顶开的门。她环视了四周，发现眼前的不太平，惊吓对冲了惊吓，反倒镇定了不少，对刘诗花说："吴恩峰来信，让我把他带走，邹总的人听说他回来了，来抓他，这会儿应该下省道了！"

那时，是刘诗花第一次见到李羡彤，她看见李羡彤浑身上下规规矩矩，不施粉黛也貌美如花，关键是和周庆绅相仿的年纪，即使焦头烂额，面带疲惫，仍有遮挡不住的青春与阳光，她有温柔的嗓音，干净透亮，不用喊叫也如涓涓细流直达心底，而自己的身上早已经没有了这些特质，生活把她身上的美都注入了沧桑的成分。女人之间总少不了攀比，但此刻刘诗花面对她，没有丁点儿的嫉妒，反而像婆婆第一次见儿媳妇，欣慰不已。

刘诗花微笑着说："你不来，我也会想办法通知你，因为他迟早是要和你一起走的。"

李羡彤说："对不起！"

刘诗花眼神里有热切，话语中带着哽咽："我只怕对不起你，别看他有时候男人味挺足，其实心智还不成熟，以后的路，可就麻烦你了!"

　　李羡彤说:"真对不起!"

　　刘诗花说:"你们去哪里想好了吗?"

　　李羡彤说:"去一个他们找不到的地方,可能要离开高唐县,省城机会多,去那里也行。"

　　刘诗花说:"那就……走吧。等他醒明白了,别忘了告诉他,等风头躲过去了,啥时候想来看孩子,都行,我们都在,我们都会好好的。"

　　刘诗花和李羡彤合力把周庆绅抬上了自行车,周晓盛不肯帮忙,还拼命朝周庆绅吐口水,刘诗花和李羡彤共同替周庆绅挡住了孩子的这份恨意。

　　周庆绅太重了,李羡彤上了车,艰难地保持住平衡。为防止浑浑噩噩、半梦半醒的周庆绅从车子上掉下来,刘诗花用一根麻绳将两人绑在了一起。系绳子时,刘诗花感觉那像一场告别仪式,又像是从自己身上割肉下来送给需要的人。虽说他们的婚姻很"畸形",但至少一个锅里吃饭这么多年,就算是把一条看家护院的狗送人,心里也难过得很,况且,这个人,他再年轻也是个挑过千斤重担的汉子。他曾在她们母子最无助时,化身过遮风挡雨的大伞,让他们忘记突然失去精神支柱的孤独,在漫长的夜晚,能看见星星点点的微光。

　　李羡彤把一绺头发别到耳朵后边,左脚踩着脚蹬子,右脚点了几下地,车子摇摇晃晃地"启动"了,她把右腿从横梁上塞过去，猛蹬了一下，却发现车子原地没动，李羡彤用脚支住车子回头看，她看见刘诗花拽住后座，眼泪哗哗地掉着。李羡彤鼻子一酸说："等这事过去了，我再送他回来！"

刘诗花擦了几下擦不干的眼角说："不用了，我是有东西让你们带走。"她转身进了屋，拿出一个布包，塞进了李羡彤的口袋，叮嘱她有需要再拿出来。

李羡彤重新出发，这次很顺利地骑出去了，她回头朝刘诗花挥手，她看见刘诗花硬是把周晓盛拉过来摁在地上，让周晓盛跪下，向着他们离开的方向磕头。周晓盛脖子像是钢筋混凝土，到最后也没低下脑袋，刘诗花无奈松开了手，周晓盛立即跑开了，只剩下她在大道上独自站着，许久地眺望。

那时，留在村口的刘诗花看见单薄的车子上单薄的两个背影，她不知道那辆车子载走的到底是什么，她只知道周长河留下来的"鸿基伟业"只剩下她一个人来苦苦支撑了，连周庆绅都可以走，但她不能，到最后，真正需要博大胸怀的人，原来只是一个她这样的农妇。她可以扯开喉咙放声大哭，但哭完了，她要去梳洗干净，然后整理好烈士的祭台和供品，去照顾英雄的儿子睡觉吃饭，去拉开紧闭的门闩，迎着初升的太阳，开始一天的劳作。

刘诗花没有等到邹总以及爪牙的到来，因为他们没机会再来了。李羡彤咬着牙一口气骑到了高唐地界边缘，那里是她和吴恩峰、凤妮约好告别的地方，然而，她和刘诗花一样都没有见到听说会来的人。

他们不会再来了，因为这场不该有的闹剧，吴恩峰和邹总的关系正式交恶，吴恩峰在省道与县道交接处拦住了邹总等人，一言不合开打了，有死有伤。动静之大，够载入县史的了。后来，这群人一个没落下，作为香港回归期间影响社会安全稳定的"毒瘤"，被列入重点打击对象，全被顶格处理了。

那时，周庆绅和李羡彤站在家乡与远方的交汇处沉默不语，道边的饭馆门前是一亩有余的空地，密密麻麻摆着数十张桌子，在那个寒冷的冬天，竟然也破天荒地坐满了人，好像就是为了映衬他俩的落寞。他们坐在塑料篷布里，喝着"孔府家"的白酒或带着冰碴碴的"趵突泉"啤酒，木炭的清烟钻进透明塑料布搭起的帐篷，带着孜然和辣椒面的味道弥漫进他们的鼻孔里，也混合进周庆绅和李羡彤离别的情绪中。那个鲁西北的黄昏还发生着什么故事，那个在他们眼里无比寻常的村落边到底有什么特色，那些划拳、猜酒令、摸别人老婆大腿的家伙在高谈阔论什么，他们丝毫不关心，他们只看见饭店门口摆出来的大彩电上，播放着吴恩峰无所谓的大脸，他朝镜头竖着中指，跳起了他在理发店里跳过的舞蹈，虽然没跳几下就被警察一个大别子摔在地上，镜头继续扫过吴恩峰，他的双臂被反剪起来，那张脸被皮鞋踩在地上，愈发硕大，嘴角不能合拢，露出糊满烟渍的牙齿，但吴恩峰还是露出死猪不怕开水烫的样子，那副样子令空地上的人们活跃起来，现场气氛达到顶峰，他们举杯庆祝，庆祝别人即将陨落还能保有的不羁的个性，或者骂他傻子，或者敬他是个棒槌。只有周庆绅和李羡彤，在相互的凝视中泪眼滂沱。

李羡彤计划要去省城，靠自行车是不现实的，要坐班车，到地方要落脚，李羡彤出来时带了钱，可那点儿钱连租房都不够，那时李羡彤打开刘诗花塞给她的布包，里面整齐地叠着十几张百元大钞。

周庆绅说："这是我哥的抚恤金，她今年所有的积蓄，这个冬天格外漫长，如果我走了，她连过年都只能吃地窖子里的大白菜。我要回去。"

李羡彤说："她说过你随时可以回去看望他们，但如果你真的这么想，那就是无知了。在这个金钱至上的年月，再给自己多一种可能吧，和我一起去迎接新的生活，如果能行，对你我都好，如果不行，也能消除你心中的遗憾。那遗憾不管你承不承认，它都深藏在你的心里。"李羡彤的母亲还在重病中，她迫切需要的当然不仅仅是爱情，她对于金钱社会的认知是准确无误的，但遗憾这东西，向左向右，向前向后，遍地都是。不过，她这句话说到周庆绅心坎上了，他舍不得突如其来的爱情，更舍不得他尚未展开的羽翼就此闭合，他确实认为他还有更多的可能，他时常梦见他要么站在枪炮的烟火中，要么站在璀璨的聚光灯下，没有什么比远方和未来更能牵引年轻人的脚步。

第十六章

　　风云过境,我依然看得见血脉相连的光辉,可我还不知道如何定义你,我也不知道如何爱护你。回望那些纯净灵魂留给这时光的遗憾,我想卑微也是英雄的思想起源,当我和你一起从泥沼中爬上大陆,也就找到了生命的平原,总有一天,你要站在月亮下怀念我,明白光影背后是荒芜,伟大之前是磨难。

　　那时,周庆绅愿意跟李羡彤去往省城,还有另外一条原因,那里距离弟弟周意重更近了,他在那里上了四年军校,那里还有一七七师与另外两个解放军乙类师合并整编成机动部队后设置的联络处,他想在那里应该不会感到举目无亲,那不仅是距离上的拉近,还具有重回高光时刻的路径。

　　然而周庆绅不知道,那些所谓的能够让他感到亲切的关系,其实于他,已毫无关联,一旦脱下军装,他就是芸芸众生中的一粒沙尘,在部队铸成的精神堡垒,也只是在最艰难的时刻焕发出有限的光芒，没有一个合格的老兵会在穷困潦倒的阶段敢于想起它，甚至接近它，抑或幻想得到它的接济，那是老兵的底线，所以图腾就在眼前，它可以观照老兵的内心，却始终只是若即若离的存在。这是周庆绅后来才领悟到的道理。

周意重是全优学员，有优先选岗权，他毫不犹豫地选择了哥哥当年服役的部队，他要继续走哥哥们没走完的路，而且十八岁那年和林展的"赌约"还历历在目，他要在不擅长的领域出人头地，做一个像林展一样的优秀军官，直至超越他，现在看来他离"赢"不远了。因为打实习以来，他的表现可圈可点，舒泽勇人前人后没少表扬他，实习结束的时候，党委给他的实习鉴定也是倾注笔墨最多的，极尽夸赞之词。但他还不满足，因为已经提拔为参谋长的林展和副政委孙诚好像商量好了，从没有当众表扬过他一次。尤其是林展，不仅没有笑模样，还经常拉着驴脸，明明前一秒还和别人谈笑风生，扭头看见周意重，立刻冷冰冰的像周意重欠他八百吊一般。这让周意重很不舒坦，他发誓有朝一日，一定让林展亲口告诉他，他输了，那才算赢得彻底。

周意重刚有这种想法，就被林展狠狠地泼了一盆冷水。那天，刚正式担任排长不久的周意重虎着脸、背着手、老气横秋地从训练场下来，那是他故意摆出来的架势，他自我感觉比较不怒自威，这副模样也许能够多一分说服力，其实乍一看像个艺术水准还不够高的小品演员，如果腋窝下面再夹个包，不比上门推销的气派多少。当时不伦不类的他,认为三名班长的带兵态度有问题,表率作用不明显,"看我的、跟我上"的调门喊得不高,他要组织全排人员训话。

这次训话,看似是说给大家听,其实是指桑骂槐地针对三名班长。他是新人,再有能力也应该夹着尾巴做人,而他却横挑鼻子竖挑眼,如今还一竿子支到了老兵油子身上。三个班长不仅能带兵,还会煽动情绪,一个个不顾队列纪律,什么站姿都有,唯独没有一个保持良好军姿的。周意重在学校学的是指挥,他认为指挥就是管理,印象最深的是某教员的理论:"管理、管理,当领导就得多管,群众才会搭理你嘛!"他觉得这话饱含哲学智慧,牢牢记在心里,于是新官伊始就急于实践。前几天,他时不常地给战士们来个下马威。初来乍到,开始他也心虚,柿子专挑软的捏,瞄准的目标是义务兵或者下士,一会儿批评这个军容风纪、精神风貌保持得差,一会儿批评那个学习能力弱、精气神也不足,总之只要有人从他面前经过,他都能找出问题来,好为人师、吹毛求疵的本事让他发挥得淋漓尽致。不管是正确的纠正,还是无端的指责,他既是排长,又是战斗英雄的弟弟,还是舒泽勇眼中的红人,莫说是年轻战士没有丁点儿质疑的余地,就是连长、指导员也不敢对他说三道四,战士们一个个敢怒不敢言,还要表现出对于周意重关爱的感恩。周意重以为是他的个人魅力征服了大家,不然效果不能这么好,大家听令而行的意识不能这么强。他很得意自己终于从一个实习生成长为指挥员,但他不满足,他发现想要成为全团乃至全师的优秀指挥员还有距离，要打破成长进步的藩篱，就要逐级得到认可，他想，得到认可的方式是先要让本排的人真正服气，而不是慑于他的"威名"，他们应该真心地、紧紧地团结在他的周围，然后在关键时刻大家才能把他举起来、推出去。怎么才能达成所愿，靠和颜悦色、当老好人是绝对不行的，要让群众拿自己当回事，先要让群众知道这人是个狠角色，这人可以治理别人，也可以立起别人，先怕才能后服，给个甜枣再打一巴掌和打一巴掌再给个甜枣的顺序肯定是不能颠倒的。他对这条据说是很多老教员多年来总结的经验深信不疑，并且坚定不移地贯彻执行。在小兵那里尝到了甜头，这次他信心百倍地拿班长骨干开刀了，却没有收获到想象中的反馈，他明显感受到班长骨干不买账，眼神中流露着轻蔑，还有人朝他吹胡子瞪眼。这还得了，照这个进度搞下去，更多的领导会关注到他，但不是他的优秀，而是他与本排人员之间糟糕的关系。这次训话，他只在意自己的话术，却没想过班长们已不是昔日的班长，他们有强烈的自我意识、维权意识，靠一唬二骗三蒙就能打通关节的时代一去不返了。

那时，面对四面楚歌的境地，周意重大脑运转了半天，站在队列前面走也不是，不走臊得慌。他在质疑教员那套理论害人不浅的同时，讲不出什么至理名言了，只能搬出条令条例和衍生的规章制度压人。

越是骑虎难下，发言越冠冕堂皇，现场氛围越水深火热。一班长是个急性子，他约好了训练结束和远在老家的女朋友打电话，现在被周意重耽误了,在周意重又念完一遍"紧箍咒"之后,率先发飙,跳将出来反呛道:"拿根鸡毛当令箭,没几天基层经验,还打起官腔来了,这是机动师的最一线,你这套东西不能服众,大家伙都说你的气质很学院派,你还顺杆往上爬,听不懂这是骂人?骂你根本不懂带兵,你应该到理论教研室好好备课,不应该到基层来现眼!有本事你拿身体素质、战术能力碾压大家,没这个能耐,少说两句也做不到?"

周意重被逼到份上了,不靠军事取胜是待不住了,撸起袖子刚要应战,二班长没有给他这个机会,他见一班长都发话了,他是一排兵龄最长的老大哥,他不发言,不合规矩。二班长模样粗犷,话也糙:"你没来以前我们排是尖刀排、先进排,你来了,话里话外那意思是说我们混吃等死,啥也不是。正好国家刚设立了建设小康社会的目标,被你一说,我们扛枪不如扛锄头,既然都是泥腿子,干脆别干了,我们当兵前就是农民,回家种地就是我们的出路。"

三名班长,两名表了态,三班长不能落单,但此人性格偏绵软,没有戾气,语气中没有火药味,还略显自卑,满脸堆着笑,乍一看是在讨好周意重,但已经被两名班长噎得直翻白眼的周意重,没想到这种长相人畜无害、说话不紧不慢的家伙,才是绵里藏针,要多扎心有多扎心。

三班长慢条斯理地说:"排长,您军中清华毕业,见过世面,胸怀天下,不仅曾被学员队大队长带着打过一场硬仗,而且是舒参谋长心中的可塑英才，拥有旁人无可比拟的优良基因，谁敢跟您叫板，那不是找不自在吗？我们好比一群刚破壳的小鸡挡住了您这头下山猛虎的去路，我们回去一定认真反思、好好自省，到底是哪根筋搭错了，敢在关公面前耍大刀。我们应该明白，没有基层经验才是最大的经验，这样的人满肚子都是创新理念，好不好用，先不提，至少可以给土包子们提供不同的观点来参考。越有高度的人越会辩证地看待问题，越无知的人越自以为是，您说呢……"

周意重真想把三班长的大嘴用背包绳捆上，这小子说的都是重点，看似在吹捧，其实已经把他借哥哥的光上道、踩别人肩膀上位、没有资历没有经验全凭纸上谈兵的人生履历嘲讽了个遍。本来不甚了解他这么不堪的战士，现在也全了解了，本来对他没有成见的人，被三班长这么一白话，也戴着有色眼镜看他了。愤怒、羞愧已不能形容他此时的心情，他感觉他就像只上蹿下跳的猴子，以为人们都在观赏他漂亮的皮毛、注意他明亮的眸子，其实都想端详他粉红的屁股。身上的汗冷一阵热一阵，浑身百般不舒坦。

周意重四下搜寻了一下，看看连首长在不在，渴望他们能来打个圆场，可惜他哪知道，此时一连江连长、胡指导员就在他身后不远的队部办公室里，不仅不会出来救他于水火，还想看他接下来的反应。江连长将这样的行为美其名曰是对新排长临场处置能力的历练。胡指导员嗤之以鼻，他说，这不是历练，这分明是人之劣根，面对猖狂的关系户，即使你也是关系户，也想看看对方的关系到底有没有自己的关系好使。江连长嘿嘿直乐，以缓解自己也是关系户的尴尬。

周意重不想再这样继续下去了,他要找个理由逃跑,他暗自分析哪条路逃跑会更顺畅,不会有战士使绊腿。一无所获之际,他眼前倏地一亮,大救星赫然出现了,让周意重窃喜不已。那时,林展好像碰巧从拐角处气宇轩昂地走来,他大步踩在养成路上,大檐帽上的国徽闪闪发亮,肩膀上两毛二的黄色肩章分外耀眼,他所到之处,连光秃秃的树干都好似被抹上了鲜艳的色彩,他每抬一下脚,都像又开垦了一处荒芜的沙丘,甘泉浸润进周意重干涸到冒烟的心灵。

当时,周意重窃喜是有原因的,他到指挥学院后文化知识没多大长进,自认为政治素养得到了极大提升,比如他认为官官相护是客观存在的。他想,我和你林展之间再有恩怨,面对另一个阶层,你也肯定要站在我这边。我官虽小,但毋庸置疑是属于干部行列的,我们接受过共同的教育,七扯八扯估计还曾上过同一个教授的课,部队院校之间的学术交流很经常,名师就那么几个,所以这样的概率相当之高,往根儿上论,还是同门师兄弟,现在师弟有难了,当师哥的不顶上就算数典忘祖了。领导的尊严需要维护,不然下一个被打击的对象有可能轮到你。想到此,周意重有了底气,重新扫视了三个班长,他发现了他们眼神里一闪而过的惊慌,知道他们忌惮林展,心说,我倒要看看你们今天是怎么吃不了兜着走的,一万字的检查是必备曲目。

其实林展早就观察到了这边的情况,但作为一个团参谋长,随意干涉排级事务并非常规操作,不过这次"战况"太过胶着,他决定还是亲自来打开一下局面。林展站在了队列前,猫在队部的江连长和胡指导员不能再袖手旁观,赶紧冲出来迎接。周意重这才知道他粉红的屁股不仅被战士看了,还被连首长看了,而且,他们还可能是先于战士们在看。周意重失望透顶,心说,好啊,内部有矛盾不出来化解,还有心情看笑话,这格局、这眼界,你们也等着吧,林参谋长最先批的就是你们。

岂料,林展的处理方式,让周意重一口老血差点儿喷出来,他心中的救星竟然还不如江连长、胡指导员不表态来得让人舒心,不找个台阶让他下来就算了,还要把他掉在地上的面子再用三接头皮鞋碾磨几遍。

林展让连干部全部入列,斜眼看了看如释重负的周意重,让周意重单独留在了队列右侧,说道:"你还记得你为什么来部队吗?是为了继承遗志、保家卫国、实现个人理想吗?我看不是,不仅不是,而且你并不喜欢当兵,你当兵是为了和我置气,是我心血来潮将你一军把将来的,对不对?你是当年亲眼看到我帮了你哥解围脱困,觉得军人气派,军人神通广大,可以让你有仇报仇有冤申冤,你以为只要当了兵就能改变怂人形象,就能实现阶级跨越,可以不用看人下菜碟,换成别人要看你下菜碟了,对不对?!"

似乎又被言中了,周意重嘴上不承认,身体却很诚实,气血上涌,头晕目眩,带着哭腔道:"不对,一点儿也不对!"

林展说:"按你的逻辑,你没有资格反驳我,因为我级别比你高。我观察你很久了,刚毕业的排长,何来那么重的官僚习气,对上毕恭毕敬,对下大呼小叫,这不是小人得志是什么!指挥学院那位梁宇修大队长就是这么带你的?我那个拉胯同学,我早知道他这辈子都没什么造诣了。"

周意重心说,我到底哪里得罪你了,让你对我这么恨之入骨,我是唯一一个跟你早就认识的排长,也是唯一一个被你往死里搞的人。你铸魂育人的方式是一味地打击?那时,周意重对林展好感全无,只有怒火。他在众目睽睽之下夺路而逃,一边哭一边飞奔,耳边是呼啸的风,眼前是和他一样被惊扰的麻雀,麻雀还有巢穴,而他像一头糟蹋了庄稼,正被农场主持枪追赶的野猪,尽管他的身后空无一人,但他感觉全排的人都在追捕他,并喊着活捉他的口号。

林展拒绝了江连长带人去把他抓回来的请示,当周意重不在现场了,他说道:"你们给我好好监督他,谁都可以纠察他,有问题随时向我报告,我们团的带兵人先得当个好兄长,其次才是好的指挥员!"

林展正准备下台阶,好像忘了什么随即想起来一样,突然转变口气说了一句:"但也请给他时间,就像我对你们一样,不急于求成,每位指战员都有自己的成长周期……"林展欲言又止,敬了一个萎靡的军礼,离开了大家的视线,他失去了刚才的气魄,露出一个中年男子不自然就会流露出的倦态与颓势。

江连长问胡指导员:"参谋长心事很重啊?"

胡指导员说:"这还看不出来?挫他的锐气不是目的,拉扯他的韧性才是关键。明着贬损,实则是参谋长又有了新的培养对象,周意重如果能挺过他这一关,以后不得了!"

江连长说:"高明,坏人他做了,还不至于让大家谁都看不懂,留一个像你这样懂行的人,生怕万一他实在转不过弯来,还有人替他来个绝地反转,别人帮忙解释,永远比个人解释要事半功倍得多。言而总之,参谋长不仅没有看轻过周意重,说高看他,也不足以诠释他对于周家兄弟的感情。"

有板有眼、顺风顺水地过好自己的日子就行了,混得下去则混,混得不开心提早转业,只要不像两个哥哥那么特殊的情况,周意重这辈子应该不会过得太差,和平年代,好多晋升无望的军官都是这样的想法,周意重为什么要较这个劲?林展不刺激他,他还有退路,经过这次,他唯有反击。他想,我不只是为自己争气,也要为二哥争口气,毕竟二哥后来留给林展的印象属实有些烂泥扶不上墙,一个带兵人,没有听人解释的习惯,尽管二哥有种种理由,但狭义上还是当了他的逃兵。哥哥担起更多的责任,才让我有书念、有军官当,所以我来一七七师,理应延续哥哥的精神,并重新树立哥哥的形象。

然而,周意重的想法甚好,却屡屡被现实打脸。那天他一个人跑去了操场,在空旷寂寥的跑道上,他仿佛看到大哥和二哥穿着老式的军装,从自己的面前轮番跑过,一圈又一圈,没有停歇,每一次他们都快要挨到他的身体,贴近他的面庞,他甚至感觉到他火辣辣的下巴被他们的手指拂过,他们在冲他微笑,告诉他,我们曾在这里跑下来无数次五公里,总里程够去周集好几个来回,还破过好几项团纪录,至今无人打破。尤其是大哥周元明,他的纪录最厉害,他的纪录是牺牲、是离去,他走后的日子里,这里再没有战争,所以连个重伤员都不曾有过,所以后无来者。他看见了大哥自豪的模样,那却是令他落泪的模样,他也学着大哥的姿势,伸出手去摸他的下巴,却发现面前空空如也,他摸到的是冰凉的空气。连最有可能出现的二哥也没有出现。那个官桥的冬日黄昏,滴水成冰,周意重原本冻僵的身体,瞬间有了足够的热量,因为他意图找到他们,他也跑起来了,他坚信只要跑下去,总能追到大哥二哥的影子,至少他隐约听见过他们为他呐喊的口号声。

林展在团机关大楼上,远远地看着他,江连长和胡指导员也在看着他,三个和他较劲的班长也在看着他,有人还在数他的圈数。

一班长很不自在地在窗前来回踱步说:"低估人家了,照他这个体能,应该不在我们之下,如果要比,不一定谁赢谁输。"

二班长说:"恁娘,你不是从来不认输吗?"

一班长说:"那是比武,他这是玩真的,你没看出来吗?他不吐血不下跑道!我头一次见和别人吵架,虐自己的,我有些相信基因这东西了。"

当夜幕降临,一切趋于平静,已经累瘫在地的周意重被大家七手八脚抬回宿舍。那一夜,他好像回到了童年,站在周集最高的土坡上，他看见杨柳长出了新枝，发出新绿，杨柳絮如同雪花一样飘满了田野，落在母亲龚雪娥那座孤零零的坟墓上，他不记得母亲的样子，但他听得见母亲的呼唤；他也看见父亲周长河围着王四的金鹿牌二八大杠，转着圈啧啧称奇，但最让他眼馋的，还是王四车子后座上夹着的那件带着红领章的军装，那表情和昔日老佃户看见地主饭桌上的白面馍馍一样，肚子里叽里咕噜的声音大过思想的渴望，他清晰地记得父亲弥留之时就是用这种眼神看着他；舅舅龚雪秋重伤之后，不能送他上学的时候，也是这么看着他；周庆绅不希望他当兵，又不得不表现得很有党性很有觉悟的时候，还是这么看着他。他就是那个吸引目光的白面馍馍，通体雪白，浑身散发着热气和麦香，可是在贫瘠的土地上，他又是个奢侈品，不是谁想得就能得到，想留就能留住。他感觉悲情的世界应该下雨，雨后应该有彩虹，那彩虹就是他重新扛起的旗帜。那一夜，他踩着泥泞的道路，再次从周集风尘仆仆地赶来，犹如重新入伍了一次，那漫长的从军路上，他不知道摔了多少跤，醒来时他发现，那泥泞不堪的路一如他泪湿的枕头。

很多环境中，不高兴可以离开，在部队不高兴也得受着，高度的集中封闭，让"想不开"显得十分傻气，那些矫揉造作的想法经不起无从选择的制约。接连几个月，周意重最大的变化是话少了，干的活多了，取得的成绩自然而然地多起来。师级比武、卫士-98演习，大家充分领略到这个其貌不扬的家伙身体里所蕴含的能量。他有聪明才智，有超越多数人的学习能力，他还埋头苦干,所以他终究出类拔萃。只要不在鸡蛋里挑骨头,没人脑残到去招惹自己的上级,大家接受了这个转型成功的排长,但林展还是一如既往地不给周意重面子。奖罚分明、任人唯贤这回事,林展一贯遵循得好,可轮到周意重,他却又是一套标准。人总是动不动就放过自己,太难原谅别人,周意重意识到了自己的问题,并作出改进,但他不认为林展有功劳,他有的只是莫名其妙的刻薄。矛盾一触即发,半年以后,周意重和林展的关系因为一场洪水降至冰点。

滔滔洪水,江河鸣咽,那场席卷了中国二十九个省份的全流域性大洪水,让长江中下游地区成为一片泽国。解放军、武警部队和民兵预备役出动近六百万人次兵力抢险救灾,一七七师也全员出动,驰援湖北荆江河段。在一处濒临决口的大堤前,周意重所在的一排单独执行这一区段的封堵任务,搬物资、扛沙袋、展开车轮战,整整奋战了七天六夜。期间,他们饿了啃馒头,困了躺在大堤上打个盹,最后一夜,大堤即将封堵成功,那时战士的身体机能已达极限,手脚麻木,精神恍惚,大脑不能正常思考,只剩下机械动作。周意重派一班长找到林展,请求他下命令,要么换人轮战、要么再给支援一个班,再这么下去,还得有人陆续交待在这里。

一班长找是找到了林展,但林展那边的局势更危急,他自己都带头跳进了洪水中,和战友们用肉身封堵决口。一班长泥猴般傻傻立在岸边,一句话也说不出来。目之所及都是水,到处都是挣扎的人群,他张不开嘴提要求。但排长的意思也不能不带到,上传下达不力，属严重违规违纪。他刚要开口，只听林展站在水里喊道："人在堤在，人不在堤也要在！大家再坚持坚持，洪峰退了，我们就胜利了！"

听到这里，一班长趁着天黑想偷偷走掉，就当根本没来过，这时林展却发现了他，问他什么事。他支支吾吾地说："我们排长让我来问问，要不要支援！"

林展喊："耍什么洋相，出什么风头！你们一排的位置最险要，回去告诉周排长，实在有困难，可以从我这里再调点儿人过去……"话没说完，林展嘴里被猛灌了水，咳嗽不止。水流越来越湍急，冲击力越来越大，林展险些被冲倒，最中间的人受力最多，队伍被冲散了，一名战友不见了。失去一个战友还会有新的战友补上来，他们相互还能搂住脖子，重复着之前的对抗。那时候，一条命在肆虐的洪水面前就像一根檩条、一堆沙石料。

一班长想，你还从哪里调人啊，自身都难保了。他哭丧着脸走回来，见到周意重说："参谋长说了，我们一排的位置最险要！"

周意重说："这是让我们不要再有其他的想法了，顾不上我们的死活了！"

一班长到底没有说出后半句，他相信只要他说出来，这块战场上残存的战斗力将荡然无存，那些奄奄一息也誓死挺立着的人们将瞬间倒下，倒下去等待那根本不会有的援兵。

周意重把一袋沙包扛上了肩，吼道："人在堤在！"

有的战士眼前一黑，一脚踩空滚下河道，连呼救的机会也没有，顺着奔腾的洪水漂远了；有的战士体力透支，上一秒还往大堤上冲锋，下一秒一头栽倒在淤泥中。周意重连哭都觉得很奢侈，他要留着力气给呼吸不上来的战士做胸部按压，但一切都是徒劳，他眼睁睁地看着一名战士在他面前心肺衰竭，停止了呼吸。战斗持续到凌晨，沙袋全扔光了，筑起的临时堤坝满足高度，洪峰顺利过境，水流逐渐平息，岸边十几万群众暂告安全，避免流离失所。现场安静下来，战士们横七竖八地躺在黄泥浆中，像是躺在枪林弹雨之后血流成河的战场上，充斥着悲凄、死亡的味道。

周意重翘起头来清点人数，像是在数走散的羊。眼睛花了，分不清哪里是人，哪里是黄泥，他倒是希望那都是他的战友，可即便把那些假象都算上，他也没有凑够他的人马。他嗷嗷哭起来，黄泥滴滴答答沾满了面庞，和那时的大地一样，遍染金黄，太阳出来了，天边出现一道美丽的光晕，可那样的色彩第一次不代表富贵或者幸运，而表征满目疮痍。

周意重喊：“一班长，你给我滚出来！”他准备让并未带回有价值信息的一班长再去向林展报告，报告这里有人员伤亡，让他们把迟来的目光投过来，看看这狗血的战况。有人告诉周意重，就在半个小时前，一班长救下一名差点儿被水冲走的战士，吐了血，晕倒在地，全身滚烫，被卫生员抬走了。以前周意重觉得"累到吐血"是夸张的说法，现在却如此具象地发生着，他也感觉喉头一腥，全身发出皮开肉绽的声音。

那时，面对江水，周意重似乎触摸到了大哥炙热的脸，他的声音断断续续地传来,告诉他,不要害怕,我也曾面对如此境地,我至今仍跟那该死的水魔抗衡,我有足够的经验,我在尽力护佑你们。值得高兴的是,你们比我勇敢,战胜不了自然,但也没有屈服,当年我还主动选择了放手,我应该向你们致敬。不过我放手也是无憾的,被水冲散的人,终将会成为那片水域的主人,我们以流水的姿态在另一个世界存活,那波光粼粼的水面就是我们散发的光辉。大步地走吧,去迎接你们因此而得来的荣耀。

一七七师归建,师里给一排记集体一等功,战士的追悼会和表彰大会同日举行,周意重的感动和怒火一并爆发。他从主席台上捧回沉甸甸的奖章,第一件事是踹开了林展的房门,把奖牌证书朝林展砸了过去。小排长向参谋长出手,这事极为罕见,包括林展自己,没有思想准备,躲闪不及,鼻子被砸出了血。

林展一边平静地找纸擦鼻子,一边还要缓和周意重的心态:"我是片区最高指挥员,我承担主要责任。战友牺牲了,你心情不好,可以理解!"

周意重说:"全团都抽不出人来了?你但凡支援我一个班,他们也不会牺牲!一班长等人也不至于到现在还躺在医院里烧的光说胡话……"

林展刚想说,一班长没有告诉他一排区段的情况,也没有请求支援。但现在他不愿意和周意重解释,把问题的原因归结到一个还躺在病床上的班长身上,不是一名参谋长做得出来的事,他选择了沉默。

团副政委孙诚进门看到周意重剑拔弩张，他了解林展区段的情况，要跟周意重解释，被林展劝住了，摆手让他们都出去，并说："有什么意见请先保留，过段时间，有任务，等任务完成归来，我主动向党委作检讨，请求处分。"

周意重说："以前是我让你失望，现在是你让我失望，你的仁义道德、体恤部属都是装出来，你有勇无谋，名不副实，你不配当参谋长！我大哥的牺牲跟你有没有关系，我现在也很有疑问了！"

孙诚忍不住喝道："鬼扯，这种话你怎么说得出口的？现场情况复杂，用兵是指挥员的事，有没有问题也要由纪检监察部门来调查论证，你再这样，关你禁闭！"

周意重不敢跟孙诚使性子，夺门而出，孙诚没走，他问林展为什么不解释。林展说："他需要一个发泄对象，所有人都在承受，不如让我一个人来承受。"

第十七章

我终于知道该怎样与你对话,你却听不见了。当年你的弟兄说走就走后,你是否就做好了准备,准备也像他们一样和我告别。你避而不见或绝口不提,当我只是一棵绊脚的野草,就能轻易抛开。可是你没有,你在我自以为明白了什么是勇敢的时刻提醒我,英雄的世界没有因果,你们天生只做一种选择。

林展坐下来,身体扭到窗子的方向,他看见官桥的晚霞挂满了天空,周意重走在回连队的大道上,身上洒满了金黄色的夕阳,心中不管有多大的憋闷,但外形并无颓势,仔细找,仍旧能找到他两个哥哥的影子。微风拂过他瘦削的身体,他踢了一脚打着滚、转着圈飞过来的落叶,嘴角那抹骄傲,就像那晚霞,明亮而生动。

孙诚着急地说:"你是参谋长,排长对参谋长有意见,还是这么大的意见,涉及生死了,是什么好事?会影响他对全团乃至全部队的看法。你这么做只是为了让他好受?让他拿你当反面例子,更有利于他成长吗？"

林展说："就算一班长报告了他们区段的情况，我也无力回天，没有兵力可供支援，和现在的境况又有什么不同呢？他早晚会明白的。"

孙诚问："万一他转不过弯来呢？"

林展淡然地说："不可能，你看见他那双爱憎分明的眼睛了吗？他每一个棱角其实都带着善意，越是大误会，终究能大白于天下。没有什么比生死更考验人心，没有什么比时间更了解真相。如果他不懂，他不能成长为一个优秀的军人！"

周意重回到宿舍越想越气，不打算善罢甘休，他写了一封实名检举信，塞进了首长信箱，他认为林展应该受到处罚，最主要的"罪名"是不分析掌握抢险救灾现场情况，不对兵力部署情况进行有效研判，指挥存在漏洞，方案战术有缺陷。当然他反映的不止这一个问题，既然都告状了，那就不能浪费了机会，不能分多次牵扯领导精力，他又罗列了一些煞有其事的"罪状"，比如专横武断、爱搞一言堂，提拔任用干部不民主不公正；不考虑下属承受能力，动辄当场羞辱……周意重自认为这都是他遭遇过的，客观存在，有理有据，林展不被"捉拿归案"，也得脱层皮。

一个锅里吃饭，搞举报不讲究，但和林展的种种问题相比，这算小巫见大巫了，本着治病救人惩前毖后的初衷，这算是替团里解决重大隐患，是贯彻落实"塑风气、严纪律"专项教育的具体表现，举报有功，举报光荣，周意重恨恨地想。他想看到，林展倒霉的那天，还能不能像刚才一样表情风轻云淡的，讲话义正词严的。他等待着，胸有成竹地等待着。

两周后，江连长和胡指导员神秘兮兮地把周意重叫到队部，周意重以为举报有果，上级动作迅速，这么快就有反馈了，连主官一定是通知他去出席林展的审判会或者取证会什么的。可当他兴冲冲地站在连主官面前时，接到的却是到云南协助驻地边防人员执行秘密任务的通知，更让他大跌眼镜的是该任务的主要负责人仍然是林展，且是林展点名要一连一排除伤病员以外全部参加。

江连长自豪地说："这次任务特殊，敌人是成规模的，为避免走漏风声，特意从机动师抽调人员，我们一连一排是全师领导眼中的香饽饽，又刚立了一等功，首当其冲、责无旁贷。我也有幸参加，这次我们要再打一次漂亮仗。"

岂料周意重当场表示反对："参谋长的问题还没查清楚，怎么能执行这么重要的任务。其次，我们现在也不适合编入一个行动队，我不相信他。上下级之间不信任，怎么投入工作？"

江连长的脸色变得很难看："你不要再自以为是，他不是完人，他身上是有老习气，但那是时代的特殊环境留在他身上的印记，别说他在我们眼里是个德高望重的人，就算他真的存在原则性问题，那也得等上级出结论，一天没出来，他就一天是我们优秀的参谋长，你就要无条件服从他、相信他，这是一个军人起码的操守！"

江连长的话不容置疑，周意重自然要收起不合时宜的锋芒，他当然知道在任务面前,所有的不满都要隐藏得一干二净,他要回归到战斗员的身份,哪怕做不了一个叱咤风云的高手,也要做一块又臭又硬的石头。不允许带任何感情色彩,将是他未来一段时间的第一道"开机"密码。

从不情愿到全副武装,只需一声召唤,周意重刚还表示抗议,随即成为第一个收拾好行囊站在操场上的人。周意重想,不由着性子,随时逼迫自己走出内心的安全地带,是一个优秀军人的特征之一。每当稍感到安逸时紧接着就会有大事发生,这是周意重到一七七师连续不遂人愿之后让他窥探到的部队奥秘,他不知道其他部队的军人是不是也会这样"悲催",但他想,应该换汤不换药的。

林展专门过来捶了他的肩膀问道:"有没有信心?"

周意重高喊:"有有有!"太阳穴和脖子上的青筋暴突着,嗓音极具穿透力。

林展说:"有没有想法?对我,对任务,都可以畅所欲言!"

周意重说:"没有!"

林展说:"你现在有发表一句话的权利,命令你说!"

周意重压低声音说:"任务来临,指挥员只能是、必须是我值得信赖的人,这无法改变。你……至于你个人,不作评论!我不想浪费时间。"

林展说:"安心执行任务,将来有的是机会让你好好评论。"

林展带领江连长、周意重和三十名战士不日抵达河口。当晚未做休整，即刻投入联合行动。那时，周意重才得到通报，一伙来自境外的情报组织长期潜伏在河口近郊一个叫四连山的地方，以开饭馆、倒腾水产品为幌子，有的甚至打入当地企业单位，洗白身份，实际上他们背地里制贩毒品，以此来维护情报收集网络。这伙人建立了防守森严的据点，白天分散到不同的岗位，晚上聚集起来开展活动，他们有章程制度，警惕性高。他们藏有制式步枪、手枪、手榴弹和一定数量的冷兵器，成员保守估计百余人，长期与当地公安斗智斗勇，也许是盘踞河口过久，有了眼线，几次行动都暴露了，要么抓不到人，要么证据被销毁，所以此次云南方面直接从省外调人。案情通报前，参战人员上缴了除指挥系统以外的通联设备，使围剿工作在绝对保密的情况下进行。

当地边防人数不多，满打满算不够两个班，其负责人怕林展有意见，说道："兵力有限，敌人众多，但你们是一等一的好手，经受过考验……"

林展往枪上装着消声器，说："几十人对上百人，这不是围剿，这是突袭歼灭。这么安排，上级有他们的考虑，一是舆论的关系，毕竟间谍问题事关国家安全，控制在一定范围贴合实际；二是允许当场击毙敌人，自然不用大兵压境，避免造成群众恐慌。你们负责把住敌据点出入口，我们杀进去，今晚是一场血战。"

夜幕渐浓，周意重跟随林展到达四连山外围的村庄，占据村庄制高点，用夜视望远镜进行侦察。林展观察了一会儿，把视线从夜视望远镜上移开,周意重发现他的眼睛里竟泛起亮光,嘴唇哆哆嗦嗦地道:"多年以后,兜兜转转,又回来了!"

周意重茫然地问:"您来过?"

林展说:"你知道这是哪儿吗?这里距离麻栗坡直线距离只有几十公里。"

周意重更迷惑了:"麻栗坡?"

林展说:"当年我和你的两位哥哥从那里走向边陲战场,后来,有很多战友都埋在了那里。"

周意重听闻,马上接替了林展的位置,凑上去查看远处的景象,那里遍布群山,从夜视镜中能看到它们千姿百态的轮廓,山坳里是坐标方位各奔西东的破落民宅,就连这样的民宅也只有为数不多的几座,那里没有一盏灯光,也没有人影出没。夜安静极了,周意重能听到镜头前的飞蛾扑棱翅膀的声音,他还在一簇木棉树中间看见了影影绰绰的磷火和萤火虫,它们一闪消失了,树枝静止不动,空气中荡悠着轻烟,让周意重看见了满眼的孤独。他未看见麻栗坡的一砖一瓦、一草一木,可这里和麻栗坡应该也没有区别,他想,因为他呼吸道里都是麻栗坡的味道,好像他也早去到过那里,那熟悉的感觉在他的血液里正殷殷流淌。

周意重用来自腹腔的声音说:"大哥,你听得见吗?我来了,我知道,你也埋在那里,你为无数人找到了领地,捍卫了他们的家园,可为啥最终你却住得那么那么远……那坟里没有你的遗体,那掩埋的只有你的精神,那是快乐的精神吧,和他们为伴,你一定不会感到难过……"

林展拍了拍他的肩膀说:"等任务结束了,我批准你去看看。"

周意重觉得林展破坏了他与大哥的对话,甩开了他的手,林展尴尬地把手收回去时,面前的村庄有了动静。周意重从伤感情绪中走出来,从失落到进入警戒状态,中间几乎没有停顿。他不时转换着他的角色,他曾经也以为他会精神分裂的,直到他发现这是每一个一线战斗员必备的能力。那时,他的面孔和远处的山峦一样冷峻,他看见有人开始陆续进出村子里几处民居,他们反侦察意识很强,开车的关闭了车灯,骑摩托的,哪怕是例行公事也好,先围着村子转几圈,再下车推着走进院落,院子也不是想进就进,他们要换上统一的服装,亮出一个像"令牌"的东西,才可以大摇大摆地走进去。旁边的院子很可能都被他们租了下来,因为里面长时间没有任何动静,显然只是为了掩人耳目。

周意重一边观察一边在嘴里报着他所掌握的所有数据,林展在旁边"唰唰"地记在纸上,周意重一抬头看到他力透纸背地写得很痛苦,说道:"不用记,我记得牢。"

林展说:"好记性不如烂笔头。"

周意重说:"我说不用就不用,我的脑子堪比计算器。我们三兄弟各有所长,我对数字极为敏感,我二哥随铁了我舅,天生会画画,这个你是知道的,他设计的那座营房,大家还住得好好的……"说到这里,周意重说不下去了。

林展问:"那大哥呢?"

周意重说:"他可以为了维护我们两个的特长去牺牲,这不是最牛的特长吗!"林展狠狠地点了点头,那时,他竟有些分不清谁是参谋长,谁是排长。

晚上十二点了,他们掌握的情报依然不够详实,至少还没摸到敌方武器的数量。不打无准备之仗,周意重请求化装抵近侦察。

林展问:"你一会儿是突袭主力,还要化装侦察,吃得消吗?不行换江连长上。"

见周意重目光笃定,林展心说,你最瘦小,却又最精干,是最好的人选,没有之一。于是,他调派三名狙击手掩护周意重行动。周意重脱掉了迷彩服,换上了便装,潜伏进村庄,形同鬼魅,他无孔不入,能钻的地方都钻了,能爬的地方也爬了,累到浑身散架,确认了现场没有重火力武器,并摸清了间谍头领阮雄的具体位置。

当时,周意重趴在阮雄所在屋子的屋脊一角,纵览整个院子。这里和其他民房显然不同,首先是大,大到扫视一圈要颇费周章的程度。其次内围由四栋饱含民族风情的吊脚楼组成,每一个吊脚楼的侧边上都有一个比吊脚楼略高的警戒点,里面站着不停游走的放风者,虽然周意重只能看到他们的轮廓,但通过他们的姿势,一眼便知是荷枪实弹。而且他们十分专业地没有开启探照灯,通过用对讲机和处于地面的放风者联络,构成严密的防守体系。周意重是用弓弩射穿了其中一个放风者的脖子之后攀上主楼的,那个楼坐北朝南,最为气派,所以最初就深得周意重"独宠"。他趴在屋脊上,把头垂下来,透过楼梯最上沿的透气窗观察里面,第一眼就看到了阮雄的脸,血压立马噌噌升了上来。这栋吊脚楼内显然是高层聚集的地方,只有四个年纪较长的人在围炉夜话,周意重和阮雄的位置只有几米之遥,此时阮雄以一个舒服的姿势斜躺在藤椅上,两只脚搭在扶手上,抱着一个特大号的烟筒。云南烟筒一般由品相好的竹子做成,可他那只烟筒上镶满了明晃晃的子弹壳,嚣张程度骇人听闻。那烟筒和他这个人一样发出凶煞的光,与他的脸相得益彰,也让周意重把他看得更清楚。这个人躺倒前还有笑容,这时却突然收住了,嘴里的几颗金牙马上不亮了,他眼睛直勾勾地往斜上方看,似乎就在盯屋顶上的周意重,这让周意重腿肚子转筋,差点儿从湿滑的瓦片上滑下来,周意重急中生智,不闪不躲,眼睛一眨不眨,保持原姿势一成不变。而阮雄也是纹丝未动,连手下向他汇报当天的毒品贩售情况他也一声未哼。周意重想,我脸上涂着浓厚的迷彩伪装油,此时不动,还有可能被当作一只野猫或者别的什么物件,若是一动,必然暴露。

一下一上、一内一外两个人,他们与各自的依附物融为一体,不同的是一个保持着还算舒适的姿势,另一个就惨了,不仅要死死扒住瓦片防止跌落,而且头冲下,时间一长,血液淤积,血管鼓胀,脖颈发硬,脸部青紫,脑袋重如千钧,欲要爆炸。那时,支撑他超越身体极限的除了职责所在以及对于生命的渴望,更大的原因可能是他耳畔骤然响起的喊杀声,那撕心裂肺的声音他没有听过,但又似曾相识。他猛地想起,也许那是从他刚刚瞭望过的昔日的战场传来，大哥似乎就在不远的地方望着他，促使他在放弃的边缘再坚持最后一分钟。他努力让眼睛不因此而暴凸的像铜铃，那样即使在暗夜里也会令对手毛骨悚然，然后恼羞成怒，陡生杀机。他想，这老狐狸，再不挪开眼睛，我就要交待在这里了。雪上加霜的是天边响起隆隆的雷声，不一会儿大雨倾泻而下，砸在瓦片上哐哐作响，周意重更叫苦不迭。好在，当周意重脖子的承载力达到极限、脑袋不受控制地自然晃动、大哥遥远的呐喊也不起作用的时候，他看见阮雄如梦初醒般从躺椅上坐直了身体，揉了揉眼睛，抄起大烟筒"呼喇呼喇"吸了几口，心满意足地看了一眼咕嘟嘟冒着热气的煮茶器皿，翻滚的普洱茶在里面打着旋子，有人给他斟满一杯，他慢条斯理地呷了一口，阴阳怪气地说："嘿嘿，老子打眼一瞧，知道天铁定会下雨！他娘要不要嫁人，那得问他娘的！"

在阮雄让人鸡皮疙瘩掉一地的笑声中，周意重抽回缺氧的脑袋，顶着密集的雨，吃力地扭扭脖子，眼眶里竟有漫天星光。他呼哧呼哧喘了好几口长气，使唤着麻木的四肢，沿着来时的路深一脚浅一脚地溜回去，那时他心有余悸，如果阮雄再晚片刻转移视线，今晚的故事将瞬间改写。能不能活着走出这个村子不得而知，但突击计划肯定要全盘泡汤，敌人会如惊弓之鸟，再难有今天这样破天荒悉数聚集的机会。

既然阮雄依旧谈笑风生，周意重判断自己没有暴露。集结点内，林展早等急了，看样子周意重再不回来，他就要带人马冲进去了，眼看时间紧急，周意重觉得没有必要向林展讲述惊险经过，只汇报了结果。一个不起眼的疏漏，谁也没预料到将为他们的行动埋下巨大隐患。

雨越下越大，天幕偶尔亮眼的裂口，是群山中唯一的明灯。官兵们齐装满员，他们逐个沿着战友的路，隐秘地从村口埋伏进村子一角，齐刷刷地蹲下，静待一声指令。大雨打在他们的头盔上，像是在协奏一曲清脆悦耳的乐章，逼仄的空间里，他们就像当年那些住在猫耳洞里的士兵，坚如磐石，藏在头盔下面的脸比那夜色更耐人寻味。

林展手持五四手枪，处于队伍的最前方，一会儿他要和江连长兵分两路，江连长带二十五人负责武装清剿，林展带四人直扑阮雄。为了保护指挥长林展的安全，江连长执意让周意重跟随林展行动。大敌当前，对林展的成见以及可能存在的不默契都不再是理由，周意重唯有立即执行。

林展倔强地对周意重说："我需要你保护？"

周意重说："我对里面的情况有更直观的了解，便于指挥长统揽全局，一切为了任务。"他嘴上这么说，心里其实在想，你还真需要我保护，毕竟年龄大了，坐镇指挥还行，真刀真枪地硬拼，过黄金期了。

林展点点头，神情黯然："好小子，跟我没有情分，这个时候着实更不用谈情分！"

暗夜中，林展做出行动的手势，队员们沿着西南边陲小村内长满青苔的石板路歪歪斜斜地冲出去。江连长一组负责拔掉剩下的放风者，重机枪火力压制附属楼内的敌人，林展和周意重带人直冲北楼，第一时间封锁阮雄的出路。

　　一枚信号弹升空，证明江连长一方取得突破性进展，他们轻而易举击破了敌人的第一道防御，趁敌人乱作一团，手榴弹开道，机枪步枪封控，霎时，那方战地上声震九霄、白烟滚滚，刚还漆黑的夜亮如白昼，村子上空的积雨云应该是也被这阵势吓得游走了，暴雨顷刻没了力度，惊慌失措的号嚎愈发清晰起来。八一班用机枪的子弹打在木质结构的吊脚楼上，令其千疮百孔，一排排光线从亮灯的屋里喷出来，让人第一时间想到"万箭穿心"。有扎堆逃跑的敌人，挤在出口，纷纷挨了枪子，挤塌了围栏，下饺子般掉到院中，跌在地面上，血水把刚才暴雨聚集的齐脚踝的雨水全染红了，血腥渗透进空气里，无孔不入。西楼的敌人明显更胆大，或是镇定的组织者，没有逃跑的念头，而是趁战士换子弹的间隙获得喘息，实施反击，战士们用防弹盾牌构筑的临时工事并不是无懈可击，只好边打边往吊脚楼上冲。战斗从最初的火力打击，到后来的空手白刃战。一排个个是拼刺刀、擒拿格斗的好手，打得敌人落花流水，几乎再没有招架的能力。

　　反观林展、周意重一方，他们在江连长取得先机的同时，毫无阻碍地进入了主楼，屋里竟然只有一个人，躺在阮雄躺过的椅子上，巍然不动，即不掏枪，也不逃跑，等着周意重顶住他的脑门。周意重环视了一圈没发现别人，暗呼不妙。

　　林展也发现了端倪，追问："人呢？"无人应答，周意重也想不出所以然，村子出口已经被封，理论上是跑不出去的，可满屋子搜遍了也没有阮雄的影子。

周意重这才观察眼前的唯一一个敌人，此人是个光头，后脑勺上长满了"五花肉"，褶子是分层的，呈阶梯状往上排列，像蹩脚公路上连续设置的破减速带，一看就是个长期不动脑袋的人，但面对屋外震天动地的打击，屋内黑洞洞的枪管，具有临危不惧的风范。当然，这风范在有些人身上属于大将风范，轮到他身上就有些不伦不类的意味了。

周意重问："阮雄去哪了？"

光头豪横地说："我就是阮雄，搞我啊！"

周意重听了他的话，一秒也不愿惯着这种动不动戏精上身的人，用枪托猛砸了他的光头，光头的脑袋瞬间开裂，周意重伸手抠住他脑袋上裂开翘起的部分，撕扯了一会儿，光头疼得惨叫，但还是很有骨气，嚷嚷着："我就是阮雄，阮雄就是我。"血从他的秃头顶呈波纹状一条一条地淌下来，像烟花爆炸下坠形成的效果。

光头是阮雄的左膀右臂，阮雄抓住了他的七寸，光头在家乡的老婆孩子全依赖阮雄的经济援助，要不是阮雄，他一辈子也不可能赚到那么多钱，阮雄给他承诺过，只要他还活着，他就不会亏待了光头一家。从阮雄一直以来的表现来看，他也确实是这么做的，所以他这次主动请缨留下来拖住周意重等人，宁愿死，也要保证阮雄的安全，他把这种死心塌地，理解为忠诚。

周意重没有时间跟他讲什么是正义，什么是邪恶，阵营不同，各自有各自理解的正义。又是一轮暴击，光头也不是外强中干之流，晕死过去再醒来，还是朝周意重露出顽固的冷笑。尽管他不说，大家都明白了，千防万防，还是走漏了风声，阮雄作出反应了。

真实情况也正是如此，那时，阮雄其实一眼就发现了房顶上的问题，只是这个被通缉多年的人，养成了波澜不惊的本领，面不改色是他的杀手锏。他在和周意重的对望中已料到那晚不同于以往，因为能孤身闯进来的人他没见过，无处不在的线人也集体失声，综合分析是来了高人，这个老巢凶多吉少了。如果当时将周意重灭口，也难以挽回大局，他只能急中生智演一出戏，争取所剩无几的时间。

通知所有人撤离？那谁也撤离不了。要走只能带两个心腹走，但也不是现在走，阮雄倒不怕外围封控的人员，吊脚楼下面有机关，他早就想到会有这一天，提前挖了地道，能直接从院子通到村口旁。他不走是因为他不清楚出口处是否也有人，地道里还藏着大量毒品、钱物和最近一段时间的情报密文。既要人走，东西也不能丢，因为即便出了村，路上也一定有卡点，这连绵的深山，扎进去就等于进了迷宫，没有补给，进山也会被喂了野猪野狗，而躲在这里面静候时机，光头只要够硬，他就能获取时间从长计议。地道口就设置在光头座位下，深且精密，下到吊脚楼的下面之后，才是入口，盖板的表面和地板是一个模子刻出来的，连缝隙都和旁边地板毫无差异。

形势不允许周意重敬佩光头的意志力，如果他不是对手，事后他会向他致敬。他想，每一个冥顽不灵的人都有他的苦衷，也都有他的执着所在，这样的人按说应该被善待，但现在他只想撬开他的嘴，严刑逼供是很多人赖以生存的手段，只是周意重还是被残存的书生气裹挟，面对光头，他有些束手无策了。林展适时让周意重停下来，进行心理攻势，可光头连汉语都说不利索，沟通宣告失败。在这期间，周意重倒是注意到一个细节，光头坐在座位上稳如泰山，即使被周意重打得满地打滚，最终还是会爬回椅子上，他的眼神四处游离，唯独不落在面前的空地上，凭此，心细如发的周意重预测这块区域有猫腻。他正观察着，也许光头意识到周意重发现了玄机，突然怒目圆睁，犹如一头困兽，鼓足了将死前的力气，把周意重扑倒在地，伸手去够桌腿上的炸药包引线，要和在场的人一了百了，尤其是周意重。周意重倒地时开了一枪，但没有打中，眼看光头就要成功了，说时迟那时快，林展的短枪发挥了优势，连开三枪，光头彻底归西。那时引线已被拉开，呲呲冒着白烟，林展把周意重往外拖，刚拖到门口，炸药包轰然炸响，爆炸的瞬间，林展用身体覆住周意重。吊脚楼塌了，地道口被埋得严严实实，林展和周意重身上也盖满了木材、碎屑和瓦砾。

良久，周意重苏醒过来，耳朵里嗡嗡作响，大脑中一会儿翻江倒海，一会儿神游虚空，他试图动一下四肢，发现做不到，他不知道谁趴在他的身上,他想要喊,却喊不出来,只感觉那个刚还有温度的身体在慢慢变冷。

众人找到他和林展时,已经分不清谁是谁,他们裹满了灰尘,看不清脸部的轮廓。周意重恢复了知觉,他看见林展两条腿呈不符合人体工学的姿势随意摆放在那里,他听到有人在喊参谋长,有人在喊林展的名字,江连长当然也注意到了这边的惨状,但分身乏术,一边和残余的敌人作战,一边也在远远地呼唤。周意重神情愕然地握住林展的手。

那时林展深深地吐出两口气,嘴里有粉尘一样的东西喷出来,周意重不知道那是带有他灵魂重量的气息,还是他在耗尽生命能量的氧气,支撑着他向泣不成声的周意重说:"是我派你大哥执行护送战地记者的任务,他的牺牲我有天大的责任,我和你一样,每天都在想他,难过时想他,快乐时更想他,他让我不能安于现状,逼迫自己走出舒适区,我其实快承受不住了。幸好,我们可能要在这里团聚了,让我去找他吧。接下来,靠你了!"

周意重知道他得救了,他看着安然无恙的自己,再看看面色蜡黄的林展,声泪俱下:"你为什么救我,你还不如让我恨你!"

林展嘴里咕噜着血泡,说:"我没有照顾好你大哥,现在还你一命,小子,咱扯平了吧!"

周意重说:"你千万不要有事,不然非但扯不平,还欠我两个亲人!"他把林展也当成了和大哥一样的存在。

林展剧烈地咳嗽着:"这账怎么算的,还他妈的数学天才!"

周意重号啕大哭:"我侦察疏漏,我判断失误,我把你们害了!"

林展说:"现在不是追究责任的时候,去抓阮雄,跑不了他!"

周意重从废墟中站起身来,那时他知道,战场上不管做什么样的决定,哪怕是正确的,也不能避免牺牲,之前他将大哥的牺牲归咎于林展,是多么可笑的事,如果没有这次的经验,他永远体会不到林展被他埋怨时的心境,以及这些他到底承受了多少来自外界和自身的审视。

周意重向林展敬了礼,看着他被担架抬离现场,连抽自己数个耳光,以重新保持清醒,他对战友说:"活捉阮雄,他就在光头待过的地方下面。"说完,他率先冲过去,肩扛手刨,奋力清理上面的木材、瓦砾,手扒出了血也浑然不觉,心疼盖过了所有的疼。

光头以死作为通风报信的暗号,他引爆炸药包,证明入口已暴露,阮雄听到爆炸声不管出口有没有把守,都要孤注一掷地钻出去。当时,他和两个手下尽可能地带上值钱的东西,向地道的另一头疯狂逃窜。周意重手脚并用、连滚带爬,用原始的方法一寸寸地排查,找到了地道口的位置,他没有贸然打开盖板,手雷开路,引爆阮雄安置在洞口的炸弹,算是吃了一堑长了一智,避免了又一次流血。

那时,他像个无头苍蝇横冲直撞,追到阮雄踪迹时,阮雄冲出了地道，和外围封控的边防人员展开枪战，他的两个手下各有负伤，但仍负隅顽抗。周意重顾不得子弹密集，直接冲过去，边开火边无遮无拦地接近阮雄，他不想让阮雄死得那么痛快，林展的重伤，驱净了他最后一丝书生气，他只想手撕了阮雄。他红着眼，嘴里淌着不明液体，用血迹斑斑的手抹了一把脸，血腥味刺激着他的神经，他喉咙里发出野兽般的嘶吼。他冲向阮雄，阮雄眼里流露出恐惧，那是看到一个人失去底线没有顾忌之后自然迸发的绝望。后来，周意重说，那时他只想化身冰冷的杀人机器，什么仁慈什么博爱，统统都是伪命题，战场上，面对己方伤亡，他只要暴力，他要变态，要泯灭人性。当誓死要干掉一个罪大恶极的敌人时，残忍才是自尊和自重的定义。

众人是在他把阮雄的脖子拧断之后，费了九牛二虎之力才把他和阮雄分开的。

第十八章

我穿着粗布衣裳,心里却有一套永远的军装。想过逃离困境,去过自由的生活,可是没有你们,走到绿洲,也还是深陷荒漠。一次次重返不是战场的战场,满心赤忱,如果我不会表达,就把沉默当作告别,就把无言当作诉说。

那一仗,他们将盘踞四连山多年的毒瘤彻底铲除,除几名战士受轻伤外,只有林展躺进了河口医院,生死未卜。任务结束,周意重奔至医院,得知林展被推进手术室多时了。他抱着枪蹲在手术室外,走廊里昏暗的光线挤压着他,加重了他的焦虑、慌乱和迷茫。他一直蹲在那里,抬头纹层层叠叠,布满血丝的眼睛像落日余晖,他好像在打量一切,实际上什么都没收入眼里,当然,也根本没人在意他,他像个被遗忘的孩子,怀抱着玩具枪,在等大人的出现。

那一层有两个手术室,隔壁手术室不时有人来来回回,医护人员进进出出,他听见里面有时传出婴儿响亮的啼哭,有时传出病患的呻吟以及七大姑八大姨的议论与欢呼,他们鱼贯而出时,脸上挂着如释重负的表情或者对新生活的愿景,他们疲惫着,但他们至少还有活力。而林展那间手术室里连人影也没见着一个,周意重不敢咳嗽,生怕把那似明非明的灯光也震灭了。之前陪护林展的当地人员也不知去向,周意重甚至在祈祷手术室里早已人去屋空,林展出院了,正捧着鲜花笑吟吟地于医院大门口等着他,嚷嚷着和他一起去麻栗坡,然后回到官桥,论功行赏。

突然,有人拍了周意重的肩膀,他从幻念中惊醒,扭头看见一位保洁阿姨,阿姨挥舞着墩布让他起开。周意重鸭子步往边上挪了挪,直到挪到墙角里,阿姨甩开膀子反反复复擦了那里好几遍后,扬长而去。阿姨消失在走廊尽头,还哐啷摔了一下门。那时,隔壁手术室的最后一台手术结束了,一位穿绿衣服的人员,用铁链子哗啦啦地把门鼻拴了好几圈,将走廊上的三盏灯灭了两盏后消失无踪。这下楼道里安静了,周意重再看林展那间手术室,毫无起色。他一屁股坐在地上,泪水簌簌滑落。

后来,周意重没有去成麻栗坡,因为他终究没有等来林展苏醒的消息,他等到的是林展僵硬的遗体,他要带着这具遗体回到一七七师,收殓安葬。他只能朝着麻栗坡的方向磕了头,点了烟,洒了酒。

周意重对着麻栗坡的方向,说:"你们连长批准我去看你了,原谅我不能去,我要护送他回去,他也是为国捐躯的人,所以送他就像送你回家一样,你就当作我寻到了你的尸骨,你是在和他一起魂归故里呢!"

深秋的萧瑟里,他站在高高的四连山上,一夜之间遮住全脸的浓密胡子,在风中摇曳。他眼窝深陷,迷彩服上还沾着斑斑血迹,那血迹结痂成黑褐色,干硬腥臭,但他闻不到。他看见天边有一群鸟儿飞过,他认为那是去滇池过冬的海鸥,他抱紧了双臂,一会儿感到无尽凉意,一会儿感到烈火灼身,那山发出阵阵悲鸣,又好像冒出了带着明火的岩浆,他的眼前有新生也有死亡,他接近着真谛,又远离着曾经被爱护的真实,他听见耳边响起了英雄赞歌,又刹那间万籁俱寂,他看到了无数先烈收复了的万顷失地,又仿佛在那广阔天地之间找不到一寸落脚之处,他身上遍布着与年龄极不匹配的沧桑,那时,他度日如年。

当周意重切实感受到什么是熔炉,在一次次的血与火中接受烘烤,二哥周庆绅也从周集的安逸中逃离出来,再次站上了风口浪尖。作为退役军人,他以为曾经的战斗经验,可以供他在大城市里活得游刃有余,刀山火海都曾安然渡过,小沟小坎又算得了什么,他每过一天,都以为会打开一个新的盲盒,迟早会出现惊喜,然而,其实他打开的是一枚枚哑弹,稍有不慎便会触发底火,轻则伤筋动骨,重则万劫不复。

那时,他和李羡彤花一百多块在济南近郊租了个房子,剩下的钱买了一辆摩托三轮,跑上了黑活。在公共交通系统不完善的时代,这辆车很有用武之地,客源充足,周庆绅能吃苦,待人真诚,半年不到就掘到了他眼中的第一桶金,鸟枪换炮,买了一辆汽车,虽然那辆车比新的摩托三轮贵不了多少,但好歹有四个轮子。那车看成色,应该和周庆绅的岁数差不多,每次启动都像年迈的老头,颤颤巍巍,周庆绅时常担心它毁在半路上,但每天最快乐的事还是开着它出去溜达。因为卖主曾告诉他,这辆车的历任主人都不同程度地崛起了,周庆绅坚信车况不重要,重要的是吉利,这辆车就是讨来的好彩头,他一定会像前任车主一样,也迈上人生巅峰。

那时,他跑车,李羡彤又找了一份前台的工作。在她的认知里省城饭店的前台要比县城饭店的前台高几个档次,至少薪水比以前涨了几百,接触的客户看穿着打扮更像模像样,最主要的是她现在供职的饭店坐落于风景区,距离千佛山和趵突泉都不远,那些景点可比高唐县的柴进花园和李逵井要有名气得多,票价也不止翻了一番,由此,她觉得她进步的不是一点半点儿。每天她和周庆绅一起出门,迎着济南明媚的阳光,满怀理想,她想,只要两人踏踏实实地干,不出两年,母亲的手术费就能攒齐了,那时候,她会和周庆绅结婚,两人再加把劲,自己开个饭馆,这辈子也实现一次老板梦。她想,大饭店的工作流程我熟悉得很,开个小饭店百分百玩得转,就像经常开卡车的人,摆弄轿车犹如摆弄婴儿车。周庆绅也十分赞同她的想法,为了早日实现目标,他省吃俭用,一天只吃两顿饭,就这两顿还是李羡彤做好了带出门的便当,他不抽烟,也戒了酒,每天准时回家。有时候李羡彤也心疼他活得太紧巴,劝他找个老乡、朋友的叙叙旧、解解闷。他推辞说，这年头像我们这样没有背景的人，交朋友又累又贵，没朋友挺好，心里装着太多人，是是非非呈几何级数增加，难得一个人清净，挣钱才是头等大事。听了这话，李羡彤百感交集，其实她好几次看见周庆绅深夜出车回来，望着道边夜宵店里那些谈笑风生的人出神。她不好拆穿周庆绅，默默记下了周庆绅对他的情，她想将来一定好好报答他，让他过上太上皇般衣来伸手饭来张口的日子，她相信这一天就在不远处了，因为她几乎隔一段时间会跑一趟银行，存折上的数字在不断增加，距离凑齐手术费，指日可待。

那天，下着雨，生意出奇得好，可周庆绅右眼皮一直跳，贴了白条还是跳，看着乌压压的天空，他莫名心慌，他以为是饿得低血糖了，垫巴了一块馒头，还是无济于事。他强迫自己安定下来，那时他在拥挤的人群中，透过五颜六色的伞缝，看到了一个十来岁的孩子，那孩子的身影像极了周晓盛。周晓盛啥时候来济南了？他心里咯噔一下，连忙下车去追，好不容易追到了，却不是周晓盛。按说应该舒口气了，可不仅没有，心里更别扭了。那时，他才意识到很久很久没有和家里联系，刘诗花母子过得怎么样，他一概不知，他也没给刘诗花留联系方式，娘俩遇到什么难题，想找也找不到他。想到这里，他愧疚万分，停下车，找了个公用电话，塞了卡，拨了村委会的电话，迟迟没人接，周庆绅思来想去，没有想到该给谁联系能打听到家里的情况，最后想到了凤妮。他跑回车里取出凤妮的呼机号，给凤妮留了言。凤妮不回之前，他无心工作，站在公用电话亭子下,雕塑一般,那亭子只能保证脑袋不被淋湿,其他部位一概遮不住,周庆绅无暇思考电话亭的设计师有多会过日子,多一点儿材料也不舍得用。他的衣服贴在身上,全是皱纹,和他当时的脸一样。车就在旁边,他还是选择守在那里,生怕漏接了电话。那个深秋的下午,雨越来越大,天地间雾蒙蒙一片,人群逐渐散去,只剩下周庆绅,中途有人来打电话,周庆绅也不挪窝,紧紧地抱着电话机,像是在保护他的生命财产。

那人问道:"电话是你家的?!"

周庆绅激动地拔高了嗓门:"他现在就是我家的,那头连着我的家,他们是我的命,我却差点儿忘了他们!"

那人有些莫名其妙,看了周庆绅半天,说道:"妈的,你的,都是你家的,谁再跟你抢,我也不答应!"

那人走了之后,电话响了起来,周庆绅抓起听筒,听完凤妮的描述,当时腿就软了,手扶住亭子才站稳。凤妮打听到了情况,证实周庆绅的心慌不无来由。他的"儿子"周晓盛在初中横行霸道,有人请来了地方混混,放学后被堵在厕所里,挨了三刀,有两刀扎在肾脏上,当时就大出血了,现在住在县医院里。

周庆绅当即决定赶到县医院去,临走前,他给在饭店做前台的李羡彤打了一个电话,简要地说了情况,李羡彤也反应了半天,才说:"你不能就这么走了。"

周庆绅以为李羡彤不同意他回去,带着哭腔说:"对不起,他是我大哥留下的血脉,现在人命关天,不能放下不管,必须要去!"

李羡彤说:"你是傻子吗?!"

周庆绅说:"你怎么骂我都行!"

李羡彤说:"我是让你把存折带上,没钱拿什么救孩子的命?"

周庆绅说:"不是我一个人的钱,而且那是给你妈做手术的钱。"

李羡彤说:"我妈是慢性病,反正都耽搁这么久了,孩子的急事要急办!"周庆绅听了这话,心情像被雨打过的秋后残叶,凌乱地铺满了大地。他明知道李羡彤母亲的身体每况愈下,已经惊动过好几次急救车了。

那天,周庆绅也没有更好的办法,还是带走了两个人没日没夜攒下的所有积蓄,连夜赶回了县医院,他走的时候甚至没顾上看一眼后视镜里的李羡彤,当时李羡彤比他还难过,车开出去没多久,她哭得上气不接下气。她所剩无几的青春要浪费了,她的梦想又要延迟了。她以为她即将触摸到未来,那一刻她却看见眼前的天黑得厉害。

周晓盛躺在重症监护室里,刘诗花正被警察盘问着。那时,刘诗花憔悴了许多,尽管她身上散发着村妇的气息,皮肤被苦日子磨得粗粗皱皱,尽管周庆绅这两年见多了大城市里的摩登女郎,但刘诗花的干净,还是能一下子击中周庆绅浮躁的心。她已不再年轻,几缕头发稀稀疏疏、零零散散地白了,眼皮红肿着,手里攥着一把厚厚的住院单据,她站在几个大老爷们中间显得弱不禁风,越是这样,那极力坚强的样子越让周庆绅心疼。周庆绅出现在她的视野里,她先是呆愣了一下,眼里闪过一丝稍纵即逝的光芒,随后背转过身嘤嘤地哭起来。

周庆绅慢慢走过去,想要拍拍她,伸出的手又慢慢放下了,他说:"我来晚了,但是别怕,一切都会过去的。"

刘诗花说:"你走吧,凶手已经抓住了,我们能讨回公道。"

周庆绅刚才和主治医生沟通过了,周晓盛的肾是保不住了,不仅需要高额的医药费,最麻烦的是能否找到匹配的肾源。

刘诗花推不动周庆绅,说道:"既然走了,就别回来。好不容易鼓足勇气,经不起这样来回折腾。人各有命,你不能为我们操一辈子心。这次他经历了一次大波折,能活下来的话,对他以后有好处,他要死了,也怪不着你,都是我……"

周庆绅制止她说下去:"孩子不脱离危险,我不可能走。"

不管刘诗花说什么,周庆绅不为所动,他悄悄去交了住院费,又抽了血。结果很快出来了,很多患者打着灯笼都找不到的肾源,周庆绅一把就匹配上了,他要求主治医生尽快做肾移植手术。主治医生对周庆绅的态度很不满意,他认为周庆绅的表现很不符合正常人标准,移植肾这么大的事,经由他的嘴,竟那么轻描淡写,确切地说他这是不尊重医学、不尊重医生这个严肃的职业。

主治医生循循善诱地向周庆绅普及道:"你是不是还不明白这到底是什么手术?这不是割阑尾、包皮、痔疮或者脂肪瘤,这是把你身体里非常重要的器官弄走一部分,你下半辈子的生活会受到影响的!"

主治医生在等待周庆绅倒吸一口凉气,而周庆绅却盯着他的眼睛说:"我知道,抓紧吧。"

那时主治医生觉得眼前这人有股赴死的气质,就是奔着挨刀来的,和那些考虑再三最终还是选择放弃的人相比,这人不排除脑子有被烧坏的可能,将来出了问题,他铁定要担责任,所以他更谨慎,他问:"你和患者什么关系,要有直系亲属明确同意,我们才能动手术,请相互负责。"见多了没担当的人,周庆绅的出现让主治医生陷入深深的自我怀疑中。

主治医生的这个问题把周庆绅难住了,想了半天不知道该如何定义他和刘诗花的关系,他结结巴巴地说:"我没……没有直系亲属。"

主治医生这下更坐实了周庆绅多少有点儿毛病,说道:"你跟那孩子什么关系?不是直系亲属,你凭什么?你要达到什么目的?"

周庆绅被问烦了,连珠炮似的说:"那孩子是我大哥的儿子,我大哥战死了,为了不让娘俩受委屈,我娶了孩子他娘,也就是我嫂子,这孩子自然成了我儿子,我白得一个儿子,你敢想吗?后来我和孩子他娘又分开了,妻子又成了嫂子,儿子又成了侄子。侄子算不算直系亲属、嫂子算不算直系亲属?我不懂!但我还是他们的顶梁柱,我从外地赶回来,就是来保住孩子的命,保不住的话,我没法跟我哥交待,你手术要是不抓紧做,耽误了时机,我看有必要带你一起去跟我哥哥说道说道。说得够明白了吗?"

主治医生捅了捅镜框,抚摸着后脑勺就像抚摸吃撑了的肚子,半晌，嗫嚅地说："不用了，明天一早手术！"

那天晚上，周庆绅一夜没睡，门外有响动，他猜到是刘诗花在外面。

周庆绅说，进来吧。刘诗花推开了门，那是一间两人病房，刘诗花坐在另一张床上，将床与床之间的帘子拉上，他们隔着帘子对话。

周庆绅说："我知道你来干啥，你不用劝我，我们都是苦命的人，但是再苦，没有晓盛苦。从小没有父爱，我又不懂教育，我们的关系也存在太多问题，这些都需要一个孩子来承受，他有今天的祸事，跟他有啥关系？都是拜大人所赐。在我还有能力帮他的时候，让我做什么都可以，别说是一颗肾，换命都行。"

刘诗花说："你还年轻啊，不能毁了你。"

周庆绅说："晓盛更年轻，更不能毁了他。"

刘诗花说："谢谢你，来世当牛做马，我还到你们周家来。"

周庆绅说："下辈子，我去牺牲，让我哥活着，你们应该团聚！"

周庆绅听到了刘诗花的哭声，他觉得那是世界上最纠结又最伟大的哭声。他撩开帘子，给了刘诗花一个拥抱，刘诗花哭得更狠了。那晚，窗外的月亮又大又圆，银白色的光洒满了病房，和那雪白的床单被罩交相辉映，也辉映着他们的脸。

第二天，周庆绅躺在了手术台上，他顶着无影灯，时间长了上面挂满了人像，有曾和他并肩作战的人，也有给他设置障碍的人,有男人也有女人,有笑脸也有鄙夷,有大拇指也有嘘声,他注视着他们,发现他们都是这明亮世界里的一部分。在耀眼的手术刀下,一如在刺刀的寒光中,当他呐喊到一定程度,便失声了,失声后的感官只剩下无比的宁静。他突然意识到那些呈现在他眼前的人,只要不是敌人,都能带给他力量。他看见麻药针扎进他的体内,药水缓缓推了进去,那冰凉的液体却让他感受到久违的温暖,天空暗了下来,他闭上了眼睛,他仿佛又变成了一个无忧无虑的孩子,奔跑在田野里,捕捉到了萌胖的蟋蟀和骨瘦如柴的螳螂,他向周长河和龚雪娥炫耀他的战绩,他们都盈盈地笑着,他和大哥和三弟争抢什么,到最后他都是胜利者,他满载而归。比如这次,他又一次有了骄傲的资本。带着幻想,他沉沉地进入梦乡。

周庆绅和周晓盛同时醒来,他们躺在同一间病房里。周庆绅扭头看周晓盛时,周晓盛也在看他,但不敢面对他的目光,猛地转过头去。

周庆绅说:"没啥大不了的,这在战场上算轻伤。等你痊愈了,那帮狗日的死孩子放出来了,跟我去打架!还敢动刀?我要让他们知道钢铁是怎么炼成的,知道丧钟为谁而鸣。"

周晓盛说:"不了吧,不打了,没有那么多肾可以用了。"

周庆绅噗嗤一声笑了,笑着笑着,捂住了鼻子。

周庆绅伸出手,想要摸摸周晓盛的头,够不着不说,就算够得着,他也觉得不该再用周晓盛小时候用过的手法去亲近他,因为他发现他已经是个大孩子了，他还没有陪他做游戏，没有陪他做作业，也没有和他去过城里孩子爱去的游乐场或者电影院，他就这么悄悄地长大了。乡亲们都说他和大哥周元明一样，在大家心里他就是周晓盛的亲生父亲，可当他看到孩子生疏的脸，再想起这些话，心如刀绞。

周庆绅仍然伸着手，即便他把肾给了他，他表现出的言行举止还是在示好，他说："还怪我吗？如果我称职一些，你不会遭这样的罪。"

周晓盛没有回应他的示好，说道："我没有一件事做得让你们露脸，逃学旷课、打架斗殴，我是个坏孩子。"

周庆绅还期待着周晓盛和他握手，继续说："现在当个好孩子还来得及，你根红苗正，还有三叔那样的榜样，你怎么会改不好呢？"

周晓盛说："其实，其实……"

周庆绅说："我们一起努力，我们都会好起来，相信我，我了解你，也了解自己，我拿肾作保证。"

周晓盛摸着伤口，回过头来，握住了周庆绅的手，两人相视而笑，虽然那笑里还有数不清的隔阂，但足够让门外踮着脚往里看的刘诗花感慨万千。

周庆绅的伤口还没愈合就要出院了，他决定回济南。再这么干巴巴地住下去，没有经济来源，只能喝西北风了。更重要的是他放不下李羡彤，李羡彤大仁大义，无私支持他，却把个人置于困苦中，一人孤独地留在外地，面对生活纷扰，已是寸步难行，他不能对不起她，要赶着去弥补她。

周庆绅不想征求任何人的意见，他知道刘诗花不会同意，来时没打招呼，走时也悄悄的才妥帖。在一个清晨，周庆绅趁周晓盛还没醒，为周晓盛掖了掖被子后，蹑手蹑脚地打开了房门。为了掩人耳目，他没去找护士要回自己的衣服，穿着病号服混出了科室。他以为神不知鬼不觉，殊不知，其实周晓盛昨天晚上就发现了他的异样。他整晚都在叮嘱周晓盛要好好学习、好好照顾妈妈，做一个顶天立地的男子汉，这和前日一味与他套近乎的周庆绅判若两人，周晓盛从小就学会了察言观色，对周庆绅起了疑心，所以他刚走出房门，周晓盛就摁下了床头铃。

周庆绅走到了楼梯口，心里百般不舍，因为这又是一次逃离，他停下来，他回味了逆光中安静的走廊，向趴在护士站打盹的护士默默致敬，然后心一横准备下楼。那时，他听到身后传来一声："爸爸！"那一声爸爸，像对他施了法术，把他稳稳地定在那里。

刘诗花推着周晓盛，周晓盛坐在轮椅上，三人对望着，中间好像有一条波涛汹涌的大河，周庆绅想要冲过去拥抱他，但他不能，他是一个背井离乡的孩子，狂风再凛冽、气候再严寒，他还是要走出去。对岸是亲情，前路有爱情和面包，这个和"母亲和媳妇同时掉水里先救谁"一样的话题，也从来没有正确答案，一时间周庆绅头痛欲裂，腰部伤口剧烈疼痛起来。

那时，周晓盛比刘诗花还要果断，他挥着手道："爸爸，保重，以后家里的事儿，我来！"

周庆绅看见周晓盛壮怀激烈的表情，落荒而逃。在停车场，他找到了他那辆被落叶遮得严严实实的破车，车虽破却有灵气，没几下就打着了，周庆绅猛轰了几下油门，车子反应非常及时，发出阵阵轰鸣。那时，副驾驶的门被打开了，周庆绅看见了浓妆艳抹、妖里妖气、大冬天还穿着短裙的凤妮，她傲娇地把大包小包扔到后座上，心安理得地扎上了安全带，静待发车。周庆绅疑惑地盯着这个不速之客，不知她意欲何为。

凤妮对他说，羡彤告诉我你今天出院，我对刘诗花相当发怵，不敢上去，楼下等你半天了。她还说，吴恩峰放出来的日子遥遥无期，我是个女人，没有吴恩峰这座靠山，独自待在闭塞的周集，地位今非昔比，已经有人开始当着我的面说三道四，我混不下去了。我要离开这儿，先去与羡彤会合，然后再想想到底干些啥才能快乐地了却余生。

周庆绅说："你才多大，就用'余生'这么丧气的词？"

凤妮收起她所有的得意，说："我这样的人，只剩回忆往事，不配提未来，提，也是肮脏的未来。明知道如此，我还是要出走，在光怪陆离的世界里，我心里永远给自己开辟着一块自留地，别人都斜眼看我的时候，我躲进那块地里，马上就能看到我的少年时代，看到我有多么洁白、多么美好。"

周庆绅不再问凤妮什么，汽车开出了医院，他从后视镜里看见刘诗花和周晓盛站在住院楼前朝他挥手，终于控制不住情绪，一边深踩油门，一边痛哭失声。不知凤妮也受他的感染，还是同情他即将迎来的遭遇，两人你来我往，哭出了和声。

一路风驰电掣，车子到达省城，再七拐八绕来到他们租住的城中村，城中村里塞满了造型各异、私搭乱建的民房，蜘蛛网般的电线切割了本就马赛克般的天空，空气中弥漫着下水道和甜沫、羊汤混合在一起的味道，一股股来源不明的热蒸汽随着店家花式揽客的声音沿着民房外立面向上游走，那是许多人赖以生存的烟火气，也是许多人不屑一顾的乌烟瘴气，不管是哪一种，在一片嘈杂中，它们深扎进城市贫民的血液里。用大红大绿的棉衣把自己捆成粽子的妇女们看不出年龄，更谈不上美感，她们日渐肥硕的腰身和这里的气味一样，让人欲望萎缩。门店外简陋复古的陈设和对路边公共区域的过分挤占，让本就逼仄的街道更杂乱无章。周庆绅的汽车在拥挤的人群中蠕动，他要穿过那相对繁华的地带去到无人问津的偏狭之地，那里才是他负担得起的归宿。在那里他看见了日思夜想的李羡彤，李羡彤穿着素雅得体的衣服，仿佛是唯一一朵盛开的白莲花，她楚楚动人地站在那里，那些眼花缭乱的世界顿时失去色彩，成为她一个人的附属，他下车要和她拥抱，她也张开了双臂，岂料她只是友好地看了他一眼，径直跑向了凤妮，完全忽略了他的存在，周庆绅想要见缝插针，没能实现，搓着手跟在她们后头。他没往深了想，心说，等你和凤妮亲热够了，自然会来找我。然而等来等去，他只看见她和凤妮如胶似漆、形影不离，没有等到李羡彤对他的嘘寒问暖。周庆绅心存疑惑也不得不重操旧业，开始了跑车生活。

手术伤了元气，再像以前拼命干，身体吃不消，他只能减少夜班时间。白天既要躲避执法人员的盘查，还要忍受身体的不适，好不容易回到家，意想不到的事情再次发生，让虚弱的他雪上加霜。

那时，周庆绅刚把车开进胡同，他看见李羡彤和凤妮拉着箱子从出租房里迎面走出来，看到他的车急忙调头往另一个出口走去，周庆绅心里"咯噔"一下。但不愿意相信自我的推断，他喊李羡彤的名字，李羡彤回了一下头，而凤妮拽着李羡彤走得飞快，生怕李羡彤回应他，周庆绅追了上去，扯住李羡彤的行李，说："出去玩跟我说一声，穷家富路，多带些钱！"

周庆绅因为着急，手哆嗦着，从上衣口袋里掏出一沓票子，那是他所有的流水，往李羡彤手里塞，李羡彤没有接，一甩，票子随风洒了一地。周庆绅的脸被钱币刮得生疼，那时候他已确信李羡彤是要离开他了，并且没打算和他商量。

周庆绅指着凤妮说："原来你是来挖墙脚的！"凤妮躲在李羡彤身后不置可否。

李羡彤说："她不来我也要走，靠在这里领死工资，我娘就没救了，我让你去救人，没让你把自己也搭上，在你身边，我没希望了，我走了，去深圳！"

周庆绅说:"我陪你去,再不济,两个人挣钱也比一个人挣得多。"

李羡彤说:"你不合适,我们去挣……去挣快钱。"

周庆绅看到凤妮把自己的一只高跟鞋当成圆规,在地上翻来覆去地画圈,他看见李羡彤说完"快钱"两个字,便扭过头去,不敢再和他有眼神接触。

周庆绅马上明白她们要去干什么工种,都知道南方这几年遍地是钱,许多女孩纷纷踏上南下的旅途,不出两年,土鸡变凤凰,吸引了更多的人前仆后继。时间一长,大家都知道她们是怎么来钱的,但这似乎并没有引起什么轩然大波,大家心照不宣地保守着已公开的秘密,更多的是对谁成功洗白、顺利上岸发出啧啧称奇的艳羡声,鲜少会有对那些依然"奋斗"着的女孩的讨伐声。

周庆绅默默瞠目结舌地说:"不是啥钱都能挣的啊,再想想,一定还有别的办法,再想想……"一开始他还认为他像一名劝人放弃轻生念头的救星,后来他意识到其实逼人去死的正是他,声音瞬间游离且分散起来。

凤妮和李羡彤没有给他"再想想"的机会,只想尽快离开他的视野。看着她们去意已决,如果她们是敌人,他会像个战士一样横刀立马地去阻止她们,如果她们是陌生人,他可以站在道德的高度去审判她们,可是现在他的伤口疼了起来,他张开嘴,却发不出声音。他远远地看见她们站在街口迟迟打不到车,他还要擦着豆大的虚汗,发动汽车去送她们一程。他想,"送女朋友去当小姐",这如果写在蹩脚的杂志上，可能会引起一些人的注目，可他是这个故事的主角，他不知道他应该面红耳赤还是捶胸顿足。

在去往火车站的路上，车内气氛压抑到极点，他们近在咫尺，却已自动划分为两个世界的人，周庆绅还是城中村里那个落魄司机，而她们似乎已经在灯红酒绿中翩然起舞了。直到进了站，他们相互再也没说出一个字来。

周庆绅把她们的箱子送上了火车，木然地朝火车挥手，李羡彤装作看不见，可在火车厢门即将关闭时，跑下来给了他一个深深的吻，那个吻冰凉坚硬得就像无限伸向远方的铁轨。

李羡彤说："我不得不和别的男人去做爱了，正因为我爱你，我才要忘了你，那样我躺在床上岔开双腿的时候，就不会喊出你的名字。"

火车鸣着汽笛开走了，周庆绅捂着隐隐作痛的伤口跪在站台上，呜呜地哭了很久很久。下一列火车马上到站了，站台工作人员不得不把他架了出去。他歇斯底里地骂着不知所云的脏话，但他也不知道到底骂的是谁。在战场上，没有目标的攻击，纯属浪费弹药，现实中，骂街也最没有力度，他的声音轻而易举就淹没在滚滚的车轮里。

第十九章

我还是一个踽踽独行的星际士兵，跌倒了，蠕动着，也是在匍匐前行，失去知觉，周身依然火热。就把那雨雪交加也看成旖旎无限的景色，就把那黑暗序曲也听作灵魂的赞歌。

站在济南火车站前熙熙攘攘的人群里，周庆绅变成了孤家寡人，他举目四望，曾日渐明晰的天空重新蒙上阴影。世界上唯一一座哥特式建筑群落车站，被观念腐朽的官员拆除有很长一段时日了，取而代之的是毫无新意的"新式"火车站，他想，或许人生就是这样，和那座具有宝贵文物属性的火车站也会消失一样，没有什么事物会一成不变，当然，也没有什么人能够一直被需要。大家终究还是要踏上各自的路，即便在这之前，有多少剪不断理不清的关系。

亲情遗留在故乡，爱情彻底消亡，都是钱闹的。从那时开始，周庆绅确立了新的目标，对钱展开强烈攻势，有了钱，可以让刘诗花母子过上好日子,可以给李羡彤母亲治病,还能让李羡彤早日回来,即使他们注定不能再在一起。总之,虽已千疮百孔,但他可以通过努力,尽量给生活多打一些补丁。他不仅继续跑着散活,还升级了驾驶证,到运输公司应聘了半挂车司机。

运输公司老板听说周庆绅当过兵,表示非常欣赏,开口就把刚开辟的一条新线路交给他,告诉他,跑这条线路的回报是最丰厚的。其实老板话只说了三分之一,这条线路从济南直达邻省郸县,全程五百公里,是公司最长的线路,路况复杂,还不敢保证中途有没有车匪路霸,之前的老司机们一听是往郸县跑,想都没想就拒绝了,老板实在找不到合适人选,正发愁,周庆绅送上了门,他就算知道难度所在,也会冒险一试,因为他只记得住"丰厚"二字。

为了多挣钱,周庆绅拒绝了老板为他配一个搭档的提议,独自上路。一路上披星戴月,苦不堪言,中途果然遇到了私设的收费站,以及穿着各式制服巧立名目罚款的人,为了避免节外生枝,周庆绅选择妥协,毕竟三天行程就有两三千块钱进账,这顶他跑黑活一个多月的收入了,稍微损失一些也在可承受范围。如果不上高速,省下来的过路费也能揣进个人腰包,于是周庆绅上了二二〇国道。眼看离郸县越来越近,经过一个叫冷庄的村子时,出事了。一夜奔波,天蒙蒙亮起来,周庆绅困得人仰马翻,突然发现马路中央横着两辆自行车,自行车前还躺着个精瘦的、龇着龅牙的人。二二〇国道冷庄段是两车道,周庆绅的半挂又宽又长,两辆自行车足够挡住他的去路，周庆绅刹那惊醒，一个急刹车，轮胎与沥青路面摩擦冒烟，焦糊味扑鼻而来，幸好车在距离自行车两三米的位置刹住了，正在考虑要不要下车，临行前老司机告诉过他，不到万不得已千万别下车，周庆绅记住了，但那时，又生怕有人受伤，得不到及时的帮助，正犹豫着，躺在地上的龅牙站了起来，气定神闲地盯着周庆绅看。周庆绅疑惑不已，心说这是劫道的吗？光天化日，毕竟是在国道之上，时间稍微一长，交通就会拥堵，给他几个胆子他也不敢打劫吧。正分析着，他的车后又来了一辆半挂车，也停了下来，不过，那位司机出示了一张条子，龅牙引导那辆车下了国道，进了村庄，不一会儿从村子另一头重新上了国道。周庆绅恍然大悟，那辆车经常跑这条线路，早"归顺"过他们，有了绿色通道，而他是第一次。

周庆绅摇下车窗说道："兄弟，行个方便。"

龅牙说："按规矩。"

周庆绅问："多少钱？"

龅牙轻车熟路地说："你这车，三千。"听他的语气，好像干的是正经买卖。

周庆绅说："这千里迢迢的，跑一趟也挣不了三千啊，我图啥呢？"

龅牙并不作答，周庆绅也有经验，出门在外不能较真，打发小鬼就得破费一番，他从兜里掏出一百块递给龅牙说："买两盒烟抽，我刚跑长途，还没挣钱。"

龅牙脸拉下来:"冷庄人不是要饭的,没有钱可以拿货抵。"

周庆绅心说,人如其名,村也如其名,这村民心真冷。车上的东西是货主的,不能丢,这事关职业道德,职业道德有时候是社会安宁的基本保证。厨师没有职业道德,想毒死人太容易了;老师没有职业道德,想祸害孩子太方便了;当兵的没有职业道德,开小差、调转枪口也分分钟的事情。所以周庆绅认为,哪怕人没了,货也不能丢。他又掏出一百块,龅牙并不接,把拳头关节按得咔咔响。周庆绅心里窝火,见这场面可以掌控,正欲下车强行搬开自行车,只见从村子里又蹿出来十几个人,手上拎着砍刀、钢管,为首的是一个四十多岁的黑瘦男子,此人眼圈发黑,青筋暴突,但比比画画的很有气势。周庆绅看他们人多势众,纵使有天大的本事一个人也应付不来,他发动汽车准备从自行车上压过去逃离,而龅牙早有准备,重新躺下,向周庆绅招手,似乎很欢迎从他身上碾过去。

周庆绅还没被逼到份上,锁紧车门,用车载电话报警,然而怪事接二连三,接警员接起电话,甜蜜可人、热情有加:"这里是110报警指挥中心,我们竭诚为您服务!"

周庆绅说:"遇见打劫的了,车被包围了。"

接警员说:"别急,说一下位置。"

周庆绅说:"二二〇国道冷庄段。"

周庆绅话音未落,接警员态度急转直下,把电话挂了,再打,接警员一听还是他,又挂了。周庆绅以为线路出了问题,继续打，接警员求饶般说："别打了，这事我们管不了。"

周庆绅问："还有你们不敢管的事？"

接警员说："你也不打听打听，那是全国出名的传染病村，那传染病属于变异病种，得上就是绝症，千万别让他抓挠了或者咬伤了，不然，非被传染不可。前阵子我们有一个警员中标了，现在还在医院里，接受不了，寻死觅活好几次了。"

周庆绅目瞪口呆，心说，朗朗乾坤，奇闻再现，怪不得龅牙敢躺在马路中央，得了不治之症，等于判了死刑，多活一天都是赚的，死在别人手上更赚大发了。但是仗着传染病胡征暴敛，合理合法？你们当地不敢出警，那么我就往市里打，往省里打，往北京打。周庆绅正摁着键盘，就听见卡车四周乒乒乓乓地响起来，他们开始砸车了。前挡风玻璃率先挨了几棒子，玻璃碎了一驾驶室，溅在周庆绅脸上。随后，四面的玻璃全被砸了个精光，冷风呼呼地灌进来。

黑瘦头目攀上卡车，把钢管伸进驾驶室戳着周庆绅的头说："让你打，让你打，将死的人了，怕过谁！正愁有诉求无处申告，你把省长叫来正合我意！"

周庆绅说："我可以同情你，可以想办法援助你，但你休想用你腐臭的心肠恶心我、支配我。"

黑瘦头目说："你算什么东西！"越是怕被看不起的人越擅长在言语上主动出击。黑瘦头目见周庆绅轻蔑地看着他，孱弱的自尊心受到了挑战，他要从窗户里钻进去，被周庆绅一脚踢了下去，骨碌碌滚进了道边的排水沟里。他头上顶着草芥爬上后，发誓要打死周庆绅，众人一拥而上，车上挂满了人，想方设法往车厢里钻。

奇葩事全让周庆绅摊上了，他哑然失笑，笑自己这稀烂的人生，笑自己虽然没有像他们一样丧了良心，但和他们一样也算得了绝症，他也要当一个无惧无畏、随时能一了百了的人。所以他并不惧怕，在生命受到威胁时，他怒吼一声，挂档像是在拉动枪机，车子喷出浓重尾气，猛松刹车、深踩油门，车子急速驶出去。挂在车上的人七零八落，而车前的龅牙屡次摆出视死如归的气魄，且屡试不爽，他从来没有碰到不乖乖就范还往火坑里跳的家伙，今天算是开了眼。摔落在地的黑瘦头目和同伙们发出了咒骂和尖叫，周庆绅在驾驶室里已看不到龅牙螳臂当车的身姿，说明车头几乎要覆盖住龅牙了，那时龅牙的牙齿更突出了，面部显得更狰狞，他才意识到好死不如赖活着的奥妙，必死的决心和病痛的折磨之间没有直接必然的联系，一个丧失了生命准则的人，已经摸不清拼命是为什么，又怎么会轻易改变自私这一人之本能。他挣扎滚翻了一下，车子蹭着他的脊背开了过去，半挂车上拉的是四五十吨面粉，两辆自行车瞬间变成了铁叶子。龅牙摸摸完好的身子骨，一边哇哇地哭着一边爬到村口大树底下敲起了锣。

村子里的人都参与了那不要脸的勾当，形成了利益共同体，所以格外团结。这锣一响，全村人有的扔下饭碗，有的提上裤子，有的推掉麻将，从四面八方聚拢了过来，听说有汽车"闯卡"，个个义愤填膺，这要是被这辆车坏了规矩，冷庄人长久以来树立的"威严"将一朝扫地。他们赖以生存的产业不允许被颠覆，于是，倾巢出动冲上了二二〇国道。周庆绅从后视镜里看到车屁股后面热闹极了，摩托车、三轮车、面包车等各式交通工具汇聚成机械海洋，一眼望不到头，车上形形色色的人们发出动物世界里才能听到的啸叫，他们手里挥舞着种类繁多的农具，咬牙切齿追赶他的样子，应该不逊色于鬼子进村扫荡时对花姑娘或者猪牛羊马的渴望。周庆绅的半挂车比较陈旧，又满载着货物，在路况极差的情况下，还要规避村口随时会出现的鬼探头，车速满打满算可以跑四十迈，而那些被冒犯了的人们就不一样了，他们的交通工具更轻便灵巧，左冲右突想要超越半挂车逼停周庆绅。这场丧心病狂的追逐大战，让周庆绅仿佛回到了南疆战场，那时候他是这样追敌人的，没想到若干年以后，他被曾经豁出性命保护过的人猛追，自己驾车逃跑的样子，如同拉着雪橇狂奔的萨摩耶。

面对敌人他没有怕过，大不了一死，死了也是烈士，面对这帮家伙，他真的恐惧了，因为被他们打死，他都不配和哥哥埋在一起。想到此，周庆绅认为坚决不能让他们超过去，因此频繁地左右打着方向盘，车子像条长龙一样弯弯曲曲地行进。一辆摩托车要从右侧钻过来，他连忙靠右，堵住了摩托车去路，有三轮车试图从左侧超车，他又连忙往左打。三轮车刹车不灵，只能往左靠，轮子腾空，连人带车翻进河沟⋯⋯刚开始周庆绅"防守"严密，只见他一刻不停地扭动方向盘，车子左右倾斜，刹车声四起，轮胎在沥青路上留下一条条清晰的痕迹。当时，他确实挡住了所有人的去路，车后除了追他的人，还有正常赶路的人，车越聚越多，那条国道上出现了空前绝后的盛况。长时间的僵持，让周庆绅疲于应付，在一处十字路口处，因道路变宽，一个封堵不及时，黑瘦头目驾驶的面包车终究超了过去，紧接着是第二辆、第三辆。

　　黑瘦头目故意放慢车速，于半挂车正前方行驶，他以为周庆绅还不想搞出人命，会停下来。而那时周庆绅也确实想踩刹车，却发现刹车失灵了，追尾了黑瘦头目，柔弱无骨的面包车缩进去一半，传动系统崩溃，黑瘦头目想要加速离开，为时已晚，半挂车推着它继续行驶，现场发出刺耳的声音。黑瘦头目想跳车，但身后黑压压的一片车辆，如果跳下去会被碾得骨头渣都不剩，他把脑袋从车窗伸出去，哭喊着向周庆绅求饶，但他不知道周庆绅现在也只能望车兴叹了。

　　在黑瘦头目绝望的目光中，周庆绅测算了一下卡车驾驶室和面包车之间的数据，心生一计，他示意黑瘦头目爬到面包车顶上，然后再攀到卡车里。然而，也许是黑瘦头目这个头目能被评选上不是得益于德高望重，而是得益于病情最重，他手脚绵软不已，根本无法做到。情急之下，周庆绅抛出了一根拖车绳，帮助黑瘦头目上了面包车车顶，得益于卡车挡风玻璃的破碎，黑瘦头目爬到卡车驾驶室时，已然昏死过去，瘫软在座位上，直翻白眼。

　　黑瘦头目有气无力地说："我害你，你还救我？"

　　周庆绅说："这是两码事，你有病，轮不到我来替你承受，你有罪，也轮不到我来审判。"

黑瘦头目说:"我一直以为很多事都是一码事……"

周庆绅说:"快让你的人退下吧,刹车失灵的卡车就是一枚炸弹。"

面包车被推行着、摩擦着,成为一堆破铜烂铁,还陆续有不知情的车辆超越过来,砖头、瓦片、棍棒铺天盖地地袭来,黑瘦头目去阻止他们继续追赶和攻击,但那时他的声音太微弱了,大家不仅听不清他的规劝,还以为他被绑架了,情绪更高涨了。

周庆绅说:"还是个爷们吗?"

黑瘦头目眼巴巴地看了他一会儿说:"算是吧。"

周庆绅说:"那就把安全带系上,和我干一件大事,我要把车开到河里去了,再往前,就是郸县了,人越来越多,铁定出事。"

黑瘦头目二话没说扣上了安全带,朝周庆绅点了点头,说:"我他妈的光顾着祸害人,从来没想到有一天还能救人。"

周庆绅一甩方向盘,半挂车斜着冲进了河里,一层薄冰顷刻炸裂,冰碴子溅起来几米高,庞然大物落入水中,周庆绅和黑瘦头目在喝够了水后浮上水面。

周庆绅拖着奄奄一息的黑瘦头目游到岸边,看着卡车四周的水域咕嘟嘟地冒着圆滚滚的泡泡,他知道车完了,货完了,他也要完了。

蜂拥而至的人群不明所以,里三层外三层围住了他俩,不知道人群中谁喊了一声:"揍他个狗日的!"

随之,雨点般的拳头、飞脚遍布他的全身,周庆绅被打翻在杂草里蜷缩成一团，像一只初生的还没长出刺的刺猬。一波人打累了，再换另一波，轮番上阵，那些平日里病恹恹的，每天坐等救济的人，在此时却拥有了旺盛的活力，他们像是化身为顽皮的孩童，在争抢一只皮球，周庆绅能听到他们欢快的号子，以及嬉戏时才有的笑声。在暗无天日的境地里，他已经忘记了疼痛，他只是在想，当年哥哥落入水中之后，会不会比现在的他要好受得多，如果是，那么他后悔爬上岸来。选择和哥哥一样的方式结束人生，也是不错的。但透过拳腿的缝隙，他看见黑瘦头目翘起头，拽住某个动粗的人的裤脚，抖动着青紫的嘴唇想要说些什么，只是连他也控制不了他们了。他是一头闯入狼群的小羊，狼已饱腹，不吃这只羊，也断然不会停止挑逗。不过，他还是心满意足地抱住头，强迫自己享受这个极度缺憾但也有收获的过程。

那时，他还不知道，人群中有人不满足于徒手击打的效果，没接收到周庆绅的回馈，以为他不喊，就是不服。那人扒拉开阻碍，高高举起钢管，像是擎起了"替天行道"的大旗，对准周庆绅的小腿，铆足气力抽了一棍子，"咔嚓"一声，周庆绅听到了自己骨头断裂的声音，他意识到自己发出了一声闷哼，他为这声闷哼感到羞愧，他想，他应该坚强到底的，那样的话，以后施暴者们回想起来，也会给他竖起大拇指。崇尚荣誉是战士的品质，哪怕死也要选择美丽一些的死的形态。

就是这声闷哼，当然没能让施暴者兴奋，于是，那人又对准了他的另外一条腿。周庆绅像只被捆在板凳上的老母猪，任由屠夫选择下刀的部位。他听到了钢管挥下来时的响声,像是风吹响了哨子,树木学会了吟唱,很悦耳。没有丁点儿反抗的能力,只能淡然处之的周庆绅,已经在盘算到底是拄拐还是坐轮椅的问题了,那时,岸边有此起彼伏的警笛声传来,他才免遭更严重的伤害。后来据说是大堵车绵延百公里,性质极为恶劣,成为当年的典型案例,引起上级部门高度重视,派驻工作组改善当地治安环境,达一年之久。

周庆绅醒来是在郓县的医院里,满身缠着绷带,尤其是那条腿,像一根没刻好的华表冰雕,吊在空中。郓县领导给他付了医药费,在县电视台上了一条新闻之后,再没露过面。周庆绅独守着空床,连去手术室取出腿里的钢钉,都是自己把钳子递到医生手中的。后来反倒是黑瘦头目来过一次,戴着手铐和头套来的,那是他在收监之后,以绝食相逼,换来的探望机会。

当时黑瘦头目哭着说:"兄弟,如果我还能活着出来,我给你当牛做马。"

周庆绅说:"我们几乎是一样的人,都疾病缠身,都受着生活的毒打,谁又是谁的牛马呢!"

后来,周庆绅出院回家乡时,回看过黑瘦头目,那时黑瘦头目的病情进一步恶化,全身溃烂,已陷入弥留。周庆绅再也看不到他改过自新的那天了。他们隔着玻璃对望,互道珍重。和伤害过自己的人永远告别,本来是高兴的事情,可周庆绅难受得要死,他不知道为什么。

周庆绅出事以来，老板不仅没有帮助他，还把他告上法庭，让他赔偿公司的损失，但官司没打赢，还失掉了民心，员工一夜之间全跑光了，老板因为招不到司机，接连违约，资金链断裂，债主上门，银行催供。政府给了他慰问款，但也是杯水车薪，生意难以为继，他坐在空荡荡的办公室里，迎接了拄拐而来的周庆绅。

老板说："当时别说要三千，要三万也该给人家。"

周庆绅说："早知道抗日战争迟早会胜利，就不会有那么多伪军了。"

老板说："你走吧，不要看我的笑话了。"

周庆绅说："你官司虽然输了，但我还是欠你的，我欠了太多人的债，我还不能一走了之，我慢慢还。"

老板说："你情有可原，我招谁惹谁了？咱们混来混去，为啥越混越回去了呢？"老板的意思是周庆绅是野路子，活该倒霉，他正经生意人却也遭此劫难，不合常理。

周庆绅说："可能这就是'混'的最终含义吧。"

当晚，周庆绅把他那辆停在出租屋的破车开到了老板面前，交给老板说，这是我唯一的财产了，把它给你，我啥都不剩了，当穷到一定份上，也该时来运转了吧。

老板看着一瘸一拐消失在夜幕里的周庆绅，揉了揉鸡窝般的头发，掀翻了自己的办公桌，看着洒了一地的物品，想了想，还是得一样一样捡起来，可怎么捡也捡不完，腿蹲麻了，一不小心仰面跌在地上，不禁潸然泪下。他不再恨周庆绅，他不知道周庆绅是不是好人，自己是不是坏人，或者这世界上本就没有好人坏人，也没有明白人糊涂人，每个人都是第一次做人，都在伤痛的田园里翻找麦粒大小的快乐，一无所获之后才懂得伤痛和快乐只是基调和情绪，那翻找的过程是人生。

周庆绅走进黑夜里，他环顾四周，不知道那是什么地方，空旷一片，只有孤独的启明星高悬空中，照耀着他和那根冰冷的拐杖。风尘仆仆地来到了中年，却只剩下一根拐杖，就像当年在战场上拼了命，回家时只剩下一袋衣服一样。那些年历历在目，又仿佛是别人的生活，到底走没走过，他开始持怀疑态度，他只能漫无目的地继续走下去，用残腿重新丈量脚下颠簸的路，每疼一下，好像就能返老还童一天或者一岁。

周庆绅不知道走了多远，从黑夜迎来了黎明，从荒野走到了城市中央，日渐稀疏的头发上挂满了霜花，皲裂的脸皮如同干涸的河床，阳光一照，像农民的脚底板，在黝黑中突兀地显示着煞白的颜色。他的视线已模糊，痛感几度消失，他知道面前充斥着美好，有流光溢彩的事物，有幸福喜悦的孩子，想要触摸他们，就如同触摸到曾经的自己，可一切又归于虚无，和他又有什么关系呢？直到眼睛彻底不愿接收一切，思想上早罢工了，行动上也精疲力竭。他卧倒在人潮汹涌的大街上，以前卧倒，是为了躲避攻击，而这次是为了躲避自己。起风了，落叶覆盖下来，白色塑料袋拂过他的脊背，招摇着挂上树枝，一辆除冰车将盐水洒在他的身上，忙忙碌碌的城市清晨中，他和垃圾桶边的呕吐物一样，不管内容有多丰富，人们也是避之不及。很多衣着考究、人五人六的男女，远远地捂住了鼻子，从他的身边走过后，还在自认为干净的地方蹭蹭鞋底，生怕沾上什么污垢。甚至还会坐在学习室里或办公桌前，写关于市容整治防治、关于创建文明城市的几点建议，或者执笔一个"流浪汉精神状态与城市现代化建设发展间接关系研究"的论文，万万不可影响了一天的心情。

周庆绅趴在那里，和他之前在壕沟、工事中的姿势没什么两样，唯一不同的是这次还没有轮到他冲锋，关于人生这场战役就全线溃败了，他只能束手就擒。就在他头晕眼花地等待死亡时，一个穿着保安制服的老者走了过来，伸出砂纸般满是老茧的手，量了量他微弱的鼻息，然后吃力地把他背起来，晃晃悠悠地朝保安室走去。在老者的背上，周庆绅闻到了浓烈的劣质烟草味、衣服长久不洗的馊味以及油泥味，那味道让别人闻去了，足以顶人一个跟头，可周庆绅却觉得无比亲切。他听见老者呼吸道里发出的杂音，还有得不到浸润的骨骼因为不受力所发出的"咔吧"声。在老者的背上，是种很不舒服的体验，可他的眼泪啪啪地掉进老者的脖子里，因为刹那间他便想到了周长河，怪不得那么熟悉，这像极了他爹的脊梁。小时候也是这样伏在他爹的背上半寐半醒，在他爹的背上，不用担心做噩梦。

老者站岗的地方是省政府的西北门，出门不远是省部级领导的公寓区，公寓区门口有个小医务室，老者和医务室主任是老相识。老者把周庆绅放在保安室的小床上后，请来了医生，医生诊断周庆绅是又冷又饿导致的失温，给他补液之后，表示问题不大。医生走后，老者还是不放心，打开了电褥子，做了热敷，又给他喂了开水沏得生鸡蛋，像照顾儿子一样悉心照顾着周庆绅。

周庆绅醒来时已是中午，老者正蹲在保安室门口吃午饭，他左手端着碗，碗与手掌的缝隙处插着一根大葱，右手拿着筷子，右手掌肉厚的部位还卡着一个馒头，碗口大的馒头里还能挤下一块乌黑的咸菜疙瘩，两只手兼容并包，就是最豪华的饭桌。他蹲在那里，一缕阳光从屋檐上洒下来照在他花白的头发和胡子上，把他瘦弱的影子拉得又细又长，像挂在碗边的粉条。他的头不时左右交替着，因为他啃完馒头，就要吃一截大葱。周庆绅在他身后看得清楚，他两只腮帮子一鼓一鼓的，每一口都吃出了满足感。当年周长河也是这样的造型，周集的老少爷们都是这样的造型，不管身在何处，只要一回到家，很快就能恢复到原来的语境和行为习惯里。

周庆绅激动不已，坐起来，脱口而出："爹！"

老者回过头来问："叫我啥？"

周庆绅这才完整地看到老者的脸，一个坐不稳差点儿从床上掉下来，他越看越觉得这人眼熟得很，使劲在脑海里搜刮，无暇回答老者的问题。

老者快嚼了两口，咽下嘴里的东西，嘿嘿干笑了两声说："我姓周，当过支书，他们都叫我周支书！你小子命好，碰上了我，再晚一会儿就冻坏了。"

周庆绅滑下床来，扑通跪在地上磕了一个头。这是周集大年初一才轮得上的大礼,周支书吓了一跳,把手里的"套餐"往台阶上一丢,赶忙来搀。周庆绅撩了一下蓬乱的头发,用袖子抹了抹脏兮兮的脸说:"叔,我是庆绅啊,我是周集的周庆绅!"

周支书认认真真从上到下打量了周庆绅三遍,道:"操他咧,地球真不大。孩子,你怎么落到这步田地了?"周支书嘴咧得像番瓜,眼神里全是痛惜。

周庆绅没说话,只咽了一口唾沫,周支书似乎就从这个动作中读懂了他这些年所有的难堪,爷俩抱头痛哭起来。

那天他俩促膝长谈,周支书也说明了他这几年是怎么过来的,他被判了三年,由于在狱中表现好,两次减刑,提前放了出来。可老伴在他放出来的前夜病故了,他接受不了这个事实,办完老伴的丧事,在家里睹物思人,备受折磨,只好出来了,想学学别人也打一份工。但他有前科,没人敢用他,带的盘缠很快花光了,又不甘心就这么回去,只能在大街上游荡。看外地来的老头捡垃圾也挺挣钱,还没有什么门槛,灵机一动也加入了这个行列。岂料,连捡破烂也有江湖,第一天他就被"丐帮"成员围住痛揍一顿,差点儿丧命,好心人把他送进了医院,还协调当地社区给他开了证明,把他介绍进了保安公司。一开始他并不在这里站岗,在居民小区站岗,因为冒死阻止了一起报复杀人案,拿了见义勇为和精神文明奖,有效抵消了之前的错误对他的影响,相当于洗白了。组织问他有什么要求,他说还是想站岗,不过要到机关站岗。省府机关外围安保也是该保安公司的业务之一,所以他的要求不算过分。

周支书说:"这辈子当官无望了,但我管着当官的大门,也算是曲线救国,曾以为村部就是天下,打死也没想到,有生之年还能站在省府门前指手画脚,虽然我这个岗亭负责的是后门中的后门,但也是个门!别人都说我是官迷,官迷可耻吗?只要是正经的爱好,都应该被尊重。"

周庆绅说:"你说得对,你的爱好十分正经。"

周支书乐呵呵地看着周庆绅,翻来覆去拍着他的肩膀,继续说道:"你小子真是有福,这样的美差怎么能拱手送给别人,我正愁找不到相熟的接班人,你就来了。"

周庆绅不明就里,问道:"好不容易得来的工作,不准备干了?"

周支书叹了一口气:"家里添了新人,要回去看孩子了。周集的老人没有一个为自己活着,这也是绝大多数农村老百姓的命运,我也不能例外,虽然我知道回去后,承受远远多于享受,但总要叶落归根。"

周庆绅推辞道:"首先我是个瘸子,形象不允许,其次,这段时间的漂泊让我明白,那些我曾以为可以显摆的东西,在社会上没有一样用得上,我一无是处。"

周支书伸出食指在周庆绅眼前晃了晃说:"你形象差?我有形象吗!另外,你要自信起来,你只是不适合打游击、做生意,换一个领域,你一定能发光发热。入职的事不用你操心,到时你只要说出你曾经辉煌的履历,他们求着用你。"

周庆绅其实是看不上这份工作的,看大门能看出什么名堂,能挣几个钱？他嘴上没说，心里犯嘀咕。

周支书目光如炬，对周庆绅寄予厚望："这是份美差，你可别小看它，这里有个大大的江湖，哪怕你只看懂个皮毛，眼界也会立马不一样，说不定哪天跳板就摆在你的面前，利用好了，一飞冲天，将来还愁晓盛过不上好日子？"

周支书一提到了周晓盛，周庆绅就被戳中了软肋，有点儿动心了，但他还是认为周支书安慰的成分居多，能不能如愿，八字没一撇。然而，周支书并未食言，没两天这事还真被他办成了。保安公司的经理也是个退役军人，他太知道周庆绅的含金量，眼睛放着光和周庆绅签订了聘用合同。

周庆绅毕竟当过两年军官，脑子肯定是够用，复员了也不能抹杀这个事实，当了保安，换了一条赛道，连他自己也认为隐藏多年的聪明才智应该有用武之地了。泪别周支书后，他上岗没多久就发现了这里面的确有门道。单打独斗、个人英雄主义从来就不合时宜，学会借力而行、就坡下驴，必要的时候也得打擦边球、钻空子，才能有出头的机会，虽然这和部队教给他的处世之道有着巨大的差距和矛盾，但回到地方，屡次失败的经验告诉他，连眼前都顾不了，空谈理想和抱负纯属矫情，在不伤害别人的前提下，让身边人过得好才是重要的事，他选择顺势而行。他想，他只是暂时和原来的自己告别；他以为，以后投机取巧的路若是不好走，他想回来就能回得来。后来，正如周支书预料的那样，周庆绅的开挂之旅，从此启程。

第二十章

每当迈出营房,就意味着走向战场。哪怕是一粒微尘,我也要露出耀眼的锋芒。当汇聚万里海疆,登上大雅之堂,那里更暗流涌动,连对话都是角力与较量。我迎风傲视,那所有的欲盖弥彰,所有的无形对抗,权当狼烟蔓延我的眼眶。

周庆绅在省府后门稳定下来几天了,心里没踏实多少,仍时常发慌。给刘诗花打电话,得知娘俩日子过得去,周晓盛恢复得不错,重新回到了学校,不再惹是生非。他也打听了李羡彤的情况,听说李羡彤今非昔比,当上了桑拿城的头牌,每天挣的钱是凤妮的几倍,凤妮还吃醋得不行。周庆绅不知道这是好消息还是坏消息,不知道该高兴还是心酸,但至少她平安无事。他打了一圈电话,心并没有静下来,直到看见机关大院里负责警卫的战士,喊着口号,生龙活虎地从他面前跑过去,带队的战士还朝他敬礼,他才突然记起自己也有个像他们一样的弟弟周意重。太久没和他联系了。

周庆绅拨通了周意重单位的座机,听到了弟弟久违的声音,更听到了林展牺牲的消息。一瞬间,他像被电击了一般,嗷嗷哭了一会儿,说:"最后一个陪我战斗过的人,再也没有了,属于我的一七七师,再也没有了。"

周意重说:"林参谋长是为了救我才牺牲的,把我当成他吧,就像这些年你代替了大哥的位置,我们都在做另一个自己,我们的传承是一样的。"

周庆绅哭的声音更响了,他说:"你不懂,你差远了。"

那天周意重在二哥能够震裂听筒的哭声中,再次陷入巨大的悲伤。他不仅失去了一个好领导,二哥也失去最好的战友,他认为这都是他造成的,他没有完成好两位哥哥赋予的使命,离当年入伍时给自己许下的承诺也越来越远了。林展牺牲后,他受到了表彰,立了功,并"加官进爵",鲜花掌声不绝于耳,但他觉得那是莫大的讽刺,每一声夸赞都像是一只无形的手,在奋力敲打着他的脑壳,提醒他,不要踩在别人的遗体上舞蹈,那不是行为艺术,不仅毫无美感,还罪大恶极。

周意重只能通过拼命训练,来排解内心的苦闷。冬日的射击场天寒地冻,在那白茫茫的大地间,周意重孤零零地俯卧在一条笔直的地线上,纹丝不动。不时有一轮暴躁的射击,一股硝烟随即冲向天际,他的眼里只有靶子。他在冰凉的地面上趴了一下午了,那支八一杠自动步枪的瞄准具后是他血红的眼睛,枪的右侧是堆成小山的七点六二毫米的子弹壳。射击的队伍早就回去了,但他还没有走的意思。军械员蹲在一摞子弹箱旁边冻得瑟瑟发抖,因为长时间的枪声震疼了耳膜,叫苦不迭。

眼看天空越来越暗,还有盐粒大小的雪飘下来,军械员搓着手说:"连长,都说新官上任三把火,我没看见你烧火,光看见你自虐了。"

周意重说:"你先回去吧。"

军械员说:"我是军械员,得清点子弹。"

周意重说:"你放心,我全消耗掉,不给你添麻烦。"

军械员说:"那我也不能走,还有枪,我要对每一支枪负责。"

周意重说:"那你等着吧。"

军械员看到空箱子上还有满满当当两箱实弹,心说,全打完天都黑了,这人是魔怔了。他盘腿坐在靶场边缘正搓着雪球,生着闷气,这时通信员上气不接下气地跑了过来,老远就喊上了:"美……美……"

军械员说:"你还美呢,我都快死了!"

通信员一个"急刹"停在军械员身边说:"美女!有美女!"

军械员:"别闹了,是每天傍晚来连队运垃圾的大姨吗?她人力板车上那幅栩栩如生的东风汽车车标,是我用油漆按一比一的比例涂上去的,阿姨昨天还数落我,自从被画上了车标,村里差点儿征收她的车船税。"

通信员没心情跟他开玩笑:"你啊,吃屎都赶不上热乎的。"

说着，通信员朝周意重走去，刚走到身边，周意重又一梭子子弹射了出去，通信员及时停步，他看到连长的枪管都红了，肩膀因为后坐力的缘故止不住地抖动，脸上蒙着一层黑乎乎的火药灰，已辨不清五官，只是从阴沉的面部轮廓中透出无尽的杀气和不甘。

通信员怯生生地说："连长，总部来人了，听说是来采访你的。"

周意重麻利地换上一个弹夹，眼睛不离准星，说："采访个六！"

通信员说："我知道你痛恨采访，但这个人说你一定想见她。"

周意重说："我没有想见的人，一个都没有！"

通信员说："她说她叫舒悦，是总部报社的主任，上校。"

周意重"腾"地从地上跳起来："叫什么？"

通信员说："舒悦！"

周意重拉枪机、退子弹，把枪扔到军械员怀里，撒腿就跑。

军械员的目光随着周意重的身影一路游走，一副不可思议的表情，通信员得意地说："这下信了吧？美女就是美女。"

军械员这才回过神来，惨叫了一声，被枪管烫得直咧嘴，手上像是在颠一块刚出锅的煮红薯，他气急败坏地说："都上校了，怕是也该叫阿姨了吧。"

通信员说："格局在哪里？上校身边难道没个跟班的？就那小姑娘那小模样，我瞄了一眼，比你褥子底下藏的挂历上的明星还好看，当时我血压就上来了。"

军械员说:"大小是总部领导,能看上我们这穷乡僻壤的基层官兵?"

通信员说:"怎么说话呢?基层才是沃土,基层藏龙卧虎。一看她就是有备而来,对连长的事如数家珍,就像家里小媳妇来探亲一样,不关心连长的丰功伟绩,专门打听家长里短,你说她图啥?我告诉你,他们大城市来的女孩早厌倦了那文绉绉的斯文小生,就喜欢粗纤维的野味,我们连长这款式的更是可遇不可求,既有文化又会舞刀弄枪,她抵挡得住吗!"

军械员说:"乖乖,怪不得刚才连长那么不淡定,光棍打太久了。话又说回来了,既然是连长的好事,我们跟着起什么哄,激动个什么劲?"

通信员高瞻远瞩地说:"狭隘!先解决一个是一个,小平爷爷早说了,让一部分人先富起来。恋爱这事就像顺藤摸瓜、搂草打兔子,一人有经验带动一片人。我们先促成连长的好事,到时候,嫂子从女人堆里随便一划拉,我们还愁吗?"通信员胸有成竹的样子,好像总部报社来的领导就是奔着相亲来的,刚喝了他沏的一杯茉莉花茶,就等于接受了他们连队的聘礼,明天连长就能给他们娶了这个嫂子。

都是血气方刚的年轻人,难免有一个共同的春梦。通信员意犹未尽,军械员被他说兴奋了,顾不得腰酸腿疼股骨头发麻,也不需要通信员帮忙,独自扛起那两箱子弹,健步如飞地往连队走。通信员跟在他身后一路小跑,踩得脚下的雪花咯吱咯吱响,像一曲欢快的青春变奏曲。

　　队部里，周意重气喘吁吁，但军姿笔直地站着，舒悦坐在办公桌的后面。那时，周意重看到那间布局简单到极致的小办公室从来没那么光彩照人过，那个印象中美丽的女人，依然妩媚动人，依然是在固河镇解救二哥时飒爽的样子，除了肩膀上耀眼的上校军衔和眉眼间不经意流露出的岁月感，她还是那个她，曾经他们差点儿成为一家人，曾经大哥为了保护她而与世长辞。他们之间看似再无瓜葛，实则只需一眼，就能看出还是有千丝万缕的牵连。

　　然而，这个当年对二哥爱之深的人，甘愿为了二哥放下身段的人，对他一开口却像警察审讯，完全颠覆了那一面之缘后留给周意重的印象。

　　舒悦冷冷地问："你叫周意重？知道我为什么来吗？"

　　周意重准备的问候语一句也没用上，他感受到了她言语里的不友好，不得不收起满腔的热情，放慢节奏答："我是。不知道。"

　　舒悦说："出类拔萃，堪当重任，有周庆绅的风范。过几天，你将随军事代表团，前往东方市参加军事交流论坛，要与各国军事专家、军事代表对话，你比他更胜一筹。"

　　之前周意重接到了通知，作为一七七师的军事尖子，他当仁不让地去参加这次活动，但舒悦的话，他不认同，他对舒悦说："不管我飞得多高，都是他为我插上的翅膀，他是我心中的战神，没人能撼动得了他的位置。"

　　周意重对二哥的盲目崇拜，让舒悦很不舒服。也许是忆起往事，也许是这些年单身久了容易钻牛角尖，舒悦越想越憋屈，现在找到了发泄的途径，她激动地说："假，你和周庆绅一样，虽然优秀，但假得让人无所适从。明明属于自己的，偏偏往外推，一辈子在意别人的看法，永远不能正视内心，企盼给所有人留下好印象，到最后在自己设置的牢笼里寸步难行。看似是伟大的、高尚的，其实呢？充满了伤害！"

周意重说："最不应该彼此诋毁的就是你们。"

舒悦说："好不容易找到在他亲人面前羞辱他的机会，怎么能轻易放掉。这个人至今让我反胃，不敢爱不敢恨，缩头乌龟，他对得起天下人，唯独对不起我，他不配得到爱，他是个失败者。"

周意重说："他也不愿意造成今天的局面，你知道这些年他是怎么过来的吗？"

舒悦说："他知道我是怎么过来的吗？！"

房间里的氛围降至冰点，舒悦的眼泪簌簌地掉下来，刚还神采飞扬的气质女神，瞬间像一朵即将凋谢的花，曾经越绚烂，那时越黯淡。

周意重不知如何去哄一个女人，尤其是一个比自己年长，感情世界比自己丰富得多的女人，他后悔介入并讨论他们之间的恩怨，明白在她面前维护二哥是愚蠢的。通信员和军械员在门外兴致勃勃地偷听了半天，越听心越凉，这个女人不是来给连长送福利的，倒像是来讨债的。通信员还想进去送水果，被军械员揪着耳朵带离那里。

周意重以为舒悦还会在沉默中爆发，做好了被当成垃圾桶的准备，然而，舒悦沉吟良久后问道："他还好吗？"

这出乎周意重的意料，疾风骤雨化作了涓涓细流，击中了他的心脏，这个问题同时让他感到无地自容，因为他没法回答，对于那个撑起了所有重担，给他一片广阔天地的二哥，他只知道他过得不好，具体有多不好，他一无所知。他从舒悦的眼神中，看到了失望。

那天傍晚，两人一个坐着，一个站着，屋里安静得只能听见墙上时钟的嘀嗒声，甚至能听到窗外的雪压折杨树枝的声音，那雪纷纷扬扬、铺天盖地，不一会儿便落满了操场和窗台，也落在他们的心坎上，拔凉。

周意重和舒悦正僵持着，叶屿珊从外面进来，跺着脚，吹着手掌，和周意重四目一对，脸"唰"一下红了，说："对不起，没有经过允许参观了营区和你的宿舍，你不会介意吧。"

叶屿珊以为自己失态了，没想到周意重还不如她，天天向战士灌输硬汉作风的他，那一刻竟扭捏作态起来，并答非所问："远道而来辛苦了，快请坐。"他殷勤地拉过一把椅子，摆在了暖气片旁边，然后盯着自己的脚面看。

叶屿珊进来，舒悦立即调整了情绪，恢复到官方的姿态，她向周意重介绍道："这是报社的实习记者小叶，作为保障组成员之一，她将和你一起飞赴东方市，参加为期一周的军事交流论坛，你是她的主要跟踪采访对象，同时她也兼任你的翻译，你们要多磨合，在国际性的活动中大放异彩。"

叶屿珊主动伸出了手，笑得眼睛变成了月牙，妩媚动人，她说："很荣幸跟您一起学习进步，如果有做得不妥的地方，请多包涵。"周意重蜻蜓点水般地蹭了她几根手指头的第一个关节，这个拘谨的动作，逗得叶屿珊咯咯地笑。

舒悦知趣地出去了，叶屿珊摊开采访本，要初步了解了解周意重，岂料，两人这一打开话匣子，便忘记了时间，他们甚至没有听到熄灯号响。这期间，周意重紧张感消失，也得以好好"观赏"这出水芙蓉般的女孩。她的眼睛里好像有粼粼的水波，一圈圈荡漾开去，让周意重有了眩晕感；她晶莹剔透的脸珠圆玉润，让人有忍不住捏一捏的冲动。再听她的谈吐，虽然是个刚毕业没两年的大学生，但比同龄人要成熟得多，对于时局的理解和军事变革有自己的看法，滔滔不绝、头头是道。一个小女孩关心国家大事，并有着不俗的见解，难能可贵，更重要的是她更了解社会，了解外界，她口中冒出来的很多新鲜名词以及对于未来生活的规划，周意重闻所未闻，这让周意重反思到自己的不足。专注于训练战斗，对其他领域的认知越来越浅薄，他在感叹的同时，愈发痴迷，好几次把叶屿珊盯得不好意思了，只能用咳嗽提醒他。

那天傍晚起，周意重好像找到了新的意义，只要跟叶屿珊待在一起，心头那些沉重的东西就一扫而光，看不见则百爪挠心。爱是相互的，若不是出于目的性，是不会深陷其中的，那些刚认识就单方面神魂颠倒的人，不具有代表性，所以周意重能有此反应，也来自叶屿珊对他的态度，而且谈话越是深入，她对周意重的家庭背景、社会关系、工作履历越表现出浓厚兴趣，眉眼之间、言谈之间满是崇拜，周意重很享受这种感觉。

第二天，叶屿珊又很晚从周意重的房间出来，快到接待室时，迎面撞见了等候在那里的舒悦，舒悦不动声色地盯着她。叶屿珊以为舒悦是嫌她回来得太晚，讨好地说："主任，这次你给我分配的这个采访对象太优秀了，学习好、思想硬、素质强，还根红苗正，军营里人才济济，他仍然能脱颖而出，不得不让人佩服。我侧面向军械员和通信员打听了他，战场上他不惧生死，战场下真诚友善，这样的人有光彩、有魅力、有故事，是新时代基层军官的代表，相信这次能从他身上挖到好素材，我有信心写出一篇非常精彩的纪实通讯。"

舒悦说："我知道他不错，但接触这么短，你就给他贴了这么多标签，从来没见你这么上赶着，是不是有私心？"

叶屿珊娇羞一笑，摆弄着手里的采访本，她等待着舒悦说些鼓励的话，依照经验来看，舒悦情商高，扫兴的事不干，助兴的事常有。

然而，这次舒悦却反常了，严肃地说："记住，你们只是合作关系，他和你以前新闻作品里的主人公一样，需要客观公正地看待，不能带感情色彩。如果你有别的想法，奉劝你趁早打住。这是我给你定的纪律，如果你不遵守，别忘了你特招入伍的事还悬在那里，你还是个没有军籍的实习生，作为你的顶头上司，我有权决定你的未来。"这话像一盆凉水兜头泼了过来,让叶屿珊防不胜防,心情即刻一落千丈。她想不明白一件还没发生的事情,为什么惹得舒悦突然生那么大的气,还前所未有地刻薄起来。

叶屿珊壮着胆子问:"您是不是对周意重有成见?"

舒悦说:"共事可以,处对象不行!他们家有不良基因,这事也有传承。听我的,对你只有好处没有坏处。"

叶屿珊越听越迷糊,她不甘心,打破砂锅问到底:"您是怎么知道的?"

舒悦边往自己房间走边说:"我是受害者。我他妈的是受害者!"

夜深了,叶屿珊辗转反侧睡不着,周意重的笑容不时在她眼前浮现,那口整齐的牙齿像是无瑕白玉,看一眼,仿佛就触摸到了纯净的青春,他的身上有阳光,邻家哥哥般的阳光;也有飓风,那是讲到战场,骨子里迸发出来的气度;还有火光,是他掩饰不住的欢喜,给她如沐春风般的温暖。想到这些,她痴痴地笑起来,但随即收住了,因为舒悦对他们之间亲密接触的行为深恶痛绝,又对原因讳莫如深的样子,着实令她费解。

叶屿珊忍不住披衣下床,推开门,外面的雪还在下,气温很低,站在接待楼二楼的走廊里,隔着栏杆眺望。周意重的房间还亮着灯,他淡淡的影子投射在墙上,他也没有睡。他是不是和我一样,也在复习在一起的一幕幕呢?叶屿珊想。这时他看见,周意重起身要往窗口走了,她紧张得想要回房间,避开他的视线,然而留在那里和他对视的念头压过了"逃离"的想法，后来，她把这归结为爱的内驱力。

周意重确实也在回想这两天的遇见，他比叶屿珊激动得多，叶屿珊还躺下过，他根本没打算睡，隔几分钟看看她的房门。叶屿珊住的那座接待楼，是七十年代建成的，红墙青瓦，砖混结构，内部设施较为落后，房间里的暖气时好时坏。周意重给自己的"窥视"找到了理由，我只是担心她冷，而已。他想。

接待楼的走廊上只有一盏三十瓦的钨丝灯泡，在银装素裹的世界里发出橘色的光芒，把叶屿珊的房门照出了一圈金辉，让那里像是拥有一轮火热的暖阳，暖阳的周边泛着七彩的霞光。周意重静静地看了很久，心里塞满了慰藉，所以寒风把雪粒从拉开的窗口吹进他的脖子，他也没有觉察。他没有等到叶屿珊推开门来，有些失落，好像相处多年的恋人，匆匆一别，久未谋面般失落。之余，他苦笑了一下，想到，是否太过多情，这严冬闭塞的军营，极少有女性出现，好不容易来了一个，难道那么巧就能出现爱情？我能厚着脸皮挤出来爱意，对方从人潮人海中走来，什么场面没见过，说配合就能配合他这个乡下人吗？怎么想怎么是天方夜谭呵。

周意重自嘲了一番，摇了摇头坐回座位上，那时，他突然发觉眼前多了一道阴影，应该是小楼上传过来的橘色光线被遮挡了一部分，他连忙再次起身，果然看到了叶屿珊也在朝他这边张望，他瞬间感动不已，这是第一次不明来由又意义非凡的感动。

周意重看见叶屿珊披着军大衣，下身露出粉红色睡裤的裤脚，脚上是一双带着卡通动物形象的棉拖，头顶的灯光包围着她的脸，她歪着头站在那里，有一串串的热气呼出来，她来回扭动了几下身体，像是靠在一个人肩上，在听一首浪漫的歌，可爱至极，美好至极。作为一个糙汉，周意重无法用同样的身体语言告诉她，他很幸福。他挥了挥手，然后拿起桌上的手机，给她发了一条短信。

叶屿珊的直板诺基亚响起了经典的信息通知音，她掏出来，触亮蓝色的屏幕，一行黑字显示出来："这漫天雪花就像我的千言万语，它们终将融化，它们是在等待春天的到来。"

叶屿珊回了一条："没有一个春天不会来临！"

周意重给叶屿珊敬了一个帅气的军礼，然后摆手让她进屋，还做了一个拉灯的动作。叶屿珊乖乖地转身，周意重原地蹦起来有三尺高。

那夜的雪飘飘扬扬，越堆越厚，一只灰兔误入营区，一头撞在军犬宿舍边，倒在了积雪里，就像坠入云朵的周意重晕乎乎。沉浸在难以言说的喜悦中的周意重看到那只可怜的兔子，强迫自己清醒，摊开了他的笔记本，在黎明到来之前，趴在办公桌上心满意足地睡去。

通信员下哨回来，给他盖上了大衣，嘴里还嘟囔着："你可不能冻感冒了，你是压水泵里的引水，你是全连的希望，兄弟们全盼着你带个好头了。"

翌日，两人和舒悦到达北京，在那里和代表团会合，飞往东方市。叶屿珊临进闸机前，舒悦再次交待她一遍，工作和生活不能混淆。舒悦生怕没有她的监督，叶屿珊会中了周意重的"毒"，她当年就是神不知鬼不觉地中了周庆绅的"毒"，导致多年来还耿耿于怀，她的感触太强烈了。

当时叶屿珊对舒悦言听计从，她不得不接受舒悦的忠告，因为突如其来的爱情看得见却摸不着，而那随时可能丢掉的特招入伍机会却实实在在摆在那里。一边是虚无缥缈，一边是切肤之痛，以叶屿珊的聪明才智，自然懂得权衡利弊。可等到达东方市，军事交流论坛还未结束，她就把舒悦的话抛到九霄云外了，两人的感情急剧升温。她看见周意重在军事论坛上慷慨陈词的光辉时刻，完全颠覆了她对周意重的初印象，他从容不迫地应对各国专家和记者的刁难，那镇定自若的样子，让她能够想象周意重在战场上的样子，那是他的另一面，拥有那一面才构成了丰富立体的他。

当然，周意重心里也跟明镜似的，自己能发挥得好，离不开叶屿珊的帮衬。叶屿珊掌握四国语言，精准流利的外语水平、出色的临场应变能力以及率真的性格，每一点都让周意重着迷，这次表现能够出彩，军功章有她的一多半。他们在这场活动中情感升华，那是他们全新的体验。

当时，交流论坛现场设在东方市咸田港，那里是拥有国家电台和卫星雷达的一级军事管理区，并非旅游景点，却是比旅游景点更有内涵、更有看头的港湾。之所以选择在那里举办这届国际性军事论坛，因为参与人员成分复杂，高级军官数量庞大，其中还有互为敌对国的人同台，有的代表来自战乱国，有的代表身份存疑，不排除是情报人员的可能，安全起见，并便于管理，将活动场地设在封闭区域属情理之中。

周意重和叶屿珊乘坐大巴从东方市区前往咸田港。去往那里的路平坦笔直，两侧是萋萋芳草，一簇簇茂密的红树林，还有不知名的植物四处延展的藤蔓，它们爬上椰树和人工铁网，编织出别样风景。傍晚时分，夕阳从艳丽的云彩里露出半张脸，照在一望无际的原野上，令疯长的草呈现着血红的颜色，小白花点缀其间，像银河的繁星原封不动地降落下来；成群结队的蝴蝶，看似飞舞得没有规律，其实它们和向日葵一样朝着明亮的方向；一排与华北平原截然不同的木质电线杆，带着年代的沧桑一路伸向不远处的海岸线，它们是这片大地上为数不多的人为痕迹，它们像列队的哨兵，守护着人迹罕至的地方，它们享受寂寞，不惧孤独，也随时欢迎远方来客。绝大部分时间没有人打扰这里的宁静，那些顽强的植物默默生长，那不是孤芳自赏，是不论无言还是热情都保持从容的绽放。这次周意重的脸色没有凝重，他融入景色之中，并且对于人与自然有了全新的感悟，在他的印象里，他大部分时间都在审视自己，审视单调的天地与松柏，他不知道为什么突然有了心境，直到回头看见身后车窗边的叶屿珊。

叶屿珊伸长脖子也在瞭望远方，被周意重火热的眼神拉了回来，她又把眼睛笑成弯弯的月亮，双手做成传话筒，她对周意重说，沉浸其间，她仿佛回到了学生时代，那个纯粹的时代。周意重说，我们忙碌不已、追逐理想，那理想不是为了坐拥财富和满足欲望，而是为了找回内心最怀念的时光，然而，越努力越发现离那个目标更远，是我们兜的圈子太大了，还是这本来就是一场没有结果的奔忙？

他俩亲密地对话，不知不觉到达了现场。在一处新建的上千平方米的露台上，旗杆林立，各国旗帜飘扬，不同肤色、不同相貌特点的人，穿着风格迥异的军装，这一撮那一堆，有的提着酒杯，有的端着糕点，还有的不在意众目睽睽，与身边的美女打情骂俏一番，主席台上有东道主在讲话，可下面少有聚精会神的听众，周意重看见讲话的是中方的上校，上校已经发现了失控的场面，十分尴尬但也只能报以微笑。

叶屿珊问："为什么他们不懂起码的尊重？"

周意重说："他们为什么要尊重弱者，在他们的认知里，我们的军事水平落后他们至少二十年，我们还是那个靠人海战术、小米加步枪的第三世界国家。"

叶屿珊憋气道："我们是胜者，我们没有输。"

周意重说："这是新型军事论坛，主要讨论的是军事布局、军事科技、新时期练兵心得，和以往的战例无关。"

现场怎么看怎么不像一场国际级的军事论坛，倒像是洋节日期间的狂欢派对。在场的嘉宾无不是本国业内的佼佼者，各自装束体面，有些嘉宾却没有像一味捧臭脚的人口口相传的那样，具备高出国人一大截的素质，他们时有与身份不相符的举动，让在场的保障人员一刻不得闲。

周意重不由得感慨："果然人是最煞风景的存在。"

叶屿珊拉了他的袖子，示意他说话还是要注意："即便我们科技落后，但我们的精神高扬，允许他们暂且瞧不起我们，那是他们的狭隘，我们不能被他们拉到一个水平线上。历数人民军队的每一场战争，不尽如人意的情况不在少数，但至少输人也不曾不输阵，别忘了，弱者身上更容易彰显无穷魅力，我们承认我们在某些方面还有待提高，但我们不承认我们的精神力量逊色于任何人。"别看叶屿珊人小、势微，但时有惊人之辞，含蕴着意想不到的哲理，这不得不让周意重折服，他憨笑着报以歉意。

中方代表团入场，不苟言笑地坐在座位上，手扶膝盖、挺直腰板、集体脱帽，动作整齐划一，镇住了不少老外，但那身土里带黄，黄中泛绿的常服，和那些更合体更符合时代审美的外国军装相比，着实不够亮眼。周意重用余光扫到，他们在中国的领土上没有给中国军人带来多少善意。

到了各国代表上台发言环节，周意重取出了他准备了好多天的发言稿，说不紧张是假的，毕竟记者们"长枪短炮"摆出了阵型，个个像狙击手一般对准了发言席。可率先上台发言的外军代表好像是来度假的，没有准备什么材料，红着脸蛋、打着饱嗝上台讲了个荤段子之后就下场了，这让中外记者摸不着头脑了，这家伙对本次活动作出的贡献都对不起大家的机票钱。接着上场的是一位上校，虽不像刚刚那位一样吊儿郎当，但也是心不在焉，说着三流杂志就能翻到的知识，并无新意和建设性。第三位代表上台，专业的事情一笔带过，认真强调了中国的海水很清澈，中国的女性很柔美，中国的饭菜很可口，但中国的军事……中国打赢了一场场战争，守卫了国土，但仍然没有争取来应有的尊重，落后太久了，"孱弱""积贫"才是他们的固有印象，想打破这样的印象，一场中规中矩、不痛不痒的交流聊胜于无，有时还起反作用，主办方、协办方领导的脸上青一块紫一块。

轮到周意重上台了，他早憋了一肚子火，叶屿珊没拉住，他撕碎了讲话稿，眼睛里释放出炙热的火焰。大步走上发言席，扫视了一圈，朝台下敬了一个迅猛的礼，随即声若洪钟地讲起来，话筒不堪负荷，音响发出一声尖利的嚣叫，震得人们耳膜发胀，现场这才安静了不少。

周意重作为基层代表，从纪律、制度、凝聚力、执行力等方面，分享了个人经验和心得，全程脱稿，口若悬河地讲述了一个个实例。叶屿珊高质量翻译的同时，语气、情感、侧重点拿捏得恰到好处，现场不时爆发出掌声。但也有个别人故意刁难，高高在上的人不会感动于小人物的挣扎，周意重之流所珍视的东西，在他们眼里不值一提，他所要努力追寻的真理，他们可以忽略不计。

周意重以为对方的发言结束了，谁知只是刚刚开始。他在下台之前听到了嘘声，忍不住说："你们有关于'自由'的理解，我们更有关于'规矩'的定义，还请各位遵守会场纪律，如果有疑问，各位代表发言结束后，我们会安排专门时间进行探讨。"

一名外军少校史蒂夫整场最为活跃，他站起来挤眉弄眼地道："我现在就要和你探讨探讨，什么会场纪律？是对并不认可的内容也无限容忍吗？你应该自我反省，会场秩序的不融洽，和你的发言内容有关，你的经验不适用于我们发达国家，你们的国民素质偏低，需要严加管教才能掌控局面，你们不能驾驭民主，所以盲目地认为顺从就是认同感，如果你的发言对我们哪怕有那么一丝作用，我怎么会感到不屑呢？我不认为这是文化差异或者风俗习惯的问题，而是你的问题，你们的下级军官共同存在的问题。你们是赢过，但希望那不是运气成分使然。贫穷落后的国度，往往死板的条条框框比比皆是，低端无知的人，也总是一味要求别人。"

场下安保人员请求史蒂夫坐下，史蒂夫傲慢地把话筒扔过去，砸中了安保人员的脸，他没有表示歉意，用下巴对着周意重。看那架势，非要等到周意重当场出丑才罢休。周意重确实没有问答的准备，叶屿珊也不愿给他翻译这恼人的话题，但认输是不可能的，而且叶屿珊正看着他，那眼神里有担忧也有些许惶恐和不信任，在舆论战、心理战空前严峻的当时，在心上人面前，于公于私，他都要好好应对。

周意重朝叶屿珊深深地点了点头，叶屿珊这才一字不落地复述给他听，他不急不躁地朝向史蒂夫，说："第一，经济水平是一个国家的软实力，是战争胜败的关键因素，但不是必然因素；第二，经济发达与否与道德高度不成正比，接受新潮思想、先进教育的程度和人的品质也不是绝对的关系，因此，人民军队能够屡次以弱胜强，永远站在太阳正面，靠的并不是您所认为的重点；第三，我们重视纪律和奉献意识的培养，你们利益驱动占了主要部分，孰优孰劣，无法立分高下，但战场归根结底是人的战场，不管拥有多少高科技，多少先进武器，人是根本，中国有句老话，事在人为，我们对于人的关注度，高于一切，我们的体系中所有的职务都离不开一个"员"字，战士们在日常中感受到尊重，所以他们在战场上也不会寒冷与恐惧，当战场上战至最后一个人，他也不会丧失希望，他的枪口永远朝着对的方向……"

第二十一章

关于生活我有多么理想主义，面对爱情我就有多么青涩。当我靠近梦中的姑娘，才发现我扮演的是卑微的角色。既要掩饰渴望，也要展示坦荡，我假装与她绝无鸿沟，但常常陷入自责。不过，我从无穷的天空下路过，不管是风和日丽还是山雨欲来，我都能看得见她头上的那片云朵。

周意重在经久不息的掌声中下台，可史蒂夫不甘心，他不认为周意重正面回答了他的问题。史蒂夫从场下主持人手中抢过话筒，咄咄逼人地道："你们刚刚结束不久的那场战争，虽然取得了胜利，虽然对手国内常年战乱，有足够的实战经验，但他们总体实力明显称不上一流，而你们仍然把时间跨度和战线拉得那么长，浪费了大量人力物力，这暴露了你们与世界强国之间的差距，在武器装备、人员素质、战术战法、特种作战领域都有很大提升空间。你们还有句老话，是赔本赚吆喝，这种事情我们是不会干的。"

对于那场战争，周意重再了解不过，他没有急于解释，而是独自向那场战争的牺牲者默哀，现场看客先是鸦雀无声，随之交头接耳起来，当所有人以为周意重是被难住了，哑口无言了，他突然抬起头，目光炯炯、气定神闲地说："我的两个哥哥都曾是那场自卫反击战中的战斗员，我的大哥还因此光荣牺牲，我足以称得上是见证者和传承者，我有发言权。您对那场战争理解有误，严格意义上那是一场轮战，我们以军区为单位，用少部分兵力，采取轮流上阵的方式，应对对手举全国之力的全盘进攻，抵御他们近十年的袭扰，我们以最小的代价，在游刃有余中锤炼了部队，到最后，作战模式、战斗心理状态甚至接近于实兵演练了，所以您的说法站不住脚。"

史蒂夫抛出的重磅炸弹都被周意重轻而易举破拆了，脸上有些挂不住，但这人非等闲之辈，不像个军人，倒像是信息舆论部门专家，打嘴仗是他的专业。他堪称教科书式的反应能力，终于让周意重吃到了苦头，只见他稍作调整，剑走偏锋，又祭出一记杀招："即便你说的都对，可又有什么用，作为一个指挥学院的高材生，还需要翻译，尽管这位翻译小姐很漂亮，但这不能为你加分。一个不能熟练使用英语的军官，却来参加世界军事论坛，这明摆着是为我们提供笑料呢。"史蒂夫干笑了几声，不怀好意地盯着周意重，他明白这套杀手锏很致命。

那时，周意重当然意识到这个问题很尖锐、很险恶，看得出史蒂夫是有备而来，至少对中方基层部队的现状通过一些途径做了研究，因为这不仅直达他的"病灶"，也戳中很多基层军官的痛处。这几年专注于带兵，没有环境和条件拾起毕业即抛之脑后的英语，曾经为了考级而努力过关的"塑料"英语退步得厉害。

周意重想要快速结束这个话题，说："英语是世界通用语言，我掌握，但不够精准，这是我个人存在欠缺。为避免词不达意，出于对在场各国同仁的尊重，照顾大家的视听感受，便于记录和传播，根据主办方的要求，我们必须配备翻译，望见谅。"

然而，史蒂夫好不容易掐住了周意重的命脉，怎能轻易撒手，他看到了周意重"虚弱"的一面，乘胜追击："你们的士兵知识匮乏，可以理解，都什么年代了，军官还跟不上形势，据说你们正大刀阔斧地改革，宣称正在向信息化转型，以你这样的素质怎么转型？怕是信息化设备上面的说明书都看不明白吧。高层没有紧迫感，我已替你们担心了。"

史蒂夫的话令举座哗然，中方工作人员也慌作一团，史蒂夫再"捣蛋"下去，流程就全乱了。周意重在耳麦里听到工作人员要求他赶紧下台的声音，他们表示可以暂时切断信号，中止现场直播，小插曲只是暂时的，要顾全大局。周意重当时大脑确实一片空白，他搜肠刮肚，力求挽回局面，但多方杂音，让他不能静下来思考。他瞥见叶屿珊镇定地站在他身边，这时候她的眼神反而坚定起来，她轻声安慰周意重说："没有必要每个人都把时间耗费在学英语上，这是我擅长的领域，我来对付这个调皮的家伙。"

周意重说："如果发生舆论事故，让我一个人来扛，你就不要引火烧身了。"

叶屿珊说:"我们是一个战壕的战友,我是一名不在编的战斗员。"

只见叶屿珊经过周意重身边,从他手里拎过话筒,站上了发言席,周意重只能往边上靠了靠,站好军姿,目送她上"刀山"一般。她穿着工装,戴着工牌,鼻梁上架着一副眼镜,身上还带着大学生的青涩,柔弱的身躯撑不起偌大的发言席,周意重心里七上八下,轮到他为她捏一把汗了。

叶屿珊朝台下鞠躬,先要待客,其次才是论剑,她目不转睛地盯着史蒂夫说:"您有这样的烦恼,完全是庸人自扰之。我知道您学识渊博,但角度片面了,英语是世界通用语言,但不是每个领域都用得着,我们很多大学同学毕业后就和英语再无瓜葛了,我想,我们的高等学府是时候考虑是否把这门课程改为选修课了。专业的人做专业的事才是正道,周意重作为基层军官,理应把更多的精力投入到练兵打仗上去,而不是在那些并无多大用处的学科上花费气力,毕竟武装集团不是学术团队。举个例子,前段时间我们的边境再次受到袭扰,随时可能擦枪走火,可我们的指挥员并不需要掌握敌人的语言,他的气场,已经让敌人看到他寸步不让、守土有责的决心和胆识,我们有翻译兵,他也无须多言,只告诉敌人,不想打仗就滚回去!敌人照样没敢向前半步;其次,中文是世界上使用人口最多、分布范围最广的语言,随着中国经济的飞速发展,我敢保证将来还会呈现疯长模式,学习中文将成为急需的、时髦的事情，作为语言学专业的我，我的春天到了，我正在思考转型教授中文了，而您作为一名致力于打探研究中国国情、军情的人，却不懂中文，我不是很明白你们上司的用人思路，不专业的人干专业的事是极大的资源浪费啊；另外，我要说明的是我们的现役武器以及新形成的信息化网络设备百分之九十九属于自主研发，说明书上使用的全是中文，连个英文字母都没有，如果有一天，您对我们的东西感兴趣，还是先学习好中文吧，不然送给您，您也不会用不是；最后，十分感谢史蒂夫少校对我们工作的关心鼓励，欢迎大家继续跟踪监督我们的现代化进程，随时提出宝贵意见，我们有则改之无则加勉，一支强大的现代化人民军队是善于听取意见、善于总结经验教训的军队，我们拥有强大的自我修复和自我觉醒的能力，在未来，这支伟大的军队还会带给世人更多的惊喜，焕发出更蓬勃的生机。"叶屿珊说完，再次鞠躬，台下观众沉浸其中，意犹未尽，对于面前这个未穿军装的青涩姑娘表现出极大的兴趣，有的不住颔首，有的起立鼓掌，工作人员发现被一个小姑娘化解了危机，先是心里打鼓，接着热泪盈眶。再看史蒂夫，脸红到了脖子根，摸了好几下他的大鼻子，乖乖坐在了人群中的椅子上，不得不也伸手鼓掌，或许他是真不知道两只手该放在什么地方为好。

周意重长舒了一口气，牵着叶屿珊的手走下发言席，他们相视而笑，看到咸田港的上空飘满的彩带和气球，天空更加湛蓝，海面愈发辽阔。那时，周意重已经在幻想，如果找个这样出色的人生伴侣，老周家祖坟上指定是冒青烟了，老爹周长河激动得棺材板都抖起来了。

　　但美好的事物从来不是一个人的专属,他们刚刚起步的感情还没焐热,就要经受考验。接下来的日程安排是参观海防设施,周意重被指派演示武器操作,叶屿珊负责部分参观区域的讲解,讲解结束,她要去找周意重,和他商量参加晚宴后交谊舞会的事,但,她被史蒂夫拦住了去路。史蒂夫与昨天的斤斤计较判若两人,儒雅且有风度,一套华贵的暗格西装,皮鞋擦得能照出人影,军人短发也被他梳出了三七开的造型,没有一瓶发蜡,断然达不到在阳光底下熠熠生辉的效果。最大的改变还是神态的和善,不得不说,他有着棱角分明的西方面容,蓝色的眼睛犹如海水,深邃而神秘,好像奥斯卡大片里走出来的男主角,养眼又带派头。他不吝赞美之词,极力夸赞叶屿珊的美貌和气质,对她昨天的表现佩服得五体投地。叶屿珊出于礼貌,边走边应和着,其实心里早有戒备,一个处处给别人使绊子的人,突然改头换面,不得不让人怀疑他的初衷。史蒂夫丝毫不关心叶屿珊对他是什么态度,始终保持八颗牙挂满修长的脸,他屁颠屁颠地一会儿跟在左边,一会儿跟在右边,还不时贴心地伸出绅士之手,搀扶叶屿珊过沟过坎,像极了老佛爷身边的大太监。路人纷纷侧目,也许他们也比较好奇,昨天还用鼻孔看人的"洋大人",为何突然俯首称臣了。史蒂夫不关心别人怎么看,人群中勇敢地做自己,但他担心叶屿珊也会有这样的疑问。解释说,对于我的殷勤,你不要有所顾虑,我们的文化使然,要做敢爱敢恨的人,面对突如其来的情感,相较于委婉含蓄、瞻前顾后的中国男人，我认为这是占优势的，我深以为荣。宝藏女孩并不常见，遇到了要勇敢表达，否则，我定会悔恨。

对于他的说法，叶屿珊欣然接受，可对于他这个人，她敬而远之，就算他一切条件都符合她的择偶条件，她更得避开为妙，因为周意重已经先入为主，既然明确了喜欢他，拒绝其他人的方式和力度，也关乎女人自尊自爱的程度。

史蒂夫是老手，他怎会看不懂叶屿珊的心思，他说："你不用急于表态，马上就能获得回报的事物，往往价值也不高，在这一点上东方女性的含蓄，透着满满的智慧。"

叶屿珊苦笑说："我这不是含蓄，这是断然拒绝。"

史蒂夫伸出食指，郑重地在叶屿珊眼前晃了晃，说："不，拒绝也属于表态，不要那么快作决定，你可以不喜欢我，但我这里一定有你喜欢的东西。我从你的眼睛中看得出来，你非池中之物，你有更远大的理想，据我所知，你和理想之间的距离还有很长的路要走。"

叶屿珊嗤之以鼻，心说，我有什么好值得你拉拢腐蚀的，还不是相中了我的外貌，这样的油腻分子我见多了，没想到，这人远渡重洋，也概莫能外，一面之缘，就豁出来了老脸，也真是难为他了。她打心眼里不屑，甩了一下头发，大步流星地离开。史蒂夫并不懊恼，嘴角还露出意味深长的笑。

到了晚上，咸田港又是和白天截然不同的景色。四周没有万家灯火，那密密麻麻的繁星更加耀眼，它们铺满了天空，铺到了海天交接的尽头，光芒洒在海面上，犹如天地间各有了一条银河。涨潮了，轻微的海浪不时撞击石块垒起的海堤，像亲吻的声音，让弥漫着海水和鱼虾味道的空气也沾染了暧昧，那暧昧虽然无言，但内里是澎湃和激荡，那是世界与大地的暧昧，那暧昧不带情欲色彩，却能连接到生命的根源，一点儿也不像东方市大酒店内舞池的氛围。那时，那些男男女女身着盛装，翩翩起舞，音乐高雅，动作优雅，但不接地气的事物都没有灵魂，周意重深深地认为。他坐在角落里，看着面前眼花缭乱的场面，无比生分，就像当年他刚离开周集看到外面的高楼大厦一样，虽然在电视里见过，但当事物就在眼前真实发生，还是忍不住心乱如麻。对于他这个农村来的土娃子，虽然吃了几年部队的伙食，到外地执行了几次任务，坐了飞机、火车，见了祖国的大好河山，但真正上流社会的消遣方式，对于他还全是未知数。莫说跳舞，就是让他到场子中央走上几圈，他想想都觉得臊得慌。尤其是他穿的那套便装，还是上次准备回家探亲，从官桥大集上花五十元巨款淘回来的。工作原因，探亲计划搁浅，那套衣服从此封存在他的后留袋里，再也没有拿出来过，满身都是褶子，这次穿了出来，来的路上自我感觉还很良好，一进大厅他就知道错了，看到那些身着盛装的人们，他调头就想回去，谁知叶屿珊和他前后脚进来，他只好硬着头皮往里走，白天演示武器操作时潇洒的模样荡然无存。

叶屿珊注意到了略显寒酸的他，不过稍有情商的人都不会当场指出来，还大大方方地邀请他跳舞。叶屿珊显然是参加过这样的活动,及脚踝的露背长裙上还镶嵌着金光闪闪的亮片,珍珠玛瑙衬托着高高隆起的胸脯,脸上化着浓妆,眼睛大嘴唇红,活脱脱的艳丽公主,周意重认为和她站在一起,那根本不是在跳舞,而是司机在给雇主清理后备箱,或者是卖烤红薯的在给客户找零钱,所以他逃婚般地逃开叶屿珊的拉扯,两人在摇头电脑灯照不到的地方,暗戳戳地喝了一晚上椰汁,喝得两人跑了三四趟厕所。

气氛很尴尬,叶屿珊努力找话题,给他讲解古典乐、民族乐、浪漫主义音乐的区别,教他分辨华尔兹、探戈和伦巴。这可要了周意重的命,他认为这些东西比他当年学的奥数还要难上千万倍,如果让他记住这些,不如现在让他出去武装泗渡三十公里。叶屿珊侃侃而谈时,他眼睛瞪得像铜铃,咬牙切齿地想要记住只言片语,可到最后也像是在听天书。叶屿珊见他确实没有一丁点儿这方面的细胞,长叹一口气,败下阵来,只能陪他干坐下去。周意重十分愧疚,他看见叶屿珊盯着舞池里尽情摇摆的人们,露出渴望的眼神,一开始还跟着音乐扭动身体,最后也因索然无味,偃旗息鼓了,她托着腮帮子,为了不让周意重瞧见她的落寞,进入假寐状态。

眼看一场欢乐的舞会即将无趣结束,突然,有人朝他们走来了。那人高大帅气,威风八面,周意重老远就嗅到了那人身上的骚气,知道那是史蒂夫。他右手腕上的金表发出夺目的光芒,衣架子般的身体上穿了件燕尾服,比例很小的脑袋戴着一顶插满羽毛的毡帽,那五彩的羽毛像乱颤的花枝,看那矫健的步伐和片甲不留、寸草不生的气势,仿佛从昨天的洋太监又化身为洋钦差了,这不停转换的角色,让人们无法拿捏他的深度。他从内到外都是张力,从头到脚皆无死角,不像周意重窝在暗处,和黑乎乎的大理石摆件合二为一、不分你我。他是他的战场上自命不凡的英雄,却和这流光溢彩的尘世格格不入。

显然,史蒂夫也确实只把周意重当成了雕塑,满眼只有叶屿珊,他径直走到她面前,伸手邀请叶屿珊。很多的人的目光聚焦了过来,叶屿珊的眼里闪过一丝不易察觉的光亮,就算她能抵挡得住史蒂夫,也抵挡得不住这满场的艳羡,一个身怀舞技的女人获得舞伴的那一刻已足够满足,何况是一个自带镁光灯的舞伴,凡人难以克服的虚荣之心在那一刻爆棚了。周意重承认自己吃醋了,他闻见了嗓子眼里涌上来的酸味,他佯装不介意,热情地向史蒂夫打招呼,然而史蒂夫目不斜视,连正脸都没给他一个。

叶屿珊心动了,但没有把手递给史蒂夫,而是观察周意重的表情。

周意重说:"去吧,这华丽的舞台就是为你而设。"

叶屿珊还嘴硬:"不了吧,身份很敏感。"

周意重说:"大国有大国风范,国人要有国人格局,一场游戏而已,没人会当真。"

叶屿珊还想说什么,周意重说:"注意影响,都看着呢!"

叶屿珊这才如释重负地将视线从周意重脸上移开,痛快地伸出纤纤玉手,放在史蒂夫的手中,步履轻盈,三下两下到达了舞池中央。四下分散的人们，仿佛也未卜先知，意识到后来居上的他们，能成为这场舞会的重头戏，纷纷给他们让路，顷刻间就空出来一片大场地。

　　周意重不忍直视，但又不得不跟着他们的步伐来回摆动脑袋，像观看乒乓球比赛。那时，他心里有无尽的酸楚，又无处诉说，连舔舐伤口的机会也没有，他想，这是最残酷的事情之一，眼睁睁地看着别的男人把心上人从眼前抢走，男人心满意足，女人也乐此不疲，而他还要表现得很高兴，这么有违人性的事情，发生概率低于彩票中奖。他看见两人的水平确实高于众人，舞步行云流水，动作大开大合，表情还丰富多姿，尤其是史蒂夫，一会儿笑得合不拢嘴，一会儿因为过分投入而眉头紧蹙，他们贴得很近，时常上下左右密不透风，史蒂夫虽然掩饰得很好，但周意重看得非常清楚，那家伙的手不老实，在叶屿珊身上前前后后地游走，除了私密部位，没有他的手不能到达的地方。更可气的是，他们还有眼神上的交流，史蒂夫一双核桃般的大眼怎么看都不怀好意，叶屿珊贴着长睫毛的眼睛似乎能触碰到他的鼻尖，周意重料想，史蒂夫呼出来的热气肯定喷到了叶屿珊的脸上。想到这里，周意重脸上刺挠不已，用力抹了一把，好像那一股股热气喷的是他的脸。

　　二人的精彩演绎把现场气氛推向高潮，所有人黯然失色，都停下来为他们鼓掌，连中方工作人员都认为这是今天所有安排中最出色的节目，再也没有比一派祥和的景象更能感动主办方的了。然而，谁也没注意周意重悄悄溜出了大厅，他落荒而逃的背影像一条丧家之犬。那时,史蒂夫醉翁之意不在酒,之前他既想抱得美人归,又有别的企图。本想第一个目的达成了,后面的企图就是水到渠成的事情了。但通过这场舞蹈,他发现叶屿珊可不是一只"雏鸡",她眸子明亮,具有刺穿人心的力道,她见过世面,不会轻易被迷惑。他屡次言语试探她的底线,都碰了一鼻子的灰,两人刚才看似亲密无间,一片融洽,实则他们中间隔着一道巨大鸿沟,他的国籍、身份以及他的表演是否存在拙劣的地方,都让他不再像最初那么盲目自信了。他推测这么短的时间,不可能得到叶屿珊,更重要的是他其实从来没有小瞧周意重,那个看起来很傻很单纯的小伙子,正是这种场合的焦点。物以稀为贵,他是个很大的障碍,所以史蒂夫决定不能再浪费时间了,他要在离开中国之前和叶屿珊的关系打到最火热,他必须单刀直入。

舒缓的音乐响起来了,大家再次涌入舞池,用最后一支舞蹈给良宵画上一个句号。那时,史蒂夫开始游说叶屿珊了。

史蒂夫说:"我早说过你的条件可以有更大的发展,委身于一个小小的行业报社,屈才。"

叶屿珊说:"穿军装是我打小的梦想,我不在乎什么岗位。"

史蒂夫说:"可以不在乎起点,但谁不想有个璀璨的终点。"

叶屿珊说:"认定了平台,只要努力,总归会越来越好。"

史蒂夫说:"那是你没有比较,你应该和你的同学比,他们争先恐后地到我们的国家去,那里有更优渥的待遇、更宽松的学术氛围、更自由自在的生活。"

叶屿珊说:"听起来是很诱惑,但人各有志,不是每个人都这么想。"

史蒂夫说:"你连入伍的事解决起来都存在困难,可以想象,出国你就更不敢想了。"

叶屿珊说:"连这些你都摸清楚了,你到底何许人也?"

史蒂夫说:"是谁不重要,能帮得上你的,那就是贵人。"

叶屿珊说:"说说看?"

史蒂夫说:"只要你与我合作,绿卡、洋房、钞票统统不是问题,你可以轻松过上你那些明智的同学们需要努力半辈子才能过上的生活。"

叶屿珊听了,心里"咯噔"一下,警觉起来,挣脱开史蒂夫的束缚,停止舞蹈,她寻找角落里的周意重,却一无所获,顿感脊背凉飕飕的,她瞪着史蒂夫说:"怎么合作?你想干什么?"

史蒂夫没想到她反应这么强烈,急忙摊开手,赔笑说:"别激动,我只是告诉你换一种生活的途径,我以为别人向往的,也是你梦寐以求的,你要不愿意,就当我没说,继续跳舞就是了。"在周围人的注视中,史蒂夫淡定地把叶屿珊的手搭在自己肩上,重新跟上了节奏。叶屿珊想要离场,浑身却绵软无力,他身上仿佛有一股魔力在牵引着她,让她不能支配自己,她浑浑噩噩地跳完了那支音乐,醉酒似的,连怎么回的住处都不知道了。

天亮了,叶屿珊的手机响了,她迷迷糊糊接起来,一个磁性十足的男声传来,不用猜就是史蒂夫,他向叶屿珊说早安。叶屿珊揉着太阳穴问,你怎么知道我电话的?史蒂夫说,我会催眠术,昨晚你已魂不守舍,你主动告诉我的,而且昨晚我们还聊了很多,情感啦,工作啦,未来啦……叶屿珊瞬间花容失色,吓出一身冷汗,猛地坐起来,赶忙挂断了电话,翻找电话簿,果然发现史蒂夫的名字赫然躺在那里,什么时候存储的一点儿记忆也没有。她又点开信息栏,一条条聊天记录触目惊心,有她知道的,也有她不知道的。总之,风花雪月和涉密内容刺激着叶屿珊的眼球,让她的世界天旋地转。叶屿珊不知道这都是史蒂夫采用技术手段植入进去的,只要能拉一个人下水,他无所不用其极,像这样的小把戏,他轻车熟路。

叶屿珊逼迫自己静下来,决定把昨晚和史蒂夫的对话内容以及早上的事情告诉周意重,可敲了半天他的房门,都无人应答。隔壁房间的领队听到声音打开了门,他告诉叶屿珊,周意重突然接到通知,赶回去筹备一年一度的卫士演习,凌晨时分就走了,为了不吵你休息,托我当面告诉你。当着领队的面,叶屿珊欲言又止,终究没有勇气把这个遭遇报告领导,她明白,这件事极为严肃,不管是不是她的过错,都属于涉外事故,官方处理这种事的一贯准则是宁可信其有,不报告还有私底下与史蒂夫周旋的余地,一旦报告,她免不了受影响,到时特招的事极有可能泡汤。

叶屿珊独自往回走,二三十度的气温,她却阵阵发冷,仿佛史蒂夫形同鬼魅,如影随形,哪里都离不开他的视线范围。那部手机握在手里,也像一枚定时炸弹,她的手不由自主地抖起来。突然，手机又响起来，叶屿珊一激灵，差点儿把手机甩出去，定睛一看，虚惊一场，是舒悦来电，安排她不要返回北京，继续采访一七七师的卫士演习，切入点还是周意重，看看能否把此次军事论坛和卫士演习搞一个有机结合，再写一篇深度人物报道。撂下电话，叶屿珊喜忧参半，喜的是又可以和周意重相处一段时间，忧的是这一见不知是给他锦上添花还是令他麻烦缠身。他们还没开始的感情，是否会因为史蒂夫而灰飞烟灭。她对史蒂夫恨得牙痒痒，怒气冲冲地去外宾楼找史蒂夫当面对质，外宾楼不允许非本楼登记人员出入，叶屿珊自作聪明地搞来一套服务员服装穿上，蒙混过关。在史蒂夫房间门口，叶屿珊一敲门，门虚掩着，她喊了两嗓子史蒂夫的名字，没有动静，她便直接走了进去。此时，史蒂夫刚好从卫生间出来，只披了一条浴巾，站在她的身后。她痛骂史蒂夫卑鄙无耻，肮脏下流，狼心狗肺，史蒂夫始终笑眯眯地看着她。等她发泄完一轮，史蒂夫指了指椅背上的摄像头，又指了指桌上的电脑，电脑上回放的是刚才的画面，但声音已不是叶屿珊说过的话，史蒂夫没有做任何操作，同期声竟然被悉数篡改，口型对得上，言语已是截然不同的意思。这偷梁换柱的本事，让叶屿珊看傻了眼，虽是语言学精英，但对软件一窍不通，根本没见过这种操作，心说，史蒂夫这是要吃定我了。

叶屿珊发疯般去打砸电脑，被史蒂夫抓住手腕一甩，就倒在了床上，像丢一只抱枕般轻松。

叶屿珊有气无力地说："我什么都没有、什么都不知道，你为什么盯上了我？"

史蒂夫并未言语，他的眼神锐利得像个经验丰富的猎人。理论多于实践的叶屿珊感到害怕，她听说过社会险恶、人心毒辣，但还没有领教过，那时她乱了阵脚，哀求道："我又没招你，能不能放过我。"

史蒂夫邪魅地说："一名中国女记者未经允许偷偷闯进外宾楼，而且清晨从一名外籍军官的房间走出去，和半夜从这里出去没什么区别吧，这怎么是没招我呢？我可没邀请你来。"

看着电脑上的画面，叶屿珊相信史蒂夫完全有能力再对监控视频做调整和剪辑，她恨不得扇自己两巴掌，不经大脑，鲁莽闯进来，这下跳进黄河也洗不清了。

史蒂夫还火上浇油："这些内容一旦公布出去，舆论哗然，依照你们的做事风格，不管调查结果如何，你都脱不了干系，对于初出茅庐的你，都是致命一击。"

叶屿珊像泄了气的皮球，露出求放过的可怜模样，史蒂夫话锋一转："不过谁让你这么可人，我对美女向来留有余地。"

这话没让叶屿珊松一口气，她问："你还要放多长的线，钓多大的鱼？"

史蒂夫捏住叶屿珊的下巴，在她的脸颊上亲了一口，她也没敢反抗，他怜惜地说："也许我永远不会有所行动，我奉行的原则是愿者上钩。"

那天，叶屿珊从外宾楼出来，前往机场，飞回去和周意重会合，一路上行尸走肉一般，那别具一格的海滨美景、阳光下舒适惬意的人群都黯淡无光了，她看见高耸的椰林如同列阵的敌兵，洁白如洗的沙滩像巨大的纱网，海鸟低空掠过，也像在逃离什么，带着焦急的神色。她锦绣的归途，被硬生生地割裂，她曾以为她有无限可能，那时看来，却起步即终点，她已经到达了梦想与现实的海角天涯，才发现，那不过是一个最唬人的童话。

第二十二章

　　背后的动作算不算背叛，未尽事宜够不够遗憾？其实都应心存感激，感激遇见。我在月亮下面注视你，你就披上一层白纱，纯净无瑕，一别两宽；我在春天等你，当你行至冰冷之地，也如有一身铠甲，刀枪不入，倍感温暖。

　　周意重在军事论坛上表现抢眼，回来被舒泽勇委以重任，借调师机关担任那年卫士演习的总协调，一名少校军官负责这么重要的工作实属罕见。那天，他正伏案修改演练计划，叶屿珊回来了，他又惊又喜，全然不知叶屿珊这几天过山车般的历程，像对待未过门的媳妇，好生伺候着，让叶屿珊感动不已。一路上她都在思考自己该何去何从，思考的结果是屏蔽史蒂夫，不管史蒂夫出什么怪招奇招，她都以不变应万变，对于这件事对内对外她都守口如瓶，如果史蒂夫要把她逼上绝路，那时她再选择抗争到底，实际上，侥幸心理压过她的理智。好在，很长一段时间过去了，史蒂夫杳无音信，再没有骚扰她，她逐渐不再提心吊胆，也在说服自己，我在浩如烟海的人群中只是一粒微尘，生活只会给我开玩笑，不会给我下通牒。

有了和史蒂夫的小插曲，叶屿珊越看周意重越实诚，越看周意重越觉得很愧疚，她要用心和周意重相处。女方只要一放开，关系随时都能打得火热。周意重既然得到了叶屿珊的默许，这下一发不可收拾，脚打后脑勺地累一天回来，还雷打不动地从军人服务社买些好吃的回来给她开小灶，甚至还打来洗脚水，伸手就给叶屿珊泡脚。关系还没确定，小日子先过上了，叶屿珊除了感动，还很忐忑，她怕让人说闲话，她不是本单位的倒无所谓，但不能影响周意重的口碑，她合计着找个机会把这关系挑明了，再进一步就是让周意重把恋爱报告给打了，这样她们即使住在一起，别人也说不出来什么。至于舒悦那头，能瞒到什么时候是什么时候吧，能瞒到特招入伍的事落停之后才更好呢，实在撑不到那会儿，要杀要剐，只能看造化了。

周意重正巴不得，洋洋洒洒好几页恋爱报告当天就交上去了。这报告，领导还没看完，舒悦的电话就来了，要召回叶屿珊。其实叶屿珊早应该知道，舒悦虽然不在一七七师，但一七七师是她父亲领导的部队，也是她成长的地方，到处都是她的兄弟姐妹，什么事情都瞒不过她。

周意重给叶屿珊宽心："不要怕，她和我哥的事跟我们有什么关系，如果她以此要挟你，我去找舒师长说明情况。"

叶屿珊说:"舒主任是好人,我宁可不让她为难。"

周意重说:"随便你怎么选,不管你遇到了什么,我都是你坚强的后盾。"这是叶屿珊最想听到的话,她紧紧拥抱了他。

叶屿珊心情沉重地面见舒悦,她做好了被踢出局的准备。舒悦果然劈头盖脸一顿数落:"让你去采访是信任你,没想到你和采访对象拉拉扯扯,还背着我打上了恋爱报告。你不要被他迷惑,我当年就是这样被他哥……现在你就敢把我晾起来,将来还得了?既然没把我放在眼里,我们也没有共事的必要了,你还是另寻高枝吧,我可用不起你。"叶屿珊没见过舒悦发这么大火,脸上像是有蚂蚁在爬,"卧蚕"跳个不停。就像家长训孩子,舒悦太了解叶屿珊,每一句都戳在要害之处,叶屿珊无从反驳,只能连声说对不起。

舒悦骂人骂得口干舌燥,端起桌子上的茉莉花茶,咕咚咕咚灌了一大杯,她看见低着头搓着手的叶屿珊,像极了当年她被父亲批评时候的样子,气顺了一些,说:"我不想听对不起,我想知道他到底哪里吸引你。"

叶屿珊说:"主任,难道你没有看到一个人就是喜欢,想跟他一直好下去的时候吗?"这个反问很突兀,问完叶屿珊很后怕,但这句话却说到了舒悦心坎上,让她突然意识到,是啊,我当年看周庆绅不也是这样吗?我还不如人家,我第一次见面就献身了,那么大的丑闻我都无所畏惧,我怎么还有心情说出这些千篇一律恶心人的话,难道她听了就能知难而退了吗?如果她真是个没有主见的人,我现在还懒得和她掰扯这些。我能这么生气,难道真的只是生她的气,还在生自己的陈年老气呢?

舒悦看向窗外,几只麻雀站在电线杆上东张西望,来不及清扫的积雪被碾出来一道道灰暗的车辙,行色匆匆的人吐着哈气步履维艰,为数不多的少男少女穿着潮流的服饰嬉笑打闹着经过,是那里唯一欢快的景象,谁都曾年轻过,谁的世界里也都有不用描摹勾勒就能展现出勃勃生机的地方。叶屿珊还站在那里,她根本不敢抬头看舒悦,这个可以决定她人生走向的女人,那时,威严掩盖了她的美丽。但叶屿珊不知道,她的心其实和道边那看似坚硬的冰坨一样,经不住任何一次回暖。

舒悦把视线移回来,说:"从你来到那天起,我就觉得你是个好孩子,所以我关心你的生活,希望你过得好,不希望你重蹈我的覆辙。今天,关于这件事,是我最后一次和你谈话,过了今天,我再不过问。"

叶屿珊认为这是舒悦在向她告别,再想到这些年所做的努力,梦想即将付之东流,眼圈一下子红了,说道:"多保重。这不会影响我对您的尊重。我们本来就是在不断失去,失去后才知道没有什么永远属于自己,或者根本就没有属于过自己,只是当时所处的位置,决定我们要与之产生联系,其实一旦离开那个圈子,就无所谓失去还是得到。能留给我们的只是对于某些人的记忆,至于当时到底发生了什么,一点儿也不重要。"叶屿珊说这话的时候,心里突然轻松了不少,一直在乎的东西不可挽回了,也就不用再小心翼翼了,她也明白什么是无欲则刚,从此以后史蒂夫之流还不如一个屁的响声大。

叶屿珊转身就走,舒悦抬起手想留住她,她理解成要轰她走,她抹着眼泪从房间跑出来,看见天天进出的大门口,却好像从未见过的陌生之地,她汇入人流中,跟着别人的节奏机械地迈着步子。舒悦透过窗子搜寻到她娇弱的身影,她茫然无措但又努力往前的样子,让她的心刺痛了一下,不管是在一群人中间,还在一个人,谁又不是这么孤独而又坚强地活着,谁又不是一边失望一边重新积聚重整旗鼓的勇气,那一瞬,她仿佛看到了自己,她又年轻了十岁,回到了和周庆绅第一次相见的地方。她想,我每劝叶屿珊放弃一次,其实就是把周庆绅重新拾起来放在心上怨恨一次,这是不行的。周庆绅本就没有辜负过我,他和大哥曾豁出去命,护送我走出战场,只是不能在一起而已,这算哪门子的伤害,我有什么资格选择不原谅。她正想着,叶屿珊脱离了她的视线,她像是被闪了一下。她"噔噔噔"跑下楼,冲进人群,好在,终于追上了叶屿珊。

舒悦气喘吁吁地说:"你还是要回去完成未完成的任务,从他那里回来后,争取把手续办了。"

叶屿珊被她激烈的情绪吓了一跳说:"您别急,该写的稿子,我一字不会落下,该办的离职手续,我会第一时间来办。"叶屿珊脸上堆起悲壮的表情,即使不是这里的人了,也要利利索索地走,不留痕迹。不是一个兵,但这是兵该有的样子。

舒悦道:"我是说,年底就办特招入伍的手续,我同意当你的推荐人。"

叶屿珊一头雾水，心想，要滚蛋的人了还和特招有什么关系，舒主任嘴瓢了？

舒悦说："我不是封建家长，感情的事无关作风，不能衡量一个人的优劣，和你从事的工作也没有直接联系。我以为时代发展到今天，年轻如你们，精致利己，左右逢源，一转身就有很多新主意，一抬头就有很多新发现，早已不如我们那般坚定，我以为我能够以此左右一个人，然而，其实什么都没变。只是我跌跌撞撞地走来，我的眼光变了而已。把心放在肚子里，去爱你爱的人，去干你该干的事，幸福或者受到伤害，那又能怎么样呢。"

叶屿珊不可思议："您说的是真的？"

舒悦惆怅地说："你不知道我有多羡慕你。如果再给我一次机会我也这么选、我还这么选、我永远这么选。"

叶屿珊泪流满面，站在冰冷的大街上，她仰头看见乌云后面有一缕阳光挣扎着钻出来，她闭上眼睛沉浸在那光线中，周身仿佛镀上了金黄的颜色，那是温暖的颜色。

保住了追求爱的权利，工作也没丢，叶屿珊很庆幸。她回到一七七师，白天投入工作，夜晚与周意重厮守，度过了一段充实美好的时光，任务很快结束了，她的稿子顺利完成，发表在报纸的头版头条，引发了一轮讨论研究，还申报了当年的全军新闻奖。据舒悦说，妥妥的一等奖，周意重也将因此走出一七七师的大门，在全部队崭露头角。那时起，两人的关系进入白热化，叶屿珊频繁往返于北京和官桥两地，过着候鸟般漂泊但满怀憧憬的生活。三个月后，他们领证了，结婚仪式很简单，由团副政委孙诚主持，一连的弟兄们聚在一起喝了一顿大酒，能歌善舞的兄弟每人上了一个自编自导的节目，这事就算礼成了。

原以为爱情就是那般模样，幸福的快车道越走越顺畅，然而，好景不长，意想不到的事接二连三，让周意重和叶屿珊陷入无尽漩涡。首先，保安公司辗转联系上周意重，通知他，他二哥周庆绅失踪了，从机关大门口的保安室平白无故地失踪了，没有人知道他去了哪里。周意重将情况报告给保卫处，保卫处协同公安排查他的下落一月有余，仍一无所获。是被人贩子卖去煤矿做苦力，还是被割了器官，甚至已经意外死亡了？谁也不敢妄言。一个战斗英雄，活得不如意还则罢了，活不见人，死不见尸，让周意重受到严重打击。一共两个哥哥，大哥不知所踪，而二哥竟也如泥牛入海，这比被雷劈的概率还低，却真切地降临在他身上。他当年的入伍动机十分简单，拼死拼活，就是为了混出个样来给二哥看，让他过上好日子，现在倒好，连唯一的观众也没有了。既然官方找不到，周意重动用了私人关系，请老战友开办的私人侦探公司去找，然而依旧无果，搭上了精力还花光了积蓄，让周意重一夜回到解放前。紧接着，叶屿珊的特招材料呈交半年了，她同一批的人都顺利参加了入职集训，唯独她被卡住了，原因何为，连舒悦也说不出个所以然，她多方奔走，也没打探到一星半点儿的消息。叶屿珊被孤零零地晾在那里，推也推不动，退也退不成，好像她的材料被冻结了，她这个人也被冻结了。办不成也算一个结果，凡事最怕搁置。

更倒霉的事还在后头，历史遗留原因，部分转业退休干部职工占用部队公寓房誓死不腾退，还打出"人在房在"的横幅，在师机关门口绝食、静坐，搞串联上访，导致年轻干部分到了房子，也没法进屋，即使进了屋，也不敢住，三天两头有人砸门、换锁、泼油漆，堂堂部队家属院，被搞得乌烟瘴气。解决方案一时半会儿下不来，领导除了批评他们没有觉悟外，无计可施。那些分到了房子却住不进去的人之中就有周意重，叶屿珊每次来，只能去挤周意重的宿舍。宿舍是双人间，周意重还得备齐好烟好茶，说尽好话，求另一位战友费鑫到别处觅睡，才能死乞白赖地换回一宿安稳觉。睡觉还是小事，宿舍是老建筑，一人脚臭，全楼层辣眼睛，一人打呼噜，全楼层跟着颤悠，压根不具备私密性，血气方刚的年轻人，回回来，回回不敢亲热，这是引爆周意重的导火索。

那天，叶屿珊忘了提前打招呼，到的时候已是晚上，费鑫想去蹭别人家的沙发也不好意思去了。冰天雪地，周意重实在不想让叶屿珊再到处去找宾馆，想起分到了房子却住不了，火终于压不住了，来到家属院踹开了公寓门。这一踹不要紧，闹事的人迟迟没有得到妥善安置，也憋了一肚子气，听说有人挑衅他们，组团讨伐周意重。周意重被围在楼道里，进出不得。还有人趁乱上来怼他一拳，骂他不要脸，穷疯了，抢别人家的财产……一名优秀带兵干部，战士们心中的榜样，在这里却被贬得一文不值。他知道那些人也都是干了半辈子革命工作的人，对于分配矛盾各自也有各自的理由，但想到牺牲的哥哥，没住过部队一天公寓房，也没嚷嚷着多要过一分钱待遇，再看看眼前这些人张着血盆大口也就算了，还出口成脏、动手动脚，他觉得不必再尊重，多日来积攒的愁苦冤屈在那一刻爆发。他以一当十，痛揍那些激怒他的人，一时间，拳拳到肉的声音回荡在楼道里，刚还趾高气扬的人鬼吼鬼叫起来。听说侵犯他们"领土"的人反客为主了，还打伤了"维权义士"，引发众怒。楼道里空间太过狭窄，周意重纵使有三头六臂，也敌不过蜂拥而上的人群，形势急转直下，很快被拖倒在地，乱拳乱腿雨点般袭来，他从五楼被打到一楼，从帅小伙被打成了血淋淋的猪头，衣服被扯成了布条，鞋也被打丢了一只，要不是叶屿珊闻讯赶来，哭喊着扑在他身上，替他挨了不少拳脚，周意重怕是要奄奄一息了。他死也不会想到，他最惨痛的一仗，是败在了家属院里。

那晚，警卫连的人浩浩荡荡包围了那里，硬碰硬才平息了事态，"维权义士"们纷纷散去，楼梯底下只剩下紧紧抱在一起的周意重和叶屿珊。警卫连连长要送周意重去医院，被周意重拒绝了，他从地上爬起来，在叶屿珊地搀扶下跟跟跄跄地走了。等走出众人的视线，这对年轻的爱人边走边呜呜地哭起来。月光煞白，像一台古老的电影放映机，寒光投向雾蒙蒙的大地，大地是块劣质的幕布，凹凸不平、坑坑洼洼、遍布阴影，还有悄然而至的霜雪、暗自呼啸的风声，所以这场电影没有观众。他们心灰意冷地走了半天，来到了宿舍楼下，所有人因为这个事都没睡，他们没敢进去，绕来绕去，绕到了办公楼前，办公楼里黑漆漆一片，偌大的门厅空空如也，那一盆迎客松也耷拉着脑袋，不欢迎他们的到来。

周意重的眼泪早风干了，他理了理叶屿珊凌乱不堪的头发，露出牙齿，但连牙齿上也沾着血，变成红色，还有颧骨上肿起的大包、下颚上被划破的口子，阴影中像个瘆人的怪物。

叶屿珊说："还有心情笑？"

周意重说："哭也哭过了，这辈子的洋相都在这几天耍完了。"

叶屿珊说："我们的日子怎么这么难？"

周意重说："比打仗还难。当初你要不跟我，可能没这些事，你后悔了吗？"

叶屿珊说："不会比这更惨了，凑合着过，也许会越来越好。"从一个心高气傲的女孩，秒变得过且过的人，只需要一次生活的打击。

周意重忿忿地说："有人说，人走运前的征兆是妻离子散、家破人亡、钱财尽失，是啊，这人分析得真他妈的对。除了死，就剩下走运了。"

那晚，两人在周意重办公室的桌子上凑合了一晚，没人办公，暖气也停了，办公室连窗帘都没有，月光透过立柱和防盗网洒进来，给他们身上盖的大衣画上了斑点和花纹，他们哆哆嗦嗦的，像两条被遗弃许久的流浪狗。

第二天情况有所好转，舒泽勇知道了他们的情况，腾出自己的公寓给他们住，解了燃眉之急。但这治标不治本，借的东西迟早要还，且房子只是生活的一部分，伙食虽然可以蹭食堂的，但衣食住行都需要钱。叶屿珊的身份仍未被认定，哪怕明确让她走，以她的学历和能力随便找个工作，工资也不会像如今这样少得可怜。周意重是营级干部，听上去风光、看上去很美，实则在当时每月只有千儿八百的收入，即便这点儿钱，因二哥失踪，他还要担负起接济刘诗花和周晓盛的责任，每月寄完钱就所剩无几了，两人的生活捉襟见肘。市场经济放大了人们的虚荣心、攀比欲，一个时代有一个时代的"内卷"，同样年纪相仿的小两口，别人家过的什么日子，他们家过的什么日子，一目了然。叶屿珊嘴上不说，心里不是滋味。

促使叶屿珊放弃底线铤而走险的，不是多么大的威逼利诱，只是一件鸡毛蒜皮的琐事。周意重的舍友费鑫也结婚了，新娘子是官桥酒厂厂长的女儿，在官桥大酒店摆了两百多桌酒席，参加婚宴的朋友不仅不用随份子，每人还能领一箱在当地很有市场的官桥酒回来。宴席档次自不必多说，请了知名艺人现场助阵，官桥有头有脸的人物悉数到场，除了舒泽勇，一七七师的各大常委也被费厂长邀请来，可见他的面子有多大。仪式现场如宫殿般金碧辉煌、雍容华贵，让周意重回忆起他和叶屿珊寒酸简陋的婚礼，几杯酒下肚很快就醉了。

费鑫这名字虽然听起来挺累，但本人名不副其实，凡事不用他费心。他凭借军官的身份和出众的长相，傍上豪门，女方早早给他们预备好了商品房，结婚当天就搬出去了，再也不用跟周意重挤一间宿舍，这下叶屿珊再过来确实不用发愁了，但这哪是长久之计。

那天,费鑫和他的白富美媳妇前来收拾东西,只有叶屿珊一个人蓬头垢面地待在房间搞卫生,费夫人对叶屿珊早有耳闻,但对于叶屿珊的主动打招呼爱答不理,只顾捂着鼻子,嫌弃地环顾宿舍,直呼:"这么臭怎么住人的!"

叶屿珊尴尬地站在那里,她看见费夫人戴满了金银首饰,周身亮得晃眼,肩膀上挎着的小包,她在网站上见过,贵得离谱,她一年的工资也只够个零头。费夫人在狭窄的空间里转来转去,几次蹭到了叶屿珊,为了躲避她,叶屿珊无路可退,腿肚子靠在床框上,上半身已悬空在床上,那姿势像是在接受一种酷刑。叶屿珊听见她的高跟鞋以慵懒的节奏"咔哒咔哒"响个不停,刺鼻的香水味直冲脑门,反观此刻形象全无的自己,她觉得自己做人失败,做女人就更失败了。

费夫人发完牢骚,这才腾出空来瞟了叶屿珊一眼:"周嫂久仰了,可难为你了,到这臭烘烘的男人窝里来受洋罪,花钱请我,我都不来。"

叶屿珊听了这话像是吃饭吃出了半截苍蝇,还得赔笑说:"给你们添麻烦了。"

费夫人转头对费鑫说:"看看你们这环境,我突然后悔嫁给你了,要不是我家有底子,你好歹有个体面的职业,不然咱俩一辈子别想出头。"

费鑫瞪了她一眼,抱歉地望向叶屿珊,四目相接,两人各自领悟到彼此的惆怅。

费鑫扛着大包小裹步履蹒跚地侧着身子下楼，费夫人却把两只涂满护手霜的小手举过肩膀，屁股扭得十分销魂，经过公共卫生间时，又扇了扇鼻子前的空气，好像这地方就是个贫民窟，配不上她的身份。那时，叶屿珊的尊严和费夫人的汽车尾气一样，消弭在浓雾里，再也找不见了。

周意重从办公室回来，看见叶屿珊胡乱翻着学习资料却不像学习的样子，询问发生了什么事，她扑进周意重怀里号啕大哭，直到把眼皮哭成了馒头。看着费鑫空空如也的铺位，闻着满屋子胭脂俗粉的味道，周意重猜到了大概，哭声让他沉默了，摩挲着叶屿珊的头发，他比那天被群殴过后还要有气无力。停电了，他点燃了一根白蜡烛，蜡油从火芯处淌下来，滴在桌子，像是叶屿珊的眼泪。

暗夜里，周意重已鼾声如雷，叶屿珊没有睡意，眼睛直勾勾地盯着天花板，她苦苦思索，也没想明白自己也算知识分子，周意重也出类拔萃，却为何也能混到这步田地。她突然觉得白天在训练场上看到那些生龙活虎、斗志昂扬的人们毫无意义，而她不仅没有意义，还被深深挫败，她在象牙塔里树立起的人生观、价值观，抵不过一个刻薄女人对她几句的羞辱，或者那根本不叫羞辱，是针对她十分形象的复述，她不得不对号入座。费夫人鼻孔朝天，但句句在理，即使这至暗时刻明天就要过去，可明天的明天又能实现什么样的跃升？很多同学有了进了外企，有的出了国，有的赶上了改革开放的风口，攫取了人生的第一桶金，而她还困在这个编制上无法自拔,而照走势来看,不是鸡飞蛋打,也属入地无门。那时,她突然想到了史蒂夫,她知道这个想法极其可怕,哪怕念头一闪也应该被打入十八层地狱,可她没办法抑制,史蒂夫的脸在她眼前晃来晃去,更可怕的是,这人的存在竟和在东方市之时给她的感觉不同了,不再阴森森,而是彬彬有礼。她正劝说自己放下邪念,那时,手机屏幕倏地亮起来,有短信提示音,她随手拿起来一看,心跳开始加速,因为那个号码来自海外,早已刻进她的脑子里,她惊得从床上弹起来,一声"啊"没叫出口,硬憋了回去。周意重好像受到影响,停止了鼾声,还动了一下,这可把叶屿珊吓得半死,她狰狞的脸缓缓扭过来,看了一下周意重,还好他只是侧了个身,没有离开梦乡。

她点开那条短信,果然是来自史蒂夫的"问候",她看了一下表,半夜十二点,正是史蒂夫那边正午时分。短信上显示:"我知道你过得不开心,这不是你的问题。你那么美丽、智慧,你应该有更好的归宿,而不是与庸者为伍,甘当他们的机器。"

叶屿珊倒吸一口凉气,惊奇之后是恍惚,她分不清史蒂夫是神是鬼,仿佛能洞察一切。那晚,她披衣坐在床上直到天亮。

第二天,叶屿珊好像从连续多天的阴霾中走了出来,脸上的疲惫一扫而光,迎着深冬清晨的太阳,迈着轻盈欢快的步伐,从食堂打早餐回来。她知道周意重筹备半年的卫士演习终于拉开了帷幕,读书写稿之余,为周意重缝缝补补、洗洗涮涮,这巨大的转变让周意重还有些不适应。叶屿珊还担当起了勤务员的角色,送水送饭到演练场，还经常到周意重的"中军帐"擦桌椅板凳，摆放文件资料。周意重表面上以"战场让女人走开"为由，拒绝叶屿珊的好意，实则认为这是涉密场所，不适合外人进入，领导看见了会挨批的。叶屿珊表示不理解，说周意重把好心当作驴肝肺。两人的掰扯，被舒泽勇看见了，他为叶屿珊辩护，说叶屿珊不只是军嫂，还是总部报社来的"领导"，且记者是无冕之王，她应该有自由出入的权利。得到师长的特许，叶屿珊进出指挥中枢便不再受束缚。

演练进入白热化，红蓝对抗双方均使出杀手锏，千奇百怪的作战手段令人眼花缭乱，投放了先进的看家武器，军事侦察与反侦察，情报搜集与反窃取，迂回包抄与长驱直入……战斗现场狼烟四起，指挥中心内虽然没有硝烟，但个个像上了发条，人脑、电脑超负荷运转。周意重眼睛瞪得溜圆，伸着脖子、扯着嗓子协助舒泽勇搞好策划指挥以及后勤保障，他整日整夜不合眼，几天时间看起来老了十几岁。叶屿珊来到他身边也插不上话，更近不了身，只能远远地看着。没有人是铁打的，他也有打盹的时候，只有这个时候，他们才能拉近距离。

演习期间，还是需要轮流休息，舒泽勇命令周意重放假一天，他不得不离开指挥中心。当他疲惫不堪地从演习场回来，一进宿舍门，叶屿珊就扑上来给了他一个节奏拖沓的吻，眼神楚楚可怜，周意重被觟到了，佯装作出不习惯的举动，其实叶屿珊没有这么夸张过，他巴不得她一直做个会撒娇能起腻的女人，那样他会认为自己更有男性雄风，一个从书呆子转化而来的硬汉，迫切需要女人给予他这样的"反攻"。然而,他没料到叶屿珊今天的行为实属反常,一会儿矫揉造作,一会儿又气急败坏。她对周意重的不配合表现出极重的怨念,她不允许他有这样的举动,好一顿发脾气,在周意重的求饶下,她泪珠子啪嗒啪嗒地掉下来:"我们相处的时光多么短暂啊,你为什么不珍惜呢?是时候重温一下这坎坷的感情了,再加深一下印象吧,不要再破坏气氛。我们曾共同抵御冒犯,一起挺过难关,你对我的好我都知道,往事频频感动着我,我却没有办法对你更好一些,我以为撒娇也是女人对男人好的表现,我学着去做,却学得不伦不类,我连这个也做不好,对不起。但我希望不管怎样,你要明白我希望你过得好,如果哪天让你失望了,你要率先想到我也曾经优雅,我也曾经高尚,我有很多路可以走,偏偏选了这一条,才让我变成现在的样子。"叶屿珊眼泪汹涌,好像还觉得词不达意,又补充道:"不要轻视我,不要怪罪我。"

那时,叶屿珊的话莫名其妙,但又在可理解的范畴,周意重只听见了字面意思,是叶屿珊对他不积极回应的埋怨,和对爱情前景的展望,却没有往深了揣摩。后来,他想起叶屿珊的每一句话,都后悔不已。

过了几天,周意重奉命到演习现场某高地传达新指令,回来后坐在座位上喘口气,突然想到还有一份文件没处理,打开电脑,手一碰开机键,登录界面马上亮了起来,他明明记得走时电脑是关机的,他又检查了几个文件柜,发现里面也有被轻微翻动过的痕迹,他有自己的摆放习惯,又有防间保密的警惕性,这里面的蹊跷他不可忽视。

周意重问哨兵有没有可疑人员进出并在他座位前徘徊。哨兵连连摇头。显然,哨兵把经常在他眼前晃的人都排除在外了。周意重调取监控,发现有一段时间监控是空白的。指挥中心里每天有大量人员穿梭,每个人都有可能是怀疑对象,换作一般人,这事查到这里已算尽心尽力,完全可以束之高阁,但周意重想到他可是掌管整套卫士演习资料的人,卫士演习是一七七师创立的演习项目,理念先进、对敌策略新颖独特,是要推广全部队的创新性项目,规格高,涉密性强,这些资料如果泄露了,损失严重,一七七师也会遭遇毁灭性打击。保险起见,他一整夜时间反复观看视频,黎明以前,他终于发现了一个疑点,叶屿珊在监控视频损坏的前后都在现场,而更大时间范围里,则没有她,这种迹象表明叶屿珊有破坏监控的嫌疑。周意重百思不得其解,如果是叶屿珊动了他的电脑和文件柜,她是不是在搜集新闻素材呢?她为什么不征求我的意见?又为什么她在房间内活动的这段时间,要破坏监控?周意重不细想,已足以惊出一身冷汗。

第二十三章

生活已如蝼蚁，即使爬行亦会被误解，一无所有之时，我想我还剩下了善良。当我在多雨时节流离失所，每一次大水漫灌我都逆流而上，就算汪洋中洒下一寸极光，我衣衫褴褛，也一如披上人间最美的云裳。

周意重把工作和费鑫作了交接，赶回宿舍，房间里整洁如新，生活用品都被用心摆放过了，桌上有个不锈钢的饭盒，里面是他最爱吃的菜，还冒着热气，饭盒下压着一张存折，有新鲜墨香扑鼻而来，再看金额，那笔巨款足够他在官桥买一套房子。周意重大脑短路，为何会天降横财，那时他收到一条短信。

短信很长，分好几条显示："亲爱的意重，请务必冷静。当你看到这条短信的时候，飞机已经离地了，我离开这个国度，不是因为不爱你，是因为我对自己极不满意。我飞上了天空，去往我的欲望之城。我筹划许久，不是临时起意，辜负了大家的信任，尤其是辜负了你。我痛不欲生,可我别无选择。一段时间以来,我频繁渗透进你们中间,直到这一次,我认为应该收手了,不然,我会在罪恶的道路上越走越远。请保守秘密好吗?虽然我不可饶恕,但活着本来就如此无奈。如果你要举报,我也表示理解,请亮明这条短信,整件事你并不知情,他们不应该为难你。再见了,不要伤心,不要愤怒,我不值得。就当我是你生命中的过客,让你学会了保护自己,让你百毒不侵。"叶屿珊发完这条短信就把手机扔进了马桶,头也不回地进了登机口。决绝的样子连她自己也不相信。她特招的事迟迟不能被批准,也是史蒂夫搞的鬼,他略施小计,就让叶屿珊的资料被打回保卫部门重新审核,那漫长的审核期,将叶屿珊的精神压垮。在中国,要想进入体制内工作,政治清白永远排在第一位,史蒂夫深谙这一点。叶屿珊在部队的事没有解决,参加地方公考也成为妄想,父母根深蒂固的观念,让她的眼界只局限于此,所以她认为她的路全被堵死了,她不得不铤而走险。这正是史蒂夫愿意看到的,不管是事业,还是感情,他习惯于上手段,对于叶屿珊这样没经验又心比天高的人,百试百灵。

  叶屿珊睡在周意重的身边有段日子了,但周意重看了短信才知道,原来对她一无所知。他拨打叶屿珊的手机,关机了。他冲出房门,到处寻找叶屿珊,连女厕也没有放过。当时有这样一个场景,卫生阿姨一手提着裤子一手举着皮掸子追着他跑,他没时间和她解释。拦下叶屿珊,还有补救可能,如果她真的走了,就全完了。

一个小时后，周意重乘坐的出租车风驰电掣到达机场，那是枣庄一处非常小的军民两用机场，每天只有为数不多的几班飞机。周意重站在候机厅门口，眼睁睁地看着工作人员关闭了入口玻璃门，最后一趟民用飞机早就飞走了，他抬头望向天空，天空上有云彩呼呼飘过，如同一泻千里的江河，带走了他最后一丝希望。

周意重环顾四周，一队空乘人员拉着小皮箱消失在视野里，没有其他人再出现。在那个环境中他是孤家寡人，在他内心里，他也是自己的孤家寡人。他沾满泥土的迷彩服，以及来不及擦掉伪装油的脸，在那片现代化的机场大厅前非常突兀。他站在那，很久没有动一下，干嚎了几声，声音痛苦，听不清是不是在喊叶屿珊的名字，也许只是发表对悲惨经历的意见，到底喊的是什么，表征大于意义。声音回荡在空旷的机场大厅前，又原封不动地传回他的耳朵里，反复摩擦着他的耳根，那深入骨髓的孤独顷刻将他淹没。

一天前，他们还彼此拥有，只需要一天，全变了。他头重脚轻地走了两步，瘫倒在地，将身体摆了一个大字形，似乎是想要尽可能多地占据地盘，却发现伸展开感受到更大空虚，他又蜷缩起来，然而，寒冷也随即钻进他的怀里。叶屿珊说走就走，二哥人间蒸发，舅舅龚雪秋也伤重不治，对他影响最大的人相继不见，都是以突如其来的方式。周意重想找个人问问到底是为什么，他只听见了呼啸的北风，但就连北风也嚣张跋扈，席卷了他的追问，席卷了他最后一缕青春。

周意重对于叶屿珊的背叛哭天抹泪时，名义上失踪的二哥周庆绅却从郁郁不得志到风生水起的地步。那时，他深受某种启迪，不得不脱胎换骨、改名换姓，像隐世的高人，与过往完全剥离，摇身一变成为一个崭新的厉害角色。

"失踪"之前，周庆绅在机关门口干了很长一段时间保安，一个昔日的军中精英干保安工作自然上手极快，保安队长经常当众表扬，说他这样的人物能来保安队，属于专业对口，人尽其才，如果保安队都是他这样有过战斗经验的人，那以后再有上访的群众、捣蛋的刁民，他完全可以不用担惊受怕了，只管闭目养神就行了。周庆绅听了很不受用，但又不得不点头称是，他说"是"的时候，感到不适。他原本可以一直这样下去，保安公司领导承诺过，不出一年，他就可以顶替那个从担惊受怕到闭目养神的保安队长，但周庆绅认为自己正值壮年，还有拼一把的必要，在这里看似安稳，实则抗风险能力为零，时间长了也是一种折磨。好在，他本就不是池中之物，别人看门看出了腰间盘突出，他看门看出了门道，目睹很多并不入眼的人都能找到成为人生赢家的途径，而他一个有能力的人却要屈居庸才之下，一百个不甘愿，他终于也按捺不住冲动，那是让他爱的人过上好日子的冲动。他发现是时候换一个思维了，要告别刻板，告别对于传统的执念，敢于攀炎附势，擅长与人打交道，以前他从坷垃地里走出来，习惯了往下看，只要学会往上看，角度不一样，就有不一样的发现，天地广阔，到处都是机会，拥有美好人生不在话下。

周庆绅的转变，不是凭空而来，身边有"励志"的故事让他深受触动。第一个触动他的就是保安经理，保安经理姓徐，出身比周庆绅还凄凉，从小父母双亡，被失明爷爷带大，小学三年级就辍学了，在县城捡垃圾为生，小小年纪在同行欺凌中长大，生存环境恶劣，让他熟练掌握了察言观色、逢迎谀媚等技巧，捡垃圾也捡成了行业翘楚。他的那些"特长"曾是周庆绅最不耻的，但后来周庆绅意识到这些才是人情社会里宝贵的生存法则，谈什么鲜明的个性，先要讨人喜爱，后续才有搞头。

徐经理是半年前才来到省城的，离开县城是因为垃圾行业也被垄断了。为了生活他投奔了当保安的表哥老卞，老卞来省城有年头了，干来干去也没混上一官半职，薪水还低得可怜，前段时间实在经受不住南方高薪的诱惑，去深圳讨生活，第一个月就赚到了原来三倍的钱，发钱那天，他喝酒庆祝，然后精虫上脑，出去找小姐，没想到遭遇"仙人跳"，被诈了爪干毛净不算，对方还让他继续筹钱，吓得他连夜逃了回来，幸好保安公司重新接纳了他。他提前给小徐打预防针，来可以，混不下去了不要找我借钱，我自身难保。小徐满口答应，没想到来了之后，一路"开挂"，半年时间，连升三级，不仅没找老卞借钱，现在老卞还需要他罩着。老卞当面不敢说，背地里醋劲正烈，向周庆绅挖苦道："不好好站岗，天天琢磨领导家里那点儿事，给领导扛米送面、掏厕所修灯泡，过年了，别人把钱带回家，就他买成好烟好酒进贡领导，下血本拍马屁，比对瞎眼爷爷还孝敬，我要是有这样的本事，我也成了。"

老卞话刚落地，徐经理背着手经过，他立即低眉顺眼起来，看到徐经理的皮鞋沾染了灰，马上掏出手绢，那手绢好像是专门为此准备的，他单膝跪地来回抹拭，一直抹到徐经理露出职业性的微笑才停下来。徐经理走后，周庆绅奚落老卞："你是学变脸出身吧，他好歹是你介绍来的，你也跪得下去？"

老卞说了一句话，让周庆绅醍醐灌顶："我看不起他，可我还不如他，我只能成为他那样的人！如果能换来钱，我能在这跪一宿，不仅能跪，想要啥姿势，你们说了算！"老卞说这话时，脸上堆着笑，眼里却噙着泪花，他的形象太卑微，可他引起了周庆绅的共鸣。

还有一件事刺激了周庆绅。一个小青年要进机关大院，但没有通行证，周庆绅告知他没证可以进，但需要人接应。此言一出，小青年很狂躁，七个不服八个不忿，后来看周庆绅态度坚决，倒是听从了他的建议，打电话叫了人，但梁子算是结下了，他问候了周庆绅的祖宗十八代，就差动手了。那时老卞及时出现，对周庆绅说，这是汪处长的公子，灵活一些，通融一下。周庆绅自知地位低下，但他有尊严，被一个毛头小子指着鼻子骂，没有天理，他不妥协，就要等汪处长来，他相信汪处长作为一处之长，应该能教育一下自己不知天高地厚的儿子，为他主持公道。西装板板正正，长相斯斯文文，头型虽是地中海，但掩饰得恰到好处的汪处长小跑着来的，看得出对这件事的重视程度，他看到其公子故作委屈的样子，走到周庆绅根前不分青红皂白，抡圆了胳膊，给了他一个大嘴巴。周庆绅对人民公仆向来毫无防备之心，这一巴掌结结实实，把他打蒙了，汪处长还不忘警告周庆绅："搞不清身份，摆不正位置，活该你吃亏！"

周庆绅脸上生出一枚鲜红的五指印，他问老卞："刚才谁打的我？他凭啥打我？"

老卞说："干咱们这行的，你客客气气地对他们，他们觉得正常；你正常对他们，他们认为是怠慢了；而你还敢对他们耍脾气，那就是犯了天条。这个汪处长，我印象深得很，平常在领导面前低三下四，比徐经理还没有底线，现在你还让他气不顺，媚上就会欺下，他不打你打谁？"

周庆绅说："我听明白了，你的意思是要不正常起来才有饭吃。"

老卞说："可以这么理解。"

周庆绅问："你懂这么多，为啥还是混成这样？"

老卞说："见的多了就懂了，可懂了，也老了。没有一个跟头不是摔出来的，但我逢跟头必摔，一直摔到这个岁数了才有长进，哪还会有出息呐！"

老卞蹒跚着走了，周庆绅看着他未老先衰的背影，心里说不出地难过。那时，黄昏中，风穿过光秃秃的杨柳枝和梧桐树，发出呜呜的声音，像是天空在哽咽，也如大地吹响的哨子，随即，远处万家灯火商量好了一般，依次亮了起来。周庆绅吐掉一口带血的唾沫,准备关了大门时,发现又有一个没通行证的女人嚷嚷着要找汪处长,那女人打扮时髦,穿金戴银,五官排列恰到好处,算个美人,但满眼戾气,让人望而生畏。周庆绅苦笑一下,心说,汪处长真是阴魂不散,他的人我可惹不起。于是,问也没问把大门打开了,那个女人雄赳赳地"杀"了进去。

祸不单行,过了不一会儿,汪处长跑着从周庆绅面前经过,刚进去的那个女人,手里拎着高跟鞋撵了出来,光着的脚丫拍击着地面,发出"呱唧呱唧"的声音,女人的嗓音很销魂,整条街上都回荡着她的叫骂声,隐约能听出来一部分核心内容:"老娘不图钱,还图你这糟老头子的性能力?"

约莫过了一个小时,汪处长失魂落魄地回来了,这次他彻底丢了体面,眼镜片碎了一个,头发鸡窝般杂乱,满脸抓痕。他回来的第一件事是找周庆绅兴师问罪:"谁他妈让你把人放进去的?"他明知道这个问题只有他能回答,还是逻辑混乱地问了出来。周庆绅茫然地看着他,像看一个醉汉胡言乱语。汪处长还想打周庆绅第二巴掌,有了第一次的教训,周庆绅不可能让他再击中目标,这惹恼了汪处长,他随即打电话给徐经理,让他当场开除周庆绅。

徐经理很快赶到,当着汪处长的面把他没有得逞的那一耳光,痛痛快快地"赏"给了周庆绅。徐经理年富力强,比汪处长亲自动手效果要好,他还是个左撇子,将第二枚五指印镶嵌在了周庆绅的右脸上,与左脸那枚形成完美对称,这让汪处很是欣慰,权力的即时回馈,妙不可言,所以他就没再提开除的事。后来汪处长被停职检查,周庆绅才得知,那个凶悍的女人是汪处长的姘头,因为汪处长把本应该给她的钱,挪作儿子的出国留学经费,这才引发了一场"战争"。

闹剧散场,现场只剩下周庆绅和徐经理,徐经理刚要运用"打一巴掌给个甜枣"的战术,周庆绅没有给他这个机会,为他省去了很多麻烦,直接跳到最后一环,毕恭毕敬地感谢起徐经理来,多谢他的不开除之恩。一贯硬骨头的周庆绅终于开窍了,徐经理看到了自己的影子,一时感慨万千,和周庆绅称兄道弟起来。周庆绅也乐不可支,但望着徐经理的背影,他笑着笑着就哭了,以此来祭奠他曾奉为圭臬如今土崩瓦解的操守。

其实这些小插曲,不足以让他下定决心从一个穷得有骨气的铁血硬汉,蜕变成后来的模样,他彻底沦陷,还和那位有故事的老卞有关。老卞金句频出,屡次传授人生经验给周庆绅,两人建立了友谊。休息时,周庆绅经常买来散装酒与他把酒言欢。那天,夜深人静,他们又聚在一起,几两花生米,一斤扒猪脸,美美地喝上了。酒过三巡,听着老卞的江湖往事,周庆绅也把持不住了,想家、想李羡彤,一想到李羡彤心里就隐隐作痛,于是从枕头底下摸出了她的照片。这一举动尽收老卞眼底,老爷们的八卦多半与女人有关,他要看周庆绅的女人到底长什么模样,周庆绅越不让看,越好奇,直接上手开抢。周庆绅为避免照片被撕扯损坏,只得放手。照片到了老卞手里,他满面红光、目光荡漾,很有仪式感地甩了两下胳膊,把照片举至与眉毛平齐,然后如饥似渴地欣赏起来,好像照片上的人是他媳妇。刚看第一眼,老卞啧啧称赞,夸赞这个女人真标致,揶揄周庆绅艳福不浅。再看第二眼,老卞突然呆住了,然后把照片凑近台灯,又拿出手电筒照来照去,反反复复确认了好几遍之后,放下照片,惊诧不已,盯着周庆绅一言不发。周庆绅看见汗珠子从老卞砂纸般的脸上一蹦一跳地掉下来,他的眼神不再迷离,想必酒全醒了。

周庆绅刚喜滋滋地把一大块猪肉塞进嘴里,津津有味,满嘴流油,被老卞这么一盯,禁不住停止咀嚼,一杯酒也定在空中,两人长久地对视着。

老卞率先发话:"这是你女朋友?"

周庆绅仍然将肉衔在嘴边说:"咋了?"

老卞问:"你确定?"

周庆绅以为老卞怀疑他的能力,这么漂亮的女人不应该跟他产生联系,他扯着脖子说:"这就是我女人,她屁股上几个痦子我一清二楚。"

老卞验证成功,情绪很激动,说:"造孽啊,她怎么能是你的女人呢?在深圳,就是这个臭婊子拿我开涮的。听说她真不挑食,穷的富的,老的少的,只要沾上她,全完蛋。"

这下周庆绅错愕了,他把肉吐出来,摇着老卞的肩膀,希望他再好好看看,否定刚才的判断,但老卞道:"她化成灰,我也能闻出她的味,命都差点儿丢在她手里,我不会认错人!"老卞想了想还觉得自己说的不够分量,翻出一张通缉令,指着李羡彤的大头像说:"你自己看吧。"

周庆绅审视了一会儿,松开了老卞,后退了两步,一屁股坐下去,小马扎承受不了他的压力,散架了,他仰头摔下去,老卞去扶他,他连踢带踹,无法近身。

老卞说:"我差点儿死在她手上,我都没这么闹,你能不能理智点儿?"

周庆绅说:"你不懂,她现在所走的每一步路,都和当年的我有关。"

老卞说:"这是怎么说的,没有道理嘛!"

周庆绅说:"别说了,我现在不想看见你,你是在看我笑话!"

老卞不走,周庆绅一脚把桌子蹬翻了,杯盏碗碟叮叮当当碎了一地,台灯也飞到地上,唯一的光亮胡乱地甩向墙壁,一道道阴影砸在他身上。见此情景,老卞表面答应,打开门走出去,暗地里躲在窗外盯着他。他翻了个身,侧躺在地上,头钻进腿弯里,抽噎起来。老卞发现他瘦了好几圈,无依无靠地躺在那里,他知道他所仰仗的高山霍然无踪,他所背倚的大树轰然倒下。那晚,周庆绅用冰凉的地面刺激神经,黑暗中,他仿佛看见他生命中曾盛开的玫瑰,飘摇为残败的花瓣,在寒风中,一吹就散开了。他再爬起来的时候,眼睛里如有浑浊洪水,怒号奔腾。

黎明时分,周庆绅走出房门,撒开腿漫无目的地奔跑,快被冻僵的老卞像只笨拙的鸭子追了出去,不一会儿就体力不支了,累得趴在地上呕吐出一摊摊黏黄的胃液。他用尽气力,大声劝道:

"兄弟,别想不开,日子还得过。"

远处,周庆绅若即若离的声音传过来:"老哥,她会好吗?所有人都会好吗?"

老卞听不懂这西一榔头东一棒槌的回答,于是周庆绅孤独地奔跑,他仿佛看见李羡彤的身影始终在眼前,她身上还带着阳光温暖、单纯澄澈,没有铜臭和做作,这让他回忆起她躺在他怀里时,那么柔情似水。奔跑,一边麻木他,一边催醒他,让他记起她是拜他所赐,沦为罪恶之徒,他在想,罪恶有时候比善良更耗心思,也更花力气,她一个纯洁女孩哪有那么多鬼心思,哪来那么多力气啊。他想不开,就一直跑,他以为跑下去就能离李羡彤近一些,也许还能听到她的召唤。然而,随着体能耗尽,他内心的声音越来越微弱,他试图在倒下之前,伸出手去触碰到李羡彤的影子,可连那片影子却轻易就破碎了。天地间,渺小的他在胡乱抓着什么,却什么都抓不到,所有一切都疯狂地从他身边掠过,他收起空空如也的双手,意识到从分开那天起,他们之间的距离就越拉越远了,这次以后,他如果依然不能解救她,他们将彻底别离。李羡彤的影子消失后,他的步子异常沉重,眼泪断了线般流下来,他知道他此时的悸动就像登上雪山的行者,所有的情绪并不是来自最后一刻站在巅峰的遥望,而是回看长长的来路,才有了汹涌而来的感情。

直到清晨,初升的红日高悬波谲云诡的天空,万丈光芒照耀着周庆绅,那时他奔跑进一处干枯的河床,在波浪状的黄土上,在他的身后，扬起一簇簇浮尘，像是狼烟，幻化出不同的形状，一串笔直延伸的脚印，像是在蛮荒之地上开垦出的第一垄麦田。他踏入湿地，又像是水面上的一叶扁舟，动力由风而来。风停了，他停下了脚步，看见不息的黄河横亘在他的面前，以雷霆万钧之势向东流去，犹如他曾奋不顾身地奔向的战场，突然大哥周元明的脸蓦然铺满了整个水面，浩荡如烟。他猛然记起他对大哥承诺过，他不会倒下，除非弹药耗尽、生命衰竭。他张开手臂，模拟环抱了逝去的流年，面朝翻滚的浪花，敞开喉咙，释放出满腔的废气，从此，他要重新起航。

周庆绅带着满头满脸的灰尘回来，像是刚刚走下战场，满是掸不干净的炮灰。远远地，他看见老卞坐在他的保安室门口，魂不守舍。周庆绅喊了一声，老卞！老卞抬起头，只一眼，便号啕大哭，一边哭，一边把手机揣进兜里，紧跑两步，抱住周庆绅，生怕他再逃走似的，嘴里骂着："狗日的，比牲口跑得都快，我这老胳膊老腿，差点儿废了，你再不回来我要疯了。"

周庆绅不动声色，任凭老卞揉捏，老卞摸了摸他的脑门，抬手在他眼前晃了晃，看他麻木不仁，拍着大腿说："是我嘴太贱，倒了霉也该往肚子里咽！"

那时，周庆绅"噗嗤"笑出了声，拂去了脸上厚厚的阴霾。老卞没见过他如此笑容，这比发呆还瘆人，以为是病情恶化了。他害怕地倒退了两步。周庆绅认真整了整那身老土的保安服，向老卞敬了一个军礼，说道："很久没敬礼了，脱了军装还敬军礼，总觉得不合适，今天，我把这个由衷的军礼献给你。你是真为我担心了，为了萍水相逢的平凡之人，为了这操蛋又不得不坚强的人生，感谢你的善良与美好。"

老卞一紧张，用左手回了一个礼说道："榆树皮一样的老脸还美好？美好个锤子！"

周庆绅说："是的，美好不是长得漂不漂亮。一夜之间，我的心里烈火燎原，又绿树成荫，我看见了明媚的春光。你不要自责，一个事实彻底摧毁我的防线，然后又重建了一个家园，无论如何，这都必然美好。"

老卞知道是在夸他，也笑了，满口被香烟熏黄的大板牙，却像那时正烈的骄阳。老卞放心地走了，他不知道从那时起，走出去寻求翻身的机会，尽最大能力去拯救李羡彤的种子已在周庆绅心里发芽了。很多人宣扬的平平淡淡才是真，周庆绅要推翻这个观点了，历经风雨之后，才可以躺在藤椅上说这样的话。天大的责任还压在肩头，还甘于平淡，那就是个大混账。他想。

周庆绅在伺机行动，他那座小小的保安室也充满着机会，以前他就发现了，只是心思没放在这上头，现在他觉得有必要把握一下。他那里虽然是机关大院外围最不起眼的一个小门，别的门都有武警把守，唯独他这个门通向马路对面的领导公寓，一般人为了避嫌，不愿从此处进出。细心的周庆绅发现，其实有的领导根本不住公寓，有的即使住在这里，也不会步行从这里进出，他搞不清原因，他和老卞初步分析是为了保持神秘感、保证安全之类的，但有一个人例外，那就是孙省长。孙省长慈眉善目，抛却身份地位，乍一看外貌气质和老卞有些相仿，每天准时上下班，和附近小区买菜阿姨的作息时间一样拿捏得精准，先前，周庆绅还以为他是大院里烧锅炉的师傅。老卞自嘲过，别看我和孙省长挺挂相，但派头这一块，他不一定有我强。唉，都是两个鼻孔出气，他当省长，我当保安，这是娘胎里注定的，跟努不努力没关系。

孙省长那么大的领导还没架子，低调程度与很多官员相比，中间还隔着十几个汪处长。周庆绅对孙省长的好感与日俱增，因为每次孙省长从这里经过，都对周庆绅挺拔的身姿和周全的礼数赞赏有加。孙省长日理万机，还有心情关注他这样的小人物，凭这一点，周庆绅认为在向他行注目礼的时候也要更走心一些。

一天，大院里来了个工作组，听说是西部大开发驻河西省办公室的，来调研交流对口援建工作的。西部大开发是国家战略，刚启动不久，但各类媒介铺天盖地宣传，这名词妇孺皆知，周庆绅也知道这个项目厉害，来的人肯定不一般。果不其然，工作组的人一下车，周庆绅远远看见车上下来的人气度不凡，走在最前面的女领导姓桂，大家都叫她桂厅。桂厅是带队的，也是现场唯一的女性，四五十岁，体态端庄，脖子里系着一条鲜艳的花围巾，在灰蒙蒙的天地间和以黑灰为基调的男性世界里，犹如一朵娇艳的花飘在空中，甚是显眼。桂厅鼻梁上架着一副墨镜，身着款式新颖的呢子风衣，大冷天，脚上踩着一双亮皮的高跟鞋。桂厅下车后，没往机关大楼走，专瞄犄角旮旯，她神情慌张，手没着没落，像要抓住什么而不能达成，只好频繁捋头发。她并不愿按工作人员的指引走路，孙省长伸出胳膊，做出"请"的动作，她也没有注意，眼神四处游离，直到看见百八十米开外，武警第一道关卡的外围有一个保安室，那附近有个公共厕所，这才略显安定。一位秘书模样的人，从众人中挤到桂厅旁，递上一个精致手包，她不让人跟随，急匆匆地向公厕走来。周庆绅就站在那座保安室外，他看见桂厅竟走似的样子以及紧凑的眉眼，推测出来，女领导这是舟车劳顿，真憋急了，因为这个公厕是大院里唯一的旱厕，条件最简陋，也最接地气，平时都是员工在使用。

果然，桂厅进了旱厕，不一会儿里面传出一阵稀里哗啦的杂音，"激情"过后，陷入死寂，半天没见她出来。两方十几个人，站在零下四五度的冰天雪地里冻得跺脚，他们当然联想得到，那里面四处漏风，没有人能光屁股在里面待太久。但一帮老爷们，不好意思张嘴。孙省长最着急，他让其秘书打她手机，一阵忙音。孙省长只好临时调遣机关服务中心姓季的女主任，让她到厕所一探究竟。季主任出来后，朝孙省长耳语一番，转身跑开。

后来周庆绅才明白当时出了什么事，桂厅方便完发现例假突然造访，包里没有卫生巾，倒霉的是手机还没电了，又不敢喊，腿蹲麻了，血压也上来了，加之上冻的排泄物，层层叠叠，它们最大限度地保留了原有形状，坑里浓郁的气味也没有因气温低而停止发酵，辣眼睛的程度不比夏天时逊色，这些因素对于不经常使用旱厕的人来说，都是感官上的重大煎熬，平时养尊处优的桂厅几近晕厥。幸好季主任赶到,听说情况后急得冒火,机关服务中心没存货,打电话问了屈指可数的女同事,都在各自岗位上,位置不比出去买近,只好往大门外的便利店跑。那时,季主任就是桂厅的救星,桂厅悲壮地看着她,她也流露出不负重托的表情,她安慰桂厅务必撑住,像在安慰一个踩了地雷等待救援的士兵。

季主任踩着冰雪连滑带跑地冲出大门不久,旱厕里传出一声叫唤,那声音里夹杂着无力和绝望,周庆绅就站在门口,听得清楚,那声音不像是便秘,他判断桂厅出危险了,先望了望大院里那群人,他们没有反应。救人要紧,他管不了那么多了,朝那群人喊了一嗓子,看到他们诧异地盯着他,并无动作,于是跑回保安室,从床上掀起一张床单,挥舞着冲进了女厕所。进了厕所,将被单蒙在桂厅身上的短暂空当,周庆绅看见她上半身卡在坑里,裤裆褪在脚踝的位置,一只高跟鞋甩在坑边,一只悬挂在脚尖上,晃晃悠悠。也难怪,她应该没大有蹲旱厕的经验,又有高跟鞋这么个碍事物件,蹲得时间太久,大腿到脚趾血液都凝固了,担心再坚持下去,下半截会坏死,想站起来小幅度活动活动,起猛了,眼前发黑,脚下一滑,两条腿甩出一圈柔术运动员才能实现的弧线,结结实实地对便坑实现全方位"封堵"。周庆绅将其从坑里拖出来,用被单裹好,扛起来往马路对面的医务室跑。

当时周庆绅往女厕冲的时候,众人慌了神,孙省长以为周庆绅要对桂厅欲行不轨,或者是政治对手雇的杀手,不顾年岁已高,冲在第一个,他们即将到达"战场"时,周庆绅撕破重重"防线"，展示出高超的"过人"技术，一路过关斩将，终于将她交到医生手里，那时，他只想离这枚"臭气弹"远一点儿，来到门口喘气，正好扎进众人包围圈，被好一顿暴揍，随之而来的官兵将鼻青脸肿的周庆绅五花大绑。现场聚拢起大量群众，对周庆绅进行讨伐。他趴在地上，被人踩着脸，有枪口抵住他的太阳穴，他侧着头看见一张张凶猛的大脸，还有孩子朝他吐口水，当年他打了胜仗回来时也是如此人山人海，但那时是夹道欢迎，现在是痛打落水狗。周庆绅不再说话，他觉得再多说一句，都有可能被当场击毙。

孙省长要进医务室，被一名戴着好几层口罩的女医生拦在了外面，她对孙省长说："领导，还是不要进的好，不方便不说，这么脏的病人我也是头一次见。"她又看了看门外被死死控制住的周庆绅说："对，该打，接诊了半辈子，被这个人弄出阴影来了。"

孙省长在门边的风口上，才知道到底有多臭，好悬没一口哕出来，他问："病人？谁是病人？"

女医生说："刚送进来的女士，呼吸道被堵塞，再晚来一会儿，就出人命了，这会儿我们正给她清洗。"

孙省长好像悟到了什么，脸上滚烫，走下台阶，搡开众人，把周庆绅扶了起来，朝他鞠了一躬。

孙省长说："你有功，没有罪，我的责任，我检讨！"

周庆绅昂首挺胸，一副大义凛然的模样，说："习惯了。"

大家面面相觑，一场好戏，刚刚上演就谢幕了，大家好像买了票却看了一场烂戏的观众，愤而离场。唯独孙省长努着嘴一直盯着周庆绅的背影，他看见周庆绅走向自己的岗位，边走边解开衣扣，随风扔掉了脏兮兮的外衣，他甩开胳膊努力走出直线的样子，像赴死的勇士。

闹剧结束，周庆绅没见桂厅再出现，调研交流工作戛然而止。据说她当天夜里就坐车离开了这个差点儿要了她命的尴尬地。后来，她给周庆绅来过一封信，感谢他护她周全，没让她太丢人，如果有机会，周庆绅可以去找她，她有求必应。救人对于周庆绅说从来没有目的性，但那天，又尝了一遍人情冷暖的他，发誓要现实一些，才能活得像个人，他把信塞在枕头下，和李羡彤的通缉令摆在一起，隐约觉得早晚有一天派得上用场。

第二十四章

这一次我彻头彻尾推翻了自己,从守护半生的领地离家出走。那些奉为圭臬的真理和光辉印记一去不返,我的精神容器也成为一次性的沙漏。我亦无法原谅这天和地的转变,时光肯为我开解,却也无路可回头。沿途繁花似锦,却也如尸山血海,就让我一步一叩首,绝望之后,但愿还能依稀记起当年那一场场血性的战斗。

那次事毕,孙省长几次找到周庆绅,询问生活上有什么困难,家里都有什么人,有需要尽管提。周庆绅见过世面,他知道领导这么问只是工作习惯,不必当真。周庆绅低估了孙省长对他的器重,孙省长当场把保安公司负责人找来,要提拔周庆绅当经理。徐经理也在场,当牛做马才爬到这个位置,一夜之间要被周庆绅取代了,听闻这个"噩耗",腿当时就软了。而老卞在一旁替周庆绅高兴,朝他猛使眼色。周庆绅懂他的意思,是让他接受领导的好意,别牵着不走打着倒退。可周庆绅志不在此,张口拒绝了,老卞和徐经理的心情都是过山车般的起伏。周庆绅最淡定，面对孙省长，他突然想到了舅舅龚雪秋，舅舅很会包装自己，工作室里挂满了与各界名流的合影，那些合影就是"活名片"，唬了不少人。周庆绅想，我算是搭上孙省长和桂厅这条线，等于有了天线，有了天线就能接收到很多"信号"。所以，周庆绅说他不当什么经理，他只想和孙省长合张影。孙省长以为听错了，判断周庆绅是看不上经理的岗位，悄悄跟周庆绅说，如果想要编制，要从长计议，不可草率。

周庆绅心想，我当年连军官都主动不干了，还觊觎什么编制。他对孙省长说："能跟您合张影就是对我最好的奖赏。"

孙省长见周庆绅眼神真诚，被他不追名逐利，只崇敬老前辈的精神所感动，不仅和周庆绅勾肩搭背地合了影，还给了周庆绅他的私人电话。听老卞说，领导一般只给别人办公室的电话，私人号码只有至亲好友和上级才会给，可见你在省长心里的地位，你小子要站起来了！

周庆绅学习舅舅，把和孙省长的合影按多种尺寸冲印好，装进相框，有的挂在墙上，有的随身携带。得到孙省长精神上的加持，他的地位一下子就上来了，不仅徐经理见了他大气不敢喘，前段时间张狂的汪处长，也毕恭毕敬起来，没事总把烟酒糖茶往他保安室里塞。他知道那些东西都是受贿所得，搁以前，他都不正眼看，现在也来者不拒。

过了些时日，电影制片厂到大院里取景拍片，拍到一半，扮演办公室主任的演员闹情绪罢演，令此片的郭导演十分气愤，当场开除了他。但场子亮出来了，摊子铺开了，撤收便又浪费一天时间，劳民伤财，只能现请别的演员，好的没档期，差的倒是遍地都有，郭导一时不知作何选择，蹲在地上抽闷烟，那时他听见有一个洪亮的声音传来，那声音里透着清冽和刚正，没有技巧可言，但有穿透力。郭导果断循声望去，他看见大门外的周庆绅正神气地指引一辆桑塔纳倒车，他见这人长得周正，举手投足大气，他不像在指挥停车，而是面前似乎有千军万马在供他调度。这比办公室主任本人还压场，什么演员能演出这范儿？郭导一拍大腿来了精神，直奔周庆绅走去。

郭导递上一根烟问："伙计，有空吗？"

周庆绅看见郭导穿个破破烂烂的马夹，马夹上到处是口袋。有身份的人一般会有个跟班的帮忙提包，不需要这么多口袋，周庆绅断定这个人没什么地位，说话肯定也没边儿，根本没想搭理他，烟不接，目不斜视地指挥车辆。

郭导说："想找你串个戏。"

周庆绅望了望远处那个阵容足够庞大的剧组，更加不相信眼前这个因为胡子拉碴而遮掩了真实年纪的郭导。周庆绅曾在城中村的出租屋里见过挺多演员，这些演员表面光鲜，其实求爷爷告奶奶排着队等角色，一年到头接不到几部戏，看似从事了个露脸的职业，张口闭口和梦想有关，一举一动在意文艺范儿，实则能出头的只有金字塔尖那几位，梦想有时也像传销，上线踩过的台阶是下线用血泪堆出来的,所以这好事怎么轮得到一个和演艺八竿子打不着的保安,他敷衍道:"我的日子确实比戏精彩,你咋看出来的?"

郭导说:"你脸上写着呢,全是故事。"

周庆绅问:"你只是个导演,会看相?"

郭导说:"我天天和演员打交道,做人是不是在演,做戏会不会演,我还是能看出来的。"

周庆绅问:"几十口子人等着开工吃饭呢,别跟我闹笑话了。"

郭导说:"天生的演员却不演戏,还让我撞见了,我不提醒你,我配当导演?耽误了这部戏进度事小,当代影坛因为埋没人才而遭受损失,我负不起这个责任。"

周庆绅看见郭导忧国忧民的神态,好像当代影坛是他家花坛,每一棵花草的盛衰都与他有关,情绪被他感染了,不忍心打断他的表演,说:"我如果有你这样的精神头儿,我早混成个人物了。"

郭导手舞足蹈地说:"伙计,打起精神吧,你现在就是个人物!"郭导迫切的样子好像兽欲即将得到满足。

不管郭导是不是熟稔运用了他最擅长的夸张手法,既然打出了当代影坛的大旗,周庆绅也不甘示弱,他当年刚上战场的时候,还是一知半解的新兵蛋子,仅凭三脚猫的本事,能起什么作用,会不会起反作用,一概不知,但打着打着也打出了保家卫国的决心。于是,周庆绅没经过培训就"无证"上岗了。找个凑数的不足为奇，但当天最重要的一个角色，让这么一个人来演，大家以为郭导疯了，几个副导演有意见，看到郭导心意已决，没有提的勇气。

果不其然，不愧是导过几部好戏的大导，周庆绅的表现不仅验证了他的眼光，还颠覆了一些人的偏见。最难的一关也没难住周庆绅，这个曾在队列前呼风唤雨的人物，虽然离开军营很多年了，但再面对近百双眼睛的凝视，他还是不知怯场为何物，在士兵兄弟面前他不敢怯场，在敌人面前他不能怯场，而在一出戏里，那张糙得能当砂纸用的老脸，更是轻松屏蔽了善意或者恶意的打量。令那些极为专业的行内人还颇感意外的是，他能做到忽略摄影机的存在，这个绝活，十有八九不好拿捏，即便是出色的演员，也要靠经验堆出来，而周庆绅如入无人之境。也许只有他自己知道，这是屡次被枪口指过脑袋后被迫修炼出来的功力，相较而言，摄影机只能算个憨态可掬的道具，当下威胁不了他生死的东西，他都能够忽略。还有最关键的台词能力，连郭导也认为周庆绅只是形似主人公，免去了形象塑造方面的麻烦，至于谈吐，能顺得下来即可，大不了后期配音。可周庆绅只看了一遍剧本，就把几大段台词倒背如流了，背下来不算完，节奏和情绪都把握得恰如其分，他似乎把演对手戏的人都当成了目标，而不是配手。他不是在念台词，台词就装在他心里，挂在他嘴边，咽下去即是胸怀，说出来即是本色。嫉恶如仇时，眼神里透着杀气，句句如刀，把对面的演员吓得瑟瑟发抖；平和静好时，又娓娓道来，随口的话也是掏心窝子的话。那天，他的戏，条条一遍过。众人目瞪口呆。

候场间隙，周庆绅顺便还帮美术组布了景，又展示了一下他在美术方面的先天才华，并且还几次干回了老本行，帮助老卞维持了几把现场秩序，指挥才能也显露无遗。这些，郭导都看在眼里，那时，他看周庆绅已是全身上下笼罩着佛光的世外高人。郭导想，这个家伙一定是来保安室体验生活的艺术家，也说不定是有领导相中了我的能力，派个人来监督考评我，说不定接下来会有大制作让我担纲执导。想到这里，郭导恨不能拜一拜周庆绅。

一天的戏结束了，郭导高擎着一个大红包，郑重地交到周庆绅手上，说："不管是高人还是俗人，谁还能嫌弃钱？这是我多年来在片场总结的经验。"

周庆绅说："你总结得不全面。"

周庆绅竟然拒收，姿势很果断很潇洒，像个拒收病人红包的仁医，再次惊了郭导一下。

郭导说："你这么弄，让我咋弄？"

周庆绅笃定地说："你看不出来？我这是放长线钓大鱼。你力排众议信任我，我很感动，我准备也让你感动一回。"

郭导好奇地问："咋个感动法？"

周庆绅说："你识人准，我也不差，我明白，要想跳脱目前这个阶层，你能帮到我。我发现你们这行有意思，一天能过出一年的精彩。以后有戏都带我一个，那时候，我不仅要钱，我还想红。"周庆绅的野心昭然若揭，短短的接触，他就敢把宝押在郭导身上，勇气着实可嘉，好在郭导认为这就是他与众不同的地方，他今天不遇见自己，早晚有一天他也会有不一样的突破。

不过，郭导摇摇头说："你今天是很出色，但从你的年龄、资源、经验等综合实力来看，当演员，路会越走越窄。"郭导在否定，但明显话里有话，周庆绅没有气馁，他等着郭导给他指点迷津。

不出所料，郭导接着说："剧组只是这个产业链上的一环，演员也不是这个圈子里最核心的群体，要想成功，你得着眼走上层路线，也称曲线救国，我可以助你一臂之力。"

周庆绅说："就等你这句话了，干什么都行，重要的是我知道自己想要什么。"

那天，郭导带着剧组离开了大院，那里重新恢复了宁静，好像从来没有那么热闹过，周庆绅甚至没记住除郭导以外的任何一个人。他左右摆动了几下脑袋，想让自己清醒一些，然而没有实现，心里涌动的声音，像墙角那群被惊扰飞走的麻雀，蹬掉了覆盖在松树上的雪，哗啦啦地洒下来。他看见空旷的天上，灰蒙蒙的云翻滚着，像有人拉满了风箱，煮沸了一锅稀稀拉拉的白粥，闻不到饭香，只有水蒸气霎时淹没了脸，困苦混沌仍是那时的注脚。他踩着积冰回去，半路上又有战士们喊着口号从远处归营，而他像个掉队的人，很难再跟上，干脆背道而驰，行走的样子头一次颓势尽显。

那晚，周庆绅约来了老卞，好酒好肉伺候着。老卞认为周庆绅一不小心"触电"了，这土包子还办了个洋事，心情大好，庆祝一下无可厚非，所以吃喝起来心安理得。没想到周庆绅兴奋得有些过头，两杯酒下肚，抓住老卞的手打开了话匣子，好像要把这两年来没说出来的话，竹筒倒豆子般全抖搂出来，他惺忪的醉眼里神采飞扬，还把老卞的手都攥出了汗。老卞一边惊喜于他终于不再纠结李羡彤的堕落，一边被他感染，也投入了感情，两人惺惺相惜，又哭又笑，一直狂欢到下半夜。

周庆绅打着酒嗝，大着舌头说："老哥，没有你，我还浑浑噩噩，你让我成长了。"

老卞说："你可别再成长了，成长也不全是好事。"

周庆绅又斟满一杯酒，举起来说："干了这杯酒，明天开始，要活出个样儿来了，到那天，咱们吃香的喝辣的，那些糟心事，去他大爷的。"

"当"的一声，周庆绅和老卞碰了一下杯子，仰头喝了个底朝天，杯子还没放稳，趴在桌上昏睡过去。老卞看着醉倒的周庆绅，没有赖皮，也喝干了自己那杯酒，指着周庆绅的后脑勺说："小子，老卞事业不成功，生活不如意，咱做人没话说。不然你这个能人咋会认我当老哥。嘿嘿，别看老卞岁数大，老卞喝酒从来不拉胯！"说着，老卞起身把周庆绅往床上拽，拽到一半，力不从心，摔在地上，头靠着床沿醉得不省人事了，那姿势比周庆绅狼狈多了。橘红色的灯泡一明一暗，直至熄灭，窗外的圆月如盘，银白的光洒进来，小屋里静谧安宁。几分钟后，周庆绅没事人一样翘起头来，原来他没有喝多，他给老卞演了一出戏。他三两下把老卞摊在床上，掖好了被子。扒出床底下早收拾好的军用挎包准备开门出去，又回头扫了一眼小屋，突然有些于心不忍。他来到桌边，晃了晃酒瓶子，听见还剩些福根，朝老卞举起来，默默地一饮而尽。那时，他眼泪奔流，淌满双腮，泪和那月光一样，看久了，都很刺眼。

老卞睡得天昏地暗，临近中午才被徐经理叫醒，那时他们发现周庆绅人间蒸发了。老卞努力回忆昨晚他们的谈话内容，并翻看他的物品，他确信，周庆绅是不辞而别了。他好一阵失落，却没有感到意外，只是一言未发。他点燃了一根烟，目视远方，好像他还看得见周庆绅的背影，在目送周庆绅消失在人潮。他知道周庆绅此一去或许再难相见。

的确，周庆绅在单方面向老卞告别以后，带着郭导给他的一份电影项目书，去往河西省一个叫祥银市的革命老区。他出走的那天，正逢孙省长官升一级，到北京履新。若干天后，周庆绅让这两个看似毫无关联的事件产生了联系。

那天郭导给周庆绅的电影项目书，抬头位置写着《战场边缘》四个大字，讲的是祥银市革命老区人民与驻地官兵相濡以沫的故事。郭导当时告诉他："这个电影大纲发人深省、感人肺腑、摄人心魂，但题材太偏主旋律，相当不商业，我对接了不少老板，没人愿意投资，推动下去还要下不少功夫，我工作安排得太满，没有精力，你要是感兴趣，能拉来投资，我免费给你组团队拍摄。"

周庆绅问："这么好的项目你为啥便宜我？别跟我讲那天花乱

坠的感情,我们只有一面之缘。"

郭导也打开天窗说亮话:"实话说,能找来钱,烂项目也能拍出花儿,没有钱,再好的策划也是废纸一堆。当下中国电影圈哪还信酒香不怕巷子深这个理儿,一剧之本也不是剧本,我认为是钱,先扎到钱才是真理。"

周庆绅问:"你也沦陷了,很难想象你是怎么出好作品的。"

郭导说:"别人只是嘴上不说,其实比我还没有信仰。所以我不蹚这个浑水,怕影响我的艺术风格,这才派你去嘛。"

周庆绅说:"你还真会独善其身,道貌岸然就是这么来的吧。你就不怕我受影响?"

郭导说:"你一个光脚的,还能受什么影响,如果发财对你是一种影响的话,你应该热爱这种影响。"

周庆绅认为郭导这话说得太中听了,问:"你觉得我能行?"声调相当底气不足。

郭导说:"这不像你带兵打仗,明知道会牺牲也得往上冲,不行就撤,我兜底。"

周庆绅说:"撤?以后我对谁说这个字,我就是谁孙子!"

有大导演携团队零片酬加盟,隐性价值巨大,对谁都是不小的诱惑,周庆绅本还觉得连郭导都搞不定的事,靠他一个门外汉岂不是笑话。但反过来一想,容易的事情谁都能做,要他何用。既然郭导敢让他一试,说明对他寄予厚望,已经把他当成了马前卒或者经纪人之类的角色。这个厚望是周庆绅的救命稻草,一个穷途末路的人能抓到这根稻草，会加倍珍惜。

殊不知，其实郭导一多半是在忽悠，这只是他打发人不要再惦记他的一种常规方式。周庆绅一次客串效果好，不代表他懂戏，郭导这么聪明的人，可不愿意再和这样无名无分的人继续合作，路边捡的，用完就甩才是常态，除非周庆绅是天才，他有才不假，是不是天才，年近半百还没实现预定目标的郭导，已没有时间去分辨了，供他们俩磨合的时间基本为零。

让电影都没看过几次的周庆绅去搞项目，郭导比谁都清楚这招儿不是小损，是大损。他本以为周庆绅会知难而退，或者捅咕几下再歇菜，因为他拿同一个本子，游说过许多人，说过许多次同样的话，那些人也都摩拳擦掌跃跃欲试，没有一个行得通、办得到，莫说和款爷们谈，连边儿都贴不上。那些人事后才醒悟郭导挺缺德，既浪费了他们的时间，又让他们不敢再去求人家带自己玩。成年人的世界有很多默契，郭导为了落得个清净，给很多人画过饼，这饼不是完全吃不到，但简直是天方夜谭。然而，这次他遇见了周庆绅，他不知道周庆绅这个犟种连死亡都不怕，更不怕一条道走到黑。

干有可能成，不干仍然爪干毛净。周庆绅认为他这样的人想要摇身一变，鸟枪换炮，就要铤而走险。拉投资，是从别人口袋里往外掏钱，不仅要掏，还得让人掏得心甘情愿、痛痛快快，这件事难度系数比抢劫要高不少，但周庆绅混迹机关大院那段时间，收获颇丰，他须时时察言观色，也懂得了借力。那些大老板、资本家，哪怕一两个项目不挣钱,也愿意结交有权力的人。有了这个思路,周庆绅便明确了方向。火车上,看着远处沟壑丛生的大山,他的胸膛里油然而生一种使命感,那和当年与大哥一起冲向枪林弹雨时的使命感有所不同,但他还是激动得眉飞色舞。

不久,周庆绅站在祥银市街头,他已不是周庆绅,他现在叫周治理。这个听起来压迫感十足的名字,是他自己灵机一动取出来的,是尽可能跟权力靠边的产物。光有身份证不行,不能逢人就递身份证,还得有身行头,有个职务头衔,不然就这么赤裸裸去拉投资的话,连目标人物的大门都进不去。什么头衔最让人信服呢?他在火车上就想过了,大官毕竟数量少,演不好容易穿帮,太小没有威慑力,他成功扮演过办公室主任,但他认为这个职务乍一听好像只能在办公室活动,范围过窄,不够气派。他没少跟孙省长聊天,深谙孙省长的讲话习惯,当然硬伤是业务不熟、岁数不匹配,全国也没有这么年轻的省长……周庆绅思来想去,绞尽脑汁,没有想到最佳方案,第一次意识到演员不好当,能碰到合适的角色更难。

周庆绅正一筹莫展之际,他看到有一名军人从军用品商店里出来,拎着一大包东西迎面走了过来,他张望着,接连有几辆老乡的车,停下车来上前问他要不要搭车。应该是不愿给老乡添麻烦,那军人均婉言谢绝,他们像是老熟人,对视时脸上都洋溢着笑容。和谐的军民鱼水情场面,让周庆绅也感到一阵温暖。那名战友走远后,周庆绅在繁华大街的正前方,一个街心公园赫然眼前,公园中央耸立着一座高大的地标性建筑物，蔚为壮观，比那条街上最高的大楼都高，这个建筑物造型独特，让人过目不忘，最具特色的是建筑物上悬挂着一幅巨型红色招牌，招牌上干干净净，没有打广告，唯有十个震撼的大字映入周庆绅眼帘：视军队为长城，视军人为亲人。黄金地段的广告位不搞商业租赁，却有这样的设置，这在繁华的城市街头极为罕见，可知当地人多么热爱军队。周庆绅心跳加速，眼眶湿润，那时他对革命老区这个称谓有了更深理解。

感动之余，反观迷茫的自己，突然一拍大腿，直呼："笨透了！"周庆绅心说，这是革命老区，这里最值得信赖的是军人啊！我曾是如假包换的军人，做回自己就万事大吉了。这个想法一冒出来，周庆绅甚是兴奋。

周庆绅打开了挎包，看见多年来一直带在身上的旧军装，手触碰到衣服的刹那，突然迟疑了，随即像做贼一样很快塞回了包里，狠狠地系上了卡扣。首先，那身军装已经是老款，和刚才那位军人穿的有天壤之别；其次，他心里生出浓重的罪恶感。他质问自己，真的要糟蹋了最宝贵的记忆吗？真的要给这身衣服抹黑了吗？曾经用生命捍卫的荣誉，要葬送在私欲中了吗？想到这些，他的心针扎般疼。

周庆绅蹲在马路边，面前人流如织，可在他眼里却像一片灰烬。他在那里蹲到天黑，手捧着挎包，呜呜哭了好久。最终，他找了个没人的地方，用手刨出一个大坑，手都刨烂了。面前出现一个大坑，他把那套军装板板正正地深埋了进去。他把土一脚一脚踩实时的心情，就像当年他给周长河下葬，棺材一点一点从他的眼中消失一样，寒潮四起，凄凉一片，世界变成了黑白的颜色。

后来，周庆绅决绝地离开了那个遗弃最后一丝念想的地方，回到那家他之前路过的军用品商店，进门点名要买最新款军装。店主正在整理货架上的三接头皮鞋，瞟了一下眼前这个落魄的中年男人，道："你想什么呢？被子、毛毯、棉大衣、旧款服装应有尽有，现役军装谁敢卖！"

周庆绅说："别装蒜，拿出来吧，哪家军用品商店还不备些行货？！"

店主脖子一横说："犯法！我卖犯法，你穿更犯法！"

周庆绅说："你卖给骗子犯法，我是军人，穿在我身上，犯的哪条法？"

店主上下打量了周庆绅说："就你？"店主应该没少和军人打交道，他的质疑不无来由，按照周庆绅的岁数，他如果还是现役，那大小是个官，但眼前的周庆绅委实不像。

周庆绅早有准备，来前他打了电线杆上的办证电话，在一处鸡飞狗跳的院子里，他见到留长发、蓄胡须的假证贩子，这个贩子外形很有格调，他自称设计师，坚定地认为自己从事的工种归属艺术创作范畴，周庆绅忍住没笑。不过，从这个人前期表现来看，还是相当专业的，服装、道具齐全，化妆、摄影精通，给周庆绅拍了一张像模像样的军装照后，专心致志地投入了假证"创作"环节，十几分钟后他的作品震古烁今地出炉了。周庆绅接过冒着油墨香的假证一看，这本证里除了照片是真的，其余部分无一不假，肉眼可辨地粗糙，甚至还有错别字。看在只需五十元，而且"周治理"几个大字还算工整的分上，周庆绅心满意足地告别了"艺术家"，认为他确实不是规规矩矩的造假人，他在证件上自由发挥的能力很强，造假风格和别人也有显著的差异，他应该是恪守了"从不抄袭别人，从不重复自己"的艺术理念，想来也让人敬佩。

在军用品商店里，周庆绅趾高气扬地掏出这本证，在店主眼前晃了晃。店主显然是老江湖，他说："这个东西，想有，我也能有。"

周庆绅发现唬不住他，当场喊了几遍妇孺皆知的口令，震耳欲聋、气场逼人，一听就是练过的，这波操作着实把店主镇住了。

周庆绅见他还不去取军装，又抄起店门口摆放的一比一的步枪模型，练了一套刺杀术，动作行云流水、刚猛有力，打完收势，商店里还回荡着周庆绅的喊杀声，墙上挂着的盾牌仍在嗡嗡作响，连街上的行人都驻足观看，还有人鼓起掌来。这下店主彻底破防了，用崇拜的眼神望着周庆绅，眼圈里似乎还有泪在打转。

周庆绅问："这个你会吗？"

店主哆哆嗦嗦地说："这个真不会！"

周庆绅问："那我是不是军人？"

店主说："你不是，谁是？"

于是，店主麻溜地进了库房，不一会儿拿来一套新军装，周庆绅只需一眼，就知道那衣服是仿的，但以假乱真。他当场换掉便服，把军装穿在了身上，随后指指光秃秃的肩膀和胸口，店主立即心领神会，问道："您是多大的官儿？"

周庆绅说："你看我像多大的官儿？"

店主说："怎么着也得是个中校。"

周庆绅酝酿了一会儿，自封了个上校。店家转身又进了库房，不一会儿就摸出全套的肩章、领花和胸标，把这些标志符号装上，周庆绅彻底完成了向周治理的转变。他站在镜子前，看见了久违的神采奕奕的自己，不管是不是假冒伪劣，他都觉得整个商店蓬荜生辉起来。

周庆绅信步走出商店，一路上他也遇到很多热情与他打招呼的老乡，可当他还是真正军人时，享受其中，现在却心虚又慌乱，只能努力学着之前那位军人的样子，和老乡们做互动，他没再感受到温暖，脸上火辣辣的。他管不了那么多了，只要无人怀疑就好。

接下来要正式进入推销项目阶段了。周庆绅想，就算他有了名头，但在唯利是图的大老板眼中，一个外来户，在祥银市没有土壤，仍然不具备合作价值，怕是连照面都打不上，还是要先取得当地政府的支持才行。见多了孙省长等大领导，祥银市的级别未免低了些，周庆绅有更高的站位，他决定一杆子捅到顶，直接"会见"河西省的领导，他深谙体制内办事程序，市领导如果对这个项目不感兴趣，极有可能祭出杀招：我们向省里做个汇报，回去等通知吧。此言一出，十有八九凶多吉少，而省里点了头，祥银市各部门肯定一路绿灯。从下往上，步步是坎，从上往下，顺水推舟，一马平川。

有了主意，执行力最重要。周庆绅快马加鞭，当天就来到了河西省政府驻地，在离目的地还有两三公里的省府路上，没有了去路。周庆绅看见道路被封，除参会者外，所有车辆人员一概不得通行，那时大城市要道，三天两头封路，周庆绅以为很快就能恢复，他询问路人得知，省里正在开一个重要的大会，全省要害人物聚集于此，这里戒严了，大会要开七天，这条路也要七天后才能解封。

多耽搁一天，就多一天花销，周庆绅等不起，他要马上见到省领导。他整了整军装，从人堆里挤出来，看见省府路上站满了安保人员，有穿制服的，也有便衣，三步一岗、五步一哨。如果有人没有通行证，还能到达省府门口，一定立地成神。周庆绅稳了稳心神，他踱着方步，慢悠悠地来到警戒线处，站定后，佯装扫视了一眼远处，把目光锁定在站在最前面的那位像组长或段长的人，面不改色地问："情况怎么样？"

那人见来了位上校，很紧张，两只脚后跟"咔嚓"一碰，由跨立姿势变换为立正姿势，左手贴紧裤缝，右手"啪"敬了一个礼，高声答道："报告，一切正常！"

周庆绅满意地点点头，拍了拍他的肩膀说："好，我观察你很久了，精神状态不错，组织得很好，继续加油，做好立功受奖的准备吧。"

那人显然有些意外，但随即激动不已。

周庆绅镇定自若地继续问道："前面区段是谁负责的？"

周庆绅从居高临下的威严到唠家常似的和蔼，分寸之间，尽显功底。那人对周庆绅的身份深信不疑，答："报告，是康队长。"

周庆绅说："有事及时报告。"

那人立即把挂着警戒线的三角锥搬开说："首长请慢走！"

周庆绅在众人的注视中，大摇大摆地进入省府路。等周庆绅走远了，那名安保人员问身边的同志："这是哪位领导，是我们单位的吗？"没有人能回答他，他虽然挠头，但还是喜不自禁，这么大的领导都许诺了，不能有假，看来这次立功受奖的事算是准成了。

周庆绅顺利进入封禁路段，那时他目空一切，争取把视线尽可能抬高，不再和安保人员有眼神上的接触，一门心思朝前走。他太懂现场这些人的心理了，专盯那些躲在犄角旮旯里的人，谁的眼神游离不定，谁表现得较为亢奋，乃至对安保人员或挤眉弄眼或怒目而视，这样的人都是重点关注对象，而那些步履从容、有着迷之自信的人，一般不会被盘查。果然，两公里的路，周庆绅快走到尽头了，也没有人拦他，有好几处拥挤的地方，还有人踊跃地为他疏导引路。

就剩最后一百米，马上就进入省府大院，周庆绅遭遇了危机。他突然发现在他的正前方站着四五个大校，还围着两个少将。更不凑巧的是周庆绅穿的军装和他们是一样的，这证明同属一个兵种。河西省虽大，一个兵种里，团以上的军官加在一起还是能数得过来，互相之间即便不熟识，多少也有印象。他心里"咯噔"一下，大脑泛起雪花。果然，那群人停止了交谈，目光无一例外投向了他。他还看到有个大校对着他指指画画，在向少将说着什么。那会儿，周庆绅预感事情不妙，已经做好了逃跑准备。

第二十五章

乌云遮挡最后一丝光亮,也要保持笑脸度过那至暗时刻,不是为了掩饰我不可泯灭的罪恶,在那苍茫的黄土之上,除却悲凉,我分明还看见一位佝偻着背但矍铄无比的老汉,以及一座荒草萋萋但仍有梦中蝴蝶翩然飞舞的花房。

周庆绅满后脊梁的汗,哗哗往裤腰里掉,可他不能调头回去,咬着牙,挺起胸,迈开步。暗示自己,千万别露馅。

经过那些人身边时,周庆绅听到刚才那位指划他的大校说:"这是兄弟单位派来作交流的同志吗?"

闻听此言,周庆绅的思路猛然得到发散,他鼓起勇气停下脚步,朝几位领导敬礼。他看见有人面无表情,有人笑容可掬,但纷纷给他回了礼,悬着的心放下了一半。

周庆绅挤出笑,说:"各位领导好,会议还没开始吧?河西的天儿比北京可冷多了,初来不是很习惯。"

那位大校问:"从北京来?"

周庆绅说:"刚下火车!"这个周庆绅没说谎,他身上确实还带着泡面的味道。

那位大校疑惑了,嘀咕道:"这是省级会议,没听说有邀请北京的领导啊。"

周庆绅意识到牛皮快吹爆了,连忙往回找补:"我不是来参会的,代表宣传文化中心来找省领导协调一个电影项目。这电影是大制作,各级领导都很重视。"

其中一位少将眼睛一亮:"原来是文艺战线上的同志,大老远的来,也不提前给军区打个招呼,我们好安排接待啊。"

周庆绅说:"领导指示过了,不能麻烦驻地部队。事情办完了,我再专程叨扰。"

那少将说:"随时恭候你光临,你们中心霍主任是我的老战友,他派部下来我的一亩三分地,竟然还像搞地下工作,我看有必要批评批评他了。"

周庆绅打着哈哈,意识到再不跑,这位少将很有可能给那个他闻所未闻的霍主任打电话,到时牛头不对马嘴,就完了。周庆绅拔腿进了大院,门口的哨兵看他刚才和众将校官相谈甚欢,认为没有盘问的必要,直接放行。

周庆绅顺利通过所有关卡,来到会堂前,他看见黑压压的全是人,一个比一个更像大领导,该找谁呢?西北风冰凉刺骨,人们裹着大衣还瑟瑟发抖,而周庆绅着单衣单裤还虚汗狂飙,眼前阵阵发黑。他知道这一路紧张奔波，那缺失了一个的肾脏经不起如此沉重的负荷，发出抗议了。以前他也有过类似症状，但这一次反应最为强烈。他一只手撑在会堂前的石狮子上，剧烈地咳嗽了一阵，喉头一腥，他用手捂住，放开时，一口血喷在石狮子上，染红了它。他摸遍了口袋，没有可供擦拭的东西。那时有一个女人，适逢其时地递过来一副雪白的手帕，还有精美的刺绣，散发着迷人的芬芳。周庆绅没敢接，他感激地望向那个人，大吃一惊。

一个女人站在他的身边，一脸关切，而这个人正是有过一面之缘的桂厅，兜兜转转，却在这里相见了，真是缘分。她还是那么雍容华贵，气质高雅，她显然也很意外，从惊愕到激动。

桂厅把周庆绅带到会堂旁的接待间，询问他为何这身打扮，又为何出现在这里。在遥远的异乡，桂厅是他唯一看到的"故人"，顿时百感交集，但为了不连累桂厅，他强忍着没有告诉她实情。

桂厅问："你这是从哪里来，要干什么？有什么难处告诉我，能帮的我一定帮！"

周庆绅说："您如果相信我，就别问了。"

听周庆绅这么说，桂厅虽然疑惑，但职业习惯告诉她不必打破砂锅问到底，信任地看着他。他已十分虚弱，但什么都不说显然不符合社交逻辑，只好低落地道："我的身体每况愈下，也不怕你笑话，这次完全是为了自己的私事而来，不然，今生就太多遗憾了。我不说，就少了很多问题。如果有一天，你发现我隐瞒了什么，欺骗了一些人，不要怨恨我，那都不是我的本意，比欺骗可怕的是遗忘和冷漠，还有很多人需要我。"

桂厅说："那时我们也素不相识，很多人巴不得看我笑话，唯独你对我有情有义。我也不是一根筋，就不问了，但不管你将来怎样，我知道你是个好人，就足够了。"

周庆绅说："谢谢你。"

桂厅问："你断然不是来这观光的，想实现什么目的，大大方方说出来！"

周庆绅说："我要见大领导。"

桂厅说："我来帮你够不够格？"

周庆绅摇头说："当然够格，但我不想别人介入。"周庆绅明知道自己没有办法，还是不忍连累桂厅，岂料桂厅铁了心思要帮他，难以推脱。

桂厅指了指隔壁说："大领导就在那里，只要你点头，我来想办法。"

周庆绅说："真不必了。"

桂厅道："你只需要告诉我，你这次来，对我们当地有没有危害？"

周庆绅说："不仅对你们当地没有危害，还是天大的好事！"

桂厅说："我奉行的原则是，只要对当地建设有益，来了就是座上宾，我没理由不向主要领导引荐。你一没杀人、二没放火，我凭什么把你拒之千里之外……"桂厅句句在理，目光狡黠，有令周庆绅放下内心顾虑的力量,当他很清楚自己的出现不会对桂厅产生任何影响之时,才同意接受她的帮助。

那天,在桂厅的操作下,周庆绅见到了河西省陆省长。之前得益于和孙省长打过不少交道,他把陆省长想象成孙省长,而陆省长也的确和孙省长有很多相似之处,越大的领导越没架子。陆省长的仕途就是从祥银市起步的,对革命老区军民有着深厚感情,一听说周庆绅是为了祥银市的事情而来,且那身戎装就是他最好的名片,陆省长热情地安排他落了座,还伸手把桌上的茶杯往他近前推了推,这让他的拘谨感一扫而光,专心描述起他的项目。他旁征博引、滔滔不绝,十几分钟的时间,他把一个连剧本都没有,还处于梗概阶段的电影项目,吹得天花乱坠,连陆省长都插不上嘴。大会马上就要开始了,但他老人家没挪一下屁股,死死盯着周庆绅,不知是被周庆绅的讲述带走了思绪,还是正憋着火准备发作。

周庆绅的"演讲"终于告一段落,他看见陆省长低头打开了茶杯盖,晃着头吹气。在那种环境下,领导的每一个身体语言都能牵动他敏感的神经,原因是接下来只有三种可能,一种是一炮打响,一种是狼狈地滚出来,第三种最惨,那就谎言被戳破,当场被"活捉"。

很幸运,漫长的等待之后,陆省长喝够了茶水,连说三个"好",随后他还贴心地给周庆绅接下来的工作指明方向:"这是弘扬老区精神的有效实践,是促进军民共建、培树时代风貌的生动教材啊,我在祥银市工作的时候,就十分重视这方面的探索,也取得了一些成绩，但还远远不够，我早就期盼着像你这样的有识之士到那片红色土地上耕耘播种。你现在就到一线去，继续深入生活，持续打磨精品，我会指派专人和你一道，与祥银市宣传部门搞好对接，在政策上给予大力支持，你尽管大展拳脚，争取有序推进。"

闻听陆省长如此表态，周庆绅欣喜若狂，他知道这事成了百分之八十，眼泪马上夺眶而出了，但他控制住了这个生理本能，心说，在此关键时刻万万不可像个叫花子，必须得注意吃相，大领导都在意细节，别因为兴奋过度，引起怀疑。那时，有秘书进来，对陆省长说，会议开始了，等您入场。

照一般人的逻辑，应见好就收，抓紧赶到祥银市去落实陆省长的指示精神，多一秒也别待了，一个不小心，再出了洋相，就前功尽弃了。而周庆绅不这么认为，他想，豁出命来进了金銮殿，这一趟必须要来得值。他当时的理念是趁热打铁，再掀一轮"腥风血雨"。

周庆绅竟然叫住了已经走到门口的陆省长，陆省长转身问他还有什么事。

周庆绅面露难色，道："不管有什么困难，这个担子我挑定了，但是……"

陆省长焦急地看了看表说："有话直说。"

周庆绅说："我是军人，又远道而来，人生地不熟，和地方上协调沟通不方便，如果有个红头文件或者介绍信，我想……"

陆省长直接打断了他,说道:"要什么介绍信,什么年代了还要介绍信!"

这句话让周庆绅窒息,他以为陆省长生气了,没想到陆省长接着说:"介绍信大可不必,你是特使般的人物,应该有过得硬的头衔。是我疏忽了,我让秘书马上就办。"

那时,周庆绅的冒险再一次有了回馈,陆省长当场封了他一个祥银市名誉专员的头衔,尽管周庆绅从来没听说过这个职务,也不知道有多大分量,但看到秘书发给他的聘书上,盖着省委办公厅的大红印章,他还是幸福到眩晕。

这下,他的身份假亦真来真亦假,实中有虚虚中有实,连他也搞不清楚到底应该如何定义自己了。

指示有了,头衔给了,陆省长能顺利去开会了吗?没有。周庆绅不把机会利用到极致不罢休,他又拉着陆省长合了影,像当年和孙省长合影一样。这样黏人的主儿,陆省长也是第一次见。不过周庆绅不在乎,他的厚脸皮,让此行硕果累累。

到了该走的时候了,周庆绅千恩万谢了桂厅,他以为经过这次事情,他们的关系更上一层楼了。

在送别的车站,桂厅说:"以后的路要靠你自己走了。"

周庆绅说:"您等我的好消息吧。"

桂厅却说:"不,不要再相互听到对方的消息了,各自安好!"

桂厅说这话时,脸上有很难察觉的不自然,但飞快地消散了。周庆绅捕捉到了,也没有尴尬,那些年他见多了"天下熙熙皆为利来,天下攘攘皆为利往"的现实,好在这次的聚合离散没有过分残酷,还带着一丝温情。他登上了火车,打开车窗,朝站台上张望,一眨眼之间,桂厅杳然无踪,淹没于众人。周庆绅把手伸出窗外,孤独地朝站台挥了挥,可能是表示祝福,也可能是表示对另一种成年人之间默契的默认。

火车在山梁纵横的黄土大地上驰骋,周庆绅的心脏就像与铁轨撞击的车轮,哐哐响个不止。还未到站,他无法停下,他不能选择平静。白雪皑皑的山巅、干枯的草木、三五成群的瘦羊,纷纷从他眼眶中走了又来,就像这苍凉景象中烙印着的那些人的面孔,他知道,那些魂牵梦萦的面孔所定格的地方,才是他的终点站。

周庆绅再次到达祥银市,已今非昔比,来了不少要员迎接他,他被簇拥着进入高档酒店,胡吃海塞了一番,醉生梦死了几天后,才想起是来谈项目的。那几天周庆绅身体抱恙,仍奉陪到底,为的是资金能有着落,可那些人对这件事只字不提,周庆绅实在坚持不住了,对宣传部于部长说:"我们还是聊聊项目资金的事吧。"

于部长也不含糊,第二天就调拨来了专项资金,足有十万,这在当时可不是小钱,对没怎么见过钱的周庆绅来说更是一笔巨款,他联系上了郭导,郭导很震惊,但接下来的话让周庆绅失望透顶。郭导不是鼓舞他再接再厉,而是怂恿他携款潜逃,郭导说:"钱不少,你卷了这笔钱跑吧!除了我,没人知道你的真实身份,去解救你的女朋友,去让你的嫂子侄子过上好日子,去实现你的夙愿。"

周庆绅说:"我现在虽然满嘴跑火车,具备骗子的特征,但我首先是个人,不管是什么人都应该有所为有所不为,要先做事才能后得利。这笔钱是用来拍电影的,是宣传老区精神的,我不能据为己有。电影卖了钱,我再拿属于我的那份也不迟。"

郭导笑得上气不接下气说:"我非常佩服你能搞到这笔钱,但这笔钱干别的绰绰有余,拍电影,够个零头吧。"

听了郭导丧心病狂的话,周庆绅不得已又找到了于部长,于部长是明眼人,看得出周庆绅的心思,他说:"我们是革命老区,你知道革命老区都有个特点,那就是穷。市里实在没有更多的经费了,你只能再想想别的办法。"

周庆绅说:"这几天吃吃喝喝,我没觉得你们穷。"

于部长透露了一个消息:"祥银市还凑合能混,你应该到下面县乡看看,你电影的原型地在西泰县,西泰县是国家级贫困县,像这样的县,祥银市有四个,每年的主要精力是扶贫帮困,我们也难啊。"

愿景美好,实施又是另一回事,连省长都明确支持的项目,到了下面却进展缓慢,周庆绅知道真正的挑战才刚来临。那些天,他跑遍了祥银市的大小企业,于部长派给他的司机都累脱相了。那些老板也不懂这个空降来的名誉专员是个什么路子,有的老板不敢得罪他,象征性地"捐"点儿钱,有的老板一看就有后台,根本不吃周庆绅这一套,周庆绅也不气馁,他转换了思路,优化了项目书，同意让这些老板在影片中植入广告，并且在分成时享受高额收益，在此基础上，他捡起了多年未用的侦察本领，展开了对企业的秘密调查。那个年月，由于制度不完善，经济特别景气或者经济下行都是经常的事，极端现象层出不穷，民营私企如果要生存，或多或少都要打擦边球，周庆绅目的就是抓住他们的小辫子。证据清楚、时机成熟后，他还让司机从当地花钱请了两个农民朋友，打扮扎裹一番，夹上公文包，递烟点火，寸步不离，十分官僚。进门后，他不再以商量的口吻，而是先兵后礼，把证据"啪"甩出去，二郎腿一翘，仰望天花板，只顾抽烟，让对方在烟雾缭绕中认清残酷的现实，他再把那本集合了各级领导的影集拍在大班台上，接着亮明利益分配的事，能当老板的都是聪明人，心说，他抓住我的软肋却不毁我，还要带我一起玩，算是仁至义尽了，是个干大事的人，不同意也得同意了。周庆绅一系列简单粗暴的方式，在那个网络并不普及的年代，既有气势上的威慑，也有软硬件上的烘托，没几个人招架得住，他屡获成功。有一天，他盘点了一下专项账户，一算吓了一跳，他一共拉到了将近两百万的投资，这笔钱多大的制作也能拿下来了。

那时，郭导听说周庆绅筹到海量资金，瞬间处于六神无主状态，他浸淫此圈半辈子，导演了不少奇闻，亲历了不少传说，像周庆绅的惊人之举，还是头一次领教。他是颇有建树的行内人，根正苗红，科班出身，如今他却要和一个他堪比流浪汉的家伙成为合伙人，他强烈地怀疑自己，继而怀疑别人，最后开始怀疑社会。他想不明白，是自己白混了日子，还是周庆绅万里挑一，如今不是他想抛弃就能抛弃得了的人。总之，他多年来努力构建的心理体系，霎时四分五裂。

钱筹措到了，郭导到来之前，周庆绅还有好多事要做，可真正到了电影原型地西泰县，他遇到了比拉投资还难的问题。那里的人很尊敬他，他们虽然也不知道什么是名誉专员，但老区人民的政治素养极高，只要是上头委派来的人，都伺候得妥妥帖帖，尽管条件简陋，但周庆绅还是享受到了星级待遇。一连几天，他怎么玩闹都可以，一提到电影，大家和祥银市那些人一样，集体沉默。更让周庆绅不托底的是电影最大的取景地小石村不同意剧组进场，给钱也不行。周庆绅打听到的消息是这是村集体共同的意见，原因有二，一个是家丑不可外扬，村子太穷了，万一上了荧幕，可是咣咣打脸的行为；一个是省里倡导建设蔬菜大棚，下拨了巨额补贴款，但将近一年了，这钱却无影无踪，去向成谜。别的地方没有动作不得而知，小石村有几个活跃分子，三天两头向上反映，被有关部门盯上了，他们放出话来，小石村上了黑名单，谁要是敢跳，谁就得进局子。村里人怕得很，而且他们算得清这个账，温室大棚是安身立命的长久之计，拍电影虽然给劳务费，哪怕是成百上千，也只是暂时的，不能捡了芝麻丢了西瓜。何况，村里两千人，如果每人给那么多钱，周庆绅的预算是远远不够的。

周庆绅心情烦闷，黄昏时分，趁村民都回了家，他来到小石村，在田间地头上走一走，他看见蔫蔫巴巴的麦苗，无精打采地生长，像是羊肠小道上那位光脚推着架子车踽踽独行的大爷，那是中国老农民普遍的形象，他嗅到了周集的味道，这里的贫困比周集有过之而无不及。周集处在平原地带，好歹都是大块儿庄稼，一眼望不到头，这些年逐渐从人工、牲畜，向半机械化转变。而眼前的土地，本就贫瘠，遍布荒草和碎石，可供耕种的地块屈指可数，它们被分隔成大小不一、毫无规则的散田，还有一些蔬菜大棚，横七竖八地排列在起伏不定的山坡上，好像得了鱼鳞病的患者。这里无法使用机械，把机械弄上来是个不小的工程，也没有充足的水源灌溉，靠天吃饭是当地百姓的宿命。

暮色将至的时候，周庆绅该回去了，他郁郁寡欢地从山坡上下来，走了不远，遇见了那位几个小时前就从他面前走过的大爷，只不过那位大爷已连人带车摔进了沟里，应该是想尽了办法都没爬上来，身边的一片杂草都被他碾成了地毯。周庆绅发现他的时候，他正把双手垫在后脑下，摆出一个舒服的姿势，嘴里嚼着根枯草，安逸地看着沟上的天空。周庆绅的出现，没有让他惊喜。

周庆绅着急地问："没事吧？"

想必大爷早已呼喊过千百遍，嗓音沙哑地说："准备好死了。"

周庆绅把大爷扛了上来，用架子车推他下山，大爷问："你要推咱去哪里？"

周庆绅说："当然是医院，你受伤了。"

大爷说："那你还是把咱扔回沟里去吧。"

周庆绅问："脑子没摔坏吧？"

大爷说:"这里的人不习惯去医院。"

周庆绅问:"病了怎么办?"

大爷说:"挺着。"

周庆绅一想,也没错,刚才大爷躺在沟里的样子,就是"挺着"的终极解释。他知道老农民怕花钱,周长河也无数次表现出这样的状态,他知道他爹对自我漠视的程度远远不及这位大爷。

周庆绅听了很心疼,像是和周长河在对话,像是在和自己对话,毕竟他目前的身体状况也不容乐观,大爷是没钱治,他是没空治,说来也是一样,一肚子的凄苦无处诉说,他太理解大爷了,他说:"不用你花钱,我安排。"

大爷说:"别介,你救了咱,还让你花钱,没这个理儿。"

周庆绅说:"你就当是儿子给爹治病,理所应当。"

大爷呜呜地哭了,说:"穷光蛋家里很难有这么出息的儿子,就算有,又能指望他多少呢,别刺激咱了。"最终周庆绅也没有说服大爷,他只得把大爷推回村子。

在大爷还点着煤油灯的屋子里,两人有短暂的交流,大爷打听了周庆绅的情况,周庆绅告诉他:"我是来拍电影的,你们村当年支援革命队伍,是出了名的革命村,我想方设法也要把这些都拍出来,到时候邀请乡亲们都去看。"

大爷裂开嘴说:"看最后一场露天电影,是十年前的事情了吧,往后,电影组再也没来过。电影院是吃饱了没事干的人去的地方,有闲工夫去那里的人,咱村都找不出一个来,抬咱去咱也不能去,在这穷乡僻壤,能让人笑话死,还是想想温饱问题吧。"

周庆绅对调动群众还抱有希望,说:"不行,你们不光要看,到时候还要当群众演员。"

大爷说:"别扯了,这村里人最大的特点是'小脸',俗称夹裤裆,上不了大席,你让咱露脸,比让咱把脑袋放在铡刀上还费劲。"

周庆绅说不出话来,大爷的话让他心里堵得慌,他意识到想要拍成这个电影,并得到当地老乡的支持,绝不是一件容易的事。临走,大爷把藏在吊篮里的一只烧鸡拿出来,死活让周庆绅带走。那只烧鸡已经硬了,估计放了好多天了,但周庆绅捧在怀里,出门的时候把兜里所有的钱裹在一块瓦砾上,从破门里塞了进去。

回到招待所,周庆绅叫来招待所朱所长,看见所长也是骨瘦如柴、面容憔悴,攒的一肚子火没处撒。周庆绅说:"都什么年代了,我还看到了七八十年代的景象,咋混的呀。郭导这剧本大纲也是胡诌瞎咧,还以为这里的人个个奔小康了,没想到来到了穷窝。"

朱所长说:"早就想跟你说,这就是大家不敢提拍电影的原因,一直没机会开口。县里所有精力都在扶贫济困上,哪有时间配合您。拍电影是多么遥远的事啊,你让连饭都吃不饱的人搞精神娱乐,跟'何不食肉糜'也没区别。"

周庆绅说:"所有精力?小石村还是那个鸟样儿,那你们扶的什么贫、济的什么困?"

朱所长打开门朝门外瞧了瞧,确定没人后才说:"省里给祥银市的钱早下拨了,听说被一个姓洪的副市长截留了,他要给机关盖家属院,分给老百姓没油水,要想富,搞基建。"

周庆绅脱口而出:"搞他娘的……就没人举报?"

朱所长说:"你没听说?我们这里的人觉悟高,把没有维权意识也算觉悟高。"

周庆绅说:"他们没有,你们还没有?"

朱所长说:"年初答应给我们的三台公务车到现在也没动静,我们的老书记坐一辆刹车不灵的破车下乡,回来的路上车毁人亡,到现在还没个说法。我凭啥惹这乱子,反正我工资照发!"

周庆绅知道朱所长这是气话,他推开窗子,招待所院子里不亮的路灯冷清清地伫立在月亮底下,连水泥都铺不起的地面像是黝黑的深海,透着贫寒的悲凉。别说这里的人对拍电影不感冒,就连他也提不起兴趣了,什么类型的电影也不足以诠释这里复杂的主题。风呼呼地刮进来,他只感受到彻骨的冰冷。他陷入思索,别人的事没得办,凭什么让人配合干好你的事?这辈子好不容易当一次专员,哪怕不是为了拍电影,良心上也要过得去。那晚,他冒出一个大胆的想法,决定利用这个虚无缥缈、模棱两可的身份帮西泰县做点儿什么。

招待所位于县机关大楼的正后方,同属一个大院。第二天周庆绅起了个大早,围着院子转来转去,作为一个县的神经中枢,这里却像发迹的大户人家搬迁后遗弃下来的老屋,几栋说不清年份的老建筑风化严重，墙皮松松垮垮，砖瓦参差不齐，不时还有粉末不知从哪里飘出来，随处可见的青苔长满阴湿的角落，四处弥漫着一股腐朽的味道。

周庆绅路过车棚，他只看见两辆老掉牙的北京吉普趴在那里，一辆车顶篷布掉皮破洞，车漆脱落，满身花里胡哨；另一辆，可能就是它让老书记送了命，严格意义上它已不算车，而是一坨铁疙瘩，圆滚滚地杵着，想必它从峭壁上翻滚下去不止一圈半圈，不然不可能变成山东馒头的造型。周庆绅心头泛酸，暗想，这里的物件不愧出自革命老区，还带着抗战时期的余味。随之，他脸上火辣辣地疼，这几天还跟着一帮人过着骄奢淫逸的生活，恨不能把这几天进到胃里的东西都抠出来。

周庆绅如鲠在喉，越走步子越沉，眼圈也红了。那个时候，他仿佛回到了周集，看到自己贫穷的模样，乡里乡亲也无比清晰，刘诗花和周晓盛淳朴的笑脸浮现在他的眼前，他离开前托人打听了母子俩的情况，刘诗花日出而作日落而息，安分守己，周晓盛自从挨了刀、换了肾，像是变了一个人，从班里的倒数跃升了好几个层段，正在备考三叔周意重的那所高中，想到这些他不自觉地嘴角上扬。一动情，最先遭殃的就是面部三角区，他的嗓子好像被黏稠的液体糊住了，扯着脖子咳嗽了两下，又清出两口鲜血。这已经不是一次两次了，但他决定顺其自然，他认为，成功一定会在厄运之前，他似乎经常能看到"成功"在他面前晃来晃去，他嗅到了它的味道。

周庆绅正慌乱地擦着嘴角的血，朱所长探头探脑、寻寻觅觅，总算看到他的身影，一路小跑着过来，距离周庆绅还有三四米的时候，"扑通"跪下了。

周庆绅吓得也跪下来，两人互磕了一会儿，周庆绅委屈地说："我就随便转转，呼吸一下新鲜空气，没给您捅什么娄子，您用不着这样吧。"

朱所长从地上爬起来，"啪"的一声，左掌包住右拳，先是举过头顶敬天，然后冲周庆绅作揖，规规矩矩，标标准准。周庆绅没受过如此大礼，心说，幸好刚才两口老血提前吐掉了，不然很容易喷他一脸。

周庆绅说："这是怎么说的？撵我走？那就直说，别折我阳寿啊！"

朱所长眼里泛着泪花，问道："昨天你去小石村了？"

周庆绅惊恐地点点头。

朱所长说："救了个老头？"

周庆绅又鸡啄米似的点了点头。

朱所长一把抱住他说："是我爹！是我爹！"

周庆绅说："你比我都大，我不是你爹，你烧糊涂了吧？"

朱所长说："你救的那个人是我爹。"

周庆绅错愕不已，朱所长端的是铁饭碗，其父亲还过着那么拮据的日子，可以想见其他人的处境。

周庆绅说："这也太巧了，这算得上'但行好事，莫问前程'

这句话最快得到验证的案例了吧。"

朱所长说完前因后果,周庆绅才恍然大悟。原来朱所长就是小石村人,半年回不了一次家,昨夜心里莫名发慌,想到老爹身体不算硬朗,别再出了意外。回到家,他发现老爹故作精神,动作别扭得很,看得出是在竭力掩饰身体不适。朱所长再三追问,他才说了实情,并"交代"说是一个拍电影的人救了他。朱所长一下就猜到了周庆绅,首先,这地方八辈子来不了一个拍电影的,其次老爹对周庆绅长相体型的描述十分形象,这人可不就住在他的帐下,脚指头都猜到了。朱所长把老爹送进医院,医生说,老头逃过一劫,这么冷的天如果在山上沟里冻上一宿,必死无疑,如果不来医院,他受伤的部位只会越来越重,活下来也免不了坐轮椅。为省两个糟钱,往往造成不可逆转的损失,这是老百姓的通病,朱所长拿他爹也没办法,忙活了一宿,天一亮就赶回来谢恩了。

磕头作揖不足以表达朱所长的感激之情,他许诺周庆绅:"既然是救命恩人,你的事就是我的事。现在最大的问题是小石村村民不配合你,请不来这些土生土长、原汁原味的群众演员,这电影就没法拍。这件事包在我身上,求爷爷告奶奶,我也得把他们全调动起来。"

周庆绅摇摇头:"有的人也许会碍于情面答应你,但你能保证每个人都答应你?别难为自己了,除非找到了问题的根源,这事才能迎刃而解。"

朱所长说:"根源在哪儿?"

周庆绅说:"就在那个洪副市长身上。"

朱所长说:"你能搞定他?比搞定小石村两千人还难。"

周庆绅说:"实在不行我只能再去搬陆省长出马了。"

朱所长唉声叹气地说:"你有所不知,这个洪副市长就是陆省长的小舅子。"

又是一记响雷,把周庆绅惊得外焦里嫩,洪副市长之所以独断专行,干出这不得民心的恶心事,原来是有强大的后台。这件事陆省长到底知不知道,谁也说不好,但小舅子的神兽属性,导致没有人傻到去姐夫面前告他的状,周庆绅当然也深谙此理。

面前的路似乎都被堵死了,拉来经费也拍不成电影,可谓天下奇观,而且他身体能扛到哪一天还说不定,难道真要像郭导说的那样,直接卷钱跑路去做迫切要做的事了吗?他焦头烂额。

第二十六章

我在极端变通中累积可观的财富,却时常为此如芒在背。我往往在固执己见中重返通常意义上的赤贫,而这强烈的痛感并不会令人孤立无援。无从得知多少金钱可以支撑未来,只需要预见,那脚下之路是不是月圆人安的祥宁之所,那眼前之人会否是脉脉含情的美丽生灵。

当时,朱所长宽慰周庆绅,说现在就回村,磨破了嘴皮子和膝盖,他也要做通小石村村民的思想工作。朱所长知恩图报,看到他的真诚,周庆绅心里舒服些了,静下心来捋着思路,心说,这事其实很简单,和下军棋一样,要想摆平洪副市长,最妥帖的办法就是找个比陆省长还大的官。作为一个底层人士,翻遍通讯录,能找出这么一个角色吗?通讯录在周庆绅脑子里一闪而过,他脱口而出:"通讯录!"

周庆绅突然想起之前孙省长给过他私人电话,火速回到房间,从公文包里翻出一个小本子，他抱着亲了好几口，对朱所长说，天无绝人之路。

那时，朱所长不相信周庆绅敢给孙部长打这个电话。作为一名公职人员，他当然听说过刚提任的孙部长的名号，而且他更了解官场上的微妙关系，没有人会因为一个不痛不痒的电影项目，去轻易干涉兄弟单位的部署安排。看样子，周庆绅确实认识孙部长，但并没有经常联系，电话还要好好一通翻找。这和酒场上称兄道弟，出了屋门互不相识一样滑稽。

看到朱所长一脸担忧，周庆绅解释道："这个电话要打，但不是现在。饭一口一口吃，事一件一件办，洪副市长的底线，我一点点来试探。"

朱所长看见周庆绅从容的目光，哪像个不明所以的名誉专员，倒像翻手为云覆手为雨的政治家。那时候他还谈不上佩服，只是隐隐觉得这个人拥有独特的魅力。小胜靠勤，大胜靠德，这个人即使在西泰县没有达成所愿，以后去到别处也早晚能雄起，但接下来的一幕让他亲眼见识到了周庆绅的能力，他的猜测当场得到了验证。

当着朱所长的面，周庆绅不打孙部长的电话，而是直接拨上了洪副市长办公室的电话，看得朱所长心惊肉跳，脸部肌抽搐着说："要不再考虑考虑？再议上一议？"

周庆绅没搭理朱所长，摁电话键盘的手铿锵有力。电话接通了，是秘书接的，秘书很没感情，说话相当官方，他冷冰冰地道:"洪副市长在开会,有什么事请跟我说,我负责转达。"

那时周庆绅戏精附体了,他已不是自己,他认为他代表了广大人民群众,是问政代表,是为父老乡亲发声的主心骨,这样的角色定位赋予了他厚重富足的底蕴,面对牛鬼蛇神,姿态不仅不能放低,还要充分高调起来,第一回合就要打掉对手的嚣张气焰。于是,他一秒入戏,调运了丹田之气,声音从腹腔中传来,像美声歌唱家,只是把唱改成了说,他的声音洪亮且严厉:"你有什么资格代为转达?如果是国家机密,你听还是不听?叫洪副市长跑步来跟我通话。"朱所长耳朵被震得嗡嗡响,更何况听筒那头的秘书。朱所长看见周庆绅确实很生气,虎着脸,胸脯一鼓一鼓的,这让朱所长很适应,他无数次见过领导发火,和周庆绅的状态类似,但气质和效果上,那些领导还差周庆绅好几筹,听筒一端的秘书早吓破了胆,连声道歉,两人还听到一阵急促的脚步声。

朱所长大气不敢喘,他很怕洪副市长怒怼周庆绅,而周庆绅更不像个省油的灯,一场可以预见的互呛互撕即将上演。朱所长心说,他俩各有千秋,最终遭殃的很可能是我这只小虾米。听筒里又有脚步声传来,洪副市长的烟嗓很有辨识度,朱所长分析,他正一边和秘书交谈,一边赶来。那时,周庆绅却"喀嚓"把电话挂了。

朱所长惊呼:"人就要到了啊,您这是?"

周庆绅将身体埋进沙发里,把茶杯里的冷水倒了,慢悠悠地续上热水,说:"刚才是我等他,现在他要等我。如果他还有起码的敬畏之心，他会回过来的。"

朱所长声音都变了调，说："这么大的人物，都有脾气，他要是不回呢？"

周庆绅说："你说得太对了，我也有脾气，他不回试试。"

话音未落，电话响了起来，周庆绅并不接，朱所长要被周庆绅折磨疯了，恨不能自己上手抓，又不敢，他哀求道："这个座机号码是招待所的，他一查便知。您俩斗，没问题，到时候您拍拍屁股离开西泰了，而我，不出意外的话，这个科级干部会干一辈子，我会吃不了兜着走啊。"

周庆绅示意他不要再像苍蝇一样叫唤，等铃声快响到最后了，周庆绅猛地接起来，速度之快，像徒手从油锅里捏油条的早点摊师傅。

朱所长刚要长舒一口气，周庆绅的心理攻势如排山倒海层出不穷。没等那头说话，他自报家门后，率先"开炮"，以政治敏感性不高为由劈头盖脸把对方数落一通。朱所长看见他的唾沫星子密密麻麻地喷在话筒上，像家长在训斥一个没完成好作业的孩子。朱所长从没见过这劲爆的场面，那天，他认为自己是开了眼，情绪大起大落的，这导致事后他身体虚弱不堪，比拉了半天犁、耕了一片地还累。

周庆绅的责备终于告一段落，他停下来，再不说话，静待洪副市长的反应。看来洪副市长也确实被周庆绅骂蒙了，丈二和尚摸不着头脑，搞不清这位"活爹"从哪儿蹦出来的，他沉默了很久。

这期间，其实周庆绅比朱所长还煎熬，只是他不能出戏，不能穿帮。

终于，洪副市长表态了："领导说得是，我检讨。"

周庆绅直奔主题："西泰县的情况非常糟糕，连台像样的车都没有，配车是现阶段保障工作的重点，你作为分管领导，我不知道是什么环节出了问题。西泰县的车去哪里了？如果没有购置，钱去哪里了？"

洪副市长显然没有准备好答案，他在组织语言，周庆绅没给他这个时间，说："你想明白了告诉我，我没太多时间。"说着，周庆绅又把电话挂了。

这次挂电话，朱所长绝望了，心说，这是谈判的态度吗？这是把水搅浑啊，你要能办成事，天王老子都要膜拜你。

但周庆绅却若无其事，刚才茶杯里续上的热水，这会儿喝起来正合适，他品着茶，朱所长却紧盯着电话，他太不甘心了，他断定这电话是不会再响了，洪副市长会暴跳如雷或者甩手而去。

然而，他又错了，几分钟后，铃声如约而至。周庆绅指着电话对朱所长说："你要知道，我不能和这样的人商量，我是在下命令。像这样的人，他只吃这一套。"

果然，这次洪副市长比刚才还客气，他在电话里首先向周庆绅说明了延误配车的理由，然后提出了解决办法，最后他要专程来西泰县当面向这位钦差级别的人物赔礼道歉。方寸之间，步步惊心，好在龙卷风总会过去，此时房间里只能听到钟表的嘀嗒声。一番没有硝烟的较量之后，周庆绅好像全做到了，又好像什么都没做。朱所长还是不信洪副市长会来，他上任后就没来过西泰县，作为接待部门的负责人，这种事他记得最牢。他认为洪副市长即使要来，也有可能是来贬损乃至收拾周庆绅的，毕竟外来的和尚再会念经，当地的和尚不让念，也全白扯，周庆绅应该自求多福。

洪副市长来与不来，朱所长都要把这个情况报告县领导，这是他的责任。可刚说完，消息就像长了翅膀，日头偏西的时候，全县人民几乎都知道了机关大院里住进来个神人，叫周治理，这人无惧无畏，敢打硬拼，没有他不敢叫板的人。霎时间，干部群众们都沸腾了，有的惶惶不可终日，有的隔岸观火，有的拍案而起，有的拍手叫好……那天，不管周庆绅走到哪里，都有人在议论他，他被架上了空中，越升越高，明天如果洪副市长没有行动，或者行动与他的想法背道而驰，那他就失败了，以后的路真就不知道怎么走了。

那个夜晚无比漫长，周庆绅一个人坐在招待所里唯一的套房中央，形单影只，孤苦伶仃，他已许久不抽烟，却鬼使神差地打开了茶几上的香烟，冒着再咳血的风险，一根接一根，直到烟盒空空如也。烟雾中，很多人仿佛又出现在他眼前，可他无法再完成和他们精神上的对话，他现在虽然做着自以为正确的事，但他却是以虚假的身份。而且，他是个失踪的人，连自己都丢了的人，不能给任何一个思念的人产生联络。陌生的地界，陌生的领域，他像个误打误撞独自闯入对手阵地的士兵，纵使有满腔的热血，似乎也无半分胜算。他从窗玻璃中看到了自己的脸,那是一张毫无特色的中年男人的脸,憔悴消瘦,眼窝深陷,不复往日神采。天空越亮,他越心慌,他不知道接下来迎接他的是什么,但前无出口,后无来路,他只能坐在原处,一动不动。困于一隅,四面楚歌,是他一直以来的处境,他总是把自己逼上绝路。他从不反思屡次造成这种局面的原因,他还能为自己找到理由,他想,像我这样的人,只有两条路可以走,一条是老路,一条就是绝路。

雪又纷纷扬扬地下起来,黑夜很快被亮眼的冰晶覆盖。这些年,周庆绅的世界里好像总是这般寒冷,现在即使待在暖气房里,仍然嘴唇发紫、面色惨白,他知道,寒冷与季节无关,寒冷是无依无靠。周庆绅迷迷糊糊地睡着了,梦里他瞬间成为最初那个一无所有的人,他什么都改变不了,什么也不再需要他去改变,以前他还守着大哥留下的一亩三分地,那像是他最后一块高地,他弃守那天,不管是何种理由,都像是剥夺了最后一点而自己赋予自己的价值。梦里,每一只妖怪都会现形,每一个骗子都会被拆穿。他狗血淋头,他万劫不复。

天大亮了,人们踩着积雪陆陆续续来上班,进了院子后,一个个目瞪口呆,裹足不前。他们看见有六辆崭新的豪华汽车整整齐齐排列在眼前,车身黑亮黑亮的,能照出人影来,在雪白的天地间,就像一个堪称奇迹的大工程,把人震撼到头皮发麻、鸡皮疙瘩暴起。全县也没有一辆这么高端的汽车,懂行的人说,这六辆车加起来,少说也有一百多万。周庆绅一个电话,打来一百多万,在财政连年亏欠的西泰县可谓伟大壮举,所有人都将他奉若神明,希望立即见到他,沾沾他的仙气,可这位仁兄当时还淌着口水,在睡梦中如履薄冰、担惊受怕。

朱所长把周庆绅拉到现场时,周庆绅揉开睡眼,看到眼前的成果,再也绷不住了,当场痛哭,声嘶力竭。众人以为他是为车祸死去的老书记哭,也跟着掉了眼泪。只有周庆绅自己知道,他是在哭自己的重生。

哭完了,周庆绅对朱所长说:"洪副市长就在不远处看着我们。"

朱所长说:"你看也没看,怎么知道的?"

周庆绅说:"他还没有赔礼道歉,他知道我还有事情没办完,或者,他也还有事情没有办完,怎么会走呢?"

朱所长正四处寻找,洪副市长从办公楼里冲出来,朝着周庆绅,远远地伸出了双手,嘴里嘟囔着:"周专员,我来晚了呀,来晚了呀!"

周庆绅没有伸手,他知道洪副市长一步步被带进了自己的节奏,调整好状态,恢复成昨天具有压迫感的形象,说道:"要三辆,给了六辆,态度很端正,但你们的工作中到底还有多大的水分?"

洪副市长委屈地说:"这话从何说起啊?"

周庆绅凑近洪副市长说:"以您的领悟力,你早应该想到了。"

洪副市长脸变了色，他贴着周庆绅的耳根说："我劝你不要管，你想不到会牵扯到谁。你完全可以充耳不闻，痛痛快快办好自己的事，踏踏实实离开，皆大欢喜。"

周庆绅说："上级赋予我权利，我不能不用，我不能不管。"

洪副市长冷笑一声说："你到底是个什么角色，我查不到。但我认为无非两种，要么你真是明察暗访的特派员，要么……你掂量去吧，我可是和陆省长通过气的，他根本不知道您是哪根葱，只是看在桂厅引见的份上，卖一个面子。山高路远，神秘莫测，请小心来得了，出不去。"

危机躲不过了。洪副市长敢这么说，显然是调查了周治理的身份，这人像是天降神兵，在凡间没留下过蛛丝马迹。这是坏事，当然也可以成为好事，西泰县地理环境非常特殊，当年红军躲进山里休养生息，几乎无迹可循，多年以后，科技进步了，但这里似乎仍是盲区，如果真要狠下心来让一个人消失，也是可以实现的，而且不是没有先例。洪副市长没有恐吓周庆绅，周庆绅从他的眼神里看得到杀机。

六辆豪车一侧，除了他们俩，还有陪同的县领导，不仅这些人极度不安，那些被疏散走但视线并没有离开的普通工作人员，也无心上班，都全神贯注地关注着那里的局势，默默为周庆绅捏一把冷汗。他们不是因为周庆绅的身份说不清道不明的问题，而是忧心，山高皇帝远，单枪匹马的周庆绅能否顶得住如此剧烈的压强。补贴款本不算多大的问题，不至于出人命，没有这笔钱的加持，农民不能奔小康，但也安稳活着，可现在已不仅是钱的事了，周庆绅挑战的是洪副市长，洪副市长认为这是羞辱，习惯强势的人，一次下坡路也不能走。

浓雾和雪花笼罩了荒凉，遮蔽了破败和肮脏，洁白本该盖过萧瑟，纯净理应映照着心窝，可人们冻僵的脸，扭曲了现场的画面，洪副市长汹涌的情绪，蓄势待发，像是拥有走火入魔的内功，一股乱流，让周庆绅以外的人，不由自主退避三舍。周庆绅迎着他的冷眼，仿佛回到了战场，应对擦着头皮嗖嗖飞过的子弹，内心的激烈程度也不过如此，不过那时热血沸腾，而今滴水成冰。有那么一刹那，他想，服软吧，毕竟只是过客，雁过留声人过留名这样的话，在他身上是笑话。一个天大的骗子，如果能留下名，那么到底是真名还是假名呢？在他看来，一切都是虚名。

零下五度，洪副市长在等待着，周庆绅也在等待，雪没过了脚踝，落在他们身上，只有鼻孔里呼呼冒出来的热气在证明他们不是两具冰雕，他们谁也没有挪动位置。

洪副市长说："我给你十分钟时间。别打什么心理战了，是爷们逢敌就亮剑。"

周庆绅冻得说不出话来，身体又发出了预警信号，千奇百怪的声音传来，侵袭着他的耳膜，五脏六腑像是被捣了几记上勾拳，相互缠绕，肆意翻滚，但他依然保持着笔直的军姿，耗费了更大的体能，让他虚弱无力，视线模糊，逐渐他只能看见洪副市长的轮廓。他快要坚持不住了，洪副市长大手一挥叫人把他押走，他带来的两个便衣壮汉，抓住了周庆绅的胳膊，准备把他往车上拖，围观的人们唉声叹气。

那时，所有人都看见打字员从办公楼里喊叫着跑出来，他高举着一张纸，边跑边摇，像是烽火连天的岁月里邮递员送回来的战士家书。打字员把它交给了县长，犹如完成了一项艰巨的使命，骄傲地看了周庆绅一眼，那一眼让周庆绅为之一振，浑身充满力量，胳膊一甩，两个壮汉打着趔趄退出去好几米。

县长扫了一眼那张纸，怯怯地呈给洪副市长，洪副市长欻过来，看到那是一个传真件，抬头印着某部委的名称，甚为气派，内容简短，只有两句话：请关照周专员的饮食起居，全力搞好工作协调配合，为盼。落款处盖着孙部长的私章。

洪副市长哆哆嗦嗦、翻来覆去审视了好几遍传真件，说："假的，指定是假的，天底下有这么巧的事吗？谁做了手脚，给我站出来！"

没人回答他的问题，他铁青着脸把传真件递给秘书，秘书抖了抖纸上的雪，凑近了分析，还嫌看得不够仔细，从兜里掏出一支小手电，上上下下照了一遍，比验钞还谨慎。

确认完毕，秘书伏在洪副市长耳朵上说："这……这是真的。"

打字员也悄悄对县长说："打字室那台传真机只供系统内部使用，而且有来电显示，压根不会错。"

洪副市长刚还鼓鼓囊囊的胸脯，漏了气一般。其实他当然知道传真件没问题，他也是从基层一步步干上来的，对办文程序心知肚明，他只是太相信以往的经验了，眼前这个黑瘦子，不管从什么角度看，都和他认知中的领导不沾边。他太久没有在大庭广众之下承认错误了，即便悔青了肠子，丢尽了脸面，也不能低下龌龊的脑袋。这不是他一个人的专利，他身边的人都是这样，他自然也要维持这强装的体面。

洪副市长带着人马灰溜溜地消失在风雪里，周庆绅"吧唧"倒下了，他倒下得很幸福，倒下了也记得孙部长的好。孙部长解救了他，不是偶然，而是事出有因，那天晚上他之所以敢睡，还是源于他鼓起勇气拨通了孙部长那个从没敢拨过的电话，他说清了他改头换面到老区拍电影、被授予荣誉专员称号、大家都叫他周专员、但拍摄陷入困境、问题出在当地村民因为举报被禁言的种种情况，这样的表述很艺术，避重就轻，让孙部长没有负担，孙部长才会感念旧情，决定帮他这一把。具体怎么帮，当时周庆绅也不知道，所以他在和洪副市长对峙时，内心是抓狂的，若不是经验使然，他很难这场风暴中站到了最后。

一天后，周庆绅从医院苏醒，又有一个爆炸性的新闻在等着他，那笔涉及成千上万群众的补贴款一分不差，悉数到账了，全县工作人员出动，把现金发到群众手中。病床上，周庆绅兴奋不已，他挣扎着爬起来，蹒跚地往招待所走，朱所长阻拦他，说他病得太重，必须住院。他说，我不住院，我还有很多事要做，谁也别想拦我。他不愿治疗，也是不敢治疗，假的永远真不了，他怕节外生枝。

周庆绅忍着病痛叫来了郭导,投入筹备。十几天后,电影正式在小石村开机。那天,不光小石村,还有邻村的人,甚至还有不远百里赶来的人,他们把现场围得水泄不通,不管周庆绅说什么,掌声骤然而起,叫好声此起彼伏,那场面让周庆绅的毛孔张开,热泪盈眶。

朱所长站在队伍的前面,摇着剧组的旗子,喊着口号,脸涨得通红,他对周庆绅说:"土老帽们哪知道电影是怎么回事,你为他们解决了生计问题,他们是冲着你这个人来的。"

周庆绅没有听见朱所长在说什么,他只顾着哭,因为他看到来的人好像知道是来当群演的,连妆都不用化,个个脸上好像涂着锅底灰,连服装都自带了,都穿着旧时代的衣服,对襟的褂子、露着棉花的棉袄、补丁摞着补丁的棉裤。

看到眼前的场景,周庆绅激动地对朱所长说:"他们太懂我们了,省下的钱可以用在电影宣发上。"

朱所长茫然地回道:"怎么就省钱了?"

周庆绅说:"他们身上穿的这些衣服,如果花钱去做,又是一笔不小的开支。"

朱所长听明白了,道:"你以为这是他们特意找来的烂衣服来当群演服?这就是他们平常穿的衣服啊。在你看来不可思议,可这就是老区人民习以为常的日子。"

此言一出,周庆绅先是怔住,接着哭得更厉害了。

两个月的拍摄,从严冬到开春,从农闲到农忙,地里的活计多得要命，但只要剧组一声召唤，不论多大的场面，不论黑天白昼，村民们扔下手里的农具，在最短的时间里就能集合起来，无人借故不来，他们真把这部戏当成了自己家的事情，费心卖力。有的因此受伤，有的耽误了接生猪羔子、牛犊子，造成损失，最为普遍的是连春种都搁置延后了。周庆绅真正见识了老区人民的淳朴和韧劲，难以言说的感动之余，更多的是于心不忍，这部电影若不是海量的老乡前仆后继，神仙都帮不了他们。周庆绅觉得他是在用老乡们的血汗和真心赚钱，电影能卖出钱来，他拿的也不心安理得。

那时，周庆绅找了个机会和郭导商量："我拉来的投资，我是不是有发言权、拍板权？"

郭导正紧锣密鼓地导戏，不得不承认他对待工作精益求精的态度令人钦佩，同时他的脑子比计算机还快，周庆绅还没说出意图，他就明白周庆绅又要出幺蛾子，他取来一块场记板，用力拍了一下道："你又要瞎拍什么板？你会拍板吗？"

周庆绅说："咱俩说的不是一回事。我是说，票房的百分之九十留给当地村民。"

郭导骂道："你是个傻子吗？什么人都可以做慈善的？自己带死不活，一屁股屎没擦干净，你凭什么可怜别人？"

周庆绅说："这本来就是属于他们的，我们只是搭起一座桥梁。"

郭导说："哟哟哟，你是真有格局。你知道票房会有多少吗？我从专业角度分析，保守估计这个数。"郭导伸出一个巴掌，继续咬牙切齿地说:"百分之九十意味着什么?意味着你们家鸡犬升天,你可以一辈子荣华富贵,可以安顿好所有你亏欠的人,不用再当个鬼头鬼脑的骗子。你泛滥的同情心会害死你,更亵渎了我的劳动成果,我一万个不同意,趁早把这垃圾思想清理掉!"

周庆绅被噎得胸闷气短,他磨磨唧唧赖在郭导身边:"少拿些,也够安顿他们了。我一辈子也就到这了,还求什么呢?如果你不同意,那你的还是你的,我只分配我那一部分。"

郭导无话可说,周庆绅的决定无懈可击,毕竟没有涉及他的利益了,可作为一个从业多年的专家级人物,他稍一衡量,就知道这事正常人一般是干不出来的。

电影后期制作几多蹉跎,终于到了首映式,为取得最佳商业效果,周庆绅硬着头皮把孙部长和陆省长请到了现场。那天是周庆绅人生中的巅峰时刻,所有人看到这阵势,都认为他是个不折不扣的大佬,脚下有树根,头顶有天线,呼风唤雨、无所不能。除了郭导,他太清楚这个家伙的来历,在他眼中,这位穿梭于人群中,春风得意、左右逢源的人那么的来路不正,他有多活跃,这社会就有多讽刺。

首映开始,放映厅过道上都挤满了人,椅背上也趴着人,就连垃圾桶上还蹲着两个,郭导的能力着实不错,从时而热泪滚滚、时而唏嘘不已的观众身上,可以知道电影不仅能看,而且好看。周庆绅拉来了人马,郭导经受住了检验,这无疑是非常成功的一次首映式。首映结束,在漫天的飘花和彩带中,郭导一边与各路"人中龙凤"寒暄，一边凑近周庆绅，握着他的手，皮笑肉不笑地说："你是本世纪以来，最牛的骗子，老子佩服得五体投地！"

周庆绅说："多谢夸奖，离不开您的启发和鼓励。"

幕布下面的小舞台，面对观众持续而热烈的掌声，郭导举起了周庆绅的手臂，像是裁判举起了拳王的手臂，向世界宣告，胜利属于他。没人不喜欢被追捧，这样的体验前所未有，一股豪迈之情油然而生，让周庆绅沉醉其中，无法自拔。他想，当年拼了老命扛枪打仗，从战友的遗体中间爬出来，没有听到过什么掌声，没想到当了骗子，却被万众瞩目了。想不明白这里面的门道也无须再想，就像一个饕餮者在享受人间美味时，不会去纠结那道菜到底是怎么个做法一样。

在影视剧项目还未泛滥成灾的年代，略微拔尖的作品就能轻易脱颖而出，很快席卷全国，他们的电影并非粗制滥造，当然也不是旷世神作，但总体来说还算可圈可点，尤其是影片有一定的教育意义，引起有关部门的关注，组织党员、青年、学生观看的情况时有发生，竟掀起一轮观影热潮，排片率扶摇直上，在票价只有几块钱的情况下，一个月后总票房达到了惊人的两千万以上。还住在西泰县招待所的周庆绅不管是身体原因、还是他所牵挂的人，都不允许他再等下去了，是时候分账走人了。他盘算得很好，去掉其他人的分成和税金，他能分到四百万，相当于中了一回彩票，而他只留五十万。这些钱可以拯救李羡彤于水火，即使她被抓了，也可以为她请优秀的律师，争取少判几年。这些钱还可以给她母亲做手术,也够刘诗花的生活费和周晓盛将来上大学的钱。而他唯独没有给自己留看病的预算,也许他知道自己已经病入膏肓。剩下的三百五十万,他要全捐给小石村群众,让朱所长监督大家用这笔钱建一个蔬菜集散中心,将来大家种的大棚菜可以自产自销,不用看中间人的脸色,无须被层层剥皮,是真正的授人以渔。

周庆绅向郭导说了自己的想法,郭导看他心意已决,这次没有对他横挡竖拦,相反还大加赞赏,似乎要把毕生所学的赞美之词全招呼到他身上。郭导说,我三生有幸遇见你,见一次要刮目相看一次,你堪称救世主、活菩萨,面善心慈,志向高远,非凡夫俗子所能望其项背。我理解不了,但就是觉得霸气、牛气、硬气。无奈人各有志,你有你的追求,我要是能说服你,你就不是你了。祝福你朋友,潮平两岸阔,风好正扬帆,不管你作何选择,都请记住我们的友谊,人家都说没有永远的朋友,只有永远的利益,我看我们就是例外嘛!郭导和周庆绅拥抱,郭导意味深长地摩挲了他的后背说:"你知道钱有多好,你又不知道钱有多好,好与不好,每个人都有不同的定义,价值观不同,难免走不同的路。将来,我如果有做得不对的地方,请兄弟海涵。"

周庆绅说:"即使是个骗子,也要有分寸,拿刚刚好的钱,多出来的部分还回去,就能离做回好人近一些。"

郭导没听懂他在说什么,殷勤地为他拉开车门,送他回招待所。但在半路上,周庆绅的车就被小石村村民拦住了,他要捐钱的消息是捂不住的,他们已经听说了这件事,激动得要请他喝大酒，用老区人民最高的礼仪、最好的酒菜招待他。周庆绅无法拒绝，他被前呼后拥着进村，成为小石村村民的座上宾，他们推杯换盏、觥筹交错，那是周庆绅为数不多的快乐时光。那晚，他看见月亮特别圆；那晚，通往外界的村道，非常明快。

周庆绅很快醉得不省人事，凌晨时分，朱所长的老爹朱大爷把周庆绅摇醒，让他快点儿跑，有多远跑多远。周庆绅刚要问怎么了，警笛大作，小石村村头上亮如白昼，人声鼎沸。

朱大爷说："警察说来抓诈骗犯，名字叫周庆绅，你是不是叫周庆绅？"

周庆绅说："我暴露了？我怎么会暴露的？！"

朱大爷说："你啊，太实心眼，没事也会上套，何况有事呢。"

周庆绅说："我知道这一天会来，没想到来得这么快，既然来了，就认命吧。"

朱大爷说："啥叫认命，咱的命啥时候自己说了算过，命都不认识咱，咱也不认识它。快跑，啥话不要说！"

周庆绅还在犹豫，却被这个耄耋老人硬生生扛了起来，出门一溜烟进了后山，小碎步倒腾得飞快，根本不像七八十岁了。伤筋动骨一百天，前阵子他还受过不轻的伤，现在为了周庆绅什么都不顾了，他边跑边说："啥钱不钱的，你就是一分不捐，你也是小石村的贵客。大家不允许你有意外，对咱好的人，咱心里有数，到啥时候也得护着。当年打鬼子，小石村人就是这样护着当兵的。为啥能成革命老区,老区人说到底就一个字,轴。"

朱大爷所言非虚,小石村人听说有人来抓周庆绅,还是洪副市长亲自带队,拎着耙子、洋镐、锄头把村口围上了,铁桶一样,滴水不漏,洪副市长干耗到第二天中午也没能进村。那时候周庆绅早从后山跑了,他跑出小石村地界,灰头土脸地从山地里滚到路面上,有个年轻人等候他多时了,周庆绅认出来那是郭导的助手,平时担任副导演职务,他当时正蹲在路边抽烟,看见周庆绅出现了,并不意外,扔过去一个黑包:"这里面有五十万,拿走吧,其他的,全忘了吧,想也没用,好多事,没商量。"

周庆绅幡然醒悟,说:"是郭导举报了我?!只有他知道我只需要五十万。"

郭导助手说:"他没有赶尽杀绝,至少给你留了后路。"

周庆绅说:"我还要感谢他,他技高一筹。"

郭导助手说:"后会无期!"

周庆绅说:"我日他先人!"荒山野岭,满目凋零,昨夜的幸福时光何其短暂,他所有的策划一夜之间皆成泡影,他留下的只是诈骗犯的恶名。小石村村民越是袒护他,他越觉得对不起他们,他现在就想去宰了郭导,可那只会更加得不偿失。

一窝黑老鸹从窝里飞出来,"腾"的一声,遍布天空,带来了阴郁的风,就像周庆绅此刻的心情,乌压压的可怕。周庆绅啐了一口痰,抓起黑包,很快从年轻人的视线中消失不见了。周庆绅没有任何机会任何能力再与郭导较量,郭导这招稳准狠,击中了周庆绅的命脉。出馊主意的人，往往也是落井下石的人，这个哑巴亏，只得他和小石村村民无声无息地咽下去。周庆绅带着那笔钱，带着满心失望，重新踏上旅程。他的第一站，应该是深圳，他要去解救李羡彤，他有钱了，有了劝她收手的筹码，这个筹码是用他的罪过换来的。他自知时日无多，这是他的另一种牺牲，他宁可自己死在大牢里，也要为李羡彤换来更多自由，他认为这就是爱。一路上，他谋划着，先找到李羡彤，带她去自首，然后花些代价，争取轻判，她一个女孩子，肯定是从犯，也许三两年就出来了。此一去，不管是什么结果，只要他去，一切都会向好的方向发展。他这么想着。

第二十七章

我看见了通往出口的微芒,极其短暂,我仍把它当作清晨睁开眼时这世界的第一缕太阳。我们不得不各奔东西,无须寻找,就算一起,也要逆风飞翔。从今天起,放心归去,当我们隐没各自眼眶,那漫山蓬勃的生命,就和彼此的祝福一样一样。

周庆绅坐上了去往深圳的长途汽车,那时弟弟周意重还在托关系、找门路,到处打听他的下落。哥哥成了诈骗犯被追逃的消息还是传到了军营,让丢失了叶屿珊不久的他雪上加霜。

周意重本不想把这个消息告诉刘诗花,可二哥混到这个地步,瞒是瞒不住的。不出所料,他打电话回去,始终无人接听,原来是洪副市长派去的人刚到她家,正在翻箱倒柜,挖地三尺。他们逼问刘诗花,有枣没枣都要打几杆子,说不定就能套出周庆绅的下落。这个苦命的女人,刚过了两天安稳日子,又飞来横祸,宁静全被搅乱。她不知道她到底做错了什么,要被一轮又一轮地骚扰打击。那时,她抬头挺胸,一言不发,冷冷地盯着细心布置的家再次被无情践踏。

领头的人问不出只言片语,气急败坏地踹了刘诗花一脚,刘诗花扑上去咬了他,那人疼得大叫不止,好不容易才挣开。刘诗花又恢复成原来的姿势,高傲地站立,她硬着脖颈子说:"不要再问了,就算知道,我会说吗?!周庆绅是我丈夫,名义上的丈夫,也是丈夫。没爱过,也是丈夫。他去找别的女人了,那也是我鼓励的,他还是我的丈夫!他是有种种不堪,但他绝对不会犯罪,他在我心里永远是一个堂堂正正的男人。你们要想让我对他不好,我'刘'字倒着写!"她穿着皱巴巴的旧衣裳,头发蓬乱着,颧骨上有略微发黑的印记,这些年皱纹也悄然爬上她的脸,还有随处可见的冻疮,她不再美貌,就是个普通得不能再普通的农家妇女。这种形象让人一眼看过去就能想象得到,她在田地里劳作的样子,以及围着锅台转的情形。灶棚的柴烟熏黄了她白嫩的肌肤,连日的操劳使她的身材日益臃肿,但她的眼神没有变,她多年固守的东西没有变,她一个人依然守住一个家族的家,尽管这个家现在也飘摇着,被肆意地鄙视着。清贫和衰老没有让她看起来卑微,在那个没有花朵、没有骄阳的时刻,她却仍旧无比艳丽高雅。

那些人折腾累了,也就撤了。刘诗花站在一片狼藉的家中,看着周元明的遗像说:"死了,你的任务也没完,还要保佑二弟平安。"

但刘诗花不知道,周意重当下的处境似乎比周庆绅还看不到希望，至少周庆绅一路向前，而他进退维谷。卫士演习结束后，团里将他列为拟提正营职人选，而叶屿珊的窃密出逃事件，给他戴上了沉重枷锁。主动向组织交代问题，一切努力将付之东流，政治生命就到头了，他想，那时候他不仅会成为大哥的耻辱，无法再继承他的遗志，就连周庆绅也比不上。周庆绅是个人选择离开，而他会成为一七七师史上首个被开除驱逐的对象。而如果不坦白，机密件已外泄，可能一时半会儿或者永远也不会有什么后果，但以后卫士演习的所有流程，都相当于在敌人眼皮子底下进行，如不改换模式，这类演习将变成了一群人的自娱自乐。

费鑫看周意重严重不在状态，刨根问底，周意重无意隐瞒，把这个弥天大错告诉了他朝夕相处的兄弟。费鑫的建议石破天惊，他极力劝道："千万不能报告，就当没发现蹊跷。静候提拔才是你该做的，等你更上一层楼，有了更高的地位，也就有了更大的空间，可以想方设法推动演习改革，我很早就投入对演习改革的研究论证，开辟一套新的演习密钥指日可待，本来我要独揽成果，现在你遇到了难处，我不能坐视不管，这样的共享如果能让你摆脱桎梏，我心甘情愿。成功以后，老文件都将成为废纸，不再具备密级属性，届时，你非但不会被处理，还会立功受奖。瞒天过海，暗度陈仓，旧法新用，皆无损失，何乐不为！"

费鑫的主意就像雪中送炭，让周意重倍感温暖，他说："都知道创新成果对一个人的影响有多大，你却毫无保留，这虽不像战场上替我挡子弹，但和平时期到处是钩心斗角，你的无私更难能可贵，叩谢了！"

费鑫说："保全自己要紧，就这么定了。"

周意重说："但我可能要让兄弟失望了，毕竟那些文件现在还在保密期，不能自欺欺人。"

费鑫说："猪脑子吗？那是演习文件，不是作战文件，短期内不会有胜败，不会有牺牲。"

周意重说："如果改革推行遇到阻力，那时再坦白，要罪加一等，你也要受牵连。"

费鑫说："你不相信我的能力？"

周意重说："我当然相信你的能力，我也相信那无所不在的偶然性，所有的事，就让我一个人承担吧。"

费鑫忿忿地说："傻子才管你，我是神经病，我狗拿耗子。"

周意重向费鑫敬礼，费鑫扭头看着别处，周意重推门出去了，费鑫看到他铿锵有力地走，向着保密委的方向。他的背影单薄而孤独，像逆流而上的勇士，前方纵使会万箭穿心，他也毫不迟疑。当周意重进了大楼，再也看不见了，费鑫才吸了吸鼻子，郑重地回了一个军礼。想到这也许是没有当面做出来的告别，但也许已经是正式的告别，心里难受得厉害。

周意重进去以后，果真没再从那栋大楼里出来，那些人当场关押了他。一位领导告诉他，你不来，保卫部门也掌握了你和叶屿珊的一些情况，早晚会找到你，幸好你有先见之明，否则就很被动了。

接连几天，他们不让周意重睡觉，几组人马轮流换班，审讯起来没日没夜。跨境失密泄密是大罪，如此要案几年也出不了一桩，是个人就想有新发现，若搞不到新颖的、猎奇的线索，就浪费了这千载难逢的机会。尤其是一些爱出风头的小年轻，他们都是师机关抽调的人员，有的还与周意重相熟，却极尽折磨之能事，这个曾受全师追捧的人落魄至此，似乎他们更有踩上一脚的冲动。欺软怕硬可耻，而昔日高手也是高手，和高手过招没有道德负担，所以他们可以变着法子展示自己的侦查问讯天赋，角度刁钻、不顾隐私，摧毁周意重的自尊，违背人体工学，强光直照、不让睡觉，搞垮周意重的身体防御，让其彻底颜面扫地。以前周意重站在领奖台上，他们的叫好声有多响，现在他们的损招层出不穷，就像一记记耳光打在周意重的脸上，声势有增无减。他们甚至连周意重和叶屿珊的床事也不放过，好像这两人的性生活也别有洞天、暗藏玄机，值得深挖细刨，才不过几天，光案宗摞起来就有一人多高。

　　周意重抗议，我是自首，是来交代问题的，你们不问我也会说，为什么把我当顽固分子对待？领导说，这个房间很邪门，一切社会曾赋予你的东西统统会被扒光退净，回到最初赤裸裸的模样，不管你多么位高权重、风光无限，多么精于算计、深谋远虑，多么演技高超、巧舌如簧，只要进来了，你就只有一个身份、一种待遇，现实如此。狼狈的时候，最不能聊的就是感情，委屈也好，难过也罢，踏实受着吧。终究都会过去，有罪，活该；无罪，也将是你的人生经验，可遇不可求。

周意重说:"被敌人折磨也就算了,被你们这帮丧良心的胡整,心如刀割,谁想要这样的人生经验?"

不会有人在意一个"阶下囚"的哀叹,更倒霉的还在后头,舒悦听说得意门生叶屿珊叛逃国外,一个静待绽放的花蕾,就此等同于陨灭。国内再无容身之所,国外也并非生存沃土,史蒂夫将她玩弄一番后,送去间谍组织密训,时机成熟派往其他国家执行任务,至此坠入深渊,再难翻身,要么死去,要么受控,这种情况早已有之,且从来没有被成功解救的先例。舒悦想破头也无法得出叶屿珊嬗变的结论,最后全怪在周意重身上。她风一般地赶回来,冲进审讯室,甩开胳膊,朝蓬头垢面的周意重,连抽了七八个大嘴巴,还不解恨,疯狂撕扯他,指甲嵌入他的皮肤,有血水渗出来。周意重全程没有反抗,他感觉不到疼,如果被打能算是一种解释的话,他倒是希望舒悦能打死他最好。

那些审讯的人都知道舒悦的来头,没有人阻拦,还关了视频监控和录音,悄悄地撤了出去,腾出场地给失去理智的舒悦。

忙活了好一阵子,而周意重像个雕塑,哼都不哼一声,得不到配合的暴躁,索然无味,舒悦哇哇哭上了,说道:"她是我最赏识的人,我们朝夕相处,我拿她当亲妹妹,一个活生生的人,就这么被你弄没了?你如果不爱,学学周庆绅,抛弃也可以,为什么要置人于死地!"

周意重说:"本就不是一个世界的人,却非要相信这样的爱情,即使不是分崩离析的结局,我们的未来也难以预见。为什么感情比打仗还要难,勇敢,也解决不了问题。"

舒悦说:"什么时候了,还在后悔?你要做的是把她带回来见我!她肯定还爱你,只有你能让她回心转意。"

周意重说:"二哥失踪了,她也决心远渡重洋,每个人都毅然离开我,我到底是哪里做错了?如果不弄懂这个问题,我找回他们又有什么用,还是谁也留不住。"

舒悦惊诧地问:"你说什么?周庆绅失踪了?"

当时,周意重木然地点点头,舒悦失魂落魄地走出去,从室内到门口,几步的距离,她好像有气无力地迈过了数道坎。那时,她的形象与苍老了许多的刘诗花一样,失掉了往日神采,曾经貌美如花、玲珑有致,与其说是经不住岁月的洗礼,不如说是遭遇了太多的不如意。人生实苦,都藏在她们的眼泪里。

那些人没从周意重身上再找到博人眼球的信息,越探究,越发现他的无辜和清正。他们只能叫来决策者舒泽勇,舒泽勇看见瘦了好几圈的周意重,也于心不忍,但慈不掌兵,这不是表示关心慰问的时候,而是尽可能地挽回损失。

在保证密闭的环境中,舒泽勇说:"培养一个带兵人非常不容易,你出类拔萃,马上能晋升,可遗憾总是相伴相随,我没有关心好你的生活,让你走了弯路。叶屿珊的连带责任,你必须要承担,涉及原则性的问题,谁也不能为你开脱。但今天我来,不是只给你泼冷水,是为你寻求出路。师党委专门为你研究了将功补过的方案,你会被暂时开除军籍,那样你才能无所顾忌地去寻找叶屿珊，至于找不找得到，她会不会跟你回来，就看你的造化了。明说着，大使馆已经摸清了叶屿珊的下落，只是不敢贸然行动，担心得不到她的配合，从而打草惊蛇，弄巧成拙。而你有得天独厚的优势，相当于为大使馆的解救工作上了一道保险。去还是不去，全看你个人选择，当然你可以拒绝，毕竟海外危机重重，史蒂夫组织臭名昭著，即便你全身而退，还把叶屿珊找回来了，你在部队的上升空间仍然是闭合的，这一点毫无疑问，你需要综合权衡……"

周意重没等舒泽勇说完，抢话道："我只要人，什么上升空间，什么责权认定，什么高官厚禄，我去……"他差点儿要骂出脏话来，看见舒泽勇的脸，改口道："我去救人！"

那天，周意重被从审讯室放了出来，换上便衣，归为平民。很多人，脱下军装，就减轻了责任，而周意重却觉得肩膀上更为沉重，他和哥哥周庆绅一样，都奔向遥远的目的地，试图寻回梦中的新娘，他们的"新娘"也像商量过了，先后铤而走险。周意重知道此一去，会很艰难，但相对叶屿珊，放下国内的一切，投身完全陌生的国度，仅次于生死吧，她都没有害怕，自己凭什么忐忑。

几天后，周意重站在了异国的土地上，根据来时掌握的消息，他很快找到了叶屿珊的藏身之所，那座奢华气派的别墅位于距离市中心半小时车程的郊外，那里被树木和小河环绕，曲径通幽，风光旖旎，不是绽放的季节，却也有鸟语花香，周意重无心赏景，他脑子里被叶屿珊占据，这个曾带给他爱之体验的女人，激荡了他的似水年华，抛却附加因素，她也覆盖于他的心头，并持续升温。

一整天，周意重都潜伏在别墅外围，借助地形，使用高倍镜观察里面的景象，但史蒂夫本身是资深情报人员，反侦察能力炉火纯青。周意重细致入微，也没什么发现，他所能看到的地方都是无足轻重、几乎不会有人出没的局部，而人活动最频繁的客厅、卧室都拉着厚厚的窗帘。比如他搜索到了阁楼一角，这是为数不多的能够通视的房间，里面堆放着凌乱的杂物，多是一些不应季的电器和老旧的书籍文件。这个区域在一座上千平米的大别墅里几乎是被遗忘的地带，十天半月无人涉足也属正常，能在这里看到叶屿珊的概率小之又小。周意重丧失了继续监视这里的欲望，又坚持了一会儿，他一度怀疑这个别墅无人居住，目标位置信息不准确或者转移别处。但即便是空房子，也不能白来一趟。不了解里面的情况，贸然潜入内围，如同盲人摸象，绝非明智之举，尤其是面对史蒂夫这样的对手，更不能掉以轻心。可侦察无果，周庆绅已经做好了准备，如果半个小时之内还摸不着门道，且看不见他们露头，他硬着头皮也要进去。

入夜，周意重收起高倍镜，准备从高处下到地面，突然他惊喜地发现别墅里有房间亮起了灯，人影晃动，这让困顿中的周意重为之一振。不一会儿，阁楼里的灯也被开启了，他看见有人从楼梯上拾级而上，先是冒出了头，然后大半个身子露出来，周意重的心提到了嗓子眼，他屏住了呼吸，直至整个人豁然出现在眼前，他探着脖子，激动得无法抑制，那正是朝思暮想的叶屿珊。她盘着高高的发髻，脸庞在灯光的照耀下发着雪白的光，看起来，当然比跟他在一起时更高贵典雅，可见她在这里的生活不是想象中的那么凄惨，相反还非常滋润。也许壁炉里热火正旺，她身着公主裙，光着脚，轻盈飘逸，身姿舒展。她那么美，比之前他所见的她都要美，他既心酸又感动。

此时叶屿珊绕过杂乱物品，径直走向墙角的保险柜，拉开一个抽屉，拿出一摞资料，目光停在上面，几分钟后，她把资料抱在怀里，似乎有抹泪的动作。周意重调整了焦距，那沓资料就是她从国内带来的，她这是在怀念往事了，这让周意重获得极大的满足，他认为叶屿珊是舍不得他的，她睹物思人，她的心可能已经飞到了官桥，飞到了他的身边。祷告似的"仪式"之后，叶屿珊小心翼翼地放下资料，走到飘窗前，看向外面，周意重就在她正前方的树林里，如果没有遮挡，他们的目光即可平行交接，周庆绅缓缓地蹲下去，他还不能让任何人知道他的到来，万一别墅里还有别的危险，他一个人应付不来。

周庆绅把手指贴在嘴唇上，偷偷给了叶屿珊一个飞吻，他看见一轮明月爬上阁楼的窗子，漫天繁星挂在夜空，挚爱的人站在星月之下，那场景就像一幅迷人的油画。他与爱之间再无鸿沟，他离原本顺畅的轨道近在咫尺。微风吹过，树林里哗哗作响，有松针掉进他的脖子里，他伸手清理了一下，再把眼睛凑到高倍镜前时，只见史蒂夫蹑手蹑脚地出现在叶屿珊身后，脸上有爱怜的笑，他从后面张开双手，环抱住了她的腰，叶屿珊没有抗拒，还很享受地把头贴到了他的肩窝。

周意重双眼喷火,他恨恨地想,就是这个杀千刀的家伙,不就是有高颜值、国际范、丰富的知识储备、稀奇古怪的生活技巧以及巨额财富的诱惑吗?你还能有什么?叶屿珊就这么甘愿被他狩猎,被他精神控制吗?她一定是在这陌生的地方很不习惯,所以才过分依赖他,不得不施展拙劣的演技配合他,不然,她为何没有笑容,以前他们亲热的时候她可是欢声笑语不断,现在完全一副性冷淡的样子,是谁让她变得如此成熟,一定是接二连三的挫折和苦难。他正想着,叶屿珊却后仰脑袋,而史蒂夫利用身高优势,居高临下地伸嘴过来,猪拱槽一般,完成了一个高难度的反向接吻动作,吻得深沉,吻得长久。周庆绅还通过吻的姿势和力道分析,他们应该还伸了舌头,这是他从未有过的体验。当时周庆绅越看越气,心说,叶屿珊如果不爱他,会伸舌头吗?既然是演戏,而且没什么演技,为什么看不出破绽呢?

吻戏随着两人脖子的生理承受能力的极限而落下帷幕,他们关闭了阁楼的灯,相拥下楼,再没出现。那时,周庆绅有气无力地留在树林里,和衣而卧,却一夜无眠。那里的气温分不清是更干燥还是更寒冷,那里的感情也分不清是真切还是虚无缥缈。他觉得他是这世界的弃儿这件事不可否认,他能听见心室被割裂的声音。

天亮了,有两辆车先后开进别墅,从车上下来七八个俊男靓女,他们带来了香槟和美食,史蒂夫和叶屿珊从院子里出来迎接他们,看架势是要搞一场聚会。整个上午他们忙忙碌碌,别墅前的草地上有了浓厚的节日氛围。布置完毕,他们豪饮热舞。叶屿珊穿得很隆重，一袭挂着鳞片的裙子，满身珠宝，流光溢彩，尤其是她身背"魔法棒"，头戴"皇冠"，凸显了女主人的地位。她满院兜圈子，和每一个人贴面，与每一个人碰杯，如鱼得水、游刃有余。从她的脸上，周意重看不到丝毫昨夜的伤感。好像这里就是她生长的地方，那些品种品相截然不同的人都是她的发小。周意重乐观地想，刚来几天啊，就相处得这么融洽，不符合常理，这不是表演还能是什么呢？

这群人的战线拉得很长，聚会从中午开始，一直持续到傍晚。叶屿珊最活跃，当然也是第一个醉倒的，她倒在了史蒂夫的怀抱。史蒂夫也喝了不少，能看到他的倦态，但他对叶屿珊仍有十足的耐心，倍加照料，又是擦脸又是喂水，满满的爱溢出来，捂都捂不住。客人晕头转向地陆续离开，别墅里又恢复了平静。

周意重忍不了了，待得越久，越担心自己会不忍心拆散这对神仙眷侣。明明自己是受害者，现在反倒像个第三者，在鬼鬼祟祟地偷窥"正主"，行为龌龊不已。忍无可忍无需再忍，他掏出从黑市上购买的手枪，用干扰仪阻断红外线以及监视器传输，翻身进院，打开史蒂夫来不及上锁的房门，悄无声息地进了别墅一层。

卧室的灯亮着，史蒂夫坐在床沿上，背对着屋门，叶屿珊躺在床上半梦半醒地说着话，对有些人来说是清醒的话，对周意重来说，他认为那绝对是醉话。她说："为了你，我什么都不要，你可不能欺骗我，不能丢下我……"

史蒂夫充满爱意地回答："人都会变化，我最大的变化，是从一个没感情的机器，懂得什么是爱。以前，我以为最厉害的武器是尖刀利刃，是枪支弹药，现在我认为是你的微笑，以前我认为最厉害的技能是斩断，是撇清，现在我认为是守护和捍卫……"显然不是醉话，周意重能听出来个大概，那里面饱含感情色彩。这种话，配上背景乐，足以打动别人，但对于周意重来说，绝非打动，而是刺激。

叶屿珊又说："我是上了你的钩才来的，不指望你对我好，只求平安过活，可时间一长，一切都不一样了，我感受到了柔软和温暖。我知道这对周意重不公平，他是个好军人，可我承认，他不如你懂女人。这不是肤浅吧，我既然这样选择，就是在追寻自我。自我，那也别犹抱琵琶半遮面了，那就放下所有，自我到底。"

此言一出，周意重大脑一片空白，他毫无争议地真的成了第三者，世界就是如此奇妙。在无尽的懊恼中，他用枪挑开了门，黑洞洞的枪口指向了史蒂夫，却没有立刻开枪，抠动扳机的刹那，他想到舒泽勇没有让他击毙敌人这个选项，他此行的任务是将叶屿珊带到大使馆，然后安全回国。可也没有人明确制止他在任务过程中顺便解决一两个敌对分子。稍一走神，情况急转直下，醉酒的叶屿珊在对话中清醒过来，头离开枕头，去接史蒂夫递过来的水杯，正好看到了枪口。

叶屿珊"啊"的一声惊叫，史蒂夫下意识地将叶屿珊推下床，随即张开双臂，跃起扑在她身上。这个挡子弹的动作，周意重十分清楚它的价值，他看懂了史蒂夫对叶屿珊的爱不仅停留在嘴上，但领悟到这些的同时，形势所逼，他不得不开枪，否则受伤的是自己。子弹擦着史蒂夫的头皮飞过，血瞬间冒了出来，房间里弥漫着血腥味。史蒂夫很幸运，没有伤及要害，还有活动能力，叶屿珊挣扎着要爬起来，被他摁在地上。他有很高的职业素养，迅速出枪，果断还击，但血糊住了眼睛，影响发挥，一轮下来，他们从卧室打到餐厅，最终周意重下了他的枪，将他彻底打倒在地。

叶屿珊的酒早醒透了，第一时间认出了周意重，她看到两人打成一团，一时大脑停转，呆在原地。她身体无法动弹，情感却不受束缚，眼泪奔涌而出。那到底是一种多么复杂的情绪，除了她自己，谁也说不清。

史蒂夫的面部被打得血肉模糊，周庆绅因他而起的愤怒、自卑，全化成拳头打进他的肉和骨骼。史蒂夫的一声呻吟，叶屿珊一激灵，从感性中回归，她跪爬过去，用手盖住他的伤口，但血还是汩汩流出来。是二虎相争，还是情敌决斗，是国家利益，还是个人恩怨，叶屿珊无从分辨，那时她必须扮演一个角色，她选择站在史蒂夫一边。周意重理解她，史蒂夫曾给他最大的威胁，现在却是她的最后一根稻草。哪有什么人性的弱点，为了更好地活下去，在人性光辉无法覆盖的地方，不分对错，没有明暗，多数人都会像叶屿珊一样。

周意重缓缓地靠近史蒂夫，叶屿珊盯着周意重不停地摇头，示意他别再往前了。

史蒂夫并不恐惧，他指指肚皮说："芯片，我身体里有芯片，如果我断了气,你就掉进了天罗地网,连一英里也走不出去。"

可周意重并没有停下,他说:"那么,这就是我的最后一场战斗,我要用毕生的军事技能,和你们大干一场,大不了葬身于此。"

周意重的枪不容置疑地压在了史蒂夫的脑门上,叶屿珊抓着他的胳膊说:"对不起,你应该先杀了我。我背叛了你,背叛了祖国,抛下了所有人,罪恶有很多种,我这种最下贱最耻辱,只有死才能洗清吧。"

周意重说:"你只要跟我回去,都还来得及挽回。"

叶屿珊说:"回不去了呀!我回去你就能放过他吗?他们就能放过我吗?"

周意重说:"你要挟我?你拿他要挟我?"

叶屿珊从地上爬起来,"噔噔噔"上了楼,不一会儿拎着一个包裹下来,放在周意重身边的餐台上,还顺手拿走了上面的一把餐刀。

叶屿珊说:"这里面有我从国内窃取的机密件,还有史蒂夫搜集的所有情报资料,我们根本就没有动过,现在悉数奉还。从此我们解甲归田,再也不碰这些东西,我发誓!我们能不能做回一个普通人,一个没有根、没有归途的普通人?"

周意重说:"天底下最可笑的事就是相信一个间谍的话。"

叶屿珊把枪口朝自己头顶拉,但她拗不过周意重,突然,她取出了餐刀,二话不说刺向了自己的大动脉,周意重眼疾手快,一脚踢飞了餐刀,用枪托将其砸晕。面对背靠着橱柜,毫无还手之力的史蒂夫，他抬起胳膊，从准星里瞄出去，他看见史蒂夫并没有将注意力放在他的身上，而是望着倒在地上的叶屿珊，嘴角露出一抹笑容，那是此生足矣的笑容，让周意重觉得自己手里的枪还不如一根烧火棍来得有价值，让他觉得自己越过千山万水而来，竟然还没有走马观花的游客收获得多。

"嘭"的一声，枪响了，史蒂夫眼睛暴突，沿着橱柜壁缓缓地滑下去，头部降落到地面时，还是朝着叶屿珊的方向，他伸出手想要抓她的手，却在还有十几厘米的地方停下了。

有警笛声由远及近，周意重抄起那个包裹，刚要冲出别墅，突然转过头来，蹲下身子，帮助两人握住了手。随后，他才又辗转腾挪，三下两下消失在茫茫夜色里。

警灯闪烁，满地警察，警戒线拉起来了。他们进到别墅里，盘查了一圈，没有发现可疑人员，而史蒂夫和叶屿珊竟然都还活着，还能正常回答警察的问题。

史蒂夫摊开双手，指着地上的一堆艺术品，表演着："太嚣张了，强盗穷凶极恶，还持有武器，要不是我反应快，打了一场精彩的枪战，让他见识了我的厉害，我家昂贵的藏品就全被他抢走了。"叶屿珊心领神会也配合着编着故事，让警察以为这就是一起持枪入室抢劫案。

警察查看史蒂夫的伤势，强制将他送医，叶屿珊留下来继续录口供。史蒂夫没有死，并非周意重没有击中他，当时周意重的枪口对准的是他头顶往上两厘米的位置，他放弃了轻而易举可以杀死他的机会。

陆续又有大批警察兵分多路,封控了要道,而直至凌晨他们也一无所获,其实周意重太清楚追捕的套路,他出了别墅后没走远,重新回到他白天潜伏侦察的地域,像名善于伪装的狙击手,藏身于树林中,静候时机。他躲过了几轮搜查,几个小时后,别墅里录口供的警察也打道回府了,他才从树下露出头来。现场重新沉寂,有还未形成雪花的冰碴碴落下来,一粒粒打在周意重身上,像是冰冷的眼泪。本来想带个人回去,身边却只剩下一个没有温度的包裹。树梢上方狭窄阴沉,暗蓝的天上空洞无物,他知道他就要这么回去了,没有将功补过,没有失而复得,回去之后的境遇,应该和这时逼仄的景况差不多。

不过,周意重没有为此难过太久,他更多的是为叶屿珊心疼,不杀史蒂夫也是为了她,毕竟留下他,她在这里就还有依靠。可即便成全了他们,一想到她还是放弃了太多,在此终老,心里的委屈就算不上什么了。他想再看她一眼,站起身来,发现别墅里的门四开大敞着,从高处看不到里面,他只得猫下腰,搜索她的身影,那时叶屿珊恰巧走到门厅下,望着他逃走的方向出神。周意重看得入神,脚下踩空,骨碌碌滚了下去,发出了响动,已经神经质的叶屿珊,神经衰弱,显然是察觉了,她快步跑出来,经过马路,站在了草丛边。当时,周意重就在草丛里,能看得见她的高跟鞋和裙摆,甚至能闻到她的气息。

草丛里有不知名的动物跳来跳去,似乎在为这两个相对站立却无法对话的人干着急。生活要有仪式感，永别岂止是场仪式，周意重多想站起来，再拥抱她一下，她也一定不会拒绝，可他又明白，这会儿每一个代表留恋和爱的举动，都不合时宜，都有可能成为记忆中汹涌的泪滴。

那时，叶屿珊竟然像是知道他躲在某处一样，说："是你吗？你还在吧？不管你听不听得见，再让我说最后一句吧。以前，谢谢你朴实的爱，现在，感激你的不杀之恩，如果真的有来生，你不当兵拼命，我不爱慕虚荣，我们就在官桥小镇上，种地放羊一辈子，可好？！"叶屿珊哽咽到语塞，周意重的眼泪和那越来越密的冰碴一样，砸弯了草叶。

周意重看见叶屿珊独自回去的背影，他站起来，大步在草丛里穿行，逐渐洁白一片的大地上，只有他，只有光秃秃的树，只有走过就被淹没的，再也不可返回的路。

第二十八章

我还有一个小小梦想,就是不放弃等待,你终究能回来,哪怕我们面目全非,也必然还记得那刻骨铭心的爱。我还残存着一丝高尚,那就是维护我们的约定,谁率先凋零,谁就要在下个季节率先盛开。

周意重没能完成任务,黯然回国,一下飞机就被戴上了手铐和头套,扔进禁闭室内,无人问津。一周后,他的事情有了结论,过失泄密,降职降衔,少校军衔降至中尉,从"高速公路"回到了"炮弹坑",就像回到了他当年跳下去爬不出去的那个深坑,如果没有奇迹,他当年爬不上来,他今天更爬不上来,只等着活活困死在里边,所以他决定转业。

这不是舒泽勇愿意看到的结局,他找周意重谈话:"其实有些矫枉过正了,你只要耐得住寂寞,还有翻盘的机会。"

周意重听得出话里有话,但他说:"你们不处理我,我也不会放过自己。说什么,都掩盖不了我的问题。留有遗憾,才能更好地吸取教训。没有人在乎败相好不好看,还翻什么盘啊。"

舒泽勇说:"世上所有的事都没有结论,结论只基于一个时代或只是一个时期,劝你三思而后行。"

周意重说:"好的坏的,都不需要结论了,我走,你们一劳永逸,我也能从头开始。"

舒泽勇露出始料未及的表情,再三劝说,周意重去意已决,舒泽勇惋惜地说:"我看错人了?!"

周意重说:"让您失望了。"

舒泽勇说:"谁都知道你是个优秀的军人,你无条件相信我们,竭力维护着一切,这一刻,却都无力保护你。"

周意重向舒泽勇敬礼,意在告别,舒泽勇无奈起身,目送他离开,并说:"一七七师的大门永远为你敞开着。"可周意重还是毫不犹豫地走了,舒泽勇痛心疾首。

周意重刚出来,远远地看见了舒悦,想起之前在审讯室里异常彪悍的她,心有余悸,并做好了再次被追问和暴打的准备。但这次舒悦像换了一个人,她显得很疲惫,眼睛里布满了血丝,头发里还有一两根银丝若隐若现,她的身材日渐丰腴,已看不出玲珑的姿态。他们之间有长久的眼神交流,此时,他们谁也读不懂谁的心路历程。

舒悦问:"走了?"

周意重说:"走了!"

舒悦问:"我知道了你在国外的情况。"

周意重说:"我不能把她还给你了,对于我来说,只要她过得好,她在哪里都一样。"

舒悦问:"可是你呢?不好好想想自己吗?"

周意重说:"确实要想想自己了,该去亲手把他找回来了。"

舒悦瞬间明白了他的意思,说:"找回一个,又丢一个,你们三兄弟从来没有聚齐过,为什么总是逃不开这个魔咒。"

周意重说:"我们的一生,怎么走,都是寻找和被寻找的命运。"

舒悦情绪激动起来:"我找遍了他可能出现的地方。即便你能找到,他会跟你走吗?最不会跟别人走的,就是他。"

周意重说:"我了解他,他从不会逃离,他一直在回归的路上,我沿着他的路往回走就是了。"

周意重的话让舒悦陷入沉思,她不能完全理解,但似乎明白了始终和周庆绅若即若离的原由。她看见,同样固执的周意重,并没有因为连续的失去而消散了眼中的自信,这令她稍感欣慰,但随即又是一阵痛彻心扉。当时,作为和叶屿珊关联密切的人,其实她已经知道父亲舒泽勇的秘密举措,她好几次想要向周意重说出来,以减轻他的痛苦、看到他的笑容,可纪律要求,她根本不能那么做。

周意重把军装叠放整齐,走出营门时,没有人送他,只有绚烂的火烧云挂满天边。他回望那条走过千万次的大道，一排整齐的杨树比他还要沉默无言。他调整了一下背包的带子，瘪瘪的背包跳动了一下，和他此刻的心情一样空空荡荡。当他迈开步子，孙诚在他身后叫他的名字。

孙诚喊："兄弟，别忘了你是个战士，你不在战场，也永远都在战场的边缘！"

周意重停下来，笑着回道："继续战斗啊！"

周意重不知道，所有面向营区大门的窗台上都趴满了人，眼含热泪地看着他，每个离开一七七师的人都是轰轰烈烈的，除了周意重。是舒泽勇下令不能送他，送他就是政治立场不坚定。后来，孙诚甚至专门为此和舒泽勇理论，并没有得到任何解释，连孙诚都无法获得真相，更何况那些和周意重关系更为紧密的兵。

舒泽勇和舒悦也在窗前，舒悦少有的气势汹汹地质问道："要是我，我就在营区前绝食、静坐，凭什么？凭什么被这样对待。多大的功勋都抵不过一次莫须有的失误？"

舒泽勇手指着营区不远处的一个外资企业说："里面并不单纯从事生产活动，他这刚一走出去，就有几双眼睛盯上了他。为了叶屿珊，为了更大的成功，只能委屈他了。"

舒悦继续逼问："你明明可以跟他说明白，他怎么会不配合你？"

舒泽勇说："新时期，舆论战、心理战、法律战，惊险程度不亚于枪林弹雨，蒙在鼓里，才是对当事人最友好的，你若不是叶屿珊的直接领导,是舆论部门的高层,你也不可能知道半点儿消息。"

舒悦叹了一口气:"知道了反而更难过,目睹着伟大,比痛恨着背叛,更扎心。"

原来,叶屿珊在出国之前就被吸收进反间谍集团,为此她付出巨大牺牲,包括爱情。周意重回国后,叶屿珊获得了史蒂夫组织的充分信任,打入其组织内部,多次瓦解了他们针对中国的窃密活动。这些,周意重一无所知,他也怀疑过叶屿珊的动因,可转念一想,又天真地认为既然舒泽勇派他去解救叶屿珊,她就不可能是安插在敌方阵营的卧底,说白了就是对上级无条件信任。谁能料想,他的出现是上级为了促成叶屿珊更进一步行动,他只是一针催化剂。

舒泽勇说:"他是个直肠子,如果告诉他前因后果,即使他到了那里,也不会有那么激烈的情绪。国家利益面前,个体的牺牲微不足道,这是我们共同的信仰。"

舒悦仍然对父亲的冷酷无情耿耿于怀:"还是太残忍了,这对他们的感情是致命的伤害,将来他们还能走到一起?普通人的爱情经不起这样的猜疑!"

舒泽勇突然直视舒悦说:"周庆绅都离开你这么多年了,你猜疑过他吗?"

舒悦恨恨地说:"我早忘记了。"

舒泽勇说:"那你还在等什么?不是在等他?都快四十不惑的

年纪了。"

舒悦一时语塞,她岔开话题:"希望将来你让周意重回来的时候,他还能不计前嫌地回来。"

舒泽勇说:"到时,我八抬大轿把他抬回来。"

从小,连家庭教育也理所应当地军事化管理,舒悦记忆里,从未在舒泽勇已经做出的决定中开辟出新的路径,她只能选择相信,就像她一直相信周庆绅还爱着她一样。周意重这次离开也不是坏事,血脉亲情,只有他,或许冥冥之中能够得到指引,尽快找到周庆绅,这是她聊以自慰的唯一理由。

正如舒悦盼望的那样,周意重第一件事是去寻找二哥。他首先回到了周集,和刘诗花见了面,那时抓二哥的人刚走,刘诗花还在收拾被翻得一塌糊涂的家,看到久未谋面的小叔子,她泣不成声,但自始至终他都没说一句埋怨的话。一个女人独自撑起了周家的旗帜,不是军人,却在另一个战场上守住高地,她坚强的样子让周意重后悔回来得太迟、太少,瞬间不能自已,热泪盈眶。周意重想和刘诗花抱头痛哭,但她却率先从阴霾中走出来,就像这些年她总是习惯于飞快地抹去苦难留在她脸上的印记,这让周意重羞愧难当,只得打起精神。

刘诗花何尝不是更担心周庆绅的下落,但她没有条件和能力去寻找,只能和周意重一起梳理线索。周意重凭借线索,走访了周支书,见到了老卞,还去了李羡彤的老家,最终他确信二哥是去深圳找李羡彤了。深圳那么大,从何找起,周意重没有头绪,但他还是毅然动身了。到达深圳，刚走出车站，周庆绅乘坐的火车恰巧刚刚启动，他抱着李羡彤的骨灰，和弟弟擦肩而过。

李羡彤死了，死在最后一次作案的过程中，她的同伙记错了房间号，没能及时接应她。嫖客早已精虫上脑，意乱情迷，霸王硬上弓，眼看就要得逞，她只能极力反抗，把烟灰缸敲在了那人的脑袋上，血流了一床，比上次高唐大酒店里邹总的伤势还严重。没想到此人的脾气也比邹总更暴，摸回带血的烟灰缸回击李羡彤数十下，李羡彤的头骨被砸得四分五裂，当场毙命，惨烈程度让法医都呕吐了。若不是凤妮也落网了，熟悉李羡彤的身体特征，不然连她到底是谁，也要费尽周折。凤妮担心李羡彤病中的母亲接受不了这个事实，拒不交代李羡彤的背景，周庆绅来认领的时候，她的遗体已在太平间存放了大半个月。

太平间里，周庆绅看见了朝思暮想的李羡彤，冷气从冰柜里窜出来，包围了他，他摸着她冰块般坚硬的手，一刹那他像个劈裂的冰人，能听到心脏破碎的声音。

周庆绅要喊叫，嘴巴张得能塞下拳头，却只能发出"啊啊啊"的响动，他支撑不住，跪在地上："我有钱了啊，足够你回心转意，你倒是回来啊。"

越来越阴冷的太平间里只有他自己的回声，李羡彤静静地躺在那里，和以往她文静的样子一模一样，周庆绅脱下棉袄想要盖在她光溜溜的身上，突然想到，这时候，她最惧怕的就是温暖。他的眼泪掉在铁板上，也是冰凉的，不一会儿凝结成一朵朵溅开的冰花。

周庆绅是被人拖出去的,他见到了凤妮。凤妮心如死灰地说:"干完最后这一单,钱就攒够了,她准备回家给母亲做手术,没想到……"

听到这里,周庆绅再次崩溃,他隔着铁栅栏抓住了凤妮的手腕,继而扼住了她的喉咙,他想掐死这个损友。凤妮没有反抗,几秒钟后,在监督员冲上来之前,他像灵魂出窍的人,主动松开了手,瘫软在椅子上,说:"你和她是一样的遭遇,打你和打她一样。我的错误,谁也不用替我埋单。"

凤妮说:"李羡彤去世前的头一天晚上还告诉我,她爱你,但回不去了。"

周庆绅说:"回去,我明天就和她回去,回到我们见面的地方,回到我们开始相爱的地方,我和她重新开始。"

他来了,李羡彤的遗体可以火化。没有亲友,没有葬礼,吊唁大厅里只有他一个人,巨大的孤独吞噬了他,那时他觉得,他和她已经同时被推进了火炉里。他摇摇晃晃地走出大厅,盯着那根高高的烟囱,看见一股黑色的烟升起来,融进天空里,他连续深吸着气,好像这样可以尽可能留住她,却在努力过后发现,他留下的只有撕心裂肺的疼。

周庆绅没敢把李羡彤的骨灰放在她母亲的面前,他向她家走去时,每一步都像踩在了刀刃上。屋子里黑漆漆的,贫寒交加,一个老人头冲外,蜷缩在凉炕上,满头的白发,让屋里更清冷。炕头前的灶台上摆着一只许久未刷的锅,没喝完的白米粥硬成"嘎巴",灶眼里的灰发黑了,看起来许久没有生火,有些年头的风箱松松垮垮,应该也制造不了风了。老人一动不动,一床泛着油光的被子盖在她瘦弱不堪的身上,让她像是一只奄奄一息的老猫。

周庆绅不知如何开口,一开口只剩哽咽。老人好像知道他的到来,开口重复着一句话,声音绵长而遥远:"你是谁,是我的女婿吗?我家闺女那么漂亮,你一定要对她好啊!"

周庆绅稳住嗓子说:"是啊妈,我来带你去做手术。"

老人说:"我家闺女那么漂亮,你一定要对她好啊!"

周庆绅走出门外,"啊啊"地哭了一会儿,返回屋内说:"会的,我对她好。"

老人说:"你让她过来,我看看她,一两年没看见她了,这孩子是不是把我忘了。"

周庆绅说:"她忙着赚钱,攒够了给你做手术的钱,这钱我一分不少全带来了。"其实李羡彤靠违法犯罪所得的钱财已然被冻结了,周庆绅掏出的是郭导"施舍"给他的那份。他把一捆捆人民币码放在老人身边,老人猛地抬起头,煞白的脸上瞪着一对通红的眼睛,紧盯着周庆绅说:"我不要钱,也不做手术,我只要闺女,你把我闺女给我领来,老妈妈千恩万谢了!"说着,她磕头如捣蒜。

周庆绅连忙上前搀扶,被老人死死抱住手臂,生怕他跑掉似的。见周庆绅默不作声,老人的眼睛更红了,问道:"我听邻居议论，她和周集一个男人跑了，就是你吧。你把她弄到哪去了？她是不是出事了？"

开了欺骗的头，就得身不由己地一直骗下去，周庆绅撒谎说："你同意做手术，她就回来了！"

老人说："她要是不回来呢？"

周庆绅说："我以死赎罪！"

老人说："你死有什么用？她不回来，我白留了这口气。我死吧，我死了，一了百了，想要的都会有，相见的人都能见到。"

周庆绅越听越难受，忍不住又躲出门外，这次他狠抽自己的耳光，把脸抽麻木了，嘴里发腥，他以为吐出一口血就完事了，但血越吐越多，不光从嘴里冒出来，还从喉头往外涌，半晌才停下来，他抹干净嘴巴，进屋把老人抱起来，出发去县医院。老人很久没出门了，承受不了外面的光线，她紧闭着双眼，眼窝里囤积着泪液，她把脸歪向周庆绅的怀里，像个孩子需要慰藉。她身子轻得可怜，有一刹那，周庆绅误以为自己刚抱起来的不是老人，抱起的是她身上那床棉被。她出现了幻觉，一会儿在人间一会儿在地狱，能让她多在人间待一会儿的就是李羡彤，可她还不知道李羡彤已经死了。

医院里，周庆绅带老人抽血、验尿、彩超、X光、核磁共振等各项检查做了一个遍，把单子递到一名科主任手里，科主任连连摇头说："什么是无可救药，这就是无可救药！扁鹊、华佗、孙思邈、李时珍再世，他们搞上一个现场会诊，也救不了老人家了！"

给母亲做手术是李羡彤生前的愿望,也是周庆绅最近以来的奋斗目标,他为此甚至突破了前半生恪守的准则,不能最终却换来这样一个结果。他把一挎包的钱"哗啦啦"全抖搂在医生面前,堆起来像一座小山,他殷勤地、讨好地说:"我有钱,你要什么,我都可以给你!"

钱很多,很扎眼,科主任朝门外看了看,赶紧把办公室的门关上说:"你这是干什么,我这不是收费处!"

周庆绅看到他的动作,心中窃喜,他以为有戏,说道:"除了交给医院的,也不能亏待了您。"

科主任说:"谁不喜欢钱?但你这个钱我无福消受!"科主任又打开了门,叫进来一群医护人员来给他证明,这堆钱,他一张也不会拿。

那时的情形很反常,好像以往个个见钱眼开的人们全然不见了,他们看到这些钱并无波澜,还纷纷对周庆绅警惕起来,让他像个当场落网的贼寇。

科主任说:"很多病人因为钱放弃治疗,委实可惜,可放弃治疗也意味着要离开医院,医院不会允许他们继续住下去。那些最终在医院咽气的,算是相对有条件的了,他们也抱有希望。钱如果能解决他们的问题,我科里每天就不会传出来哭声。"他的话音未落,办公室外面很应景地响起阵阵哀号。

周庆绅说:"我不管你救不救得活,开刀,我要的就是开刀。"

科主任说:"这种要求我还是头一次听见有人提,很抱歉,我不能满足你，再闹，我叫保安了。"

周庆绅说："为了给她凑手术费，她的女儿刚刚去世，如果不给她做手术，她死得不值啊，不值！"

众人面面相觑，他们开了一个简短的会议，本着人道主义，可以收老人入院，给予保守治疗，那样也仅仅只是多活几天而已。他们要求签协议，如果老人死在医院里，医院不承担责任。周庆绅签字的时候，不知是身体吃不消，还是情绪过于激动，几近晕厥。

科主任明察秋毫，看得出他状态不对，检查了他的舌苔和胸腹，好一顿询问后说道："你也是个病人，老人气数已尽，我无力回天，但你是壮年，我还是有把握的。"

周庆绅说："我就不必了，该救的人救不了，不该救的人不用你操心。"周庆绅说这话的时候，是经过深思熟虑的，他清楚，没有永远的藏身之所，那些对他恨之入骨的人早晚会找到他，他插翅难逃。他如果被抓进去，下半辈子基本要在里面度过了。作为烈士的兄弟、现役军官的哥哥、搭上半辈子也要为周家守住根的女人的小叔子，以及在他灵魂深处反复重现的另一个自己……与其给这些高贵的人抹黑，不如死了算完。

科主任尴尬又不解地问道："你不差钱，你在顾虑什么呢？"

周庆绅歇斯底里地说："不要再跟我提狗日的钱钱钱！"他在痛恨钱，他更痛恨自己，痛恨这无限孤苦的时刻。他从没有像今天这样看见一个苍白无力的自己，他以为那个无所不能的人，即使被尘封，也还能在某一个无助的时机中重新焕发能量，然而，他像抓不住流水和时光一样,留不住生命,看不清人间。

科主任骂了一句"神经病",去给李羡彤母亲安排床位去了,他不能因为周庆绅是"神经病"而怠慢了那个将死的老人,每一个将死的人身上都有一颗旺盛的火种,那火种只有在这个时候,愈发地照耀着人心。周庆绅心想,自己的心被照出的模样是化脓生疮,一无是处。

周庆绅坐在老人的病床前,给她剪了头发和指甲,换上新的尿袋和垫背,认认真真地擦了脸,看着缓缓注入老人体内的晶莹的点滴,他想起了明媚的李羡彤,他们的初次相见和野合,他们的相濡以沫和彼此信任,他们拥有着恋人应该有的幸福,尽管短暂,但每次怀念,仍然美妙无比。那时周庆绅的眼泪像极了那点滴,充满着节奏。

老人的手动了一下,表情略显痛苦,但很快又睡着了。周庆绅看着她,想到了母亲龚雪娥,她走的时候,他还小,但他记得母亲也如老人现在这般安详,他轻言细语地对老人说:"妈,你好好睡,我该回趟周集了,当我回来的时候,我们就永远在一起了!"

周庆绅起身,和护工交待了注意事项后,走出了医院。春天的气息还未到来,枝头的骨朵没有开花,华北平原特有的夹着细雾的风吹拂着他,他换上那套旧军装,病痛的身躯不由自主地挺立起来,他忍住一口血不吐出来,他要让最后遇见他的人,发现他的红光满面。

周庆绅租了一辆车,那时他想最后虚荣一把,营造出衣锦还乡的氛围,至少在周长河和龚雪娥的坟前,他要做一个体面的儿子。他开车回到周集,先与刘诗花久别重逢。

刘诗花看见了他,就像看见死而复生的周元明,多年的情绪堆积在一起,不知该如何做表情管理,笑着流泪,哭着叫好。周庆绅想要去拥抱她,好好说一些安慰的话,可他终究迈不动步子,他犹如看见了一棵大树,遮天蔽日,枝繁叶茂,在她的面前,他渺小得像一只迷路多时的田鼠,准备在农户家窃取最后几颗粮食,然后兀自进入冬眠。

周庆绅说:"嫂……嫂子,你受苦了!"

刘诗花笑靥如花:"回来了,回来就好。晓盛,我给你们养大了,这个家保住了,我的任务完成了吗?"

周庆绅说:"完成了!天大的任务,完成了呀!"

刘诗花眼中闪烁着万花齐放般的光彩,她有些兴奋地说:"完成了就好,我该走了,回太和庄,给我爹养老送终。临走前,我想从这里带一样东西走。"

周庆绅强忍着悲伤说:"我刚回来,你就要走。这是你家,都是你的东西。"

刘诗花说:"从这里走后,这里就不是我家了,还是征求一下你的意思,我想把元明的画像带走。"她守卫了半生的地方,临走的时候只需要带走丈夫的画像。周庆绅眼前模糊一片,犹如置身茫茫大海,波涛汹涌之间,她像一艘游弋的小船,仿佛要被任何一个巨浪吞噬，可她又像巨浪本身，她每发出一个声音，都撞击着他的心室。

周庆绅问："我尊重你的选择，你该有自己的生活了，不能再强迫你留下，那是自私，那是限制你的自由，你从未有过自由。"

刘诗花说："多少年了，都是这么过来的，我的生活也由最初的渴望着，逐渐变成拥有精神上的寄托就满足了。只要元明的画像在我身边，不管在哪里，我都是他老婆。"

周庆绅说："找到了疼你的人，就别再这么说了。"

刘诗花说："哪天，如果元明的遗骨找到了，记得第一个通知我，我还要和他埋在一起。"这是一个悲壮的决定，但她依然笑着说出来，而周庆绅早已泣不成声。

周庆绅临走前，刘诗花捧着丈夫的遗像陪周庆绅去上坟，纸钱凌空飞舞的时候，她看见那群抓周庆绅的人像是闻见了他肉香的狼，准时到来，他们围满了地头，和坟前的两人遥遥相望。

周庆绅不慌不忙，喝干了父亲的高唐州酒，叼起一根烟卷，卖力地抽了一口，呼出一口长气，好像搬开了一块压在胸口的巨石，好像要从这里走向终点。周庆绅露出一副向死而生的表情，刘诗花在拉他的袖子，却无济于事，他毅然决定和他们走。那时，一个勇猛的男子冲进人群，和那些人大打出手，不一会儿那些人就被冲散了，有的滚在地上，连连求饶，有的生怕中招，左躲右闪，刚刚泰山压顶式的压迫感全被他搅和了，现场乱作一团。周庆绅认出来，那个人是三弟周意重。周庆绅想，这小子兵没白当，已然是脱胎换骨的存在，此时的他身手了得，儿时的懦弱一扫而光，他攻击力爆表，换作巅峰时期的自己，也难说是他的对手，真是青出于蓝而胜于蓝，基因这东西太神奇了。不过他认为这个脾气应该收一收，战场上能派上用场，可在战场边缘就会吃大亏。

周庆绅一边往地头上走，一边制止三弟："别打了，我跟他们走就是了！"可惜，他的声音淹没在风中，掉进麦田里，连一丝涟漪也没激荡起来。周意重越打越凶，好像要把这些年的不如意全撒在那帮人身上。

周庆绅沿着垄沟走，尽可能地不让泥土沾在他宝贵的军裤上。风吹着麦浪，麦梢纷纷倒向他的小腿肚，遍野的油绿衬托着他的旧军装，那时他觉得又重新回到了行伍时代，还是那名穿行于阵地前沿的勇士。太阳露出了大半个，辉映着他的脸庞，他和父母兄弟告别，和刘诗花告别，和刚亲近片刻就又要倏然远去的家告别，但他那时已无所谓开心难过，他有多少遗憾，就也有多少关于完美的理解。他走得不疾不徐，在那寂寥的归途上，苦痛是常态，但不是主题，所以他要留下这一生自认为最美好的的形象，所以他如同徜徉在花季，他如同一直沐浴着阳光。

几十米路，周庆绅仿佛走出了几个十年，直到周意重被偷袭，赤手空拳，抵挡不住那些先进的捕捉网和电击器。周意重被摁在地上，作困兽之斗，可也是强弩之末，不久就被牢牢控制。虽有不屈的眼神，可却无法挽回什么，这不是战场，可以非生则死，能够以死明志。战场边缘的打击，正如二哥周庆绅的经验一样，总是来得猝不及防。

周庆绅从自我编织的舒适区里惊醒，他朝身陷困境的弟弟奔去，可刚跑两步，腹腔接近爆炸，他意识到，原来醒来即死去，刚才眼前所浮现的盛景，只是心中的理想世界，是他意图达到却根本无法达到的桃花源。他"啊"的一声，一大股鲜血飞溅而出、喷淋而下，细微颗粒融入冬末空气，染红了白色薄雾。他直挺挺地倒下去，平躺在麦苗中间，远处的人看不到他的一丝痕迹，好像他刚才并没有出现在那里。那时，他独享着那一片清新之地，嗅到了故乡和母体的芳香，他微眯着双眼，透过麦叶搭建的网格，看见浩瀚无垠的天空，耳边又响起了嘹亮的军歌，还有稚嫩的童谣。

嘈杂的现场瞬间万籁俱寂，白鸽吹着哨子掠过天际，河沿上的柳树歪着脖子肃立，一只灰兔探头探脑地靠近他，舔了舔他的手臂，在他身边趴了一会儿，与之一起享受了一段平和的时光，当它一蹦一跳地跑开时，所有人还定格在那里，各有各的惊讶，他们像被施了法术的人，或者被停止提线的木偶，突然不知道为什么聚集此处，所有人为周庆绅而来，而他却刹那从核心抽离，让他们的所作所为丧失了意义，他们为之兴奋的基点不复存在。然而，他还在那里，他没有冰封在冬天里，即便倒下了，身体也还向着春天的方向，嘴角还带着意犹未尽的笑意。

周意重挣脱开束缚和刘诗花同时向二哥跑来，他们不认为他已经死去，他像鸟儿在破壳而出，像蝴蝶在化茧新生。而那些抓他的人也不会善罢甘休，人死了，他们也要确认凉透了才能走，他们也来到他的身旁,把他包围得严严实实。他曾数次从危机和险境中逃出生天,眼看着到了生命的最后,他却没有丝毫回旋的空间。

周意重把他的头靠在自己的腿上,说:"二哥,大哥的遗骨还没找到,我们三兄弟还没有一个实现爹的理想,你也没有等来爱情,更别提家庭,你什么都没看到,你凭什么走啊?!"他听不见二哥的只言片语,回答他的只有沙沙作响的禾苗。他感觉到二哥的头越来越重,直到身体没有了温度,和他脊梁下面的土地一样冰凉。

刘诗花之前就从周支书那里听说了,周庆绅和周晓盛肾脏匹配成功后他的手术不是很成功,身体大不如前,后遗症经常会发作,她一下子就明白了周庆绅这不是暴毙,而是老病,只是他只字未提,一直坚持到现在。那时,周庆绅的脸上好似结了一层霜,刘诗花一边哭一边仔仔细细地擦个干净,她捧着他的脸,深情地说:"谁不委屈呢?孤独的日子望也望不到头,'失去'一直伴随着我,好多次,我都觉得我是天底下最不幸的人了,现在我才知道,你放弃一切来到我们身边,以为能够开启新的生活,却掉进更大的坑。我送走一个又一个的人,与机会无缘,与得到无缘,你似乎终日都在'得到',但得到的是责任,是矛盾,是很难喊爸爸的儿子,是连能不能厮守都不敢也不能说清楚的女人。你得到的这些,揽过来容易,要想甩开,比登天还难啊!去和元明聚首吧,到了那头请告诉他,嫁到你们家,我怨过也恨过,但从来没有后悔过,你们兄弟都是好样的,都是中国军人的样子,这辈子相处太短,来生,咱们还是一家人!"

　　刘诗花的话让抓周庆绅的人也无不动容,有的还忍不住擦了眼泪。当他们意识到杵在这里是件自讨没趣、毫不光彩的事,一个个商量好了似的默默离开了,当领头的人也良心发现,抬眼一瞧,已然是光杆司令,羞愧难当又惧怕周意重悲痛之后会卷土重来,再拿他撒气,他拔腿也往地头上跑。他坐上车,大家谁也不想说话,司机连油门也不敢深踩,怕惊扰了周庆绅的睡梦。他们垂头丧气地上了大道,很快离开周集地界,比后有追兵还要狼狈。

第二十九章

如果是这样的告别,我能不能拒绝出现,那样我还保有一段至死不渝的爱情。如果是这样的久别重逢,能不能别让我知晓,我还会有绚烂如花的后半生。一生都向往欲望丰饶之地,却终究要做回故土的落英,尽管物是人非,而你沉睡于此,我的世界再无那时辰星,只剩下你我、四季,还有清风。

不久,那片田野上立起了一座新坟,坟前摆满鲜花,周边是愈发葱茏的麦子。他终于不再是一个人,也不用颠肺流离。他一生潦倒,只有回到这里,才找回了属于他的鲜衣怒马。

刘诗花每天都会去坟前坐一会儿,她不允许那里长一根杂草,她知道周庆绅生前操碎了心,死后,在那边就应该当甩手掌柜,她不允许再有任何牵绊缠绕于他。

刘老爹的身体状况日益糟糕,周晓盛过几个月高中就毕业了,他的目标还是考军校,三令五申用不着她陪读陪考,他需要足够的自由。自由有多美好，刘诗花想都不敢想，但她要成全孩子，所以她回太和庄的打算能够即刻成行了。走之前，她环顾那个家，周元明当年榨干血汗，还差点儿债台高筑，倾尽全力修建的窝已经破旧不已，瓦片不再齐整，侧面看去如同风雷滚滚的海面，呈波浪状，上面还沾满了泥灰和青苔，失去原本的红润，正如容颜渐衰的她。墙壁上的白石灰暗黄发黑，窗棂和门框上的油漆东一块西一块地剥落，碎掉的一面玻璃没有更换，钉上了塑料薄膜，神似贴了一张狗皮膏药。院里的石碾子，没有壮劳力推动过它，早成了文物，上面摆着地瓜和萝卜，那是刘诗花一周的食材，那里看似什么都变了，又什么都没变，那场景能让人一眼就回到八十年代的某一个时间段，又一眼看到一个时代的消亡。她围着院子转了一整个上午，在每一个周元明逗留过的地方逗留，似乎在与他对话，又像在和每一件物品道别。这里再萧条也是她的家，固河镇政府曾要出资为她翻修房子，她拒绝了，嘴上说不给政府添麻烦，周元明活着的时候没给别人添过乱，现在肯定也不想我打扰任何人……其实她是在乎这房子原来的模样，周元明只留下了这座房子，她不忍去改变它的一砖一瓦。她想，这总比周元明沉睡的河床要舒服。已经很少有人再提起他了，似乎只有她一个人还记得他，他成了她一个人的英雄，守护他，是她给自己下达的使命。可现在她也不得不离开。

那天，她嘱咐周意重要放松心情，一切都会好起来的。周意重转业回来，没有单位敢接收一个涉嫌泄密被处理的人，这比那些曾贪污受贿的人还要严重。贪念谁都有，背叛却不可被原谅，他看不到任何曙光，只能赋闲在家，幸好在工作之前还有政府发放的基本生活保障，不然一个学指挥的人，连自己都指挥不了，哪里还有对口的事情给他干。

刘诗花在周意重茫然无措的注视下离开。回太和庄的路，只有二里地不到，刘诗花抱着周元明的遗像，走一路哭了一路。那时，空气中已经萌发春天的味道，能听到万物生长的声音，可她迎着并未减弱的冷风，顶着擦不干的眼泪，狭路相逢一个令多年执着戛然而止的季节。

人来了又走，走了还会来，兴奋后即悲伤，伤到极致则一眼能看到新的未来。

舒悦第二次来周集，已经是周庆绅去世两个月以后的事情了，舒悦还不知道这个消息，她只知道他失踪了，她了解他，他是失踪了，但无需太过担心，他一定还在某个角落，也许是像当年猫耳洞一样的角落，悄无声息地活着。一个从生死场上幸存下来的硬汉，不会轻易葬送自己的性命，最多是有难言之隐。她一万个想不到周庆绅会死。

舒悦能来，除了幻想巧遇周庆绅，同等重要的是带着政治任务。"谍中谍"叶屿珊粉碎敌人阴谋，安全回国，由于身份特殊，不能抛头露面，也暂时不能和外界取得联系。叶屿珊已归来，威胁解除，对于"导演"来说，周意重的戏份也该"杀青"

了，舒泽勇清楚，周意重官复原职，随后便"加官进爵"的事不能拖，拖久了会出大问题，于是他发函至高唐县人武部，让他们通知周意重回去。万万没想到，不拖，问题也来了，他拿不准是函文过于简洁，没有说明情况，还是周意重彻底寒了心，一段时间了，周意重始终置之不理，一句话也未回应舒泽勇，这是他最不愿意看到的结果。军部在催周意重的任职材料，如果他迟迟不回来，就会丧失这次机会，由假转业变成真转业。舒泽勇尝试和军部协调，负责人力资源的领导一句话把他噎了回来："若有战，召必回，这还没打仗，就不听指挥了？这点儿考验都经受不住？"

这话偷换概念，还说得冠冕堂皇，舒泽勇听了痛心疾首，悔不当初。最早他就预测到了，虽是为了粉碎行动的胜利，但这考验对于谁都太过残忍。最终收场，被动的一定是被当作"主谋"的他。现在看来，事情的走向果然在意料之中。他思前想后，官方挽回策略既然行不通，只得旁敲侧击。

舒泽勇决定让舒悦当面去和周意重沟通，这是他能想到的最有温度的办法了。舒悦是叶屿珊的上司加老师，是两人爱情的见证者，她和周意重既有工作上的来往，也还算有私交，虽然那私交因周庆绅而起，说不清是正面的还是负面的，总之舒悦在火车上就明确了态度，必须带着感情。召回周意重，三全其美，既执行了命令，又撮合了一对鸳鸯，还无形中减轻了周庆绅的压力，弟弟在隐蔽战线上又立新功，获得提拔，当哥哥的知道了一定心情大好，说不定就露面了。

抱着这种乐观态度，舒悦来到周集，见到了周意重。此时，周意重完全不复往日神采，头发没剃，胡子疯狂生长，蓬头垢面，披着一件皱巴巴的军大衣，蹲在门前台阶上，直勾勾盯着眼前蔫巴巴的几根太阳草，有一搭没一搭地刷着牙，发现舒悦朝自己走来，嘴里的白沫子没吐干净就往屋里跑。舒悦追进来，看见他的自信和气概荡然无存，从阳光俊朗的军中男儿秒回少时模样，他躲躲闪闪，看得出很不欢迎她的到来。对话间，他要么金口难开，要么闪烁其词，就连告诉他叶屿珊回来了，他也只是眼中闪过一抹亮色，稍纵即逝。

舒悦懂了他从未有过的游离的目光，心里七上八下，惶恐地问："出什么事了？"

周意重越是惜字如金，舒悦越要追问："你知道他在哪里对不对？你倒是告诉我啊。一直被生活折磨的人，应该享受生活了，一直不懂什么是爱的人，应该真正学会说爱了呀。我们大家都会等到这一天的！他会好好的，对不对？！"

周意重还是不说话，她急得直跺脚，明知道凶多吉少，还跟命悬一线的人似的，幻想着起死回生。希望也是最大的骗术，只会加剧未知的迷惘、加剧实践中的苦痛。再隐瞒，就不再是美丽的谎言了，而是对舒悦的不尊重。叶屿珊的事之后，周意重最忌惮的就是欺骗，忌惮别人的欺骗，也忌惮自己有朝一日会变成那样的人，所以他在舒悦身上就要守住这个底线。他一咬牙，直接把舒悦带到了二哥的坟前。

那时，舒悦深一脚浅一脚地跟在周意重身后，沿着弯弯曲曲的路通往她所不知道的坟茔。路上，周意重只讲述了这些年二哥的经历和变故，并没有说结果，但她却如有心灵感应，已然越走越压抑，当她看见远处花圈上摇曳的假花和纸片，眼前阵阵发黑，连之前刻意涂抹在脸上和唇部的化妆品也悉数抖落了一般，再遮盖不住她顷刻间的落寞。她当年来过，还是这片田野，那时他们都还年轻，白衣飘飘，明眸皓齿，那时世界多姿，微风不燥，阳光正好，即使她看见周庆绅和刘诗花在一起，也没有怨天尤人、看轻人生，她只是醋意大发，归罪于那该死的陋习，她以为离开这片田野，就能远离纷扰，总会等到柳暗花明的一天。然而，此时，她才发现，越过了万千山河，也越不过一座黄色的土丘。她不顾形象地跑向那座坟，失魂落魄的样子像一朵随时会散落各处的蒲公英。周围棉花地里除草捉虫的老农们都直起身子看着她，他们搞不明白这个周庆绅到底有什么能耐，活着的时候没见有人这么惦记他，有的还唯恐避他不及，死后却有一波又一波的人来拜访他。

舒悦跌倒在周庆绅的坟前，拍打着坟头说："你真是潇洒得很呢，看似没有做好任何一件事，但却带走了所有人的心啊！你做了那么多的决定，为什么一次也不愿意让我知晓，你可知道，我多想听见你说一句话，哪怕是真心拒绝的话也好。让我死心，比你独自默默地死去，还要难吗？你宁可重新培养一段感情，也不来找我，是怕我，还是爱到恐惧？谁能告诉我为什么！"

寂静，太空一般的寂静，虽然那时春风仍然犀利，发出"呼呼"的声音，还有浮尘、扬沙、黄土，漫天纷飞，但舒悦像那里唯一一朵远方飘来的樱花瓣，悄然落在这梦境中数次到过的地方。她张开怀抱，和埋葬周庆绅的土堆亲近，而后站起来，擦了眼泪，说："我们都是失意的人，然而，我还不如刘诗花，至少她看得见爱情的图腾，也尝过被关爱的滋味，可我，一直喊着的，原来只是口号，听上去很美，实际上无比孤独，万分空洞。"

舒悦的眼泪擦了又流，像动脉破裂后止不住的血。她最后深鞠三躬，说："不过，多年前，你和哥哥像保护心脏一样送我那一程，已经足够成为我爱你的理由。这些年你还和那时候一样，如此要求自己，并依旧那样对待着别人，那么，不管你有没有再来我身边，你在我心里播下了的那颗种子，即使从未发芽，它也不会改变，更不会腐烂。睡吧，我眼里有一座去你那里的桥梁，你在的时候，那上面人山人海，你不在的时候，它只为我一个人开设。和生命相比，还有什么不能释然！"说完，舒悦转身离开，再也没有回头，但她眼里却全是风景。

从那里走出来，舒悦也突然想明白了，如果时机成熟，不用规劝，周意重自己都会返回。刻意安排的路，好走，却也千篇一律。周集之行，她既没有把周意重带回来，还与周庆绅阴阳两隔，看似一无所获，只有她自己知道，放空自己，闪耀星河才赫然出现。

叶屿珊事件解密以后，一切看似都如愿了，穿上了军装，被授军衔，获得职称。可她摸着身上硬邦邦的标志符号和军功章，突然觉得这曾是周意重身上的东西，只是现在原封不动地挂在了自己身上，她今天所拥有的东西，都是"坑害"周意重换来的，这让她心如刀绞，如坐针毡。她已可以接触外界，却没有勇气轻易和周意重取得联系，不知道该怎么说才能解释这场情感上的闹剧。如果是费鑫那样"灵活"的人，不用说都能领悟，可她的对象是周意重，说得多还会引起他的反感。除非有某个契机。这个契机会出现在什么场合下，叶屿珊想不出来，她疯狂地工作，想在忙碌中麻木自己，减轻愧疚感，然而这不是最好的办法。工作可以转移注意力，但不可能二十四小时连轴转，一停下来，山还是山，水还是水，什么都没变过，反而聚拢在一起，蓄势待发，当她打开一扇门，它们会报复性地蜂拥而至。

后来，她入职情报部门，还是负责监控史蒂夫以及与他有关联的同党，虽然史蒂夫被中国限制入境，但其余人等未受影响，继续环伺中国，行事仍然猖獗。她每天面对电脑上冷冰冰的数字代码，搜集舆情信息，监控内网防控状态，有时她会突然怀疑这一切的价值和意义，某一瞬间，她觉得自己还不如一些小鸟依人的女人，哪怕是甘当别人附属的女人，做不了贡献，也不会铸成大错。而她却时常把自己推上风口浪尖，像个偷窥狂，在大海捞针，在密密麻麻的钢筋混凝土之间寻找一个衣着暴露的人，她等待着一件有可能永远不会再发生的事情的发生。她离开史蒂夫之后，其实他们之间有过一次联系，史蒂夫的态度很明确，他不会再白费力气、煞费苦心地踏入中国领土，也不会再给她添麻烦。昔日恋人，被全盘否定的恋人也是恋人的一种。她能够安全回国，是史蒂夫付出了真感情，全然放松了警惕，否则，她没有半点儿回旋的余地。大多时候，女人毕竟感性大于理性，她到底对史蒂夫有没有动过情、萌生过哪怕一丝的爱意，如果有，只会让现在的她更不敢面对周意重，这些事皆不可深究，旁人不可以，她自己更不能。总之，回到现实，她非常相信史蒂夫对她的承诺，而她目前的工作，就是要和一个不会再相见的"影子人"继续牵连，她很快就腻烦了。如此一来，周意重更如影随行，他无时无刻不浮现在她的眼前。

叶屿珊打开饮水机开水阀门，她仿佛看见周意重的脸从窗口蹿出来，一分神，拿杯子的手被烫掉一层皮，惨叫连连。叶屿珊要打开电脑光驱，脑子在周意重身上，却误按了关机键，敲了半天的要事日记一字也没有保存下来，欲哭无泪。叶屿珊找部门领导高处长汇报工作，去之前腹稿打得甚好，进了办公室，高处长正背对着门口抽烟，那身材与姿态都和周意重相似，一时间，她竟忘了来的目的。磨磨蹭蹭说不出话来，情报部门的领导警惕性高，高处长转身看到她直勾勾的眼神，吓了一跳，以为她是来行刺的，连腰里的防暴枪都亮了出来，气氛异常尴尬。叶屿珊白天茶不思饭不想，半夜饿得实在受不了，想煮碗方便面，插上电锅，转个身又躺回了床上，吃面这个环节只开了个头，便没有了下文，电锅烧漏起火，电线短路，全公寓楼跳闸，消防车开来的时候，她还云里雾里……

闹了几次这样的乌龙，大家都发现她极度不在状态，劝她抓紧休假，她把休假报告递交上去，高处长却拒绝签字，她涉及的案子虽然解密了，但还存在一定风险，尤其是她现在这个状态，莫说是别有用心之人加害于她，就连正常生活都成问题。高处长认为，她只要别再出要命的纰漏，留下来上班是最安全的。直到叶屿珊因为走神，没有按程序开启防火墙，导致黑客入侵，上级部门通报了这起事故，高处长才悔不当初，立即让她停职反省。

叶屿珊终于暂离岗位，但却被限制了自由。高处长要求她只能待在公寓楼，并还时不时地对她进行查寝。这算哪门子休息，活动半径巴掌大，她的"病情"反而更严重。她听说过情报系统中，当两面人，与所有人亦敌亦友，最后分不清到底是什么角色，而造成悲惨下场的案例。她确信自己再这样下去也会精神分裂，找到周意重，当面乞求他的原谅，哪怕丢失了现在所得到的一切，也要把他换回来的想法与日俱增，还能不能挽回这段爱情倒成了其次，或者说是奢望。

连续三天，她主动找高处长汇报，声称已调整好了情绪，不用再担心她会酿出祸端，为"自证清白"，她在家里完成了几个漂亮的文字材料，明面上是想得到高处长信任，暗地里其实并没有返回工作的意愿，而是让高处长放松对她的监控。在她的努力下，这个目标还真的实现了，又过了几天，高处长果然没再来查过她，她为自己争取到了时间。

在一个月黑风高的夜晚，她大摇大摆地走出公寓楼，准备搭乘最早的一班车赶往周集,不过还没到车站,她就被人束住手脚,戴上头套,塞进一辆面包车。起初,她还以为是偷跑被发现,战友来劝返她,可仔细一想,觉得十分蹊跷,战友不会这么粗暴,戴头套更没必要,而且车上没人说话,她只闻到一股浓烈的香烟味道,这股味道她很熟悉,是她在国外时的生活环境中充斥着的味道。想到这里,她大惊失色。当头套被揭开,猜测得到印证,围坐在她身边的是两张洋面孔,还似曾相识,仔细辨别,她才发现正是那天周意重闯入别墅之前,一群人聚会时,史蒂夫请来的两个男性朋友。当时叶屿珊和他们打成一片,好得穿一条裤子。而那时有多亲密无间,现在看来就有多讽刺,他们眼里闪着的寒光,比他们手中的冷兵器还要尖锐。

稍胖的金发男子叫维克,略微瘦削的黄胡子男人,绰号迪斯。迪斯开门见山地告诉叶屿珊,他们此行的目的是替史蒂夫复仇。最担心的事情还是找上门来了,叶屿珊听了不仅不意外,还表现得很欣慰,道:"果然是'间谍狗'的一贯嘴脸,我认了,这行里哪有人会信守诺言,一个也没有,包括我自己!"

维克说:"不,史蒂夫兑现了承诺,他本人没来,我们也不会过分纠缠你。"

叶屿珊说:"委派你们与他亲自来,确实不一样。杀了我,一了百了,无须纠缠。好一个史蒂夫,天衣无缝!"

迪斯说:"一个情场浪子,因你而收敛。他还对你念念不忘,你不会成为他的猎物。况且你现在是现役军人,我们不会傻到公然挑衅中国军方的程度，他的目标是那个叫周意重的家伙，这个人身上有料可挖，以前不敢动他，现在他只是一介草民，只要他乖乖跟我们走，我们不会伤害你。"

他们知道周意重的价值，战火还是引到了他的身上，叶屿珊心急如焚，她说："说的好像与我无关，这是天大的恩赐，还是恶毒的羞辱？"

维克说："认命吧，谁让你跟史蒂夫产生了联系呢？"维克扔给叶屿珊一部手机，让她给周意重打电话。

叶屿珊说："依你们的实力，找到他很轻松，何必通过我？"

维克说："死的好办，活的难缠，想要他心甘情愿地走，武力不行，唯有攻心。"

叶屿珊说："你们还真把我当婊子了，我人尽可夫吗？我见风使舵吗？你们不会得逞的。"

维克说："说得好，我相信你们这伟大的爱情了，史蒂夫也想知道你们之间到底有多相爱，连上帝都想知道。"

叶屿珊听了不寒而栗，周意重如果跟他们走了，后果不堪设想，史蒂夫非得榨干他最后一滴血，他们有一百种泯灭人性的方法，让人不像人。当他们失去兴趣，那个被折磨成"四不像"的家伙还可以被制成标本，或者被送去做实验。

叶屿珊说："周意重已经归隐乡野，一无所有，你们放过他吧。史蒂夫嘴上不说，心里恨的是我，不要再殃及无辜了。"

维克说："你如此了解史蒂夫，那也应该了解他说一不二的执拗脾气。"

叶屿珊坚决不打这个电话，维克主动拨了过去，道："给你互诉衷肠的机会，你竟然不珍惜，如果我来替你说，那就是另外一种画面了。"

听筒里传来"嘟嘟"声，像是心脏起搏器，每一下都撞击着叶屿珊的心室，每一声都把她的心往上提了一寸。她懊恼着，自己始终没敢拨出去的号码，就这样被陌生人抢了先，就像一件珍藏多年的宝贵文物被鉴宝师直接丢进垃圾桶时的心情。她曾搜肠刮肚盘算了无数次，再和周意重对话，到底应该说些什么，她一次次兴奋，又一次次推翻自己的预演，终于罗列出了最能代表她情感的语言，可是在电话即将接通的时候，她确信自己一句也说不出来，她双脚不停地研磨着地板，像是能抠出一套两室一厅。

按照惯例，"嘟"声也该结束了，为什么还在响，而是传来忙音，叶屿珊像是押上全部身家性命等待开牌的赌徒。谢天谢地，电话没有接通，维克和迪斯不约而同地骂了一声，重新拨过去，这次是占线，叶屿珊欣喜不已，像是又躲过一劫。

当时，他们最终也没听见周意重的声音从听筒传过来，不是周意重和叶屿珊有心灵感应，而是他无暇顾及任何事了。他迎来了周家这一代人最值得纪念的日子，他的大哥周元明葬身水底多年，一直未找到蛛丝马迹，他的坟墓里什么都没有埋。而那天，云南边境传来消息，一个由民间人士自筹资金、自发组织的团队，常年从事烈士遗骸的搜索工作，经过多年不懈努力，取得了很多成果，近期他们在距离国境线不到一百米的河岸下游又发现了新的遗骨,送到权威部门进行DNA检测,最终确认那正是烈士周元明。

云南当地人武部将这个喜讯通报给了高唐县人武部,让他们找到周元明的家人,希望他们能尽快到云南来接英雄回家,他们还定了个吉日,举办烈士遗骸移交仪式。县人武部的工作人员因为周意重之前的事非常挠头,屡次被他拒绝,对他都有了阴影,不想再联系他。四下一打听,周晓盛还是个高中生,正在备战高考,周家兄弟只剩下周意重一个了,不联系他就没人可以联系了。工作人员硬着头皮又打给了他,巧合的是当时维克也在打他的电话,消沉中的周意重本来一个也不想接,当时他正在阴暗的屋子里,靠在藤椅上吞云吐雾。他的左手边是煤球炉,冒着黄色的火焰,上面搁着一把沾满了黑灰、表面坑坑洼洼的铝壶,水蒸气呼呼地从壶嘴里冒出来,壶盖呱呱啦啦地响着,听动静像只苟延残喘的老蛤蟆在叫唤,水快熬干了他也不去管。他的右手边是破衣柜,敞着门,挂着他的军装,没有标志符号和军衔的军装,失去了光泽,混在一堆破衣烂衫里,毫不起眼。起风了,因常年雨打暴晒而变了形、关不严的门窗此起彼伏、当啷作响,像是一位脑血栓患者在打一对破镲或敲一只破锣。一时间,屋里充斥着各种杂音,手机的铃声反而清新起来,他顺手摁了接听键。

周意重以为还是催他回去复职的电话,这次他决定铆足了劲儿发泄一下不满,让他们彻底断了这个念头。这生活虽然颓废,但比那尔虞我诈、虚情假意的现实社会要好太多了,至少心里踏实。他张嘴准备呵斥电话里的人,让他们休想再骚扰自己的生活。

可周意重听见工作人员在电话里说:"烈士周元明的遗骸找到了,就在当年他战斗过的地方。这不仅是你家的大事,也是高唐县的大事,我们会在云南方面规定的时间,派人和你一同前往,接烈士回家,重新厚葬英雄!"

周意重原本是瘫在藤椅里的,听了这个消息,忽地直起身子,目视前方。工作人员已挂断电话很久,他的手机还紧紧贴在耳朵上,手像开了震动模式,抖个不停。他眼前浮现着大哥的脸,大哥牺牲的时候,他还小,所以现在他的耳畔响起了的是他稚嫩的咯咯的笑声。他猛嘬了一口烟,烟体上的白纸瞬间烧到了烟蒂的位置,烟叶火红,像一根刚被铁匠从炉膛里夹出来铁棍。他伸着脖子笑了,笑得肩膀一上一下,胸脯一起一伏,笑着笑着弯下了腰,豆粒子大小的眼泪夺眶而出,掉在地上,在灰尘中打滚。

周意重冲出屋门,围着院子来回转了几圈,他仰起头,看见了灰蒙蒙的天。那时,突然有万缕阳光从乌云的背后冲刺出来,他嘴里喊着:"爹,你的儿子们都回来了!那些离开家的人,一个不少,都会回来的。你听见了吗?爹!"

第三十章

　　这世界是否如你所愿，这天空总会放晴。来年春天，太阳花儿还会开满这里，那时我再来亲吻你的面容。我只要面朝你的方向，心里就响起动听的歌，那每一个音符都会跳动，每一段旋律都像你在苏醒。

　　周意重向周长河喊完话，一整天都处于兴奋之中。时隔多年，遗骸找到了，就像死而复生，终于可以和大哥团聚了，他怕大哥到时不欣赏他这不修边幅的样子，于是他精心打扮一番，剃头刮脸，洗洗刷刷，精神抖擞，上次拥有这种状态是什么时候，他不记得了。

　　周意重一边忙活，一边当作二哥就在身旁，有一搭没一搭地絮叨着："二哥，大哥的回归，是不是你的功劳？你到了那边第一件事就是去找他了吧。你们是战友又是兄弟，拉呱肯定有话题，我就差点儿意思了，多少有代沟，真不知道说什么。等把大哥接回来，我每天都去看你们，你们不要笑话我是新兵蛋子，别忘了，你们再厉害，也没我衔级高，虽然现在也不干了，但衔级就像学历，毕业了，也会跟自己一辈子，比这些，我略胜一筹啊。比战绩，就算了，你们把命都搭上了，这种战绩，谁比得了……"

周意重在周集自言自语的时候，另一边，劫持叶屿珊的维克和迪斯郁闷不已，他们漂洋过海而来，首战受挫，连个电话都打不通。只有七天的旅游签证，周意重要是不现身，他们这趟就白来了。

第二天天没亮，容光焕发的周意重把行李摆在床头，盯着充满电的手机一动不动，他是在等人武部工作人员的电话，生怕错过了和他们一同动身，他全神贯注的样子，像是在排雷。

然而，接下来发生的事，着实比踩了地雷更令周意重魂飞魄散。维克比人武部工作人员上班早，他的电话先进来了，周意重毫无延迟地接起来，他听见维克自报家门后说道："叶屿珊和我们在一起，听说，她回国后，你们还没见过面，是不好意思吗？让我们帮你创造这个机会。作为一名优秀的军人，曾经是，现在应该还没变质，你一定不会让我们失望的，对吧？！"

天与地的两个极端，刚刚还幸福飘在空中的周意重，一刹那，体无完肤、面目全非。

周意重抱着侥幸心理，仍然寄希望于这只是一场恶作剧，说道："别闹，你让叶屿珊跟我说话！"

维克打开免提，对着因听见周意重声音而情绪激动的叶屿珊说:"你思考了一夜,肯定有千言万语要跟他说。"

叶屿珊默不作声,表情痛苦,维克说:"东方女性果然含蓄,但我认为这是缺点,比如该叫床的时候不叫,索然无味。该表达的时候不表达,徒留遗憾。人还是要敢爱敢恨、敢想敢干!"

叶屿珊啐了维克一口,维克并不生气,说:"你不开口,我就没办法了吗?"

叶屿珊咬住下嘴唇,像是给嘴巴拉紧了拉链。

漫长的几分钟之后,维克挂了电话说:"你有没有发现迪斯不在?"

叶屿珊环顾四周,果然只剩下维克一个人。

维克说:"这次中国行的主题是考验人性。"他话锋突然一转:"周意重是不是还有个侄子?"

叶屿珊倒吸一口凉气,心说,这两个恶魔真是做足了功课,誓要变本加厉、坏事做绝,魔爪竟然伸向周家唯一的独苗。周晓盛是周家人倾注所有维护着的待放花蕾,他在哪里,三代人心中的家园就在哪里,如果他有何闪失,他们有违常理建立起来的人物关系将完全崩塌,这些年他们的颠沛流离、他们的血泪和苦痛,也都将失去意义。她十分清楚维克那句话意味着什么,她一旦选择有误,等同于被维克拉下了水,成为加害周晓盛的罪魁祸首之一。即使周意重能原谅她,他也没有资格代替死去的周家人原谅她。那时,她骑虎难下,胸膛中那股凛然之气一扫而光,她看见阳光从两片窗帘中间的缝隙中透射进来,而她在黑暗之中审视明亮,只发现了空气中飘满的尘埃,她更觉得这世界上处处充斥着肮脏。她如愿穿上了军装,也从未代表过正义,她的世界里充斥着与人为恶。她坐在椅子上,维克并没有束缚她,她可以在这有限的范围内活动,可她连抬起头的力气也没有,只能虚弱地靠在椅子上,似乎在等待审判。

维克说:"看到你这样的态度,我很高兴,看来你对周家的事了如指掌。"

叶屿珊开始哀求:"不要动他,他还是个孩子。"

维克说:"不要担心,我们不是来杀人的,那样代价太大。"维克看了看表,接着说:"明天就考试了,看时间迪斯应该已经出现在他身边了,只需要让他失踪一天,他损失就大了。他的命运如何,全靠你了。"

叶屿珊说:"所有恩怨,全让我一个人承担吧。"

维克说:"我们本可以直接去找周晓盛,来达到要挟周意重的目的,可事情那么简单的话,毫无生趣,你也是重要的一环。"

叶屿珊绝望地说:"拨电话吧。"

周集家中,周意重捧着手机像捧着一块烧红的烙铁,扔也扔不得。工作人员的电话打来了,接他的汽车马上到家门口,而他还不知该何去何从。明天就是烈士遗骸移交仪式,是周家人盼望多年的大事,且各界人士去了不少,周意重如果不出现,无人能够理解。可他强烈感受到叶屿珊真已遭受到危机,境外组织的非人手段五花八门、层出不穷,被找后账的情报人员,想要全须全尾,简直痴人说梦。一边是身处险境的她,一边是意义非凡的移交仪式,哪一边他都是主角,他分身乏术,他从来没有这样被需要过,哪怕是在生死战场之上,他也只是一部分,现在他却是全部。

　　武装部长亲自来接他,进门后发现他神色木然、无动于衷,以为他这两年被打击太狠,精神出了问题,拉着他往外走,但他纹丝不动。

　　半晌,周意重说:"我去不了了。"

　　武装部长说:"所有人都在等你。"

　　周意重说:"到了云南,请你代为转告我哥,那时候,他义无反顾地走了,留下老婆孩子,那是因为他知道,他还有亲人,娘俩不会受苦。今天,我做不到那样了,打开她那把锁的钥匙在我身上,只有我能救她。让大哥不要怪我,如果我活下来,我再好好祭奠他,如果我死了,我们哥仨算是凑齐了!"

　　武装部长听得一头雾水,说道:"什么乱七八糟的,三兄弟凑齐了斗地主吗?"

　　周意重没有理会他,出门把汽车上的人拉下来,汽车甩着屁股飙驰而去。武装部长反应过来,跳着脚骂他,可无济于事、无从阻挡。

　　总得有个周家人出席仪式,武装部长想到了刘诗花。他和下属来到太和庄,刘家大门紧闭,邻居说,刘老爹脑梗入院,现在还住在县医院里。武装部长又赶到县医院,当时刘老爹还在手术室,刘诗花孤零零守在外面。有了周意重刚才的示范,武装部长突然觉得如果在这个节骨眼上告诉她,周元明的遗骸找到了,却没有人去参加交接仪式,是非常残忍的事。

武装部长说:"老人情况咋样?我是来慰问的。"说着,他翻遍了衣兜,拿出身上所有的钱,往刘诗花手里塞。

武装部长的动作一看就是临场发挥的,刘诗花只是盯着他看,看的他直发毛,他闪烁其词:"你是遗属,大事小情,我们都应该关心,之前我们做得不好,不应该让英雄的家人一个人承受……"

刘诗花还是盯着他,眼里泪汪汪的,那样子不容欺骗和隐瞒。

武装部长受不了这样的眼神,他想,告诉她吧,她知道了也许能从父亲重病的积郁中跳脱出来一些。

于是,武装部长说:"元明的遗骨找到了,我这就去把他接回来。"

刘诗花抓住武装部长的胳膊,伸着脖子,在确认这事是真的,还是武装部长为哄她开心临时编造的,毕竟这么多年了她都没能盼来的消息,他轻描淡写说出了口。当刘诗花看见武装部长用力点了几下头后,往楼梯口跑去,跑了几步又停下来回头看手术室的门,这一下好像是在胸腔中贮存氧气,以便支撑接下来那高潮迭起的痛哭。那哭声整栋楼都听见了,很多人不以为然,以为不过是又有病人去世了,在这家医院里,不乏花式哭声,而只有武装部长了解内情,他从那哭声里,不光听到了伤痛、屈辱和遗憾,还有无尽的释放。武装部长也跟着哭了一阵,偷偷交代下属照顾好刘诗花，他只能全权代表周家去接周元明回家。

武装部长走后，刘诗花进了卫生间，很久才出来，再出来时全走廊里的人都被吸引了，她惊艳了那里。她，找出了当年和周元明结婚时穿的大红裙子，这些年，像随身带着周元明的遗像一样，一直带在身边，那衣裳的款式早过时了，且一看就很廉价，全是褶皱，起满了球，有的地方还被她撑破了口子，可她毫不在意，挺起不再玲珑的腰身，脸上的泪痕不见了，自信的样子让人有种不是在医院看病而是在礼堂观影的错觉。她涂着色号很重的口红和很厚的粉底，可以肯定，她是太想变回当年的模样，效果当然不够好，但仍然让人眼前一亮。她盘起高高的发髻，耳垂上摇晃着一对银光闪闪的坠子，那是周元明妈妈传下来的唯一一对首饰，周元明走后，她从来没戴过，今天得以重见天日。她黑色的高跟鞋敲着地板，逆光中走来，在人们眼中仍浑身闪着光。刚才还在恸哭的农村妇女，摇身一变像个资深的电影明星，她像一朵被掩映在杂草中久未绽放的花，在一个极其平常的黄昏，突然傲然夕阳之下了。

这个充满韵味的中年女人，从随身携带的提包里，取出周元明的遗像，穿着那身扎眼的行头，不顾众人不解的目光，穿过熙熙攘攘的人群和嘈杂凌乱的马路，买来香火纸钱、点心水果，在下班高峰期的路边布置了一个临时祭台。她跪在那里，不知是纸钱的火光，还是她忆起往事，似乎真的回到了当年青葱的时代，那时候他们见面，她的脸上就挂着现在这种红润。她向他诉说着思念、家长里短以及即将"久别重逢"的喜悦。很多人对这个奇怪的女人产生兴趣,驻足观看。交警闻讯赶来,要将她驱离,看见周元明的遗照,愣了一下。

交警问:"这是交通要道,祭祀也要分时间地点,不要博人眼球。"

刘诗花说:"我没想妨碍别人,这是我的丈夫,他是一位烈士,他的遗骸就要回来了,我不能去接他,只能在这里等他。他一定会经过这里,打扮成这样,就是想他回来后,能一眼就认出我来……"

交警瞬间红了眼眶,给刘诗花敬礼,然后若无其事地走进车流,不再看向这边,自顾自地维持起现场秩序。有不少人得知情况后捧着花、点亮蜡烛过来,摆在周元明遗像前,不一会儿,那里花团锦簇,那里烛火飘摇。他们想,英雄在多年以后的今天终于魂归故里,如果能看到这里的场景,应该不会感到孤独冷清了。

当刘诗花在感动和期待中再次泣不成声,有医务人员跑出来,告诉她,刘老爹不行了,她又跑上楼去看弥留中的父亲。刘老爹没有说只言片语,两颗浑浊的老泪落在枕头上,在长舒了一口气后,告别了人世。天色暗下来时,医院不再拥挤,马路上人群散去,刘老爹被推向太平间,而马路边,周元明遗像边的蜡烛也一个一个地熄灭了。刘诗花站在太平间与那条马路中间的位置,像是无垠旷野上挂起一盏红扑扑的灯笼,四周皆是素白的颜色,唯有她鲜艳无比,似乎是给这世界微小但独一无二的温暖。而她只是穿着红衣服,单薄柔弱,却不惧寒冷。她一会儿看看左边,一会儿看看右边，不知道该往哪边更近一步。有枯黄落叶，从脚边哗哗啦啦地滑过去，听起来像冰层融化的声音，在以自我消解的方式迎接春天的叨扰。

当时，周晓盛学校的位置和医院相距不到一公里，刘诗花为了不影响他，选择不和他见面，也不让他知道她四面楚歌的困境。

明天要考试了，老师使出浑身解数让学生减轻思想压力，但周晓盛的压力无人能破。原因是他着了魔似的要走父辈的老路，唯一志愿是报考军校，看平日成绩，稳上，但体检结果一出炉，却傻眼了，两项指标不合格，情绪瞬间低迷。一项是他被查出脑神经问题，那是小时候溺水的后遗症。睡梦中他常常无端惊醒，以致于夜里有时竟要坐着才能入睡，几次吓坏室友，很多人都向老师反映情况。周晓盛不以为然，他认为只要能扛枪打仗，即便是倒立睡觉又能怎样，这不算缺点，应该算特异功能，顶半个哨兵用，碰巧了兴许还能起到震慑探子的作用。可审查制度摆在那里，张嘴辩解毫无用处，这次他意识到此关难过。更致命的问题是他的腰部有明显的刀伤和手术切口，长度刚好超过规定值。这是个硬杠杠，即使他是烈士子女，也无法享受政策。

班主任明确对他说，就这两个硬伤，考军校没戏，应征入伍也难，除非有特长，比如珠算心算天才，比如运动健将、射击冠军、计算机巨擘、见义勇为青年，哪怕是曲艺人才，也可以到部队文艺战线发光发热，请问你的优势在哪里？周晓盛想了半天也没想出除了考试，他还会什么，就连学习，也是后来居上，三年前他还只是一个令人生厌的混混。班主任知道这么问有些草率，一个农家子弟，没条件上兴趣班，连火车都没见过，他还能有什么优势，能顺利参加高考，已经够谢天谢地的了。但班主任必须实话实说。

班主任又怕他想不开，引导道："作为老师，我尊崇军人，支持学生保家卫国。但人间的路千万条，为什么非要走当兵这条路呢？据我所知，你的父辈在部队付出了很多很多，这是很多家庭无法比拟的，说得功利一些，你们家无愧于国家和老百姓，你万一再有个三长两短，那是天大的不公平。而且，你只看到了他们的辉煌，有没有体会过他们的苦痛？这条路到底适不适合你，有没有征求过他们的想法，也许他们会有新意见。"

周晓盛说："不用征求了，我爸走了，我二叔为了让我和我妈不受欺负，舍弃所有，从部队回来。从那天起，我注定要走他们未走完的路，有人说，和平年代到部队去，出路好，待遇好，什么都好。他们说得对，也不对，至少在我这里不是。我到部队是去续写他们的功勋，我们周家和当年一样，还是一无所有，就剩下他们拼了命挣回的这点荣耀了，可就连这些，当我感到痛苦的时候，也常常虚无缥缈起来，我再不迎难而上，过不了几年，就什么都剩不下了。"

班主任说："何出此言？周意重正在实现理想的路上。"

周晓盛问："你咋知道的？"

班主任神秘且骄傲地说："当年他也是我的学生。"

周晓盛说:"可连他也回来了。"

班主任显然没有掌握这个消息,三个兄弟都"叶落归根"了,这出乎其意料,大失其所望。周意重是他教书以来最值得的炫耀的学生,逢人夸赞,原以为他能一路高歌猛进,在部队混出名堂,至少在县里提起来算一号人物,现在想都别想了。班主任本来是开导周晓盛的,现在反倒自己也需要开导,一股悲观情绪渲染了他,他低沉地说:"只有一种解释了,你们家人着实不适合当兵,你更别费劲了。"

周晓盛说:"这也是我非要当兵的原因之一,避免让人有这样的推测。"

班主任说:"自己给自己下的入伍通知不作数。别傻了,孩子。"

周晓盛还抱有希望:"我好好考试,像三叔一样考个全县第一,我就不信他们不要我。"

班主任说:"考试不能解决所有问题,全国第一也要面对现实啊。"

班主任和周晓盛的谈话起了反作用,二人不欢而散。到了饭点,周晓盛浑浑噩噩,随着人群进入饭堂,一口也吃不下,又端着搪瓷缸子出来了。班主任放心不下,一直尾随他身后,他的一举一动尽收其眼底。以前他也如此放心不下那些落榜学生,可这次他在周晓盛身上看到的是不同于其他人的落寞。

后来,有人喊周晓盛的名字。周晓盛从学校大门口走出去。是迪斯花钱让一个脏兮兮的小子把他骗出来的，他刚一进巷口就被迪斯一拳打晕拖进车里。周晓盛因为受过重伤，看起来有些营养不良，比同龄人要小上一两号，迪斯拖他的时候就像拖一只待宰羔羊。这个苦命的孩子，自从周庆绅割肾把他救活之后，好像突然之间长大了，一门心思读书，他不知道外面发生了多少事，不知道没有家人去认领爸爸的遗骸，不知道将他视如己出的周庆绅也永远地离开了他。那时，他踌躇满志，前几天还打电话向刘诗花保证过，不会再让人失望，而现在迪斯却要打破他美好的愿景。

几分钟后，周晓盛迷迷糊糊地醒过来，头痛欲裂，他看见了眼前竟然有个"国际友人"。迪斯人高马大，虎背熊腰，汗毛比自己的头发还长，第一观感很像头狗熊，他举手投足间有一股浓重的孜然味飘出来，让周晓盛联想到了学校门口一块钱两串的烧烤，全县城也找不出几个此等品种。迪斯穿的还算考究，面相也和善，让周晓盛心生好奇，上下打量了他一番，越看越茫然。可迪斯一开口，他的好奇心马上消失了。

迪斯用流利的中文说："周意重的侄子，没有一点儿他的风采，我是不是抓错人了？"

周晓盛听说迪斯是来抓人的，以为是他以往得罪过的人花钱雇了个洋垃圾来找茬，他不屑地说："流氓还有资格嫌弃别人没派头？哥们儿退隐江湖多年，不陪你们玩了。"说着，周晓盛去拉车门把手。

迪斯把刀尖抵在他的腰部，说："不要动，动一下扎死你。"

这场景似曾相识，曾经好勇斗狠、舞刀弄枪的往事随即浮上周晓盛心头，他早已深恶痛绝，可此刻他必须重拾暴力。他感受到迪斯的刀尖抵住的位置恰好是上次打架斗殴被刺破的位置，那条硬邦邦的疤还在，刀顶得越紧，他越感受到周庆绅移植在他体内的肾迎着威胁剧烈跳动。

周晓盛暗示自己身体里流淌着勇敢者的血液，控制住发颤的声音："说说你的条件吧。"

迪斯说："条件就是踏实坐着，全力配合我。我什么时候得到想要的信息，你什么时候就可以走了。"

迪斯随即打电话对维克说："抓到目标，你可以联系周意重了。"

迪斯听见维克自信满满的声音，但很快形势急转直下，那头传来维克的惊呼，紧接着是一阵杂音，有女人的尖叫，还掺杂着男人的呻吟，一听就是发生了打斗。迪斯断定，周意重已神不知鬼不觉地赶到现场，直捣他们的据点，维克肯定还没来得及告诉他，他们手里还有周晓盛这个筹码。迪斯恨恨地骂了一句脏话，转而要给周晓盛好看，以报复周意重束手就擒前的过分表演。当他把注意力再全部放在周晓盛身上时，发现拿刀的手腕被死死箍住，瘦弱不堪的周晓盛想要徒手夺刀，简直螳臂当车，迪斯志在必得。

周晓盛大概听明白了迪斯和维克的对话内容，知道他们要通过自己制约三叔，至于为什么，他无暇细究。记事起，他虽然很少和三叔共处，但亲情没有来由，血脉自成一体，拼了命也不能让三叔因他而丧失主动权。多年后的今天，他愈发理解周庆绅，也就理解了成人世界的不易，他不能让三叔重蹈周庆绅的覆辙。他要做出一个男人该有的举动，权当是他献给自己的成人礼。

而迪斯受过专业训练，一个十七八岁的孩子在他面前，属实不堪一击。很快，周晓盛像一块面团被甩在座位上，迪斯堪比一根超大擀面杖对其实施全面碾压。他一只手持刀不放，腾出一只手正反两面连扇周晓盛耳光，他有足够的能力控制好频率和节奏，像挥动蒲扇撩旺灶膛里湿柴火的农妇，车厢里响起清脆的噼噼啪啪声，每一下，周晓盛的脸都变换一个形状，比风中的云彩还要多姿。重重叠叠的手掌印镶嵌在周晓盛脸上，牙齿松动了几颗，颧骨淤青鼓包，眼角开裂，血淌得到处都是，他嗅到了死亡的味道，比以往每次艰难的处境都令人绝望。

周意重那一边确实上演了全武行，他一日疾驰几百里，到了枣庄，率先找到费鑫。叶屿珊是情报人员，身上安有信号接收装置，他们利用技术手段，定位到她的大概位置。他马不停蹄地赶到目的地，发现是一家富丽堂皇的酒店，安保极为森严。周意重假扮水电工从楼梯间悄悄混入大楼内部，仔细排查，最终锁定顶楼的三个可疑套房，维克选择这里颇有深意，周意重发现这里十分隐秘，三百六十度镶满隔音棉，只要不是发生重武器交火，都很难被人注意。周意重破解了顶楼密码，刷开第一个房间，他看见有三个珠光宝气的老女人正围在一个一丝不挂的小伙身边。小伙像马戏团的动物任人摆布,那些老女人断然不是在观摩人体艺术或者医学模特,一个骑在他身上搔首弄姿,一个手持皮鞭,像劁猪的屠户,一个扯着吊带袜,满身"五花肉"颤颤悠悠,油腻度严重超标,她们皆是满脸魅惑淫笑,还交流着心得,没有察觉他的到来,他目睹着这辣眼睛的画面,鸡皮疙瘩掉了一地。躺在床上正对门口的小伙看到了他,没有惊呼,也许小伙走进这个房间之前已从精神上戴好了面具和枷锁,遮住了那仅剩的羞耻心。周意重把手指放在嘴唇上,示意他不要出声,显然这个动作很多余,小伙麻木不仁,两人对视了一眼,各自表情一言难尽。周意重如鲠在喉,退了出来。

周意重又进入第二间,场景再次刷新周意重下限,大楼外面有多么奢华,内里就有多么不堪入目的游戏。房间中放着大分贝的音乐,满地垃圾,周意重瞪圆了眼睛,才从浓烟中搜索到五六个年轻男女,他们身着奇装异服,坐卧倚靠,千姿百态,共同的动作是都捧着一个瓶子,瓶口露着一根长长的吸管,瓶里的水咕嘟嘟冒着泡泡,乳白色的烟雾是从瓶口冒出来的,有一股焦糖的味道飘散出来,他们神情萎靡,形容枯槁,行动迟缓,等同僵尸,让周意重瞬间穿越回了晚清,想起弥勒榻上吞云吐雾的大烟鬼们。他不敢想象快二十一世纪了,这些伤风败俗的东西一样没少,还推陈出新了。有人在亢奋中发现了周意重,却没有能力遮掩一下或夺门逃跑,还举起布满针眼的胳膊,招呼他加入这醉生梦死的狂欢。

周意重心塞地离开,确定是最后那个房间,他就要见到阔别已久的叶屿珊,他不知道里面有多少人、叶屿珊是个什么状态,敢劫持叶屿珊的人不容小觑，这一进去可能就出不来了。来之前，他拒绝费鑫向舒泽勇报告的建议，他认为史蒂夫针对的是他，这已由任务层面降格为私人恩怨，只要他出现，一切都将迎刃而解。他不过分担心里面的凶险，他还很庆幸能见到归来的叶屿珊，并能在她眼里留下自己最后的伟岸。

周意重正欲像前两个房间一样顺利进入，有安保人员从监控中发现了他，挥舞着电棍冲上来，他不想和他们掰扯，声音一大，房间里的人就警觉了，所以他掉头就跑，走廊是不能回了，他迂回到楼顶，没有任何安全设施，由水管下滑，破窗而入。当时，他一眼就看到了维克和叶屿珊，没有彼此留任何空当，第一时间发起攻击，维克来不及告诉他周晓盛也被控制了，他一记凌空飞脚已蹬在了维克脸上，使其滚到了叶屿珊脚下，手机也甩飞出去，一时摸不着，没机会和迪斯对话，导致迪斯虽然控制了周晓盛，周意重却不得而知，令他这个角色形同虚设，只能把气撒在周晓盛身上。

那声女人的尖叫是叶屿珊发出来的。维克非一般小贼，怎会没有应对策略，他无法弄到武器，身上却到处都是暗器，连鞋跟里也藏着麻醉枪，周意重离他有五六米远，正好在射程里。周意重躲没法躲，主动出击也为时已晚，眼看就要被击中，叶屿珊扑了上来。维克忽略了叶屿珊，他和叶屿珊接触过，一直以为她就是个有脑子，但手无缚鸡之力的弱女子，所以对她并不设防。但万万没想到，弱女子不假，但首先她已穿上军装，是位军人，其次在周意重面前，她有一百种理由变成女超人，这不是殉情，这是救赎。她把刚翘起头的维克重新摊平在地上,但维克的麻醉弹也准确无误地打进她的体内。她在失去知觉前,叫了一声周意重的名字,和他对视一眼,这一眼荡气回肠,叶屿珊闭上眼睛之后,有大颗的眼泪滑落。

周晓盛一边更是水深火热,迪斯连抽了他十几个耳光之后,他想尽了"问候"迪斯先人的语言,但一句也发不出来,那时候任何喊叫,都像被夹住尾巴的老鼠,吱吱作响,满是悲怜。他眼里放满了烟花,耳朵中传来此起彼伏的波涛,如果这是一场独特的海边新年盛景倒也不错,可这却是一场阴谋得逞前的凌辱,周晓盛感觉快死了。真死了的话,三叔就不用被他牵绊,原本摆在他面前的只有两条路,投降或者等待死亡。可那时他眼前突然浮现出周元明和周庆绅的身影,他们缓缓走过来,身上都穿着绿军装,贴着红领章那种,他们胸前挂着一排一排军功章,随着整齐的队列步伐左右晃动,碰撞在一起发出悦耳的叮当声,它们和他们的笑容一起,在阳光下熠熠生辉。他们仍是年轻时的模样,看起来比他大不了几岁,但皮肤黝黑有光泽,不像他这样面黄肌瘦。他们像孪生兄弟,一样的姿势,一样的面容,来到面前,相互整理了着装,做足了仪式感之后,宠爱地看着他,那目光里没有隔阂,熟悉且温暖,就像他们三人一天也没有分别过。

周晓盛听见周元明隐约在说:"我们不在,你才更需要坚强,孩子,站起来吧!"

周晓盛虚弱地把手递过去，希望得到他们的助力，但他们不接，周元明说："还记得吗？你小时候摔倒了，我都没有把你抱起来过，都是你跌跌撞撞地爬起来。后来，我们之间更没有机会，你一直独自站在那里。其实我远远地看着你呢，就像看一棵小树苗在日益长大。每当我高兴得想要靠近你，却挪不动脚步时，我都在想，我们是两棵大树，想要枝繁叶茂，终究要保持一定的距离……"

周晓盛听懂了他在说什么，热泪滚烫，可他咬紧牙关，试了再试，还是站不起来，他转而看向周庆绅，周庆绅说："前面的路可能会很孤单，不要怕，即使和所有人都走散了，你感到了窒息，但只要跑起来，就会有风。"

周庆绅也没有施以援手，他俩转身走去了，肩并着肩，喊着一二三四的口令。他们走进太阳抛投的光圈里，在青草掩映的大路上一路向西，一个消失在树叶哗哗作响的杨林之中，一个隐没于波光粼粼的大河尽头。

一眨眼工夫，周晓盛想到了太多，他从幻境中回来，源于迪斯的又一次发力，那时他发出一声怒吼，更用力地抓住迪斯持刀的手腕，刀尖就处于他眼睛正上方十厘米处，在黑暗中闪着寒光，他的眼神也凌厉无比。惧怕来源于未曾经历，当处于风暴中心时，惧怕就被无穷的力量取代。可毕竟实力悬殊，迪斯轻松挣开他的纠缠，一只手掐住周晓盛的脖子，一只手挥刀划出一个弧线，周晓盛命悬一线。

此时，维克摆脱了叶屿珊的纠缠，和周意重混战一团，两人打得皆是体无完肤。维克身上处处是机关，一会儿弹出个刀片，一会儿喷出一剂药水，永远不知道下一秒他还有什么黑科技，总之周意重视肉身为钢铁之躯，不管身上有多少窟窿，只要气没漏净，他都要搏斗到底。数个回合下来，那房间一片狼藉，家具电器零零散散烂了一地，连壁画都不能幸免，斜挂在墙上晃晃悠悠。维克事先买通安保人员，不管里面发出什么动静，都不允许外人进入。这是他足够自信的表现，他认为手上有两张王牌，不管哪一张都能要了周意重的老命，虽然现在等于丢了一张，但周晓盛那一张，百分之百不会出意外。现在他们精疲力竭，各自占据一隅，血淌了一脸，像长满花纹的人参果。维克咳嗽了几声，头倚着墙壁，啐出几口血来。那时，他看见手机就在手边，还亮着屏，通话仍在继续，更加胸有成竹。他开启免提，对迪斯说："现在告诉周意重，周晓盛还不想死，快告诉他！"

迪斯还举着刀，对着话筒喊："对，我也不想杀了他，我现在只要一只耳朵，或者一枚眼球。"

那时刚刚站起来准备发起最后一波攻击的周意重，石化在原地，继而一摊烂泥般瘫在地上，好像瞬间被抽走了魂魄以及筋骨。

周意重说："我跟你走，现在就走！"

维克说："手续早就替你办好了，等我们上了飞机，周晓盛就能和别的孩子一样，过上无忧无虑的生活。"

周意重看了看熟睡的叶屿珊，帮她理了理凌乱的头发，在额头上深情一吻,说:"我走了,照顾好自己,别再干情报工作了,换个岗位,或者干脆换个职业。退一步,是最好的生存法则,不参与,是最高的生存智慧。"

周意重起身一瘸一拐地往外走,维克用英语在和迪斯交代着什么。突然,周意重听见周晓盛的声音传来:"三叔,坏人完蛋了,我安全了!"

这一声,震撼人心,周意重再燃火焰,他看向维克,维克的自信烟消云散,他跑向叶屿珊,可一个不稳,打了个趔趄。这次,周意重不会再给他机会了。

周晓盛之所以敢那么喊,是迪斯的刀挥下来时,班主任突然拉开了车门,用灭火器怒砸迪斯,迪斯手一歪,扎在了周晓盛手臂上。第二刀他想袭击班主任,突然一群青少年砸碎了汽车上的所有玻璃,像滑溜溜的泥鳅从角角落落钻进来,把小车快要挤爆了,他们各显神通,有用牙咬的,有用跳绳勒的,还有用圆规戳的,迪斯像被五马分尸的贼寇,无力回天。这些孩子是班主任带来的同班同学,他们似乎要把学习的压力都发泄在迪斯身上,虽然脸庞还很稚嫩,但中气已经十足,他们聚在一起,像一个炙热的火球,释放出强烈的能量。班主任被挤出了车外,他倒背着手,看着那辆轮胎都被压爆的汽车,喃喃地说:"个个都是男子汉,未来可期!"

周晓盛拿着手机从人群里钻出来,向周意重报告了现场的情况,他那副样子像极了小小战斗员。

而周意重一边的场面更声势浩大,一七七师的人马将整栋楼团团围住。舒泽勇一脚踹开门,那时周意重失去控制,维克已奄奄一息,舒泽勇制止了周意重的进一步动作,命令下属将两人都用绳子绑上了,不同的是把维克交给了情报处,把周意重扔进了他自己的座驾。

周意重问:"为什么拦着我!"

舒泽勇说:"留着他,这是主动送上门来的大礼,顺藤摸瓜能有不少收获,被你打死损失就大了。"

周意重说:"为什么绑我,我是老百姓,我没损害部队利益,你们凭什么绑我。"

舒泽勇不容置疑地说:"一七七师是你的家,你离家出走,叫都叫不回来,不绑你绑谁?以后,我走了,你都不能走!"

周意重扭过头不看舒泽勇,他看见汽车开进了一七七师的大门,目光所及的地方,一切都没变。他打开车窗,连空气都沁人心脾,他贪婪地吸吮着,他害怕得到的又会失去。路两边站满了战友,他们敲锣打鼓,夹道欢迎。此时,周意重也像周晓盛一样,在最艰难或者最得意的时刻,能看到两个哥哥的身影,可惜这一次他们一晃就融入人群里,队伍中的面孔一模一样,他辨别不清,也就不再探究。既然他们仍然深扎这片土地,那么这里的每一棵树,都浇灌着他们的汗水,这里的每一张笑脸,都在诉说他们的故事。

道路的尽头是一面威风大鼓,叶屿珊已苏醒,她早早地手捧鲜花站在鼓面上,惴惴不安地等待周意重朝她走来。她已经做好了他经过这里,但不会斜眼看一下的思想准备,如果是那样,她也不会怪他，毕竟，用任务绑架爱情，并且一次次将他置于险境，说破天，都是她的错。她知道，感情的裂缝，不像花瓶容器一样可以修修补补。

周意重站定在大鼓前，抬头仰望，太阳光线从叶屿珊的发梢里洒下来，也照亮她汹涌的眼泪。她不再是当年那个纯真的女孩，脸上有了血迹，眼角也有皱纹，目光中飘荡着忧虑和哀愁，他的心像被扎了一下。他想，事情总要一分为二，如果当初他有大本事，还用得着她铤而走险吗？人，生来惰性十足，那些体面的人，但凡有其他途径，也不会像她一样，将人生中最为宝贵的东西作为赌注吧。这样的冒险归根结底还是源自她内心的纯良，如果从阴暗处去揣摩，怎能分析得透她行走的轨迹。

周意重注视着忐忑的叶屿珊，眼中再现爱怜。舒泽勇果断向旁边手持鼓槌但忘了敲的战士们使眼色，他们心领神会，把周意重托举到鼓上去。

周意重说："你挡住的不止是那颗麻醉弹，也挡住了我溃退的念头。别哭，我们永远不会再走散，有朝一日，即使还非要各奔东西，那么回来的路，还是这一条，等我的地方，还在这里！"在一片喝彩起哄声中，他们紧紧相拥。那时的云霞红透了半边天。

后来，高唐县烈士陵园，安放周元明遗骸的现场大雨倾盆，但那里挤满了各界人士和自发而来的群众。人武部长念完了悼词，目光如炬地看向远处，众人交头接耳，因为周晓盛没有到，灵柩不敢轻易放下去。有人提议，太久了，不要再等了，遗孀刘诗花就能全权代表。人武部长征求刘诗花的意见，她虽然点头，但显然很失落，因为周晓盛答应她今天会来。高考结束后，周晓盛因身体不达标，胳膊上又挨了迪斯一刀，更无法参军，天天以泪洗面。为了转移注意力，刘诗花建议他外出打工。现在该来却没来，她担心他情绪并没有好转，甚至忘记了父亲的安放仪式。其实所有人都不知道，那天周晓盛先去看望了周庆绅，在他跟前坐了很久，说了很多话。

一锹泥土刚要撒下去，一声嘹亮的"等等"从陵园门口传来，穿透雨雾，回声四起。众人纷纷回头，他们看见一名军人出现在风雨中，他大步流星地走来，皮鞋溅起雨水，散开来形成漂亮的水花。他的军装湿透了，颜色更加蘸绿，雨水打在他的大檐帽和棱角分明的脸上，他反而把头抬得更高。黑压压的伞群，不由自主地分作两边，中间露出一条笔直的小路，通往肃穆的丰碑。那名军人走到近前，拂去碑上的积水，敬了一个标准的军礼，浩气无边。一刹那，很多人都有一个错觉，这个人就是周元明的重生。

（全书完结）

2021.11.22深夜